国家社科基金
GUOJIA SHEKE JIJIN HOUQI ZIZHU XIANGMU
后期资助项目

宋词殿军张炎研究

A Study on Zhang Yan,the Last Genius of *Ci* in the Song Dynasty

孙 虹 著

中華書局
ZHONGHUA BOOK COMPANY

图书在版编目(CIP)数据

宋词殿军张炎研究/孙虹著. —北京:中华书局,2021.11
(国家社科基金后期资助项目)
ISBN 978-7-101-15425-2

Ⅰ.宋… Ⅱ.孙… Ⅲ.宋词-诗词研究 Ⅳ.I207.23

中国版本图书馆 CIP 数据核字(2021)第 223230 号

书　　名 宋词殿军张炎研究
著　　者 孙　虹
丛 书 名 国家社科基金后期资助项目
责任编辑 张　伟
出版发行 中华书局
(北京市丰台区太平桥西里 38 号　100073)
http://www.zhbc.com.cn
E-mail:zhbc@zhbc.com.cn
印　　刷 北京瑞古冠中印刷厂
版　　次 2021 年 11 月北京第 1 版
2021 年 11 月北京第 1 次印刷
规　　格 开本/710×1000 毫米　1/16
印张 31¾　插页 2　字数 504 千字
国际书号 ISBN 978-7-101-15425-2
定　　价 98.00 元

国家社科基金后期资助项目出版说明

后期资助项目是国家社科基金设立的一类重要项目，旨在鼓励广大社科研究者潜心治学，支持基础研究多出优秀成果。它是经过严格评审，从接近完成的科研成果中遴选立项的。为扩大后期资助项目的影响，更好地推动学术发展，促进成果转化，全国哲学社会科学工作办公室按照“统一设计、统一标识、统一版式、形成系列”的总体要求，组织出版国家社科基金后期资助项目成果。

全国哲学社会科学工作办公室

目　录

绪论

张炎，字叔夏，号玉田，晚号乐笑翁。先祖居凤翔(今陕西凤翔)，十一世祖徙秦州(治成纪，今甘肃省天水市)，自六世祖南渡勋臣循王张俊寓居钱塘(今浙江杭州)[①]。张炎生于宋理宗淳祐八年(1248)，卒于元英宗至治元年(1321)之前；是由宋入元的著名词论家与词人，有词学专论《词源》和词集《玉田词》《山中白云词》(又称《山中白云》，也有简称《白云》或《白云词》者)传世。张炎共存词305首[②]。其中仅有《甘州·赵文升索赋，散乐妓桂卿》《恋绣衾·代题武桂卿扇》《瑞鹤仙·赵文升席上代去姬写怀》三词写于宋度宗咸淳十年(1274)或稍后(详第二章第二节考证)，应是玉田自编词集时辑得，因此，吴熊和先生说《山中白云词》"无宋亡前作"[③]是举其大略。

一

迄今为止，学术界关于张炎其人其词其词学的研究已经取得重要成果，可按时间先后进行简单梳理。宋元明清至近代的研究范围可分为五点。

(一)词集整理与考证：元明之际有陶宗仪钞本《山中白云》传世。清朝开始整理其词集，如龚翔麟玉玲珑阁八卷本体例是根据陶本词题线索编年分卷。施国祁《礼耕堂丛说·张玉田词三说》(今藏国家图书馆)最早考证出张炎祖父为张濡以及张镃—张濡—张枢的世阀谱系，但施书未曾刊印，其考证成果未能广泛传播。

(二)词集疏证、批注与校勘：清朝江昱、江恂《山中白云词疏证》(未刊

---

①周麟之《张循王神道碑》载张炎六世祖张俊生平："公讳俊，字伯英。其先凤翔人，五世祖徙秦州，子孙遂为秦州三阳人。"曾枣庄、刘琳主编《全宋文》(第217册)，上海辞书出版社、安徽教育出版社2006年，第254页。另，参见曾维刚《张镃年谱》，人民出版社2010年，第6页。

②明清时有存词149—153首《玉田词》系列钞本4种。《山中白云词》八卷刻本系列10余种，存词296—297首，《全宋词》本302首，拙著《山中白云词笺证》(中华书局2019年12月)再从《天机馀锦》辑入3首，玉田词集始成完璧。

③吴熊和《论词绝句一百首·张炎》，《词学》第十六辑(2006年)。

稿本，今藏国家图书馆）考察词中本事、时地、交游等。张惠言有手批《山中白云词》（马兴荣辑录），评述词作，屡摘龚本编年舛误。杜文澜有批校戈载《宋七家词选·玉田词选》，评注张炎对北宋以来雅词音律的传承新变，近代大型词集丛刻也刊印张炎词集，如王鹏运《四印斋所刻词》校勘刊刻《山中白云词》，朱祖谋《彊村丛书》校刻江昱疏证稿本。

（三）词论疏证：清朝郑文焯有《〈词源〉斠律》，近代有蔡桢（即蔡嵩云）《〈词源〉疏证》、陈能群《〈词源〉笺释》（今藏国家图书馆），解析《词源》乐律或理论。

（四）对张炎政治品格有不同评判：宋元之际舒岳祥、邓牧诸家，明代石村书屋本校勘者毛扆，清代浙西词派龚翔麟、王昶等都有较高评价。近代王国维、胡适则指为"乞人"[①]"不遇的赵孟頫"[②]。

（五）张炎词史地位：宋元时期邓牧褒扬其词兼周清真、姜白石二家所长[③]；陆辅之谓其取周清真、姜白石、史梅溪、吴梦窗"四家之所长"[④]。清代张惠言《词选序》列之于"渊渊乎文有其质"的宋词八家之中[⑤]，戈载选为宋词七家之一[⑥]。张预"比于草堂诗史"[⑦]，江藩以为"词之有姜张，如诗之有李杜"[⑧]。但清代常州词派，近代以来王国维、胡适对张炎的评价趋于贬抑。

二十世纪以来的研究。可分为两大方面。

（一）张炎生平思想：专著有吴则虞校辑《山中白云词》、黄畬《山中白云词笺》、杨海明《张炎词研究》、拙著《山中白云词笺证》，四种专著皆附张炎年表、年谱或编年词一览表；邱鸣皋有《张炎评传》。台湾地区学者李周龙有《山中白云词校订笺注》。相关论文有冯沅君《张玉田年谱》、谢桃坊《张炎词集辨证》、杨海明《张炎家世考》《张炎北游之行探测》、邱鸣皋《关于张炎的考索》等。此阶段的年表、年谱及考证文章都是以龚本为基础，利用词题对张炎事迹进行粗线条勾勒；有较大突破是杨海明、邱鸣皋等学者对张

①彭玉平编《王国维词论汇录》，王国维著，彭玉平编《人间词话》，中华书局2010年，第232页。

②胡适选注，刘石导读《词选》，中华书局2007年，第324页。

③参见邓牧《张叔夏词集序》，《伯牙琴》，中华书局1985年，第19页。

④陆辅之《词旨》，唐圭璋《词话丛编》（第1册），中华书局1986年，第301—302页。

⑤张惠言《词选目录叙》，张惠言《词选》，中华书局1957年，第6—7页。

⑥戈载《宋七家词选》选词480首：周邦彦59首、史达祖42首、姜夔53首、吴文英117首、周密69首、王沂孙41首、张炎101首。清光绪十一年（1885）曼陀罗华阁重刊本。

⑦张预《山中白云词跋》，张炎著，许增校刊《山中白云词》，清光绪八年（1882）榆园丛刻本。

⑧江藩《词源后跋》，《词话丛编》（第1册），第269页。

炎世系的前溯,以及对家族成员如祖父张濡、族叔张楧、兄弟张炜的进一步考索;但评价张炎思想品格仍各随明清以来截然相反的成说,未能自成定论。近期较有创获的成果有刘荣平《以〈天机馀锦〉校证〈山中白云词〉》、桂栖鹏《张炎交游人物新证》、张如安《山中白云词笺释小补》、拙文《张炎北游事迹发覆》等。

(二)张炎词学词风:相关专著有杨海明《张炎词研究》、蒯伯象《张炎词学研究》、台湾地区学者黄瑞枝《张炎词及其词学之研究》;夏承焘《〈词源〉注》、郑孟津《〈词源〉解笺》等。还有邱世友、杨海明、韩经太、孙克强、钟振振等人词论专文,谢桃坊、缪钺、邱鸣皋、马兴荣等人的词风专论,刘庆云《试论张炎〈词源〉对后世词论的影响》、傅蓉蓉《论〈词源〉理论在清代的接受》、黄浩然《张炎词在清代的接受与清代词学的建构》、莫崇毅《统序与轨式——张炎词史地位升降与常州词学师法门径的建构》、徐文武的博士论文《〈词源〉及其词论史影响研究》是研究张炎在清代接受的专文。这些专著与论文主要阐述张炎词学思想、论词主旨、乐律要则,稍涉与晚宋词论的比较,或探讨《词源》的成因、影响等。张炎研究专著论述词风与词史地位的篇章较少,专门论文也不多见,并且多从宋元易代、雅词风范的角度略论张炎词风,或与南宋、晚宋著名词人风格进行比较;莫崇毅则是在清代浙西词派、常州词派理论建构中论及张炎词史地位的升降。有理论建树的论文有邱世友《张炎论词的清空》、孙克强《词学史上的清空论》、钟振振《南宋张炎〈词源〉"清空"论界说》、谢桃坊《张炎词论略》,邱鸣皋《张炎词探微举隅》、日本学者松尾肇子《〈词源〉和〈乐府指迷〉》等。陈忻、常国武则有比较辨析张炎词风的论文。

需要说明的是,胡昭曦将"晚宋"界定于宋宁宗嘉定元年(1208)至宋帝昺祥兴二年(1279)南宋灭亡[①]。本书涉及的张炎及《词源》为中心的"晚宋词人""晚宋词学"的迄止期无法据此而定,因为文学风气不可能随着宋亡戛然而止。这里所举的"晚宋词人"涵盖了一批由宋入元的遗民词人,除张炎之外,还有著名词人吴文英、周密、王沂孙、仇远等。"晚宋词学"则指张炎《词源》、沈义父《乐府指迷》、陆辅之《词旨》。沈义父、张炎都是由宋入元的词人兼词论家。笔者已经考证出沈义父生于宁宗嘉泰二年(1202),年长张

①参见胡昭曦《略论晚宋史分期》,《四川大学学报》1995年第1期。

炎四十五岁左右，卒于元初，与吴文英生卒年大致相同[①]。《乐府指迷》成书于宋末元初，《词源》成书于元大德年间(1297—1307)。陆辅之生于宋恭帝德祐元年(1275)，生活在元朝，《词旨》成书更在《词源》之后。但陆辅之问学于张炎，词论是遵循师嘱而作："因从其言，命韶暂作《词旨》。"[②]《词旨》被公认与《词源》"同条共贯"[③]，甚至可以视为绍续之篇。因此，谢桃坊先生认为三种词论"全面地论述了雅词的美学规范并确立了以姜夔、吴文英、张炎为代表的雅词在南宋词的正宗地位"[④]。基于此，这里的"晚宋"是延至元朝前期的宽泛概念。

"晚宋词学"虽然相对独立，但与宋朝相关词学论述也有联系。包括李清照的专文《词论》，词选《乐府雅词》《梅苑》《花庵词选》《绝妙好词》以及其中留存的宋人点评；沈括《梦溪笔谈》、王灼《碧鸡漫志》、陈旸《乐书》以及隋唐以来正史中"礼乐志"关涉的词体音乐理论；还有宋朝诸家笔记中吉光片羽的词学评点、词集词选序跋、词前题序、题写词卷的诗词都可以类归于此。

二

综上，张炎研究自元代以来、特别是近现代的探索虽多有创新突破，但尚未汇聚并推新现有考证成果，甚至还有珍贵的一手资料未被发掘利用，如施国祁《张玉田词三说》、江昱《山中白云词疏证》稿本、陈能群《〈词源〉笺释》藏本等。张炎词学研究与词风研究的成果也远非势均力敌，并且各行其是；特别是对于张炎词风研究至今尚未能突破浙西词派与常州词派的理论框架。另如周密《绝妙好词》所选精粹南宋词、《词旨》所录南宋特别是晚宋词192则精警例句，在创作层面与晚宋词学的关系，至今鲜有涉及。而我们提出"张炎是宋词殿军"这一命题，是准备结合其生平事迹，对张炎词体创作、词学理论加以集成研究。特别是《词源》昭示的诗学取向与词学法度、理论创新与审美规范都是在词史、词学史框架下进行，而张词艺术风格

①参见拙文《吴梦窗年谱》，《词学》二十六辑(2011年)。夏承焘亦载廖恩焘(忏庵)语："谓梦窗必卒于宋亡之后。"夏承焘《天风阁学词日记》，《夏承焘集》(第6册)，浙江古籍出版社、浙江教育出版社1997年，第99页。

②陆辅之《词旨序》，《词话丛编》(第1册)，第301页。

③胡元仪《词旨畅旧序》，《词话丛编》(第1册)，第343页。

④谢桃坊《南宋雅词辨原》，《文学遗产》2000年第2期。

与词史地位也只有置于这一视野之下才是对历史语境的回归，也符合张炎最早的单行别集《山中白云集》由词集与词论合刊的初衷。基于此，其词学研究与词风研究似二实一，分而治之，易流于偏颇。而这一领域存在着的较大拓新空间，正是笔者力求突破的核心内容。本书章节布局就是围绕这一重点进行聚合与展开。

本书分为正文与二种附录。正文分为七章。

第一章“张炎家世家学与词集词论”，分为“显赫家世与家学渊源”“词集《山中白云词》与词论《词源》”两节。第一节运用翔实资料概述张炎六世祖张俊以来的勋烈惠泽，曾祖张镃、祖父张濡、父亲张枢的文采风流，以及对张炎思想立场、词学理论、艺术造诣、生活方式的影响；涉及临安（今浙江杭州）沦亡后张炎父祖遭磔杀、兄弟四散逋逃、妻妾籍没官府的政治事件。再以较大篇幅论述其曾祖张镃的诗歌创作与诗学理论，张镃笔记《仕学规范》过录的诗学理论体现出的江西为体、晚唐为用的诗学观，是张炎词论中诗学取向的源头活水。第二节先介绍张炎词集二卷钞本、八卷刻本的版本源流，推证张炎八卷本虽为编年体例，但不够完善；还论及词集独特的“别本”“别题”现象；阐述江昱《山中白云词疏证》的搜罗资料及考证之功。再探讨《词源》二卷分合及下卷旧称。宋元时，《词源》或称《乐府指迷》。之后，《词源》下卷曾与《词旨》合刊，也称《乐府指迷》，后种合刊本论词观点条贯相通，进一步印证《词旨》可以统属于晚宋词学。而张炎最早的单行别集又是词集与词论合刊本，元人孔齐记载此本“首论作词之法，备述其要旨”[①]。仇远、陆文圭（一作“陆文奎”）的序跋又涉及词集与词论，推测可能为合刊本而作。这一失传的元朝版本样貌仍保存在清代曹炳曾刻本、四库全书本中（仅把词论移于词集之后）。第二节对版本的梳理涉及两个重要问题，一是两种系列的版本是否真正存在编年体例，二是复原元朝版本的样貌，从中可以认知张炎词学理论与词体创作之间的紧密联系，与第一节所论家世与家学等同属背景描述，也是后文论述的基石。

第二章“张炎生平事迹考述及发覆”，分为“交游分类、交游新考及往来唱和”“宋亡后两次北行及浙水东西之隐遁”“再次北游十年后浙江西路的隐迹浪踪”三节。第一节对张炎交游词人进行基本分类。张炎是宋元之际

①孔齐《至正直记》，中华书局1991年，第101页。

交游广泛的词人，略有事迹可考者高达79人，可分为5类：入元不仕的前朝遗民、短期担任学官的隐逸者、担任元朝官员者、同行北游大都(今北京市，元朝因辽之燕京改置)抄经者、方外僧道。而以第一类为多，足见其声气所求。再对其交游作出新证与考异。新考有袁竹初、白香岩等，考异有舒椇、史允叟、魏叔华等。其次交待重要交游事略以及往来唱和，形成张炎宋亡后往来道途、长期隐居的时空坐标系。而与张炎往来最为密切者有八人：周密、王沂孙、仇远、韩铸、陆文圭、袁易、袁桷、陆辅之，则显示出张炎行迹的坐标点。第二节是本书最为重要的创获所在，颠覆了张炎研究中最有影响的北游一年说与十年说，以及综合两种观点的北游十一年说。在内外证推论的基础上，首次提出张炎在临安倾覆之后曾两次北行的观点：一次是父祖被磔杀后，作为罪囚后裔北上逋逃，一次是抄写金字藏经。初次北游在宋恭帝德祐二年(1276，此年五月宋端宗改元)或景炎二年(1277)，祥兴元年(1278，此年五月帝昺改元)秋天南归；再次北游在至元二十七年(1290)，次年南归。张炎此次抄经之行在庚寅、辛卯年间，属于“官府以势迫其来”[①]的首批抄经人员(详后说)。厘清了两次北行后的隐居客地，并为初次北游所写两首著名词作《解连环·孤雁》《绮罗香·红叶》准确编年。第三节主要描述张炎再次北游十年后即大德三年(1299)开始的浙江西路之游以及隐居寓地，推进了邱鸣皋先生关于张炎在江阴、宜兴时的投依对象是族叔张楧的观点，首次考出张炎足迹曾到吴兴霅川(今浙江湖州)及毗陵(今江苏常州)。

第三章“张炎‘文化遗民’身份与《山中白云词》思想倾向”，分为“创作分期界定及文化遗民身份”“两次北游未肯屈志的民族情怀”“故国故家的忠爱诉求”“豹隐雾藏崇尚气节”四节。第一节主要驳难学界张炎创作分期的一期、二期、三期、四期说，提出新三期分法，始于临安倾覆，或以两次北游大都的时间为界限，或以浙东、浙西的空间为畛域。第一期主要是政治逃亡避难，第二期主要在浙东隐居守节避乱，第三期在浙西吴地为南山豹隐以避世。宋季典雅派词人受当时政治气候影响，词中都会因裹挟时代风云之气而向苏轼等豪放词倾斜，张炎也不例外；而且，张炎对家国的忠爱不仅是易代特殊时期的表达，而是终其一生的政治诉求。张炎文化身份的政

①郑介夫《太平策》，李修生主编《全元文》(第39册)，江苏古籍出版社1998年，第623页。

治归属有“宋词人”抑或“元词人”之辨，究其实质，取决于张炎北行是否有求官意向。我们提出的两次北游说显示：在来去匆匆行程中所谓求官未遇是空穴来风，从而明确张炎“宋词人”身份归属。后三节，分门别类地论述张炎词作的思想倾向，也与其“宋词人”身份定位若合符契。

第四章“张炎《词源》的诗学取向与词学法度”、第五章“张炎《词源》的理论创新与美学规范”，是从全新视角对张炎词学理论进行较为系统的研究。沈义父《乐府指迷》、张炎《词源》、陆辅之《词旨》共同构成晚宋词学的主体，张炎《词源》具有最为重要的理论价值。鉴于张炎词学理论对词体创作的指导意义，先行研究《词源》的理论内涵及审美价值，有助于在理论“顶层”俯瞰张炎《山中白云词》。本章论证《词源》的诗学取向，是把晚宋词学理论置于两宋词学及诗学的交叉视野中，特别与张炎家学即曾祖张镃《仕学规范》加以延伸对比。在这一视域中，通观两宋相关词论与诗论，辅以《词旨》句例，从温柔敦厚与诗骚遗意、夺胎换骨与点铁成金、规矩法度与悟入“活法”三个层次加以论述。张炎词论汰弃俚俗词质、与诗合流的雅化倾向，为词体承载家国重大主题提供了理论支撑。《词源》的词学法度意识也以《仕学规范》所引诗论及晚宋词论的文章制法为参照，阐释晚宋词学法度的基本构成是追求全章精粹锤炼警策、情景交炼意在言外、本制平正各得其体。张炎《词源》的理论创新表现在歌谱合乐、原创范畴、创作技法三方面对两宋词论的通变。歌谱合乐方面，张炎认同南宋中晚期张镃、杨缵为代表的流派以因革古音的新调代替有亡国之音嫌忌的大晟府音乐，原创范畴方面，通过相类范畴的外延限制，对清空疏快与古雅峭拔，质实软媚与凝涩晦昧进行理论界定。创作技法方面，主要论及与《乐府指迷》相较，《词源》兼容两宋特别是苏轼、姜夔立意高远的作词方法。张炎词论的美学规范与诗学取向密不可分，是诗体雅质尤其是宋诗雅质渗透于词体的表现形态：即以高雅典重拒绝俗艳，以瘦硬通神摒弃姿媚，以高华自然澄汰生硬。

第六章“《山中白云词》的艺术风格及词史地位”。前两章研究张炎词学理论的内容之所以置于此章前，是基于张炎最早词集与词论合刊，表明张炎词艺术风格是其词学理论的实践形态。也就是说，只有在两宋词学专论特别是《词源》诗学取向、词学法度、理论创新、美学规范的观照下，概括出词体艺术风格的理想范式以及词史发展轨迹，张词艺术风格才能得到准确归纳，词史定位也能趋于精准。张炎词风正如宋元论者所说，是对周邦彦、姜夔、史邦卿、吴文英等著名词人取长补短、集成创新，通过《词源》举证，知其对苏轼也多有取益。风格呈现是古音雅词济溺起衰，求存华夏文明一脉；空灵婉丽返虚入浑，这是有宋季特色的创新尝试；高旷清雄高出人表，则是追溯李白、杜甫，踵步苏轼，形成的豪放飘逸、沉郁顿挫的特色。张炎的词史地位，是在“词至南宋始极其工，至宋季而始极其变”[①]背景中显现。从风气转移渐重南宋、宋词入元传世犹久、集成创新矜式后世三个方面，集中论析张炎《山中白云词》是《词源》理论的创作范本。至此，晚宋词坛已经完成了词学法度从自发到自觉的理论阶跃，从此，词体创作开始有大法可以依从，各类题材创作因之能够各得其体，晚宋词作立意高远，情感飘逸，布局畅达，渊渊乎文有其质，法度森严而能清空灵动，可以文藻流传，矜式万世。张炎卓立其中，成为“宋词三百年发展的最后殿军”[②]。

第七章“清代张炎接受的深刻歧异与理论渊薮”，分为“浙西词派的理论起点与汉学根基”“常州词派理论重建与宋学底蕴”两节。本章鉴于词学界张炎接受研究与清朝词学建构的关系已经取得不俗成果，转而专论清代浙西词派与常州词派对南宋以来特别是张炎词学词风臧否迥然有别的内在原因。清代词论家在新的历史语境下推尊宗主发生从姜夔、张炎到周邦彦（包括辛弃疾、王沂孙、吴文英）的转移，其理论起点都在晚宋词论《词源》或《乐府指迷》，是晚宋词学未坠之宗风。理论歧异则主要源于清代不同的治经方法对词学的渗透，浙西词派以汉学为根基，常州词派则以宋学为底蕴。前者知人论世，理论宗法南宋，推崇姜夔、张炎，是对《词源》《词旨》乃至周密选本《绝妙好词》词学观的全面接受。后者尽管在阐释学方面打破了文学与经学的壁垒，研究更贴近文学本质，具有重要的理论创新，但其直探义理的宋学理路不可避免地带有“六经注我”的主观色彩。而折衷浙西、常州二派，要从调和汉学与宋学的内在理路入手：不仅需要借助汉学挖掘思想源头，更要借助宋学构筑思想景观[③]，进一步淡化经学色彩，回归词学理论本身。

正文后有附录二种：《张玉田简谱》《主要参考书目》。通过《简谱》，可

①朱彝尊《词综·发凡》，朱彝尊、汪森辑，民辉校点《词综》，岳麓书社1995年，第10页。

②程千帆、吴新雷《两宋文学史》，上海古籍出版社1991年，第443—444页。

③参见陈少明《由训诂通义理：以戴震、章太炎等人为线索论清代汉学的哲学方法》，《中国社会科学》2018年第7期。

以获得对张炎生平事迹整体直观的印象，并对正文限于谋篇布局未作叙述的相关事迹有全面认知。《主要参考书目》则是学术规范的基本要求。

本书以“张炎其人、其词学、其词风”个案探求为切入点，进行晚宋文学思潮下词学词风综合研究。研究过程显示，晚宋词学理论的建立，实由两宋词学理论与创作实践汇聚而成，而且越来越明显地受到江西诗学的影响：晚宋词学理论由沈义父推崇周邦彦质实典丽到张炎宗奉姜夔清空骚雅的渐变，就是最好的体现。《词源》倡导的原创词学范畴如“清空”“骚雅”等是南宋词学的结穴与归宗，并最终成为晚宋词人群体共同的创作追求，入元之后，传世犹久，影响深远。综上所述，本书研究的独到之处主要表现在以下几点。

其一、综合考察张炎交游群体的相关史料，以词集（词题、排序）等为辅助，定谳张炎两次北游以及入元后四十多年的行迹。张炎《山中白云词》共305首词作，涉及交游119人，通过词题及宋元之际的相关史料，综合考述交游群体的相关事迹，知集中存词多写于宋恭帝德祐二年（1276）临安沦亡之后，集中有210首词可以编年[①]。从而推新了张炎生存状态、思想品格的既成结论，解决了悬置已久的学术难题。如最为重要的两次北游的考证过程如下：龚本有《水龙吟·寄袁竹初》，据宋代四明遗民陈著书札《与袁竹初（洪）》，知袁竹初即袁桷之父袁洪。《天机馀锦》别题作“袁竹初之北，赋此以寄”，据其子袁桷《延祐四明志》卷五，知袁洪曾于至元十五年冬天（1278，宋昺帝五月改为祥兴）北行大都。张词有句曰“远草兼云，冻河胶雪，此时行李”“笑我曾游万里。甚匆匆、便成归计”，表明张炎此年已经北游并匆匆南归。不仅可为《水龙吟·寄袁竹初》准确编年，也是张炎初次北游并已南归的“铁证”。而排比张炎两次北行的20多首词作，历历可辨其北上、南归的时间各不相同。本书除新考出袁竹初外，还考得白香岩为白廷玉之号；考异则有舒亦山为舒槀，而非舒襟，魏叔皋为魏叔华而非魏峻（字叔高）。依绿庄主人为史允叟名公升，继承家业允斋，故以“允叟”为号。推考出陆辅之晚号处梅，是张炎后期寓居苏州的主要交游者。周密晚年确实归居吴兴，张炎与其在霅川话旧的词作可以证明何忠礼先生的观点（详后说）。陆垕（号义斋）与张炎族叔张模、友人袁易也有交游。

①参见《张炎词编年一览表》，拙著《山中白云词笺证》（下册），中华书局2019年，第879—893页。

其二，建立张炎《词源》研究的纵横坐标，研究《词源》的诗学取向、法度意识、理论创新、审美规范。纵向是以张炎曾祖张镃《仕学规范》作为《词源》延伸端口，以其所录以江西诗派、中兴著名诗人为主体的诗学理论，不仅获得对《词源》诗学取向的准确深刻理解，也使《词源》成为宋朝文学理论的有机组成；真实地反映出词坛在“别是一家”前提下“以诗为词”①的理论转型以及在此理论形态下所建立的词学法度。横向是把《词源》《乐府指迷》《词旨》定位为“晚宋词学”（三种词论的论述对象、引篇、摘句都以两宋词人为例，可以佐证这一判断），结合周密《绝妙好词》选篇、《词旨》引句，把《词源》置于宋朝特别是晚宋词学的发展环节中，并与张炎交游者的词学评点相互阐发，探究晚宋词学理论创新的嬗变之迹。《词源》的美学规范则体现出诗学取向的深刻影响，反映出北宋苏轼豪放词与南宋姜夔典雅词合则双美的交融过程：词学理论研究因而被纳入更为宏通的时代文学思潮视野。

其三，阐释《山中白云词》的风格生成，在多维向度中探究张炎其人、其词、其词学之间的关系。如张炎生平事迹与词作思想倾向、风格特色之间的关系，张炎词学理论与词作风格之间的关系，张炎词风、词学与晚宋词风、词学之间的关系等等。其中张炎词学与词风之间的关系，是张炎研究的薄弱环节。上世纪八十、九十年代以来张炎研究的主流倾向，是对张炎词艺术性以及《词源》的学术探讨基本处于各行其道的状态。张雷宇综述二十年来这一现象时指出：“近来，学者们对张炎的《词源》进行了广泛深入的探讨，但这些论文中．对于张炎的词作与其词学理论二者之间的关系、还缺乏探入的探讨、此方面还有待加强。”②在本次研究中得到重视内在理路的强化。

其四，考察《词源》作为礼乐文献的价值。谢桃坊先生曾指出：“《词源》上卷虽是资料辑录性质，但张炎为什么要汇集呢？这与其词论之间有何联系呢？词乐在宋亡之后已经散佚和失传，因而《词源》中的词乐研究是非常专门的难题。夏承焘先生的《词源注》避开了上卷，蔥伯象先生关于《词源》

①陈师道曰：“退之以文为诗，子瞻以诗为词，如教坊雷大使之舞，虽极天下之工，要非本色。今代词手惟秦七、黄九尔，唐诸人不迨也。”陈师道《后山居士诗话》，中华书局1985年，第6页。

②张雷宇《20年来张炎研究述略》，《郑州大学学报》（哲学社会科学版），2002年第6期。

的研究也尽可能地避开,这毕竟令人感到一种缺失或遗憾。"[①]晚清以来,研究《词源》上卷,有郑文焯、陈能群、蔡嵩云、郑孟津等人所作的纯粹音乐研究;本书则从词乐理论、词乐流派入手,厘清了南宋两个新兴音乐流派即张镃、姜夔、张炎一派,杨缵、周密、施岳一派,他们虽然属于不同的流派,但都认为"大晟久亡,宫音不正"[②],所以是不同于北宋大晟府音乐的古音新调,仅在"按月律为之"[③]方面与大晟音乐殊途同归,另外,还探讨了音乐方面"融字无疵"的唱法对词律的影响等。

其五,不同于前此张炎接受研究,本书着重点在于探讨清朝词学发生浙西词派推崇姜夔、张炎到常州词派推重宋词四家(周邦彦、辛弃疾、吴文英、王沂孙),词学理论取向从崇尚"清雅"转而追求"寄托"风气转移的内在原因。张炎词及词学在浙西、常州的接受过程中消长起伏、褒抑迥别。究其实质,是在清朝经学盛极一时的学术背景下,浙西、常州两派治词各以汉学或宋学为根基,因为阐释方法相异不可避免地导致了观点分歧。但无论如何,张炎词学对清朝词学建构都产生了重要影响:对于浙西词派,张炎词及词学是最为主要的理论来源与实践"语料库";而对于常州词派,又是潜在的互文"语言场域",因此,张炎在被批评乃至被取代的过程中,其词其词学的影响度反而获得前所未有的"高光"时刻。

本书引用资料较为繁复,若引而未注,表明前已见引,间隔较远或有特殊需要以括号注出"已见前注";但后注内容溢出前注者,再次出注。为省文计,注释体例首见为全部出版信息,再出仅注书名与页码。行文中出现篇名,注释仅出别集名称。不同作者的同名书籍,每注必出作者。注释中若出现版本不统一,则是因为主要注释版本有夺文、异文。径改引用书证中错字及标点错误,异体字改用通行字。文中引词,首次出现引录全部题序,有需要并引"别题";再次或多次引证则按需要对题序断章截句或括号引首句;无词题如有需要则以括号引出首句。正文与附录一《张玉田简谱》各自独立,两处征引或不避重复。诗词原文及题序、自注等不出注释。为统一全书体例,按新标准删除引文中单双引号、书名号之间顿号(若间有人

①谢桃坊《张炎词学研究序》,蒴伯象《张炎词学研究》,中南大学出版社2006年,第1页。
②李慈铭著,由云龙辑,虞云国整理《越缦堂读书记》(五),辽宁教育出版社2001年,第1098页。
③张炎《词源序》,《词话丛编》(第1册),第255页。

名、括号等保留顿号)。古今地名不同出括号注(省略“省”“市”),相同则不出注。本书所引张炎词皆出自拙著《山中白云词笺证》,不一一标注;引录选本用同调异名,如不产生歧义,为避辞费,也不标注。学术论文不入参考书目。

第一章　张炎家世家学与词集词论

张炎出身南宋望族，世系显赫，家学渊源。他是宋季著名的词人与词论家，有《山中白云词》《词源》传世。《山中白云词》主要是宋亡之后的词作，需要说明的是，南宋灭亡，分为两个时间节点：一是宋恭帝德祐二年(1276，宋端宗改元为景炎，也即元世祖至元十三年)[①]，元主因劝降国使在独松关被杀，发兵攻破独松关后，南宋京城临安随即被攻陷。二是宋帝昺祥兴二年(1279)二月，宋军厓山战败，陆秀夫负幼帝蹈海，杨太后赴海捐生，随行军民跳海殉国，南宋正式灭亡。史学界把祥兴二年作为南宋灭亡的标志，文学界也有学者以前者分界反映宋元之际的风云变化；然而，张炎《山中白云词》除前说赠赵文升的三首词作外，都作于德祐二年临安倾覆之后，也就是第一个时间节点是词集作年的起始时间。另外，清代还有张鹿征手钞张炎诗集一卷，不久散佚[②]。张炎传世的词集、词论，有着极深的家学根基。

第一节　显赫家世与家学渊源

张炎六世祖张俊位望尊贵，以异姓元勋宿将追封循王(谥忠烈)。牟巘《题西秦张氏世谱后》："自三班以来，三世三公，皆以(忠烈)王贵。王位极人臣，分茅胙土，施及其后。四子名冠以'子'，诸孙名冠以'宗'。'宗'之下，则取五行相生为次。王弟之子孙亦如之。节钺之重，师保公侯之贵，易名之美，后先相望，有光史册。何其盛也！"[③]易名之美，指朝廷所赠"忠烈"谥号。杨海明先生考证出的张炎家族谱系与此相合：张俊—张子厚—张宗

---

①宋恭帝德祐二年至四月甲午(三十)，宋端宗于五月乙未(初一)改元为景炎元年。

②朱彝尊曾亲见诗卷。朱彝尊《明诗综》(卷八十)注张鹿征诗："(鹿征)山居钞书颇多，著述甚富。予所见者，仅《玉光剑气集》《謏闻正续笔》数种而已。曩造其山居，见案头有手抄宋季张炎叔夏诗集一卷。今其遗书不可复问，诗亦流传者寡矣。"朱彝尊编《明诗综》(第2册)，上海古籍出版社1993年，第1493页。

③牟巘《题西秦张氏世谱后》，《全元文》(第7册)，第623页。

元—张镃—张濡—张枢—张炎[①]。循王之弟一族有张桂见于记载。牟巘《张竹山文稿序》:"菊存婿作《秦张谱》,于忠烈王从子恭庄公四世下,特书竹山。……因相共剧谈,颇及往时中朝群叟、西州同社,所见闻如前日事。为之慨然,且叹其白首滞留之不遇也。几间有文一编,题其上曰《惭稿》。"[②]恭庄公,厉鹗《绝妙好词笺》作"恭简公":"(张)桂,字惟月,号竹山,循王从子恭简公四世孙,有文曰《惭稿》。"[③]则张桂辈分与循王嫡传五世孙张枢相侔。本节先考察张炎家世家学,作为讨论张炎词集及词论的基础。

一　六世祖以来的勋烈惠泽

张炎家族除五世祖张子厚、四世祖张宗元外,六世祖张俊、曾祖张镃、祖父张濡、父亲张枢史不阙传。家世方面,张镃、张濡、张枢皆承忠烈循王旧勋丕烈,泽惠绵延。家学方面,张濡留传诗作仅存《游大涤山》《湖上别墅》,张镃、张枢显示出较高的理论素养、音乐秉赋与创作才华,所以张炎词论词作受张镃、张枢沾溉尤多。

(一)六世祖张俊

张俊(1086—1154),字伯英。追封循王,谥忠烈。他是南渡护跸功臣,生前身后,颇受朝廷优渥,宠葬无锡(宋属常州府)塘湾山(又名青山),建华藏寺以奉岁祀,后配飨高宗皇帝庙。周麟之《张循王神道碑》载曰:"乃以太傅镇洮、宁武、奉宁军节度使,进封清河郡王……继以郊恩,改靖江、宁武、靖海军。二十一年,上幸第,存劳甚笃,拜太师,子孙各进官加等。二十四年六月以疾闻,上遣中贵人抚问,命国医朝夕诊视。七月二日,薨于正寝,享年六十有九。上震悼,辍视朝三日,追封循王,赐一品礼服,亲奠于赐第,劳恤其孤及宗族,恩各有差。命内侍省押班张去为护丧事,以是年九月十一日,葬于常州无锡县塘湾山。"[④]《无锡县志》(卷三下):"宋太师张循王墓,在县西三十五里布政乡塘湾山(即青山)也。……官至节度使,封清河郡王,拜太师。薨,年六十九,追封循王,谥忠烈,赐一品礼服。命内侍省押班张去为以绍兴二十四年九月十一日奉敕护葬于是山。绍熙元年,诏配飨高

①参见杨海明《张炎词研究》,齐鲁书社1989年,第1—10页。
②牟巘《张竹山文稿序》,《全元文》(第7册),第593—594页。
③周密选,查为仁、厉鹗笺,房日晰校点《绝妙好词笺》,陕西人民出版社1992年,第206页。
④周麟之《张循王神道碑》,《全宋文》(第217册),第257页。

宗皇帝庙。高宗御书'忠烈张循王神道路碑'额,兵部侍郎周麟之奉敕撰文,吏部尚书贺允中奉敕书墓。墓左建华藏寺,以奉王祀。"[①]又,"华藏寺,在州西青山湾前,面太湖。宋太师循王张俊葬于是,因建浮图以奉岁祀,至今其地号华藏寺。中有云海、惟玉二亭,可望山气。"[②]

理宗朝,绘张循王像于昭勋崇德阁。《咸淳临安志》(卷六):"昭勋崇德阁,宝庆元年八月建。自赵韩王普至葛文定公邲,合文武勋臣二十有三人绘像其中。理宗皇帝御书扁。"[③]端平二年,增赵福王汝愚,共绘像二十四人。宰相郑清之为昭勋崇德阁作记,媲隆麒麟、凌烟二阁所绘功臣图:"而陛下成之,诞敷隆指,兼举勋德,以章既往而厉方来,眂麒麟、凌烟之绘,溟涬然弟之矣。"[④]循王与高宗的关系也逾越常礼。陆游《德勋庙碑》:"士大夫咸谓其得大臣体,而高宗亦每谓之腹心旧将。又曰:'从来待卿如家人。'又曰:'是人与他功臣相去万万。'"[⑤]张氏府邸中也有高宗御书。张镃《夜坐因观杨伯虎和春字韵诗,偶成五绝,再寄》:"往事追思重惨伤,相从常醉德勋堂。"自注:"高宗御书'德勋'二字为先君寝堂名。"后移为德勋庙扁:"公之曾孙镃,三世传嫡长,始筑庙于居第之东。庙成,以高宗御书'德勋'二大字为庙之名。"[⑥]

张俊护跸以明州(今浙江宁波)之役为首功。周麟之有详载:"及敌人犯江浙,公率众军从上于明州,銮舆御舟师巡永嘉,留公御之。赐亲札曰:'惟卿忠勇,事朕累年。朕非卿则倡义谁先?卿舍朕则前功俱废。卿宜勠力,共扞敌兵。一战成功,当封王爵。'敌至,公乃扼险为陈,令将士曰:'若等于此当以死报国家,不用命者斩。'部曲闻之争奋。公亲鼓之,人人殊死斗,敌大奔,杀获数万人。四年正月,敌悉精锐复至。公先以轻舟强弩匿其旁,自高桥纵兵击之。一日数战,敌失利而还。"[⑦]南宋名臣吴潜为建战功纪念地高桥并附建寺庙。《开庆四明续志》(卷第二):"高桥,建炎再造。诸将勠力王室,战功凡十有三,而高桥为第一。桥在道傍,至今过者莫不指曰:

---

①王仁辅《无锡县志》,侯鸿鉴编,无锡市图书馆整理《锡山先哲丛刊》(第1册),凤凰出版社2005年,第181页。
②同上书,第192—193页。
③潜说友《咸淳临安志》,台湾成文出版社1970年,第76页。
④同上书,第77页。
⑤陆游著,马亚中校注《陆游全集校注》(第9册),浙江教育出版社2011年,第410页。
⑥同上书,第411页。
⑦周麟之《张循王神道碑》,《全宋文》(第217册),第255页。

‘忠烈循王尝鏖虏于斯也！’英风义气，百岁不磨。”[①]又，《高桥寺（循王庙附）》：“高桥成，公于其西作新庙，肖循王像而祠焉。貂冠朱裳，俨然如在，见者起敬。岁时秩祀，著为常典，旌忠义也。”[②]袁桷《赠张玉田》：“将军金甲明如日，勒马桥边清警跸。淮扬彻卫羽书沉，置酒行宫功第一。”即指高桥战功。

《元史》记载，元初，江南释教总统杨琏真伽发掘赵宋在钱塘、绍兴诸陵以及大臣冢墓凡一百零一处，张俊在无锡的墓冢也被掘发。《康熙常州府志》（卷之十九）：“及杨琏真伽发宋诸陵，俊墓亦及焉。”[③]父祖不共戴天之奇耻大辱，在张炎内心投下的创伤阴影，叠现于他的创作中。

（二）曾祖张镃

张镃（1153—1235），字时可，易字功甫（父），号约斋居士，又号南湖[④]。张氏家族自张镃始以五行命名，见于前引牟巘《题西秦张氏世谱后》。江藩《词源后跋》有更具体的说明：“盖以五行相生为世次之名者始于功甫。……功甫之名从金，金生水，水生木，小庵主人之子所以名柽也。……枢字斗南，号云窗，一号寄闲老人，枢与柽名皆从木，是为弟兄行。”[⑤]张枢、张柽都是张镃孙辈。

宋元史料中有较多关于张镃的记载，张镃广有园囿，极意奢华，交游文人雅士。周密《齐东野语》（卷二十）：“张镃功甫，号约斋，循忠烈王诸孙，能诗，一时名士大夫，莫不交游，其园池、声伎、服玩之丽甲天下。尝于南湖园作驾霄亭于四古松间，以巨铁絙悬之空半而羁之松身。当风月清夜，与客梯登之，飘摇云表，真有挟飞仙、溯紫清之意。”[⑥]张镃记载了宅第中的湖畔园林以及从游之盛：“余扫轨林扃，不知衰老，节物迁变，花鸟泉石，领会无余。每适意时，相羊小园，殆觉风景与人为一。间引客携觞，或幅巾曳杖，

①《宋元浙江方志集成》（第8册），杭州出版社2009年，第3626页。

②同上书，第3628页。

③于琨修，陈玉璂纂《康熙常州府志》，凤凰出版社2008年，第389页。

④张镃居地南湖即白杨（洋）池。《瀛奎律髓》（卷二十七）：“功甫者，张循王俊之孙，居杭城西北白杨池。”方回选评，纪昀刊误，诸伟奇、胡益民点校《瀛奎律髓》，黄山书社1994年，第725页。《浙江通志》（卷九）按曰：“白洋池，一名南湖。宋时张镃功甫构园亭其上，号曰桂隐。后舍为广寿慧云寺，俗呼张家寺。寺碑有镃舍宅发愿文，云‘秀踞南湖之上，幽当北郭之邻’是也。”沈翼机等撰《浙江通志》（第1册），台湾京华书局1967年，第248页。

⑤江藩《词源后跋》，《词话丛编》（第1册），第270页。

⑥周密撰，张茂鹏点校《齐东野语》，中华书局1983年，第374页。

啸歌往来，澹然忘归。因排比十有二月燕游次序，名之曰《四并集》。"[①]史浩《题南湖集十二卷后》："桂隐林泉在钱塘为最胜，张子卜筑。池台馆宇，门墙道路，凡经行宴息处，悉命以佳名，而各有诗。"[②]姜夔有太簇宫《喜迁莺慢·功父新第落成》写园中兴建超过六朝王谢的功役："玉珂朱组。又占了、道人林下真趣。窗户新成，青红犹润，双燕为君胥宇。秦淮贵人宅第，问谁记、六朝歌舞。总付与、在柳桥花馆，玲珑深处。　居士。闲记取。高卧未成，且种松千树。觅句堂深，写经窗静，他日任听风雨。列仙更教谁做，一院双成俦侣。世间住。且休将鸡犬，云中飞去。"

园池中多有堂轩，以玉照堂梅花最为著名。张镃《玉照堂梅品》："梅花为天下神奇，而诗人尤所酷好。淳熙岁乙巳，予得曹氏荒圃于南湖之滨，有古梅数十，散漫弗治。爰辍地十亩，移种成列。增取西湖北山别圃江梅，合三百余本，筑堂数间以临之。又挟以两室，东植千叶缃梅，西植红梅，各一二十章，前为轩楹，如堂之数。花时居宿其中，莹洁辉映，夜如珂月，因名曰'玉照'。复开涧环绕，小舟往来，未始半月，舍去。自是客有游桂隐者，必求观焉。顷亚太保周益公秉钧，予尝造东阁，坐甫定，首顾予曰：'一棹径穿花十里，满城无此好风光'，人境可见矣！"[③]张镃《满江红·小圃玉照堂赏梅，呈洪景卢内翰》可以互证："玉照梅开，三百树、香云同色。光摇动、一川银浪，九霄珂月。幸遇勋华时世好，欢娱况是张灯夕。更不邀、名胜赏东风、真堪惜。"史梅溪赠词《醉公子·咏梅寄南湖先生》也有句曰："想玉照堂前、树三百。雁翅霜轻，凤羽寒深，谁护春色。诗鬓白。总多因、水村携酒，烟墅留屐。更时带、明月同来，与花为表德。"张镃除《南湖集》诗题赋咏的堂轩之外，诗词自注中又多及之。如词作《烛影摇红·灯夕玉照堂梅花正开》自注："柳塘、花院、现乐，皆家中堂名也。"《菩萨蛮》题序："碧宇，余家竹堂名也。"《念奴娇》题序："登齐云楼夜饮双瑞堂。"《玉团儿》题序："香月堂古桂数十株着花，因赋。"诗作《寄呈尤侍郎二首》（之一）："篱落寻黄独，檐楹接翠微。"自注："（翠微）桂隐新葺山堂。"

张镃风花雪月的生活优雅而精致。《张约斋赏心乐事并序》载四季游

---

①四水潜夫（周密）《武林旧事》引《张约斋赏心乐事（并序）》，浙江人民出版社1984年，第159页。

②张镃撰，吴晶、周膺点校《南湖集》，当代中国出版社2014年，第292页。

③《齐东野语》，第274页。

适，如“正月孟春：岁节家宴，立春日迎春春盘，人日煎饼会，玉照堂赏梅，天街观灯，诸馆赏灯，丛奎阁赏山茶，湖山寻梅，揽月桥看新柳，安闲堂扫雪。二月仲春：现乐堂瑞香，社日社饭，玉照堂西赏缃梅，南湖挑菜，玉照堂东赏红梅，餐霞轩看樱桃花，杏花庄赏杏花，群仙绘幅楼前打球，南湖泛舟，绮互亭赏千叶茶花，马塍看花。”①“十二月季冬：绮互亭檀香蜡梅，天街阅市，南湖赏雪，家宴试灯，湖山探梅，花院观兰花，瀛峦胜处赏雪，二十四夜饧果食，玉照堂赏梅，除夜守岁家宴，起建新岁集福功德。”②《约斋桂隐百课》则载宅第富丽瑰侈：“西宅：丛奎阁（安奉被赐四朝宸翰），德勋堂（祖庙，以高宗御书二字名），儒闻堂（前堂，用告词字取名），现乐堂（中堂，用朱岩壑语），安闲堂（后堂），绮互亭（有四小轩），瀛峦胜处（东北小堂前后山水），柳堂花院，应铉斋（筮得鼎卦，故名），振藻（取告词中字名），宴颐轩，尚有轩，赏真亭（山水）。”③又载园林胜景：“北园：群仙绘幅楼（前后十一间，下临丹桂五六十株，尽见江湖诸山），桂隐（诸处总名今揭楼下），清夏堂（面南临池），玉照堂（梅花四百株），苍寒堂（青松二百株），艳香馆（杂春花二百株），碧宇（修竹十亩），水北书院（对山临溪），界华精舍（梦中得名），抚鹤亭（近松株），芳草亭（临池），味空亭（蜡梅），垂云石（高二丈广十四尺），揽月桥，飞雪桥（在梅林中），蕊珠洞（荼蘼二十五株），芙蓉池（红莲十亩，四面种芙蓉），珍林（杂果小园），涉趣门（总门入松径），安乐泉（竹间井），杏花庄（村酒店），鹊泉（井名）”④张炎词中仍有家族园林的破碎记忆。如《南浦·春水》涉及到茂林修竹与碧桃花都与张家园林相关。张镃《旧藏文与可墨竹，未有对者，叔祖阁学以一枝为惠》：“茂林分荫已无穷，更合新诗同不朽。”自注：“茂林，南园亭名。”又，《桃花》：“园翁能好客，折赠小春桃。却为开花少，翻成占格高。来年红烂漫，绕涧碧周遭。”自注：“桂隐、爽涧种桃三百余株。”《霞川》：“方舟卧看花，丹霞二三里。穷眼谢元晖，休言余散绮。”自注：“（爽）涧两岸种桃。”

张镃特爱牡丹，诗有残句“燕子初归曾识面，牡丹未放已知名”，词有《好事近·拥绣堂看天花》：“手种满栏花，瑞露一枝先拆。”自注：“瑞露，紫牡

①《武林旧事》，第159—160页。

②同上书，第162页。

③《武林旧事》引张镃《约斋桂隐百课》，第163—164页。

④同上书，第164—165页。

丹新名也。”张镃记录的三月赏心乐事有“斗春堂赏牡丹芍药”“花院赏紫牡丹”“群仙绘幅楼下赏芍药”[①]。周密《齐东野语》(卷二十)记载其最负盛名的牡丹会:“王简卿侍郎尝赴其牡丹会云:‘众宾既集,坐一虚堂,寂无所有。俄问左右云:“香已发未?”答云:“已发。”命卷帘,则异香自内出,郁然满坐。群妓以酒肴丝竹,次第而至。别有名姬十辈,皆衣白,凡首饰衣领皆牡丹。首带照殿红一枝,执板奏歌侑觞,歌罢乐作乃退。复垂帘谈论自如,良久,香起,卷帘如前。别十姬,易服与花而出。大抵簪白花则衣紫,紫花则衣鹅黄,黄花则衣红,如是十杯,衣与花凡十易。所讴者皆前辈牡丹名词。酒竟,歌者、乐者,无虑数百十人,列行送客。烛光香雾,歌吹杂作。客皆恍然如仙游也。”[②]《绘事备考》(卷六):“(张镃)南园牡丹数千本,品目最贵。花时宴客,穷极奢华。衣香鬓影,舞裙歌扇,观者动心骇目,不知其为人世也。”[③]张镃常有赠送牡丹雅举,杨万里有《谢张功父送牡丹》《张功父送牡丹,续送酴醿,且示酴醿长篇,和以谢之》。张炎词中出现的故家园林如茂林修竹、梅桃、牡丹、桂花、莲荷等往往有深刻的家族记忆。

张镃工书画,《图绘宝鉴》(卷四)谓其“清标雅致,为时闻人。诗酒之余,能画竹石古木,字画亦工”[④]。又精通音律,朱熹记载:“汉卿云:‘张镃约斋亦是张家好子弟。’曰:‘见君举说,其人大晓音律。’因言:‘今日到詹元善处,见其教乐,又以管吹习古诗《二南》《七月》之属,其歌调却只用太常谱。然亦只做得今乐,若古乐必不恁地美。人听他在行在录得谱子。大凡压入音律,只以首尾二字,章首一字是某调,章尾只以某调终之,如《关雎》“关”字合作无射调,结尾亦着作无射声应之;《葛覃》“葛”字合作黄钟调,结尾亦着作黄钟声应之;如《七月流火》三章皆“七”字起,“七”字则是清声调,末亦以清声调结之;如“五月斯螽动股”“二之日凿冰冲冲”,“五”字“二”字皆是浊声,黄钟调,末以浊声结之。’”[⑤]明确这是比“古乐”更加美听的“今乐”即时调,第五章中“校乐订谱时变新调”中张枢、姜夔、张炎的谱式皆与此相关。

①《武林旧事》,第160页。

②《齐东野语》,第374页。笔者校改引文中语义不明之字。

③王毓贤《绘事备考》,《景印文渊阁四库全书》(第826册),台湾商务印书馆1986年,第277页。

④夏文彦《图绘宝鉴》,中华书局1985年,第76页。

⑤黎靖德编,王星贤点校《朱子语类》(第6册),中华书局1986年,第2343—2344页。

张镃身处张氏家族的鼎盛时期，食客盈门。张镃乐于交往文学名士，略无贵宦气。杨万里《约斋〈南湖集〉序》："则深目颦蹙，寒肩臞膝，坐于一草堂之下，而其意若在岩壑云月之外者，盖非贵公子也。始恨识之之晚。"[①]又，《张功父画像赞》："门有珠履，坐有桃李，一何佳公子也。冰茹雪食，雕碎月魄，又何穷诗客也。"[②]戴表元载其韵事："盖钱塘故多大人长者，叔夏之先世高曾祖父，皆钟鸣鼎食，江湖高才词客，姜夔尧章、孙季蕃花翁之徒，往往出入，馆谷其门。千金之装，列驷之聘，谈笑得之，不以为异。"[③]"渡江兵休久，名家文人，渐渐修还承平馆阁故事。而循王孙张功父使君，以好客闻天下。当是时，遇佳风日，花时月夕，功父必开玉照堂，置酒乐客。其客庐陵杨廷秀、山阴陆务观、浮梁姜尧章之徒以十数。至辄欢饮浩歌，穷昼夜忘去。明日，醉中唱酬诗或乐府词，累累传都下。都下人门抄户诵，以为盛事。"[④]姜夔作为门客，曾编《张循王遗事》，楼钥《跋姜尧章所编张循王遗事》："尧章慕循王大功，而惜其细行小节人罕知者，矻矻然访问而得此，将以补史氏之遗，其志可嘉也。"[⑤]惜其久已散佚。

今传张镃《南湖集》十卷是诗词合集，张镃以诗歌成就最高。同出其时的南宋诗人中，尤袤、萧德藻、杨万里、范成大、陆游是学习江西诗派而形成各自风格的著名诗人。张镃诗名与尤、萧、范、陆相侔。词作词学也可圈可点，《玉照堂词》已残："（张）镃又工于长短句，有《玉照堂词》，选本多见采录，而原本亦久散佚。"[⑥]他的咏物词大获称赏。《历代诗余》（卷一百十七）引《古今词话》："花庵词客曰：杨万里极称张功甫之词，《玉照堂词》以种梅得名。如'光摇动、一川银浪，九霄珂月'是也。周密曰……其'月洗高梧'一阕乃咏物之入神者。"[⑦]周密所评是与姜夔同赋蟋蟀即促织的词作，张词调寄《满庭芳》，白石调寄《齐天乐》。徐釚认为张词胜过姜词："姜白石咏蟋蟀：'露湿铜铺，苔侵石井，都是曾听伊处。哀音似诉。正思妇无眠，起寻机杼。'又云：'西窗又吹暗雨。为谁频断续，相和砧杵。'数语刻划亦工。蟋蟀

①杨万里著，王琦珍整理《杨万里诗文集》（中册），江西人民出版社2006年，第1260页。

②同上书，第1554页。

③戴表元《送张叔夏西游序》，戴表元著，李军、辛梦霞校点《戴表元集》，吉林文史出版社2008年，第179页。

④戴表元《牡丹宴席诗序》，同上书，第136页。

⑤楼钥《攻媿集》（第12册），中华书局1985年，第958页。

⑥《四库全书〈南湖集〉提要》，《南湖集》，第2页。

⑦沈辰垣等编《历代诗余》（下册），上海书店1985年，第1385—1386页。

无可言而言听蟋蟀者,正姚铉所谓赋水不当仅言水,而言水之前后左右也。然尚不如张功甫《满庭芳》云(词略)……不惟曼声胜其高调,兼形容处心细如丝,皆姜词之所未发。”①

张镃对诗词理论见解独到,他曾为史邦卿《梅溪词》作序:“盖生之作,辞情俱到,织绡泉底,去尘眼中,妥贴轻圆,特其余事。至于夺苕艳于春景,起悲音于商素,有瑰奇警迈、清新闲婉之长,而无訑荡污淫之失。端可以分镳清真,平睨方回,纷纷三变行辈,几不足比数。……生满襟风月,鸾吟凤啸,锵洋乎口吻之际者,皆自漱涤书传中来,况欲大肆其力于五七言。回鞭温韦之涂,掉鞅李杜之域,跻攀风雅一归于正,不于是而止。”②据知张炎《词源》“清空”“雅正”等词学范畴渊源有自,而“自漱涤书传中来”,也显示出词体创作的诗学取向。张镃另有笔记《仕学规范》,其中作文作诗理论对张炎词学的影响,下文将有专述,此不赘。

(三)祖父张濡

张濡(?—1276),字子含、一字泽民,号松窗。清代范锴已据宋人奚滅《秋崖津言》考证张濡为张炎祖父,其文采风流颇能承绪家风,居所也占据西湖园林之胜,并言及张炎为循王六世孙事。见施国祁《张玉田词又说》:“功甫镃后得斗南枢,因作论词诗以志快,第中缺水旁一世,尚未审。故友杨秋室,每与余谈乐府,必及循王五世孙事,率以无书可检,传疑者数十年矣。比友人范白舫自蜀中回,出其所著《揽茝山房漫记》,中引奚滅《秋崖津言》一则,载张濡子含擩染家学,别出机杼,独自成家。有《湖上松窗别墅》绝句一首:‘弱柳舒眉学远山,四山斜弹绿云鬟。平湖如鉴一回照,西子明妆浓淡间。’……子枢斗南工长短句,李筼房每称之。……既喜濡为镃子,尤喜濡即枢父。玉照、松窗、寄闲、春水,嫡派四传,风流继起。”③丁丙亦引《秋崖津言》:“(张)濡字子含,别墅在北新路第二桥,颜曰‘松窗’。中构水亭,四面柽柳数百株,围绕若玦环,下临菡萏一二十顷,三伏销暑,不减禁中翠寒堂也。父功甫,即与史卫王谋诛韩侂胄者……‘子含濡染家学,别出机杼,独自成家。子枢字斗南,工长短句,李筼房每称之’云云,则叔夏为功甫

①徐釚撰,唐圭璋校点《词苑丛谈》,上海古籍出版社1981年,第71页。

②张镃《梅溪词序》,史达祖著,王步高校注《〈梅溪词〉校注》,天津人民出版社1994年,第389页。

③施国祁《礼耕堂丛说·张玉田词又说》,国学扶轮社1911年(今藏国家图书馆)。

曾孙，斑斑可考矣。功甫为循王曾孙，见史浩《广寿慧云禅寺记》，叔夏之为循王六世孙曾可征矣。袁清容《赠玉田》诗注误谓五世孙，樊榭从而因之，江子屏藩《〈词源〉后跋》力正其讹，初亦不知斗南之父为何名也。偶得所据，走告迈孙，同为抚掌。"[①]江藩跋语曰："以张氏世系计之，叔夏乃循王之六世孙，袁清容赠玉田诗，称为循王五世孙，误矣。"[②]北新路第二桥就是苏堤第五桥。奚㵢，号秋崖，是张枢、杨缵的音乐同道（详后说），所记可以凭信。

德祐元年（1275），元主遣官员廉希贤、严忠范奉国书来临安说降，途经独松关，张濡时任参议官，部曲误斩来使。德祐二年（1276），元主发兵攻破独松关，随即攻陷临安，宋主出降。此年二月，张濡遭磔刑，家赀抄没归廉希贤家。《宋史·瀛国公本纪》："张濡部曲害大元行人严忠范于独松关，执廉希贤至临安，重创死。"[③]《元史·廉希贤传》："至元十二年春，授希贤礼部尚书，佩金虎符，与工部侍郎严忠范、秘书丞柴紫芝持国书使宋。三月丙戌至广德军，独松关守关者不知为使，袭而杀之。张濡以为己功，受赏，知广德军。明年宋亡，获张濡杀之，诏遣使护希贤丧归，后复籍濡家赀付其家。"[④]《钱塘遗事》（卷八）："丙子二月，廉希贤之子杀张濡，磔之。"[⑤]丙子，即德祐二年。这是张氏家族几乎灭顶的灾难，也是对张炎生平及人格产生重大影响的政治事件。

（四）父亲张枢

张枢，字斗南，号窗云（周密笔记及词作题序皆作"窗云"，后人或校为"云窗"），又号寄闲。周密《浩然斋雅谈》（卷下）："（张枢）忠烈循王五世孙也。笔墨萧爽，人物酝藉，善音律。尝度《依声集》百阕，音韵谐美，真承平佳公子也。"[⑥]张枢承续家风，常聚集名流于西湖家苑圃亭。与周密多有过从。周密《瑞鹤仙》题序："寄闲结吟台出花柳半空间，远迎双塔，下瞰六桥，标之曰'湖山绘幅'。霞翁领客落成之。初筵，翁俾余赋词，主宾皆赏音。

①丁丙《山中白云词后跋》引录奚㵢《秋崖津言》，许增校刊《山中白云词》。

②江藩《词源后跋》，《词话丛编》（第1册），第270页。

③脱脱等《宋史》（第3册），中华书局1985年，第928页。

④宋濂《元史》（第10册），中华书局1976年，第3097页。

⑤刘一清《钱塘遗事》，上海古籍出版社1985年，第180页。

⑥周密《浩然斋雅谈》，中华书局1985年，第39页。

酒方行，寄闲出家姬侑尊，所歌则余所赋也。调闲婉而辞甚习，若素能之者。坐客惊诧敏妙，为之尽醉。越日过之，则已大书刻之危栋间矣。"《一枝春》题序："寄闲饮客春窗，促坐款密，酒酣意洽，命清吭歌新制。余因为之沾醉，且调新弄以谢之。"又，同调组词题序："越一日，寄闲次余前韵，且未能忘情于落花飞絮间，因寓去燕杨姓事以寄意，此少游'小楼连苑'之词也。余遂戏用张氏故实次韵代答，亦东坡'锦里先生'之诗乎？""锦里先生"出自苏轼《张子野年八十五尚闻买妾述古令作诗》，苏轼全用张姓典故，又有"诗人老去莺莺在，公子归来燕燕忙"之句，知张枢曾有杨姓歌姬被遣，故称"去燕"。李彭老有《壶中天·登寄闲吟台》、陈允平有《木兰花慢·和李筼房题张寄闲家圃韵》。张枢作词以擅长音律获誉。张炎《词源·音谱》："先人晓畅音律，有《寄闲集》，旁缀音谱，刊行于世。每作一词，必使歌者按之，稍有不协，随即改正……《惜花春起早》云'锁窗深'，'深'字音不协，改为'幽'字，又不协，改为'明'字，歌之始协。"[①]张枢今存词10首，许增迈孙《榆园丛刻》本附录于张炎词集，《词旨》列其11名句。

张炎生活方式与文学创作皆受父亲濡染。戴表元《送张叔夏西游序》："玉田张叔夏与予初相逢钱塘西湖上，翩翩然飘阿锡之衣，乘纤离之马。于时风神散朗，自以为承平故家贵游少年不翅也。"[②]邓牧曰："盖其父寄闲先生善词名世，君又得之家庭所传者。"[③]厉鹗《论词绝句》有"羡杀时人唤春水，源流故自寄闲翁"之句。张炎词律也是传承有自。《词源》序曰："昔在先人侍侧，闻杨守斋、毛敏仲、徐南溪诸公商榷音律，尝知绪余。"[④]杨守斋，名缵，字嗣翁，又号紫霞；毛敏仲，名逊；徐南溪，名理，字天民；都是著名琴师，也是编撰《紫霞琴谱》的参与者。杨守斋周围还有一个精通音律的词人群体，张炎《词源》也有记载："近代杨守斋精于琴，故深知音律，有《圈法周美成词》。与之游者周草窗、施梅川、徐雪江、奚秋崖、李商隐，每一聚首，必分题赋曲，但守斋持律甚严，一字不苟作，遂有《作词五要》。"[⑤]其中周密（号草窗）、李彭老（字商隐）与张炎父子皆有交游唱和。奚秋崖，已见前引。《词

①张炎《词源》，《词话丛编》（第1册），第256页。
②戴表元《送张叔夏西游序》，《戴表元集》，第179页。
③邓牧《张叔夏词集序》，《伯牙琴》，第20页。
④《词源》，《词话丛编》（第1册），第255页。
⑤同上书，第267页。

源》转录杨守斋《作词五要》，作为论词的重要标准。据张炎《踏莎行》中“水落槎枯”[①]，知张枢（木）受其父张濡（水）株连，入元后亦遭不测[②]。

（五）兄弟妻妾与族叔张楧

因为《山中白云词》辑录的基本上是临安沦亡之后的作品，所以承平少年时的生活光景，多是以回忆形式碎片式呈现；又因为祖父遭受磔刑的政治变故，女性家眷被籍没官府的情形在词中也仅能闪烁其辞，然而细加抽绎，隐隐然仍可寻按。

张炎有兄弟，袁桷《送张玉田归杭疏》有“灯火话平生，慰老弟兄之白发”。杨海明先生考证张炜或与其为兄弟行[③]。陈起《江湖后集》诗人小传：“（张）炜，字子昭，杭人。有《芝田小诗》。”[④]张炜，或字伯时，有《抚松寄傲诗集》。张炎《踏莎行·跋伯时弟抚松寄傲诗集》记其事。然而，叔夏之于伯时，伯时应为兄长，张炎似乎有意含糊身份（前引袁桷误以张炎为循王五世孙也是如此，详后说）。祖父受极刑后，张炎兄弟沦为罪囚后裔，四散逋逃。《踏莎行》闪烁其辞地说到家族的重大变故：“水落槎枯，田荒玉碎。夜阑秉烛惊相对。”数句透露出不仅祖辈张濡、父辈张枢遭到不测，伯时（芝田）、叔夏（玉田）兄弟于乱离中四处逋逃，偶然聚首，也是惊惧不安。此词又有句曰：“重逢何处抚孤松，共吟风月西湖醉。”藉此可以确知玉田兄弟宋亡之后皆四散流落，不能聚首于临安故居。张炎词作隐示棠棣之情者不止于此，还常以空床对雨写兄弟间关阻隔，如《月下笛·孤游万竹山中，闲门落叶，愁思黯然，因动黍离之感。时寓甬东积翠山舍》有句曰：“连昌约略无多柳，第一是、难听夜雨。谩惊回凄悄，相看烛影，拥衾谁语。”《台城路·迁居》：“屋破容秋，床空对雨，迷却青门瓜圃。”二词皆用苏轼与苏辙相约兄弟连床听雨、拥衾夜话的典故，见苏辙《会子瞻兄宿逍遥堂二绝序》：“辙幼从子瞻兄读书，未尝一日相舍。既壮，将游宦四方。读韦苏州诗有云：‘宁知风雨夜，复此对床眠。’恻然感之，乃相约早退为闲居之乐。故子瞻始为凤翔幕官，

---

①书中所引张炎词皆出自拙著《山中白云词笺证》，中华书局2019年。引文中的张炎词不擅改。

②杨海明先生指出：“‘水落槎枯，田荒玉碎。’‘田荒玉碎’暗指自己（玉田）遭遇之可怜（他另有词云‘玉老田荒’亦同此意），而‘水落槎枯’，则暗言张濡（水）、张枢（木）的命运悲惨——张濡即已被磔杀，张枢恐怕也难逃此劫了。”《张炎词研究》，第19页。

③参见《张炎词研究》，第22页。

④陈起《江湖后集》，《景印文渊阁四库全书》（第1357册），第839页。

留诗与辙曰:'夜雨何时听萧瑟。'其后子瞻通守余杭,复移守胶西,而辙滞留于淮阳、济南,不见者七年。熙宁十年二月,始复会于澶濮之间,相从彭城留百余日,时宿于逍遥堂。追感前约,作二小诗:'逍遥堂后千寻木,长送中宵风雨声。误喜对床寻旧约,不知漂泊在彭城。''秋来东阁凉如水,客至山公醉似泥。困卧北窗呼不醒,风吹松竹雨凄凄。'"又以孤雁意象表达兄弟皆在难中,不能互为扶持。著名词作《解连环·孤雁》有"写不成书,只寄得、相思一点""暮雨相呼,怕蓦地、玉关重见"。张炎另有重九怀思兄弟的词作可以印证这一推断——《新雁过妆楼·乙巳菊日,寓溧阳,闻雁声,因动脊令之感》,菊日,即重阳节。脊令,水鸟。语出《诗·小雅·常棣》:"脊令在原,兄弟急难。"脊令之感,郑玄笺为"犹兄弟之于急难"①,后因以喻兄弟友爱,急难相顾。所以,此词的乱离之痛,不止于佳节思亲,遍插茱萸少一人也。另外《永乐大典》卷二千八百零八"梅"字韵载张炎《尾犯·山庵有梅古甚,老僧云:此树近百年矣。余盘礴花下,竟日忘归,因有感于孤山,为赋此调》:"一白受春知。独爱老来,疏瘦偏宜。古月黄昏,许松竹相依。□晕藓、枯槎半折,影浮波、渴龙倒窥。岁华凋谢,水边篱落,雪后忽横枝。百花头上立,且休问、向北开迟。老了何郎,不成便无诗。惟只有、西州倦客,怕说着、西湖旧时。难忘处,放鹤山空人未归。"同条前录张炜《芝田小集》梅诗:"泉石照幽质,冰霜缔深盟。虬枝走枯健,鳞葩缀轻盈。色洁时所妒,香淡诗同清。寥寥孤山下,开谢谁关情。"诗词意有相通,或可辅证张炎、张炜为兄弟行。

旧都临安沦亡时,张炎已经二十九岁(本书引文出现的一岁误差,是因所取虚岁或足岁不同),已有家室自在情理之中。邱鸣皋根据《忆旧游·过故园有感》《长亭怨·旧居有感》,推断张炎妻妾籍没于官府②。《忆旧游》下阕最为明显:"空存。断肠草,伴几折眉痕,几点啼痕。镜里芙蓉老,问如今何处,绾绿梳云。怕有旧时归燕,犹自识黄昏。待说与羁愁,遥知路隔杨柳门。"用刘威、崔郊诗意:"遥知杨柳是门处,似隔芙蓉无路通。""侯门一入深如海,从此萧郎是路人。"《长亭怨》是张炎漂泊十年后、暂归杭州时回忆家族籍没之祸之作:"十年前事,愁千折、心情顿别。露粉风香谁为主,都成

①毛公传,郑玄笺,孔颖达疏《毛诗正义》,《十三经注疏》(上册),中华书局1980年,第408页。

②参见邱鸣皋《关于张炎的考索》,《文学遗产》1984年第1期。

消歇。”“恨西风不庇寒蝉，便扫尽、一林残叶。”西风吹尽园池中莲荷柳林，象征自家遭遇的灭顶之灾。杨海明先生据二词推论，张炎妻（或妾）或许还活在人世，或许已死：“两词追写了当年的爱情生活（“和露拨花根”“曾款芳尊”等），又写了抄家逃亡前夕仓皇分手时的凄惨、缠绵景象（“凄咽。晓窗分袂外，同把带鸳亲结”），最后写到人去楼空、物是人非之现实，感情是一波三折，文情是跌宕而顿挫，于中显露出了张炎的深切悲哀。”[①]另如《解语花·吴子云家姬，号爱菊，善歌舞。忽有朝云之感，作此以寄》，由吴家歌姬触发的“朝云之感”，典见《东坡先生年谱》：“（朝云）是为癸卯生，来事先生，方十二云。”[②]结合词中“蕊枝娇小”句，可证词作追念故家遗泽，苦忆没入官府的痴小家妓，也可证成邱先生作出的张炎妻妾籍没于官府的推断。《解语花》又有“海上仙山缥缈。问玉环何事，苦无分晓。旧愁空杳。蓝桥路、深掩半庭斜照。”宋代用蓝桥典往往与姬妾相关，如张先《碧牡丹·晏同叔出姬》：“望极蓝桥，但暮云千里。几重山，几重水。”《解语花》也是忆及或已籍没入官的年幼侍姬，如今已是蓝桥路隔，历久不见其面，梦中身影亦已不分明矣。

另如《蝶恋花·赋艾花》：“巧结分枝粘翠艾。剪剪香痕，细把泥金界。小簇葵榴芳锦隘。红妆人见应须爱。　　午镜将拈开凤盖。倚醉凝娇，欲戴还慵戴。约臂犹余朱索在。梢头添挂朱符袋。”黄畬误笺“艾花”为艾蒿花[③]。艾蒿花，是植物花卉，此赋咏艾叶粘成的艾虎等端午节序的应景之物，宋朝闺中最重此俗。《东京梦华录》（卷八）：“端午节物，百索、艾花、银样鼓儿、花花巧画扇、香糖果子、粽子、白团、紫苏、菖蒲、木瓜，并皆茸切，以香药相和，用梅红匣子盛裹。自五月一日及端午前一日卖桃、柳、葵花、蒲叶、佛道艾。”[④]《古今事文类聚·前集》（卷九）：“端午以艾为虎形。至有如黑豆大者，或剪彩为小虎，粘艾叶以戴之。（《岁时记》）”[⑤]艾花还有与葵榴一起簪戴的习俗，陈棣《端午洪积仁召客口占戏柬薛仲藏》：“想簪榴艾泛菖蒲，应召邹枚杂郊贺。”端午又是百炼成镜的日子，故曰“午镜”。《唐国史补》（卷

①《张炎词研究》，第102页。

②王宗稷《东坡先生年谱》，苏轼《苏东坡全集》（上册），中国书店1986年，第15页。

③黄畬《山中白云词笺》，浙江古籍出版社1994年，第266页；

④孟元老《东京梦华录》，中华书局1985年，第154页。

⑤祝穆《古今事文类聚》（第1册），上海古籍出版社1992年，第151页。

下)："扬州旧贡江心镜，五月五日扬子江中所铸也。或言中无有百炼者，或至六七十炼则已，易破难成，往往有自鸣者。"①凤盖，指绘有凤凰图案的镜奁盖。彩绳系臂、佩符袋也是端午时的闺中风俗。《荆楚岁时记》："(五月五日)以五彩丝系臂，名曰辟兵，令人不病瘟。又有条达等织组杂物，以相赠遗。"②符袋，《梦粱录》(卷三)："所谓经筒、符袋者，盖因《抱朴子》问辟五兵之道，以五月午日佩赤灵符挂心前，今以钗符佩带，即此意也。"③宋词多记此俗。如苏轼《浣溪沙·端午》："彩线轻缠红玉臂，小符斜挂绿云鬟。"杨无咎《齐天乐·端午》："衫裁艾虎。更钗臬朱符，臂缠红缕。"张词作为例行节日词，不仅可见南宋时期人家风物之盛，还与李清照《永遇乐》同一感慨："中州盛日，闺门多暇，记得偏重三五。铺翠冠儿，捻金雪柳，簇戴争济楚。"更有对妻妾的记忆痕迹，是以节日风情写兴亡之感，所以高亮功评价说："后段纯是赋情，不是赋物。"④总体而言，正如杨海明先生所说："在其对于恋情的回忆中，纠缠着对于故国的萦念；而对于今日孤凄之情的描写中，又交织进遗民生活的伤感。"⑤

张炎与族叔张楧(1260—1325)关系是亲是疏，在张炎研究中存在较大争议。今考张炎浙西之游的行迹，与张楧相关涉(第三章第二节"西游前期的行迹隐踪"有详述)。张楧，字仲实，号菊存，张淦(或作"张济")之子。王沂《张君仲实行述》："以泰定二年二月二十四日终于家，年六十六。"⑥据知张楧生于宋理宗景定元年(1260)，年少张炎十二岁。张氏家族张枢一脉遭难后，张楧守器承祧，不忘根本，誉望蔚然，奕奕然而有风流气质。陆文圭赞其"风致清远，器宇高朗……落其骄荣，养之以冲和；敛其英华，趋之于平实"⑦。能够克持华阀，不辱家门。牟巘《题西秦张氏世谱后》："近岁名门华阀，居多凋落，惟张氏克持其世，诗书不坠，是可书。……(忠烈)王字伯英，仲实以楧为名。尝奉父兄之命，复先庙，修家传。又为《世谱》，而叙其首，

①李肇《唐国史补》，古典文学出版社1957年，第64页。

②宗懔撰，宋金龙校注《荆楚岁时记》，山西人民出版社1987年，第50页。

③吴自牧撰，符均、张社国校注《梦粱录》，三秦出版社2004年，第39页。

④高亮功手批《山中白云词》，张炎撰，赵昱刊刻《山中白云词》，乾隆元年(1736)宝书堂本(浙江平湖葛渭君私藏)，卷四第13页。

⑤《张炎词研究》，第102—103页。

⑥王沂《张君仲实行述》，《全元文》(第60册)，第184页。

⑦陆文圭《送张菊存序》，《全元文》(第17册)，第526—527页。

示不忘本。……张氏本三秦,固当在江北四姓之列。而其勋劳、名位、子孙、文物之盛又如此。"[①]

邱鸣皋先生考证张炎在浙西时曾寓居江阴(古称澄江、芙蓉城。见张炎《木兰花慢·舟中有怀澄江陆起潜昔游》自注:"澄江即江阴。"《摸鱼子·己酉,重登陆起潜皆山楼,正对惠山》自注:"澄江又名芙蓉城。")、宜兴(义兴、阳羡、荆溪)[②],投依对象都是张楧。

虽然邱先生的推论受到业师杨海明驳斥[③],但笔者后文考证或可证明邱说。张楧出任学官并非初心,陆文圭《送张菊存序》:"后数年,客自杭来者谓仲实经明行修,诸生迎入学,师事之,省台贵人籍籍道仲实名字。余私念君人品甚高,志不轻就,殆家贫亲老,将为禄仕计耳。……(仲实)谓余曰:'吾以斗禄养亲,而吾亲不乐远游,是以不获长在膝下,吾罪大矣。'"[④]戴表元诗题叙述了包括张楧在内的学官群体为稻粱谋的生活窘境:"钱塘故友,皆不免以学正之禄糊口:邓善之得杭、屠存博得婺、白湛渊得太平、仇山村得镇江、张仲实得江阴。"

《永乐大典》录有张仲实《杂诗》《太湖晚泛》诸诗,表现出对遗民困境的认知:出处行藏不能从心所欲的挣扎以及秉持高节、不随众芳凋萎的自我期许。《杂诗》曰:"西州有美人,被服绮与纨。一朝失所托,短褐常不完。朝阳如有知,流光照心肝。去贫岂无策,此道非所安。黄鹄横天翔,万里谅非远。失势鸣向人,稻粱不满眼。岂无高举意,欲去羽毛短。云飞不我顾,怅恨秋风晚。东风吹众芳,浩荡川原春。游子莫不乐,我独回车轮。常恐明月珠,翻受凡目嗔。一时势亦屈,万世斯为伸。""旭日耀清流,鲂游其无涯。徘徊不忍去,滔滔信如斯。青荷一何多,鼓棹将采之。濯缨适我愿,洗耳真吾师。""骍骝困盐车,仰首时悲鸣。可以喻我怀,躞躞不得行。昔为空中

①牟巘《题西秦张氏世谱后》,《全元文》(第7册),第623—624页。

②宜兴宋元属常州路。江昱疏证:"《宜兴县志》:县在府城南,本吴荆溪地。晋置义兴郡。"朱孝臧辑校、夏敬观手批《彊村丛书》(第6册),上海古籍出版社1989年,第5276页。

③杨海明师认为张炎西游与张楧不相关涉:"有人曾推测张炎漫游江阴、宜兴,是依附于张楧而谋求生活之计,但是为何他在作于此两地的词中,仅有与陆垕、陆文圭等陆氏族人的唱酬,而无与张楧的交往?……而他与张楧一家,却也一直未能往来如亲戚。这是一个颇感疑惑的问题——是张楧'势利'而不认这位祖父被元人磔杀的族侄,还是张炎对张楧有些什么看法而不愿去投奔他?文献阙如,所以不敢遽下断语。"《张炎词研究》,第22页。

④陆文圭《送张菊存序》,《全元文》(第17册),第526—527页。

云，今作水上萍。勖哉秉高节，舍此焉求荣。”“美女处空山，容华若为比。馨香随风发，兰蕙为之死。时当青春阑，沉忧泪如水。聘者岂不多，所愿配君子。云兴自东方，上下何所之。终朝不成雨，怅望心依依。鸾鸟铩六翮，翻为群雀欺。有怀不得展，生我将何为。”《太湖晚泛》有句曰：“远山自入青云去，落月相随白水流。几处钓矶曾过眼，已将心事许沙鸥。”

张炎游浙西时，与族叔张楧游踪相继，交游相接，应非偶然。但由于江山易主时家族中发生极为敏感的政治事件，张炎词中对妻妾、兄弟姓名踪迹皆讳莫如深，族叔张楧应也在其列。张炎对于宋朝遗民出为学官的矛盾态度曾见于词作，如《临江仙·怀辰州教授赵学舟》：“如何休寄雁，难写绝交书。”《水调歌头·寄王信父》：“绝交书，招隐操，恶圆箴。世尘空扰，脱巾挂壁且松阴。”依从族叔张楧或也有此微妙心态。

二　曾祖张镃诗歌创作与理论取向

张炎词体创作特别是音律方面受到父亲张枢沾溉，但词学理论的诗学取向方面深受曾祖张镃影响。张镃《仕学规范》四十卷中有十二卷录入本朝作文作诗的批评，而以选录方式体现理论取向是宋人文学笔记的一贯作风。通过张镃的选录，不仅对张炎词学理论能进行较为全面地追本溯源，还能在宋朝诗文创作背景中获得更为深刻透彻的理解。

（一）张镃诗歌创作的理论渊源

南宋诗歌创作未脱江西诗派窠臼。北宋吕本中作《江西诗社宗派图》，并从江西诗学概括出理论精髓为“活法”。其《夏均父集序》：

> 学诗当识活法。所谓活法者，规矩备具，而能出于规矩之外，变化不测，而亦不背于规矩也。是道也，盖有定法而无定法，无定法而有定法，知是者则可以与语活法矣。谢元晖有言：“好诗流转圆美如弹丸。”此真活法也。近世惟豫章黄公首变前作之弊，而后学者知所趣向，毕精尽知，左规右矩，庶几至于变化不测。①

方回认为江西诗祖杜甫创立“活法”，诗宗黄庭坚、陈师道、陈与义发扬光大。前说南宋诗人中，尤袤、萧德藻、范成大、陆游是师从江西诗派而

---

①刘克庄《江西诗派小序》，中华书局1985年，第6页。

形成独特风格的著名诗人，张镃、姜夔的成就可与四大诗人相抗衡。杨万里《谢张功父送近诗集》有句曰："近代风骚四诗将，非君摩垒更何人。"（自注："四人范石湖、尤梁溪、萧千岩、陆放翁。"）其《约斋〈南湖集〉序》："盖诗之臞又甚于其貌之臞也。大抵祖黄、陈，自徐、苏而下不论也。"[①]《四库全书〈南湖集〉提要》："真跻诸姜夔之右矣。"[②]杨氏《进退格，寄功父、姜尧章》又曰："尤萧范陆四诗翁，此后谁当第一功。新拜南湖为上将，更差白石作先锋。"

后来杨万里逐渐代替萧德藻（号千岩老人）名列中兴四大诗人，方回《瀛奎律髓》（卷一）评范成大《鄂州南楼》诗曰："乾淳间，诗巨擘称尤、杨、范、陆，谓遂初、诚斋、放翁及公也。"[③]其又并举萧德藻为五人，《学诗吟十首》自注："南渡后诗人，尤延之、萧千岩、杨诚斋、陆放翁，范石湖其最也。"又跋尤袤诗："中兴以来……言诗必曰尤、杨、范、陆，其先或曰尤、萧，然千岩早世不显，诗刻留湘中，传者少。尤、杨、范、陆特擅名天下。……至阜陵在宥，而四钜公出焉，非以其浑大典正，与中原诸老并欤？"[④]姜夔诗学萧德藻，并得到杨万里赏识。《鹤林玉露》（丙编卷之二）："姜尧章学诗于萧千岩，琢句精工。有诗云'夜暗归云绕柁牙，江涵星影雁团沙。行人怅望苏台柳，曾与吴王扫落花'，杨诚斋喜诵之。"[⑤]张镃则得"活法"正传于杨万里[⑥]，作诗以胸中万卷相驱遣，而不务工丽。方回《读张功父南湖集（并序）》："（杜甫）此等诗不丽不工，瘦硬枯劲，一斡万钧。惟山谷、后山、简斋得此活法，又各以其数万卷之心胸气力鼓舞跳荡。……近得其前集二十五卷三千余首，嘉定庚午自序，盖所谓得活法于诚斋者。生长于富贵之门、辇毂之下，而诗不尚丽，亦不务工。……功父尽交一世名彦，诗集可考。然南渡以来精于四六而显者，诗辄凝滞不足观；骈语横于胸中，无活法故也。"[⑦]并题张氏诗曰："端能活法参诚叟，更觉豪才类放翁。举似今人谁肯信，元来妙处不全工。镂金组绣同时客，合向南湖立下风。"张镃、杨

①《杨万里诗文集》（中册），第1260页。

②《南湖集》，第2页。

③《瀛奎律髓》，第21页。

④方回《跋遂初尤先生尚书诗》，《全元文》（第7册），第183页。

⑤罗大经撰，王瑞来点校《鹤林玉露》，中华书局1983年，第267页。

⑥刘克庄说："后来诚斋出，真得所谓活法，所谓流转圆美如弹丸者。"《江西诗派小序》，第7页。

⑦《南湖集》，第7—8页。

万里也以此相互激赏。张镃《携杨秘监诗一编登舟，因成二绝》："今日何曾独自来，船中相伴有诚斋。须知不局诗编里，妙用方能处处皆。""造化精神无尽期，跳腾踔厉实时追。目前言句知多少，罕有先生活法诗。"杨万里《和张功父梅花十绝句》(之五)："约斋句子已清圆，更赋梅花分外妍。不饮销金传玉手，却来啮雪耸诗肩。"张镃也颇以此自许。如《杨秘监为余言，初不识谭德称国正，因陆务观书，方知为西蜀名士。继得秘监与国正唱和诗，因次韵呈教》："亦犹雕琢用功深，自发诗中平淡意。"《杂兴》："求圆能舍规，鲁男乌可轻。"

杨万里还称赞张镃得晚唐神髓。杨万里《诗话》："功父云'断桥斜取路，古寺未关门'，绝似晚唐人。《咏金林禽花》云'梨花风骨杏花妆'，《黄蔷薇》云'已从槐借叶，更染菊为裳'，写物之工如此。余归自金陵，功父送末章云：'何时重来桂隐轩，为我醉倒春风前。看人唤作诗中仙，看人唤作饮中仙。'此诗超然矣。"[①]《四库全书〈南湖集〉提要》："赵与虤《娱书堂诗话》称其游意风雅，与诚斋、放翁唱和，诗多佳句。……杨万里《诚斋诗话》谓其'写物之工，绝似晚唐'。……今检《永乐大典》各韵中，收入镃诗尚多。评其格律，大都清新独造，于萧散之中时见隽永之趣。以视嘈杂者流，可谓翛然自远。"[②]这也是中兴诗人创作的共同取向。方回跋尤袤诗曰："诚斋时出奇峭，放翁善为悲壮，然无一语不天成，公与石湖，冠冕佩玉，度骚媲雅，盖皆胸中贮万卷书，今古流动，是惟无出，出则自然。近世乃有刻削以为新，组织以为丽，怒骂以为豪，谲觚以为怪，苦涩以为清，尘腐以为熟者，是不可与言诗也。"[③]南宋中兴诗人以书卷为底色的自然天成正是以晚唐体匡救过求"浑大典正"江西末流的风格特色。张镃所作不镂金组绣而流于凝滞，无骈语俪辞横亘胸中，诗句清圆，也应作如是观。

(二)《仕学规范》的理论取向

《四库全书〈南湖集〉提要》："然其诗学则颇为精深。"[④]张镃《仕学规范》共四十卷，其中九卷集中过录当朝诗文批评，诗论占五卷，皆以江西诗学为核心，笔记体基本引而不述，但可以集中代表引录者的观点。其理论取向

---

①《杨万里诗文集》(下册)，第1801页。

②《南湖集》，第2页。

③方回《跋遂初尤先生尚书诗》，《全元文》(第7册)，第183页。

④《南湖集》，第2页。

深得江西诗学而有自得自立的精髓,江西为体,晚唐为用,可以自成阐释体系,是南宋中期江西诗学实践者的有得之见,也体现出这一时期江西兼容晚唐的趋向。主要分为三大方面。(下引《仕学规范》迻录的类书、笔记乃至别集,无论存与不存,为统一体例并且体现张镃的诗学观,引文俱从此书录入。对所引诗话撮要或未尽,必要时或引原文作为参照)

第一方面是诗歌应温柔雅正。张镃所引为黄庭坚的经典论断:"黄鲁直《书王知载朐山杂咏后》云:诗者,人之情性也,非若谏争于廷,忿诟于道,怒邻骂坐之为也。其人忠信笃敬,抱道而居,与时乖迕,遇物悲喜,同床而不察,并世而不闻。情之所不能堪,因发于呻吟调笑之声,胸次释然,而闻者亦有所劝勉。比律吕而可歌,列干羽而可舞,是诗之美也。其发为讪谤侵陵,引颈以承戈,披襟而受矢,以快一朝之忿者,人皆以为诗之祸,是失诗之旨,非诗之过。"[①]又引数家议论作为呼应。如:

> 《龟山语录》:为文要有温柔敦厚之气,对人主语言及章疏文字,温柔敦厚尤不可无。盖君子之所养,要令暴慢邪僻之气,不设于身体。[②]
>
> 《珊瑚钩诗话》:予近作示客云:刺美风化,缓而不迫,谓之风。采摭事物,摛华布体,谓之赋。推明政治,庄语得失,谓之雅。形容盛德,扬励休功,谓之颂。幽忧愤悱,寓之比兴,谓之骚。[③]
>
> 节孝先生语:试观《诗》之风、雅、颂,所美所刺,未尝不婉顺而归之于正。[④]

黄山谷、杨龟山都以苏轼为反面例证:"东坡文章妙天下,其短处在好骂,慎勿袭其轨也。"[⑤]"如子瞻诗,多于讥玩,殊无恻怛爱君之意。"[⑥]魏庆之所引《龟山语录》表达更为明确:"作诗不知风雅之意,不可以作。诗尚谲谏,唯言之者无罪,闻之者足以戒,乃为有补。而涉于毁谤,闻者怒之,何补之有!观东坡诗只是讥诮朝廷,殊无温柔敦厚之气,以此,人故得而罪之。若是伯淳诗,闻者自然感动。因举伯淳和温公诸人禊饮诗云:'未须愁日

①张镃《仕学规范》,《景印文渊阁四库全书》(第875册),第188页。
②同上书,第168页。
③同上书,第171页。
④同上书,第178页。
⑤黄庭坚《答洪驹父书》,黄庭坚著,刘琳等校点《黄庭坚全集》(第2册),四川大学出版社2001年,第474页。
⑥杨时《杨龟山集》,商务印书馆1937年,第19—20页。

暮，天际乍轻阴。'又泛舟诗云：'只恐风花一片飞。'何其温厚也。"[①]

第二方面是驱遣胸中万卷，超逸千古，成自家面貌。这是文化臻于极盛、读书风气甚为浓厚的宋朝，文学理论需要解决的重要问题之一。张镃于此尤为究心，其引录夺胎换骨、点铁成金也是黄庭坚的经典议论："《古今总类诗话》：《冷斋夜话》载鲁直云：诗意无穷，人才有限。以有限之才，追无穷之意，虽少陵、渊明不得工也。然不易其意而造其语，谓之换骨法；规模其意而形容之，谓之夺胎法。"[②]"《南昌文集》：（黄鲁直《与王观复书》云）老杜作诗，退之作文，无一字无来处。盖后人读书少，故谓韩杜自作此语耳。古之能为文章者，真能陶冶万物，虽取古人之陈言入于翰墨，如灵丹一粒，点铁成金也。"[③]

江西诗论对于化腐朽为神奇的"灵丹一点"，又可分为两层。其一，能够自立新意，务去陈言，含不尽之意于言外：

> 《吕氏童蒙训》：老杜诗云：诗清立意新，最是作诗用力处。盖不可循习陈言，只规摹旧作也。鲁直云：随人作计终后人，又云：文章切忌随人后。此自鲁直见处也。近世人学老杜多矣，左规右矩，不能稍出新意，终成屋下架屋，无所取长。[④]
>
> 《古今总类诗话》：六一居士曰：圣俞尝语予，诗家虽率意，而造语亦难。若意新语工，得前人所未道者，斯为善也。必能状难写之景如在目前，含不尽之意见于言外，然后为至矣。
>
> 《宋子京笔记》：文章必自名一家，然后可以传不朽。若体规画圆，准方作矩，终为人之臣仆。古人讥屋下架屋，信然。陆机曰："谢朝花于已披，启夕秀于未振。"韩愈曰："惟陈言之务去。"此乃为文之要。[⑤]
>
> 《吕氏童蒙训》：左氏之文，语有尽而意无穷。如"献子辞梗阳人"一段，所谓一唱三叹有遗音者也。[⑥]

其二，虽然重视字有来历，但用典使事自有原则。一是理解典故的深

①魏庆之《诗人玉屑》（上册）载杨时语，古典文学出版社1958年，第204页。

②《仕学规范》，《景印文渊阁四库全书》（第875册），第189页。

③同上书，第166页。《南昌文集》引为《与王观复书》，误。实为《答洪驹父书三首》。

④同上书，第196页。

⑤同上书，第162页。

⑥同上书，第173页。

层含义，熔铸无痕。“《宋文景公杂志》：邢子才尝曰：沈侯文章用事不使人觉，若胸臆语，深以此服之。杜工部作诗类多故实，不似用事者。是皆得作者之奥。”[①]“《名贤诗话》言杜少陵云：作诗用事要如释语水中着盐，饮水乃知盐味。此说诗家秘密藏也。……则善用故事者，如系风捕影，岂有迹耶。”[②]二是用典取意必须有以自立，光景常新。“《四六谈麈》：王岐公在中书最久，生日例有礼物之赐。集中谢表其用事多同，而语不蹈袭。唐李卫公作《文箴》：譬诸日月，虽终古常见，而光景常新。”[③]“《古今总类诗话》：东坡云：诗须要有为而后作，用事当以故为新，以俗为雅。”[④]

第三方面是从书卷悟入，圆美流转，自然天成。略可分为三层。其一，从书卷工夫到涵养自得：

《吕氏童蒙训》：作文必要悟入处，悟入必自工夫中来，非侥幸可得也。如老苏之于文，鲁直之于诗，盖尽此理矣。[⑤]

《蒲氏漫斋录》：诗涵养得到，自有得处，如化工生物，千花万草，不名一物一态。若模勒前人无自得，只如世间剪裁楮花，见一件样，只做得一件也。[⑥]

其二，绚烂之极造于平淡：

《三苏文集》：凡文字，少小时须令气象峥嵘，采色绚烂。渐老渐熟，乃造平淡。其实不是平淡，乃绚烂之极也。[⑦]

《韵语阳秋》：大抵欲造平淡，当自组丽中来，落其华芬，然后可造平淡之境。……今之人多作拙易诗，而自以为平淡，识者未尝不绝倒也。梅圣俞《和晏相》诗云：“因令适性情，稍欲到平淡。苦词未圆熟，刺口剧菱芡。”言到平淡处甚难也。所以《赠杜挺之》诗有“作诗无古今，欲造平淡难”之句。李白云：“清水出芙蓉，天然去雕饰。”平淡而到天然处，则善矣。[⑧]

---

①《仕学规范》，《景印文渊阁四库全书》（第875册），第161页。
②同上书，第194—195页。
③同上书，第176页。
④同上书，第193页。
⑤同上书，第175页。
⑥同上书，第197页。
⑦同上书，第164页。
⑧同上书，第198页。

其三，弹丸脱手自然而然：

> 《石林诗话》：古今论诗者多矣。吾独爱汤惠休称谢灵运为“初日芙蕖”，沈约称王筠为“弹圆（丸）脱手”，两语最当人意。初日芙蕖，非人力所能为，而精彩华妙之意自然见于造化之妙，灵运诸诗可以当此者亦无几。弹圆（丸）脱手，虽是输写便利，动无留碍，然其精圆快速，发之在手，筠亦未能尽也。①

江昱谓《词源》“议论精到，诚度世之金针，但止二十余则，为卷十数缗而已”②，殊不知《仕学规范》的诗文理论正是《词源》诗学取向的源头活水与延伸端口，面对《词源》以及绍续之篇《词旨》片言只语的评点，读者或茫昧难见其义；但如果与《仕学规范》对接，其理论内蕴却不期然而然地在“以宋论宋”的语境中被激活，从而可以获得切中肯綮的体悟。上引《仕学规范》三方面理论，在第四章还将有详细阐述，而《仕学规范》中法度规范，如炼意、炼格、炼句、炼字，锤炼警策，句眼字要响，句中无闲字等则在第五章中还有引述论证。

第二节 词集《山中白云词》与词论《词源》

今知张炎最早的单行别集是《山中白云词》与《词源》的合刊本，称为《山中白云集》。孔齐《至正直记》记载所见版本：“（叔夏）有《山中白云集》，首论作词之法，备述其要旨。”③至正，元顺帝年号，前后三十年（1341—1370）。由此本可见，元朝行世的《山中白云集》具有创作法度与创作范本的双重意义。之后，词集与词论又各有别刻。《词源》又称《乐府指迷》，其下卷曾与《词旨》合刊，也称《乐府指迷》，因此，清朝甚至近代多有称《词源》为《乐府指迷》者。需要说明的是，在校勘词集“别题”，条序江昱疏证时会对张炎生平事迹有较多推新，为第二章的叙述奠定基础。归类与《词源》条贯相通的《词旨》词目、作者等，可以一目了然地看到晚宋词论重南宋、重法度的现象，这是后文分析概括《词源》相关理论的例证基础。

①《仕学规范》，《景印文渊阁四库全书》（第875册），第182页。

②江昱《山中白云词疏证》，《彊村丛书》（第6册），第5149页。

③《至正直记》，第101页。

一 《山中白云词》的版本与疏证

张炎词作在元朝大德年间开始结集，当时为作序跋者有舒岳祥、郑思肖、邓牧、仇远、陆文圭等，元成宗大德四年庚子（1300），张炎在苏州遇邓牧，嘱为词集作序。邓牧序曰："岁庚子，相遇东吴，示予词若干首，使为序云。"①张炎虽然此年开始结撰词集，但现存词集中还有延祐二年（1315）的作品，可见结集过程相当漫长。张炎自编词集及元代孔齐所见合刊本今皆不传，但孔齐的记载表明，合刊本词集最迟在至正三十年（1370）之前已经面世。而仇远、陆文圭的序跋双关词集与词论，合理推测应该是为此合刊本所作，否则不免茫然无所适从。

元明之际陶宗仪钞本《山中白云》，很可能就是现今流传的八卷词集的唯一祖本，曹炳曾城书室本始标目《山中白云词》，虽非旧称②，却是更为流行的称名。以下引录可知从陶宗仪《山中白云》至龚翔麟《山中白云词》的沿革变化。李符序曰："越数年，复睹《山中白云》全卷，则吾乡朱检讨竹垞录钱编修庸亭所藏本也。……竹垞厘卷为八，与诸同志辨正鱼鲁，缄寄白门。"③龚翔麟序曰："独《山中白云》得陶（南村）、井（时）两君后先藏护，竹垞、庸亭传写于今，幸而不至散佚，予得借以镂板。"④朱彝尊《词综·发凡》："顷吴门钱进士宫声相遇都亭，谓家有藏本，乃陶南村手书，多至三百阕。"⑤杜诏序曰："（己丑春）同馆楼敬思示余《山中白云词》，盖钱塘龚氏所刊，当是陶南村手书本子，为完书无疑。"⑥《四库全书〈山中白云词〉提要》叙及版

①邓牧《张叔夏词集序》，《伯牙琴》，第20页。郑思肖《张玉田白云词叙》："吾识张循王孙玉田先辈，喜其三十年汗漫南北数千里，一片空狂怀抱，日日化雨为醉。"郑思肖著，陈福康校点《郑思肖集》，上海古籍出版社1991年，第295页。陆文圭《玉田词源稿序》："君亦因是弃家，客游无方，三十年矣。"《全元文》（第17册），第548—549页。以张炎德祐二年（1276）北游计算，至大德九年（1305）为三十年，二序应作于大德四年（1300）开始结撰《山中白云词》五年之后。

②陶宗仪钞本称《山中白云》，见于李符、龚翔麟序文，朱祖谋《重刻山中白云词疏证跋》亦曰："《山中白云》为陶南村手钞，流传晚出，著录罕及。朱竹垞录自钱庸亭，厘卷为八。龚蘅圃始刊之，曹巢南重刻，标曰《山中白云词》，恐非旧称。"《彊村丛书》（第6册），第5385页。

③李符《山中白云词序》，张炎著，曹炳曾等校刊《山中白云词》，清康熙六十一年（1722）上海城书室刊本。

④龚翔麟《山中白云词序》，龚翔麟等校刊《山中白云词》，清康熙中玉玲珑阁刊本。

⑤《词综·发凡》，《词综》，第10页。

⑥杜诏《山中白云词序》，曹炳曾等校刊《山中白云词》。李符确定其为元本完璧："更阅陆辅之《词旨》载乐笑翁警句、奇对，无有出于是编之外者，知为完书无疑。"李符《山中白云词序》，曹炳曾等校刊《山中白云词》。

本源流:“(张)炎词世鲜完帙,此本乃钱中谐所藏,犹明初陶宗仪手书,康熙中钱塘龚翔麟始为传写授梓。”[①]所以吴熊和先生说:“《山中白云词》出于明初陶南村手抄,朱彝尊厘为八卷。”[②]下面对《山中白云词》主要版本、江昱《山中白云词疏证》,略作简说。

(一)《山中白云词》版本及“别本”“别题”现象

目前所能见到的张炎词集版本都是明清时期的钞本或刻本,单行词集分为八卷本与二卷本。现存的钞本有四种,皆为二卷本:一是明水竹居钞本《张玉田词》二卷,存词149首;二是石村书屋钞本《宋元明三十三家词·玉田集》二卷,存词152首;三是明吴讷“明朱(红)丝栏钞本”《百家词·玉田词》二卷,存词153首;四是清钞本《玉田集》,有丁丙跋语,汪鱼亭批校并旧藏。钞本均为半帙且流传不广。现存刻本多为八卷本。今见最早的八卷刻本是清康熙年间龚翔麟玉玲珑阁刊本(简称龚本),存词296首。其后八卷本都以龚本为底本甚或直接翻印。主要有曹炳曾城书室本,赵昱宝书堂重印本,扬州汪中刻本,杭州项氏翻刻本,江昱、江恂《山中白云词疏证》稿本(简称江本或江昱疏证),许增《榆园丛刻》本,鲍廷爵后知不足斋重印本、朱祖谋《彊村丛书》影印江本(简称朱本)等等。另有王鹏运《四印斋所刻词·双白词》中的《山中白云词》二卷,补录二卷,续补一卷(简称王本),王本由二卷本、八卷本胖合而成,较龚本少录1首,增入1首,存词仍为296首。

《山中白云词》版本涉及两个问题,其一,《山中白云词》是否编年体例。前述张炎存词基本写于临安沦亡之后,龚翔麟序曰:“玉田生系出朱邸,遭逢不偶,遗行不少概见。今读词集,观其纪地纪时,而出处岁月,宛然在目。”[③]吴熊和先生注意到,龚本存在按词题线索编年分卷的迹象,其中卷一是陶本按时间先后编次之旧例:“案张炎所作《水龙吟》白莲词,见于其《山中白云词》卷一,此卷编年意味甚为明显,颇堪注意。……上述编年词或犹存原本之旧。”[④]但龚本并非严格意义上的编年体例,张惠言手批《山中白云词》(简称张氏手批)屡摘龚本编年舛误就是明证(详后说)。

其二,《山中白云词》的“别本”“别题”现象。所谓“别本”,是指与词集

---

①永瑢等撰《四库全书总目》(下册),中华书局1965年,第1822页。

②吴熊和《乐府补题跋》,《吴熊和词学论集》,杭州大学出版社1999年,第124页。

③龚翔麟《山中白云词序》,龚翔麟等校刊《山中白云词》。

④吴熊和《乐府补题跋》,《吴熊和词学论集》,第124页。

正本录入的词作有较大差异，因而在正词后再作辑录。龚本存录11首别本词，《永乐大典》《天机馀锦》《珊瑚网》各存一首与正本迥异的词作，也就是说，《山中白云词》至少有14首别本词。“别本”词应是作者弃而不用的旧稿，而且别本词中往往又有“一作某”，这是作者再行斟酌的印记，资料价值大于文学价值。如《扫花游·台城春饮，醉余偶赋，不知词之所以然》，正本、别本迥然不同，录异文例句如下：

正本：正草色侵衣，野光如洗。——别本：傍润绿人家，野船深舣。

正本：绕长堤是柳，钓船深舣。——别本：共微开笑口，阙如倾耳。

正本：可惜空帘，误却归来燕子。胜游地。想依然、断桥流水。——别本：暮色帘空，误却归来燕子。断桥外，绕西湖、万花流水。

还有的正本词作题序虽然标注“别本”字样，词作语句出入也很大，但未正式作为别本处理，如《台城路·游北山寺（别本作“雪窦寺访同野翁日东岩”）》下阕：

幽寻闲院邃阁。树凉僧坐夏，翻笑（一作“深占”）行乐。近竹惊秋（一作“敲茶”），穿萝误晚（一作“闲坡种药”），都把尘缘消却。东林似昨（一作“东邻旧约”）。待学取当年，晋人曾约。童子何知，故山空放鹤（一作“算只有渊明，至今寥寞。动是千年，未归华表鹤”）。

张炎词集中此类还有不少，如《暗香·海滨孤寂（别本作海滨孤寂，鱼浪不来，寄李商隐）》：“羽音辽邈（一作雁书寥莫，一作故交零落）”，“极目凝思（一作愁思，一作愁凝，一作凝情）倚江阁”，“忆昨。更情恶（一作寂寞，夜偏觉）”。《水龙吟·春晚留别故友（别本春晚作客中）》：“清风在柳，江摇白浪，舟行趁晓（一作吟窗剪烛，邮亭维缆，山晴水晓）。”另外，还有正本词作题序没有标注“别本”，而异文句在全词中所占比例较低，也未被列入“别本”。如《风入松·陈文卿酒边偶赋》：“金字（一作尘箧）初寻小扇，铢衣（一作山房）早试轻罗（一作乍试泥金巧扇，初裁水碧轻罗）。”《还京乐·送陈行之归吴》：“佳人袖薄，修竹依依日暮（一作依然见了，须说千愁万绪）。”关于正本对“别本”的修改，是旬锻月炼的结果，当然是改定的正本胜出。第六章第一节中将有详述，此不多赘。

再看“别题”，就是与正本词题标注大相径庭的题序。宋人词集虽然题序偶有不同，如周密《探芳信·西泠春感》，别题“西湖春感”，然而，“西泠”

“西湖”都是以名胜代指临安,没有实质差异。但张炎词的别题极大地拓展了正本题序的信息量,这在宋人词集中体现了独特的资料价值。可作如下区分:一是“别题”明确赠主。如《台城路·游北山寺》,别题作“雪窦寺访同野翁日东岩”。知张炎游访对象为炳同禅师、净日禅师,由此知“北山寺”是在四明奉化西北的雪窦寺。《壶中天·赋秀野园清晖堂》,别题作“为陆义斋赋清晖山堂”。据知清晖山堂主人为陆垕(号义斋)。二是别题标明空间。如《水龙吟·春晚留别故友》,别题作“四明留别故人”。《声声慢·西湖》,别题作“与王碧山泛舟鉴曲,王蕺隐吹箫,余倚歌而和。天阔秋高,光景奇绝,与姜白石垂虹夜游,同一清致也”。鉴曲,因玄宗诏赐贺知章镜湖剡川一曲得名。据别题,可考此词正题中“西湖”代指鉴湖(又称镜湖)。镜湖跨会稽、山阴两县,分别称为东湖和西湖。见《嘉泰会稽志》(简称《会稽志》)卷十三引徐次铎《复湖议》:“(镜湖)堤之在会稽者,自五云门东至于曹娥江,凡七十二里。在山阴者,自常喜门西至于西小江(一名钱清),凡四十五里。故湖之形势亦分为二,而隶两县。隶会稽曰东湖,隶山阴曰西湖。”①刁约《望海亭记》亦云“(卧龙)山之南亘东西鉴湖”②。张炎宋亡后曾隐居山阴,而王碧山(沂孙)、王蕺隐(迪简,字庭吉)皆是会稽(南宋属绍兴府,北宋称越州,与山阴同城而治)人,隐居地玉笥山、蕺山皆在山阴,所以词写于绍兴而非杭州。三是明确节令或时间。如《渡江云·怀归》,别题作“客中寒食,书以写兴”。《疏影·余于庚寅岁北归》,别题“庚寅”作“辛卯”。四是考证器物。如《徵招·听袁伯长琴》,别题作“听袁伯长太古琴”。赵希鹄《洞天清录》“古琴样制”条:“古琴惟夫子、列子二样。若太古琴,或以一段木为之,并无胁腰,惟加岳,亦无焦尾。安焦尾处则横嵌坚木以承弦。”③五是别题更为切近的当。如《斗婵娟·春感》,别题为“故园荒没欢事去,心有感而作”。别题更合词中所写故园景象:“旧家池沼。帘休下、从教飞燕频绕。一湾柳护水房春,看镜鸾窥晓。”这与集中《凄凉犯·过邻家见故园有感》《忆旧游·过故园有感》《长亭怨·旧居有感》《台城路·迁居》等形成系列,江昱按其中《台城路》曰:“玉田感故居故园之作不一,俱非指所居旧宅。惟此作虽不能定其

①施宿《会稽志》,浙江省地方志编纂委员会编《宋元浙江方志集成》(第4册),杭州出版社2009年,第1934页。另参见拙文《吴梦窗词阙疑地名笺证》,《江西师范大学学报》2015年第6期。

②《全宋文》(第20册),第65页。

③赵希鹄著,尹意点校《洞天清录》,浙江人民美术出版社2016年,第5页。

为清河故第，而为其先业无疑。”[①]六是别题长序存宋本之旧。如《清平乐·题处梅家藏所南翁画兰》，别题作“所南翁诗书之暇，为屈平写真，一片古意，照耀心目，然不然，是不是。君其问贾长沙于湘水之滨”。朱彊村校勘梦窗词，其二校本批注《琐窗寒》题序：“又如‘玉兰’‘梅花’‘上元’‘七夕’诸题恐皆有本事，亦经删节，观《蘋洲渔笛谱》与《草窗词》繁简异同可证，惜旧本久佚，莫能详考矣。”[②]意思是说通过宋版《蘋洲渔笛谱》词题繁重，知后人所辑《草窗词》题序经过了删繁就简。今传《蘋洲渔笛谱》中12首词作题序比《草窗词》多出数十乃至数百字，朱氏认为序繁之《蘋洲渔笛谱》为宋元椠刻。由此可以推知张炎《清平乐》别题或存元本旧貌。

另外，《天机馀锦》及其他明代选本“别题”也有相当价值。如《水龙吟·寄袁竹初》，《天机馀锦》别题作“袁竹初之北，赋此以寄”，今考定袁竹初其人及行事后，即可成为张炎初次北游大都的重要外证（详第二章第一节），故应以别题为准。《风入松·闰元宵》，《天机馀锦》别题作“丙午闰元宵”。结合袁易和词《风入松·和张玉田闰元夕》，限于袁易卒年，知“丙午”为大德十年（1306）。《清平乐·赠处梅》，《天机馀锦》别题作“为陆处梅作此”，能使龚本处梅“陆”姓孤证成双（龚本七首赠处梅词作，仅有《木兰花慢》“处梅”冠以陆姓）；如《一剪梅》八卷本无题序，《天机馀锦》题序作“季秋得杏花一枝，其色类梅，清奇标致，殊可爱也”，词中有“知是花村。知是前村”“小楼昨夜雨声浑”，确然是赋咏类梅杏花之作。再如《南乡子》，八卷本无题序，水竹居本、石村书屋本、明吴钞别题“许芳所别业”。题中“别业”的提示，词中别墅清雅、家居闲适的意思更为显豁。所以胡适说删去别本异文的本子有其不足：“朱孝臧《彊村丛书》，有江昱的《疏证》，最可供参考；但删去龚本所载别本异文，是其缺点。”[③]

（二）江昱《山中白云词疏证》

江氏所著《山中白云词疏证》是当时未曾刻印的稿本，今藏国家图书馆。江昱疏证本以龚本裁缀成帙，但不受其编次以及张炎题序所限，从诸多方面推进了相关考证，可称玉田功臣：“率尔读之，虽击节叹赏，而作者苦

①江昱《山中白云词疏证》，《彊村丛书》（第6册），第5307页。
②吴梦窗撰，朱孝臧校刊《梦窗词》，清光绪三十四年（1908）无著庵刻本，札记第1页。
③胡适选注，刘石导读《词选》，第326页。

心或未出也。夫集中之题但云某人某地，读者亦仅就其词臆为人如是、地如是，是人与地因词而见，而不知词实有以确洽其人与地，何啻目眩珊瑚木难而不能名耶？其或实有所指而本题未能注明，则又往往忽略，甚且以为宽泛之语，而曾不经意，可胜三叹。……率从卷籍不相涉之处，参考互证，触类旁通而出。"①主要体现在以下几点。

一是考证时间。如龚本题序作《台城路·庚辰秋九月之北，遇汪菊坡，一见若惊，相对如梦。回忆旧游，已十八年矣。因赋此词》《疏影·余于庚寅岁北归，与西湖诸友夜酌，因有感于旧游，寄周草窗》。庚辰，至元十七年(1280)，庚寅，至元二十七年(1290)。"庚辰"之北，"庚寅"归南，时间为十年。江昱二词题序分别改作《台城路·庚寅秋九月之北》《疏影·余于辛卯岁北归》。其疏证《台城路》曰："曾心传《题日观葡萄》自序，以至元庚寅入京，玉田固同行之侣。此题'辰'字当是'寅'字之误。"又据《疏影》题注"别本'庚寅'作'辛卯'"，并比勘同行北游词，改定为"辛卯"②。辛卯，至元二十八年(1291)。庚寅之北，辛卯南归，时间为一年，此为理校而非妄改。明朝词选《天机馀锦》选词可以证明这种说法。《天机馀锦》所选《台城路》词题作"庚寅会汪菊坡子此冀，相对一梦，回忆旧游，已十八年矣"③，所选另一首《甘州》词题作"辛卯岁，秋江同余北归，余处越，秋江处(杭)。赋此并寄杭友"④。题序虽然讹字较多，但至少能够表明，江昱考证并改订"庚辰"为"庚寅"，"庚寅"为"辛卯"，是在准确把握张炎生平基础上，推理判断的结果，而且得到旁证。

二是考证人名。如《西河·依绿庄赏荷，分净字韵》，别题"史元叟依绿庄赏荷"。词曰："碧盈盈、移下秋影。醉里玉书难认。"江昱疏证："袁桷《清容居士集·寄史允叟》(诗略)。文征明《甫田集》：史守之，越国公浩孙，卫王弥远之侄。礼部侍郎弥大之子。避势远嫌，退处月湖，宁宗书'碧沚'二字赐之。"⑤江昱按曰："袁诗用碧沚事，则允叟自属守之后人，此词自'碧盈盈'至'醉里玉书'句似正指赐书事，疑别本题之'元'字与袁诗之'允'字或有一

①江昱《山中白云词疏证序》，《彊村丛书》(第6册)，第5142—5144页。

②参见《彊村丛书》(第6册)，第5191—5192页

③程敏政编《天机馀锦》(二)，辽宁教育出版社2000年，第212页。

④《天机馀锦》(一)，第161页。

⑤《彊村丛书》(第6册)，第5230页。

讹。"[①]又疏证《壶中天》别题"为陆义斋赋清晖山堂"："义斋，陆垕号，见本卷《清波引》词后。"[②]又疏证《清波引·横舟是时以湖湘廉使归》："'横舟'未著姓名，观词中'弭节澄江树'句，应属江阴人，而考元史及邑志，玉田时为湖湘廉使者止陆垕一人。史称垕累迁至湖南肃政廉访副使，升浙西廉访使。题中谓以湖湘廉使归，可知在升浙之前，一时暂归，非遽挂冠乡里。词中'不为莼鲈归去'及'难觅真闲处，肯被水云留住'等语，情事正合。况玉田于江阴诸陆往来最密，虽史传举大略细，未及'横舟'之号，意为参考，当属此公。又，曹伯启《汉泉漫稿·寄谢陆义斋廉使诸公》诗亦称'廉使'，而诗中'暨阳'又即此词'澄江'。且六卷义斋寿日《台城路》词'怡情楚花湘草''渭滨人未老'诸句，雅与垕踪迹相协互证之，则义斋亦垕也。"[③]

三是考证地名。如《木兰花慢·为越僧樵隐赋樵山》："龟峰深处隐，岩壑静、万尘空。"江昱疏证："龟峰在衢州，此或衢州僧也。"[④]相关史料也可以印证。《方舆胜览》(卷七)："(衢州)龟峰，其形如龟，昂首伸足。"[⑤]毛开《超览堂记》："信安山水奇秀，甲于旁郡，而守居又跨据龟峰之上，环境诸山，宜若可以周览而坐致。其北山盖甚远，隐隐如图画中所见。……既蠲既夷，仰而望之，则万峰闯然出于林木之杪，高者下者，向者背者，前者却者，锐者平者，如游龙者，如色云者，缭者如屏，峙者如壁，角秀争雄，表里呈露。"[⑥]

四是考证词作之间的关联。如《甘州·赋众芳所在》："看涓涓、两水自东西，中有百花庄。""无人识，牡丹开处，重见韩湘。"江昱对此词与三首赠主皆为韩铸的词作进行关连性考察。三词分别是《庆清朝·韩亦颜归隐两水之滨，殆未逊王右丞茱萸沜。余从之游，盘花旋竹，散怀吟眺，一任所适。太白去后五百年，无此乐也》《声声慢·和韩竹间韵，赠歌者关关，在两水居》《甘州·为小玉梅赋，并柬韩竹间》。江昱疏证《甘州·赋众芳所在》："后《庆清朝》词题称'韩亦颜归隐两水之滨'，此词起句即用'两水'，结语以韩湘事点明，则'众芳所在'殆即亦颜隐处也。又五卷《甘州》(孙按：指《甘州·为小

①《彊村丛书》(第6册)，第5230页。
②同上书，第5266页。
③同上书，第5267页。
④同上书，第5188页。
⑤祝穆撰，祝洙增订，施和金点校《方舆胜览》(上册)，中华书局2003年，第125页。
⑥《全宋文》(第224册)，第169页。

玉梅赋》)柬竹间词亦用韩湘事。”[①]“两水居,证之三卷《庆清朝》词‘韩亦颜归隐两水之滨’云云正复相合,故知属韩之所居,而‘竹间’为韩别字也。”[②]

五是词作辑佚,江昱从汪砢玉《珊瑚网》郭畀(字天赐)手钞诸贤遗稿中辑出《华胥引·赋松花》。江昱疏证:“汪本载此词。称玉田《山中白云词》此首前为《绮罗香》(万里飞霜)一首,后为《一萼红》(制荷衣)一首,俱见玉田集内,惟此词不载,诸选亦无之,似属玉田遗珠。但此词之下、《一萼红》之上又杂以草窗《齐天乐》(槐熏忽送)一首,则此未便确指为玉田之作。其或天赐手钞时偶误耶？未可知也,因为附入。”[③]

综上,江昱疏证已不仅仅是优胜的版本,更对张炎生平、交游、踪迹的考证有极大推进,但惜为稿本,未曾刊印,直至朱祖谋《彊村丛书》校笺并翻刻,其学术价值才被逐渐发掘。

二　《词源》二卷分合及下卷旧称

秦恩复《词源》二卷本祖本为元朝至顺元年(1330)起善斋本,经秦氏三刻、阮元校刻,渐趋完善。阮元《四库未收书目〈词源〉提要》:“是编依元人旧钞影写,上卷详论五音十二律,律吕相生,以及宫调管色诸事,厘析精允。间系以图,与姜白石歌词《九歌》《琴曲》所记用字纪声之法大略相同。下卷历论音谱、拍眼、制曲、句法、字面、虚字、清空、意趣、用事、咏物、节序、赋情、离情、令曲、杂论、五要十六篇,并足以考见宋代乐府之制。”[④]对于版本源流,许超杰、刘崇德《〈词源〉版本源流考》论述甚详。然而,《词源》下卷或称《乐府指迷》(又称《指迷》)这一问题仍有深入探讨的必要,明人陈继儒将《词源》下卷与陆辅之《词旨》合编为《乐府指迷》是否合理也值得探其究竟。

(一)《词源》分合及称名

《词源》分上下二卷,上卷探讨乐律,下卷讲论词之作法,元朝既已成书。陆文圭《玉田词源稿序》:“词与辞字通用。《释文》云:‘意内而言外也。’意生言,言生声,声生律,律生调,故曲生焉。《花间》以前无杂谱,秦、周以后无雅声,源远而派别也。西秦玉田张君著《词源》上下卷,推五音之数,演六

①《彊村丛书》(第6册),第5235页。
②同上书,第5290页。
③同上书,第5371页。
④阮元撰,傅以礼重编《四库未收书目提要》,商务印书馆1955年,第98页。

律之谱。按月纪节,赋情咏物,自称得声律之学于守斋杨公、南溪徐公。”[①]钱良祐《词源跋》署为“丁巳正月,江村民钱良祐书。”[②]丁巳,元仁宗延祐四年(1317),表明最迟此年之前《词源》已经成书。

张炎生前,其词论上下卷称《词源》,但下卷亦称《乐府指迷》或《指迷》。上引陆文圭、钱良祐已有《词源》称名。但同时仇远、陆辅之则称《指迷》。仇远《山中白云词序》:“《指迷》妙诀,吾将从叔夏北面而求之。”[③]陆辅之《词旨》:“‘清空’二字,亦一生受用不尽。《指迷》之妙,尽在是矣。”[④]虽然“指迷”可以理解成“指点作词迷津”,但更有可能是下卷的别称。如江昱批注仇远《山中白云词序》沿其称名:“玉田所著《乐府指迷》,议论精到,诚度世之金针,但止二十余则,为卷十数缗而已,且有讹阙,无善本可校,惜哉!”[⑤](孙按:下卷虽仅十六则,但杂论部分又缕析为数条)江昱疏证中涉及《词源》者,皆称《乐府指迷》或《指迷》。张炎逝世之后,孔齐所见《山中白云集》“首论作词之法,备述其要旨”的部分,显然不涉及上卷。朱崇才先生考证说:“孔齐所见到的,是《山中白云集》,而所论的却是《词源》,联想到元初围绕《山中白云词》和《词源》的序跋题记偶有二者相混的情况,这是否意味着,元代曾有一个《词源》与《山中白云词》合刊的本子,而为孔氏所见?”[⑥]但这个合刊本中《词源》是其半卷而非全帙。《四库全书〈山中白云词〉提要》谓曹本刻在龚本之后:“上海曹炳曾又为重刊。旧附《乐府指迷》一卷,今析出别著于录。”[⑦]换言之,清代曹炳曾刻本以及同一源流的四库本《山中白云词》附录《乐府指迷》的版式,不仅沿袭了《词源》下卷的别称,也保存了孔齐所见元椠旧貌,只是把《词源》下卷讲论词法的部分置于词集之后。大胆推测,甚至可以认为,这就是孔齐所见元椠,抑或即陶本之源。元代以后,称张炎词论为《乐府指迷》者,多指《词源》下卷。如明代陈继儒《宝颜堂秘籍续集》以《词源》下卷和陆辅之《词旨》合刊,仍沿《乐府指迷》之称,指的也是下卷讲论词法的条目。《钦定续文献通考》亦载:“张炎《山中白云词》八卷、

①《全元文》(第17册),第548页。
②《词话丛编》(第1册),第269页。
③曹炳曾等校刊《山中白云词》。
④《词话丛编》(第1册),第303页。
⑤江昱《山中白云词疏证》,《彊村丛书》(第6册),第5149页。
⑥朱崇才《词话史》,中华书局2006年,第184页。
⑦《四库全书总目》(下册),第1822页。

《乐府指迷》一卷。”[①]杜诏所见，亦为下卷无疑：“读其《乐府指迷》一书，为古今填词准则。”[②]之后，高亮功批《山中白云词》、王国维《人间词话补遗》也称之为《乐府指迷》。

张炎词论的称谓不同，后人莫能辨其故，致使议论纷然。如秦恩复跋《词源》：“别有《词源》二卷，上卷研究声律，探本穷微。下卷自音谱至杂论十五篇，附以杨守斋作词五要，计十有六目。元明收藏家均未著录。陈眉公秘籍只载半卷，误以为《乐府指迷》，又以陆辅之《词旨》为《乐府指迷》之下卷。至本朝云间姚氏，又易名为沈伯时，承讹袭谬，愈传而愈失其真。”[③]伍崇曜跋《词源》：“原本上下分编，世传《乐府指迷》即其下卷。明陈仲醇续刊秘籍，妄析全书之半，删改总序一篇，袭用沈伯时《乐府指迷》之称，移甲就乙。”[④]胡元仪释曰：“沈伯时名义父，著《乐府指迷》，亦论词之法，则其书今无完本。明人割《词源》下卷，合《词旨》混杂刊之，题曰《乐府指迷》，非沈氏之书也。惟《花草粹编》刻沈伯时《乐府指迷》，凡二十八则，似亦非全本。明人爱割裂古书，随意刻之，不足据也。”[⑤]阮元《四库未收书目〈词源〉提要》：“自明陈仲醇改窜炎书，刊入续秘籍中，而又袭用沈伯时《乐府指迷》之名，遂失其真。微此几无以辨其非。盖前明著录之家，自陶九成《说郛》广录伪书，自后多踵其弊也。”[⑥]王鹏运《乐府指迷跋》亦谓：“右宋沈义父《乐府指迷》一卷。案，明人刻本乃合玉田生《词源》下卷与陆友仁《词旨》为一书，非沈氏元本也。”[⑦]（陆友仁非《词旨》作者，详下考）皆属不能推原张炎词论命名而产生的困惑。

（二）《词源》《词旨》合集版本及论词条贯相通

《词旨》作者的误说，起于胡元仪《词旨畅旧序》：

> 《词旨》一卷，元陆辅之撰。序云：“余从乐笑翁游，命韶暂作词旨。”是辅之名韶也。汪砢玉《珊瑚网》云：“汾湖居士陆行直辅之……”则是辅之名行直矣。明刻本《词旨》又题陆友仁撰，是辅之又名友仁也。杨

①嵇璜等《钦定续文献通考》（下册），商务印书馆1936年，第4365页。
②杜诏《山中白云词序》，曹炳曾等校刊《山中白云词》。
③《词话丛编》（第1册），第270—271页。
④同上书，第272页。
⑤胡元仪《词旨畅》，同上书，第303页。
⑥《四库未收书目提要》，第98—99页。
⑦王鹏运辑《四印斋所刻词》，上海古籍出版社2012年，第408页。

> 廉夫《东维子集》云："元松陵陆子敬，居汾湖北……"则辅之又字子敬。顾嗣立《元诗选·癸集》云："陆行直，字季道，一字德恭，一作季衡，吴人，居于甫里，自号湖天居士。翰林典籍，致政归，善画。有别墅在淞江之南，分湖之东。"所谓韶以友仁二名，与夫子敬、辅之二字皆不及称，所书三字，又自殊异。今详核之，盖本名韶，故字德恭。改名友仁，故字辅之。后名行直，故字子敬。其名屡更，字因名立，诸书记载，随举不备，不足怪也。辅之生平，足见涯略矣。[①]

陈去病辨其讹误曰："其称明刻本作陆友仁，又引《东维子集》谓行直即友仁子敬者，皆非也。友仁作《砚北杂志》，自别一人。子敬则其第六子祖恭字也。"[②]

陈继儒取《词源》下卷与《词旨》合集，虽然受到质疑，但其中颇有深意：应是以《词旨》所示例句，阐释《词源》作词法则。特别是《词旨》所示"乐笑翁奇对"23则，"乐笑翁警句"13则，词眼1则，皆用实例证明张炎作词之法。胡元仪曰："《词旨》为书，皆述叔夏论词之旨，与叔夏《词源》同条共贯。计论词七则，言简意明，能撮其要。采时流词中偶句工炼者，名曰属对，凡三十八则，而乐笑翁奇对二十三则次之。词之意远辞隽者，名曰警句，凡九十二则，而乐笑翁警句十三则次之，以著受学之源也。又词眼二十六则，示人炼字之法。……流览是编，取《词源》注之，所列词句，取原词缀于下，俾前人精神，辅之微意，轩豁呈露，阅者事半工倍矣。"[③]从中可见，两者之间的关系在于《词旨》实例对《词源》理论的举证作用。如《词源·制曲》言简意赅地阐述制曲之法："命意既了，思量头如何起，尾如何结，方始选韵，而后述曲。最是过片，不要断了曲意，须要承上接下。"[④]"一段意思，全在结句，斯为绝妙。"[⑤]《词旨》进行了大量举例，胡元仪注出篇目、作者字号（下面引录《词旨》例句及胡元仪注非显误者仍其旧，后文引录《词旨》例句同此体例）。

如关于开头有31例句，举证著名词人如下：

> 稚柳苏晴，故溪歇雨。（周美成《西平乐》）

---

①《词话丛编》（第1册），第342—343页
②陈去病《词旨序》，《词话丛编》（第1册），第298页。
③胡元仪《词旨畅旧序》，同上书，第343页。
④《词源》，同上书，第258页。
⑤《词源》，同上书，第261页。

虚阁笼云，小帘通月。（姜白石《法曲献仙音》）

枕簟邀凉，琴书换日。（姜白石《惜红衣》）

做冷欺花，将烟困柳。（史邦卿《绮罗香》）

巧剪兰心，偷粘菜甲。（史邦卿《东风第一枝》）

落叶霞飘，败窗风咽。（吴梦窗《法曲献仙音》）

风拍波惊，露零秋冷。（吴梦窗《法曲献仙音》）

盘丝系腕，巧篆垂簪。（吴梦窗《澡兰香》）

醉云醒雨。（吴梦窗《解蹀躞》）

断碧分山，空帘剩月。（张玉田《锁窗寒》）

接叶巢莺，平波卷絮。（张玉田《高阳台》）

晴光转树，晓气分岚。（张玉田《声声慢》）

乱雨敲春，深烟带晚。（张玉田《锁窗寒》）

开帘过雨，隔水呼灯。（张玉田《忆旧游》）

波荡兰觞，邻分杏酪。（张玉田《庆春宫》）

云映山辉，柳分溪影。（张玉田《法曲献仙音》）

荷衣消翠，蕙带余香。（张玉田《声声慢》）

浅草犹霜，融泥未燕。（张玉田《庆清朝》）

行歌趁月，唤酒延秋。（张玉田《解语花感》）

穿花省路，傍柳寻邻。（张玉田《声声慢》）

门当竹径，鹭管苔矶。（张玉田《声声慢·赋渔隐》）

鬓丝湿雾，扇锦翻桃。（张玉田《声声慢》）

因花整帽，借柳维舟。（张玉田《声声慢》）

春风不奈垂杨柳，吹却絮云多少。（张玉田《台城路》）

关于上结、过片17句，举证著名词人如下：

花影吹笙，满地淡黄月。（范石湖《醉落魄》）

墙头换酒，谁问讯、城南诗客。岑寂。高柳晚蝉，说西风消息。（姜白石《惜红衣》）

冷香飞上诗句。（姜白石《念奴娇》）

惊愁搅梦，更不管庾郎心碎。（高竹屋《祝英台近》）

玉奴最晚嫁东风，来结梨花幽梦。（吴梦窗《西江月》）

画船尽入西泠，闲却半湖春色。（周草窗《曲游春》）

料理琴书，夷犹今古。（张玉田《珍珠帘》）

才放些晴意，早瘦了梅花一半。也知不做花看，东风何事吹散。（张玉田《探春慢》）

应把花卜归期，才簪又重数。（辛弃疾《祝英台近》）

和云流出空山，甚年年净洗，花香不了。（张玉田《南浦》）

关于结尾48句，举证著名词人如下：

尽吸西江，细斟北斗，万象为宾客。扣舷独啸，不知今夕何夕。（张于湖《念奴娇》）

寒光亭下水连天，飞起沙鸥一片。（张于湖《西江月》）

绿肥红瘦。（李易安《如梦令》（昨夜雨疏风骤））

凉满北窗，休共软红说。（范石湖《醉落魄》）

灯花结。片时春梦，江南天阔。（范石湖《忆秦娥》）

惟有两行低雁，知人倚、画楼月。（范石湖《霜天晓角》）

是他春带愁来，春归何处。却不解，带将愁去。（辛弃疾《祝英台近》）

波心荡、冷月无声。（姜白石《扬州慢》）

问甚时同赋，三十六陂秋色。（姜白石《惜红衣》）

临断岸、新绿生时，是落红、带愁流去。记当日门掩梨花。剪灯深夜语。（史邦卿《绮罗香》）

愁损玉人，日日画阑独凭。（史邦卿《双双燕》）

恐凤鞋挑菜归来，万一灞桥相见。（史邦卿《东风第一枝》）

新愁万斛为春瘦，却怕春知。（高竹屋《金人捧露盘》）

连呼酒，上琴台去。秋与云平。（吴梦窗《八声甘州》）

帘半卷，带黄花、人在小楼。（吴梦窗《声声慢》）

绿阴青子满溪桥。羞见东邻娇小。（吴梦窗《西江月》）

花深深处，柳阴阴处，一片笙歌。（周草窗《少年游》）

一掬春情，斜月杏花屋。（王碧山《醉落魄》）

莫开帘。怕见飞花，怕听啼鹃。（张玉田《高阳台》）

须待月，许多情，都付与秋。（张玉田《声声慢》）

另如《词源·句法》有“一曲之中，安能句句高妙，只要拍搭衬副得去，于好发挥笔力处，极要用功，不可轻易放过，读之使人击节可也”①“如起头八字相对，中间八字相对，却须用功着一字眼，如诗眼亦同”②。《词旨》属对、警句、词眼皆以实例加以证明。

值得提出的是，《词旨》所举例句不仅用以实证，还与《词源》论述共同显示出晚宋词学重南宋的倾向。《词旨》专列晚宋张炎以及生平无考词人外，所列出的属对38则，警句92则，词眼26则，引例多为南宋词。如属对部分，吴叔、黄双溪无考，引用北宋3位词人田为（不伐）、周邦彦（美成）、王观（通叟）的3篇引句，南宋词人15人：徐似道（渊子）、姜夔（白石）、丁基仲（宏庵）、吴文英（梦窗）、楼采（君亮）、翁元龙（处静）、史达祖（梅溪）、周密（草窗）、施岳（梅川）、陈亮（同甫）、孙惟信（花翁）、高观国（竹屋）、李彭老（筼房）、张枢（寄闲）、丁默（湖南）31篇引句。警句部分引录除徐伸（干臣）外，42人皆为南宋词人：张孝祥（于湖）、范成大（石湖）、赵善扛（解林）、赵彦端（德庄）、辛弃疾（稼轩）、刘过（龙洲）、谢懋（静寄）、洪咨夔（平斋）、徐照（山民）、刘翰（小山）、姜夔（白石）、刘仙伦（招山）、孙惟信（花翁）、史达祖（梅溪）、高观国（竹屋）、张辑（东泽）、王嵎（贵英）、韩瞟（萧闲）、刘克庄（后村）、罗椅（涧谷）、周晋（萧斋）、赵汝茪（霞山）、陆叡（云西）、萧泰来（小山）、钟过（梅心）、李从周（肩吾）、黄玉林（花庵）、吴文英（梦窗）、江开（月湖）、赵闻礼（钓月）、陈允平（西麓）、张枢（寄闲）、莫仑（子山）、杨恢（西村）、李彭老（筼房）、李莱老（秋崖）、王易简（可竹）、张磐（梅崖）、周密（草窗）、王沂孙（碧山）、赵与仁（元甫）、丁基仲（宏庵）88篇引句。词眼部分有北宋词人周邦彦（美成）1篇引句，南宋词人18人：潘汾（元质）、方千里、李清照（易安）、吴文英（梦窗）、王沂孙（碧山）、史达祖（梅溪）、高观国（竹屋）、杨缵（守斋）、杨恢（西村）、李莱老（秋崖）、王易简（可竹）、楼采（君亮）、张炎（玉田）、张辑（东泽）、钟过（梅心）、翁元龙（处静）、张枢（寄闲）、周密（草窗），共22篇引句（其中李清照2首、杨恢2首、李莱老2首、周密3首，另有两条作者与词调皆佚，无法统计）。综合观之，《词旨》引例，北宋4家，南宋53家。张炎在《词旨》中地位独特，见于其列出“乐笑翁奇对”“乐笑翁警句”及《词眼》一

①《词话丛编》（第1册），第258页。

②同上书，第265页。

则,共37则,高出南宋所有词人之上。

本章分论的张炎家世家学、词集词论,都是后文论述的基础。家世家学一节中曾祖张镃诗学理论是对张炎词论潜在影响的铺垫,而祖父张濡惨遭元朝统治者磔杀对张炎不仅造成身心伤害,更铸就了他的政治立场与人格风范。词集词论一节中《山中白云词》"别题"及江昱疏证对张炎生平事迹及交游行踪有不可忽略的考证价值,是对张炎词集正题的重要补充,也是第二章的阐述依据。陆辅之受学于张炎,两人的词学观相同。《词旨》所举例证例句全面体现了《词源》渐重南宋特别是晚宋的倾向,这是张炎词学理论与创作实践的精髓,也是清朝浙西派词论推崇南宋及宋季的理论起点。

第二章　张炎生平事迹考述及发覆

张炎生于淳祐八年(1248),德祐二年(1276),南宋旧都临安倾覆,祖父张濡、父亲张枢遭遇不测,时年二十九岁;祥兴二年(1279)南宋灭亡,时年三十二岁。张炎不幸身处易代鼎革之际,遭遇国破家亡的灭顶灾难,骤然从承平公子沦为罪囚后裔,经历了饱经磨难的生命过程。《山中白云词》所辑多为临安覆亡之后的词作,集中305首词作(其中210首词作可以准确编年或类归某一时段),主要内容是张炎在临安沦覆及入元之后的流亡与隐逸,展现的是北游大都以及北游南归后浙水东西、浙东浙西的汗漫游踪,而青少年时代的生活在词中仅存无法整合的碎片痕迹。

虽然冯沅君、吴则虞、黄畬、马兴荣、杨海明、邱鸣皋、桂栖鹏、张如安等学者在相关专著、论文中研究了张炎生平事迹,但仍然存在不少学术盲点乃至悬置已久的学术难题。如学界至今未对张炎交游做出系统考察,并据以厘清交游群体对其思想产生的影响;随着新资料的发现,有些交游者已经可以进行新证或考异,而张炎交游新成果的出现,也需要汇聚并且应用于推进张炎研究;张炎北游仍未有定于一尊的权威结论,由此引起的对张炎政治人格的误判还在这一研究领域具有相当的影响。

有鉴于此,本章第一节首先厘分张炎交游群体。因为张炎入元之后长期处于流动不居的状态,所以交游非常广泛,有记录者高达119人。其中题序出现的交游103人,题序中虽然没有出现,但在山阴词社浮翠山房同咏白莲者还有5人:唐珏(玉潜)、王易简(理得)、吕同老(和甫)、赵汝钠(真卿)、李居仁(师吕);另有为《山中白云词》《词源》作序者7人:除在张炎词题序中出现的陆文圭、仇远、邓牧,还有4人并未出现:舒岳祥(阆风)、郑思肖(所南)、戴表元(帅初)、钱良祐(翼之)。张炎不仅与南宋遗老交游,也与对故国怀有真切怀念的少年友人(遗少)交往,划分张炎交游群体的基本构成可以发现,所交往者是声气相投并惺惺相惜的特殊群体,这是张炎思想形成的外在因素。描述张炎交游,还可以锁定张炎入元后的居游行止,为后文具体勾勒其游踪隐迹提供时空人物的"坐标系统"。后两节分别论述张炎初次北游大都及南归后浙水东西之游，再次北游及南归后浙东浙西之游。因为这些内容涉及时间长达四十多年，空间则是以杭州为起始点，旁及山阴、四明、台州、衢州、苏州、江阴、吴兴、常州、宜兴、溧阳、金陵等地。其中还关涉友人周密晚年是否归居吴兴、王沂孙出仕庆元路（浙江宁波）学官究在何时、陆辅之晚年是否改号处梅等等，其地、其人、其事纷繁复杂，所以按时间先后分两节加以细述。其中首次针对张炎研究中北游十年说与一年说的纷争，提出并证明了张炎曾两次北游大都，定谳张炎两次北游，对于张炎生平事迹及人格判断都有发覆意义。

第一节　交游分类、交游新考及往来唱和

张炎交游人数虽多，然多为东南遁世逃名之士或寂寂无名之辈，因此张炎交游的考证成果非常有限。仅有江昱、朱祖谋、桂栖鹏、张如安等人的少量创获。如江昱考出李复初名师善，江昱、朱祖谋先后考证陆义斋为陆垕[①]。桂栖鹏考出汪菊坡为南宋名臣汪纲后人汪汉卿[②]，姜子野即雪溪渔隐，陈公明为程公明之误。张如安在江昱疏证基础上推出月溪、云溪为卞应平、卞应魁兄弟[③]；又考出傅岩起非汾西人，而是华原重名重姓者[④]。

---

①江昱疏证已见前引。朱祖谋笺证："横舟为陆垕号。（江）疏：据《汉泉漫稿》谓义斋亦垕。按《崇祯南海县志》首有元大德甲辰陈大震旧序称，廉访使江阴义斋陆公命里耆旧陈大震教授、吕桂孙增修，足证义斋为垕。而垕仕至广东廉访使，可补史阙。又按《墙东类稿·横舟记》：'清晖堂之东，曰梅台，台下为池，迤北为横舟阁。'垕号横舟殆以此。"《彊村丛书》（第6册），第5386—5387页。

②桂栖鹏《张炎交游人物新证》："（彭泽）《弘治徽州府志》卷七《人物志》一'汪汉卿，字景良，黟人。宋户部侍郎汪纲之孙，帅参泳之子。以祖荫中铨，主龙泉簿，历淮西（孙按：《万姓统谱》卷四十六作"浙东"）运干，除知贵池县，归元，除本县丞。考满趋京，值开馆修史，翰林、集贤两院交荐其才，授翰林院国史编修官，迁应奉翰林文字同知制诰，累转翰林修撰、承事郎。至大三年，以国子监丞、承德郎致仕。为人谦和乐易，博文强记，笔札尤精，在朝数十年，凡朝中讨论典故，众所不能识者，叩之应对不穷。卒年八十一。自号菊坡，有诗文二十卷，名《养浩集》，藏于家。"《文史》2001年第四辑。

③江昱疏证《南楼令·寿月溪》："卷内《摸鱼子》词，月溪即卞南仲。"《彊村丛书》（第6册），第5357页。张如安《〈山中白云词〉笺释小补》："黄（畲）笺云：'卞南仲，字应平，号月溪。浙江长兴人。……'此笺不误，然可作进一步查证。检《同治长兴县志》卷23云：'卞南仲，字应午，号月溪，能诗词，美丰度。弟应魁，号云溪。兄弟友爱，至老无间。元初南台以茂异荐于朝，授润州判官，有政声，后遂寓居溧阳。'"《古籍整理研究学刊》1999年第6期。

④张如安《〈山中白云词〉笺释小补》："黄笺（孙按：黄畲笺证录自江昱疏证）所指傅岩起，字梦臣，汾西人，傅杰之子，泰定元年（1324）历官监察御史，六转为中书参议，四年擢吏部尚书。文宗立，起为枢密院同佥，历两淮盐运使，湖北、燕南、山东三道廉访使，后至元五年（1339）起为中书参政，卒谥正献。其人事迹详见《新元史》卷207。张炎之《三姝媚》作于至元二十八年（1291），以汾西傅岩起之行历考（转下页）

本节为以简驭繁，先对张炎略有事迹可考的交游进行分类，再罗列笔者新考证出的相关交游，或对前贤时彦重要考证成果进行辨异。最后以年齿、空间为序，略述重要交游周密、王沂孙、仇远、韩铸、陆文圭、袁易、袁桷、陆辅之诸人简略生平特别是与张炎唱和的行迹。

一　交游分类及新考

张炎交游群体的构成是以元朝逸民为主，没有达官显贵。本节新考的交游能够推新张炎生平事迹，如新考出袁竹初为袁洪，可以确证袁洪北行之前的张炎初次北游；考出白香岩为白珽，可以借以确证前此失考的张炎常州之行，据张炎游江阴的时间，可以反推李复初担任江阴令尹，时在大德五年(1301)—大德六年(1302)间。江昱、朱祖谋的相关考证也能在此节中得到推进。而张炎交游往往形成气味相投的文人群体，这对总结其生平事迹大有裨益。

(一)交游词人及基本分类

张炎交游高达119位，其中略有事迹可考者有79人。周密(草窗)、陈允平(西麓)、邓牧(牧心)、李彭老(商隐、筼房)、仇远(仁近、山村)、王沂孙(圣与、碧山、中仙)、白珽(湛渊、廷玉、香岩)、韩铸(亦颜、竹涧、竹间)、李衎(仲宾)、赵孟頫(子昂)、钱选(舜举)、张雨(伯雨)、袁洪(竹初)、戚明瑞(五云)、王迪简(廷吉、蕺隐)、王菊存、唐侯举(月心)、陆垕(义斋、横舟)、袁易(静斋)、陆浩斋(梅南)、龚璛(子敬)、袁桷(伯长)、史公升(允叟)、黄公望(一峰)、汪汉卿(菊坡)、陆大猷(性斋)、赵与仁(元父、学舟)、沈钦(尧道、秋江)、曾遇(子敬、心传)、孙凝(虚斋)、陈恕可(行之、如心)、陈汝朝[①]、周暕(方山)、叶东叔(宾月)、傅岩起(良弼、正之)、罗景良、陈适(文卿)、舒亦山(君实)、邵素心、无尽上人、董嗣杲(静传)、屠约(存博)、束季博(从大)、杜

(接上页)之，其时傅仅为一青少年，恐非张炎赠词之对象。今检《勤斋集》卷2《傅公墓志铭》，元初另有一傅岩起(1234—1302)，初名良弼，字正之，华原人，历京兆路判、四川宪佥、监察御史、刑部郎中。至元三十年(1293)除南台侍御史，迁江东廉访使。其人曾在京师为官，年龄稍长于张炎，张炎至京过访这位清贵，殊有可能。故张赠词对象以华原傅岩起更为合理。"《古籍整理研究学刊》1999年第6期。华原，元时为耀州属县。

①《光绪奉化县志》(卷二十三)"(陈观)子汉，字汝朝。以儒自守，善画水墨荷鹭，称于时。尝以荐授昌国学录(袁桷撰墓志，参康熙志、剡源志)。"李前泮修，张美翊纂《奉化县志》，台湾成文出版社1975年，第1249—1250页。

景斋、陆行直(湖天、壶天、处梅)、陆起潜、吴立斋、魏叔皋(华)、李师善(复初)、梁柱(中砥)、姜子野(雪溪渔隐)、程公明、卞应平(南仲、月溪)、卞应魁(云溪)、吴菊泉、干文传(寿道)、罗志仁(伯寿)、王觉轩(天觉)、陆文圭(子方)、陈直卿、赵寿父、苗仲通、金桂轩、云屋山人(释善住)、赵文升(文叔)、炳同禅师(野翁)、净日禅师(东岩)、叶书隐、高菊墅(高普或高历后辈)、高疏寮(东墅园主人)。前说未出现于词题中仅为张炎作序跋者4人,还有山阴诗社5人,也略有事迹可以考证。以上79人略可分类如下:

1、入元不仕的前朝遗民:陆大猷、周密、郑思肖、邓牧、李彭老、唐珏、王易简、吕同老、戚明瑞、王迪简、孙凝、程公明、姜子野、卞南仲、卞应魁、陆文圭、钱选、韩铸、史公升、邵素心、舒亦山、高菊墅、高疏寮、陆起潜、舒岳祥、牟巘。

2、短期担任学官的隐逸者:陈允平、仇远、戴表元、龚璛、白珽、王沂孙、赵与仁、袁易、陈恕可、周暕、陈适、叶宾月、罗志仁、王觉轩。

3、担任元朝官职者:袁洪、李衎、赵孟頫、陆垕、屠约、袁桷、汪汉卿、傅岩起、李师善、干文传、束季博、陆行直。

4、再次北游同行大都抄经者:沈钦、曾遇、吴菊泉。

5、方外僧道:炳同禅师、净日禅师、无尽上人、云屋山人、董嗣杲、梁中砥、黄公望、钱良祐、张雨。

(二)交游新证与考异

新证与考异者共六人,人物、事迹虽然寥寥可数,但对张炎生平的考证或有至关重要的推进。

1、袁竹初为袁洪。《水龙吟·袁竹初之北》:"远草兼云,冻河胶雪,此时行李。""笑我曾游万里。甚匆匆、便成归计。"叙述袁竹初深冬将有北行。据宋代四明遗民陈著《与袁竹初(洪)》,知袁竹初即袁桷之父袁洪。陈著此柬感谢其在乡里主持公道,阻止小人对陈允平诸贤的诬陷。事见《延祐四明志》卷五:"袁洪,字季源。……宋亡,诸无赖构陷衣冠,陈参议允平在陷中。帅命招讨王世强捕治。于是儒服入白:'人情未安,不绝告讦,非所以示绥怀也。'帅悟,释允平。由是上变者辄斥去。"①此志还确载袁竹初北行时间:"至元十五年入觐,世祖皇帝召见,授朝列大夫同知邵武路总管府事,

①袁桷《延祐四明志》,《中国方志丛书》(577号),台湾成文出版社1983年,第400—403页。

改温州，并以疾辞。”[①]据此可知，袁洪曾于至元十五年(1278，即景炎三年，五月改元祥兴)北行大都，而所引词句表明，此年张炎已经北游南归。张炎词作内证以及舒岳祥、戴表元两种序跋(详后引)都显露出他在临安沦亡不久曾经北游的端倪，但苦于缺乏外证材料，而袁竹初为袁洪、曾有北行经历的考证结果，与友人序跋及张炎相关词作对参，是其初次北游并已南归的“铁证”，也是考察交游而对张炎事迹的重要推进。

2、白香岩为白珽(字廷玉)。《壶中天·白香岩和东坡韵赋梅》《摸鱼子·春雪客中寄白香岩、王信父》，据龚璛《为白香岩州判赋茅亭》：“手结茅亭隐涧阿，香岩行住得婆娑。”州判，指某州判官。据宋濂《元湛渊先生白公墓志铭》，知白珽官至婺州路兰溪州(今浙江金华)判官，马臻《和湛渊白州判见寄吊鹤诗二首》可以互证。涧阿，即金沙滩，通称金沙涧。江昱疏证引《灵隐寺志》：“廷玉结庐于金沙滩。”[②]《咸淳临安志》(卷三十六)：“金沙涧，在灵隐寺侧，自合涧桥绕灵隐山一带。”[③]故知香岩为白廷玉之号，而白廷玉曾任常州学官，时间在张炎居游常州属地江阴、宜兴之间。梳理张炎赠白廷玉的词作，不仅可以为张炎生平事迹中脱漏的重要环节常州词准确定位，也能为同样被忽略的吴兴霅川词编年，使张炎江阴、霅川、宜兴、常州词各归其时，循环相证。王昶《书张叔夏年谱后》也谓白廷玉与其交游。[④]

3、史允叟名公升，号允斋主人。《西河·依绿庄赏荷，分净字韵》别本作“史允叟依绿庄赏荷”。前述江昱考证史允叟为四明望族史守之后人，词句“醉里玉书难认”涉及宁宗御书“碧沚”。今考袁桷《寄史允叟》别题一作“寄史公升”。史公升为史浩五世孙，史守之(字子仁)之孙。袁桷《书史忠定王贷钱券后》有“今获从五世孙公升允叟”“以允叟五世大宗”之句[⑤]。全祖望《宋元学案》卷七十四“慈湖学案”述史氏谱系：“史守之，字子仁，忠定之孙，忠宣之从子也。……仲父弥远当国，先生心弗善也，作《升闻录》以寓规谏。退居月湖之阳，遂以朝奉大夫致仕，宁宗御书‘碧沚’二字赐之。……祖望谨案：史子仁居碧沚，不与时谐，以道自任。所著书曰《世学》，以辟异端为

①《延祐四明志》，第403页。
②江昱《山中白云词疏证》，《彊村丛书》(第6册)，第5287页。
③《咸淳临安志》，第364页。
④参见王昶著，陈明洁、朱惠国等点校《春融堂集》，上海文化出版社2013年，第784页。
⑤袁桷《清容居士集》，中华书局1985年，第810页。

第一义，别署‘九六子’。”[①]陈著《允斋记》：“史氏以相叶望四明，余与其云来接为多，彭卿景耽其一也。别且久，书来，谓近于所庐偏闲地规为小圃，中架数椽，扁曰‘允斋’，敢以记请。……有指其斋曰：是能自力而无愧于名者也，则九六子之学有传，而余之所以勉子者。”[②]据知依绿庄主人为史允叟名公升，继父世业为允斋主人，故以“允叟”为号。据《康熙鄞县志》（卷之六）：“（月湖）湖亭外椿取碧沚八十八丈一尺，碧沚取红莲阁四十一丈。”[③]又知碧沚一带多植绿荷红莲。张氏与史氏为南宋望族，皆获皇帝赐御书的殊荣。莲花也烙有张炎家族记忆，前引《秋崖津言》载张濡别墅松窗水亭“下临菡萏一二十顷，三伏销暑，不减禁中翠寒堂也”。曾祖张镃《立秋后一日池上杂兴》《玉照堂观梅二十首》（之十）也写及南湖园中池莲。

4、舒亦山，即舒楳，字君实。《三姝媚·送舒亦山游越》。江昱疏证据戴表元《剡源集·挽舒君实（名襟号亦山）》，谓舒氏名“襟”，朱彊村校笺、黄畬笺证沿误。据陈著《赠舒亦山（名楳）入越》，“襟”字一般不用于人名，与“楳”（同“梅”）字形近而讹。

5、魏叔皋即魏叔华。《摸鱼子·寓澄江。喜魏叔皋至》。朱彊村笺：“按《癸辛杂识》：魏峻，字叔高，号方泉。叔皋、叔高或一人。”[④]冯沅君《玉田朋辈考》亦持此说。然魏峻卒于淳祐六年（1246），《吴郡志》《癸辛杂识》《藏拙余稿》都有记载。玉田生于淳祐八年（1248），二人年齿不能相及。“皋”应为“华”字形误。陆文圭有《送魏叔华归杭州得行字二首》《送魏叔华归越》二诗，应是越人魏叔华至江阴，与张、陆皆有交游。

6、陆垕，号义斋。张炎赠陆垕词五首：《南歌子·陆义斋燕喜亭》《台城路·陆义斋寿日》《清波引·横舟是时以湖湘廉使归》《壶中天·赋秀野园清晖堂》《青玉案·闲居》。横舟阁、燕喜亭、闲居堂、清晖堂皆在陆氏园林中，见陆文圭《陆庄简公家传（代其子镛作）》：“既抵家，乃营旧圃，按行松菊，建闲居堂、燕喜亭，岁时奉亲舆逍遥娱宴。堂后古梅数十株，苔干槎牙，筑台其上，本心文公书其扁曰‘天与清香’。日与宾客吟啸乐饮，若与世相忘者。”[⑤]

①黄宗羲原著，全祖望补修，陈金生、梁运华点校《宋元学案》（第3册），中华书局1986年，第2488页。

②陈著《本堂集》，《景印文渊阁四库全书》（第1185册），第241页。

③汪源泽修，闻性道纂《康熙鄞县志》，清康熙二十五年（1686）刻本，卷之六第8页。

④朱彊村《山中白云词校记》，《彊村丛书》（第6册），第5387页。

⑤《全元文》（第17册），第649页。

又,《横舟记》:"清晖堂之东,得支径出外圃。行数百步曰'梅台',台下为池,池岸种木芙蓉,夏秋开华,掩映绿岸。迤北为'横舟阁',阁础入池,与台相直,望之如画舫然。"[①]《青玉案》赋闲居堂有句曰:"万红梅里幽深处。甚杖屦、来何暮。"正写"天与清香"梅台之景。陆垕与张炎族叔张楧、友人袁易曾有共游之迹。

张楧、袁易足迹都曾至陆氏园林。《永乐大典》载张仲实《赠浙西陆提刑》:"江阴郡文学,昔数朱与□。"又载张仲实、袁易梅台诗,《诗渊》张仲实此诗题为《陆提刑梅台》,提刑,元朝称提刑按察使,至元二十八年(1291)后改肃政廉访使,故知皆为赠陆垕之作。张诗有句曰:"陵云朱阑峻,受月粉砌廓。下列罗浮树,年年自开落。"袁诗有句曰:"高台何亭亭,陬隅列奇观。累土结崔嵬,飞甍发轮奂。下有千株梅,俯视平若案。跻身琼树杪,引袖青山半。君侯大雅姿,风流富篇翰。招延东阁士,式燕良衎衎。"袁易有《题陆义斋香远亭》,张仲实也有《香远亭》《横舟亭》诗。

二　重要交游事略及往来唱和

与张炎往来最为密切者有周密、王沂孙、仇远、韩铸、陆文圭、袁易、袁桷、陆辅之等八人。其中周密年长张炎十六岁,与张枢、张炎父子皆有交游,是张炎的父执辈。韩铸、陆辅之是前朝名门后裔,也是问词于张炎的学生。仇远则是志同道合的平辈,袁易年少张炎十二岁,属于忘年之交。张炎与陆文圭叔侄、袁桷父子皆有交游。另外,祥兴二年(1279),张炎与周密、王沂孙、仇远共同在山阴参加了《乐府补题》咏白莲的创作活动。因为张炎与交游关系亲疏不同,这里先陈述其重要交游事略及往来唱和,张炎生平事迹,也能由此形成大致的时空框架;对重要交游的预为介绍,也可以使下文介绍张炎事迹的过程简洁而无枝蔓。

(一)杭州、吴兴、山阴、四明的交游唱和

张炎在杭州、吴兴、山阴、四明等地交游唱和比较密切的有周密、王沂孙、袁桷、韩铸。

周密(1232—1308?),字公谨,号草窗、蘋洲、四水潜夫、晚号弁阳老人,吴兴(宋朝湖州府郡治,与乌程同城而治,流经的重要水域为霅溪,因此常

①《全元文》(第17册),第626页。

用霅川作为代称）人，中年寓居杭州，晚年归霅。绣谷亭主吴焯《武林旧事批跋》："吾友郑芷畦《湖录》云：四水者，湖城以苕水、余不水、前溪水、北流水合而入于郡城之霅溪，故有四水之名。旧人诗：'四水交流霅霅声'是也。据此则四水乃湖之地名，公谨生于湖，中年虽迁杭，晚仍归老弁山，又号弁阳老人。则四水潜夫之号亦犹是耳。"①周密有《草窗韵语》诗集、《蘋洲渔笛谱》《草窗词》《弁阳老人词》三种词集传世。周密赠与张炎父亲张枢唱和的词作有9首：《露华·次张窗云韵》、《一枝春·寄闲饮客春窗》、《一枝春·越一日，寄闲次余前韵》、《瑞鹤仙·寄闲结吟台出花柳半空间》、《过秦楼·避暑次窗云韵》、《风入松·立春日即席次寄闲韵》、《清平乐·次窗云韵》（二首）、《水龙吟·次张斗南韵》。另有诗作《次张斗南有怀方厓旧游韵》："犹记联镳度晓关，幽寻曾到五云山。敢忘白石清泉约，空羡轻鸥野鹤闲。寤寐啸歌前日事，死生契阔数年间。当时诗草今犹在，何日重游共细删。"可以看出周密与张枢关系非比寻常。

张炎寄赠周密的词作有7首：《探芳信·西湖春感，寄草窗》《疏影·余于辛卯岁北归，与西湖诸友夜酌，因有感于旧游，寄周草窗》《甘州·饯草窗归霅》《一萼红·弁阳翁新居，堂名志雅，词名〈蘋洲渔笛谱〉》《祝英台近·与周草窗话旧》《西江月·〈绝妙好词〉乃周草窗所集也》《思佳客·题周草窗〈武林旧事〉》。有的是北游之行的寄赠之作，有的则写于杭州或吴兴。张炎与周密在霅地交游（详本章第三节"寓居宜兴期间客游吴兴、常州"），可以辅助解决周密晚年是否归霅以及卒于何年的历史公案。其中《探芳信》是次韵唱和词，另外，《疏影·梅影》《水龙吟·白莲》也是唱和篇什，《一萼红·登蓬莱阁有感》也应是张炎《忆旧游·登蓬莱阁》异调同题的唱和之篇。张炎评周密《绝妙好词》是最"精粹"②的南宋人选南宋词的选本。

周密笔记中，张氏家族作为南宋望宗特多记载。《武林旧事》卷十以半卷篇幅转录张镃《张约斋赏心乐事》《约斋桂隐百课》，记其四季胜赏及园林

①黄裳《来燕榭书跋》，上海古籍出版社1999年，第85页。《太平寰宇记》（卷九十四）："（吴兴）霅溪，在（乌程）县东南一里，凡四水合为一溪，自浮玉山曰苕溪，自铜岘山曰前溪，自天目山曰余不溪，自德清县前北流至州南兴国寺前曰霅溪，东北流四十里合太湖。顾长生《三吴土地记》云：'有霅溪，水至深者。'徐陵《孝义寺碑》云：'清霅瀰瀰，深穷地根。'按《字书》云：'霅者，四水激射之声也'。"乐史撰、王文楚等点校《太平寰宇记》（第4册），中华书局2007年，第1884页。郑芷畦，即郑元庆（一作庆元），清人。《湖录》是其所著的湖州乡邦文献。

②《词源》，《词话丛编》（第1册），第266页。

之胜；又有《齐东野语》卷十五转录张镃《玉照堂梅品》，并加按语："昔义山《杂纂》内有'杀风景'等语，今《梅品》实权舆于此。约斋，名镃，字功父，循王诸孙，有吏才，能诗，一时所交皆名辈。予尝得其园中亭榭名及一岁游适之目，名《赏心乐事》者，已载之《武林旧事》矣。今止书其赏牡丹及此二则云。"①同书卷二十"张功甫豪侈"记其"园池、声伎、服玩之丽甲天下"，此条还详载张氏牡丹会。因此，张炎《思佳客》流览周密《武林旧事》触发"休向江南问故家"之悲感实在情理之中。

王沂孙(1240？—1306？)②，字圣与，号碧山，又号中仙、玉笥山人等。留传《碧山乐府》两卷，又名《花外集》。入元后隐居故乡山阴，其中约有一年多时间出仕庆元路学正。关于王沂孙担任学正的时间，常国武、杨海明、蔡一鹏诸先生考在至元二十八年(1291)③，王筱芸《王沂孙生卒仕历补辩》则考在至元三十年(1293)—大德元年(1297)④。今据四明文献，王沂孙出仕应在至元二十八年之前。王应麟《庆元路重建儒学记》：

> (至元)二十八年冬，肃政廉访副使陈公祥下车……越明年夏，鼎新高闳，贲饰貌像，六旬而毕，二堂亦告成。……因重建尊经阁五楹，里士忻然竞助。教授苏君焱撙约学廪，续其不给；同知府事阮公麟翁提其纲，庶工丕作，民不知劳。幕掾韩君居仁计画展勤，不愆于素。秋九月阁成。⑤

落款为至元二十九年"冬十月己亥"。路学正、学录同为立碑。《两浙金石志》(卷十四)：

> 学正施埙、赵必昌，学录姜材之、陈自同立石。……右碑，篆额八字，文二十三行，正书在宁波府学。此记廉访使陈祥缉，庙教授苏焱辅成之(孙按：宁波府庙、学合一)，而乞文于伯厚也。⑥

---

①《齐东野语》，第276页。

②此据杨海明先生考证结论：王沂孙生于周密、张炎之间，卒于大德九年(1306)或稍后。参见杨海明《王沂孙生、卒年考》，《社会科学战线》1984年第3期。

③参见常国武《王沂孙出仕及生卒年岁问题的探索——兼与吴则虞先生商榷》(《文学遗产增刊》1962年)、杨海明先生《王沂孙生、卒年考》(《社会科学战线》1984年第3期)、蔡一鹏《王沂孙出仕年月考》(《文史哲》1986年第2期)。

④参见王筱芸《王沂孙生卒仕历补辩》，王筱芸《碧山词研究》，南京出版社1991年，第269—273页。

⑤王应麟著，张骁飞点校《四明文献集》，中华书局2010年，第24页。

⑥阮元《两浙金石志》，浙江古籍出版社2012年，第332页。

文中涉及官吏，在袁桷《延祐四明志》中多有存录，多在至元二十八年或至元二十九年在任上：

(至元)二十九年，本道廉访副使陈祥即阁基立尊经阁，有记。(卷十三)[①]

经历：……韩居仁，至元二十九年二月之任，元贞元年二月得代。在任兴修水利，起盖文庙书阁。[②]

教授：……苏焱，将仕佐郎，至元二十八年之任。(卷二)[③]

学正、学录的职位、任期脱佚，但名录具存：

学正：王沂孙、时敏、赵同、施埙、赵必昌。(卷二)[④]

学录：……赵必昌、王惟贤、姜材之、陈自。(卷二)[⑤]

教授苏焱列名之前尚存按时间排序的体例：

潘梦桂，将仕郎，庆元人，至元十五年十月十五日之任。黄裳，将仕佐郎，眉州人。至元二十三年五月二十八日之任。吴宗彦，将仕佐郎，黄岩人。至元二十五年十二月之任。[⑥]

依其体例，王沂孙任职应在施埙、赵必昌之前。《元史·选举一》记载了设立小学的上限，被众家据为学官出仕的年限："(至元)二十八年，令江南诸路学及各县学内，设立小学，选老成之士教之，或自愿招师，或自受家学于父兄者，亦从其便。……凡师儒之命于朝廷者，曰教授，路府上中州置之。命于礼部及行省及宣慰司者，曰学正、山长、学录、教谕，路州县及书院置之。……凡正、长、学录、教谕，或由集贤院及台宪等官举充之。"[⑦]但上述材料证明庆元路置学官显然早于这个时间，至迟在至元十五年(景炎三年，1278)已设学官。《两浙金石志》未载施埙、赵必昌具体立石时间，或即在至

①《延祐四明志》，第776页。张寿镛注王应麟《庆元路重建儒学记》："此乃《尊经阁》记。"《四明文献集》，第26页。

②《延祐四明志》，第149—150页。

③同上书，第156页。

④同上书，第159页。

⑤同上书，第161—163页。

⑥同上书，第156页。

⑦《元史》(第7册)，第2032—2033页。

元二十九年王应麟学记写成之后，王沂孙列名在二人之前，其后尚有继任时敏、赵同二人；并且王沂孙出仕时间一年以上，周密《忆旧游·寄王圣与》谓其早春出仕，期以深秋归来，但未能如约："记移灯剪雨，换火篝香，去岁今朝。乍见翻疑梦，向梅边携手，笑挽吟桡。""叹菊荒薇老，负故人猿鹤，旧隐谁招。"王沂孙《声声慢》可以印证："当时送行共约，雁归时、人赋归与。雁归也，问人归、如雁也无。"《齐天乐·四明别友》表明至早是次年仲秋时节回到山阴故乡："坠叶重题，枯条旧折，萧飒那逢秋半。""迟迟终是也别，算如何趁取，凉生江满。挂月催程，收风借泊，休忆征帆已远。"所以，王沂孙应在至元二十八年(1291)之前出仕。

王沂孙与张炎、周密都有很深的交情。张炎赠王沂孙词有四首：

《湘月·余载书往来山阴道中，每以事夺，不能尽兴。戊子冬晚，与徐平野、王中仙曳舟溪上。天空水寒，古意萧飒。中仙有词雅丽，平野作〈晋雪图〉，亦清逸可观。余述此调，盖白石〈念奴娇〉鬲指声也》；

《声声慢·西湖》(别本题序作"与王碧山泛舟鉴曲，王蕺隐吹箫，余倚歌而和。天阔秋高，光景奇绝，与姜白石垂虹夜游，同一清致也")；

《琐窗寒·王碧山又号中仙，越人也。能文工词，琢语峭拔，有白石意度，今绝响矣。余悼之玉笥山，所谓长歌之哀，过于痛哭》；

《洞仙歌·观王碧山花外词集有感》；

后两首为追悼之作，杨海明先生考证王沂孙卒于元成宗延祐四年(1317)至延祐七年(1320)之间①，两首悼词是在王沂孙卒后写于专程前往山阴时。

王沂孙与张炎唱和有8首咏物词，基本上都写于张炎初次北游南归后隐居山阴时：《南浦·春水》(二首)、《绮罗香·红叶》(二首)、《露华·碧桃》(二首)、《一萼红·红梅》(二首，张炎同调词题作"赋红梅")。另外，《疏影·咏梅影》是与张炎、周密的唱和之什(张、周同调词题作"梅影")，《水龙吟·白莲》是王沂孙、张炎、周密三人参与的十五人在山阴的集体唱和词作，选录于《乐府补题》(详后说)。《南浦》《绮罗香》是追和张炎初次北游时的名篇，时在张炎南归后久客山阴；王沂孙和作，也可以间接否定张炎北游十年说。

①杨海明《王沂孙生、卒年考》，《社会科学战线》，1984年第3期。

袁桷(1266—1327),字伯长,号清容居士。袁氏为四明望族。袁桷是南宋理宗朝显宦袁韶的曾孙,祖父袁似道、父亲袁洪。袁桷有《赠张玉田》诗:"将军金甲明如日,勒马桥边清警跸。淮扬彻卫羽书沉,置酒行宫功第一。蝉冠熊轼填高门,英英玉照称闻孙(自注:张镃号约斋,堂名玉照)。百年文物意未尽,玉田公子尤超群。紫箫吹残江水立,野雉惊尘暗原隰。夜攀雪柳蹈河冰,竟上燕台论得失。丈夫未遇空远游,秋风淅沥销征裘。翩然骑鹤归海上,一笑相问夸绸缪。两曜奔飞互朝夕,璇府森芒蠡莫测。要须画纸为君听,落笔雌黄期破的。壶中白日常高悬,道逢落魄呼醉眠。清歌停云意惨淡,倚声更度《飞龙篇》。"诗题下自注:玉田为循王俊五世孙,时来鄞设卜肆。又有《送张玉田归杭疏》:"采药神山,悟朱颜之今昨;呼猿灵鹫,劳清梦之去来。要当青鞋布袜,徒步径归;谁信黄绢色丝,空言何补。弄笛恨边云惨淡,坐窗惜江月凄凉。落叶孤尊,无复金貂之慷慨;古梅千槛,空怀玉照之风流。食肉之相已非,解牛之技焉用?焦桐未遇,断木自惭。风月江湖,肯后当时之置驿?交游金石,定先桑子之裹粮。鄙骑驴灞上之寒,遂跨鹤扬州之愿。膝行而谢,捆载以归。灯火话平生,慰老弟兄之白发;诗书娱晚岁,还名祖父之青毡。恩极无言,情陈有靦。"

临安张氏与四明袁氏是通家世交。袁桷还有《书张忠烈王传后》《书张仲实家谱后》,其《书张仲实家谱后》:"今仲实因故庙之旧,合七世之谱,旁行邪上,如指诸掌。"①故对张氏世系乃至张炎行迹都极为了然,令人费解的是,却在上引诗疏中误张炎为"循王俊五世孙",合理的解释应是因对张濡被杀之事有所忌惮而有意遮掩;所以也回避了张炎有政治逃难性质的初次北行,仅涉及再次北行。袁诗中"夜攀雪柳蹈河冰",张炎归南后赠同行曾遇、吴菊泉的词作《风入松·久别曾心传,近会于竹林清话,欢未足而离歌发,情如之何,因作此解,时至大庚戌七月也》《长亭怨·岁庚寅,会吴菊泉于燕蓟》都言及此:"满头风雪昔同游,同载月明舟。" "记横笛、玉关高处。万里沙寒,雪深无路。破却貂裘,远游归后与谁语。"《木兰花慢》也有"叹敝却貂裘,驱车万里,风雪关河"。张炎南归屡至海滨四明,袁诗以"丈夫未遇"模糊其不与新朝合作的政治立场。张炎与袁桷父亲也有交往。赠袁桷有《徵招·听袁伯长琴》,赠袁洪有《水龙吟·袁竹初之北》。据与袁氏父子的交

①《清容居士集》,第808页。

往，不仅考出张炎生平事迹中的初次北游，通过他“时来鄞设卜肆”，用郑当时为乡人置驿、子舆裹饭食子桑典故，为张炎征集归杭的钱粮资助，也可以真切地感受到张炎宋亡后的生活窘境。

韩铸，字亦颜，号竹间（一作“涧”），蕲王韩世忠之孙。隐居杭州西湖之滨，广有园林，如两水居、众芳所在等；有歌妓关关、小玉梅。陆辅之载二人师生之谊：“蕲王孙韩铸，字亦颜，雅有才思，尝学词于乐笑翁。一日，与周公谨父买舟西湖，泊荷花而饮酒，杯半，公谨父举似亦颜学词之意，翁指花云：‘莲子结成花自落。’”[①]张炎有赠词六首：《甘州·赋众芳所在》《庆清朝·韩亦颜归隐两水之滨》《声声慢·和韩竹间韵，赠歌者关关，在两水居》《甘州·为小玉梅赋，并柬韩竹间》《琐窗寒·旅窗孤寂，雨意垂垂，买舟西渡未能也。赋此为钱塘故人韩竹间问》《南楼令·送韩竹间归杭，并写未归之意》。词作之间的关联已见前引江昱疏证，后二词表明韩铸对老师往来行程的关心，还曾前往异地探望。在张炎交游中，没有元朝的达官贵人，但多有旧朝宗室、王侯、世家的后裔，如赵氏、韩氏、史氏、袁氏、苏州陆氏等，张炎赠予他们的词作，兴亡哀思溢于言表。

（二）溧阳、江阴、苏州的交游唱和

张炎在溧阳、江阴、苏州等地交游唱和比较密切的有仇远、陆文圭、袁易、陆辅之。

仇远（1247—1326?），字仁近，一字仁父，自号山村、山村民，钱塘人。有词集《无弦琴谱》。二人交游集中在大德九年乙巳（1305）仇远担任溧阳教席、张炎居游溧阳时。仇远有诗作《赠张玉田》：“秦川公子谪仙人，布袍落魄余一身。锦囊香歇玉箫断，庾郎白发徒伤春。金台掉头不肯住，欲把钓竿东海去。故乡入梦忽归来，井邑依依铁炉步。碧池槐叶玄都桃，眼空旧雨秋萧飕。太湖风月数万顷，扁舟乘兴寻三高。西北高楼一杯酒，与子长歌《折杨柳》。江山信美盍便留，莼菜鲈鱼随处有。”又有《送张叔夏游金陵》：“肯向金渊暂泊舟，相逢衮衮别方休。移宫换羽周郎顾，咏月吟风太白游。床上无金犹好客，尊中有酒可消愁。明朝又作台城客，细看青山似洛州。”金渊，溧水投金濑。《景定建康志》（卷十九）：“投金濑：在溧阳县西北四十里，源出曹姥山，经溧水县界东流入县界，南流为颍阳江，江上有渚曰濑

---

①《词旨》，《词话丛编》（第1册），第303页。

渚。……伍子胥尝乞食，遇妇人餔之。后欲报恩，求之不获，乃投百金于此濑。”[①]“故又曰投金濑。”[②]张炎赠词有《夜飞鹊·大德乙巳中秋，会仇山村于溧阳。酒酣兴逸，各随所赋。余作此词，为“明月明年”佳话云》《风入松·为山村赋》《徵招·答仇山村见寄》。又与仇远诗词同赋仙刻海山图。仇远诗题为《海上图澄江仙刻》，张炎词调为《风入松》，题序曰：“题澄江仙刻海山图。或云‘桃源图’。《夷坚志》云：七十二女仙，正合霓裳古曲。仇仁近一诗精妙详尽，余词不能工也。”仇远任溧阳时与张炎族叔张楧有交往。袁袞《送仇仁父教授溧阳兼寄张仲实》就是请初入溧阳的仇远为捎诗柬致意张楧，仇远溧阳诗卷《金渊集》中有《和张仲实见寄》。

张炎在溧阳与姜子野、程公明、卞应平、卞应魁的交往都与仇远相关。苏州诗僧释善住有《陪山村先生白提举宅清集》：“展席当清昼，凭轩野思饶。苔随屐齿陷，雪入酒杯消。看竹鹤先舞，弹琴梅自飘。风流余二老，相对话前朝。”据知张炎与释善住、白廷玉的交往可能都与仇远相关。

陆文圭(1250—1334)，一作陆文奎，字子方，人称墙东先生。享年八十五，见《嘉靖江阴县志》卷十七。暨阳(今江苏江阴)人。张氏与陆氏为世交，陆文圭与张炎族叔张楧有近二十年的交情，陆氏《送张菊存序》：“吾友张子仲实，与余交十余年矣。岁在甲申，余适钱塘。君年甚少，新有诗名，风致清远，器宇高朗，翩翩佳公子也。”“久之，余还故山。仲实调官暨阳学舍，乃得日从之游，相得欢甚。”[③]陆文圭对于张炎词思想内涵，心有戚戚，故以政治知己自居，序其词曰：“淳祐、景定间，王邸侯馆，歌舞升平，君生处乐郊，不知老之将至。梨园白发，吴宫蛾眉，余情哀思，听者泪落。君亦因是弃家，客游无方，三十年矣。昔柳河东铭姜秘书，闵王孙之故态；铭马淑妇，感讴者之新声，言外之意，异世谁复知者。览君词卷，抚几三叹。”[④]张炎有赠词《蝶恋花·陆子方饮客杏花下》，与陆文圭侄儿陆起潜(陆文圭《丁丑元夕诗》自注：“余居与起潜侄相邻。”)也有交游。张炎有六首赠陆起潜的词作，其中四首赋陆氏皆山楼四景：《甘州·云林远市》《瑶台聚八仙·千岩竞秀》《壶中天·月涌大江》《台城路·遥岑寸碧》。另有《木兰花慢·舟中有怀澄

---

①周应合《景定建康志》，清嘉庆六年(1801)刊本，卷十九第33页。

②同上书，卷十九第31页。

③《全元文》(第17册)，第526—527页。

④陆文圭《玉田词源稿序》，《全元文》(第17册)，第548—549页。

江陆起潜昔游(澄江即江阴)》《摸鱼子·己酉，重登陆起潜皆山楼，正对惠山》。前引张炎、仇远共赋仙刻海山图，此图又称“桃源图”，曾在陆文圭处，陆文圭有诗《江阴有“桃源图”，方圆尺许。宫室人物，如针粟可数。相传有仙宿民家，刻桶板为之。一夕而成，明日遁去。友人以本遗余，戏题二绝》：“不自柴桑记里来，似传晨肇入天台。世间多少荒唐事，何独神仙有是哉。”原注：“韩诗：桃源之说诚荒唐。”“人说桃源是隐民，神仙幻景即非真。如何谷口渔舟路，不许人间再问津。”原注：“洪驹父诸人论桃源，谓陶记中本言避秦者，初非仙也。东坡、荆公诗得之，如王摩诘、退之、梦得皆误。然余考之，本记亦有可疑，如渔人回舟，竟不能认前路，后有问津者，辄死。桃源果在世间，何不可复见耶?”据知三人之间或有交游。

袁易(1262—1306)，字通甫，平江(今江苏苏州)人。有《静春堂词》。张炎与袁易唱和有《木兰花慢·为静春赋》《甘州·和袁静春入杭韵》《风入松·丙午闰元宵》《潇潇雨·泛江有怀袁通父、唐月心》。袁易有《木兰花慢·喜玉田至》，又有《八声甘州·仆与汤师言、金桂轩、张叔夏、唐月心诸君为至交。师言以一官在千里之外，仆又驱驰南北。九月望后，夜泊吴江长桥，有怀诸友。在吴下时，得相周旋。今各一方，意绪恻怆，为赋〈八声甘州〉一阕，以写惓惓之意。叔夏于酒边喜歌自制乐府，故末章及之，以资他日一笑云》。他们之间的和答还见于袁易《南柯子》题序：“仆慕吕勉夫、陈天民之为人久矣，比一再相会酒边，仆因诵向所寄张玉田词，二公欣然属和，遂口占小词为谢。酒阑更唱迭和，忽以成卷，漫录之，以为再会嘉话云。”袁易卒于大德十年(1306)十一月二十六日[①]，张炎次年春天作《声声慢·中吴感旧》悼念：“谩叹息，问西门洒泪，不忍徘徊”，“眼底江山犹在，把冰弦弹断，苦忆颜回”，“相寻已期到老，那知人、如此情怀。怅望久，海棠开、依旧燕来”。施国祁《张玉田词又说》：“至八卷‘中吴感旧’《声声慢》云：‘西州洒泪，不忍徘徊。’殆通甫亡后作耶? 案静春卒于大德十年，仅四十五岁(见黄文献墓志)。时玉田年已五十有九，苦忆颜回，相寻到老，其感怆之言亦至矣。”[②]

袁氏与张炎为至交也为世交。其与张楧唱和诗词有《声声慢·寿张仲实》：“半卷书帷，弦歌昼永人间。西冷软红自远，对森森、乔木苍寒。”自注：

---

①参见黄溍《袁通甫墓志铭》，《全元文》(第30册)，第305页。

②《礼耕堂丛说·张玉田词又说》(今藏国家图书馆)。

“乔木所居亭名。”[①]《杭州长至日会戴师奭、张仲实》:“贞元朝士今遗老,南渡王孙不乏贤。”张楧有《赠袁通甫》诗,前引有与袁氏共赋陆垕梅台与香远亭之事。

陆辅之(1275—1349),一名行直,字季道,号壶天,亦号壶中天,或书壶中、湖天居士,平江人。短暂出仕后,四十一岁归居苏州,晚号处梅(详见本章第三节考证)。陆辅之年少张炎二十七岁,曾问词张炎,所谓“从乐笑翁游”,“因从其言”[②]而作与张炎《词源》“同条共贯”的《词旨》,以例句阐扬《词源》理论。《词旨》除“词眼”一则混列于众家,另专列“乐笑翁奇对”“乐笑翁警句”共37则,为两宋词家之最,可见其对张炎作词法度的尊奉。张炎与陆辅之父亲陆大猷也有交往。陈去病序《词旨》曰:“猷字雅叔,号翠岩,行直父也。覃精经史,明春秋大义,能文章。仕宋为江浙儒学提举,值贾似道当政,遂拂衣去,居吴中。咸淳间,始营别墅分湖滨,构桃园,植棠梨,自号武陵主人。有四子,曰:行中、行坦、行简、行直。而行直承家学,工诗文词,善书画,故名尤显著。然其生以德祐元年乙亥,则南宋将不国矣。故所交皆当日遗民节士,若郑所南、张叔夏、钱德钧、赵彝斋兄弟其尤也。……明年为延祐元年甲寅,君四十一岁,见松雪为德钧所绘水村图,因筑水村居之,其风流好事如此。”[③]

张炎寓居苏州分为两个阶段,初隐苏州时有赠其父陆大猷的《壶中天·陆性斋筑葫芦庵,结茅于上,植桃于外,扁曰小蓬壶》,也有赠行直词《台城路·为湖天赋》、《祝英台近·题陆壶天水墨兰石》、《清平乐》(候虫凄断)。本书考出陆氏晚号处梅,张炎七首赠陆处梅的词作,写于张炎再隐苏州时,即元仁宗皇庆二年(1313)至延祐二年(1315)之间(详本章第三节考证)。七首词作是:《清平乐·赠处梅》(别题“为陆处梅作此”)《南乡子·为处梅作》《清平乐·题处梅家藏所南翁画兰》《临江仙·甲寅秋,寓吴,作墨水仙为处梅吟边清玩》《如梦令·处梅列芍药于几上酌余,不觉醉酒,陶然有感》《摸鱼子·别处梅》《木兰花慢·归隐湖山,书寄陆处梅》。张玉田与陆行直亦为精神知己,赠其歌姬卿卿的《清平乐》虽为赠妓小道,表达的却是世道沧桑的

①张炎友人戴表元有《乔木亭记》:“乔木亭,在清河张君燕居之东。……余尝登所谓乔木亭而喜之,风烟蔽遮、林樾清凄。美乎哉!其可以庶几古之故国乔木者乎?”《戴表元集》,第16页。

②《词旨》,《词话丛编》(第1册),第301页。

③《词话丛编》(第1册),第297—298页。

家国之思。宋季遗民所南翁郑思肖也隐居于苏州，是行直志同道合的契友，所南曾赠行直墨兰，张炎与郑氏的交往或与陆氏相关。

第二节　宋亡后两次北游及浙水东西之隐遁

前说张炎《甘州·赵文升索赋，散乐妓桂卿》《恋绣衾·代题武桂卿扇》《瑞鹤仙·赵文升席上代去姬写怀》三词写于宋度宗咸淳十年(1274)或稍后。根据是《甘州·赵文叔与余赋别十载，余方东还，文叔北归，聚首于杭，况味俱寥落，遂述此词。更十年观此曲，又当何如耶》，回忆十年前赵文叔(升)与袅袅婷婷的歌妓在京城杭州同游："记当年、紫曲戏分花，帘影最深深。听惺忪语笑，香寻古字，谱掐新声。散尽黄金歌舞，那处着春情。""指梢头旧恨，豆蔻结愁心。"江昱疏证："文叔，与前'文升'当是一人。'升'、'叔'亦字相似而讹，且词内皆声伎之感。与桂卿之散，去姬之怀，正同一意。"[①]"十年"云云，虽是用典，也是举其成数。所以三首词作的写作时间应在德祐二年(1276)临安倾覆之前，因为去年张炎祖父张濡部曲误斩来使，此年二月，张濡遭磔刑，所以词中记录王孙公子"黄金用尽教歌舞"春日载酒而游的情形应系于咸淳十年为宜。据此可以反推张炎在至元二十一年(1284)或稍后暂归杭州，其间曾与赵氏晤面。

除上述三词，张炎《山中白云词》所辑多为德祐二年之后的作品，其年轻时"翩翩然飘阿锡之衣，乘纤离之马"的承平少年生活，都是以回忆呈现。如《忆旧游·过故园有感》《凄凉犯·过邻家见故园有感》写故居园亭，并涉及庭苑中的牡丹。另有《斗婵娟·春感》(别题作"故园荒没欢事去，心有感而作")："一湾柳护水房春，看镜鸾窥晓。晕宿酒、双蛾淡扫。罗襦飘带腰围小。尽醉方归去，又暗约明朝斗草。谁解先到。"是回忆当年红楼夜月自锁娇娥的欢事。《高阳台·西湖春感》《甘州·赵文叔与余赋别十载》《台城路·庚寅秋九月之北，遇汪菊坡，一见若惊，相对如梦。回忆旧游，已十八年矣。因赋此词》等词则回忆了宋亡前的西湖盛游。一些看似与西湖无关的词作，也萦绕着挥之不去的西湖情怀。如《风入松·春游》："暖香十里软莺声。小舫绿杨阴。梦随蝴蝶飘零后，尚依依、花月关心。"《台城路·庚寅秋九

①江昱《山中白云词疏证》，《彊村丛书》(第6册)，第5253页。

月》:“欢游曾步翠窈。乱红迷紫曲,芳意今少。舞扇招香,歌桡唤玉,犹忆钱塘苏小。”回忆的是十八年前西湖十里苏堤的软红香尘、湖光山色,以及绿杨阴里白沙堤的游冶生涯。而词集主要内容是入元四十多年的避难、避乱与避世,其中也存留了不少两次北游大都的词作。

张炎北游大都不仅涉及词作的准确编年,更关乎其政治人格。正如谢桃坊先生所说:“北游是张炎生平的一件大事,关系着对其词与其政治品格的评价,是研究这位大词人的一个最令人感到困惑的问题。”①最近,笔者首次提出了张炎两次北游说②,这一观点可以在本节论证中得到证实。

前述龚本《台城路》《疏影》题序分别为“庚辰秋九月之北”,“余于庚寅岁北归”,龚本校勘是十年说的源起,即至元十七年庚辰(1280)北游,至元二十七年庚寅(1290)由北归南③。王昶、张惠言也持此观点④。江昱经过考证,勘正题序分别作“庚寅秋九月之北”“余于辛卯岁北归”,时间是至元二十七年庚寅北游,至元二十八年辛卯(1291)南归,此为一年说之源起。同此主张者有许增、朱孝臧、胡适、吴则虞、杨海明、常国武、黄畬、刘荣平、郭锋诸家⑤,可见一年说影响极为广泛。谢桃坊兼采龚本“庚辰”之北、江本

①谢桃坊《张炎词集辨证》,《文献》1988年第3期。

②参见拙文《张炎北游事迹发覆》,《文学遗产》2018年第2期。

③龚翔麟《山中白云词跋》也持十年说:“若舒序所称‘北游燕蓟’,盖在少壮时,迨至元庚寅始返江南,而年已四十余矣。”龚翔麟等校刊《山中白云词》。

④王昶《书张叔夏年谱后》:“叔夏以庚辰九月往北,迄庚寅始归,在燕已历十年。”《春融堂集》,第784页。马兴荣辑《张惠言手批〈山中白云词〉》:“玉田以庚辰北行,庚寅南归,前后十年,时年四十三。”《词学》第十五辑(2004年)。

⑤朱孝臧校刊《山中白云词》从江昱疏证。《彊村丛书》(第6册),第5181、5191页。许增《跋王昶〈书张叔夏年谱后〉》:“《台城路》词题,‘庚寅’误刊‘庚辰’……辛卯春即南旋,是留燕京首尾才一年,若谓在燕十年,则戊子冬不应客山阴也。集中庚寅北归凡两见,别本皆作‘辛卯’,当遵别本为是。”许增校刊《山中白云词》。胡适说“戴表元说他至近四十岁时始丧其资产,大概他破产在宋亡十年之后。他于至元庚寅(1290) 北游,仅留数月,次年即南归。”胡适选注,刘石导读《词选》,第324页。吴则虞《玉田年表》:“公元1290(至元二十七年庚寅),四十三岁。秋九月北行,写金字藏经。……龚本《台城路》题作‘庚辰’,张皋文从之,非是。兹从江昱、许增之说。”吴则虞校辑《山中白云词》,中华书局1983年,第156页。杨海明《张炎年表》:“元世祖至元二十七年(1290)庚寅……北上大都(今北京)写金字藏经。”《张炎词研究》,第250页。常国武《碧山、草窗、玉田三家词异同论》:“宋亡之时,玉田才三十岁左右。至元二十七年(1290)四十三岁时,他一度北游大都, 一年后即遄返杭州。”《文学评论》1991年第4期。黄畬《年谱》:“元世祖至元二十七年(1290),四十三岁。是岁秋,张炎北游,赴元大都写金字藏经。”黄畬《山中白云词笺》,第467页。刘荣平有《张炎北游时间是一年不是十一年——与谢桃坊先生商榷》,《中国韵文学刊》2004年第3期。郭锋《从张炎北游论其遗民心态》:“张炎北游是在元世祖至元二十七、八年之间,前后共计半年。”《南京师大学报》2006年第3期。

"辛卯"南归，推衍为十一年说①。以上观点中，十年说无法成立，因为张炎这十年间在山阴与王沂孙等人多有交往。《湘月》题序有"戊子冬晚，与徐平野、王中仙曳舟溪上"，戊子，至元二十五年(1288)。许增考证："若谓在燕十年，则戊子冬不应客山阴也。"同时同地词作还有前引《声声慢》(别题"与王碧山泛舟鉴曲，王蕺隐吹箫，余倚歌而和")。张炎词中还有以山阴为久客之地的记录，如《渡江云·山阴久客，一再逢春，回忆西杭，渺然愁思》。词作题序自证张炎不能十年滞留大都，十一年说因之亦可存而不论。然而，江昱一年说显然也无法弥合张炎北游事迹的龃龉，因此，张炎北游时间一直悬置未获解决。

今结合宋元史料，重新考察张炎词作题序、友人序跋，推证张炎曾两次北游大都：初次北游在宋恭帝德祐二年(1276)或景炎二年(1277)，祥兴元年(1278)秋天已经南归；而前引江昱至元二十七年到至元二十八年的北游一年说，实为张炎的再次北游。张炎作为前朝遗民，从未接受元聘②。以张炎两次北游大都为"坐标"，可以界分出张炎隐居浙江东西以及浙江东路、浙江西路的两个阶段，较为清晰地展示出张炎入元之后的游踪隐迹。

一　宋亡后初次北游大都及浙江以东的客地隐居

张炎德祐二年(1276)或景炎二年(1277)的北游之行，有北上逃亡的政治避难性质。次年南归后，除短暂归寓杭州外，皆客隐于山阴、四明一带。

(一)初次北游及明年南归

友人舒岳祥《山中白云词序》(简称舒序)曰：

> 宋南渡勋王之裔子玉田张君，自社稷变置，凌烟废堕，落魄纵饮。北游燕蓟，上公车，登承明有日矣。一日，思江南菰米莼丝，慨然襆被而归。不入古杭，扁舟浙水东西，为漫浪游。③

①谢桃坊《张炎词集辨证》："(张炎)于至元十七年庚辰(1280)被元蒙统治者胁迫北上燕蓟至大都；……至元二十八年辛卯(1291)二月以后北归，前后在燕蓟共十一年。"《文献》1988年第3期。

②杨海明《张炎词研究》提及"友人谢桃坊函告，《志雅堂杂抄》卷下曾有'馆人张叔夏'之载，疑指张叔夏曾司主馆舍，迎接宾客之事"。疑张叔夏曾出仕元朝。《张炎词研究》，第44页注释。此梅野居士张叔夏是两浙都转运盐使瞿霆发(周密《志雅堂杂钞》作"翟廷发")的门客，则"馆人"为馆谷朱门之人。又，此张叔夏籍贯松江府(与平江皆指苏州)华亭下砂，非钱唐玉田生也。参见拙文《张玉田年谱》，《词学》第三十六辑(2016年)。

③龚翔麟等校刊《山中白云词》。

结合史料细究舒序，通过三点可以证成张炎初次北游在宋恭帝德祐二年或景炎二年，祥兴元年(1278)秋天已经南归的观点。

首先，张炎初次北游在南宋旧都临安倾覆不久，家族遭受政治灾祸时。据舒序，张炎此次“北游燕蓟”，有“社稷变置，凌烟废堕”的双重背景。前述宋朝的“社稷变置”分为德祐二年(1276)临安沦覆与祥兴二年(1279)厓山战败两个时间节点，虽然“社稷变置”可以适用于宋亡后的较长时期，但“凌烟废堕”却限定在了临安沦亡的特殊时期。舒序中的“南渡勋王”指张炎六世祖张俊，本章“家世家学”部分已经论及张俊因南渡护跸有功，封清河郡王，追封循王，谥忠烈。“凌烟”就是前文所述张俊列位昭勋崇德阁二十四名文武勋臣之中以及张俊死后宠葬无锡塘湾山，荣享岁时致祭的常祀，并获“配飨高宗皇帝庙”殊荣。张炎曾祖张镃、祖父张濡、父亲张枢作为裔子闻孙，是家声不坠的社会名流；所谓“废堕”暗示出德祐二年临安沦亡之后张氏家族遭受的政治祸难，即祖父张濡部下误斩大元说降国使，元主攻陷临安后，张濡遭受磔刑之事。这起震动当时的政治事件，不仅惹来杀身之祸，也招致几乎灭族的灾难。俞德邻《京口遣怀，呈张彦明、刘伯宣郎中并诸友一百韵》评价了这一历史事件带来的家族灾难：“独松守张濡，儿戏斗蛮触。信使鬼成禽，贾祸几覆族。”前说张炎《踏莎行·跋伯时弟抚松寄傲诗集》以“水落槎枯，田荒玉碎。夜阑秉烛惊相对”闪烁其辞地回忆了几乎灭族的祸殃。引句还化用杜甫写于安史之乱的《羌村三首》“世乱遭飘荡，生还偶然遂”“夜阑更秉烛，相对如梦寐”数句，《杜诗详注》评曰：“乱后忽归，猝然怪惊，有疑鬼疑人之意。偶然遂，死方幸免，如梦寐，生恐未真。”[①]语典出处表明德祐二年或稍后，伯时、叔夏俱在乱离中有过胆裂魂飞的逃难经历，所以词句抒发张炎兄弟乱离中生还已是万幸，聚首更属偶然。

其次，张炎初次北游南归时间在祥兴元年(1278)戊寅秋季，即舒序所谓“思江南菰米莼丝，慨然襆被而归”。张炎《水龙吟·袁竹初之北》可以印证此说。词曰：“远草兼云，冻河胶雪，此时行李。望去程无数，并州回首，还又渡、桑干水。”“笑我曾游万里。甚匆匆、便成归计。”叙述袁竹初此年深冬将有北行，明确自己北游已经归来。前考袁竹初是袁桷之父袁洪，前引袁桷《延祐四明志》记载了其父北行大都的准确时间是在至元十五年(即祥

①杜甫著，仇兆鳌注《杜诗详注》(第1册)，中华书局1979年，第391页。

兴元年)冬季。张炎此年"匆匆便成归计",只能是去年或前年曾作万里北游。

祥兴元年戊寅八月仲秋,张炎已在杭州西湖庆乐园作凭吊之游,所赋《高阳台》,可以旁证张炎确实在"菰米莼丝"的秋季已经慨然南归。词题序曰:"庆乐园即韩平原南园,戊寅岁过之,仅存丹桂百余株,有碑记在荆榛中,故末有亦犹今之视昔之感。复叹葛岭贾相之故庐也。"庆乐园,又称南园、胜景园。董嗣杲《西湖百咏·胜景园》自注:"在雷峰路口东。开禧间韩侂胄园,陆放翁作《南园记》。""韩败,园属官,名庆乐园。淳祐中,拨赐嗣荣王,易今名。"韩侂胄,曾封平原郡王。陆游《南园记》:"庆元三年二月丙午,慈福有旨,以别园赐今少师、平原郡王韩公。其地实武林之东麓,而西湖之水汇于其下,天造地设,极山湖之美。"[①]碑仆荆榛,陆游曾为韩侂胄作《南园记》《阅古泉记》,当时著名书法家吴琚石刻《南园记》并篆额:"额真大书《南园记》三字,非篆也,不用螭首,绘以芝鹤云。"[②]但南宋中期叶绍翁已见石碑倒仆。《四朝闻见录》(卷五):"近闻并《阅古记》不登于作记者之集,又碑已仆,惧后人无复考其详,今并载二记云。"[③]葛岭贾相之故庐,指贾似道后乐园,也是由皇家所赐集芳园扩建而成。周密记载贾氏园池:"遂以集芳园及缗钱百万赐之。园故思陵旧物,古木寿藤,多南渡以前所植者。积翠回抱,仰不见日,架廊叠磴,幽眇逶迤,极其营度之巧。……前揖孤山,后据葛岭,两桥映带,一水横穿,各随地势以构筑焉。"[④]

前引资料多涉及张炎父祖辈张镃、张濡、张枢临安居地广有邸园,如张镃"其园池、声伎、服玩之丽甲天下",南湖北园多植丹桂。如"北园群仙绘幅楼"自注:"前后十一间。下临丹桂五六十株,尽见江湖诸山。"[⑤]香月堂前也植丹桂,《玉团儿》题序有"香月堂古桂数十株着花"。《秋崖津言》载张濡有别墅在苏堤第五桥,周密《瑞鹤仙》题序载张枢新建园池远迎保俶、雷峰双塔,俯见西湖苏堤六桥,命名"湖山绘幅"。上引《高阳台》慨叹宋朝权臣

①《陆游全集校注》(第10册),第500页。

②叶绍翁《阅古南园》,叶绍翁撰,沈锡麟、冯惠民点校《四朝闻见录》,中华书局1989年,第188页。

③《四朝闻见录》,第185页。

④《齐东野语》,第355—356页。

⑤张镃《约斋桂隐百课》,《武林旧事》,第164页。江藩《词源后跋》指出群仙绘幅楼或为其孙辈张枢所继承:"斗南有《壶中天》一阕,自注'月夕登绘幅楼,与筼房各赋一解',绘幅楼在南湖之北园,乃功甫所居,或者斗南为功甫之孙,亦未可知也。"《词话丛编》(第1册),第270页。

韩侂胄、贾似道的西湖名园残破颓圮，内蕴张氏故园易主的哀伤，也表达世家子弟“故园已是愁如许，抚残碑、却又伤今”的盛衰之感。据此词又知舒序所谓北游南归“不入古杭”，是指不能以杭州为久安之地，并非没有短暂归杭的经历，《高阳台》就是南归不久写于杭州。

再次，舒序中时间词仅用“有日”“一日”，表明张炎初次北游来去匆匆。此时宋朝尚有恭帝、端宗、昺帝孤脉绵延，词人又承载着国仇家恨的泣血之恸，所以清人王昶指舒序“登承明有日”是“为叔夏解嘲，殊非实录”[①]，承明，承明庐或承明殿，朝臣值宿或止息之所。据理推究，也应该如前述袁桷有意模糊张炎作为新朝罪囚后裔北上逋逃的真相，原因同样是有所忌惮而有意遮掩。

此次北游途中写了著名的《解连环·孤雁》，在大都写了《绮罗香·红叶》，本节第三部分将详细对比两次北游所写词作明显不同的时空向度。

(二)久客山阴、四明的词作

张炎初次北游南归后，先至杭州有西湖凭吊庆乐园等地之游，之后即往来于浙江东西的杭州、山阴、四明等地，尤以山阴为久客之地，即舒序所谓“扁舟浙水东西”。张炎还在杭州、山阴参与了遗民词人凭吊亡宋的集体唱和。

南宋时绍兴府郡治会稽，与山阴互为兼称；嵊(旧称剡县)、新昌、上虞等皆其属县。玉田久客山阴时，足迹曾至属县各地。最早的山阴词应写于祥兴二年(1279)秋天，张炎此时参加了山阴《乐府补题》创作活动。江昱疏证《乐府补题》载参与者十五人，唱和五题：

> 《乐府补题》集中倡和凡五题，白莲外，为宛委山房赋龙涎香，调《天香》。紫云山房赋莼，调《摸鱼儿》。余闲书院赋蝉，调《齐天乐》。天柱山房赋蟹，调《桂枝香》。作者凡十五人，草窗外，为玉笥王沂孙圣与，天柱王易简理得，友竹冯应瑞祥父，瑶翠唐艺孙英发，紫云吕同老和父，篔房李彭老商隐，宛委陈恕可行之，菊山唐珏玉潜，月洲赵汝钠真卿，五松李居仁师吕，玉田张炎叔夏，山村仇远仁近。余二人无名氏。[②]

然《乐府补题》仅录词人十三家，另有一阕题无名氏，夏承焘考为余闲

①《春融堂集》，第784页。
②江昱《蘋洲渔笛谱疏证》，《彊村丛书》(第6册)，第4858—4859页。

书院主人王英孙[1]，故而也有十四人参与创作的说法[2]。夏承焘《周草窗年谱》(简称夏谱)首次考证《乐府补题》与元朝西僧杨琏真伽掘发宋朝帝后会稽六陵相关，认为此集37首词作皆作于发陵次年："编为《乐府补题》，隐指去岁六陵被发事。"[3]去岁，即景炎三年(1278，五月改元祥兴)[4]。写作地点在山阴，夏谱考证参与者如唐珏、王沂孙、王易简为越人，陈恕可曾居山阴，吕同老"亦流寓杭、越者"，"其集会之地若宛委山房、天柱山房、紫云山房皆以越山得名，(宛委山即天柱山，亦名玉笥山，在会稽县东南，紫云山在府城东南。)"[5]虽然肖鹏、王大均、路成文等人的观点与此相左，但未从根本上推翻夏说；而叶嘉莹、杨海明、刘扬忠等专家认同夏谱的考证结论，笔者也采信夏说，但认为唱和词还寓有与发陵相关的家国兴亡之感。夏承焘《〈乐府补题〉考》：

> 厉鹗论词绝句曰："头白遗民涕不禁，补题风物在山阴。残蝉身世香莼兴，一片冬青冢畔心。"注云："《乐府补题》一卷，唐义士玉潜与焉。"以冬青故事说《补题》，发自厉氏此诗；但犹仅指唐氏一人。归安王树荣跋《补题》曰："《乐府补题》一卷，知不足斋丛书本。四库提要谓皆宋遗民词。荣前读周止庵《宋词选》，于唐玉潜赋白莲曰：'冰魂犹在，翠舆难驻。'曰：'珠房泪湿，明珰恨远。'以为当为元僧杨琏真伽发宋陵而作。又赋蝉曰：'佩玉流空，绡衣剪雾。'曰：'晚妆青镜里，犹记娇鬟。'疑亦指其事。今读此卷，依类求之，此意无不可通。殆即玉潜所谓'只有春风知此意，年年杜宇哭冬青'者也。"(案"春风杜宇"句乃林景熙诗，罗有开为《唐义士传》已误作唐珏。)此始及《补题》全编。今案《补题》所赋凡五：曰龙涎香、曰白莲、曰蝉、曰莼、曰蟹。依周、王之说而详推之，大抵

---

①夏承焘《乐府补题考》："案补题佚名一人，王树荣跋尝推定为余闲书院主人；今以季、沈二文核之，其人殆即英孙。"《夏承焘集》(第1册)，第377页。

②夏承焘《周草窗年谱》："祥兴二年己卯(1279)，四十八岁。与王沂孙、李彭老、张炎、仇远、唐珏、王易简、吕同老、陈恕可等十四人，分咏龙涎香、白莲、莼、蝉、蟹诸题，编为乐府补题，隐指去岁六陵被发事。"《夏承焘集》(第1册)，第346—347页。

③《夏承焘集》(第1册)，第347页。《元史·释老》："有杨琏真加者，世祖用为江南释教总统。发掘故宋赵氏诸陵之在钱唐、绍兴者及其大臣冢墓凡一百一所。"《元史》(第15册)，第4521页。

④夏谱曰："发陵之年，各书不同。《宋遗民录》(六)载张孟兼及罗灵卿作唐珏传，皆云本年戊寅，续通鉴定为本年十二月，兹从之。"夏承焘《周草窗年谱》，《夏承焘集》(第1册)，第346页。夏氏《乐府补题考》亦推定发陵年代以"至元十五年戊寅""为最确实"。参见夏承焘《乐府补题考》，《夏承焘集》(第1册)，第377—378页。

⑤参见《乐府补题考》，《夏承焘集》(第1册)，第376页。

> 龙涎香、莼、蟹以指宋帝，蝉与白莲则托喻后妃。故赋龙涎香屡曰：“骊宫”“惊蛰”。王沂孙曰：“骊宫夜采铅水。”冯应瑞曰：“骊宫夜蛰惊起。”周密曰：“骊宫玉唾谁捣。”[①]

张炎与周密、王沂孙、唐珏、王易简、吕同老、李居仁、陈恕可、赵汝钠共九人参加了山阴浮翠山房咏白莲词创作。白莲是山阴本地风光，《会稽志》（卷十七）：“山阴荷最盛，其别曰大红荷、小红荷、绯荷、白莲、青莲、黄莲、千叶红莲、千叶白莲。”[②]触物生情，有感而发亡国悲情。张炎《水龙吟·白莲》“仙人掌上芙蓉，涓涓犹湿金盘露。”周密、王沂孙、陈恕可同调唱和有句曰：“擎露盘深，忆君凉夜，暗倾铅水。翠云遥拥环妃，夜深按彻霓裳舞。铅华净洗，涓涓出浴，盈盈解语。太液荒寒，海山依约，断魂何许。”“相思未尽，纤罗曳水，清铅泣露。”语典与张词皆出自李贺《金铜仙人辞汉歌》：“空将汉月出宫门，忆君清泪如铅水。”“携盘独出月荒凉，渭城已远波声小。”但诸家词作兼用杨妃霓裳羽衣舞及海上仙山事典，对读之下，知内蕴哀悼帝后北狩与凭吊厓山战败之意。

张炎在山阴所作《忆旧游·登蓬莱阁》或可进一步证成夏承焘《乐府补题》作于发陵次年即祥兴二年的观点。词有句曰：“海日生残夜，看卧龙和梦，飞入秋冥。还听水声东去，山冷不生云。正目极空寒，萧萧汉柏愁茂陵。”绍兴府治地在卧龙山，《会稽志》（卷九）：“卧龙山，府治据其东麓，隶山阴。”[③]相传原本与海上蓬莱三仙山相望，因建蓬莱阁。《宝庆会稽续志》（简称《会稽续志》）卷一：“盖《旧志》云：蓬莱山正偶会稽。”注曰：“《旧志》今已不传。沈少卿绅《和孔司封登蓬莱阁诗》云‘三山对峙海中央’。自注于下云：《旧志》：‘蓬莱山正偶会稽。’”[④]宋六陵在山阴宝山，又称攒（欑）宫山，毗邻的紫云山传说有龙屯憩，常生云气。《会稽志》（卷九）：“宝山在县东南三十里，一名上皋山，今攒宫山也。东接紫云山，昔有龙憩山上，紫云乘之。……紫云山在县东南五十里，旧经云：昔有游龙憩此山中，常有紫云起，故以为名。”[⑤]引词以龙失云气，连缀海上仙山与紫云山，凭吊宋亡及发陵的意

①《乐府补题考》，《夏承焘集》（第1册），第374页。

②《会稽志》，《宋元浙江方志集成》（第4册），第2045页。

③同上书，第1813页。

④张淏《宝庆会稽续志》，中国国家图书馆数字方志，据清嘉庆十三年（1808）采鞠轩刻本影印，卷一第13—14页。

⑤《会稽志》，《宋元浙江方志集成》（第4册），第1820页。

味十分明显。故俞陛云笺曰:“下阕因其结笔‘汉柏’‘茂陵’句,有六陵冬青之感。”[①]黄畬亦曰:“借指宋宁宗陵墓永茂陵。固永茂陵被元僧杨琏真伽发掘,故云‘愁茂陵’。”[②]

张炎南归后在山阴隐居时间最长,从祥兴二年到至元二十五年(1288)十年间,除短暂归杭或游历邻近各地,且多次往来四明外,山阴是久客之所。这在山阴词题序中有明示。如《渡江云·山阴久客》《湘月·余载书往来山阴道中,每以事夺,不能尽兴。戊子冬晚……》,不仅有“久客”“往来山阴道中”,还有“戊子”(至元二十五年)明确提示。《声声慢》写秋夜与山阴王碧山、王蕺隐泛舟镜湖、剡溪之乐。张炎久客山阴期间,还与戚五云、渔舍主人王氏、高疏寮、高菊墅、高爱山等人交游,作《甘州·题戚五云云山图》《台城路·杭友抵越,过鉴曲渔舍会饮》《扫花游·赋高疏寮东墅园》《声声慢·为高菊墅赋》《摸鱼子·高爱山隐居》等。辨之如下。

《甘州·题戚五云云山图》,题写赵孟頫为戚明瑞所画《五云山图》。戚明瑞“读书于会稽之五云山”[③]。《会稽志》(卷十):“若邪溪:在县南二十五里。……唐徐季海尝游溪,因叹曰:‘曾子不居胜母之闾,吾岂游若邪之溪?’遂改为五云溪。”[④]据章岷《留题新建五云亭(亭占卧龙)》:“卧龙东岭冠云霞,亭面溪流对若耶。”知五云山亦即卧龙山。

又与镜湖剡溪隐者渔舍主人王氏游,作《台城路》记录与杭州友人在鉴曲渔舍会饮。此地见于谢翱《山阴王氏镜湖渔舍记》载录:“越城东南多隐者居,唐迄今五百载,贺监宅与玄真子尝往来处,往往遗迹犹在。高标清气,仿佛烟霭中,兹为可尚也。王氏别业在城南,盖尽得其胜,近又于其旁莳竹万个,加以幽花贞石,离立参峙,引水循亭为九曲。前置屋如列舟,面镜湖,扁之曰‘渔舍’。”[⑤]

与嵊县高疏寮游,作《扫花游·赋高疏寮东墅园》。词曰:“烟霞万壑。记曲径幽寻,霁痕初晓。”“野色闲门,芳草不除更好。”江昱疏证以及乾隆《鄞县志》、史克振《草窗词校注》等皆误《四朝闻见录》所载吴琚居地为疏

①俞陛云《唐五代两宋词选释》,上海古籍出版社2011年,第458页。

②黄畬《山中白云词笺》,第73页。

③方回《跋戚子云诗》,《全元文》(第7册),第216页。

④《会稽志》,《宋元浙江方志集成》(第4册),第1846页。

⑤谢翱《晞发集》,福安市图书馆1991年,第103页。

寮。《四朝闻见录》原文如下："四明高氏似孙，号疏寮。由校中秘书授徽倅，道出金陵，投留守吴公琚（号云壑，字居父）。……公所居，予旧游也。自厅事侧梯东楼，楼下以半植镇安旌节，半为燕坐处。楼相直有亭，仅着宾主四人，因城叠石曰'南麓'。麓后高数级，登汲于瓮，泄之以管，淙淙环佩声，入方池。池方四五尺，画䷿于扁。自麓之后，登城为啸台。"①明明是说高疏寮投寄判建康府兼留守吴琚，吴公金陵居地中有"南麓""啸台"。而高家疏寮在山阴嵊县。周密也有《甘州·赋疏寮园》："信山阴、道上景多奇，仙翁幻吟壶。""羡风流鱼鸟，来往贺家湖。认秦鬟、越妆窥镜，倚斜阳、人在会稽图。"秦鬟，代指秦望山。秦望山是山阴最高峰。《会稽志》（卷九）："秦望山，在县东南四十里。旧经云：众岭最高者。《舆地广记》云：秦望在州城南，为众峰之杰。"②门外芳草不除，也是山阴典故。《南齐书·孔稚珪传》："孔稚珪，字德璋，会稽山阴人也。……门庭之内，草莱不剪。"③左洪涛《高文虎、高似孙生卒年考》引《剡南高氏宗谱》《雪庐公传》：

> 高文虎，字炳如，号雪庐，行八十五。绍兴二十年梁克榜进士。官至翰林院华文阁大学士。……性爱山水。庆元中，入剡建玉峰堂、藏书寮于金波玉岑山，即明心寺之东麓也。卒葬其处，为南渡始祖。生于绍兴甲寅六月廿三日，卒于嘉定甲戌五月初一日。
>
> （高似孙）字续古，号疏寮，行三。……生于绍兴戊寅二月初三日，卒于绍定辛卯十月十五日。……生二子，普、历。
>
> 公讳文虎，字炳如，号雪庐，鄞人也。……好读书，尤嗜山水，入剡，遂家于剡。建玉峰堂、藏书寮诸胜。④

或据知疏寮沿革及张炎、周密过访时的疏寮主人。高文虎之子高似孙生于绍兴戊寅（1158），卒于绍定辛卯（1231），周密、张炎皆未出生，所能交游者应为高似孙之子高普、高历乃至后辈。嵊县，宣和年间以剡县改。

《声声慢·为高菊墅赋》也应写于嵊县，菊墅或即高氏雪庐，高菊墅也应为高氏后人。词曰："但醉里，把苔笺重谱，不许春知。""从教护香径小，似

①《四朝闻见录》，第48—49页。

②《会稽志》，《宋元浙江方志集成》（第4册），第1817页。

③萧子显《南齐书》（第2册），中华书局1972年，第835—840页。

④左洪涛《高文虎、高似孙生卒年考》，《文学遗产》2006年第4期。

东山、还似东篱。待去隐，怕如今、不是晋时。”苔笺，山阴名纸。《唐国史补》（卷下）“纸则有越之剡藤、苔笺”[①]。《会稽志》（卷十七）：“王右军为会稽内史，谢公就乞陟厘纸。库内有九万枚，悉与之。以此知会稽出纸尚矣。剡之藤纸得名最旧，其次苔笺。”[②]种菊、修菊谱、晋时隐居胜地等皆为高氏家乘所载，结合当地图志笺之如后。高似孙《剡录》（卷八）：“明心院，四山环合，自成一屿，寺在其中。……记曰：邑北五里，林峦幽邃如城郭。……寺之南麓，先公翰林所藏。山有藏书寮，又有雪庐、玉峰堂、秀堂。”[③]又，卷九：“朱放《剡溪舟行诗》：‘漠漠黄花覆水，时时白鹭惊船。’此溪边菊有花也。先公于雪馆西坡手种一二百本，最奇者紫菊、丹菊。”[④]东山，在嵊县相邻的上虞县。《会稽志》（卷九）：“东山，在县西南四十五里。晋太傅谢安所居也。一名谢安山，岿然特立于众峰间。拱揖蔽亏如鸾鹤飞舞。”[⑤]此比拟嵊县山水。嵊县曾是晋朝高士的隐居胜地，白居易《沃洲山禅院记》：

> 沃洲山在剡县南三十里。……东南山水，越为首，剡为面，沃洲天姥为眉目。夫有非常之境，然后有非常之人栖焉。晋宋以来，因山洞开，厥初，有罗汉僧西天竺人白道猷居焉。……高士名人有戴逵、王洽、刘恢、许玄度、殷融、郄超、孙绰、桓彦表、王敬仁、何次道、王文度、谢长霞、袁彦伯、王蒙、卫玠、谢万石、蔡叔子、王羲之凡十八人或游焉，或止焉。[⑥]

高文虎曾绘“十八高士图”于集高亭，与种菊之雪馆并邻。《剡录》（卷七）：“先公翰林居剡，作雪馆于玉岑山，又作集高亭。绘晋入剡十八高士为图列左右。”[⑦]

又与新昌查浦高爱山游，作《摸鱼子·高爱山隐居》。词曰：“爱吾庐、傍湖千顷，苍茫一片清润。”“沙浦迥。看野水涵波，隔柳横孤艇。眠鸥未醒。甚占得莼乡，都无人见，斜照起春暝。”“岂料山中秦晋。桃源今度难认。”

---

①《唐国史补》，第60页。

②《会稽志》，《宋元浙江方志集成》（第4册），第2066页。

③高似孙《剡录》，台湾成文出版社1970年，第232—233页。

④同上书，第266—267页。

⑤《会稽志》，《宋元浙江方志集成》（第4册），第1838页。

⑥白居易撰，顾学颉校点《白居易集》（第4册），中华书局1979年，第1440页。

⑦《剡录》，第209—210页。

"正碧落尘空，光摇半壁，月在万松顶。"《水经注》(卷四十)：

> 夹水多浦，浦中有大湖，春夏多水，秋冬涸浅。江水又东南径剡县，与白石山水会。……江水翼县转注，故有东渡、西渡焉。东南二渡通临海，并泛单船为浮航。西渡通东阳，并二十五船为桥航。江边有查浦，浦东行二百余里，与句章接界。浦里有六里，有五百家，并夹浦居，列门向水，甚有良田。……有青溪、余洪溪、大发溪、小发溪。江上有六溪，六溪裂溉入江。夹溪上下，崩崖若倾。东有簟山，南有黄山，与白石三山为县之秀峰。……溪水两傍悉高山。山有石壁二十许丈。溪中相攻，奫响外发，未至桥数里便闻其声。江水北径嵊山。山下有亭，亭带山临江。松岭森蔚，沙渚平静。①

《会稽志》(卷十)："(查浦)今尚如《水经》所言，可避世如桃源也。"②又(卷十七)有"山阴故多莼"③的记载。可与引句加以对应。

因为玉田此后不再有久客山阴的经历，所以集中《露华·碧桃》《一萼红·赋红梅》，王沂孙有同调唱和，并写山阴风物，知皆写于祥兴二年(1279)到至元二十五年(1288)之间。

《露华·碧桃》："乱红自雨，正翠蹊误晓，玉洞明春。蛾眉淡扫，背风不语盈盈。莫恨小溪流水，引刘郎、不是飞琼。""一掬莹然生意，伴压架酴醿，相恼芳吟。"《会稽志》(卷十七)："又有碧桃、白桃、绯桃、二色桃，皆千叶花，不实。"④山阴碧桃被认为是仙种，花白萼碧。《会稽续志》》(卷四)："碧桃，张说《题剡金庭观》云：他日洞天三十六，碧桃花发共师游。李光云：吾里桃花色白而多叶，跗萼皆碧，世谓之碧桃。有诗，见光文集。"⑤李光，上虞人。其诗题为《吾里桃花之盛，不减武陵。独东院一株色白而多叶，跗萼皆碧，世谓之碧桃。主僧回公折以相赠，置几砚间，萧然有出尘之想，因赋鄙句》。引词中"淡扫""飞琼""莹然"，拟碧桃为白梅，"压架酴醿"，语出李光碧桃诗："薝蔔有香陪冷艳，酴醿无力斗丰肌。"《一萼红·赋红梅》："倚阑干。问绿华何事，偷饵九还丹。浣锦溪边，餐霞竹里，翠袖不倚天寒。"《会稽续志》

---

①赵一清《水经注释》(第4册)，台湾京华书局1970年，第2033—2035页。

②《会稽志》，《宋元浙江方志集成》(第4册)，第1856页。

③同上书，第2046页。

④同上书，第2052页。

⑤《宝庆会稽续志》，卷四第14页。

(卷四):“红梅,城圃中及他邑皆有。卢天骥《剡中同邑官登迎薰堂红梅诗》:‘……剡溪诗尹亦可人,作堂饷客名迎薰。虽无桃李继潘令,红梅一窠香入云。……寄声艇子可留意,为我沿溪撑短篷。’”[①]王沂孙两首《绮罗香·红叶》,江昱认为是倡和张炎同调词但不次韵之作[②];另有两首《南浦·春水》情形相同,都应写于张炎久客山阴时。

四明也是张炎这一时期主要寓居地。在四明作悼念词《解连环·拜陈西麓墓》:“句章城郭。问千年往事,几回归鹤。叹贞元、朝士无多,又日冷湖阴,柳边门钥。向北来时,无处认、江南花落。纵荷衣未改,病损茂陵,总是离索。”陈西麓,名允平,字君衡。墓在四明,宋时又称明州、奉化、甬东、句章。《乾道四明图经》(卷一):“按,皇朝建隆中,鄞令金翊《纂异记》谓:唐武德时,以此郡为鄞州。至开元中,改鄞为明,郡名奉化,城甬东,地名句章,军号佽飞。”[③]陈允平入元后遭告发,幸得袁洪纾难,事件发生在景炎三年(1278,至元十五年),见前引袁桷《先大夫行述》及《延祐四明志》卷五。引词“向北”三句,化用杜甫《江南逢李龟年》:“正是江南好风景,落花时节又逢君。”陈允平入元之初曾有被召北行的经历。《嘉庆松江府志》(卷六十二):“元初,以人材征至北都。不受官,放还。世尤高之。”[④]周密有《高阳台·送陈君衡被召》,王沂孙有《高阳台·陈君衡远游未还,周公谨有怀人之赋,倚歌和之》。张词的意思是双方都是北游归来,却未能在江南的落花时节相逢。张炎、周密、王沂孙都与陈允平有交游唱和,然而陈允平近在四明却未参与祥兴二年(1279)在山阴举行的《乐府补题》创作活动,理推应是病免归乡后不久即染疴亡故[⑤]。张炎追悼词应写于祥兴二年或稍后。

在四明白云山,为孙虚斋赋四云庵。孙虚斋,即孙凝,字德夫。四词分别为《江神子·两云之间》《塞翁吟·友云》《祝英台近·耕云》《风入松·岫云》。陈著《耕云亭铭》:“耕云亭,余友孙凝德夫所筑也,书来言其故:氏裔清州扬云岭下,东汉末,始祖长官公游会稽,庵居四明白云山傍,奉扬云里之神以

①《宝庆会稽续志》,卷四第13页。

②江昱疏证《山中白云词·绮罗香(红叶)》列举王沂孙同调同题词,并按曰:“此似倡和之作,但不次韵。”《彊村丛书》(第6册),第5208页。

③张津《乾道四明图经》,《中国方志丛书》573号,台湾成文出版社1983年,第4962页。

④宋如林修,莫晋纂《嘉庆松江府志》(第2册),上海书店2010年,第467页。

⑤张炎《词源》未及同时著名词人周密、王沂孙等人创作,独及陈允平的寿词,或正基于“为存者讳”的修史原则,也从侧面证明《词源》作于陈允平逝世之后,周密、王沂孙逝世之前。

庙，死且葬，庵为寺，子孙蔓延到今。诗书发身，簪缨擅一乡。寺之南、庙之东有麓宽平，因庐焉，瞰流而亭，扁以'耕云'。……后之人不问久近，霜露之感无所于寄，亦惟笃云之旧，则生生气脉，与云俱流，又将自此亭始。耕云之义不渊乎？铭曰：四明之山，两云之间。是卜是筑，岂其余闲。……非云而云，非耕而耕，苟不自力，有如此亭。"①

《暗香·海滨孤寂，有怀秋江、竹间二友》，别本词题作"海滨孤寂，鱼浪不来，寄李商隐"，也是在海滨城市四明所作。又作《水龙吟·春晚留别故友》，别本词题作"四明留别故人"。词曰："一番雨过，一番春减，催人渐老。""遮莫重来，不如休去，怎堪怀抱。"据"渐老"知写于祥兴二年（1279）到至元二十五年（1288）间，张炎四十一岁之前。

二 再次北游大都及浙东浙西的客地隐居

张炎至元二十七年（1290）再次北游大都，于次年归南，回到杭州仍然居无定所。至元二十八年（1291）到大德三年（1299），张炎大部分时间隐居于浙江东路四明，游迹曾至衢州、台州等地。大德三年之后，则隐居于浙江西路苏州、江阴、宜兴等地，其间足迹曾至常州、吴兴，而以苏州为长期寓居之地。

（一）再次北游及次年南归

张炎再次北游时间在庚寅即至元二十七年，友人戴表元《送张叔夏西游序》（简称戴序）记录了张炎的再次北游：

> 垂及强仕，丧其行资，则既牢落偃蹇。尝以艺北游，不遇，失意，亟亟南归；愈不遇，犹家钱塘十年。久之，又去，东游山阴、四明、天台间。……六月初吉，轻行过门，云将改游吴公子季札、春申君之乡，而求其人焉。②

结合张炎词作，对参戴序与舒序，不难发现两次北游的相异之处。

其一，戴序"以艺北游"，有"垂及强仕"（年届四十）前后、"亟亟南归"的双重时限，与舒序"社稷变置，凌烟废堕"的"北游燕蓟"两不相涉，却与一年说中张炎至元二十七年庚寅四十二岁北游、次年辛卯南归合榫。据张炎及

①《本堂集》，《景印文渊阁四库全书》（第1185册），第170页。
②《戴表元集》，第179页。

北游同行者的相关词题，江昱、谢桃坊、黄畬等已经考证此次北游是“至元廿七年赴北写金字经”[①]，“北游到元代的大都被迫参加了书写金字《藏经》之役”[②]，“赴元大都写金字《藏经》”[③]。此次北游身在旅途，滞留大都，亟亟南归的行迹都有词作历历可以排比，共有十一首词作：

九月启程北上，有《台城路·庚寅秋九月之北》，途中经黄河故道，有《壶中天·夜渡古黄河，与沈尧道、曾子敬同赋》《凄凉犯·北游道中寄怀》。十月已至大都，有《声声慢·都下与沈尧道同赋》《满庭芳·小春》（后文所引沈祖棻论说也以此词写于北游时）。冬游长春宫，作《忆旧游·大都长春宫，即旧之太极宫也》，次年仲春作《三姝媚·海云寺千叶杏二株，奇丽可观，江南所无。越一日，过傅岩起清晏堂。见古瓶中数枝，云自海云来，名芙蓉杏。因爱玩不去，岩起索赋此曲》。晚春，作《庆宫春·都下寒食，游人甚盛，水边花外，多丽环集，各以柳圈祓禊，亦京洛旧事也》。在大都时，曾于写经之暇作《甘州·题曾心传藏温日观墨蒲萄画卷》，并得到同行者沈钦、刘沆等人的唱和。又偶遇杭妓沈梅娇，作《国香·沈梅娇，杭妓也，忽于京都见之。把酒相劳苦，犹能歌周清真〈意难忘〉〈台城路〉二曲，因嘱余记其事。词成，以罗帕书之》。寒食后归杭，有《疏影·余于辛卯岁北归，与西湖诸友夜酌，因有感于旧游，寄周草窗》，此词显示尚在“柳黄未结”时即已归来。

其二，戴序虽谓张炎北游“不遇失意，亟亟南归；愈不遇”，然张炎此行秋十月抵大都，次年寒食节后即离开，时间仅五月有余，若非受诏前往，绝无“遇”之可能；而南归之后已无“遇”可言。合理推测，正如舒序“登承明有日”是有意模糊友人作为新朝罪囚后裔北上逋逃的真相，戴表元所掩盖的应是抄经之行原本能够“白身人即入流品”[④]“拾取朝廷之官爵”[⑤]，张炎不屑于此而“亟亟南归”，显然不是元朝“顺民”的态度，因此戴序以“不遇”“愈不遇”含糊其辞。

其三，戴序又谓张炎北游南归后，“犹家钱塘十年”，再有“西游”之行，与张炎《探春慢·己亥客阖闾，岁晚江空，暖雨夺雪，篝灯顾影，依依可怜》时

---

①江昱《山中白云词疏证》，《彊村丛书》（第6册），第5228页。

②谢桃坊《张炎词论略》，《文学遗产》1983年第4期。

③黄畬《山中白云词笺》，第467页。

④郑介夫《太平策》，《全元文》（第39册），第57页。

⑤同上书，第59页。

间相合。己亥，大德三年（1299）。张炎辛卯岁归杭，至此年正好十年。与前引舒序所谓“不入古杭”的情况相似，戴序也不是说张炎南归后十年定居杭州，而是指其间虽有山阴、四明、天台之游，但仍然不时归杭州暂居。张炎初次北游归杭后，往来于杭州、山阴、四明之间，作“浙水东西”之游；再次北游归杭后，先游浙江东路（山阴、四明、台州），十年后拟改游浙江西路（苏州、常州、江阴等地），即戴序所说“改游吴公子季札、春申君之乡”，吴公子季札封地延陵（常州的古称）；春申君赐邑吴地暨阳乡（即江阴），建殿地在苏州。

（二）南归后隐居于四明、天台等地

与初次北游南归后主要客隐于山阴不同，张炎第二次北游南归后主要隐居四明，共作四明（郡治奉化，属县有鄞、奉化、慈溪、定海、象山、昌国）[①]词19首，另有邻郡衢州词2首，台州词1首。张炎此次客隐四明仍是居无定所，周游于四明境内各地的踪迹略可排列如下。

至元三十一年甲午（1294）春，在慈溪县罗江乡（在今浙江慈溪）。作《西子妆慢·吴梦窗自制此曲，余喜其声调妍雅，久欲述之而未能。甲午春，寓罗江，与罗景良野游江上。绿阴芳草，景况离离，因填此解。惜旧谱零落，不能倚声而歌也》。张如安考证：“罗江在今宁波慈溪县罗江乡境内。《光绪慈溪县志》卷四十《流寓传》：‘罗甫，字令则，朱梁贞明间，自桐庐挈家避乱，至邑西南孝顺里居焉。其地芜弃，鲜居人，甫至，耕稼力作，地日益垦，资日益裕，从而居者益众，岁时率其父兄祀田神而教以礼敬，讲学务农，蔚成善俗。居人号其江曰罗江，渡曰罗家渡。’又卷八《舆地三》云：‘罗家（一作罗江）渡：县西南二十里。’下即引张炎罗江词为证。”[②]因《西子妆慢》词题中“罗景良”，别本作“陈文卿”，知《风入松·陈文卿酒边偶赋》作于同地同时。又作留别词《梅子黄时雨·病后别罗江诸友》。

作《台城路·游北山寺》，别本词题作“雪窦寺访同野翁日东岩”。同野翁，炳同禅师；日东岩，净日禅师。张如安考其作年：“当作于净日东岩归隐雪窦之后（1295—1296），入主天童之前（1300）。”[③]又作《玉漏迟·登无尽上

①《宋史·地理四》：“庆元府，本明州，奉化郡。……县六：鄞，望。奉化，望。慈溪，上。定海，上。象山，下。昌国，下。”《宋史》（第7册），第2175页。

②张如安《〈山中白云词〉笺释小补》，《古籍整理研究学刊》1999年第6期。

③同上。

人山楼》。《奉化县志》(卷十四):“法海禅寺,县东南二十里福泉山。元至元间无尽灯禅师建,名福泉庵。”[①]

元贞二年(1296),作《三姝媚·送舒亦山游越》。舒亦山,即舒棋(前已考戴表元作“舒襟”之误)。陈著《赠舒亦山(名棋)入越》有句曰:“借问欲何之,谓我稽山去。春风白云晓,禹穴苍烟暮。”戴表元、陈著皆四明人,据此知舒亦山籍明州。张词、陈诗同为送别四明人舒棋游会稽,而陈著卒于次年。故知玉田此词约写于今年。

作《还京乐·送陈行之归吴》。十年后,玉田在苏州送别陈行之,作《长亭怨·别陈行之》回忆及之:“跨匹马、东瀛烟树。转首十年,旅愁无数。”

又作《浪淘沙·题陈汝朝百鹭画卷》。戴表元、袁桷各有《题陈汝朝百鹭图》《百鹭图》。戴、袁皆四明人。

大德元年丁酉(1297)游台州。舒序:“岁丁酉三月,客我宁海,将登台峰。于其行也,举觞赠言。”[②]宁海,即台州。《宋史·地理四》:“台州,上。临海郡。……县五:临海,望。黄岩,望。……宁海,紧。天台,上。仙居,上。”[③]台峰应指天台县北面的天台山。又曾与邵素心游,有《南楼令·寿邵素心席间赋》。邵素心,桂栖鹏《张炎交游人物新证》(简称《新证》)考为台州人氏,词中天台山典亦可佐证:“一片赤城霞。无心恋海涯。远飞来、乔木人家。”“休近七香车。年华已破瓜。怕依然、刘阮桃花。”赤城为天台山南门。《文选·孙绰〈游天台山赋〉》:“赤城霞起而建标。”李善注:“孔灵符《会稽记》曰:‘赤城,山名,色皆赤,状似云霞。’”[④]刘阮桃花,是台州名典。《赤城志》(卷二十一):“刘阮洞,在县西北二十里。先是汉永平中有刘晨、阮肇入山采药失道,见桃实食之,觉身轻,行数里,至溪浒,有二女方笄,笑迎以归。留半载,谢去。至家,子孙已七世矣(见《续齐谐记》)。”[⑤]

又游衢州,作《木兰花慢·为越僧樵隐赋樵山》:“龟峰深处隐,岩壑静、万尘空。”“只恐烂柯人到,怕光阴、不与世间同。”前引江昱疏证“龟峰在衢州”,词中还涉及烂柯山,又名石室山。在衢州属县信安、西安分界处,其事

①《奉化县志》,第735页。

②舒岳祥《山中白云词序》,龚翔麟等校刊《山中白云词》。

③《宋史》(第7册),第2176页。

④萧统编,李善注《文选》,中华书局1977年,第164页。

⑤陈耆卿纂《嘉定赤城志》,中国文史出版社2008年,第227页。

与斧樵相关,玉田故称樵山。《述异记》(卷上):"信安郡有石室山,晋时王质伐木至,见童子数人棋而歌。质因听之。童子以一物与质,如枣核。质含之,不觉饥。俄顷,童子谓曰:'何不去?'质起,视斧柯烂尽。既归,无复时人。"[①]《方舆胜览》(卷七):"烂柯山,一名石室,又名石桥山,在西安,乃青霞第八洞天。"[②]孟郊《烂柯石》:"樵客返归路,斧柯烂从风。"诗歌往往兼写龟峰、烂柯山。如王恽《题石桥山》:"龟阜烟霞小有天,半空奇绝石桥山。"

衢州又作《壶中天·养拙夜饮,客有弹箜篌者,即事以赋》:"乔木苍寒图画古,窈窕行人韦曲。鹤响天高,水流花净,笑语通华屋。"《嘉庆峡川续志》(卷二):"(衢州)养拙园,潘《志》:在紫薇山东麓,晋尚书张延光所筑。世传林泉池馆之盛为东南第一。今属荒墟,犹存曲沼。"[③]词中"韦曲""华屋"与尚书故居相合,后者语出曹植《箜篌引》:"生在华屋处,零落归山丘。"

大德二年(1298)春,复归四明,作《长亭怨·岁庚寅,会吴菊泉于燕蓟。越八年,再会于甬东。未几别去,将复之北,遂作此曲》:"如今又、京洛寻春,定应被、薇花留住。"吴菊泉是张炎再次北行的同行旧友。江昱疏证引《客杭日记》:"德清吴菊泉相遇夜话,子源同问茶。吴公至元廿七年赴北写金字经者。"[④]盛夏,作《西河·依绿庄赏荷》,前考依绿庄主人为史公升允叟。"玉书",指宁宗御书"碧沚"赠其祖父史守之。又作《玲珑四犯·杭友促归,调此寄意》:"流水人家,乍过了斜阳,一片苍树。怕听秋声,却是旧愁来处。因甚尚客殊乡,自笑我、被谁留住。问种桃、莫是前度。不拟桃花轻误。"楼钥《史子仁碧沚二首》:"相家本有四明山,更葺桃源渺莽间。四面楼台相映发,一川烟水自弯环。""中川累石势嵯峨,城上遥岑耸翠螺。旧说夕阳无限好,此中最得夕阳多。"玉田词与楼钥诗景色仿佛,或可作为旁证。

秋天,仍在四明,作《月下笛·孤游万竹山中,闲门落叶,愁思黯然,因动黍离之感。时寓甬东积翠山舍》。黄畬笺曰:"甬东,今浙江定海。"[⑤]张如安考异说:"今考'甬东'之地理位置,不仅可指定海,而且宁波市区亦可称'甬东',故《光绪鄞县志》卷六十三《古迹三》将'积翠山舍'列入,大致不错。离

①任昉《述异记》,中华书局1991年,第10页。

②《方舆胜览》(上册),第125页。

③王德浩纂,曹宗载编《峡川续志》,台湾成文出版社1983年,第102页。

④江昱《山中白云词疏证》,《彊村丛书》(第6册),第5228页。

⑤黄畬《山中白云词笺》,第86页。

甬上最近的万竹,实非奉化之万竹屿莫属。"[①]前引《宝庆四明志》也以鄞州、明郡、奉化、甬东、句章为同地异名。

又作《疏影·题宾月图》。宾月,叶东叔,平阳(今浙江瑞安)人。江昱疏证:"任士林《松乡集·宾月堂赋并序》:'永嘉叶伯几,士林识之西湖之上,清风袭人,真畏友也。未几,遂为吾州师。出其翁宾月堂图,俾赋之。翁既分教江西,远在千里,犹未觌也。其词云云。'"[②]任士林居于"(奉化)县南五十里鲒埼村。"[③]张炎还在此地创作了唯一留存的诗歌,见《延祐四明志》(卷七):"腰带水,在(奉化)州西五十里。有张玉田咏之:'犀绕鱼悬事已非,水光犹自湿云衣。山中几日浑无雨,一夜溪痕又减围。"[④]宋朝镶嵌犀、金、玉等宝石的腰带与所佩鱼袋,都是显要大臣身份的象征。《宋史·舆服五》:"景德三年,诏通犀、金、玉带,除官品合服及恩赐外,余人不得服用。"[⑤]"鱼袋。其制自唐始,盖以为符契也。其始曰鱼符,左一,右一。左者进内,右者随身,刻官姓名,出入合之。因盛以袋,故曰鱼袋。宋因之,其制以金银饰为鱼形,公服则系于带而垂于后,以明贵贱,非复如唐之符契也。"[⑥]腰带是承载着张氏数世贵盛相继的象征器物,玉田触此特别之景,不免沈腰瘦损减围。

自四明将归杭州时,作《声声慢·别四明诸友归杭》。袁桷《送张玉田归杭疏》:"灯火话平生,慰老弟兄之白发;诗书娱晚岁,还名祖父之青毡。"此年张炎已经五十一岁。

大德三年己亥自台州返杭,作《春从天上来·己亥春,复回西湖,饮静传董高士楼,作此解以写我忧》,动意西游的词作《声声慢》题序也有"己亥岁,自台回杭"之句。

晚春在杭州作《忆旧游·过故园有感》《凄凉犯·过邻家见故园有感》,明示故园易主的哀怨。此年张炎已经年过五十,显示出晚年衰惫景象;《凄凉

---

①张如安《〈山中白云词〉笺释小补》,《古籍整理研究学刊》1999年第6期。

②江昱《山中白云词疏证》,《彊村丛书》(第6册),第5249页。

③《浙江通志》(第2册),第854页。

④《延祐四明志》,第589页。《雍正宁波府志》卷之三十五中:"西锦溪,自华顶山、棋盘山,过县前嘉会桥与北溪环,亦曰腰带水,东至方胜碶,入于县溪,皆合北渡江入于海。"曹秉仁《雍正宁波府志》,清雍正十一年(1733)修、乾隆六年(1741)补刊本,卷三十五中第26页。

⑤《宋史》(第11册),第3565页。

⑥同上书,第3568页。

犯》有“老态今如此，犹自留连，醉筇游屐”之句。

三 初次北游两首著名词作的系年

前述张炎北游主要有十年说、一年说，主张十年说的学者把著名词作《解连环·孤雁》《绮罗香·红叶》泛系于至元十七年(1280)到至元二十七年(1290)之间。主张一年说的学者则系于至元二十七年或至元二十八(1291)。今通过词作及史料的比读，可知两次北游时空向度各不相同。张炎初次北上时节在春，秋季慨然南归；再次北上则在晚秋九月，明年“柳黄未结”的暮春归来后，照影西湖“惊见华发”(《疏影》)也与张炎四十三岁的年龄相符。分析两次北游可以纠正此前十年说、一年说对《解连环》《绮罗香》的编年误差。

(一)初次北游春天北上的“孤雁”行迹

前考张炎初次北游在德祐二年(1276)或景炎二年(1277)，《解连环·孤雁》有句曰：“楚江空晚。怅离群万里，恍然惊散。自顾影、欲下寒塘，正沙净草枯，水平天远。”“想伴侣、犹宿芦花”“双燕归来，画帘半卷”之句，张惠言主张十年说，泛系十年间写于大都：

> 此盖在都时自寓之作。芦花伴侣，画帘双燕，指在山不出者而言，明己之必遂初服也。①

此词实写于初次北游大都途中，理由如次。首先，这是一首当时即获品题的著名词作。孔齐《至正直记》谓张炎“长于词曲，尝赋《孤雁》词。有云：‘写不成行，书难成字，只寄得相思一点。’人皆称之曰‘张孤雁’”②。《孤雁》之所以脍炙人口，是因为表现出易代之初遗民群体的生存状况与内心挣扎，此词的思想寓意在第三章还将详述。其次，大雁初春由南北飞。《礼记·月令》：“(孟春之月)东风解冻，蛰虫始振，鱼上冰。獭祭鱼，鸿雁来。”孔颖达疏：“案下‘季冬雁北乡’，据其从南始北，正月来至中国。故此云‘鸿雁来’。”③前说张炎再次北游行迹历历可考，《台城路》题序有“庚寅秋九月之北”，《疏影·余于辛卯岁北归》有句曰：“柳黄未结。放嫩晴消尽，断桥残雪。

①马兴荣辑《张惠言手批〈山中白云词〉》，《词学》第十五辑(2004年)。

②《至正直记》，第100—101页。

③郑玄注，孔颖达疏《礼记正义》，《十三经注疏》(上册)，第1355页。

隔水人家，浑是花阴，曾醉好春时节。”秋北春南的行程不能与雁阵同其轨迹，所可解释者，应是张炎初次北游春天启程，现实中乍罹政治变故与词作开篇描写的孤雁恐遭矰缴的惶恐不安也能情景相合。

（二）初次北游曾见落叶满长安

《绮罗香·红叶》有句曰：“万里飞霜，千林落木，寒艳不招春妒。”“谩倚新妆，不入洛阳花谱。为回风、起舞尊前，尽化作、断霞千缕。”张惠言亦系此词于大都十年间：“此是都下之作。……此可见玉田非有宦情。”[①]杨海明、黄畬二位先生主张一年说，皆系于至元二十七年到至元二十八年：

> 《绮罗香》题为“红叶”，词云“长安谁问倦旅”，借指元都也；词末怀念江南，亦可证作于大都也[②]。
>
> 是岁秋，张炎北游，赴元大都写金字藏经。《绮罗香·赋红叶》有“小字金书”语，恐亦作于此时[③]。

实际上，《绮罗香》也是德祐二年或景炎二年，初次北游写于滞留大都时，理由如次。

其一，张炎至元二十七年北游，时在秋九月。途中夜渡古黄河[④]，所作《壶中天》有“迎面落叶萧萧，水流沙共远，都无行迹”之句，抵达大都作《声声慢》有“万里冰霜，一夜换却西风。晴梢渐无坠叶，撼秋声、都是梧桐”之句，显然已经过了“落叶满长安”的晚秋时节。而张炎次年春天即南归，根本没有写作《绮罗香·红叶》的时节情境。据此词可以反推初次北游曾在大都经过落叶飘零的秋季。

其二，引词“谩倚新妆，不入洛阳花谱”二句，龚本注为“一作‘小字金书，心事已尘土’”[⑤]，黄畬认为“小字金书”指“赴元大都写金字藏经”。其实别本二句与抄写金字经书无涉，而是回忆宋时皇家及显宦皆以金牌记名种牡丹旧事，两宋史料中多有记载。如《吴郡志》（卷三十）：“顷时，朱勔家圃

①马兴荣辑《张惠言手批〈山中白云词〉》，《词学》第十五辑（2004年）。

②杨海明《张炎年表》，《张炎词研究》，第250页。

③黄畬《山中白云词笺·年谱》，第467页。

④古黄河：北宋以前，黄河下游从河南经山东流入渤海，自南宋至清代，黄河下游改道经江苏流入黄海。查《中国历史地图集》，张炎北游时，应沿运河北上，经苏州、无锡、常州、镇江、扬州、淮安、徐州（淮安至徐州的水路属改道后的黄河），再沿运河向北，在山东梁山以北至黄河故道。

⑤龚翔麟等校刊《山中白云词》，卷二第4页。

在阊门内，植牡丹数千万本，以缯彩为幕，弥覆其上。每花身饰金为牌，记其名。”[①]《武林旧事》(卷七)：“遂至锦壁赏大花，三面漫坡，牡丹约千余丛，各有牙牌金字，上张大样碧油绢幕。”[②]前述张氏故园多牡丹。戴表元《牡丹宴席诗序》亦谓搜求名品牡丹是复兴张家坠典：“功父诸孙之贤而文者国器甫复寻坠典，自天目山致名本牡丹百余归第中。”[③]用事关涉牡丹而非写经之事。词人之所以弃用别本“小字”二句，是因为别本逸出“红叶”题中应有之义，咏物没有做到“用事合题”[④]。

其三，前说王沂孙有两首《绮罗香·红叶》，是倡和张炎同调词但不次韵之作，而张炎初次北行南归，自祥兴二年(1279)到至元二十五年(1288)十年间主要客居山阴；再次北行南归后则不再有久居山阴的词作，张炎原唱不能写于至元二十七年(1290)北游大都时，晚于王沂孙和词显然是时间倒置。

第三节　再次北游十年后浙江西路的隐迹浪踪

张炎再次北游归来，时在至元二十八年(1291)。此后十年期间仍作浙江东西之游(杭州、四明境内、衢州、台州)，大德三年己亥(1299)自台州回到杭州，暂居数月，决定西游苏州等地。在杭州作《声声慢·己亥岁，自台回杭。雁旅数月，复起游兴。余冉冉老矣，谁能重写旧游编否》。归杭数月之后，戴表元作序送其西行，叙述了张炎入元后浪迹萍踪、居无定所的原因：“问叔夏何以去来道涂，若是不惮烦耶？叔夏曰：‘不然，吾之来，本投所贤，贤者贫；依所知，知者死；虽有少遇，无以宁吾居。吾不得已违之，吾岂乐为此哉！’语竟，意色不能无沮然。……六月初吉，轻行过门，云将改游吴公子季札、春申君之乡，而求其人焉。”[⑤]表明西游将至常州、江阴、苏州等地。张炎在浙西游历的时间前后长达十六年，对于此时段的游踪及词作，前贤虽然略有涉及，但尚未进行全面考察与系统编年。本节为方便叙述，把张炎

①范成大撰，陆振岳校点《吴郡志》，江苏古籍出版社1986年，第445页。
②《武林旧事》，第120页。
③《戴表元集》，第137页。
④《词源》，《词话丛编》(第1册)，第261页。
⑤戴表元《送张叔夏西游序》，《戴表元集》，第179页。

西游隐踪分为前后两期。

一 西游前期的行迹隐踪

张炎浙江西路之游，寓居苏州、江阴、宜兴等地，在江阴、宜兴时的投依对象是族叔张楧。约于大德五年（1301）至大德六年（1302）居江阴，大德七年（1303）至大德九年（1305）居宜兴（此与族叔张楧仕履相关，详后考）。居游宜兴期间曾至吴兴、常州。离开宜兴后前往溧阳、金陵（今江苏南京，宋江宁府治所在地）。在吴兴探访周密，在常州从游白珽，在溧阳与仇远及友人交游。这里还能进一步证实前考张炎西游前期的交往者多为张楧好友，如苏州袁易，江阴陆文圭、陆垕、吴立斋等。如张炎与张楧都曾为陆垕赋梅台，为吴立斋赋不碍云山亭。

（一）投依寄泊，浮踪云水无定

邱鸣皋先生根据史料证实张炎族叔张楧浙西仕历中有两年在江阴，三年在宜兴。王沂《张君仲实行述》："顷之，江淮尚书省选正江阴儒学，寻迁宜兴州学教授，转教平江府儒学。"[①]又，袁裒《送仇仁父教授溧阳兼寄张仲实》："西台公子眸炯炯，阳羡三年官舍冷。"仇仁父，即仇远。仇远大德九年（1305）授溧阳教席，其《和张仲实见寄》也有"相望隔一水，离忧盈中襟"之句，表明此年张楧仍领宜兴教席，故知张楧在宜兴的三年是大德七年（1303）至大德九年。张楧担任江阴学正时间是两年，陆文圭（或作"奎"）《送张菊存序》有"居二年，受代去"[②]。居宜兴仕历可以反推张楧居江阴应在大德五年（1301）、大德六年（1302）。但大德七年（1303）仲春，张楧仍在江阴，陆文圭《癸卯二月，仲实诸人游野外，饮花下得"家"字》，记载了与张楧大德七年癸卯的江阴雅集（张炎《蝶恋花·陆子方饮客杏花下》有"社燕盟鸥诗酒共。未足游情，刚把斜阳送"之句，与陆诗中二月杏闹，社友探题花下的方式相似）。据杨载《送张仲实之宜兴》"秋风鹏鹗健，万里正翩翩"之句，可知张楧秋赴宜兴。今检张炎江阴、宜兴的词作，确实与张楧仕历大致相符，从大德五年（1301）到大德九年（1305），基本上是二年在江阴，三年在宜兴。张炎在江阴与陆文圭叔侄、陆垕、李复初诸人交游，留下近二十首

---

①《全元文》（第60册），第183页。

②《全元文》（第17册），第527页。

词作,显示出周而复始的季节跨度。宜兴词《数花风·别义兴诸友》有句曰:“好游人老,秋鬓芦花共色。征衣犹恋去年客,古道依然黄叶。”知其在宜兴至少度过了两个秋天。

张炎西游初衷是为了改变“无以宁吾居”的生存现状,但张炎吴地投依的张楧及其知交,都是山长、教授、儒学提举之类的学官,加上又是前朝遗老遗少,一生大部分时间也处于隐居状态,所以张炎在浙西时,仍未能获得安定的生活。不妨以交游时间为序,以苏州袁易、江阴陆文圭、钱塘仇远为例进行梳理。

袁易以一官“驱驰南北”,与游吴的张炎南鸿北雁,不能常相晤面;并且袁易是“吴之隐君子”①,仅一仕徽州路石洞书院山长,且得年不永,张炎与之交游止于大德十年(1306)。陆文圭于至元二十一年甲申(1285)归隐后不再出仕。《送张菊存序》:“(岁在甲申)余时随计上省,君敦谏甚苦,又作诗讽切之。余感其言,拂袖径归,杜门不复出。”②仇远宋亡之后大多数时间也是隐居不仕,唯一的仕历就是大德九年(1305)接受的溧阳州学教席,其时已在晚年。方回序曰:“吾友山村居士仇君远仁近,受溧阳州教,年五十八矣。”③戴表元《仇山图(为仇近仁作)》也有“白头宦学走风尘”之句,卸任后从此不再出仕。学生张翥题山村图:“先生一为溧阳教授,即不仕。”④这个群体往往迫于生计不得已出仕,前引戴表元诗题说诸友邓善之、屠存博、白湛渊、仇山村、张仲实都是以学官俸禄“糊口”;而且在元朝,学官是可入品流但不可能发达的特殊群体。方回《送仇仁近溧阳州教序》:“今之仕也,何谓易于仕而难于达?学校之士,自县教谕为山长、学正,一任即可入路、府、州教授以入流。……但自县尹而上以至总管,则极不易得。内之六部、集贤、翰林、紫枢、黄阁,未有敢垂涎之者。”⑤仕而不达的学官们自顾难暇,不具备养士的条件,江阴陆垕虽能“招延东阁士,式燕良衎衎”(袁易《梅台诗》),但游宦往来,风尘仆仆,非能久居故乡。所以张炎无以安居、奔命道途是情势使然。

①黄溍《袁通甫墓志铭》,《全元文》(第30册),第304页。

②陆文圭《送张菊存序》,《全元文》(第17册),第526页。

③方回《送仇仁近溧阳州教序》,《全元文》(第7册),第64页。

④张翥《题高彦敬山村隐居图》,《全元文》(第48册),第591页。

⑤《全元文》(第7册),第63—64页。

（二）客隐苏州、江阴、宜兴

大德三年己亥冬天，张炎西游至苏州，时年已经五十二岁。作《探春慢·己亥客阖闾》，阖闾，即阖闾城，吴王城池，代指苏州，题序中"篝灯顾影，依依可怜"是晚景落寞的真实写照。

大德四年（1300）春，与袁易交游，写《木兰花慢·为静春赋》："澄心淡然止水，笑东风、引得落花忙。慵对鱼翻暗藻，闲留莺管垂杨。"袁易居处有静春书堂，因以为号。词写书堂外景观。黄溍《袁通甫墓志铭》也有描写："即所居西偏为堂曰'静春'。壅水成池，周于四隅，池上累石如山。芰荷、蒲苇、竹梅、松桂、兰菊、香草之属，敷荣缭绕。而其外则左江右湖，禽鱼飞泳于烟波莽苍间。"[①]袁易此年初见张炎，有《木兰花慢·喜玉田至》："渺仙游倦迹，乍玄圃，又苍梧。甚海阔天长，月梁有梦，雁足无书。"取用杜甫《梦李白》语典："落月满屋梁，犹疑照颜色。水深波浪阔，无使蛟龙得。"回忆玉田此前东游滨海诸城市的踪迹，并表达出对覆巢之下罪囚后裔的命运关切。秋九月，袁易入杭，寓钱塘一年，交割了石洞书院山长一职，袁易前往杭州时，作《八声甘州》，题序谓汤师言、金桂轩、张叔夏、唐月心诸人为至交，特别写及张炎落拓不羁的生活状态："九月望后，夜泊吴江长桥，有怀诸友。在吴下时，得相周旋。今各一方，意绪恻怆，为赋《八声甘州》一阕，以写惓惓之意。叔夏于酒边喜歌自制乐府，故末章及之，以资他日一笑云。"词末二韵写及与张炎的交谊："待归来、轻讴浅醉，想旧时、张绪转风流。却说与、虹桥今夕，一片清秋。"虹桥，垂虹桥，即吴江长桥。

次年，即大德五年辛丑（1301）张炎倡和，作《甘州·和袁静春入杭韵》。唱和词系于本年理由如下：（1）《甘州》与《八声甘州》同调异名，张炎所次韵脚完全相同。（2）据袁易《八声甘州》题序，知袁易水驿自吴入杭，夜泊吴江。（3）袁易入杭之事见于《静春堂诗集》，在杭州历时一年之久。其《杭州道中书怀四首》（又名《舟行漫兴四首》）舟途纪行，诗句有"都将付尊酒，短发得禁秋"，知秋季启行。袁易此行在杭度过冬至、寒食、重午，有诗《杭州长至日会戴师奭、张仲实》《次日雪中再用前韵》《寒食日南山招饮马塍，醉为马坠》《重午客中雨三首》等，明年秋归吴。有诗《送屠存博，去岁客杭一年，多与存博游，故诗意及之》。（4）袁易曾有《寓钱唐杂诗》十三首（《舟行漫兴四

①《全元文》（第30册），第304—305页。

首》《重午客中雨三首》《怀吴中诸友六首》)求教于鲜于枢。《赵氏铁网珊瑚》(卷六)录鲜于枢题识:"右十三诗,命意闲远,下语清丽,可谓不流于俗矣。然少加精密,杜少陵、黄山谷不难到也。困学民渔阳鲜于枢题其后而还之,大德辛丑冬至前一日也。"故知袁易去年秋入杭,今年归吴。由于"和韵"与不在吴地的双重限制,知张炎和词大德五年写于江阴。

张炎大德四年(1300)在苏州还与陆行直父子交游。陆行直是张炎的挚交,汪砢玉《珊瑚网》(卷三十二):"陆行直《碧梧苍石图》(在绢上,挂幅):'候虫凄断。人语西风岸。月落沙平流水漫。惊见芦花来雁。　可怜瘦损兰成,多情因为卿卿。只有一枝梧叶,不知多少秋声。'此友人张叔夏赠余之作也,余不能记忆。于至治元年仲夏廿四日戏作《碧梧苍石》。与冶仙西窗夜坐,因语及此。转瞬二十一载,今卿卿、叔夏皆成故人,恍然如隔世事。遂书于卷首,以记一时之感慨云。季道陆行直题。"[①]至治元年(1321),前推二十一载即大德四年。张炎在苏州时又为陆行直作《台城路·为湖天赋》《祝英台近·题陆壶天水墨兰石》。张炎还有赠其父陆大猷的词作《壶中天·陆性斋筑葫芦庵,结茅于上,植桃于外,扁曰小蓬壶》。朱彊村笺曰:"按《墙东类稿》有《性斋二首为分湖陆提举作》。《分湖陆氏家谱》:陆大猷,字雅叔,号翠岩,仕宋为江浙儒学提举。子行直,字季道,号壶天。任湖北十学士,迁翰林典籍。致仕。不言为提举,则性斋乃大猷,非行直也。《分湖小识》:陆氏桃园在来秀里,宋陆大猷别业中有翠岩亭。"[②]《同治苏州府志》(卷四十八)也有记载:"陆氏桃园在分湖滨来秀里,陆大猷别业,中有翠岩亭、嘉树堂、佚老堂、问芦处、翡翠巢、钓鱼所、半亩居、乐潜丈室。"[③]葫芦庵、小蓬壶在桃园中。

前考张炎族叔张楧自大德五年(1301)起,有两年时间任江阴学正,张炎投依张楧,在江阴与陆文圭叔侄、令尹李复初、湖湘廉使陆垕诸人交游。从相关史料及张楧留存的诗作看,陆文圭与张楧有近二十年的交情,张楧与陆垕也有交游。

张炎与陆文圭侄儿陆起潜也有交往,有六首赠予陆起潜的词作,其中四首赋陆氏皆山楼四处著名景点:《甘州·云林远市》《瑶台聚八仙·千岩竞

①汪砢玉《珊瑚网》(第8册),商务印书馆1936年,第913页。

②《彊村丛书》(第6册),第5387页。

③冯桂芬等《同治苏州府志》,江苏古籍出版社1991年,第411页。

秀》《壶中天·月涌大江》《台城路·遥岑寸碧》。陆氏皆山楼是著名的私家园林，也是文人雅集的场所。陆文圭、牟巘、马臻也有诗题赋。陆文圭《皆山楼分韵得坐字》："无诗山不喜，无楼犹自可。楼上著诗人，青山皆属我。得句山禽鸣，落笔山花堕。翠屏招我隐，欲往辄不果。推窗呼与饮，醉吸云一朵。须臾成五采，吐出惊满坐。"牟巘《题陆起潜皆山楼》："醉翁朝暮四时景，谁遣描摹入此图。唤作皆山真个是，携来到处与之俱。也曾佳客相陪否，亦有清泉可酿无。更喜一般僧侣旧，高楼百尺俯尘区。"马臻《寄题皆山楼》："仙人好楼居，缥缈半空立。吐纳万里秋，回合数州碧。倚槛足吟啸，四面岚气入。下视尘土中，日夜风雨急。处士种茶处，仿佛白云湿。何时一登临，啜茗坐终日。会待飞蓬山，清风生两腋。"张炎十分怀念江阴皆山楼文人雅集，在金陵时曾作《木兰花慢·舟中有怀澄江陆起潜昔游（澄江即江阴）》。

李复初是陆文圭的友人，陆文圭与其子李绎有过从，有《李叔成字说》："燕山李绎侍尊人复初来尹暨阳，遂从余游。……复初，天下士也，今移守淮阴。"[①]李复初也是张炎旧交，张炎《满江红·澄江会复初李尹》有"叹十年不见，我生能几"之句，十年之前应指至元二十七年（1290）北游之行。崇祯、道光、光绪《江阴县志》及万历《常州府志》皆云李师善，字复初，"大德间尹江阴"[②]，大德共十一年（1297—1308），据其与张炎交游，知大德五年—大德六年在江阴令尹任上。

大德六年（1302），张炎仍在江阴，与陆文圭友人陆垕交游。邱鸣皋《关于张炎的考索》："陆垕在湖南任上回家仅此一次，应是大德六年（1302）的事了。"[③]作《南歌子·陆义斋燕喜亭》《台城路·陆义斋寿日》《清波引·横舟是时以湖湘廉使归》《壶中天·赋秀野园清晖堂》《青玉案·闲居》。赋写陆氏园林中横舟阁、燕喜亭、闲居堂、清晖堂。陆文圭《横舟记》载园中有"梅台"，张楧有《赠浙西陆提刑》诗，又与袁易赋写梅台与香远亭（见录于《永乐大典》《诗渊》），或曾与张炎同行观光。

---

①陆文圭《李叔成字说》，《全元文》（第17册），第589—590页。

②冯士仁修，周高起纂《江阴县志》（卷四），明崇祯十三年（1640）刻本；陈延恩修，李兆洛纂《江阴县志》（卷之十五），清道光二十年（1840）刊本；卢思诚修，季念诒纂《光绪江阴县志》（卷之十五），清光绪四年（1878）刻本；刘广生修，唐鹤征纂《万历常州府志》（卷之十），明万历四十六年（1618）刻本。

③邱鸣皋《关于张炎的考索》，《文学遗产》1984年第1期。

邱先生考证张楧浙西江阴仕历后，有三年任宜兴教职。前考时间是大德七年(1303)至大德九年。大德八年(1304)深秋重阳，张炎在宜兴(详后考)，作《瑶台聚八仙·菊日寓义兴，与王觉轩会饮。酒中书送白廷玉》。王觉轩，王渊(谥襄愍)五世孙，入元后官至兰溪州判官，盛年即归乡，担任宜兴山长，隐避不出。倪瓒《题陈惟允画荆溪图》："盖荆溪山水之胜，善权、离墨、铜官诸山，冈陇之起伏，云霞之吞吐，具区汇于其左，苕霅引于其前，凡仙佛之所宫，高人逸流之所宅，殆不可以计数也。觉轩王先生韫真潜德于其间，修天爵以恒贵，去人欲以求仁，垂子若孙，皆循循雅饬，弗违先生志也。"①郑元祐《王氏彝斋记》："宋渡南诸帅臣以功名显者固不一，若王襄愍抗节以死于苗、刘之难，赐葬义兴山中。其五世孙觉轩先生，宋亡后，以文儒起家，官至兰溪州判官，当盛年即委政归。"②曹伯启《倚和吉甫提举见赠雨中述怀诗，兼寄王觉轩山长》："卜邻阳羡溪山好，远胜毗陵古战场。"又，《觉轩二子头角崭然，盖乃翁生平积德设施所致，因作数语颂之》："积庆更需山水秀，欲期阳羡作桐乡。"意思是王觉轩曾在毗陵为官，目前在故乡行惠政。张炎在宜兴与王觉轩会饮，书寄白廷玉，从一个侧面证明白珽此时在毗陵即常州(详后考)，或者王觉轩、白廷玉曾同时任职常州。

大德九年(1305)，张炎中秋节前即离宜兴前往溧阳，作《数花风·别义兴诸友》。

(三)寓居宜兴期间客游吴兴、常州

张炎虽然有词作题序标明曾至常州，但常州词迄今未获准确编年，仅洛地先生泛系于大德三年(1299)至大德九年(1305)，后文将有引述；同样，虽然张词题序显示曾到霅川，但无人确证张炎亲至吴兴。实际上，这两个问题似二实一，都可以从显性常州词和隐性常州词切入探讨。

张炎集中显性常州词是《忆旧游·寓毗陵有怀澄江旧友》《霜叶飞·毗陵客中闻老妓歌》，隐性常州词是题序出现吴兴霅川的《木兰花慢·元夕后，春意盎然，颇动游兴，呈霅川吟社诸公》《壶中天·怀霅友》。《木兰花慢》写在常州："清狂尚如旧否，倚东风、啸咏古兰陵。"古兰陵，常州古称晋陵，侨置南兰陵。《南史·齐本纪上》："中朝丧乱，皇高祖淮阴令整，字公齐，过江居晋陵

①《全元文》(第46册)，第581页。
②《全元文》(第38册)，第701页。

武进县之东城里，寓居江左者，皆侨置本土，加以‘南’名，更为南兰陵人也。”①《壶中天》写于同时同地。常州词中又有忆及江阴者，如《忆旧游·寓毗陵有怀澄江旧友》有“但回首当年，芙蓉城里，胜友如云”，前说“澄江”“芙蓉城”皆指江阴。与江阴胜侣已成“旧友”不同，对《木兰花慢》《壶中天》中的“霅川吟社诸公”“霅友”却记忆犹新。从中不难推导张炎离开江阴之后，先游吴兴，再游常州的行程，而吴兴、常州的游踪，正可借张炎居游江阴、宜兴时间来确定。

前考张炎大德五年（1301）至大德九年（1305）投依族叔张楧游居江阴、宜兴，其间曾游霅川、毗陵。张炎具体游踪是离开江阴之后，先游霅川，后赴宜兴；翌年春天再游常州。宜兴是常州属县，近为并邻；行至吴兴也有沿太湖而南的便利水程。旅帆叠浪，指日可至。下面对此段行程进行考察。

张楧虽然大德七年（1303）至大德九年在宜兴，但是在大德七年秋天前往赴任（见前引杨载诗），途中或在吴兴逗留，杨载有《和张仲实之吴兴舟行杂咏》：“水程通百里，云树隔千层。”《和张仲实舟行杂咏》：“五湖天下景，六月气常寒。”这是“云中辨江树”的江行水驿，夏季六月尚在吴兴。

张炎常州词《木兰花慢》写于“十里梅花霁雪”的早春时节，张氏叔侄大德七年（1303）仲春尚在江阴赋咏杏花，故仅有可能写于大德八年（1304）或大德九年；又因为张炎离开常州回到宜兴后，菊日即重阳节曾作《瑶台聚八仙·菊日寓义兴，与王觉轩会饮》书报友人白廷玉；而大德九年中秋及重阳张炎已在江宁府溧阳县，有《夜飞鹊·大德乙巳中秋，会仇山村于溧阳》《新雁过妆楼·乙巳菊日，寓溧阳闻雁》二词。所以，张炎在宜兴度过重阳的时间下限为大德八年，词作显示，此年之前张炎曾与白珽（廷玉）交往，据戴表元《送白廷玉赴常州教授序》，廷玉时任常州学官：“毗陵为浙中文献之国，游儒寄士，冠摩毂击，居学官者以为尤难。大德庚子春，钱塘白廷玉以公府高选得之。江南之缙绅韦布，识与不识，不谋而同声曰：‘此固才学可以为师儒、称职而无愧者也，此固取之高年素望、可以四面决疑请益者也。……’”②大德庚子，即大德四年（1300），白氏常州教职至大德八年尚在秩内，《成化重修毗陵志》卷三十九载白氏任上撰写《常州路儒学兴造记》（已

①李延寿《南史》（第1册），中华书局1975年，第97页。

②戴表元《送白廷玉赴常州教授序》，《戴表元集》，第168页。

佚)。教授之职,元朝由朝廷任命,见《元史·选举一》:“凡师儒之命于朝廷者,曰教授,路府上中州置之。”《瑶台聚八仙》就是在宜兴回忆常州之别:“明朝柳岸醉醒,又知在烟波第几桥。怀人处,任满身风露,踏月吹箫”,表明已然离开了廷玉的任职之地。前引曹伯启赠王觉轩诗中有“卜邻阳羡溪山好,远胜毗陵古战场”之句,曾在常州为官的王觉轩与时任学官白廷玉,理应有过交游,所以张炎与王觉轩饮酒时,才会书报白廷玉。而张炎词作没有再至常州的记载,基于此,前列《木兰花慢》等常州词仅能写于大德八年早春。张炎在常州的投依对象,就是到达宜兴后,奉寄词柬致谢的白珽。《木兰花慢·用前韵呈王信父》所用之韵为《木兰花慢·元夕后,春意盎然,颇动游兴,呈霅川吟社诸公》,故也写于常州。类推可知《水调歌头·寄王信父》《摸鱼子·春雪客中寄白香岩、王信父》写于离开常州回到宜兴后。前考白香岩就是白珽,则《壶中天·白香岩和东坡韵赋梅》也写于常州。

再看张炎足迹曾至吴兴霅川。《壶中天·怀霅友》下阕:“柳外门掩疏阴,佳人何处,溪上蘋花白。留得一方无用月,隐隐山阳闻笛。旧雨不来,风流云散,惟有长相忆。雁书休寄,寸心分付梅驿。”“溪上”句写吴兴白蘋洲,“梅驿”以及《木兰花慢》的“梅花霁雪”,也是吴兴风光。《嘉泰吴兴志》(卷二十):“梅生江南,湖郡尤盛。《吴兴记》云:乌程有梅墟、梅林、梅亭。德清有梅埭。旧编云:今武康、德清绵亘山谷,其种以堂头梅为上,横枝梅、清梅次之,又有红梅、重梅、鸳鸯梅、千叶细梅、蜡梅,惟红梅、鸳鸯梅有实,菁山等处亦多。”[①]末三句是希望霅川诗友能够驿寄梅花慰藉思念之情。其中“旧雨”,出自杜甫《秋述》:“常时车马之客,旧雨来;今雨不来。”[②]泛写江阴友人在内的故交新知。

张炎与周密、钱选的交游,也显示其曾至吴兴。但要确定张炎在吴兴与周密交游,首先要解决周密晚年是否回到吴兴以及卒于何年的问题。学界对此有两种意见。一是夏谱考其景炎二年(1277)居杭,不复归霅,并推定周密卒于元成宗大德二年(1298),得年六十七。夏谱:“弁阳家破,始离湖州,终身寓杭。”[③]二是清代以来郑元庆、江昱、钱大昕、吴荣光、何忠礼等学者所持周密中年迁杭,晚归霅川的观点。前引郑元庆(芷畦)《湖录》曰:

---

①谈钥《嘉泰吴兴志》(第5册),南林刘氏嘉业堂刊本,卷20第6页。

②《杜诗详注》(第4册),第2208页。

③夏承焘《周草窗年谱》,《夏承焘集》(第1册),第345页。

"公谨生于湖，中年虽迁杭，晚仍归老弁山，又号弁阳老人，则四水潜夫之号亦犹是耳。"江昱疏证观点相同："盖草窗生于湖，中年虽迁杭，晚仍归老于湖。"[①]何忠礼《周密卒年献疑》也根据钱大昕《疑年录》、吴荣光《历代名臣年谱》力辨夏说非是，不仅推定草窗晚年归霅，并考定草窗卒于至大元年(1308)或稍后[②]。通过张炎词作显示的与周密在吴兴霅川的交游或可证成后一种观点以及何忠礼先生关于周密卒年的推定。

周密晚年确实归霅。江昱疏证张炎《甘州·饯草窗归霅》是周密晚年归霅的饯行之作，此词是羡慕设想中草窗霅川的隐居生活。词有句曰："不恨片篷南浦，恨剪灯听雨，谁伴孤吟。料瘦筇归后，闲锁北山云。是几番、柳边行色，是几番、同醉古园林。"吴兴多"古园林"。周密《癸辛杂识前集·吴兴园圃》："吴兴山水清远，升平日，士大夫多居之。其后，秀安僖王府第在焉，尤为盛观。城中二溪水横贯，此天下之所无，故好事者多园池之胜。倪文节《经锄堂杂志》尝纪当时园圃之盛。余生晚，不及尽见，而所见者亦有出于文节之后，今摭城之内外常所经游者列于后，亦可想像昨梦也。"[③]周家也购得韩侂胄的旧园："韩氏园，距南关无二里，昔属平原群从，后归余家，名之曰'南郭隐'。"[④]

当时史料也可以支撑草窗晚年归霅的观点。牟巘《周公谨复庵记》谓周密晚年选好归居吴兴的基址："周公谨以'复'名其山中之庵，间谓余曰：'……近得吉土先人之茔侧，倘异时营菟裘，遂狐首，下从九京，志愿毕矣。'"[⑤]袁桷《复庵铭》则显示以"复"为名的山庵已经建成："弁阳老人周公谨父，卜终老之丘于先中丞公墓左，筑室其上，揭名曰'复庵'。"[⑥]并转述草窗之语表明已经归居吴兴："自余失仕，居钱塘，非有酣豢之乐而忘其归，不幸而不得归者，势也。今老矣！苟终无所归，则于复之道奚取？"[⑦]周密《癸辛杂识别集》有"还霅省墓杼山"之语[⑧]，则先人茔墓旁侧的复庵建筑群在杼

①江昱《山中白云词疏证》，《彊村丛书》(第6册)，第5241页。

②参见何忠礼《周密卒年献疑》，《宋史研究论文集》(1992年年会编刊)，河南大学出版社1993年，第607—614页。

③周密撰，吴企明点校《癸辛杂识》，中华书局1988年，第7—8页。

④同上书，第12页。

⑤《全宋文》(第355册)，第365页。

⑥《全元文》(第23册)，第486页。

⑦同上。

⑧《癸辛杂识》，第266页。

山环绕之中，即牟巘所谓“山中之庵”。杼山在弁山南面，词中“北山”，正指杼山西北的弁山；所谓“锁云”，指弁山长年白云缭绕。弁山又称“卞山”，是吴兴最高峰。《嘉泰吴兴志》：“卞山，张元之《吴兴山墟名》曰：卞山峻极，非清秋爽月，不见其顶。”①《湖州府志节要》：“弁山，在府城西北十八里，亦名卞山。高六百丈，周百二十里，为府治主山。顾野王《舆地记》：卞山有石匮，每欲开，则风雨晦冥。陈徐陵《孝义寺碑》：高弁苍苍，遥闻天语。”②陆龟蒙《自遣诗三十首》（之一）：“更感弁峰颜色好，晓云才散已当门。”草窗晚年归居弁山南面的杼山，所以改号弁阳老人，并作《弁阳老人自铭》。牟巘《跋周公谨自铭后》载其事：

> 周君公谨以世旧夙厚余，间不见且久。梅潦被道，吾庐无来迹，君忽披蓬藋相就谈。始予见太末时，如川方至之意气，视一世何如也？岁星四环天，余固早衰，君亦华皓，能不为兴慨者邪？君晚更号“弁阳老人”，刻石自铭，出其词示予，顿挫洒落，大抵轻死生、等淹速。太史公不云乎？读之使人爽然自失。……余以其能折衷于道，得所归宿，用援先好，书诸左方云。③

“始予见太末时”，见诸周密《长亭怨慢》题序所记：

> 岁丙午、丁未，先君子监州太末。时刺史杨泳斋员外、别驾牟存斋、西安令翁浩堂、郡博士洪恕斋，一时名流星聚，见为奇事。倅居据龟阜，下瞰万室，外环四山，先子作堂曰啸咏。撮登览要，蜿蜒入后圃。梅清竹臞，亏蔽风月，后俯官河，相望一水，则小蓬莱在焉。老柳高荷，吹凉竟日。诸公载酒论文，清弹豪吹，笔研琴尊之乐，盖无虚日也。余时甚少，执杖屦，供洒扫，诸老绪论殷殷，金石声犹在耳。

丙午，淳祐六年（1246）；丁未，淳祐七年（1247）。太末，杨铁夫笺曰：“《汉书·地理志补注》‘会稽郡太末’下，王先谦注：‘谷水西出太末县，是越之鄙，姑蔑之地也。’姑蔑故城在今龙游县北。”④《宋史·地理四》：“衢州，上。

①《嘉泰吴兴志》（第1册），卷四第1页。

②高锡龄《湖州府志节要》，《中国方志丛书》（第588号），台湾成文出版社1983年，第20页。

③牟巘《跋周公谨自铭后》，《全宋文》（第355册），第315—316页。

④杨铁夫笺释，陈邦炎等校点《吴梦窗词笺释》，广东人民出版社1992年，第3页。

信安郡。军事。……县五：西安、礼贤、龙游、信安、开化。”[①]故知太末即龙游，以属县代指衢州。牟存斋，牟子才，字存叟，牟巘之父。牟巘年长周密五岁，当时亦应侍父衢州。丙午、丁未年周密十五六岁，岁星四环天，即四十八年，则周密六十三或六十四岁，牟巘六十八或六十九岁。暮年相见已在至元三十一年(1294)或至元三十二年(1295)，故曰“余固早衰，君亦华皓”。牟氏居于吴兴，其《题施东皋南园图后》：“先父存斋翁以淳祐丙午卜居霅川定安门之里，马公桥之旁，乃庆历间郡守马寻宴六老于南园处也。越明年，丁未冬，先父以言事忤时宰，谒告来归，始奠居焉。”[②]《吴兴备志》(卷十四)：“(吴兴)郡城。唐时开九门，放生池侧有阊门、定安门，东西各有瓮门，并废。宋门六，今因之(《谈志》)。”[③]卷十五：“国朝宝元中，定安门内有南园，今废为庾廪矣，居宅矣，招提矣。园之亭馆，自白蘋外俱不可见。乡老、寓公多为芳圃，亭宇相望，沼沚旁联，花木蓊茂，游者争眩，物固不能两盛也。(《谈志》)”[④]所谓《谈志》，是宋人谈钥所作《吴兴志》。《直斋书录解题》(卷八)：“《吴兴志》二十卷，枢密院编修、郡人谈钥元时撰，嘉泰元年也。其为书草率，未得为尽善。”[⑤]牟巘居湖州郡治吴兴城中，周密居于弁山之南，相距不足二十里，故能在梅潦被道的恶劣天气，忽披蓬藋而来，就牟巘求自铭跋文。《复庵铭》作者袁桷也读书于吴兴，面弁山而居。《尧山堂外纪》(卷七十二)：“袁桷，字伯长，号清容，四明人。读书吴兴，有清容书院，临苕水，对弁山。后人题云：‘人同绿水长为主，座有青山不计年。’”[⑥]表明周密杼山复庵建成后，作《弁阳老人自铭》，又求得牟氏跋文并刻于石等活动，都是在至元三十一年(或至元三十二年)之后数年在吴兴完成的。

张炎游吴兴时，与已归霅川的周密叙谈旧谊，为作《祝英台近·与周草窗话旧》。前考张炎大德八年(1304)早春游常州，游霅川在居江阴之后、游常州之前，故仅能在大德七年(1303)。与草窗话旧词显示时在夏季：

水痕深，花信足，寂寞汉南树。转首青阴，芳事顿如许。不知多少

---

①《宋史》(第7册)，2177页。
②《全宋文》(第355册)，第337页。
③董斯张《吴兴备志》，南林刘氏嘉业堂刊本，卷十四第5页。
④同上书，卷十五第16页。
⑤陈振孙《直斋书录解题》，上海古籍出版社1987年，第245页。
⑥蒋一葵《尧山堂外纪》，《续修四库全书》(第1194册)，上海古籍出版社2002年，第659页。

消魂，夜来风雨。犹梦到、断红流处。　　最无据。长年息影空山，愁入庾郎句。玉老田荒，心事已迟暮。几回听得啼鹃，不如归去。终不似、旧时鹦鹉。

刘荣平先生认为龚本词题“与周草窗话旧”有误，应从《天机馀锦》仅作“话旧”，赠词对象并非周密：

> 此词有云：“玉老田荒”，用的是嵌字法，暗指自己（玉田）老迈。……周密比张炎年长17岁（孙按：应为16岁），与张炎父辈张枢、张模交游，于张炎为父执，当不应自称“玉老田荒”。且周密卒时，张炎51岁，尚不能称“老”。又，张炎与周密的最后交游是在他44岁时，此后不见交游的记载，如此词作于44岁前，他是更不能称自己“玉老田荒”。[①]

刘说最后交游的时间是指至元二十八年辛卯（1291），根据是张炎《疏影》的题序：“余于辛卯岁北归，与西湖诸友夜酌，因有感于旧游，寄周草窗。”今考张炎大德八年早春在常州，游历霅川又在游毗陵稍前，所以在霅的时间可以确定为大德七年，《祝英台近》正是玉田此年游霅期间与周草窗话旧。张炎词中屡屡以“玉”“田”指代张氏兄弟。此处“玉老田荒”与前引《踏莎行》中“田荒玉碎”相比，后者隐指恭帝德祐二年（1276）元军攻陷临安后，张氏几乎灭族；其时张氏兄弟三十左右，故用“荒”“碎”。而张炎此年游霅，已经五十六岁，兄长芝田（伯时）应是六十左右，接近或符合古人六十为老的标准，因此“老”“荒”云云，非叹老而为实录，周密此年已七十有二，据此知夏谱所谓草窗得年六十七的推论有误。词中“庾郎”也非用庾信《愁赋》熟典，而是指鲍照曾在吴兴杼山送别的庾中郎。颜真卿《湖州乌程县杼山妙喜寺碑铭》：“晋吴兴太守张玄之《吴兴疏》云：‘……寺前二十步跨涧有黄浦桥，桥南五十步，又有黄浦亭，并宋鲍昭送盛侍郎及庾中郎赋诗之所。’”[②]鲍照有《吴兴黄浦亭庾中郎别诗》。杼山就是周密晚年隐居地。词作显示此时在夏木阴阴的季节，也与前述张炎族叔张模六月在吴兴相符。

张炎在吴兴还为钱选作题画诗《华胥引·钱舜举幅纸画牡丹梨花。牡丹名洗妆红，为赋一曲，并题二花》。上阕曰：“温泉浴罢，酣酒才苏，洗妆犹

---

①刘荣平《以〈天机馀锦〉校证〈山中白云词〉》，《文献》2000年第3期。

②颜真卿《文忠集》（第1册），中华书局1985年，第18—19页。

湿。落暮云深,瑶台月下逢太白。素衣初染天香,对东风倾国。惆怅东阑,炯然玉树独立。"《庚子销夏记》(卷二):"舜举,宋进士,不肯出仕,归老霅川,以诗画自娱。……前人曾题其花卉卷有云:'霅翁夙号老词客,乱后却工花写生。寓意岂求颜色似,钱唐风物记升平。'亦此意也。"[①]题诗者是时人陈俨,诗名《钱选画花》。《华胥引》以曾拟杨妃的牡丹、梨花承载盛唐的绝代风华,符合钱选归隐霅地之后的画作寓意。

另外《南楼令·有怀西湖,且叹客游之漂泊》也可以辅证张炎曾亲至霅川:"买扁舟、重缉渔蓑。欲趁桃花流水去,又却怕、有风波。"特指吴兴西塞山桃花坞一带,用张志和、张松龄兄弟《渔父词》意。《大清一统志》(卷二百八十九):"西塞山,在(吴兴)乌程县西南二十五里,有桃花坞,下有凡常湖。唐张志和游钓于此,作《渔父词》曰:'西塞山前白鹭飞,桃花流水鳜鱼肥。'"[②]张松龄《和答弟志和渔父歌(松龄惧志和放浪不返,为筑室越州东郭,和其词以招之)》:"乐是风波钓是闲,草堂松径已胜攀。太湖水,洞庭山。狂风浪起且须还。"

综合观之,略可概见张炎此时段的居游行踪:大德五年至大德七年仲春在江阴,大德七年至大德九年仲秋之前在宜兴,其间大德七年夏季暂游霅川,大德八年早春暂游毗陵后再归宜兴。

(四)溧阳交游及金陵之行

大德九年乙巳(1305)春天,仇远接受溧阳教席,有诗《乙巳岁三月,为溧阳校官。上府经乌刹桥,和陶渊明韵》。张炎自宜兴前往溧阳与好友仇远会面,中秋时已在溧阳,作《夜飞鹊·大德乙巳中秋,会仇山村于溧阳》,重阳节仍寓溧阳,作《新雁过妆楼·乙巳菊日,寓溧阳》,流露怀念兄弟登高、佳节思亲之痛。

又作《风入松·为山村赋》,题写高克恭(字彦敬)大德元年(1297)为仇远所画山村隐居图。词有句曰:"幽居只恐归图画,唤樵青、多种桑麻。门掩推敲古意,泉分冷淡生涯。"《清河书画舫》载赵孟頫跋高彦敬《山村隐居图》:"彦敬所作山水,真杜子美所谓元气淋漓者耶?仁近得之,可谓平生壮观也。"[③]周密题《山村图》有句曰:"南阳先生列仙臞,旧住仇山云一隅。平

①孙承泽撰,白云波、古玉清点校《庚子销夏记》,浙江人民美术出版社2012年,第43页。
②穆彰阿、潘锡恩等纂修《大清一统志》(第7册),上海古籍出版社2008年,第13页。
③张丑撰,徐德明校点《清河书画舫》,上海古籍出版社2011年,第529—530页。

生广文官既冷，投老故村田已无。唯留诗卷在天地，清名正似孤山逋。”周诗有“广文官既冷”，张词有“泉分冷淡生涯”，知皆写于仇远任溧阳教授（冷官）之后。

仇远钱塘人，原居余杭仇山，后以山村图为稿，求募造屋资金。方回《送仇仁近持山村图求屋赀》：“浪多年二十，是事弗如之。老我初登第，闻君早解诗。风霜悬齿颊，锦绣簇肝脾。才是通漫刺，谁非献屈卮。贵人遗世患，寒士扼时危。道泰官犹冷，身穷气未衰。虽无间屋妾，已有肯堂儿。村拟茅斋卜，山将画卷随。贺成良匪易，裒益复奚疑。岁稔田收倍，秋凉渚泛宜。定应争倒屣，不惜共捐赀。千斛归舟驶，梁文想预为。”据《桐江续集》编年之序，求屋赀诗写于大德二年戊戌（1298）。仇远卜居之地在钱唐门内白龟池。《西湖游览志》（卷二十）：“入钱唐门而东，折而南，为白龟池、镊子井、黑亭子。白龟池在城下，袤广四亩许，池底通西湖，李邺侯所凿。其水自来不堪汲饮。元仇仁近尝卜居池上，作诗云：‘一琴一鹤小生涯，陋巷深居几岁华。为爱西湖来卜隐，却怜东野又移家。荒城雨滑难骑马，小市天明已卖花。阿母抱孙闲指点，疏林尽处是栖霞。’”①而余杭仇山与西湖无涉，且周密诗已谓其故居无田。仇远《金渊集·和子野郊居见寄》有“因子洮湖归钓鱼，西湖我亦念吾庐”，则仇远任溧阳教职时已经卜筑西湖。玉田游迹匆匆，与仇远在杭州无晤面之缘，《风入松》也应写于此年相会时。

张炎在溧阳多与仇远友人交游。有卞南仲（名应平，号月溪）、卞应魁（号云溪）。卞氏兄弟辞官后退居溧阳，仇远《寄南仲》：“坡翁昔年五十二，翰林侍读为学士。溪翁年德与坡同，官职胡为未相似。”自注：“时生日出避客。”仇远又有悼念卞南仲谢世诗《予久客思归以秋光都似宦情薄山色不如归意浓为韵言志约金溧诸友共赋寄钱唐亲旧》：“去年冶城叟（自注：卞南仲也），采菊餐其英。今兹隔存殁，使我心怔营。”张炎在溧阳时为卞南仲兄弟作《摸鱼子·为卞南仲赋月溪》《南楼令·寿月溪》《壶中天·寿月溪》《湘月·赋云溪》。南仲兄弟长兴（宋属湖州府）人，亦霅溪流经之地，故《湘月》以“白蘋洲上，浩歌一棹春水”，写其故乡风光。

交游又有姜子野、程公明。作《声声慢·赋渔隐》《法曲献仙音·姜子野雪溪图》《石州慢·书所见寄子野、公明》。雪溪渔隐，姜子野之号。桂栖鹏

①田汝成《西湖游览志》，浙江人民出版社1980年，第226—227页。

《新证》:"'雪溪渔隐'或是姜子野之号,故其有《雪溪图》而为张炎所题咏。"[①]姜氏与仇远交往密切,和答诗近三十首。仇远诗可与玉田词互证姜氏号雪溪渔隐。仇远《和子野四首》(之一):"老为文学掾,一似旧恩科。"自注:"宋特奏名授县文学。"知姜子野宋时曾为县学官。又,《再叠四首》(之四):"雪溪渔隐者,郊岛是前身。"又,《与子野过永仙观,循西城以归,邂逅李戒甫。夕山西爽,诗料满目。子野明发诗来,予次韵》:"明朝定有新诗句,且让溪翁向上题。"又,《子野雪后寄和,却寄廷玉》:"惟有溪干隐君子,知予的的愿归耕。"《石州慢》题序中的"公明",在《虞美人·题陈公明所藏曲册》讹为"陈"姓。桂栖鹏《新证》:"公明姓程,张炎《虞美人》词题作'陈',实误。《金渊集》卷五有《九日次程公明韵》,卷六《题扇》第一首后注'程公明'……。《九日次程公明韵》云:'风帘猎猎傍檐斜,问酒来投野老家。……七里岗前归路暗,月悬破镜忆秦嘉。'此诗亦为仇远任溧阳州学教授时所作。诗中'野老'当即程公明,仇远访程公明可以当夜戴月而归,可见程公明居处离溧阳州城不远。"[②]仇远又有《程公明家玉蕊花》:"招隐山中有此花,仙人曾住七香车。可怜一架开如雪,冷落西门处士家。"则程公明居于溧阳城郊。

大德十年(1306),张炎已在金陵,仇远有《送张叔夏游金陵》:"肯向金渊暂泊舟,相逢衮衮别方休。……明朝又作台城客,细看青山似洛州。"台城,此指六朝古都金陵。《景定建康志》(卷二十):"台城,一曰苑城,本吴后苑城。晋成帝咸和中,新宫成,名建康宫,即今所谓台城也。在上元县东北五里,周八里,濠阔五丈,深七尺。今胭脂井南至高阳楼基二里即古台城之地。"[③]仇诗末句也与金陵相关。语出许浑《金陵怀古》:"英雄一去豪华尽,惟有青山似洛中。"抒写六朝古都仅郁郁青山尚存北方帝都王气。

在金陵作《扫花游·台城春饮》,杨海明先生《张炎年表》:"台城,今浙江天台,天台山即在其北。"[④]似误。此词作于金陵乌衣园。词曰:"嫩寒禁暖,正草色侵衣,野光如洗。去城数里。绕长堤是柳,钓船深舣。""醉余梦里。尚分明认得,旧时罗绮。可惜空帘,误却归来燕子。"词中景物与《景定建康

①桂栖鹏《张炎交游人物新证》,《文史》2001年第4辑。

②同上。

③《景定建康志》,卷二十第6页。

④《张炎词研究》,第252页。

志》卷二十二所记园中景象一一相合:“乌衣园,在城南二里,乌衣巷之东,王谢故居。一堂扁曰‘来燕’,岁久倾圮。咸淳元年五月,马公光祖撤而新之。堂后植桂,亭曰‘绿玉香中’‘梅花弥望’。堂曰‘百花头上’。其余亭馆曰‘更屐’,曰‘颖立’,曰‘长春’,曰‘望岑’,曰‘挹华’,曰‘更好’。左右前后,位置森列,佳花美木,芳荫蔽亏,非复曩时寒烟衰草之陋矣。”[①]词中又写台城柳。《唐诗品汇》卷五十四录韦庄《金陵图》:“无情最是台城柳,依旧烟笼十里堤。”注曰:“谢云:国亡主灭,陵谷变迁,唯台城柳必梁朝所种。草木无情,只如旧日。”[②]玉田词同其感慨。同时同地又作《潇潇雨·泛江有怀袁通父、唐月心》《木兰花慢·舟中有怀澄江陆起潜昔游》。

在金陵又作《风入松·丙午闰元宵》,袁易有《风入松·和张玉田闰元夕》。龚本张炎词题作“闰元宵”,江昱疏证:“《元史》世祖至元五年、成宗大德十年、仁宗延祐四年俱闰正月,此词未知何时作。”[③]《天机馀锦》此词题作“丙午闰元宵”。限于张炎游吴地踪迹以及袁易卒年,两首《风入松》仅能写于大德十年(1306),应以《天机馀锦》题序为准。

二 西游后期的行迹隐踪

张炎西游后期的词作不多,景况落寞,友人如袁易、金桂轩等纷纷凋零。主要交游对象是前期曾经交游、此时退居苏州的陆行直。张炎在年近或年逾七十的晚年,仍然没有办法结束漂泊的生涯。直到元仁宗延祐二年(1315),张炎归杭时,还是寓居于“钱塘县之学舍”[④]。

(一)再度遁隐苏州与陆处梅(行直)交契

张炎至迟在大德十一年(1307)再次长期客居苏州遁隐避世。其《台城路·抵吴,书寄旧友》:“雁拂沙黄,天垂海白,野艇谁家昏晓。”“茂苑重来,竹溪深隐,还胜飘零多少。”《南乡子·竹居》则写隐居地溪畔丛竹住所:“爱此碧相依。卜筑西园隐逸时。”

张炎苏州好友袁易卒于去年十一月,今年春天作《声声慢·中吴感旧》悼念,已见前引施国祁《张玉田词又说》。

①《景定建康志》,卷二十二第50—51页。

②高棅《唐诗品汇》引谢枋得语,《唐诗品汇》(下册),上海古籍出版社1982年,第495—496页。

③江昱《山中白云词疏证》,《彊村丛书》(第6册),第5336页。

④钱良祐《词源跋》,《词话丛编》(第1册),第269页。

张炎此次客隐苏州主要交游是陆行直。行直大德年间曾一度出仕，但在皇庆二年（1313）致仕归居苏州。陈去病《〈词旨〉叙》："至大德中，始由人才任湖北十学士，迁翰林典籍。皇庆间致仕归，年才四十耳。……明年为延祐元年甲寅，君四十一岁……。"[①]研究者从未提及的是，陆氏致仕后改号"处梅"，张炎词集中有七首赠陆氏词作皆写于皇庆或之后数年间：《清平乐·赠处梅》（别题"为陆处梅作此"）、《南乡子·为处梅作》、《清平乐·题处梅家藏所南翁画兰》、《临江仙·甲寅秋，寓吴，作墨水仙为处梅吟边清玩》、《如梦令·处梅列芍药于几上酌余》、《摸鱼子·别处梅》、《木兰花慢·归隐湖山，书寄陆处梅》。据《清平乐》别题及《木兰花慢》词题，知处梅姓陆，《摸鱼子》词中又有"对茂苑残红""难寄中吴"，知处梅幽居苏州。通过这些词作的考辨，可以确证处梅是陆行直的又一别号，七首词作的写作时间在处梅致仕归居后的皇庆二年（1313）到张炎离开吴地的延祐二年（1215）之间。具体考索如下。

其一，行直是张炎苏州陆姓友人中唯一能以"处梅"为号者。杨维桢《旧时月色轩记》载陆子敬先人所筑汾湖别墅"垒石为山，树梅成林"[②]，月照梅枝是先人所见景象："又葺所居之轩，名之曰'旧时月色'，取姜白石词语也。……子敬是之不忘其先见月于梅，如见其先，宜其同一感也。"[③]据前引《同治苏州府志》，陆大猷别墅遍植桃花，中间有堂、有亭、有居所、有丈室，陆子敬修葺的"旧时月色"亭轩当在其列，黄玠《赋陆子敬旧时月色亭》也证明亭轩在梅林、房屋环绕之中："挽彼檐下枝，挂我头上巾。摘花不插发，踏月走千巡。""结子近琼楼，永与桂树亲。"前考陆子敬（字祖恭）为陆行直第六子。张炎赠词也写屋在梅中、月在枝上。如《南乡子》："风月似孤山。千树斜横水一环。天与清香心独领，怡颜。冰雪中间屋数间。"《清平乐》："暗香千树，结屋中间住。明月一方流水护，梦入梨云深处。"语典出自韩愈《寄卢仝》："玉川先生洛城里，破屋数间而已矣。"卢仝《有所思》写屋间梅花："相思一夜梅花发，忽到窗前疑是君。"天与清香，语出林逋《梅花》："人怜红艳多应俗，天与清香似有私。"梦入梨云也与梅花相关，语出王昌龄《梅诗》：

①《词话丛编》（第1册），第297页。

②《全元文》（第41册），第440页。

③同上书，第440—441页。

"落落寞寞路不分,梦中唤作梨花云。"《南乡子》又有"却笑桃源深处隐,跻攀。引得渔翁见不难"之句,与前引赠其父陆大猷《壶中天》"只恐渔郎曾误入,翻被桃花一笑"二句机杼相同。

其二,陆行直是张炎苏州密友中可称忘年小友与精神知己者。陆行直年少张炎二十七岁,《摸鱼子》有"岁晚忘年友"之句。二人还是有家国兴亡同感的政治知音,这与他们都是宋朝望族后裔相关。张炎是"宋南渡勋王之裔子",陆行直是"分湖第一世家子"[①],张炎赋咏芍药的《如梦令》抒发的就是"余情哀思,听者泪落"[②]的繁华消歇之感:"隐隐烟痕轻注。拂拂脂香微度。十二小红楼,人与玉箫何处。归去。归去。醉插一枝风露。"烟,通"胭"。唐宋诗词中的芍药、牡丹往往错综浑言。引词表层写扬州名花芍药,《扬州府志》卷十一记宋时芍药之盛:"扬州昔以芍药擅名,宋有圃在龙兴寺,又有芍药厅、芍药坛。开明桥有芍药花市。"[③]因牡丹有木芍药之名,此词"陶然有感"承载着盛世牡丹的家族记忆。前说张炎曾祖张镃园囿中多牡丹芍药,张炎《忆旧游·过故园有感》也写家国倾覆后,故园牡丹名品荒芜于荆棘草丛的情景:"忘了牡丹名字,和露拨花根。甚杜牧重来,买栽无地,都是消魂。"张炎离开吴地归杭后,寄赠处梅《木兰花慢》感慨相同:"叹扇底歌残,蕉间梦醒,难寄中吴。"

其三,行直是张炎苏州友人中能够收藏所南翁墨兰者。郑思肖落落寡合,为文操行,人莫测识。郑氏隐居苏州,是陆行直志同道合的契友。王逢《题宋太学郑上舍墨兰》:"公讳思肖,字所南。肖与南何居,义不忘赵、北面他姓也。世家三山。……隐吴下,所居萧然。……邑宰素闻其精墨兰,不妄与人。因给以赋役取之,公怒曰:'头可得,兰不可得。'"[④]"平日喜画兰,疏花简叶,不求甚工,其所自赋诗以题兰,皆险异诡特,盖所以摅写其愤懑云。"[⑤]《清平乐·题处梅家藏所南翁画兰》别题作"所南翁诗书之暇,为屈平写真。一片古意,照耀心目。然不然,是不是,君其问贾长沙于湘水之滨"。认为行直所藏郑思肖墨兰与贾谊过湘水为屈原祭招忠魂用意相同,词下阕

①陈去病《词旨叙》,《词话丛编》(第1册),第297页。
②陆文圭《玉田词源稿序》,《全元文》(第17册),第548页。
③尹会一、程梦星等纂修《扬州府志》,清雍正十一年(1733)刊本,卷十一第4页。
④王逢《梧溪集》,知不足斋丛书第二十九集,卷一第40页。
⑤郑元祐《遂昌山人杂录》,中华书局1991年,第9页。

曰："香心淡染清华。似花还似非花。要与闲梅相处，孤山山下人家。"暗示处梅与郑思肖、林逋为一流人物。

其四，行直事迹与苏州诗人陆龟蒙浮家泛宅的行事风范相合。《新唐书·陆龟蒙传》："不乘马，升舟设蓬席，赍束书、茶灶、笔床、钓具往来。时谓江湖散人，或号天随子、甫里先生。自比涪翁、渔父、江上丈人。"[①]钱德钧《水村隐居记》也以与行直交游比拟皮日休、陆龟蒙之流风余韵："（陆）季道泛舟往来吾庐，手丛书一编，笔床、茶灶之风流，故在明月之夜，共载以游。抚清绝之区，得咏歌之趣。或能追皮、陆清事可乎？"[②]张炎《摸鱼子》"龟蒙未肯寻幽兴，曾恋志和渔叟"，用苏州典实并以处梅拟陆龟蒙，可从侧面印证。

其五，行直出处与赠处梅词的时间相合。张炎至大二年（1309）至延祐二年久客苏州，与行直皇庆二年（1313）四十岁致仕归隐时间参差相合。赠词《临江仙》题序记词作于延祐元年（1214）甲寅秋，《清平乐》有"一似逋仙归后，吟诗不下山来"，称赞其致仕后如林逋隐于梅中。前说张炎大德三年（1299）己亥曾初游苏州，见《探春慢·己亥客阖闾》，有赠陆氏及其父陆大猷的词作，张炎与行直在苏州相隔超过十年的两次交游在赠词中也有反映，《摸鱼子》："甚客里逢春，尚记花间酒。空嗟皓首。对茂苑残红，携歌占地，相趁小垂手。"

张炎延祐元年，在苏州作《台城路·饯干寿道应举》。陆文圭有《送干寿道同知北上》："甲寅诏下兴贤才，吴中多士轰春雷。"《元史·干文传传》："干文传字寿道，平江人。……首登延祐二年乙科。"[③]据知干寿道甲寅北上应举，明年即乙卯岁登科。表明延祐二年春闱前玉田尚在苏州。

（二）重游江阴、宜兴

前考张炎大德五年（1301）至大德七年（1303）仲春寓江阴，时隔六年，即元武宗至大二年（1309）己酉重游江阴，作《摸鱼子·己酉重登陆起潜皆山楼，正对惠山》。下阕结合曾居无锡游惠山的茶圣陆羽事迹写物是人非之感："景如许。都被楼台占取。晴岚暖霭朝暮。乾坤静里闲居赋。评泊水

---

①欧阳修、宋祁《新唐书》（第18册），中华书局1975年，第5613页。

②《全元文》（第17册），第321页。

③《元史》（第14册），第4253页。

经茶谱。留胜侣。更底用，林泉曳杖寻桑苎。休休访古。看排闼青来，书床啸咏，莫向惠峰去。”

至大三年庚戌（1310）春，在宜兴，作《渔歌子》十首。词题：“庚戌春，自阳羡牧溪放舟过罨画溪，作《渔歌子》十解，述古调也。”罨画溪，见《嘉庆宜兴县志》（卷一）：“蜀山河，在县东南三十八里。由东氿南进张泽桥，又南十八里至蜀山桥，折西九里，至汤渡，一名山溪，即古罨画溪也。”①《三吴水考》（卷五）：“东泻溪，一名罨画溪，又名五云溪，去县治南三十六里。水源与长兴邻界相出入，故名同。”②《云笈七签》（卷一百一十三下）：“（刘商）过江游茅山。久之，复往宜兴张公洞。当春之时，爱罨画溪之景，乃入胡父渚，葺居隐于山中。近樵者犹见之，曰：‘我刘郎中也。’莫知所止。盖已为地仙矣。”③词句描写荆溪百里水涵空的自然美景与人文景观，词句如“□□□□半树梅。卷帘一色玉蓬莱”，写荆溪十里梅花，典出赵蕃《梅花十绝句》（之八）：“十里荆溪溪上梅，故人几日寄诗来。”如“却恐桃源自此通”写及张渚桃溪、宜兴桃花谷。《嘉庆宜兴县志》（卷一）：“张渚，一名桃溪，一名章溪，一作张溪，在县西南七十里。”④陆希声《阳羡杂咏十九首·桃花谷》：“君阳山下足春风，满谷仙桃照水红。何必武陵源上去，涧边好过落花中。”另如“严濑磻溪有重轻”，写宜兴长桥（晋周处斩蛟地，又名蛟桥）七里滩，语出喻凫《夏日因怀阳羡旧游寄裴书记》：“树及长桥尽，滩回七里迷。”

又作《尾犯·山庵有梅古甚，老僧云：此树近百年矣。余盘礴花下，竟日忘归，因有感于孤山，为赋此调》。周密《癸辛杂识·续集》（卷下）：“宜兴县之西，地名石庭，其地十余里皆古梅、苔藓，苍翠宛如虬龙，皆数百年物也。有小梅仅半寸许，丛生苔间，然着花极晚。询之土人，云：‘梅之早者皆嫩树，故得春最早；树老则得春渐迟，亦犹人之气血衰旺老少之异也。’此说前所未闻。梅间有小溪，流水横贯交午。桥下多小石，圆净可爱。”⑤《咸淳毗陵志》（卷十三）：“梅：多种石亭，藓梅最奇古。”⑥

---

①阮升基修，宁楷纂《嘉庆宜兴县志》，清嘉庆二年（1797）刊本，卷一第31页。

②张内蕴、周大韶撰《三吴水考》，《景印文渊阁四库全书》（第577册），第214页。

③张君房辑纂，蒋力生等校注《云笈七签》，华夏出版社1996年，第711页。

④《嘉庆宜兴县志》，卷一第23页。

⑤《癸辛杂识》，第204页。

⑥史能之《咸淳毗陵志》，明初刻本（今藏国家图书馆），卷十三第7页。

又游荆溪附近的张公洞、会仙亭。作《木兰花慢·游天师张公洞》《风入松·与王彦常游会仙亭》。张公洞与会仙亭毗邻。明人都穆《游张公洞记》："（张公洞）又东南数百步，至会仙岩，孤峰侧立数仞，横理若凿。道士言：昔有人见二叟倚石，遁形而入，因以名岩。其空洞有泉出焉，自右而趋，潺潺有声，极可听。一断碑卧草际，乃元延祐四年《重修会仙亭记》。"[①]

初秋，仍在宜兴。作《风入松·久别曾心传，近会于竹林清话，欢未足而离歌发，情如之何，因作此解，时至大庚戌七月也》："明□□□烟水，相思却在并州。"曾氏苏州华亭人，张炎此句是以苏州为第二故乡也。

本章梳理了张炎主要生平事迹，张炎宋亡后两次北游，在浙江东西以及浙江东路、浙江西路留下萍迹浪踪，一直居无定所，淹蹇困顿。确如四库馆臣所论，张炎"宋亡后潜迹不仕，纵游浙东西，落拓以终"[②]。对张炎词中时地、交游进行定位、推考或新考，其中不乏前人尚未关注的视点，特别是首次提出张炎两次北游的观点，具有发覆意义。还进一步明晰张炎初次北游南归后，往来浙江东西，以山阴为主要隐居地；再次北游南归后，前期仍隐居于浙江东路，以四明为主要客居地。十年之后，居游浙江西路，寓地主要是苏州、江阴、宜兴等处，隐居苏州时间最久。两次北行与浙西之游，可以作为下一章节张炎创作分期的标志。上述张炎行迹的考索证明其并未长期滞留大都，更没有所谓求官不遇的经历，而是一生都处于逃难、避乱、避世的生活状态。他是守望前朝的遗民词人，具有高尚的政治文化人格。

吴熊和绝句论其词："怕见啼鹃与落花，湖山历劫走天涯。集中十九无家别，举目苍茫散暮鸦。""今读其词，如读老杜《垂老别》《无家别》。"[③]缪钺《论张炎词》亦曰："江湖流落旧王孙，卅载华堂一梦存。剩水残山凭吊尽，万花吹泪掩闲门。""凄怆缠绵是所长，田荒玉老语堪伤。中仙去后无词笔，此意人间费较量。"张炎词虽然达不到杜甫"诗史""诗圣"的高度，但张炎词作借身世之感抒写亡国之悲，记载了入元之后的苦难历程，体现出以词存史的思想价值。在这一层面，张词略可与杜诗相提并论。这些都是考量张炎"文化遗民"身份与词集思想倾向的前提。

---

①《万历常州府志》，卷之十八第15—16页。

②《四库全书〈山中白云词〉提要》，《四库全书总目》（下册），第1822页。

③吴熊和《论词绝句一百首》，《词学》第十六辑，2006年。

第三章　张炎“文化遗民”身份与《山中白云词》思想倾向

赵宋王朝是华夏民族文化最为鼎盛的时代之一，宋朝灭亡，遗黎深怀椎心之痛，多以故国文献自任，笔记、稗史首当其冲。南宋孟元老《东京梦华录》记载汴京“节物风流，人情和美”[①]，希望后人“开卷得睹当时之盛”[②]；周密是宋元之交以故国文献自任的翘楚：“辑录家乘旧闻为《齐东野语》《癸辛杂识》诸书，宋代野史，称巨擘焉。”[③]其中《武林旧事》记载南宋都城临安的声教文明与仪章物度，张炎《思佳客·题周草窗〈武林旧事〉》拟之为《东京梦华录》：“梦里瞢腾说梦华。莺莺燕燕已天涯。”除此之外，宋朝各类文体皆意存此间。如陈行之遗稿有《志言稿》《余学稿》《宛委永言》《古今率录》《复古篆韵》《词谱编目》《乐府补题》，而时人对陈行之逝世，辄有“文献不足之叹”[④]。

词体虽然主要是“心灵文献”，但在特定时代，词人的身世离合往往承载着沉重的家国兴亡感怀。俞陛云说：“南宋词人，在渡江初者，每有汴洛之思。在末造者，每有周原之感。”[⑤]因而也具有故国文献的价值。蒋捷《南乡子·塘门元宵》就是拟自作词为《东京梦华录》：“旧说梦华犹未了，堪嗟。才百余年又梦华。”张炎《山中白云词》记录“湖山历劫走天涯”“集中十九无家别”，更具有以词存史的价值。王猷定《宋遗民广录序》：“古帝王相传之天下，至宋而亡，存宋者，遗民也。”[⑥]张炎所作也是旨在“存宋”的遗民词。

张炎是鼎革时期的词人，研究其词的思想倾向，首先必须厘清词作的创作分期、思想转变、文化身份、政治人格等，这些问题在张炎研究中存在很大的分歧。本章第一节综述辨析词学界对这一问题的论争，并按第二章

---

①孟元老《东京梦华录序》，《东京梦华录》，第2页。

②同上书，第3页。

③夏承焘《周草窗年谱》，《夏承焘集》（第1册），第293页。

④陈旅《陈如心墓志铭》，《全元文》（第37册）第417页。

⑤《唐五代两宋词选释》，第326页。

⑥王猷定《四照堂文集》，康熙二十三年（1684）刻本，卷一第43页。

生平轨迹的不同阶段提出创作分期的新思路，在此基础之上，以第二、第三、第四节分述张炎两次北游未肯屈志新朝的民族情怀、故国故家的忠爱诉求、浙东浙西的豹隐雾藏，阐释其作品中一以贯之的爱国思想与民族情感。

第一节 创作分期界定及文化遗民身份

关于张炎创作分期，学界主要有一期、二期、三期、四期等分法。关于张炎属宋属元的身份归属，仅从时间看，张炎在元时间长：临安倾覆，张炎二十九岁，南宋正式灭亡，张炎三十二岁；张炎七十四岁或稍前逝世，失去家国长达四十多年。但他作为前朝遗民不受元聘，一生处于流亡避乱，隐居避世的状态。词作始终以身世之感抒写亡国之悲："在《山中白云》中，比较有价值的，是那些在抒发身世之感的同时，寄托了亡国之痛的词篇。"[①]咏物之作也是张炎重要的托兴之篇："在《山中白云》里，主要内容仍是身世之感、亡国之痛。……他这种思想感情，也往往见于咏物诸作。"[②]在第二章中我们订正了张炎北游一年说、十年说（包括十一年说），进一步证实两次北游大都的观点，张炎创作分期及身份归属也因之出现进一步探讨的空间。

一 创作分期及思想内容衍变诠辨

关于张炎的创作分期，周笃文、谢桃坊、郭预衡等学者主张两期说，吴则虞、杨海明先生主张三期说，陶尔夫、刘敬圻、邱鸣皋先生主张四期说[③]，另有洛地先生《张炎是宋词人还是元词人》一文按龚本编年分为一期（八个阶段）。除一期说外，各种分法都涉及不同时期词作思想内容乃至艺术风格的变化。下面先厘清主要分期法及不同时期作品的思想演变，并对此进行相关辨析。

（一）各种分期及思想变化述略

其一，两期说。周笃文先生以宋亡分界："玉田的前半生是在贵族家庭

①孙望、常国武《宋代文学史》（下册），人民文学出版社2001年，第359页。

②《两宋文学史》，第442页。

③参见张进德《20世纪张炎词研究述评》，《河南大学学报》（社会科学版）2002年第4期；张雷宇《20年来张炎研究述略》，《郑州大学学报》（哲学社会科学版），2002年第6期。

里度过的，悠闲而又富有艺术趣味的生活，给他早期的作品染上了华美与欢愉的色彩。……宋亡以后，他家道中落，贫难自存，曾北赴燕京谋官，失意南归，潦倒而终。后期的贫困生涯给他的作品打上了凄黯的印记。”[①]郭预衡先生的两期分法首次以宋亡为分期起点：“从内容上看，他前期的创作正逢宋亡不久，‘故所作往往苍凉激楚，即景抒情，备写身世盛衰之感’（《四库全书总目提要》），较多故国之思，但也和王沂孙一样多通过曲折含蓄的侧笔加以寄托。……后期词以写景咏物和感慨自己‘离群索居’的生活为主要内容，虽有一定的社会意义，但变得更加微弱。”[②]谢桃坊先生的两期分法基于张炎北游燕蓟十一年的观点，是以至元二十八年（1291）北游南归为界，也以宋亡为起点，认为前期词约30首，“以现实性强和具有艺术特色见著”；后期词“因离群索居、生活枯寂，致使内容逐渐贫乏，现实性也逐渐减弱，而在艺术上却更精纯了。”[③]两期说的分界起点各不相同，但一致认为南宋灭亡使张炎词作具有了很强的现实性，后期词作思想性减弱。

其二，三期说。吴则虞先生主张划分为三个时期：“二十九岁时临安攻破以前是一个时期，自此到四十四岁由北南返又是一个时期，南返以后到逝世，是最后一个时期。他现存的作品则主要是属于后两个时期，张炎词的主要内容，是抒写亡国之痛的哀怨。”[④]杨海明先生分期与吴则虞基本相同，但时间更为具体：前期（1276年临安城破以前）的词“反映了他艺术造诣甚高而思想内涵实薄的创作风貌”[⑤]。中期词（1276—1291年）可称张炎词中现实感较强的时期。后期词（1291年后）“由于复国无望便增添了内心的空虚感；而飘泊无着的生涯，又助长了他心理的阴暗。……他欲以求得自我解脱、甚至是自我麻醉的‘隐逸’‘超旷’思想却大为抬头。”[⑥]三期说时间分界虽然相同，但吴先生认为后两期词作数量多，现实性强，杨先生则认为第三期词作的思想性明显弱化。

其三，四期说。陶尔夫、刘敬圻二位先生划分为四个阶段。第一阶段分在1276年以前，“词中虽也通过对昔日结伴吟游的怀念而微微透出今昔

①周笃文《宋词》，上海古籍出版社2011年，第129页。

②郭预衡《中国古代文学史》（第3册），上海古籍出版社1998年，第254页。

③谢桃坊《张炎词论略》，《文学遗产》1983年第4期。

④吴则虞《山中白云词序言》，吴则虞校辑《山中白云词》，第4页。

⑤《张炎词研究》，第82页。

⑥同上书，第89—90页。

盛衰之感，但整体上却缺少南宋危如累卵的时代气息”[①]。第二阶段是从1276年临安沦陷到1290年秋北游之前。元军攻陷都城临安、张氏家破人亡是张炎词风变化的转折点，“亡国之音与身世之感交织在一起”[②]。第三阶段从1290年秋北行到1291年自大都归杭，张炎词风再次发生转变。“这一时期的作品便明显地向辛弃疾开创的爱国豪放词风倾斜，并与之相互渗透。”[③]1291年南归以后是他创作的第四阶段，也是词风的第三次变化。认为此期词作占张炎今存302首词作的百分之九十，“其主要内容仍然是：故国之思与黍离之悲；身世飘零与悲今悼昔；歌咏河山与隐遁林泉；珍重友情，怀人题赠。”[④]邱鸣皋先生也主张四期说：第一期（十年隐居）为亡国失家的悲情词，第二期（大都之行）为苍凉悲壮的健笔词，第三期（漫游吴越）为清空骚雅的漫游词，第四期（归隐西湖）为气清骨淡的隐逸词。前种四分法是把三分法中的北行南归词独立分期，词风逐渐向爱国豪放词风倾斜；认为第四期词作数量占全集百分之九十，内容以抒写亡国哀思为主调，后者则以陶氏四分法第二期为起点，并且把第四期分为两期，认为前二期的思想性明显强于后二期。这是延续郭预衡先生以宋亡为起点的分法，又首次把北游南归之后分为漫游吴越与归隐西湖两个时期。

其四，一期（八个阶段）说。洛地先生认为龚翔麟八卷本《山中白云词》基本按写作年代编次，因而有这样的描述：“卷一：一二九〇——二九三，张炎北上元京城大都（今北京）次年南归，游越（今浙江绍兴），归杭州，复东游越、甬（今宁波）。卷二：一二九四——二九八，在甬。卷三：一二九九，在甬，游甬、台（州）等地，卷四：一二九九——三〇〇初，归杭，出游吴中（今苏州及苏州地区）、澄江（今江苏江阴）、义兴等地。卷五：在吴中、澄江、义兴、毗陵（今江苏武进）等地。卷六：一三〇〇初——三〇五，在吴中，同上卷各地。卷七：一三〇六——三〇九，归杭，复游吴。卷八：一三一〇——三一四，归杭，复寓吴。据钱良祐为《词源》所作之跋，知一三一五年张炎复归杭，作有《台城路》词。”[⑤]这是分期诸说中唯一以至元二十七年（1290）为

---

①陶尔夫、刘敬圻《南宋词史》（下），北方文艺出版社2014年，第387页。

②同上书，第389页。

③同上书，第391页。

④同上书，第396页。

⑤洛地《张炎是宋词人还是元词人》，《光明日报》1983年4月5日第3版。

张炎作词的起始点，认为张炎“做了四十多年元王朝的子民，并无抗节之志（元代总共不过八十八年）”，“他‘以艺北游’企求‘遇’于‘新朝’并不令人意外”①。因此，洛地认为张炎是“元词人”而非“宋词人”，张进德进而认为洛地提出的张炎是“元词人”的说法“力图纠正这一学术界积非成是的错误，可惜未能引起人们应有的关注”②。

（二）各种分期甄辨与再分期

上述创作分期方法推进了对张炎的研究，也辨明了不少似是而非的问题，除一期分法较为极端外，其余各种分期法，不仅对张炎不同阶段词作的思想内容作出辨析，而且都强调抒写亡国之痛是其宋亡之后词作的显著主题，这些观点使张炎研究显示出动态发展趋向。然而，一个作家创作分期不应出现如此之大的分歧，这里不妨对上述诸说加以辨析甄别，以期对张炎创作做出更为合理的阶段划分。

首先，上述分期起点不同。可以类归三种，较多学者从宋亡前分期，有周笃文、谢桃坊、吴则虞、杨海明、陶尔夫，也有学者从宋亡后分期，如郭预衡、邱鸣皋。仅有洛地先生以北游大都为起点。分期起点不同带来两个问题。一是主张以“宋亡前”为分期起点的诸家实际上却并不认为张炎有宋亡前的词作留存（笔者前考的三首宋亡前的词作从未进入分期者的视野）。吴熊和先生考定《山中白云词》“无宋亡前作”，所说“宋亡”是指德祐二年（1276）元兵攻破临安的时间节点。除上述张炎结集时辑录的三首词作外，张炎词集中没有临安倾覆之前作品。以“宋亡前”为分期起点的学者所举证者主要是《南浦·春水》，虽然此词“别本”有可能写于宋亡之前，但列入张炎词集的正文词作确然作于宋亡之后，即张惠言所谓“或晚年取少作改之，托意遂别”③。词作命意的提升，使《南浦》无法再归于宋亡之前（本章第二节中“族群认同的情感依止”对此词主旨有详述），并且，孤证不足以标立分期。二是洛地先生以北游大都即至元二十七年（1290）为起点，无法反映张炎词的全貌，谢桃坊考得至元二十八年（1291）之前词作约30首，今考此阶段词作至少还能增加20首，占词集总数的六分之一，显然不能忽略不计。而且，洛地以龚本编年作为各阶段的依据也无法采信，张氏手批已经屡摘

①洛地《张炎是宋词人还是元词人》，《光明日报》1983年4月5日第3版。

②张进德《20世纪张炎词研究述评》，《河南大学学报》（社会科学版）2002年第4期。

③马兴荣辑《张惠言手批〈山中白云词〉》，《词学》第十五辑（2004年）。

龚本编年之误。如卷次之误，张氏手批《琐窗寒·王碧山又号中仙》："此及第二卷《洞仙歌》皆王中仙亡后作。中仙于山阴与玉田泛舟，第二卷有《湘月》一调。其卒当在己亥以后，编于此，误也。"手批《木兰花慢·归隐湖山，书寄陆处梅》："当在甲寅之后，年盖七十矣，次此非也。"如卷内编排之误。手批《解连环·孤雁》："此盖在都时自寓之作。……当次在前，编者之误。"手批《绮罗香·红叶》："此是都下之作，误次于此。"[①]吴熊和先生认为龚本仅第一卷存陶本之旧，编年较为可靠："此卷编年意味甚为明显，颇堪注意。……《山中白云词》出于明初陶南村手钞，朱彝尊厘为八卷，上述编年词或犹存原本之旧。"[②]因此，三种分期中，郭预衡、邱鸣皋以"宋亡后"作为分期起点最为客观。

其次，上述分期标准不确定、分期时长严重失衡。分期标准不确定在于各家或基于一年说或基于十年(包括十一年)说，不免此亦一是非、彼亦一是非，言人人殊。分期时长失衡在于有的不足半年，有的则长达三十多年。如陶尔夫等人所分的第四期，吴则虞等人所分的第三期，都是把张炎北游(或北游归来)之后统为一个时期，时间长达三十多年，而陶尔夫等人又以张炎北上南归分为第三期，时间不足半年(已见前考)。这种分期失衡，实际上暗示出张炎北游南归之后，思想艺术不再有任何变化。由此可见，邱鸣皋把北游南归之后分为漫游吴越、归隐西湖两个时段，显然是试图破解这一"迷局"。但邱先生所分第四期为归隐西湖，张炎延祐二年(1315)归居杭州，距离去世不到五年，可考词作仅有五首：《木兰花慢·归隐湖山，书寄陆处梅》、《台城路·归杭》、《浪淘沙·作墨水仙寄张伯雨》(二首)、《菩萨蛮·晓行西湖边》，不足以形成独立的创作分期。基于同样的原因，笔者所考张炎辑录的宋亡前三首之作在作品分期中也仅能存而不论。上述分期中，除周笃文、郭预衡外，各种分期都以北游大都(又有北上庚寅年与南归辛卯年的区别)为基点或起点，说明各家都认同北游在张炎创作分期中所占的关键位置，表明所考张炎两次北游，作为前两期的基点具有可操作性。

再次，关于张炎词作思想性论争。较有代表性的观点是谢桃坊先生所说的"与宋季忠义之士如文天祥、林景熙、谢枋得、谢翱、郑思肖等的爱国主

---

①以上四条见马兴荣辑《张惠言手批〈山中白云词〉》，《词学》第十五辑(2004年)。

②吴熊和《乐府补题跋》，《吴熊和词学论集》，第124页。

义思想比较起来是黯淡得多"[1]。陶尔夫先生则强调了张炎词作与爱国豪放词的本质趋同："由于传统词学思想与审美倾向的局限，加之他原本是一个'承平公子'出身的专业词人，而不可能像文天祥那样处于政治决策或统兵作战的地位，所以他的词风虽然有所转变，但却不能激愤昂扬，高声怒号，而只能在阴暗的一隅默默舔舐自己的心灵创痕。这一时期的词，向豪放词风倾斜是极其有限的，但其深层的心理趋向却与爱国豪放词相一致。"[2]笔者认为，宋季典雅派词人受当时政治气候影响，词作都会因裹挟时代风云之气而向爱国豪放词倾斜，张炎也不例外。难能可贵的是，张炎对家国的忠爱不仅是宋亡之后特殊时期的表达，而且是终其一生的诉求。基于此，张炎虽然是典雅派词人，但《山中白云词》以孤愤之气排遣怨悱，确实与爱国豪放词本质相通。以《满江红》最为显证："壮志已荒圯上履，正音恐是沟中木。"前句用张良复仇并最终成为开国帝王师的故事，后句悲悯前朝文明仪礼已成断于沟中之枯木。词中还有"书尚在，怜鱼腹"，采用陈涉、吴广揭竿而起典故，在当时无疑属于非常大胆的措辞。另如《壶中天·夜渡古黄河》《凄凉犯·北游道中寄怀》等词是被公认有高旷雄阔、激宕排奡之境。

综上，张炎创作可以划分为新三期。第一期：德祐二年（1276）—至元二十六年（1289），初次北游及南归后往来杭州与浙江以东地区，以山阴为久客之地。此阶段因祖父、父亲被杀的重大政治变故以及兄弟逃亡的惨痛经历，主要表达未肯屈志异族统治的心志以及对抗新朝的民族情感。第二期：至元二十七年（1290）—大德三年（1299），再次北游及南归后往来于杭州与浙江以东地区，较长时间客隐四明。此阶段激烈对抗的民族情绪没有前一时期明显，但身世之感、亡国之痛仍是词中最重要的主题。第三期：大德四年（1300）—至治元年（1321），往来杭州及苏州为中心的浙西地区，以苏州为久隐之地，曾居江阴、宜兴，最终归隐杭州。此阶段虽然贫贱但不移其志，忠君爱国，晚节弥坚。前考张炎南归游浙东十年之后的浙西之游，较为稳定的投依对象是族叔张楧，并与张楧友人袁易、陆文圭叔侄、陆垕、仇远等著名文人交往，或者就是由他们提供了较为宽松的创作环境与一定的经济补给。仇远《送张叔夏游金陵》有真实写照："移宫换羽周郎顾，咏月吟

①谢桃坊《宋词辨》，上海古籍出版社1999年，第282页。

②陶尔夫、刘敬圻《南宋词史》（下），第387页。

风太白游。床上无金犹好客,尊中有酒可消愁。”自注:“吟风咏月,出太白墓铭,范传正作。”欧阳修《赠王介甫》又有“翰林风月三千首”之句,可见西游阶段还是张炎创作的旺盛期,以张炎浙西之游单列一个时期,时空感更为明确。延祐二年(1315),年近七十岁仍然景况落寞,虽然归居杭州,累累然无安栖之所。正如吴则虞先生所总结,此时词作仍保持了始终眷怀故国的现实性①。

新的分期法,始于临安倾覆,或以两次北游大都的时间为界限,或以浙东、浙西的空间为畛域。第一期主要是政治逃亡避难,第二期主要是隐居守节避乱,第三期主要是在吴地为南山豹隐雾藏,隐居以避世乱,保持晚节。

二 文化遗民的政治归属

张炎其人其词,研究者多以“宋朝”标目,谢桃坊先生的观点较有代表性:

> 张炎的主要创作活动是在元代,因此应将他算作宋词人还是元词人呢?对一位作家时代归属的处理,实际上已含有对其历史作用和在文学史地位上的基本评价。这在确定宋末元初许多文人的时代归属时尤其确定张炎等宋遗民的时代归属,须得从历史和文学发展的锁链中来考察他们与新旧两朝的关系而作出实质性的判断,单纯以时间为根据来划分是没有多大实际意义的。元灭宋统一中国后,文学上北曲兴起而旧的词体趋于没落,对待宋金元之际的作家的时代归属,应该重视这个文学史事实。周密在宋末曾西湖结社主盟词坛,宋亡时年四十八,入元后不仕,以纂辑故国野史为己任,尚生活了二十年。张炎于宋亡时三十二岁,宋亡前已有词作,其词学之师承与渊源都与宋词密不可分。这些宋遗民虽然有的在元代生活半生或大半生,他们的作品一半或一大半写作于元代,但很明显他们在艺术渊源和艺术风格上都紧密地与宋代相连接,他们的创作实际上是宋词发展过程中的延续部分。所以文学史上历来将他们列为宋代词人,这是合理的。宋遗民坚持民族气节,入元不仕,他们的行为和作品表现了对元王朝统治的消极抵制和反

①参见吴则虞《山中白云词序言》,吴则虞校辑《山中白云词》,第4页。

> 抗。他们不屈志于新朝，自称“宋遗民”。遗民郑思肖嘱咐后人在他死后写上“大宋不忠不孝郑思肖”的牌位。若将这些有强烈民族意识的作家列为元人，他们的亡灵有知也会发出抗议的。他们的思想意识、政治命运和实际活动都与旧朝连接不可分，所以历来文学史上都将周密、王沂孙、张炎、刘辰翁、汪元量、林景熙、郑思肖等遗民看作宋人，而将那些奴颜婢膝投靠并出仕新朝的文人列为元代作家。……但是如果这位作家在前朝已是青年或中年了，情况就较为复杂，在考虑划分其时代归属时，就应既考虑其文学史上的关系，也考虑其政治态度。张炎在宋亡时已进入中年，其父祖世受宋恩，他也因恩荫仕于宋（孙按：张炎在宋曾有职守未见史料记载），宋亡后一直过着遗民生活，因此无论从其与文学史的关系或从其政治态度来看，我们都应将他算作宋代词人。[①]
>
> 在宋元之际的众多词人中张炎不愧是成就最卓著的词人。就其艺术渊源、艺术风貌和就宋词发展的观点来看，张炎词都是宋词的延续部分，所以可以认为张炎是宋代最后一位词人，也是宋词的光辉结束者。[②]

然而洛地先生则认为张炎“做了四十多年元王朝的子民”从而对其“宋词人”的身份归属提出质疑。仅从张炎在宋在元的时间长度看，张炎看似应该归属“元词人”。不惟如此，张炎研究中还有一种隐然存在的倾向，就是张炎倘若北游曾经求官，无论成功与否，都可以视为“元词人”，如果从未求官，作为新朝逸民，则可定位为“宋词人”。从根本上说，张炎文化身份的政治归属，还是由北游时间及目的衍生的另一个令人困惑的问题。这一问题的争论由来已久，诸家莫衷一是，议论纷起，辨析如下。

（一）属宋抑或属元的文化身份

张炎属于宋词人还是元词人，也就是文化身份的政治归属，是自宋朝以来的隐在命题。舒序有“北游燕蓟，上公车，登承明有日”以及戴序有“尝以艺北游，不遇失意，亟亟南归；愈不遇”，加上清代龚翔麟由版本校勘确定的北游十年说，近现代以来研究中的所谓“身份归属”问题，在更普遍的意义上，其实是对其北游目的即在大都求官与否的追问。虽然对此王昶有被

---

①谢桃坊《宋词概论》，四川文艺出版社2016年，第496—497页。

②《宋词辨》，第288页。

挟北行说，江昱有北上写经说，研究者或新持一说，如郭锋最近提出的北上寻妻说，但求官不遇说的影响还是最为广泛。持此观点者认为，张炎只要有求官意向，无论“遇”与“不遇”，都是“变节”。胡适、周笃文、郭预衡、洛地、胡云翼、刘大杰、夏承焘等学者都有相关议论。如胡适认为：“是一个不遇的赵孟頫，而不是郑思肖一流人。”[①]胡云翼说张炎“准备向新王朝屈膝的，虽然他事实上并没有做新王朝的官”[②]。夏承焘也持此论，其论词绝句评张炎词：“金经学写泪偷弹，春雪词成寄恨难。堕地无香更谁怨，自家原不作花看。”吴无闻先生解释说：“张炎于宋亡后尝入燕京，求官不成，为元廷写过金字经，失意而归。他的词集《山中白云》有《探春·雪霁》词，写道：‘才放些晴意，早瘦了、梅花一半。也知不作花看，东风何事吹散。’这大概是他求官不遇的怨恨之辞。张炎借东风吹落梅花，怨它不把梅花当花看，这首诗却指出：你不能怨东风，因为你自己也不把自己当花看。”[③]意思是张炎变节新朝，没有梅花的品节。谢桃坊“拒绝赐官说”略为张炎翻案：“北游到元代的大都被迫参加了书写金字藏经之役，至元二十七年庚寅(1290年，据龚翔麟原刻本)，张炎拒绝了朝廷的赐官，毅然回到江南，飘泊于吴越之间。”[④]

被迫北游说也有一定影响，此说首见王昶《书张叔夏年谱后》：“又按元世祖至元十四年，伯颜入临安，以帝㬎及后妃宗室去，及己卯，宋亡。其时王公大臣子孙，必挟以北行。……叔夏自以勋臣世裔，不屑屈志新朝……舒岳祥谓‘登承明有日’，乃为叔夏解嘲，殊非实录。”[⑤]吴则虞、沈祖棻、孙望等学者都持相似看法。吴则虞说：“一则张炎本人除了被迫写经而外，并没有向元代统治者献媚投靠，匆匆而来，匆匆而去；二则元代统治者又认为他既是名将的子孙，不会忘掉故国旧君而死心塌地的为新朝卖力。”[⑥]沈祖棻评《满庭芳·小春》：“考之集中作词年月，盖以至元二十七年庚寅九月北上，翌年辛卯即归，而其词眷怀故国，始终如一，则北游当是被迫成行，有所不得已，故得间即南旋。‘一枝’两句，盖暗指新朝招隐，无非市恩，一枝之借，

①胡适选注，刘石导读《词选》，第324页。

②胡云翼选注《宋词选》，上海古籍出版社1982年，第450页。

③夏承焘著，吴无闻注《瞿髯论词绝句》，中华书局1983年，第51页。

④谢桃坊《宋词辨》，第273页。

⑤王昶《书张叔夏年谱后》，《春融堂集》，第784页。

⑥吴则虞《山中白云词序言》，吴则虞校辑《山中白云词》，第3页。

非己所欲受也。”[①]孙望等人的观点则较为折衷：“从他北行途中、在大都期间以及后来所写词篇中流露的情绪来看，似乎被迫成行的可能性较大。……他之所以亟亟南归，恐怕是由于客观上‘不遇’，主观上也盼望归隐等复杂因素所促成。”[②]

清初以来，也有学者凭借读词直觉比拟张炎为郑思肖。毛扆跋石村书屋《玉田集》，誉为“自是所南一流，未可以元人辱之”[③]。周之琦评其词曰：“故国人家沧桑录，老泪禁他郑所南。”但张炎到底是“求官”抑或“未求官”还是成了迄今无法解决的学术难题。

今考张炎一生两次北游，皆于次年匆匆南归，所以北上求官未遇的观点在来去匆匆的北游行程中实为推测之辞。元朝是张炎的家国雠仇（六世祖张俊坟冢被掘发，祖父张濡、父亲张枢遇害），必定耻于求官。前文论及舒序“登承明有日”，戴序“不遇失意”皆是友人善意模糊真相的掩饰之辞。由此可以明确张炎“宋词人”身份归属。郑思肖是由宋入元忠爱故国的道德标竿，明朝王行《题周草窗画像卷》曰：“宋运既徂，吴有三山郑所南先生，杭有弁阳周草窗先生，皆以无所职守而志节不屈著称。……二先生姿韵虽殊，要皆介然特立，足以增亡国之光者矣。”[④]张炎亦未受新朝聘任，从入元之后的政治态度、文化坚守看，张炎始终葆有民族气节，正可与郑所南、周草窗鼎足而三。论者对张炎做出的“文化遗民”的判断是基本正确的[⑤]。

（二）宋朝故老遗黎的自我定位

张炎研究中，对其文化身份的定位，向来忽略重要一环：这就是不仅要重视宋朝以来的外界纷纭杂说，更要听观张炎言行，关注其自身的政治取向。以下两点可以看出张炎对身份归属的自我体认。

一是自拟陶潜“甲子不数义熙前”。元朝张孟浩说：“刘辰翁作《宝鼎现》词，时为大德元年，自题曰：‘丁酉元夕’，亦义熙旧人只书甲子之意。”[⑥]

①沈祖棻《宋词赏析》，上海古籍出版社1997年，第189页。

②孙望、常国武《宋代文学史》（下册），第357页。

③毛扆《〈玉田集〉跋》，石村书屋本《玉田集》（今藏国家图书馆）。

④《郑思肖集》，第348页。王行《题郑所南行录后》又曰：“盖先生亡国一太学生耳，非有官守言责，而享禄位之崇也。”《郑思肖集》，第347页。

⑤参见叶露《论张炎“文化遗民”心态》：“宋元文化的差异形成了新旧文化的突变，而张炎因为对宋文化的重恋情结，故而成为宋文化的传承者，即‘文化遗民’。”《古籍整理研究学刊》2011年第6期。

⑥《历代诗余·词话》引张孟浩语，《历代诗余》（下册），第1397页。

义熙，晋安帝年号，时宋武帝为晋臣，镇徐州。义熙旧人，指陶渊明。《宋书·陶潜传》："所著文章皆题其年月，义熙以前，则书晋氏年号。自永初以来，惟云甲子而已。"[①]张炎词极少用元代年号，王昶指出："读其词小序，自《夜飞鹊》书大德外，其余仅纪甲子，并未纪元，是乃师法柴桑，岂肯以承明为志耶？"[②]除《夜飞鹊》题序有"大德乙巳"，词集中还有《风入松》书"至大庚戌七月"，二词之外，其余题序纪年皆用干支，有二十二首之多，如《台城路·庚寅秋九月之北》《疏影·余于辛卯岁北归》《西子妆慢·吴梦窗自制此曲……甲午春，寓罗江》《湘月·戊子冬晚，与徐平野、王中仙曳舟溪上》《长亭怨·岁庚寅，会吴菊泉于燕蓟》《春从天上来·己亥春，复回西湖》《高阳台·庆乐园，即韩平原南园。戊寅岁过之》《声声慢·己亥岁，自台回杭》《探春慢·己亥客阖闾》《新雁过妆楼·乙巳菊日，寓溧阳》《风入松·丙午闰元宵》《满江红·己酉春日》《临江仙·甲寅秋，寓吴，作墨水仙为处梅吟边清玩》《渔歌子·庚戌春，自阳羡牧溪放舟过罨画溪，作〈渔歌子〉十解》。显然与陶潜、刘辰翁用意相同，是以前朝旧人自居。张炎词中也经常流露相同的意愿。如《声声慢·为高菊墅赋》："从教护香径小，似东山、还似东篱。待去隐，怕如今、不是晋时。"张氏手批："渊明隐于晋未亡之日，故曰：'如今不是晋时。'"[③]俞陛云评曰："结句虽归去渊明，东篱可采，已非复义熙甲子，言外慨然。"[④]张炎自拟为陶潜，还表现在化用陶潜归隐诗文的频率很高，如采用《归去来兮辞》22次、《饮酒诗二十首》12次。

二是对华夏礼乐文明中雅乐正声的自觉传承。方孝孺《俞先生墓表》："元既有江南，以豪侈粗戾变礼文之俗。未数十年，薰渍狃狎，骨化风成。而宋之遗习消灭尽矣！"[⑤]《词源》主张填词按谱，协律谐音，原因在于嗟吁雅词古音之寥落，意在保存中原雅乐，推扬词体回归华夏文化的雅正之途。《词源》序曰：

> 古之乐章、乐府、乐歌、乐曲，皆出于雅正。粤自隋、唐以来，声诗间为长短句。至唐人则有《尊前》《花间集》。迄于崇宁，立大晟府，命周美

---

①沈约《宋书》(第8册)，中华书局1974年，第2289页。

②王昶《书张叔夏年谱后》，《春融堂集》，第784页。

③马兴荣辑《张惠言手批〈山中白云词〉》，《词学》第十五辑(2004年)。

④《唐五代两宋词选释》，第451页。

⑤方孝儒著，徐光大点校《方孝儒集》(下册)，浙江古籍出版社2013年，第824页。

成诸人讨论古音，审定古调，沦落之后，少有存者。由此八十四调之声稍传。而美成诸人又复增演慢曲、引、近，或移宫换羽，为三犯、四犯之曲，按月律为之，其曲遂繁。……余疏漏谫才，昔在先人侍侧，闻杨守斋、毛敏仲、徐南溪诸公商榷音律，尝知绪余，故生平好为词章，用功逾四十年，未见其进。今老矣，嗟古音之寥寥，虑雅词之落落，僭述管见，类列于后，与同志者商略之。[1]

张炎虽然对杨缵、姜夔改造大晟乐谱持肯定态度，同时也认同大晟府宫廷音乐曾经的正宗地位。不仅以承平雅乐的文献自任，创作也能依古法按律制谱，以词定声（第五章第一节、第六章第一节将有详述）。前说张炎友人陈行之遗稿中《词谱编目》是以故国文献自任，张炎也赞赏程公明收藏宋朝音乐歌谱，并能品箫按曲，曲终顾视烛影，凄然而悲。见于《虞美人》：“黄金谁解教歌舞。留得当时谱。”“一帘秋雨剪灯看。无限羁愁分付、玉箫寒。”这些都可以看作张炎作为宋朝故老对遗黎身份的自我认同。

第二节　两次北游未肯屈志的民族情怀

张炎两次北游的政治氛围各不相同，作品表达方式隐显不一，但未肯屈志新朝，保持民族气节却贯穿始终。张炎经历沧海桑田的巨大变化，或行旅于动荡危途，或客隐于异地殊乡，吴播光指出：“玉田于祥兴宋亡时，年仅三十有二，以勋臣之裔，不愿仕进，然乔木摧颓、布袍沦落，几无以宁居，故不得已往来南北之途，甚至卖卜于鄞肆，铜盘之泣，桑海之嗟，时寓意于长短句中，低徊不置。读《山中白云》，当悲其志而悯其穷也。”[2]玉田词作因而带有了流亡文学的特征。丹麦评论家勃兰兑斯曾说：“流亡文学是一种表现出深刻不安的文学。……而我们仿佛看到流亡文学的作家和作品出现在一道颤动的亮光之中。”[3]张炎词作既表现出家国倾覆后流亡危途和客居异乡的摇荡不安，却又因内蕴的人格光辉和人性尊严而成为似隐却显的“颤动的亮光”；而我国古代流亡文学的主要特征，更多是杜甫所称许的庾

①张炎《词源序》，《词话丛编》（第1册），第255页。

②吴播光《山中白云词跋》（手批），龚翔麟等校刊《山中白云词》（今藏嘉兴图书馆）。

③勃兰兑斯著，张道真译《流亡文学》，勃兰兑斯《十九世纪文学主流》（第1册），人民文学出版社1997年，第181页。

信式的萧瑟苍凉。张炎词所具有的时代风云之气,正是因为内含“凄凉萧瑟之音”[1]。

一　初次北游寄物抒志

张炎词集中能够准确系于初次北游的词作留存不多,但著名词作《解连环·孤雁》《绮罗香·红叶》《南浦·春水》皆在其列,值得一提的是,这些词作都是咏物词。蒋敦复《芬陀利室词话》:“唐、五代、北宋人词,不甚咏物,南渡诸公有之,皆有寄托。”[2]宋翔凤《乐府余论》:“南宋词人,系情旧京,凡言归路,言家山,言故国,皆恨中原隔绝。”[3]然而细究之,南宋前后期的咏物词还是经历了由形式精美到内容厚重的转变,并在宋元之际承载起了家国忠爱的重大主题。朱彝尊评价南宋咏物词选《乐府补题》:“而身世之感,别有凄然言外者,其骚人《橘颂》之遗音乎?”[4]龙榆生先生也指出了咏物词的转变:“其初不过文人阶级,聊以‘遣兴娱宾’;相习成风,促进咏物词之发展;其极则家国兴亡之感,亦以咏物出之,有合于诗人比兴之义;未可以‘玩物丧志’同类而非笑之也。”[5]“而以咏物词聊抒亡国之哀思,异乎临安盛日之专以描摹物态为能事者矣。”[6]陈兼与这样评价南宋咏物词:“南宋咏物词,情景交融,物我俱化,气体特为高大,使咏物一体,成为南宋词之一特色。”[7]所谓“物我俱化”“气体高大”在宋季遗民词中体现得尤为充分。张炎初次北游的咏物名篇,皆合《楚辞》香草美人比兴寄托,表达出末世遗民怨悱郁结不能直言之情,“故所作往往苍凉激楚,即景抒情,备写其身世盛衰之感,非徒以剪红刻翠为工”[8]。词作因能借助所咏之物艺术化地呈现出不肯屈志新朝的道德坚守,所以当时即有“张春水”“张孤雁”之品评。张炎初次北游存词较少,但因为咏物词往往具有共同的文化底色,因此可以与南宋相关词作比较,从而明确其思想主旨。

---

①中国科学院文学研究所中国文学史编写组《中国文学史》,人民文学出版社1962年,第673页。

②蒋敦复《芬陀利室词话》,《词话丛编》(第4册),第3675页。

③宋翔凤《乐府余论》,《词话丛编》(第3册),第2502页。

④朱彝尊《乐府补题序》,朱彝尊《曝书亭集》(上册),国学整理社1937年,第446页。

⑤龙沐勋《中国韵文史》,商务印书馆1935年,第156页。

⑥同上书,第159页。

⑦陈兼与《人间词话述评》,《词学》第一辑(1981年)。

⑧《四库全书〈山中白云词〉提要》,《四库全书总目》(下册),第1822页。

（一）孤雁流徙葆有尊严

前考《解连环·孤雁》写于初次北游途中，此次北行于春天启程。其北游背景是临安沦亡、祖父张濡受磔刑，父亲张枢受株连，兄弟四散逋逃，家赀抄没。张炎《踏莎行·跋伯时弟抚松寄傲诗集》以“水落槎枯，田荒玉碎。夜阑秉烛惊相对”描述家庭变故。张炎正是在这种状况下北游大都，并与北上雁阵同其轨迹，孤雁失群的哀鸣、恐遭矰缴的惶恐，触发了流亡途中的深刻不安，因而写成这一名篇。录之如下：

> 楚江空晚。怅离群万里，恍然惊散。自顾影、欲下寒塘，正沙净草枯，水平天远。写不成书，只寄得、相思一点。料因循误了，残毡拥雪，故人心眼。　　谁怜旅愁荏苒。谩长门夜悄，锦筝弹怨。想伴侣、犹宿芦花，也曾念春前，去程应转。暮雨相呼，怕蓦地、玉关重见。未羞他、双燕归来，画帘半卷。

此词当时广泛传播并受到好评。孔齐谓张炎“尝赋《孤雁》词”，“人皆称之曰‘张孤雁’”。周密评“自顾影”七句：“如此等语，虽丹青难画矣。”[①]《说郛》卷八十一《东坡诗话》：“参寥子言：‘老杜诗云：“楚江巫峡半云雨，清簟疏帘看弈棋。”此句可画，但恐画不就尔。’”[②]所谓“难画”“画不就”，指的是作为语言艺术的诗词表现的情感更为可触可感。元人陆辅之《词旨》将“沙净”二句列入“奇对”，“写不成书”三句录入“警句”，也可见词界对此词赞赏有加。

近现代以来，研究者纷纷探究孤雁词受到关注的深层原因。陈匪石指出词中用塞外及后宫典与李后主亡国词同其悲恸：“‘寒毡拥雪’，因苏武有雁足系帛书，借使其事，其作于六宫北行以后乎？……‘锦筝’，贴雁说。长门夜永，似与‘寒毡拥雪’为两事，实皆指眼泪洗面之日月也。”[③]俞陛云、刘永济论及其中“双燕”意象的隐喻：“结句以双燕相形，别饶风致，且自喻贞操也。”[④]“‘未羞他’二句复以双燕作陪衬，而用‘未羞他’三字，却有不屑之意。”[⑤]梁启勋认为词中有局外人难以感受到的孤独感：“题曰‘孤雁’，真能

①《历代诗余·词话》引《草窗词选》，《历代诗余》（下册），第1395页。

②陶宗仪等《说郛三种》（第7册），上海古籍出版社1988年，第3726页。

③陈匪石编著，钟振振校点《宋词举》（外三种），江苏古籍出版社2002年，第15页。

④《唐五代两宋词选释》，第447页。

⑤刘永济《微睇室说词》，中华书局2007年，第264页。

把'孤'字写到深刻处。'写不成书，只寄相思一点'，不知从何处得来。'想伴侣'数句，雁之情绪，唯玉田乃能知之。"①谢桃坊先生虽然持张炎北游十一年说，但他解释此词写于北行途中最为切当："张炎的名篇《解连环·孤雁》更表现了作者国破家亡，孤独无依，悽惶惊惧的心理。……从词意推测．可能是作者北游时期的作品。当时宋亡不久，作者被迫北上：'离群万里'，内心充满对政治处境的疑惧，同时感到身世有如凄凉悲怨的孤雁一般。元人孔齐说：'钱塘张炎，字叔夏，自号玉田，长于词，尝赋《孤雁》词，有云"写不成行，书难成字，只寄得相思一点"。人皆称之曰张孤雁。'（《至正直记》卷四）可见此词是很有影响的，而且人们也发现以孤雁寄寓张炎的身世是很恰当的。"②但仍可引申言之。

一是孤雁词的题中之义。孤雁诗词本应表现迁徙中失群大雁的孤独，引词运化唐代诗篇或名句有崔涂《孤雁二首》："湘浦离应晚，边城去已孤。如何万里计，只在一枝芦。迴起波摇楚，寒栖月映蒲。不知天畔侣，何处下平芜。""几行归去尽，片影独何之。暮雨相呼失，寒塘独下迟。"杜甫《孤雁》："谁怜一片影，相失万重云。"狄焕残句："更无声接续，空有影相随。"而大雁天性又具备人伦之理：雁阵行列如兄弟进退有常序，又能急难相顾，这也是唐诗偶涉之题旨，蒋钧《孤雁》"还同我兄弟，零落不成行"诗句就是反用其意。张炎的孤雁词以雁阵惊序，孤雁失去群体相依的常态后，哀哀飞鸣求其同类的惊恐疑惧，折射出易代之初在战乱频仍、失家亡国的背景中遗民群体的生存状况与内心挣扎，并因自身北行而羼入迁徙流亡之悲痛。而在兄弟逃亡的情境之下，孤雁意象内蕴的急难不能相顾显得至为感人。词集中的《新雁过妆楼》题序可以互证此中含有如水鸟脊令的兄弟情谊："闻雁声，因动脊令之感。"脊令，水鸟鹡鸰。《诗·小雅·常棣》："脊令在原，兄弟急难。"郑玄笺："雝渠，水鸟，而今在原，失其常处，则飞则鸣，求其类，天

①梁启勋《词学》，中国书店1985年，下编第38页。

②《宋词概论》，第515页。杨海明先生有"以孤雁寄寓身世"之说："此词以孤雁的形象来寄寓作者的身世之感。张炎本是南宋贵族的后裔，但临安沦陷之后，他的祖父被元兵杀害，家财被抄没一空。他只得孤身一人，四处避祸，其身世就很像离群的孤雁。所以他之写孤雁，就有与它同病相怜的感受。……此词一方面逼真传神地刻画了孤雁的神态（如"顾影欲下""一点"之类描写），另一方面又以物喻人、托物言志地写出了词人自身的生活缩影和劫后悸痛，从而使其达到了物我合一的境界。……（它的妙处）更在于它能用比兴寄托的手法写出了自身遭逢战乱后孤苦无依却又不肯依附新朝的思想感情。"杨海明《宋词三百首新注》，《杨海明词学文集》（第8册），江苏大学出版社2010年，第308页。

性也，犹兄弟之于急难。”[①]词句也与《解连环·孤雁》相通：“雁影涵秋，绝似暮雨相呼。料得曾留堤上月，旧家伴侣有书无。谩嗟吁。数声怨抑，翻致无书。”

二是“寒毡拥雪”“长门夜悄”等历史语境与“六宫北行”的现实指向。所用与雁相关典故有《汉书·苏武传》中的雁足系书；杜牧《早雁》：“仙掌月明孤影过，长门灯暗数声来。”钱起《归雁》：“二十五弦弹夜月，不胜清怨却飞来。”南宋词自姜夔以来就有在咏物之中采用宫廷典故寄托哀思的传统，如《疏影》借用寿阳公主梅花妆典写当时宫梅玉琼近人飞落，展现了宋朝盛时宫廷的祥和平静；并借用杜甫诗运化胡沙远塞的天山梅花，奇想江南梅花是昭君夜返之幽独倩魂，表达出心中所积二帝及后宫遭罹乱离、魂归中原的悲情。张炎孤雁词也有关于南宋都城临安沦覆后，恭帝、皇后、嗣荣王赵与芮及庶妻即度宗生母黄氏被挟北游的创伤记忆，见于《宋史纪事本末》（卷一百七）“元伯颜入临安”：“（德祐二年三月）帝与太后肩舆出宫，太皇太后谢氏以疾留内，与芮及沂王乃猷、度宗母隆国夫人黄氏，并杨镇、谢堂、高应松、庶僚刘褒然三学生等皆行。……（闰月）帝及太后随元兵北行，至瓜洲。”[②]

三是雁与燕比较。“未羞他”三字确实有鄙视不屑之义，反用许浑《孤雁》诗意：“不及营巢燕，西风相伴归。”以孤雁比喻易代背景下不肯俯仰随人的独立品格：即便形单影只、历尽千辛万苦，或能在遥远的北漠与迁徙途中的群侣相见，自认为胜过燕子双双归于温暖的红楼幕中。孤雁与双燕的不同，在于孤雁宿于寒塘芦枝，但却是精神自由、主宰命运的精灵，双燕则乞怜主人放入雕楼画栋，所谓“燕巢于幕，正有望于卷帘”。“半卷”二字，表现出红楼主人对燕子命运的略不挂心以及两者关系的不对等，政治流亡途中以孤雁自喻，明确表达出未肯屈志、誓心守节的“自喻贞操”。此词将身世飘泊、家国忠爱、不屑变节等情感融入咏物之中，当时遗民戚戚然心有同感，所以能够流播获誉。

比读靖康之难时南渡词人朱敦儒孤雁词《卜算子》，特定时代的孤雁意象所寓政治义涵可以得到延伸解读。《卜算子》词曰：“旅雁向南飞，风雨群

---

①《毛诗正义》，《十三经注疏》，第408页。

②冯琦原编，陈邦瞻纂辑，张溥论正《宋史纪事本末》（下册），商务印书馆1935年，第914—915页。

初失。饥渴辛勤两翅垂，独下寒汀立。　　鸥鹭苦难亲，矰缴忧相逼。云海茫茫无处归，谁听哀鸣急。”矰缴，系有丝绳、弋射飞鸟的短箭。朱敦儒、张炎的孤雁词，虽然一为衣冠南渡，一为北上逋逃，路线相反，但失群流离、忧惧矰缴则同出一辙。

(二)落叶飘零沧桑哀思

落叶意象传承并熔铸屈原《橘颂》、庾信《枯树赋》与《哀江南赋》而来。究其实质，可能会发生两种走向。一是屈原《橘颂》以江南嘉树不可移徙喻志节：“后皇嘉树，橘来服兮。受命不迁，生南国兮。”王逸章句：“言皇天后土生美橘树，异于众木，来服习南土，便其性也。屈原自喻才德如橘树，亦异于众也。”“南国，谓江南也。迁，徙也。言橘受天命，生于江南，不可移徙。种于北地，则化而为枳也。屈原自比志节如橘，亦不可移徙也。”[①]鼎革易代时，遗民心同此坚。如郑思肖《即事八首》(其八)：“湘兰终恋楚，吴橘不逾淮。”二是庾信的《枯树赋》《哀江南赋》，表达入北不能南返的萧瑟苍凉。如《枯树赋》：“若乃山河阻绝，飘零离别。拔本垂泪，伤根沥血。火入空心，膏流断节。”“况复风云不感，羁旅无归。未能采葛，还成食薇。沉沦穷巷，芜没荆扉。既伤摇落，弥嗟变衰。淮南子云：木叶落，长年悲，斯之谓矣。……桓大司马闻而叹曰：昔年移柳，依依汉南。今看摇落，凄怆江潭。树犹如此，人何以堪。”《哀江南赋》：“日暮涂远，人间何世。将军一去，大树飘零。”都是以大树迁徙、木叶飘零喻写流亡人生的椎心沥血。张炎也以落叶词承载身世之感，陈廷焯谓其“颇近淮海”[②]，意谓红叶词是在寒艳落叶中融入身世之感，并融入同时遗民的生活景况。这在张炎词集中俯拾皆见，如《探芳信·西湖春感，寄草窗》：“我何堪，老却江潭汉柳。”《疏影·余于辛卯岁北归》：“却笑归来，石老云荒，身世飘然一叶。”《忆旧游·余离群索居》：“叹江潭树老，杜曲门荒，同赋飘零。”《木兰花慢·书邓牧心东游诗卷后》：“正寂寂江潭，树犹如此，那更啼鹃。”《月下笛·寄仇山村溧阳》：“断肠不恨江南老，恨落叶、飘零最久。”《声声慢·别四明诸友归杭》：“长亭折柳，正纷纷落叶，同是飘零。”

张炎《绮罗香·红叶》以一抹苍凉红色，照亮了飘零落叶蕴含的“我”之

①王逸撰，黄灵庚点校《楚辞章句》，上海古籍出版社2017年，第133—134页。

②陈廷焯《大雅集》，陈廷焯《词则》，上海古籍出版社1984年，第167页。

情感，因而更能“备写其身世盛衰之感”。录词如下：

> 万里飞霜，千林落木，寒艳不招春妒。枫冷吴江，独客又吟愁句。正船舣、流水孤村，似花绕、斜阳归路。甚荒沟、一片凄凉，载情不去载愁去。　长安谁问倦旅。羞见衰颜借酒，飘零如许。谩倚新妆，不入洛阳花谱。为回风、起舞尊前，尽化作、断霞千缕。记阴阴、绿遍江南，夜窗听暗雨。

后人对此词的解说多作泛泛之论，如前引张氏手批：“此是都下之作……此可见玉田非有宦情。”意思是张炎虽然身在大都，但有归隐愿望。然而，清代以来，论者开始体悟红叶词的身世情感。陈廷焯赞誉为：“镂金错彩之笔，抚时哀世之情。”[①]俞陛云说：“起三句咏红叶，喻寒不改柯之操，不羡春华。……‘载情不去’句，自是隽咏，用御沟事，是红叶而非落花也。下阕句句咏红叶，而皆自喻身世，超脱而沉着，且直贯至结语，极见力量。结句‘绿遍江南’，贞元朝士，回首承平，渺如天上矣。”[②]此词有两点更值得注意。

一是以“寒艳”落叶，写长安大树与江南故土河山阻隔，枝柯染夕阳血色，自有一种蒿目时艰之冷艳。诗词中红叶有时不能承载相思之“轻情”，如今却不得不负荷易代之“重愁”。前考王沂孙两首《绮罗香·红叶》是与张炎唱和之作。二词各有句曰：“千林摇落渐少，何事西风老色，争妍如许。二月残花，空误小车山路。重认取，流水荒沟，怕犹有、寄情芳语。但凄凉、秋苑斜阳，冷枝留醉舞。”“惊汉殿、绛点初凝，认隋苑、彩枝重剪。……疏枝频撼暮雨，消得西风几度，舞衣吹断。”写西风斜阳染醉血，老红不与春争妍；风雨撼枝叹飘零，秋苑荒沟空飘流。红叶词也如前引姜夔、张炎咏物词作以宫廷典故寄托哀思。张词用“荒沟流红”“谩倚新妆”等典，王词“荒沟流红”之外，化用汉宫、隋宫僻典，隐写故国宫殿从流光溢彩的盛世到如今烟树离离的末世景象。典见《格致镜原》（卷六十五）：“《三辅黄图》：汉宫殿中多植枫，故曰枫宸。至霜后，叶丹可爱，骚人多称咏之。”[③]《资治通鉴》（卷一百八十）载隋宫西苑“堂殿楼观，穷极华丽。宫树秋冬凋落，则剪彩为华

---

①陈廷焯《云韶集》，《词话丛编补编》（第3册），第1602页。

②《唐五代两宋词选释》，第452页。

③陈元龙《格致镜原》（下册），江苏广陵古籍刻印社1989年，第729页。

叶缀于枝条,色渝则易以新者,常如阳春然”①。

二是红叶之舞的深刻寓意。张炎词有意对比红叶之舞与牡丹之舞的区别,杨贵妃曾被比拟为沉香亭的牡丹,李白有名句“一枝红艳露凝香”“可怜飞燕倚新妆”。牡丹雍容富贵而入洛阳花谱,王沂孙《水龙吟》咏牡丹也写洛花之舞:“自真妃舞罢,谪仙赋后,繁华梦、如流水。”红叶之舞如汉宫飞燕轻盈优雅,却宛若独立于东风之外的残血断霞,与善舞牡丹入时尚花谱截然不同,红叶之舞虽然在天边斜阳中幻化出彩霞色彩,凝想的却是江南枝叶绿遍时节的春夏繁阴。常国武先生谓此词:“‘漫倚新妆,不入洛阳花谱’等语,于讽刺归命新朝之徒、表达自己孤高情怀之中,抒写飘零之悲。”②是为的评。

(三)春水清泚情感依止

儒家称君子大美有智者乐水、仁者乐山之说。《论语》:“子曰:知者乐水,仁者乐山。知者动,仁者静。知者乐,仁者寿。”朱熹注:“知者达于事理,而周流无滞,有似于水,故乐水。”赵顺孙纂疏:“辅氏曰:知者通达,故周旋委曲,随事而应。各当其理,未尝或滞于一隅,其理与气皆与水相似,故心所喜好者水。”③孙绰《三月三日兰亭诗序》以水喻本性,写生活于朝市与林野的心性移易:“古人以水喻性,有旨哉斯谈!非以停之则清,混之则浊邪?情因所习而迁移,物触所遇而兴感。故振辔于朝市,则充屈之心生,闲步于林野,则寥落之志兴。”④杜甫《佳人》则写山水与品德的关系:“在山泉水清,出山泉水浊。”《九家集注杜诗》(卷五)评曰:“赵云:……盖言人之同处山谷幽寂之地,则如泉水之在山,无所挠之,其清可知。其夫之出山,随物流荡,遂为山下之浊泉矣。”⑤

儒家智者与仁者是同一大类中的支派,在特定历史时期,还会形成更小的“族群”。《麦克米兰人类学词典》关于族群的经典定义为“是指一群人或是自成一部分,或是从其它群体分离而成,他们与其它共存的、或交往的群体具有不同的特征,这些区分的特征可以是语言的、种族的和文化上的。

①司马光《资治通鉴》(第12册),中华书局1956年,第5620页。

②常国武《碧山、草窗、玉田三家词异同论》,《文学评论》1991年第4期。

③赵顺孙《论语纂疏》,圣风书苑通志堂康熙十六年(1677)刻本,卷三第40页。

④严可均辑,王玉、张雁、吴福祥审订《全晋文》(中册),商务印书馆1999年,第638页。

⑤《九家集注杜诗》,上海古籍出版社1985年,第77页。

族群这一概念包含着这些群体交互关系和认同的社会过程"[①]。借用这一概念,可以把是文人群体中隐逸者分出有特殊情感追求与文化认知的"族群",张炎与宋季大多数遗民都能类归于此。《南浦·春水》就是为这一族群谱写的"乐水"之篇:

> 波暖绿粼粼,燕飞来、好是苏堤才晓。鱼没浪痕圆,流红去、翻笑东风难扫。荒桥断浦,柳阴撑出扁舟小。回首池塘青欲遍,绝似梦中芳草。　　和云流出空山,甚年年净洗,花香不了。新绿乍生时,孤村路、犹忆那回曾到。余情渺渺。茂林觞咏如今悄。前度刘郎归去后,溪上碧桃多少。

此词在当时也获得极高声誉。邓牧《张叔夏词集序》:"叔夏《春水》一词,绝唱今古,人以'张春水'目之。"[②]周密说:"乐笑翁张炎词如'荒桥断浦,柳阴撑出渔舟小',赋春水入画。"[③]陆辅之《词旨》录"和云"三句入警句。词作集结了美不胜收的春水美景,如西湖的苏堤春晓、柳浪闻莺、断桥观鱼,池塘遍生春草,山泉泛流落花等等。化用的诗句也极为隽丽。如悟清残句:"鸟归花影动,鱼没浪痕圆。"徐俯《春日游湖上》:"春雨断桥人不渡,小舟撑出柳阴来。"刘眘虚《阙题》:"时有落花至,远随流水香。"词中合用桃溪、武陵源熟典。桃花溪岸芳草鲜美,落英缤纷,流水清澈。崇山峻岭、茂林修竹的水滨是文人曲水流觞、雅集哲思之所,王羲之《兰亭集序》所谓"虽无丝竹管弦之盛,一觞一咏,亦足以畅叙幽情"[④]。更为重要的是,《春水》篇是以在山清泉自励互勉,表达不受浊世污染的志向。通过张炎西湖词,客隐山阴时以镜湖、剡溪抒写清流不随浊波,也可证春水词的主旨。如《庆清朝·韩亦颜归隐两水之滨》:"山深杳,更无人到,流水花间。"《声声慢·和韩竹间韵》:"细看取,有飘然清气,自与尘疏。"集中另有烟波钓徒渔父词,在

---

①《麦克米兰人类学词典》原文:Any group of people who set themselves apart and are set apart from other groups with whom they interact or coexist in terms of some distinctive criterion or criteria which may be linguistic, racial or cultural...The concept of ethnic group thus combines both social and cultural criteria, and the study of ETHNICITY focuses precisely on the interrelation of cultural and social process in the identification of and interaction between such groups.

(Charlotte Seymour-Smith.*Macmillan Dictionary of Anthropology*. Macmillan Press Ltd.1986.p.95.)

②《伯牙琴》,第19—20页。

③《历代诗余》引《草窗词选》,《历代诗余》(下册),第1395页。

④吴楚材、吴调侯选评,安平秋点校《古文观止》(下册),中华书局1987年,第266页。

情感依止方面也可以类归于此。

王沂孙两首与张炎同调不次韵的咏春水和词也与引词相同，是以清流为情感归依，录第二首为例：

柳外碧连天，漾翠纹渐平，低蘸云影。应是雪初消，巴山路、蛾眉乍窥清镜。绿痕无际，几番漂荡江南恨。弄波素袜知甚处，空把落红流尽。　　何时橘里莼乡，泛一舸翩翩，东风归兴。孤梦绕沧浪，蘋花岸、漠漠雨昏烟暝。连筒接缕，故溪深掩柴门静。只愁双燕衔芳去，拂破蓝光千顷。

吴则虞笺此词出处有李商隐《巴江柳》："巴江可惜柳，柳色绿侵江。"杜甫《春水》："三月桃花浪，江流复旧痕。朝来没沙尾，碧色动柴门。接缕垂芳饵，连筒灌小园。已添无数鸟，争浴故相喧。"杜牧《丹水》："沉定蓝光彻，喧盘粉浪开。"通过语典，可知词写得水之乐。引词"应是"三句是以柳喻蛾眉，以巴江水喻清镜。巴江也是山中清流。《李义山诗集注》(卷一)："《三巴记》：阆、白二水南流，自汉中经始宁城下入涪陵，曲折三回，如巴字，曰巴江。"[①]"连筒"二句写春水涨绿带来的生趣。《杜诗详注》(卷十)："上四春江水涨，下四春江景事。水深则线短，故钓须接缕。水高则近岸，故车可连筒。鸟浴声喧，得水为乐也。《汉·沟洫志》：来春桃花水盛。注：《月令》：仲春之月，始雨水，桃始华。盖桃方华时，既有雨水，川谷冰泮，众流猥集，波澜盛长，故谓之桃花水。……赵曰：韩诗于'溱与洧，方涣涣兮'注云：谓三月桃花水下时也。王粲诗：'率彼江流，爰逝靡期。'……李实曰：川中水车如纺车，以细竹为之。车骨之末缚以竹筒，旋转时，低则舀水，高则泻水，故曰'连筒灌小园'。若夔州府修水筒则引山泉者，舀，以沼切，挹水也。《杜臆》：昔在蜀，见水车连缀竹筒于转轮上，以灌田园。其来久矣。"[②]"只愁"二句，深怨双燕衔润泥离开春水而入华堂幕上。玉田、碧山春水词对读，其意豁然，可以感知。

二　再次北游不违夙志

前考张炎再次北游，全程共有十一首词作。此行一般认为是抄写金

---

①李商隐撰，朱鹤龄注《李义山诗集注》，上海古籍出版社1994年，第12页。

②《杜诗详注》(第2册)，第800页。

字藏经。郭锋考证元朝分别在至元二十七至二十八年、元贞、大德年间有过三次抄经活动，但前往抄经的文人品格却如江河日下。郑介夫《太平策》：“写金字经前后三见。其初也，各省取人，莫不力辞求免。官府以势迫其来。次则人虽乐从，犹耻于求也。今则趋者如市，竞进争先，惟恐居后，是人心、士习一日不如一日，亦可见矣。”①张炎再次北行正在二十七、二十八年间，属于“官府以势迫其来”的首批抄经人员，张炎此行滞留大都不足半年，足见耻于求官。张炎词中也有相应的表达。如《长亭怨·岁庚寅，会吴菊泉于燕蓟。……将复之北，遂作此曲》劝解吴菊泉莫要素衣染缁：“如今又、京洛寻春，定应被、薇花留住。”《水调歌头·寄王信父》：“谁对紫微阁下，我对白蘋洲畔，朝市与山林。”通过张炎此行写于途中及大都的词作，也能听其言而观其志。

（一）追怀汴京风流地

张炎再次北游的京城大都词，所写虽然是眼前风物，叠现的却是北宋汴京繁华旧梦抑或临安西湖烟云。孟元老《东京梦华录》自序记载北宋崇宁朝曾历繁华：

> 太平日久，人物繁阜。垂髫之童，但习鼓舞；班白之老，不识干戈。时节相次，各有观赏。灯宵月夕，雪际花时，乞巧登高，教池游苑。举目则青楼画阁，绣户珠帘。雕车竞驻于天街，宝马争驰于御路，金翠耀目，罗绮飘香。新声巧笑于柳陌花衢，按管调弦于茶坊酒肆。……花光满路，何限春游；箫鼓喧空，几家夜宴。②

张炎大都词《庆春宫》也以京洛寒食、清明旧俗写人家风物之盛：

> 波荡兰觞，邻分杏酪，昼辉冉冉烘晴。罥索飞仙，戏船移景，薄游也自忺人。短桥虚市，听隔柳、谁家卖饧。月题争系，油壁相连，笑语逢迎。　　池亭小队秦筝。就地围香，临水湔裙。冶态飘云，醉妆扶玉，未应闲了芳情。旅怀无限，忍不住、低低问春。梨花落尽，一点新愁，曾到西泠。

词题序曰：“都下寒食，游人甚盛，水边花外，多丽环集，各以柳圈祓禊

---

①《全元文》（第39册），第58页。

②孟元老《东京梦华录序》，《东京梦华录》，第1—2页。

而去，亦京洛旧事也。”南渡之后，宋人常用“京洛”代称北宋汴京。如《贵耳集》（卷上）：“易安居士李氏，赵明诚之妻。《金石录》亦笔削其间，南渡以来常怀京洛旧事。”[①]张炎也是以词回忆汴京节日游赏。“京洛旧事”是把中原节序文明上溯至周公辅佐成王的兴盛时代，周公在洛邑制礼作乐，完成国家礼仪规范。寒食祓禊亦所自来，梁简文帝《三日曲水诗序》：“窃以周城洛邑，自流水以禊除，晋集华林，同文轨而高宴，莫不礼具义举，沓矩重规，昭动神明，雍熙钟石者也。”水边祓禊也源自周代礼制。《周礼注疏》（卷二十六）：“女巫掌岁时祓除、衅浴。”郑氏注：“岁时祓除，如今三月上巳如水上之类。”[②]词中具体描写古俗。兰觞杏酪，是寒食节令自古以来的仪式与饮食。梁简文帝《三日曲水诗序》：“尔乃分阶树羽，疏泉泛爵，兰觞沿溯，蕙肴沓来。”《玉烛宝典》（卷二）：“（寒食）又作醴酪。醴者，火粳米或大麦作之。酪，捣杏子仁煮作粥。”[③]寒食荡秋千也是汉唐旧俗，有用夏变夷的大国气象。《古今事文类聚·前集》（卷八）：“北方戎狄至寒食为秋千戏，以习轻趫。后中国女子学之，乃以彩绳悬木立架，士女坐立其上，推引之，谓之秋千。……天宝宫中至寒食节竞筑秋千，令宫嫔辈嬉笑以为乐。帝常呼为半仙之戏。”[④]《东京梦华录》（卷七）（卷六）记载了汴京寒食以及相继而至的清明例行活动，可与引词参看。

> 殿前出水棚排立仪卫。近殿水中横列四彩舟，上有诸军百戏，如大旗、狮豹、掉刀、蛮牌、神鬼、杂剧之类。又列两船，皆乐部。又有一小船，上结小彩楼，下有三小门，如傀儡棚，正对水中乐船。[⑤]
>
> 节日，坊市卖稠饧、麦糕、乳酪、乳饼之类，缓入都门，斜杨御柳，醉归院落，明月梨花。[⑥]
>
> 粉墙细柳斜笼，绮陌香轮暖辗。芳草如茵，骏骑骄嘶。杏花如绣，莺啼芳树，燕舞晴空。红妆按乐于宝榭层楼，白面行歌近画桥流水。举目则秋千巧笑，触处则蹴踘疏狂。寻芳选胜，花絮时坠金樽。折翠簪

①张端义著，毛晋订《贵耳集》，中华书局1985年，第13页。

②郑玄笺，贾公彦疏，黄侃经文句读《周礼注疏》，上海古籍出版社1990年，第399页。

③杜台卿《玉烛宝典》，中华书局1985年，第124页。

④《古今事文类聚》（第1册），第131页。

⑤《东京梦华录》，第131页。

⑥同上书，第127页。

红，蜂蝶暗随归骑。于是相继清明节矣。[①]

“短桥”至“芳情”是记忆中西湖寒食、清明游乐。南宋临安寒食时风物之盛有过于汴京。《梦粱录》（卷二）记载：

> 车马往来繁盛，填塞都门。宴于郊者，则就名园芳圃、奇花异木之处。宴于湖者，则彩舟画舫，款款撑驾，随处行乐。此日又有龙舟可观，都人不论贫富，倾城而出。笙歌鼎沸，鼓吹喧天，虽东京金明池未必如此之佳。殢酒贪欢，不觉日晚。红霞映水，月挂柳梢，歌韵清圆，乐声嘹亮，此时尚犹未绝。[②]

梨花是清明时节的应景花卉，苏轼《东阑梨花》：“惆怅东阑一株雪，人生看得几清明。”词作把西湖寒食风俗叠加于汴京风流，所缅怀者，乃是风华绝代的华夏文明。

集中《阮郎归·有怀北游》甚至在南归二十年后还回忆了再次北行大都所见水上技艺水秋千：“瞥然飞过水秋千。清明寒食天。”这也是汴京风流的遗存。《东京梦华录》（卷七）记载了这一伎艺：“又有两画船，上立秋千。船尾百戏人上竿，左右军院虞候监教，鼓笛相和。又一人上蹴秋千，将平架，筋斗掷身入水，谓之‘水秋千’。”[③]

张炎此次北行词即使笔涉艳情却绝非冶游之作，如赠沈梅娇词《国香》上阕：“莺柳烟堤。记未吟青子，曾比红儿。娴娇弄春微透，鬟翠双垂。不道留仙不住，便无梦、吹到南枝。相看两流落，掩面凝羞，怕说当时。”沈梅娇曾是西子湖畔的歌妓，她的歌声宛若苏堤柳浪中的莺啼，张炎此处化用张先《减字木兰花》形容其舞姿：“垂螺近额。走上红茵初趁拍。只恐轻飞。拟倩游丝惹住伊。”梅娇当时还宛若惹人攀折的枝上青子，双鬟垂鸦，堪比歌妓红儿。接着化用白居易《琵琶引》“同是天涯沦落人”“犹抱琵琶半遮面”以及杜甫《江南逢李龟年》“落花时节又逢君”，抒写双方亡国之后的流落之苦。题序特别说明沈梅娇能歌周清真《意难忘》《台城路》，则是对盛世雅乐的追忆。而张炎是盛世中原雅乐的坚守者，本章第一节已略有所论，后文还将有详说。

---

①《东京梦华录》，第124页。

②《梦粱录》，第22页。

③《东京梦华录》，第132页。

(二)养成天地浩然气

宋人尊崇思孟学说,以养成至大至刚的浩然之气为立身之本,具有高扬主体人格的精神风貌。冯友兰先生曾解释这一独立人格:"有浩然之气者,堂堂立于宇宙间,虽只是有限底七尺之躯,而在此境界中,已超过有限,而进于无限矣。……到此地位者,真可以说是一个'顶天立地'底'大'人、'大丈夫'。所谓'顶天立地',正是'塞于天地之间'及'上下与天地同流'的意思。"[①]作为君子善养浩然之气的象喻,宋朝墨石、墨竹以及各种水墨花卉极为流行,又以墨梅、墨兰、墨水仙尤为常见。周密墨梅词《齐天乐》题序曰:"余自入冬多病,吟事尽废,小窗淡月,忽对横枝,恍然空谷之见似人也。泚笔赋情,不复作少年丹白想。或者以九方皋求我,则庶几焉。"九方皋,语出陈与义《和张矩臣水墨梅五绝》:"意足不求颜色似,前身相马九方皋。"九方皋不辨毛色雌雄,而观察内在神气,得天下良马,与以墨气摄取梅花高贵品节相似。郑思肖《墨兰》直接拟喻遗民:"钟得至清气,精神欲照人。抱香怀古意,恋国忆前身。空色微开晓,晴光淡弄春。凄凉如怨望,今日有遗民。"张炎《国香·赋兰》、周密《国香慢·赋子固凌波图》赋墨兰、墨水仙而以《国香(慢)》为调,就有郑诗"抱香"二句之意。

张炎颇承家风,既是词客也是画家。舒序:"画有赵子固潇洒之意。"[②]周密《癸辛杂识前集》:"诸王孙赵孟坚字子固,善墨戏,于水仙尤得意。"[③]周密《国香慢·赋子固凌波图》曰:"渺渺鱼波望极,五十弦、愁满湘云。"项炯《题赵子固水仙》:"龙波乍起湘云湿,帝子欲归归不得,十二烟鬟点遥碧。到今愁魄寄湘花,画出深愁云绕笔。"都是以子固笔下墨水仙拟诸帝子娥皇、女英,使人有厓山海战之联想。《庚子销夏记》卷二记载赵子固居然在"水仙"上冠以"我"字,足见对水仙的喜爱,而孙承泽誉其所画墨水仙为天地奇观:"彝斋倜傥不羁,风神遒上,精于绘事,晚年尤好画水仙,欲以敌杨补之梅花。一日,刺舟严陵滩。见新月出水,大笑曰:'此所谓"绿净不可唾",乃我水仙出现也。'余观此卷,风枝雨叶,纵横奇宕,如读蒙庄迁史文,莫可端倪,殆如子固出现,此宇宙奇观,不可作画图看。"[④]张炎也擅长以墨

①冯友兰《孟子浩然之气章解》,冯友兰《中国哲学史》,华东师范大学出版社2000年,第431页。

②舒岳祥《山中白云词序》,曹炳曾等校刊《山中白云词》。

③《癸辛杂识》,第44页。

④《庚子销夏记》,第33—34页。

水仙写清怨，马臻集句诗《题张玉田画水仙》："赏月吟风不要论，曳裾何处觅王门。谁人得似张公子，粉蝶如知合断魂。"张炎有八首题咏包括自画墨水仙在内的词作，分别是《临江仙·甲寅秋，寓吴，作墨水仙为处梅吟边清玩。时余年六十有七，看花雾中，不过戏纵笔墨，观者出门一笑可也》、《清平乐·题墨仙双清图》、《浣溪纱·写墨水仙二纸寄曾心传，并题其上》（二首）、《浪淘沙·作墨水仙寄张伯雨》、《浪淘沙·余画墨水仙并题其上》、《西江月·题墨水仙》（二首）；丁绍仪引蒋敦复语以张炎水仙图有厓山海战将士与日月同辉的浩然之气："集中多题水仙之作，此与赵子固同意，以寓其厓海之思。"[①]张炎也有题写梅影（第六章第一节将详述梅影与墨梅的相似点）、墨兰的词作，都是以淋漓墨气，抒写不移不屈的精神境界。

张炎再次北行，与同行之侣在大都题写温日观墨葡萄画卷，作《甘州·题曾心传藏温日观墨蒲萄画卷》，不妨以此词为例：

> 想不劳、添竹引龙须，断梗忽传芳。记珠悬润碧，飘摇秋影，曾印禅窗。诗外片云落莫，错认是花光。无色空尘眼，雾老烟荒。　　一剪静中生意，任相看冷淡，真味深长。有清风如许，吹断万红香。且休教夜深人见，怕误他、看月上银床。凝眸久，却愁卷去，难博西凉。

释子温日观，字仲（众）言，号日观。籍贯松江府华亭县。善画墨蒲萄，因同乡曾遇（心传）北行，赠墨蒲萄以壮行色。引词首三句语出韩愈《题张十一旅舍三咏·蒲萄》："新茎未遍半犹枯，高架支离倒复扶。若欲满盘堆马乳，莫辞添竹引龙须。"葡萄，亦作"蒲陶"等。意思是温日观画的是断梗葡萄，所以不劳竹架引藤。"芳"字与"诗外"二句比较墨葡萄与花光梅。长谷真逸《农田余话》："古人无画葡萄者。吴僧温日观，夜于月中视葡萄影，有悟，出新意，似飞白书体为之。酒酣兴发，以手泼墨，然后挥写，迅于行草。收拾散落，顷刻而就，如神，甚奇特也。"[②]温日观葡萄以枯笔露白的飞白体为之，与蜀僧仲仁花光墨梅相似。周密《志雅堂杂钞》："衡州有华（花）光山，其长老众仁，能作墨梅，所谓华光梅是也。"[③]王恽《玉堂嘉话》卷一《跋僧花光梅后语》："蜀僧超然，字仲仁，居衡阳花光山，避靖康乱，居江南之柯

①丁绍仪《听秋声馆词话》，《词话丛编》（第3册），第2790页。
②长谷真逸《农田余话》，中华书局1991年，第11页。
③周密《志雅堂杂钞》，中华书局1991年，第45页。

山,与参政陈简斋并舍而居。山谷所谓‘研墨作梅,超凡入圣,法当冠四海而名后世’。尝有‘移船来近花光住’‘写尽南枝与北枝’之句,其丰度可想见矣。”[①]王恽《题花光墨梅二绝》(之二):“破墨能开雪里芳,道人花供老犹香。”落莫,同“落寞”。语出王昌龄《梅诗》:“落落寞寞路不分,梦中唤作梨花云。”下阕“且休”三句意入于此。“记珠悬”三句,写温日观泼墨,把秋天月下窗边碧玉般的葡萄影子连缀而成水墨画,在禅僧即色即空的眼中,正是“修心未到无心地,万种千般逐水流”(温日观《题葡萄图》)。雾老烟荒,墨葡萄画笔法是飞白书体,表面用《世说新语》(卷下):“顾长康好写起人形,欲图殷荆州。殷曰:‘我形恶,不烦耳。’顾曰:‘明府正为眼尔,但明点瞳子,飞白拂其上,使如轻云之蔽日。”[②]实谓这是由沧海暖日所生烟雾凝结而成。“一剪”五句,意思说虽然这是一剪素净淡雅的葡萄,却如清风扑面,生机盎然,胜过万紫千红的色香。末三句,典出《三国志·魏志·明帝纪》裴松之注引《三辅决录》:“(孟)他又以蒲桃酒一斛遗(张)让,即拜凉州刺史。”[③]但也有深意,释函古《题心传友藏葡萄卷》:“此翁珍秘不易致,君以何缘得此纸。定是江南一片云,卷以送君行万里。昔闻博望使西域,初取灵根来汉国。今君驱驰出塞关,却携墨本上燕山。一往一还愁远道,葡萄如故人先老。”意思是葡萄承载了大汉昔时的极盛记忆,葡萄入汉家体现的是大一统的声威。《汉书·西域传》:“宛王蝉封与汉约,岁献天马二匹。汉使采蒲陶、目宿种归。”[④]今者僧人温日观以葡萄相赠,希望北行者在塞关燕山有以励志,题画者会意,表示不以画卷博取新朝“凉州刺史”之类的官职。

张炎词作引发北上抄经同行者在大都的集体唱和。沈钦、刘沆有同调次韵之作,沈钦和词有句:“都休问,一番展卷,清昼生凉。” 刘沆和词有句:“江南路,后回重见,同话凄凉。”三词都强调墨葡萄所体现的乾坤清气。刘沆词作更取用李龟年乱离后流落江南典故,以延伸梅花内涵。见《明皇杂录》(卷下):“唐开元中,乐工李龟年、彭年、鹤年兄弟三人皆有才学盛名。彭年善舞,鹤年、龟年能歌,尤妙制《渭川》。特承顾遇,于东都大起第宅。……其后龟年流落江南,每遇良辰胜赏,为人歌数阕,座中闻之,莫不掩泣

①王恽《玉堂嘉话》,中华书局1985年,第9页。

②刘义庆撰,刘孝标注,徐震堮校笺《〈世说新语〉校笺》(下册),中华书局1984年,第387页。

③陈寿撰,裴松之注《三国志》(第1册),中华书局1982年,第93页。

④《汉书》(第12册),第3895页。

罢酒。”[①]他们以不俯仰随世的高尚荣节相鼓励，以期落花时节重逢于江南时能够无愧于前朝。基于此，谢桃坊先生评判此画卷寄托了希望北行者不接受赐官而归隐江南的寓意，录之以备一说：

> 他（温日观）是很有民族气节的士人，宋亡后出家于杭州玛瑙寺为僧。因与曾遇同乡，得知曾遇将北赴写经之役，特画墨葡萄以赠，“且以荣名相期”。意为勉励曾遇保持民族气节，勿屈辱受官，保住“荣名”。所以当曾遇、张炎、沈钦、刘沆等人书写《金字藏经》完毕，按规定“将得官”，他们展玩温日观的画卷时，它竟成为轰荐福碑之雷，使他们得以保全“荣名”……词的上阕赞美温日观墨葡萄之墨妙，描述其枝梗藤叶，浓淡间发，点染有灵趣。下阕借物寄意。这一枝墨葡萄，甚是平淡，以前未发现其“真味”；现在临到这几位遗民将接受新王朝赐官时，他们由此想起了温日观“以荣名相期”的深意。于是它有如一阵清风，吹断繁盛的“万红”春梦。作者最后表示，愿将画卷珍藏，不愿为人轻易换取或出售，寄寓不接受赐官而归隐江南之意。刘沆的词表示赞同张炎之意：“珍重好，卷藏归去，枕屏间、偏称道人床。江南路，后会重见，同话凄凉。”终于他们为温日观的民族气节与所寓深意感动了，抄写《金字藏经》毕事之后便亟亟北归了。[②]

（三）一心复兴中国梦

前考至元二十七年（1290）十月，张炎抵大都后，恰遇小春。作《声声慢·都下与沈尧道同赋》：“万里冰霜，一夜换却西风。晴梢渐无坠叶，撼秋声、都是梧桐。”“春又小，甚梅花、犹自未逢。”春小，即“小春”之倒文。时在农历十月。《岁时广记》（卷三十七）：“《初学记》云：冬月之阳，万物归之。以其温暖如春，故谓之小春，亦云小阳春。”[③]《五杂组·天部二》：“十月有阳月之称。即天地之气，四月多寒，而十月多暖，有桃李生华者，俗谓之小阳春。”[④]阳春十月，暖气所钟，桃李等春花有的会二度开放，但一树仅稀疏数朵，不成动人春色。张炎再次北行时，借意《满庭芳·小春》表述立场：

---

①郑处诲撰，田廷柱点校《明皇杂录》，中华书局1994年，第27页。

②《宋词概论》，第505页。

③陈元靓《岁时广记》（第3册），商务印书馆1939年，第403页。

④谢肇淛撰，傅成校点《五杂组》，上海古籍出版社2012年，第26页。

晴皎霜花，晓熔冰羽，开帘觉道寒轻。误闻啼鸟，生意又园林。闲了凄凉赋笔，便而今、不听秋声。消凝处，一枝借暖，终是未多情。阳和能几许，寻红探粉，也恁忺人。笑邻娃痴小，料理护花铃。却怕惊回睡蝶，恐和他、草梦都醒。还知否，能消几日，风雪灞桥深。

《酉阳杂俎》卷十二载南朝梁明少遐与北朝魏使臣李骞相见："温凉毕，少遐咏骞赠其诗曰：'"萧萧风帘举"，依依然可想。'骞曰：'未若"灯花寒不结"最附时事。'少遐报诗中有此语。"①南朝梁、北朝魏的使者都是根据诗歌传统，故意曲解对方诗歌中的寒肃景象是有意讥讪朝政。此词则变曲解为直用。江昱疏证："此词似以小春喻元朝也。"②俞陛云、沈祖棻皆认为有砭世刺俗之意："（"赋笔"）以下纯是借小春以砭世，作警刺之辞。'苔枝借暖'，能有几时，'睡蝶'无知，徒惊'草梦'。彼娇小之'邻娃'，眼前贪取'阳和'，未几而漫天'风雪'即相逼而来。意谓遂取新时缨冕，不若还寻旧日斧柯，尚能耐岁寒也。风诗微旨，去人未远。"③"换头仍承上意。阳和有限，而大肆渲染，似已春色盎然，遂使痴小邻娃，争勤春事，以比趋附之徒，不自知其愚昧也。'却怕'两句，谓此辈贪图富贵，亦如庄周梦蝶，及其既醒，则一切皆空。结句言小春借暖，终非可久，风雪将临，痴娃、睡蝶，奈之何哉？"④时人郑思肖《小春花》的喻意更加明显："天地无情正北风，飞鸿哀咽乱云中。此时纵使开千树，不及东皇一点红。"对于宋朝遗民而言，新朝施惠显然无法掩盖如北风寒冽的残酷本质，因此无法与前朝春辉灿烂、恩泽惠流的温暖相提并论。所以张炎词中用"误""借""笑""恐"等字写初冬阳春未可倚恃，"风雪灞桥深"才是骤入仲冬的气候真相，政治隐义不言而喻。

前说张炎再次北游是宋亡十年之后，词人此时的内心惊惧、政治对抗程度与初次北游相比虽然有所减弱，但永怀夙志，国族沦胥之痛犹存。如行途所写《壶中天·夜渡古黄河》："扬舲万里，笑当年底事，中分南北。须信平生无梦到，却向而今游历。"也可与郑思肖《德祐二年岁旦》对读："一心中国梦，万古下泉诗。"郑诗张词都承载了华夏民族无处安放的文化乡愁，期

①段成式著，方南生点校《酉阳杂俎》，中华书局1981年，第112页。
②江昱《山中白云词疏证》，《彊村丛书》（第6册），第5200页。
③《唐五代两宋词选释》，第443页。
④《宋词赏析》，第189页。

盼圣明君主再创一统天下的盛世繁华。

次年仲春，张炎在大都作《三姝媚·海云寺千叶杏二株》，以北方杏花与江南春雨杏花加以对比，别有一番滋味：

> 芙蓉城伴侣。乍卸却单衣，茜罗重护。傍水开时，细看来、浑似阮郎前度。记得小楼，听一夜、江南春雨。梦醒箫声，流水青蘋，旧游何许。　　谁剪层芳深贮。便洗尽长安，半面尘土。绝似桃根，带笑痕来伴，柳枝娇舞。莫是孤村，试与问、酒家何处。曾醉梢头双果，园林未暑。

千叶杏为重瓣花朵，又称芙蓉杏花，色红有香味。王恽《木兰花慢·赋芙蓉杏花》有"风韵转芬芳。似觉生红闹意，未容说与东皇"之句，词作化用石延年、王安石《红梅》诗："认桃无绿叶，辨杏有青枝。""北人初未识，浑作杏花看。"故而引词以梅杏桃合写。所用语典有陆游《临安春雨初霁》："小楼一夜听春雨，深巷明朝卖杏花。"苏轼《月夜与客饮杏花下》："褰衣步月踏花影，炯如流水涵青蘋。"又，《三月二十日多叶杏盛开》："自从此花开，玉肌洗尘沙。"事典有芙蓉城事，见苏轼《芙蓉城》诗序。其中有"世传王迥字子高，与仙人周瑶英游芙蓉城"，《唐宋诗醇》卷三十五引胡微之《芙蓉城传》注曰："王迥，字子高。初遇一女，自言周太尉女。……但觉其身飘然，与周同举，须臾，过一岭及一门，珍禽佳木，清流怪石，殿阁金碧相照。……王未及下，一女郎复登是楼，年可十五，容色娇媚，亦周之比。周曰：'此芳卿也。'梦之明日，周来，王语以梦。周笑曰：'芳卿之意甚勤也。'王问：'何地？'周曰：'芙蓉城也。'"[①]此以芙蓉城俪仙喻瓶中两朵芙蓉杏花，并比拟为韩愈歌妓绛桃、柳枝。见《类说》(卷三十二)："韩退之二妾，一曰绛桃，二曰柳枝，皆能歌舞。"[②]杏花引发的回忆，有当年临安江南春雨，枝头杏花闹春红，青杏煮酒雅集，歌姬舞妾侑觞。这是以彼时绮丽春梦慰藉当下心意落寞，瓶中杏花投射出逝去的繁华。前度刘郎张炎在大都再见形似夭桃的丰肌杏花，却以"浑似""何许""莫是""何处"写花边遐思，当年欢事仅存恍若隔世的惘然，却是那样令人神往。

---

①乾隆御选，冉苒校点《唐宋诗醇》，中国三峡出版社1997年，第740页。

②曾慥编纂，王汝涛等校注《〈类说〉校注》(下册)，福建人民出版社1996年，第975页。

第三节 故国故家的忠爱诉求

张炎词作中故国故家的忠爱诉求，是其词作一以贯之的最为显豁的主题。莲僧题江昱《山中白云词疏证》已经看出张炎词的小中寓大："史家莫黜词人小，麦秀王风一例看。"梁启勋评《斗婵娟》(别题"故园荒没欢事去，心有感而作")："玉田乃落魄王孙，过故园而兴感之作，集中数见。此词全首不叙今日之满目荒凉，但写前时之赏心乐事，最后以'愁极酒醒，背花一笑'二语兜转，倍觉凄凉。此与杜工部'忆昔开元全盛日'至'叔孙礼乐萧何律'一段同一章法。"[①]是说此词与杜甫《忆昔》二首用意相同：杜甫以叔孙通制礼仪，萧何定律令，即大汉修明礼乐制度的壮举，赞述开元盛世。张炎也是以前朝西湖赏心乐事，称颂南宋声教文明与典章制度。张炎另有《扫花游·赋高疏寮东墅园》写故家乔木斜阳残照的悲情："绿窗窈窕。看随花甃石，就泉通沼。几日不来，一片苍云未扫。自长啸。怅乔木荒凉，都是残照。"俞陛云评曰："纯写空园秋色。'乔木'句有故家之感。'残照'句有末路之悲，自在言外。"[②]具体而言，可以细分两个方面。

一 追忆宗国盛衰今昔

西湖是承载南宋繁华的风景胜地，周密《武林旧事》(卷三)："西湖天下景，朝昏晴雨，四序总宜。杭人亦无时而不游，而春游特盛焉。承平时，头船如大绿、间绿、十样锦、百花、宝胜、明玉之类，何翅百余。其次则不计其数，皆华丽雅靓，夸奇竞好。……日糜金钱，靡有纪极。故杭谚有'销金锅儿'之号，此语不为过也。"[③]前文已经考述元僧杨琏真伽发掘山阴攒宫山宋朝帝后陵寝，使前朝孤臣蒙受奇耻大辱。《日知录》(卷十八)："独元之世祖纵杨琏真伽发宋会稽攒宫不问，此自古所无之大变也。"[④]夏承焘《〈乐府补题〉考》："王、唐诸子，丁桑海之会，国族沦胥之痛，为自来词家所未有；宋人咏物之词，至此编乃别有其深衷新义。表而出之，亦词林一大掌故，不但补

①梁启勋《词学》，下编第12页。

②《唐五代两宋词选释》，第450页。

③《武林旧事》，第38页。

④顾炎武著，张京华校释《日知录校释》(上册)，岳麓书社2011年，第641页。

《六陵遗事》之遗而已也。”[1]张炎西湖词触目皆伤心语，山阴词也为凭吊之篇，并且暗含六世祖张俊坟茔被掘之悲。

（一）西湖重寻繁华梦

遗民词人宋元易代后，在繁华消歇的咏叹中，以当年人文荟萃的西湖作为伤心凭吊之地。张炎的西湖词作，多以凭吊忆繁华。如著名的《高阳台·西湖春感》：

> 接叶巢莺，平波卷絮，断桥斜日归船。能几番游，看花又是明年。东风且伴蔷薇住，到蔷薇、春已堪怜。更凄然。万绿西泠，一抹荒烟。　　当年燕子知何处，但苔深韦曲，草暗斜川。见说新愁，如今也到鸥边。无心再续笙歌梦，掩重门、浅醉闲眠。莫开帘。怕见飞花，怕听啼鹃。

首五句以西湖十景之一柳浪闻莺写西湖春游的盛况。宋朝杭州西湖的标志性胜地是桃红柳绿的十里苏堤及堤上六桥，都是苏轼任杭州太守时所建。《梦粱录》（卷十二）：“元祐年东坡守杭，奏开浚湖水，所积葑草，筑为长堤，故命此名，以表其德云耳。自西迤北，横截湖面，绵亘数里，夹道杂植花柳，置六桥，建九亭，以为游人玩赏驻足之地。咸淳间，朝家给钱，命守臣增筑堤路，沿堤亭榭再一新，补植花木。”[2]可为互证的诗作很多，如郑清之《乙巳三月出湖口占三首》（之三）：“十年重访苏堤柳，总付春光入画船。”陈著《游西湖》：“松萝霁蔼群峰寺，杨柳轻风十里堤。”董嗣杲《苏公堤》：“三月桃花无浪起，六桥柳色有莺啼。”白堤也多杨柳，白居易《钱塘湖春行》：“最爱湖东行不足，绿杨阴里白沙堤。”引词写及的断桥（又称段家桥、段桥）[3]、西泠桥（又称西陵桥、西林桥）[4]，都在孤山路一带。《咸淳临安志》（卷三十二）：“孤山路，在孤山之下，北有断桥，南有西林桥。其西为里湖。”[5]孤山是林逋归隐之地，后成为皇家御园，多植梅花。《梦粱录》（卷十二）：“西泠桥外孤山路，有琳宫者二，曰四圣延祥观，曰西太乙宫，御圃在观侧，乃林和靖隐居之

---

①夏承焘《周草窗年谱附录二·乐府补题考》，《夏承焘集》（第1册），第373页。

②《梦粱录》，第171页。

③《武林旧事》（卷五）：“断桥，又名段家桥。万柳如云，望如裙带。”第78页。

④《武林旧事》（卷五）：“孤山路。西陵桥，又名西林桥，又名西泠桥，又名西村。”第78页。

⑤《咸淳临安志》，第329页。

地，内有六一泉、金沙井、闲泉、仆夫泉、香月亭。亭侧山椒，环植梅花，亭中大书‘疏影横斜水清浅，暗香浮动月黄昏’之句于照屏之上云。”①

“断桥”句是游湖实录，与周密记载的西湖春时盛游可以参看。《武林旧事》（卷三）：

> 都城自过收灯，贵游巨室，皆争先出郊，谓之“探春”，至禁烟为最盛。龙舟十余，彩旗迭鼓，交舞曼衍，粲如织锦。……都人士女，两堤骈集，几于无置足地。水面画楫，栉比如鱼鳞，亦无行舟之路，歌欢箫鼓之声，振动远近，其盛可以想见。若游之次第，则先南而后北。至午则尽入西泠桥里湖，其外几无一舸矣。弁阳老人有词云：“看画船、尽入西泠，闲却半湖春色。”盖纪实也。既而小泊断桥，千舫骈聚，歌管喧奏，粉黛罗列，最为繁盛。……至花影暗而月华生，始渐散去。绛纱笼烛，车马争门，日以为常。②

然而，至德祐二年（1276），南宋旧都杭州沦为芜城，南宋遗民诗记载了这段惨痛的历史。仇远《和韵胡希圣湖上》：“清明寒食荒城晚，燕子梨花细雨愁。”罗志仁《题汪水云诗卷》其二：“八盘九曲已荒凉，四圣三贤半在亡。”又，其三：“斜阳葛岭少人行，一片荒山系废兴。”词作结处六句与开篇对读，即可体会内蕴其中的沉痛：当时西湖苏堤六桥的柳浪闻莺，日日盛游，飞絮时节又是韩翃《寒食》描绘的“春城无处不飞花，寒食东风御柳斜”景象，但如今歌吹箫鼓已成笙歌旧梦，旧京柳絮飞花，恰如亡国之泪。又因杜甫《杜鹃》诗有“我见常再拜，重是古帝魂”，杜鹃成为南宋遗民诗词中的特殊意象，如张观光《晚春即事》有“杜鹃亡国恨”之句，刘渊《题汪水云诗卷》有“一卷杜鹃诗”之句。麦孺博认为此词是“亡国之音哀以思”③。刘永济也说是“此宋亡后，张炎重到西湖所作”④。前考张炎初次北行，于戊寅即祥兴元年（1278）秋天已经归来，此词写于春天，应在祥兴二年（1279），西湖荒废又有甚于临安沦亡的德祐二年。

---

①《梦粱录》，第170—171页。

②《武林旧事》，第38—39页。

③梁令娴《艺蘅馆词选》眉批引麦孺博语，梁令娴编，刘逸生校点《艺蘅馆词选》，广东人民出版社1981年，第179页。

④刘永济《唐五代两宋词简析》，上海古籍出版社1981年，第101页。

张炎还有一首西湖词《探芳信·西湖春感,寄草窗》:

> 坐清昼。正冶思萦花,余醒倦酒。甚采芳人老,芳心尚如旧。消魂忍说铜驼事,不是因春瘦。向西园,竹扫颓垣,蔓萝荒甃。　风雨夜来骤。叹歌冷莺帘,恨凝蛾岫。愁到今年,多似去年否。旧情懒听山阳笛,目极空搔首。我何堪,老却江潭汉柳。

这是与周密等人唱和并次韵的词作。周密原唱是《探芳信·西泠春感》(异名词调又作《探芳讯》,别题"西湖春感"),在遗民中引起极大反响。唱和词还有仇远《探芳信·和草窗西湖春感词》、李彭老有《探芳讯·湖上春游,继草窗韵》,都表达家国悲感的共同指向。周密原唱如下:

> 步晴昼。向水院维舟,津亭唤酒。叹刘郎重到,依依谩怀旧。东风空结丁香怨,花与人俱瘦。甚凄凉,暗草沿池,冷苔侵甃。　桥外晚风骤。正香雪随波,浅烟迷岫。废苑尘梁,如今燕来否。翠云零落空堤冷,往事休回首。最消魂,一片斜阳恋柳。

俞陛云评周密原唱:"西湖当南宋时,翠华临幸,士女嬉游,花月楼台,为西湖千百年来极盛之际。自白雁渡江以后,朝市都非,草窗以凄清词笔写之。'人花俱瘦'句言花事之阑珊,'暗草沿池'句言池馆之凋残,'废苑尘梁'句言离宫之冷落,触处生悲,不尽周原之感,湖山举目,谁动余哀,剩有白发遗黎,扶筇凭吊,如残阳之恋柳耳。"①又评张炎和作:"唐末五代遗民,行歌禾黍,辄托诸美人香草。虽茹蘖饮冰,而其辞则乱,良足伤矣。玉田和草窗'西湖春感'词,则'丹(芳)心如旧''忍说铜驼'等句,皆情见乎词,以抒忠爱。和'瘦'字韵,与草窗同工。和'柳'字韵,草窗有恋阙之忱,玉田有摇落之感,皆长歌之哀也。"②张炎和词摇落之感,即前说出自庾信《枯树赋》《哀江南赋》大树飘零意象,与前引《绮罗香·红叶》都有"南朝词臣北朝客"的苍凉。

张炎此词与上引《高阳台》同赋"万绿西泠,一抹荒烟"芜城颓垣荒甃,更以铜驼荆棘写亡国之慨。李彭老、仇远和词也写当年歌舞场如今已是断井残垣,繁华不再;而他们内心的眷念与坚守却与春来花草共发。李彭老

①《唐五代两宋词选释》,第411—412页。
②同上书,第460页。

词曰："几多时，涨绿莺枝，堕红鸳甃。""繁华短梦随流水，空有诗千首。"仇远词曰："赤阑桥下桃花观，寒勒花枝瘦。""杨花自趁东风去，空白鸳鸯首。"

吴梦窗《踏莎行·敬赋草窗绝妙词》有"西湖同结杏花盟，东风休赋丁香恨"，隐括上引周密《探芳信》原唱名句"东风空结丁香怨，花与人俱瘦"，限于梦窗卒年，此词仅能写于临安沦亡之初即德祐二年（1276）或景炎二年（1277）①，张炎和作最迟写于第二年。因而张炎此首和词不写于杭州而写于初次北游时，故别题有"寄草窗"，词中又有"目极"之语；但表达的情感不因异地而逊其厚重。

张炎词作多以西湖旖旎风光承载着家国盛时记忆，如：

《台城路·杭友抵越》：筹花斗草。记小舫寻芳，断桥初晓。

《疏影·余于辛卯岁北归》：柳黄未结。放嫩晴消尽，断桥残雪。隔水人家，浑是花阴，曾醉好春时节。

《祝英台近·重过西湖书所见》：正延伫。乱花浑不知名，娇小未成语。短棹轻装，逢迎段桥路。

《西河·依绿庄赏荷，分净字韵》：花最盛。西湖曾泛烟艇。闹红深处小秦筝，断桥夜饮。箫鼓黄昏，动人心处情无限。锦街不甚月明多，早已骄尘满。才过风柔夜暖。渐迤逦、芳程递趱。

《法曲献仙音·席上听琵琶有感》：怕唤起西湖。那时春感。杨柳古湾头，记小怜、隔水曾见。

另有钱塘歌妓苏小小，自唐朝杭州太守白居易采以入诗后，已经是临安歌舞升平的文化代码。白居易著名诗句有《杨柳枝》："若解多情寻小小，绿杨深处是苏家。"《杭州春望》："涛声夜入伍员庙，柳色春藏苏小家。"张炎也不少此类词作：

《台城路·庚辰秋九月，之北》：舞扇招香，歌桡唤玉，犹忆钱塘苏小。无端暗恼。又几度留连，燕昏莺晓。

①金启华《周密及其词研究》系周词《探芳信》于至元二十三年（1286），即宋亡约十年之后。参见金启华、萧鹏著《周密及其词研究》，齐鲁书社1993年，第24—25页；吴熊和《唐宋词汇评》则据黄畬笺证张炎此词，系于大德三年（1299）。参见吴熊和主编《唐宋词汇评》（第5册），浙江教育出版社2005年，第3853页。以梦窗生于嘉泰二年（1202）考之，未得如此老寿。参见拙文《吴梦窗年谱》，《词学》二十六辑（2011年）。

《春从天上来·己亥春，复回西湖》：影散香消，水流云在，疏树十里寒沙。难问钱塘苏小，都不见、擘竹分茶。

《霜叶飞·毗陵客中闻老妓歌》：且慰我留连意，莫说西湖，那时苏小。

张炎于西湖凭吊南宋贵家园林，也是重寻繁华旧梦的方式之一。如《高阳台·庆乐园即韩平原南园》《庆春宫·金粟洞天》凭吊的就是宰相韩侂胄、贾似道，嗣荣王（平原郡王）赵与芮、同安郡王杨沂中的园林，这些前朝盛极一时的金谷旧园，随着朝代更替而衰败荒落，承载遗黎们对历史的回望与反省。

（二）山阴悲抚冬青冢

祥兴二年（1279）二月，宋朝因厓山战败正式灭亡。据《元史》记载，杨琏真伽于去年发掘山阴攒宫山宋帝后陵墓，周密《癸辛杂识续集》（卷上）记其详：

杨髡发陵之事，人皆知之，而莫能知其详。……前来将宁宗、杨后、理宗、度宗四陵，盗行发掘，割破棺椁，尽取宝货，不计其数。又断理宗头，沥取水银、含珠。……又于当年十一月十一日前来将孟后、徽宗、郑后、高宗、吴后、孝宗、谢后、光宗等陵尽发掘，劫取宝货，毁弃骸骨。①

此事激起人神共愤，但记录却不尽相同。传说山阴义士冒死取六陵遗骨瘗于天章寺前，陵各一函，植冬青一株以标识之，后人称为“冬青冢”。瘗遗骨者或作唐珏，或作林景熙（一作“曦”）。丁传靖《宋人轶事汇编》（卷十九）：

岁戊寅，有总江南浮屠杨琏真伽，怙恩横肆，势焰烁人，穷骄极淫，不可具状。十二月十二日，发赵宋诸陵，至断残支体，攫珠襦玉匣，焚其胔，弃骨草莽间。……越七日，总浮屠下令，裒陵骨杂置牛马枯骼中，造塔钱塘以纳之，名曰镇南。杭民悲愤，不忍仰视，了不知陵骨之犹存也。葬后，又于宋常朝殿掘冬青树，植于所函土上。②

《遂昌杂录》：

①《癸辛杂识》，第152页。

②丁传靖《宋人轶事汇编》，中华书局1981年，第1048—1049页。

宋太学生东嘉林景曦，字霁山。当时杨总统发掘诸陵寝时，林故为杭丐者，背竹箩，手持竹夹，遇物即以夹投箩中。林铸银作两许小牌百十系腰间，贿西番僧曰："余不敢望收其骨，得高宗、孝宗骨，斯足矣。"番僧左右之，果得高孝两庙骨，为两函贮之，归葬于东嘉。其诗有梦中作十首，其一绝曰："一抔未筑珠宫土，双匣亲传竺国经。只有春风知此意，年年杜宇哭冬青。"①

《元明事类钞》(卷五)：

冬青冢，倪端叟《游杭杂稿》：会稽唐珏闻发宋陵事，乃聚诸少年。潜收诸陵遗骨埋之，又于宋常朝处掘冬青树植于所函土上。杨维桢《冬青冢篇》云："江南石马久不嘶，冢上冬青今已拱。"袁洪(宏)道诗云："六陵花鸟哭冬青。"②

山阴词社是宋朝遗民亡国之后临时形成的创作群体，其中有年长张炎十六岁的周密，也有年少张炎十岁的陈恕可，义士唐珏也在其中。他们曾五次集社，各咏一题：《水龙吟》赋白莲，《天香》赋龙涎香，《摸鱼儿》赋莼，《齐天乐》赋蝉，《桂枝香》赋蟹，编为《乐府补题》，这是宋亡后遗民词人在集体唱和语境中形成的爱国词篇。宋代遗民的异代知音、明清之交的浙西词人朱彝尊认为《补题》非一般意义上的咏物之作，而是"骚人《橘颂》之遗音"，陈维崧则序曰"援微词而通志，倚小令以成声。此则飞卿丽句，不过开元宫女之闲谈；至于崇祚新编，大都才老梦华之轶事也。"③是以《补题》为白头宫女闲坐说玄宗，又如《梦华录》梦觉则有惊心之痛。前述夏承焘考定《乐府补题》隐喻宋陵被发事，并得到学界普遍认同。

张炎参加词社活动仅有白莲一咏。张炎与周密、王沂孙、唐珏、王易简、吕同老、李居仁、陈恕可、赵汝钠共九人参与山阴浮翠山房咏白莲词创作，张炎深怀君父不共戴天之仇，寄情于笔下所咏之物。录张炎《水龙吟·白莲》如下：

仙人掌上芙蓉，涓涓犹湿金盘露。轻妆照水，纤裳玉立，飘飘似舞。

①《遂昌山人杂录》，第6页。

②姚之骃《元明事类钞》，《景印文渊阁四库全书》(第884册)，第68页。

③陈维崧《乐府补题序》，陈维崧著，陈振鹏标点，李学颖校补《陈维崧集》(上册)，上海古籍出版社2010年，第401页。

几度消凝，满湖烟月，一汀鸥鹭。记小舟夜悄，波明香远，浑不见、花开处。　应是浣纱人妒。褪红衣、被谁轻误。闲情淡雅，冶容清润，凭娇待语。隔浦相逢，偶然倾盖，似传心素。怕湘皋佩解，绿云十里卷西风去。

前说白莲是山阴本地风光，传统白莲词的主旨大多拘限于丽质萎悴、冰心玷尘，但山阴词社白莲词，与姜夔咏梅词运化昭君魂兮归来的异质因素相同，大量化用宫庭典故，用以寄托不能明言的民族耻辱。词中采用宫廷典故的语典有王建《宫词》："金殿当头紫阁重，仙人掌上玉芙蓉。"李贺《金铜仙人辞汉歌》："空将汉月出宫门，忆君清泪如铅水。""携盘独出月荒凉，渭城已远波声小。"白居易《长恨歌》："风吹仙袂飘飖举，犹似霓裳羽衣舞。""渔阳鞞鼓动地来，惊破霓裳羽衣曲。"事典见《开元天宝遗事》："明皇秋八月，太液池有千叶白莲数枝盛开，帝与贵戚宴赏焉。左右皆叹羡久之。帝指贵妃示于左右曰：'争如我解语花？'"[①]引词看似描绘夜舞风荷如霓裳羽衣舞姿，映射的却是盛唐繁华以及安史巨变带来的政治动乱。比照社中同调同题词作的宫廷典故，兴亡悲感更为显露：如周密"擎露盘深，忆君凉夜，暗倾铅水"；王沂孙"翠云遥拥环妃，夜深按彻霓裳舞""太液荒寒，海山依约，断魂何许"；唐珏"冰魂犹在，翠舆难驻"；吕同老"太液波翻，霓裳舞罢，断魂流水"；陈恕可"相思未尽，纤罗曳水，清铅泣露"。

夏承焘认为山阴词社词人的其他词作多与《乐府补题》主旨相关，可以辑成《乐府补题》外编，其中涉及张炎咏莲花、王沂孙咏榴花词：

写此文成，尝请益于张孟劬先生尔田，先生自北平报书，谓"碧山他词若《庆清朝》榴花，亦暗寓六陵事；张皋文谓指乱世尚有人才，殊不得其解"。检《花外集》，此词过变云："谁在旧家殿阁，自太真仙去，扫地春空。朱幡护取，如今应误花工。颠倒绛英满径，想无车马到山中。"末二句用韩愈榴花诗语，实与林景熙梦中作"犹忆年时寒食祭，天家一骑捧香来"同意。又，余宗琳女士告予；张炎《红情》《绿意》二首咏荷有云："料应太液，三十六宫土花碧。""回首当年汉舞，怕飞去、漫皱留仙裙褶。""盘心清露如铅水，又一夜西风吹折。"亦同《补题》咏白莲之旨。此

①王仁裕《开元天宝遗事》，中华书局1985年，第23页。

皆予说一别证，亟附记之。王、张同时诸家之作，容犹有涉此者，可辑之为《补题》外编也。[①]

林景熙"天家一骑"所写为南宋宫室清明寒食前往绍兴攒宫山朝陵事。《梦粱录》(卷二)："(清明)禁中前五日，发宫人车马往绍兴攒宫朝陵，宗室南班亦分遣诸陵行朝享礼。……至日，亦有车马诣赤山诸攒并诸宫妃王子坟堂行享祀礼。"[②]《庆清朝》榴花典出自《白孔六帖》(卷九十九)："温汤朝元阁七圣殿，自神尧至昭成肃明皇后皆立，衣衮衣。绕殿石榴，皆太真所植(《洪武杂说》)。"[③]也用宫廷典。宋朝帝王受掘陵惨祸，不仅对于宋朝遗民，对于整个汉族臣民来说也是奇耻大辱，明人袁宏道不仅有"六陵花鸟哭冬青"之诗，小品文《宋六陵记》也有此悲恸："古来亡国败家虽多，未有若此之惨酷者也。碑碣皆荒断不可读。山势回合，架数败宇其间，唯有老松横道，杜鹃花滴血满山而已。"[④]若此，则张炎与王沂孙在山阴唱和的《露华·碧桃》《一萼红·赋红梅》《疏影·梅影》亦可入夏先生所谓"外编"。

另外，前述张炎在山阴所作《忆旧游·登蓬莱阁》虽非咏物，但以龙失云气，连缀海上仙山与本地紫云山，兼及凭吊六陵被发与厓山败亡的意味也十分明显，俞陛云笺曰："知其后半阕皆君国之思。蓬莱阁在绍兴郡治，非如岱顶韬光，可观日出，其言'海日'者，以日喻君象；以'残夜'喻时当末造；以龙入秋暝喻鼎湖之龙去；以水声东逝喻颓运之难回。'山冷不生云'句言一旅兴邦，更无余望，哀莫大于心死，犹空山之不复生云，诚哀思之音也。"[⑤]

二 悲悼故家乔木斜阳

张氏家族是宋朝华阀世系，旧都临安沦胥不久即发生故家巨变，前说张炎唯一存诗《腰带水》对此有深刻反映："犀绕鱼悬事已非，水光犹自湿云衣。山中几日浑无雨，一夜溪痕又减围。"赵昱评张炎此诗："不独语意佳绝，且有承平故家之感。"[⑥]张炎《踏莎行·跋伯时弟抚松寄傲诗集》有"水落

①夏承焘《周草窗年谱·后记一》，夏承焘集(第1册)，第379页。
②《梦粱录》，第21—22页。
③白居易原本，孔传续撰《白孔六帖》，《景印文渊阁四库全书》(第892册)，第610页。
④袁宏道著，钱伯城笺校《袁宏道集笺校》(上册)，上海古籍出版社2008年，第442页。
⑤《唐五代两宋词选释》，第458—459页。
⑥赵昱《山中白云词序》，赵昱辑刻《山中白云词》，宝书堂乾隆元年(1736)刻本。

槎枯，田荒玉碎”，《长亭怨·旧居有感》有“恨西风不庇寒蝉，便扫尽、一林残叶”，《扫花游·赋高疏寮东墅园》有“怅乔木荒凉，都是残照”也表达了悲悼故家之情。张炎入元之后，虽然长达四十多年流徙不定，但杭州家山仍然是他守望的精神家园。张炎的表达方式是把历史典故与现实指向结合起来，如张绪杨柳与孤山梅鹤，故园牡丹与邵侯碧瓜，王谢堂燕与杜陵飘泊，这种重组，延长了历史轴线，委婉曲折地传达出由家及国的忠爱诉求。

（一）张绪杨柳梅鹤怨

张炎词中七次用张绪杨柳典，此为张郎自用家典[①]。典出《南史·张绪传》：“绪吐纳风流，听者皆忘饥疲，见者肃然如在宗庙。……刘悛之为益州，献蜀柳数株，枝条甚长，状若丝缕。时旧宫芳林苑始成，武帝以植于太昌灵和殿前，常赏玩咨嗟，曰：‘此杨柳风流可爱，似张绪当年时。’其见赏爱如此。”[②]张炎在翩翩少年时，在友人眼中确有张绪风流。袁易《八声甘州》题序：“叔夏于酒边喜歌自制乐府，故末章及之，以资他日一笑云。”词句曰：“待归来、轻讴浅醉，想旧时、张绪转风流。”但在张炎词作中，采用此典表现的却是无情的年轮销磨了少年时代华丽人生的倜傥风流，张炎流转各地时，对西湖清时歌舞的旖旎回忆，在这一线柳绿中，获得了已然逝去锦瑟年华的温度，慰藉着无奈飘泊时树犹如此、情何以堪的哀恸。如：

《烛影摇红·西浙冬春间，游事之盛，惟杭为然。余冉冉老矣，始复归杭。与二三友行歌云舞绣中，亦清时之可乐，以词写之》：舟舣鸥波，访邻寻里愁都散。老来犹似柳风流，先露看花眼。

《祝英台近·重过西湖书所见》：那知杨柳风流，柳犹如此，更休道、少年张绪。

《南楼令·有怀西湖，且叹客游之漂泊》：可是而今张绪老，见说道、柳无多。

《徵招·答仇山村见寄》：可怜张绪门前柳，相看顿非年少。

《台城路·抵吴，书寄旧友》：分明柳上春风眼，曾看少年人老。

《霜叶飞·毗陵客中闻老妓歌》：却怜张绪如今老。

《月下笛·孤游万竹山中》：连昌约略无多柳，第一是、难听夜雨。

①周密《一枝春·越一日，寄闲次余前韵，且未能忘情于落花飞絮间，因寓去燕杨姓事以寄意，此少游“小楼连苑”之词也》：“空自想、杨柳风流，泪滴软绡红聚。”是以张炎父亲张枢寄闲为风流张绪。

②《南史》（第3册），第810页。

……张绪。归何暮。半零落,依依断桥鸥鹭。

以上引《月下笛》为例,题序曰:“孤游万竹山中,闲门落叶,愁思黯然,因动黍离之感。时寓甬东积翠山舍。”明确词有家国之悲,此词写于奉化万竹屿(已见前考)。词以“连昌(宫)”代替“太昌灵和殿”大有深意。连昌宫是唐玄宗的行宫离苑,曾历尽盛世繁华,但在安史之乱后成为废宫。元稹《连昌宫词》有描述:“庄园烧尽有枯井,行宫门闭树宛然。尔后相传六皇帝,不到离宫门久闭。往来年少说长安,玄武楼成花萼废。去年敕使因斫竹,偶值门开暂相逐。荆榛栉比塞池塘,狐兔骄痴缘树木。舞榭欹倾基尚在,文窗窈窕纱犹绿。尘埋粉壁旧花钿,乌啄风筝碎珠玉。上皇偏爱临砌花,依然御榻临阶斜。蛇出燕巢盘斗栱,菌生香案正当衙。”词中以依依杨柳对接连昌宫,国破家亡之感溢于言表。词中既用前引苏轼与苏辙相约兄弟连床听雨典故,又有“谩惊回凄悄,相看烛影,拥衾谁语”之句,化用了伶玄《自叙》:“(樊通德)能言赵飞燕姊弟故事,(伶)子于闲居,命言,厌厌不倦。子于语通德曰:‘斯人俱灰灭矣,当时疲精力驰骛嗜欲蛊惑之事,宁知终归荒田野草乎?’通德占袖,顾视烛影,以手拥髻,凄然泣下,不胜其悲,子于亦然。”①意谓因兄弟失散,欲连床对语前朝之事,却只能孤对烛影,拥衾凄然而悲,末三句写晚年岁暮暂归杭州,西湖断桥鸥鹭七零八落,也如朋友不能相聚。前引张如安考证此词于大德二年(1298)写于奉化,与《腰带水》写在同地,奉化、甬东与明州同地异名,前考其六世祖张俊南渡时曾在明州高桥立下赫赫战功。张炎于此地“动黍离之感”,盖有以也。

张炎又以孤山梅花作为张绪杨柳意象的补充。语出孔稚圭《北山移文》:“至于还飙入幕,写雾出楹,蕙帐空兮夜鹤怨,山人去兮晓猿惊。”②这类词作运化典故虚写因情势所迫无法实现归隐西湖的愿望。如:

《声声慢·都下与沈尧道同赋》:空教故林怨鹤,掩闲门、明月山中。春又小,甚梅花、犹自未逢。

《南楼令·送韩竹间归杭》:向西湖、重隐烟霞。说与山童休放鹤,最零落,是梅花。

《祝英台近·余老矣,赋此为猿鹤问》:爱闲休说山深,有梅花处,更

①伶玄《赵飞燕外传》,中华书局1991年,第16页。

②孔稚圭《北山移文》,《古文观止》(下册),第275—276页。

添个、暗香疏影。

《尾犯·山庵有梅古甚，老僧云：此树近百年矣。余盘礴花下，竟日忘归，因有感于孤山，为赋此调》：惟只有、西州倦客，怕说着、西湖旧时。难忘处，放鹤山空人未归。

宋初林逋归隐西湖孤山，多植梅树并畜养两鹤，成为宋朝隐者的精神偶像。《梦溪笔谈·人事二》：“林逋隐居杭州孤山，常畜两鹤，纵之则飞入云霄，盘旋久之，复入笼中。”[①]《宋诗钞》诗人小传：“（林）逋不娶，无子，所居多植梅畜鹤。泛舟湖中，客至则放鹤致之。因谓梅妻鹤子云。”[②]孤山四圣畔改建为南宋皇家御园（已见前引《梦粱录》卷十二），梅花因之成为缠绕不解的回忆故国的“编码”。汪元量《水云集·附录》载北狩恭宗皇帝《送汪大有（元量）南还》诗：“寄语林和靖，梅花几度开。黄金台下客，应是不归来。”仇远《兴观集·董静传挂冠四圣观》：“静掇秋渌洗荷衣，问隐孤山只鹤随。”“莫对梅花谈世事，此花曾见太平时。”梅花更有故家记忆。前说其曾祖张镃园池中多有堂轩，以玉照堂梅花最为著名，前后有梅花四百株。张镃赏梅“花时居宿其中，莹洁辉映，夜如珂月，因名曰‘玉照’。”袁桷“英英玉照称闻孙”称张炎是张氏奇伟杰出有声誉的子孙。

张词偶然也用花中君子菊兰代梅而有菊鹤、兰鹤之比。如《新雁过妆楼·赋菊》“淡泊生涯，聊伴老圃斜晖。寒香应遍故里，想鹤怨山空犹未归。”《浪淘沙·作墨水仙寄张伯雨》：“游冶未知还。鹤怨空山。潇湘无梦绕丛兰。”有的词作虽然仅写鹤怨其未归，但因语涉家山之归，梅花自在其中。如《玲珑四犯·杭友促归，调此寄意》：“何况夜鹤帐空，怎奈向、如今归去。”《清平乐·过吴中见屠存博递诗，有怀其人》：“夜深鹤怨归迟。此时那处堪归。”《台城路·游北山寺》：“童子何知，故山空放鹤。”《蝶恋花·邵平种瓜》：“蕙帐空闲，鹤怨来何暮。”

（二）故园牡丹种瓜迟

牡丹原名木芍药，盛唐时始为皇室所重。《全芳备祖·前集》：“开元间，禁中初重木芍药，即今之牡丹也。”[③]南宋皇室公卿皆重牡丹（或径称大花、

①沈括著，胡道静校注《〈梦溪笔谈〉校证》（上册），古典文学出版社1957年，第402页。

②吴之振等选，管庭芬等补《宋诗钞》（第1册），中华书局1986年，第391页。

③陈景沂编辑，祝穆订正，程杰、王三毛点校《全芳备祖》（第1册），浙江古籍出版社2014年，第66页。

洛花),《武林旧事》载淳熙六年皇家赏花:"遂至锦壁赏大花,三面漫坡,牡丹约千余丛,各有牙牌金字,上张大样碧油绢幕。"(已见前引)张炎曾祖张镃庭苑多牡丹及牡丹新品已见前说,前引周密《齐东野语》记载张镃牡丹会,显示钟鸣鼎食之家鲜花着锦的生活状态。张氏后人传承了张镃酷爱牡丹的传统,戴表元《牡丹宴席诗序》:"功父诸孙之贤而文者国器甫复寻坠典,自天目山致名本牡丹百余归第中。以三月九日大享客,瓶罍设张,屏筵绚辉,衣冠之华,诙谐之欢。"[1]诸孙,虽指张镃本家孙辈,但仍可见植赏牡丹为张家"坠典"。宋亡之后,玉田避乱浙西浙东,短暂归杭时,偶然过访故园,牡丹最易引起家族记忆。如《忆旧游·过故园有感》:"忘了牡丹名字,和露拨花根。甚杜牧重来,买栽无地,都是消魂。"化用罗邺《牡丹》句意:"买栽池馆恐无地,看到子孙能几家。"词写家国倾覆后,易主故园中牡丹名品荒芜于荆棘草丛,令人不胜唏嘘。

玉田题咏牡丹画也承载家族盛时的追忆。前引张炎题咏钱选画牡丹的《华胥引》:"落暮云深,瑶台月下逢太白。素衣初染天香,对东风倾国。"词中运典见《开元天宝花木记》载唐明皇在兴庆池沉香亭前赏四株繁开牡丹,杨妃辇从,"上曰:'赏名花,对妃子,焉用旧乐辞焉?'遽命龟年持金花笺,宣赐翰林供奉李白立进《清平调》词三章。……龟年以歌辞进,上命梨园弟子略约调抚丝竹,遂促龟年以歌之。太真妃持颇梨七宝杯,酌西凉州蒲萄酒,笑领歌辞,意甚厚。上因调玉笛以倚曲,每曲遍将换,则迟其声以媚之"[2]。张炎另有为遗民罗志仁题花词《清平乐·为伯寿题四花》,其中牡丹词下阕:"脂痕淡约蜂黄。可怜独倚新妆。太白醉游何处,定应忘了沉香。"二词都以李白因进《清平乐》,获得帝妃宠眷,显示文人在盛唐国威中自由潇洒的精神风范,映射出在崇文抑武的宋朝,文人群体包括张氏家族优雅的生活与高贵的品节。

又因为我国自古就有牡丹、芍药错综浑言的传统,所以玉田咏芍药词也可以类归阐述。张府园林中也盛有芍药,张镃有《芍药花二首》:"自古风流芍药花,花娇袍紫叶翻鸦。诗成举向东风道,不愿旁人定等差。""吟笺欠向此花题,未信翻阶句绝奇。三嗅苍髯惹黄粉,又成空对剪来枝。"张炎有

①《剡源集》,第153页。
②乐史《李翰林别集序》,李白《李太白集》,辽宁教育出版社1997年,第311页。

两首芍药词，即《如梦令·处梅列芍药于几上酌余，不觉醉酒，陶然有感》："隐隐烟痕轻注。拂拂脂香微度。十二小红楼，人与玉箫何处。归去。归去。醉插一枝风露。"陆处梅是"分湖第一世家子"，家世略可媲隆，又是精神知己，故玉田见所列芍药心有戚戚，因酒酣而起繁华消歇之感，词作借助杜牧诗、姜夔词，描绘风华不再的扬州芍药。首二句形容芍药红艳浓香。末三句语及承平时期的宫廷礼仪。杨万里《德寿宫庆寿口号》："牡丹芍药蔷薇朵，都向千官帽上开。"舆图换稿之后，张炎试图通过牡丹芍药，留住故国崇光泛彩春色的一缕梦痕。《点绛唇·为伯寿题四花》中的芍药词取意相同："独殿春光，此花开后无花了。丹青人巧。不许芳心老。　密影翻阶，曾为寻诗到。竹西好。采香歌杳。十里红楼小。"

张炎词中反复出现的"青门瓜"，也可以视为"有意味的形式"(Significant Form)①。秦汉易代之际，秦朝东陵侯邵平沦为京郊布衣瓜农，他在青城门外种出了甜美的碧玉瓜，这种对政治变故恬然自适的反应获得后人赞赏。此典出自《三辅黄图》(卷一)："长安城东出南头第一门曰霸城门，民见门色青，名曰青城门，或曰青门。门外旧出佳瓜，广陵人邵平，为秦东陵侯，秦破为布衣，种瓜青门外，瓜美，故时人谓之东陵瓜。"②与秦侯邵平成鲜明对比的是，同为易代鼎革，汉朝尚容得下故侯一垄瓜田；但张氏贵为宋朝循王后裔，求为杭州城郊的隐者却成奢望，这使张炎所作包括牡丹在内的故园词带有怨望之意。如《蝶恋花·邵平种瓜》：

> 秦地瓜分侯已故。不学渊明，种秫辞归去。薄有田园还种取。养成碧玉甘如许。　卜隐青门真得趣。蕙帐空闲，鹤怨来何暮。莫说蜗名催及戍。长安城下锄烟雨。

此词除"东陵瓜"外，还化用三个典故。《宋书·隐逸传》："(陶潜)谓亲朋曰：'聊欲弦歌以为三径之资，可乎？'执事者闻之，以为彭泽令。公田悉令吏种秫稻，妻子固请种杭。乃使二顷五十亩种秫，五十亩种杭。郡遣督邮至，县吏白：'应束带见之。'潜叹曰：'我不能为五斗米折腰向乡里小人。'即

---

①[英]克莱夫·贝尔著，周金环、马钟元译，滕守尧校《艺术》，中国文艺联合出版公司1984年，第4页。Clive Bell, *Art* (New York: Frederick A. Stokes Company, 1913), p8.这里借用为积淀在特定意象中独特的情感。

②何清谷《〈三辅黄图〉校注》，三秦出版社2006年，第87页。

日解印绶去职，赋《归去来》。”[①]《左传·庄公八年》：“齐侯使连称、管至父戍葵丘。瓜时而往，曰：‘及瓜而代’。期戍，公问不至。请代，弗许。”[②]《庄子·则阳》：“有国于蜗之左角者曰触氏，有国于蜗之右角者曰蛮氏，时相与争地而战，伏尸数万，逐北，旬有五日而后反。”[③]张炎非常崇拜陶渊明忠于晋朝，却对他短暂出仕之后的归隐略有微辞，张炎的理想是象秦朝故侯淡然不问外界纷争，隐居临安城下，在烟雨中为瓜秧锄草。这是入新朝后衰莫大矣的不屈姿态。

另如《木兰花慢·用前韵呈王信父》：“何如种瓜种秫，带一锄、归去隐东陵。”《南楼令·送杭友》：“何日束书归旧隐，只恐怕、种瓜迟。”而《台城路·迁居》：“屋破容秋，床空对雨，迷却青门瓜圃。”是迁居漏屋，悲兄弟不能对床，为无安身立命之地而迷惘不已。

（三）王谢堂空杜陵悲

张炎是循王张俊六世裔孙，堪比金陵王谢庭阶前的芝兰玉树。但临安倾覆时，家赀尽入廉希贤家，宅第园池久已易主，堂前燕子有情归来，却不知人事已改，仍然在旧时王侯集聚地频绕帘栊，似寻故人踪迹。如《高阳台·西湖春感》：“当年燕子知何处，但苔深韦曲，草暗斜川。”《高阳台·庆乐园》：“古木迷鸦，虚堂起燕，欢游转眼惊心。”《斗婵娟·故园荒没欢事去》：“旧家池沼。帘休下、从教飞燕频绕。”《扫花游·台城春饮》：“可惜空帘，误却归来燕子。”《忆旧游·过故园有感》：“怕有旧时归燕，犹自识黄昏。”《台城路·迁居》：“燕忽归来，翠帘深几许。”

张炎词中也常用长安贵族聚居的杜曲、韦曲等地，代指临安贵族聚居场所。《雍录》（卷七）：“《吕图》：韦曲在明德门外，韦后家在此。盖皇子陂之西也。所谓‘城南韦、杜，去天尺五’者也。杜曲在启夏门外，向西即少陵原也。杜甫诗曰：‘杜曲花光浓似酒。’”[④]《陕西通志》（卷七十三）：“按二曲名胜之地，韦、杜二家历代显宦。故唐人语曰：‘城南韦、杜，去天尺五。’”[⑤]杜甫与少陵原颇有渊源，是漂泊生涯中居住时间最长的地方，也是远祖杜预

①《宋书》（第8册），第2287页。

②左丘明传，杜预注，孔颖达疏《春秋左传正义》，《十三经注疏》（下册），第1765页。

③庄周撰，王先谦集解，方勇导读整理《庄子》，上海古籍出版社2009年，第269页。

④程大昌撰，黄永年点校《雍录》，中华书局2002年，第157页。

⑤沈青崖等撰《陕西通志》（第4册），华文书局1969年，第2143页。

的故乡，故自号杜陵野老。其《曲江三章，章五句》有“自断此生休问天，杜曲幸有桑麻田，故将移住南山边”。杜甫是安史之乱的亲历者，虽然颠沛流离，但一饭未尝忘君。张炎崇拜杜甫而同样具有爱国情怀，词中“杜曲”由此带上政治色彩。词如《忆旧游·余离群索居》：“叹江潭树老，杜曲门荒，同赋飘零。”《月下笛·孤游万竹山中》：“只愁重洒西州泪，问杜曲、人家在否。”

张炎词集中近200处化用杜诗也从侧面证明这一点，以《壶中天·送赵寿父归庆元》最为集中：“江上沙鸥何所似，白发飘飘行客。旷海乘风，长波垂钓，欲把珊瑚拂。”“日暮空想佳人，楚芳难赠，烟水分明隔。老病孤舟天地里，惟有歌声消得。”化用杜甫诗作有《旅夜书怀》：“飘零何所似，天地一沙鸥。”《送孔巢父谢病归游江东兼呈李白》：“诗卷长留天地间，钓竿欲拂珊瑚树。”《佳人》：“天寒翠袖薄，日暮倚修竹。”《登岳阳楼》：“亲朋无一字，老病有孤舟。”

另外，宋季词人包括张炎词都较少隐括前人成句，但张炎隐括杜诗成句却成特例。如：

《一萼红·弁阳翁新居》：老去却愿春迟。——《可惜》：花飞有底急，老去愿春迟。

《洞仙歌·观王碧山花外词集有感》：可惜欢娱地。——《可惜》：可惜欢娱地，都非少壮时。

《忆旧游·大都长春宫》：阊阖开黄道。——《太岁日》：阊阖开黄道，衣冠拜紫宸。

《木兰花慢·为静春赋》：幽栖身懒动。——《绝句六首》(之二)：幽栖身懒动，客至欲如何。

《风入松·为山村赋》：留客可茶瓜。——《巳上人茅斋》：枕簟入林僻，茶瓜留客迟。

引例中《一萼红》《洞仙歌》是与友人周密、王沂孙交游的词作，化用杜甫《可惜》诗前四句中相连的两句，《集千家注杜工部诗集》(卷八)刘辰翁谓此四句“情景萧然”①。杜诗被用于遗黎交往的词作中，自然而然地带有张炎词序中屡有所及的寥落况味。

①杜甫撰，佚名编注《集千家注杜工部诗集》，吉林出版集团有限责任公司2005年，第151页。

张炎集中还有一首与“杜曲”相关、并且明确于题序中表达“动黍离之感”的词作，特别值得注意，即《月下笛·孤游万竹山中，闲门落叶，愁思黯然，因动黍离之感。时寓甬东积翠山舍》。

> 万里孤云，清游渐远，故人何处。寒窗梦里，犹记经行旧时路。连昌约略无多柳，第一是、难听夜雨。谩惊回凄悄，相看烛影，拥衾谁语。　张绪。归何暮。半零落，依依断桥鸥鹭。天涯倦旅。此时心事良苦。只愁重洒西州泪，问杜曲、人家在否。恐翠袖、正天寒，犹倚梅花那树。

前文已经分析了“连昌”以下十句，这里再录入谢桃坊先生对此词独具慧眼的解说：“词人以张绪自喻，而今零落漂泊，心事良苦，已无复当年王孙公子的风姿了。杜曲在唐代都城长安之东，为世代贵官大姓杜氏聚居之地。词人有似晋时羊昙重过西州门而有‘生存华屋处，零落归山丘’的感叹。尤其是当年的贵家妇女，经过丧乱流离，天寒翠袖薄，想象其犹倚旧时梅树，便愈使人心酸了。词中所表达的‘黍离之感’是非常含蕴和深沉的。”[①]词中另外还采用了一些蕴含亡国之悲的典故。“杜曲”与杜甫有关联，前引《雍录》（卷七）载杜曲在少陵原之东。杜甫自称“少陵野老”，后人称为杜少陵。其《哀江头》诗曰：“少陵野老吞声哭，春日潜行曲江曲。”《杜诗详注》卷四引《杜臆》：“长安城东有霸陵，文帝所葬。霸南五里即乐游原，宣帝筑以为陵，曰杜陵。杜陵东南十余里又有一陵，差小，许后所葬。谓之少陵。其东即杜曲。陵西即子美旧宅，自称少陵野老以此。”[②]

第四节　豹隐雾藏崇尚气节

张炎入元后四十多年，除短期归杭州之外，一直是在飘泊无定中隐居于浙江东路与浙江西路各地。前引舒序、戴序曰：“不入古杭，扁舟浙水东西，为漫浪游。散囊中千金装，吴江楚岸，枫丹苇白，一奚童负锦囊自随。”“垂及强仕，丧其行资，则既牢落偃蹇，尝以艺北游，不遇失意，亟亟南归，愈不遇，犹家钱塘十年。久之又去，东游山阴、四明、天台间，若少遇者，既又

①《宋词概论》，第508—509页。
②《杜诗详注》（第1册），第264页。

弃之西归。"生活困顿,并没有影响张炎豹隐雾藏、润泽纹彩的隐居方式。张炎大德三年(1299)初游苏州不久,郑思肖就描述了其远游的行程、时间,乃至张炎晚号"乐笑翁"的生活态度,他在尘埃滚滚中活出了优雅的"文艺范",郑思肖说:"吾识张循王孙玉田先辈,喜其三十年汗漫南北数千里,一片空狂怀抱,日日化雨为醉。自仰扳姜尧章、史邦卿、卢蒲江、吴梦窗诸名胜,互相鼓吹春声于繁华世界,飘飘征情,节节弄拍,嘲明月以谑乐,卖落花而陪笑。"①江阴友人陆文圭亦曰:"君亦因是弃家,客游无方,三十年矣。"钱良祐记载张炎元仁宗延祐二年(1315)六十七岁后才得以归居杭州。张炎入元之后流亡隐居,在乱离时期虽落拓但保持了有尊严的逸民姿态,不忘未肯屈志新朝的初心,俨然幽栖于不染红尘、超越世俗的白云山乡与世外桃源。

一 诗意栖居隐逸遂志

穆旦《听说我老了》是内心自我放飞的高歌:"但我常常和大雁在碧空翱翔,或者和蛟龙在海里翻腾。凝神的山峦也时常邀请我,到它那辽阔的静穆里做梦。"张炎也是在山川自然中实现了隐居梦想,诗意栖居于白云山乡,在芳草鲜美、落英缤纷的桃花源幻境中挥洒隐士的梦想。

(一)山中白云诗意隐居

张炎词集命名语出南朝梁陶弘景《诏问山中何所有赋诗以答》:"山中何所有,岭上多白云。只可自怡悦,不堪持寄君。"陶弘景缔造了隐者的世外家园白云乡,这也是林泉隐者最早的文脉之源。张炎与交游中的同道是易代之际的特殊群体,他们生活困顿,却有着坚定的精神追求。在隐逸遁世生涯中互相勉励;并神交古人,共同建构栖息身心的人文渊薮。山中触石而生的白云自有一种飘逸出世、与天地精神相往来的风神。张炎此类例句俯拾皆是,如:

《木兰花慢·为越僧樵隐赋樵山》:任一路白云,山童休扫,却似崆峒。

《台城路·游北山寺》:云多不记山深浅,人行半天岩壑。

《声声慢·西湖》:谁识山中朝暮,向白云一笑,今古无愁。

①郑思肖《张玉田白云词叙》,《郑思肖集》,第295页。

《木兰花慢·丹谷园》:步翠麓幽寻,白云自在,流水萦纡。

《湘月·赋云溪》:为问山中何所有,此意不堪持寄。

《扫花游·赋高疏寮东墅园》:几日不来,一片苍云未扫。

《三姝媚·送舒亦山游越》:古意萧闲,问结庐人远,白云谁侣。

在张炎笔下,隐居地无论溪畔中洲、庭户花关皆有白云护持:

《甘州·辛卯岁,沈尧道同余北归,各处杭越。逾岁,尧道来问寂寞,语笑数日,又复别去。赋此曲,并寄赵学舟》:载取白云归去,问谁留楚佩,弄影中洲。

《南乡子·为处梅作》:庭户隔尘寰。自有云封底用关。

《风入松·赠蒋道录溪山堂》:门前山可久长看。留住白云难。溪虚却与云相傍,对白云、何必深山。

《甘州·题戚五云云山图》:洞户来时不锁,归水映花关。只可自怡悦,持寄应难。

《一萼红·東季博园池,在平江文庙前》:清气分来,生香不断,洞户自有云封。

上述引句,除化用陶弘景诗句外,还有李白《忆东山二首》(之二):"欲报东山客,开关扫白云。"孟浩然《秋登兰山寄张五》:"北山白云里,隐者自怡悦。"皎然《喜义兴权明府自君山至,集陆处士羽青塘别业》:"身关白云多,门占春山尽。"贾岛《寻隐者不遇》:"只在此山中,云深不知处。"寒山诗:"自在白云间,从来非买山。"魏野《寻隐者不遇》:"采芝何处未归来,白云满地无人扫。"还有隐含"白云"的词句,如《祝英台近·余老矣,赋此为猿鹤问》:"静中省。便须门掩柴桑,黄卷伴孤隐。"语出皎然《兵后早春登故鄣南楼望昆山寺白鹤观示清道人并沈道士》:"耳目何所娱,白云与黄卷。"张炎甚至视白云居地为仙乡,这使他将现实层面不能从心所欲的隐居之地转化成自由精神的栖居之所,如《风入松·酌惠山泉》:"着我白云堆里,安知不是神仙。"语出《庄子·天地》:"乘彼白云,游于帝乡。"[1]这就是荷尔德林所谓"诗意地栖居"(poetically man live on this earth")[2],是承载天地精神的

①庄周撰,王先谦集解,方勇导读整理《庄子》,上海古籍出版社2009年,第118页。

②Hölderlin, Friedrich, *Hölderlin: his poems* (New York: Pantheon Books Inc,1952), p263.

羽化“神仙”。

张炎词中的“山中白云”还对接了陶渊明《归去来兮辞》“云无心以出岫”的流动意象，关涉隐者出处行藏的自在洒落，更有不苛求、不奔竞的优雅。如：

《塞翁吟·友云》：交到无心处，出岫细话幽期。看流水、意俱迟。

《甘州·题戚五云云山图》：无心好、休教出岫，只在深山。

《如梦令·渊明行径》：出岫本无心，迟种门前杨柳。

《清平乐·赠云麓道人》：莫趁清风出岫，此中方是无心。

《瑶台聚八仙·为焦云隐赋》：行藏也须在我，笑晋人为菊，出岫方浓。淡然无心，古意且许谁同。

《风入松·岫云》：卷舒无意入虚玄。丘壑伴云烟。

《湘月·赋云溪》：随风万里。已无心出岫，浮游天地。

在唐宋诗的背景中，张炎此类词意可以得到互文层面的延伸。杜甫《江亭》：“水流心不竞，云在意俱迟。”岑参《丘中春卧寄王子》：“卷迹人方处，无心云自闲。”李白《赠横山周处士》：“闲云随舒卷，安识身有无。”释仲皎《归云亭》：“一从飞出岫，舒卷意何长。”

张炎在四明时，为友人孙凝（虚斋）赋写白云山四云庵，也表现出诗意隐居的内心追求。《江神子·两云之间》：“舍北江东，如盖自亭亭。”“采药难寻，童子语山深。”《塞翁吟·友云》：“且淡薄相依，凌霄未肯从龙去，物外共鹤忘机。”“休题五朵，莫梦阳台，不赠相思。”《祝英台近·耕云》：“非雾非烟，生气覆瑶草。”“鹤下芝田，五色散微照。”《风入松·岫云》：“卷舒无意入虚玄。丘壑伴云烟。石根清气千年润，覆孤松、深护啼猿。霭霭静随仙隐，悠悠闲对僧眠。”其中的“五朵”“五色”又为白云抹上生命的形状与亮色。典出《酉阳杂俎续集·支诺皋下》：“（韦陟）尝自谓所书‘陟’字，如五朵云，当时人多仿效，谓之郇公五云体。”[①]非雾非烟，则为祥瑞彩云。《史记·天官书》：“若烟非烟，若云非云，郁郁纷纷，萧索轮囷，是谓卿云。”[②]张惠言手批《甘州·题戚五云云山图》：“相招深隐，此玉田本色，故处处及之。”[③]正是指出了

①《酉阳杂俎》，第227页。

②司马迁《史记》（第4册），中华书局1982年，第1339页。

③马兴荣辑《张惠言手批〈山中白云词〉》，《词学》第十五辑（2004年）。

张词高频率出现云朵意象的深意所在。

(二)世外桃源踵继魏晋

魏晋是我国中古前期的文艺复兴时代,文学精神与山水意识同步觉醒。魏晋风流,本质上是独立自由之人格的高扬。阮籍、陶潜等不肯屈志的名流,成为宋朝集体景仰追慕的偶象,而南宋遗民群体侧重的是其精神气节。郑思肖《对菊》:“谁知陶靖节,只是晋朝人。”他们对于魏晋名士所抒发的精神苦闷有独特解会。戴表元《杨氏池堂宴集诗序》记载周密至元二十三年丙戌(1286)组织了上巳节文人雅集,此时离故都临安沦亡已经十年,因此也如东晋名流,是文人群体借祓禊仪式抒发精神苦闷:

> 公谨以三月三日将修兰亭故事,合居游之士凡十有四人,共宴于曲水……公谨大出所蓄古器物享客为好。或膝琴而弦,或手矢而壶,或目图与书,而口歌以呼。醉醒庄谐,骈哗竞狎,各不知人世之有盛衰今古,而穷达壮老之历乎其身也。酒半,有作而叹曰:“兹游乐哉,其有思乎?抑亦知夫兹游之所由起乎?……方晋之未迁,故都之氓,处五方之中,而习累世之盛。男袪女袂,春游而祓焉,固其阎闾委巷之所通行也。晋之既迁,名士大夫侨居而露宿,愁苦而嗟咨,有愿为盛时故都之氓,不可得矣。故且‘驾言出游,以写我忧’,而何择于禊之有。……”①

张炎词中大量出现魏晋特别是东晋事迹,用意正在于此。词中以“秦山晋水”喻风景不殊的山河变异。如《玉漏迟·登无尽上人山楼》:“可惜秦山晋水,甚却向、此时登眺。”《声声慢·己亥岁,自台回杭》:“一舸清风何处,把秦山晋水,分贮诗囊。”

传说中的桃花源是秦时人逃避暴政的世外家园,这里风景绝美,人情和畅,与世隔绝,身在山中怡然不知时代变迁,这显然是隐逸诗人之宗陶渊明创造的乌托邦幻境。原典出自陶潜明《桃花源记》:

> 晋太元中,武陵人捕鱼为业。缘溪行,忘路之远近。忽逢桃花林,夹岸数百步,中无杂树,芳草鲜美,落英缤纷。……自云先世避秦时乱,率妻子邑人来此绝境,不复出焉。遂与外人间隔。问今是何世,乃不知有汉,无论魏晋。……寻向所志,遂迷,不复得路。②

①《戴表元集》,第135—136页。

②陶潜著,汤汉注《陶靖节诗集》,中华书局1985年,第30—31页。

但对于宋遗民来说，世上已经不存在可以逃避世乱频仍的一方净土，遗民的集体焦虑，是担心落英流出山外，引得“渔郎”问津，实际是担心统治者以强权逼迫隐者屈志入世。与谢枋得《庆全庵桃花》同义：“寻得桃源好避秦，桃红又是一年春。花飞莫遣随流水，怕有渔郎来问津。”张炎此类词作也有很多，如：

《一萼红·赋红梅》：得似古桃流水，不到人间。

《西子妆慢·吴梦窗自制此曲》：渔舟何似莫归来，想桃源、路通人世。

《南乡子·为处梅作》：却笑桃源深处隐，跻攀。引得渔翁见不难。

《壶中天·陆性斋筑葫芦庵》：只恐渔郎曾误入，翻被桃花一笑。

《玲珑四犯·杭友促归》：问种桃、莫是前度。不拟桃花轻误。桃源去尘更远，问当年、何事识渔郎。

在张炎词中，世外桃源又常与神话故事相“链接”，如合用《幽明录》刘晨、阮肇入天台山溯桃溪而上得遇俪仙事，但刘阮二人离开天台虽再度入山，已经迷失桃溪所在，这反映出桃源望断无寻处的遗民焦虑。如：

《南浦·春水》：前度刘郎归去后，溪上碧桃多少。

《台城路·迁居》：桃花零落玄都观，刘郎此情谁语。

《摸鱼子·高爱山隐居》：岂料山中秦晋。桃源今度难认。

《露华·碧桃》：残照晚，渔翁正迷武陵。

《声声慢·赋渔隐》：桃花远迷洞口，想如今，方信无秦。

《如梦令·题〈渔乐图〉》：休去。休去。见说桃源无路。

《风入松·题〈桃源图〉》：桃花不识东西晋，想如今、也梦邯郸。

甚或世外桃源也成风波之地。如《南楼令·有怀西湖》：“欲趁桃花流水去，又却怕、有风波。”陶潜心远地偏，居所的菊柳意象也为张炎所重。如《声声慢·别四明诸友归杭》：“疏篱尚存晋菊，想依然、认得渊明。”《新雁过妆楼·乙巳菊日》：“陶潜尚存菊径，且休羡松风陶隐居。”《声声慢·为高菊墅赋》：“从教护香径小，似东山、还似东篱。待去隐，怕如今、不是晋时。”《渡江云·山阴久客》：“犹记得、当年深隐，门掩两三株。”《水龙吟·春晚留别故友》：“那知又、五柳门荒，曾听得、鹃啼了。”《月下笛·寄仇山村溧阳》：“但靖节门前，近来无柳。”《如梦令·渊明行径》：“出岫本无心，迟种门前杨柳。”其中《新雁过妆楼》"松风陶隐居"有特别的意义，陶隐居，陶弘景自号华阳隐居。典见《梁书·陶弘景传》："永元初，更筑三层楼，弘景处其上，弟子居其中，宾客至其下，与物遂绝，唯一家僮得侍其旁。特爱松风，每闻其响，欣然为乐。"[①]张炎《踏莎行》题跋兄弟伯时《抚松寄傲诗集》，知此句隐指其避居地，"休羡"云云，是盼伯时归来杭州居地。陈兰甫评价张炎屡用桃源典："屡用桃源事，皆写沧桑之感。"[②]菊柳之隐亦可作如是观。

撮口发出清越长音，即吟啸，是魏晋名士特有的述志方式。《晋书·阮籍传》："（籍）尝于苏门山遇孙登，与商略终古及栖神导气之术，登皆不应，籍因长啸而退。至半岭，闻有声若鸾凤之音，响乎岩谷，乃登之啸也。遂归。"[③]融合嵇康以麋鹿之性"思长林而志在丰草"（《与山巨源绝交书》）、苏轼"早晚渊明赋《归去》，浩歌长啸老斜川"（《和林子中待制》），成就了张炎豪放旷达、独立不羁的山林栖隐。《瑶台聚八仙·杭友寄声，以词答意》："峭壁谁家，长啸竟落松前。"《扫花游·赋高疏寮东墅园》："自长啸。怅乔木荒凉，都是残照。"《壶中天·咏周静镜园池》："划然长啸，海风吹下空翠。"《甘州·云林远市》："响天心、数声长啸，任清风、吹顶发萧骚。"《满江红》："忽一声、长啸出山来，黄粱熟。"

晋人王徽之酷爱篁竹，《世说新语》（卷下）："王子猷尝暂寄人空宅住，便令种竹。或问：'暂住何烦尔？'王啸咏良久，直指竹曰：'何可一日无此君。'"[④]张炎更爱此君虚怀直节，也与竹偕隐：《南乡子·竹居》："爱此碧相依。卜筑西园隐逸时。"《台城路·夏壶隐壁间，李仲宾写竹石、赵子昂作枯木，娟净峭拔，远返古雅，余赋词以述二妙》："素壁高堂，晋人清几许。"《一萼红·弁阳翁新居》："款竹门深，移花槛小，动人芳意菲菲。"

俞陛云曾评张炎《湘月》多用晋朝典故："下阕因《晋雪图》而叹袁安宅废、谢傅庭空，即使晋代犹存，而斯人不作，谁共清游。玉田与中仙皆君国之念甚深，其追怀晋代，亦借古慨今也。"[⑤]张炎很多词作抒发了这种独立苍

①姚思廉《梁书》（第3册），中华书局1973年，第743页。

②陈兰甫手批《山中白云词》，张炎撰，葛渭君、王晓红校辑《山中白云词》，辽宁教育出版社2001年，第115页。

③房玄龄《晋书》（第5册），中华书局1974年，第1363页。

④《〈世说新语〉校笺》（下册），第408页。

⑤《唐五代两宋词选释》，第456页。

茫的深刻孤独。如《木兰花慢·为越僧樵隐赋樵山》:“如何晋人去后,好林泉、都在夕阳中。”《潇潇雨·泛江有怀袁通父、唐月心》:“又天涯、零落如此,掩闲门、得似晋人清。”

二　形神相亲灵魂高蹈

《世说新语》(卷下)记载了晋人王忱、王荟、王蕴的任诞故事:“王佛大叹言:‘三日不饮酒,觉形神不复相亲。’”[①]“王卫军云:‘酒正自引人着胜地。’”[②]“王光禄云:‘酒正使人人自远。’”[③]都是说酒精的作用能使饮者超脱于现实之外,回归到本我的精神状态。张炎词中渔父形象正有晋人风采,另外,张炎的题画词也是回归内心的精神飞扬之作。

(一)醉里乾坤渔隐烟波

张炎词中的渔父形象是文化合成:其文学原型一是《楚辞》中的智者,他不像屈原与社会保持举世皆醉我独醒的对抗姿态,而是和光同尘,胸中自有泾渭清浊:“渔父莞尔而笑,鼓枻而去,乃歌曰:‘沧浪之水清兮,可以濯吾缨。沧浪之水浊兮,可以濯吾足。’”[④]二是唐朝张志和扁舟浮泛雪溪,是遁世的烟波隐者。《会稽志》(卷十四):“张志和,字子同,婺州金华人。居江湖,自称烟波钓徒。著书号《玄真子》,亦以自号。兄鹤龄恐其遁世,为筑室越州东郭,茨以生草,椽栋不施斤斧,豹席棕屩。每垂钓不设饵,志不在鱼也。观察使陈少游往见,为终日留。表其居曰‘玄真坊’。以门隘,为买地,大其闳,号回轩巷。志和善图山水,或击鼓吹笛,舐笔辄成。尝撰《渔歌》。宪宗图真求其歌,不能致。李文饶称志和‘隐而有名,显而无事,不穷不达,严子陵之比’云。”[⑤]三是隐于酒乡。韩偓《醉着》“渔翁醉着无人唤,过午醒来雪满船”。

张炎集中有《渔歌子》组词,共十首,宋词中属于罕见。题序曰:“张志和与余同姓,而意趣亦不相远。庚戌春,自阳羡牧溪放舟过罨画溪,作渔歌子十解,述古调也。”此词作于至大三年庚戌(1310)春在宜兴时。所谓古

①《〈世说新语〉校笺》(下册),第410页。

②同上书,第402页

③同上书,第408页。

④《楚辞章句》,第174页。

⑤《会稽志》,《宋元浙江方志集成》(第4册),第1991页。

调，见《词谱》（卷一）：“《渔歌子》，唐教坊曲名。……（张志和）尝撰渔歌，即此词也。单调体实始于此。”[①]“单调，二十七字，五句，四平韵。”[②]古调也是相对于北宋此词增句而言。《词律》：“山谷增句作《鹧鸪天》，东坡增句作《浣溪沙》，盖本调音律失传，故加字歌之。然坡止加润玄真之语，谷则增入‘朝廷尚觅玄真子，何处如今更有诗’二句于‘青箬笠’之上，语气不伦，可谓蛇足。”[③]张炎所作全同张志和。江昱疏证题序中的阳羡、罨画溪：“《宜兴县志》：宜兴县，吴荆溪地，秦置阳羡。又，东渚溪在县东南三十六里，旧称两岸多藤花，春时照映水中，青绿可爱，故亦名罨画。”[④]《江南通志》（卷十三）：“东泻溪，在荆溪县东南三十六里。陆希声《颐山录》谓山前百余步，众流合而东，故名。旧称两岸多藤花，春时照映水中，青绿可爱，故亦名罨画溪，一名五云溪。”[⑤]

张炎组词《渔歌子》多有阙文，但从残句中也能看出是笔墨淋漓地描写渔隐之乐。置身色彩鲜明的荆溪中的渔父看似在醉里乾坤中陶陶兀兀，却是尘世之外明眼人：“沽酒去，闭门休。从此清闲不属鸥。”“□□□年酒半酣。知鱼知我静中参。”

另有《如梦令·题〈渔乐图〉》：“不是潇湘风雨。不是洞庭烟树。醉倒古乾坤，人在孤篷来处。”《渔乐图》也与张志和相关。《画禅室随笔》：“宋时名手，如巨然、李、范诸公，皆有《渔乐图》，此起于烟波钓徒张志和。盖颜鲁公赠志和诗，而志和自为画。此唐胜事，后人蒙之，多寓意渔隐耳。”[⑥]此词表示所题《渔乐图》，不是董源《潇湘图》潇湘二水所汇洞庭湖中的渔父，也不仅是浮家泛宅的渔隐之乐，而是“醉里乾坤大，闲中日月长”（蔡戡《遣兴》）的渔父醉隐。黄庭坚曾在《鹧鸪天》中以渔父醉乐表达不肯俯仰随俗的倔强姿态：“黄菊枝头生晓寒，人生莫放酒杯干。风前横笛斜吹雨，醉里簪花倒著冠。”这也是张炎写渔父醉乐的深意所在。

赠姜子野《声声慢·赋渔隐》也属同类词作：

①《钦定词谱》（第1册），中国书店1983年，第39页。

②同上。

③万树《词律》（第1册），中华书局1957年，第185页。

④江昱《山中白云词疏证》，《彊村丛书》（第6册），第5367页。

⑤黄之隽等纂修《江南通志》，台湾京华书局1967年，第314页。

⑥董其昌《画禅室随笔》，中国书店1983年，第59页。

门当竹径，鹭管苔矶，烟波自有闲人。棹入孤村，落照正满寒汀。桃花远迷洞口，想如今，方信无秦。醉梦醒，向沧浪容与，净濯兰缨。　欸乃一声归去，对笔床茶灶，寄傲幽情。雨笠风蓑，古意谩说玄真。知鱼淡然自乐，钓清名、空在丝纶。笑未已，笑严陵、还笑渭滨。

渔隐，前考即姜子野，号雪溪渔隐，是张炎在溧阳的交游，居于洮湖。《嘉庆增修宜兴县旧志》（卷一）：“洮湖，一名长塘湖。在县西百里，东西阔三十里，南北长九十里。与溧阳、金坛分界。”①结处数句在与严子陵钓台、姜子牙渭滨的对比中，提升了渔父的精神境界：严子陵、姜子牙即便空钩垂钓还是意中有鱼，有沽名之嫌；不如隐于渔者自在潇洒：随波逐流，醉醒忘世。

（二）归来何处寄情画卷

宋人题写文人写意画，往往寄托内心向往。如苏轼《书李世南所画秋景二首》（之一）：“扁舟一棹归何处，家在江南黄叶村。”张炎则表现身在乱世的归隐理想。如《甘州·题戚五云云山图》：

过千岩万壑古蓬莱，招隐竟忘还。想乾坤清气，霏霏冉冉，却在阑干。洞户来时不锁，归水映花关。只可自怡悦，持寄应难。　狂客如今何处，甚酒船去后，烟水空寒。正黄尘没马，林下一身闲。几消凝、此图谁画，细看来、元不是终南。无心好、休教出岫，只在深山。

此词是初次北行归来久客山阴时赠戚明瑞的词作。戚明瑞读书于山阴卧龙山，方回《跋戚子云诗》：“余三十年前获纳交于槜李戚君叔开，尝示余岳阳楼长句。……而其子读书于会稽之五云山，名曰明瑞，字曰子云。”②槜李，嘉兴的古称。五云山图为赵孟頫所画。戴表元有《五云山图》诗：“林庐深插紫孱颜，一点渔舟带暝还。但得身闲无俯仰，人间处处五云山。”自注：“子昂为戚氏作。”此词与其说是题画，不如说是阐释自己隐居于“山中白云”的理想。词作着力写“云”字，只有“归水映花关”略及五色彩云。本地风光的出典有《晋书·顾恺之传》：“（恺之）还至荆州，人问以会稽山川之状，恺之云：‘千岩竞秀，万壑争流，草木蒙笼，若云兴霞蔚。’”③卧龙山有蓬莱

①李先荣原本，阮升基增修，宁楷等增纂《嘉庆增修宜兴县旧志》，江苏古籍出版社1991年，第36页。
②《全元文》（第7册），第216页。
③《晋书》（第8册），第2404页。

阁，得名于与海上蓬莱仙山隔水相望，已见前引《会稽志》《会稽续志》等，语典除前引陶弘景《诏问山中何所有赋诗以答》、陶潜《归去来兮辞》、李白《忆东山二首》（之二）句意外，还有杜甫《伤春五首》（之一）："蓬莱足云气，应合总从龙。"唐彦谦《游南明山》："白云锁峰腰，红叶暗溪嘴。"并反用张蠙《赠道者》诗意："始知仙者隐，殊不在深山。"张炎隐居虽非刻意求在深山，但心中自有云蒸霞蔚。前文《木兰花慢·赵鹤心问余近况，书以寄之》《风入松·赠蒋道录溪山堂》中的引句，都有此意。

再如《风入松·为山村赋》：

> 晴岚暖翠护烟霞。乔木晋人家。幽居只恐归图画，唤樵青、多种桑麻。门掩推敲古意，泉分冷淡生涯。　无边风月乐年华。留客可茶瓜。任他车马虽嫌僻，笑喧喧、流水寒鸦。小隐正宜深静，休栽湖上梅花。

前述此词题写高彦敬（号房山）大德元年（1297）为仇远所画山村隐居图，表达出小隐隐于陵薮、追求远离尘嚣喧闹的内心愿望。引词首二句出自仇远《题高房山写山村图卷并序》："苍石压危构，白云养乔木。"接三句用张志和深隐典。颜真卿《浪迹先生玄真子张志和碑》："肃宗尝锡奴婢各一，玄真配为夫妻。名夫曰渔僮，妻曰樵青。人问其故，鱼僮使捧钓收纶，芦中鼓枻。樵青使苏兰薪桂，竹里煎茶。"①化用的诗句有杜甫《巳上人茅斋》："枕簟入林僻，茶瓜留客迟。"郎士元《送张南史》："车马虽嫌僻，莺花不弃贫。"隐括诗句的上下句加强了这种感情需求。末韵点题，认为画中山村隐居地没有梅花，却有胜于西湖孤山梅隐，因为对于有意深隐者来说，梅花甚至有招徕延揽之嫌。深隐是张炎词中经常出现的话题。如《渡江云·山阴久客》："犹记得、当年深隐，门掩两三株。"《台城路·抵吴，书寄旧友》："茂苑重来，竹溪深隐，还胜飘零多少。"《梅子黄时雨·病后别罗江诸友》："流水孤村，爱尘事顿消，来访深隐。"《浪淘沙·题许由掷瓢手卷》："拂袖入山阿。深隐松萝。"

张炎词作中还有一首《台城路·夏壶隐壁间，李仲宾写竹石、赵子昂作枯木》，施国祁《张玉田词又说》认为友人袁易诗可证此词是题钱德钧水村图："若夏壶隐画竹石，袁集题作钱德钧，当自为一处耶？"②袁易《题钱德钧

①颜真卿《文忠集》（第1册），中华书局1985年，第71页。

②《礼耕堂丛说·张玉田词又说》（今藏国家图书馆）。

水村图(子昂、仲宾二公作竹石于后)》:"无多茅屋沧波绕,一半青山竹树遮。宛似吾乡荒寂地,直疑割我白鸥沙。""枝叶翛然长带雨,坡陀幽处欲飘云。故将竹石期贞士,二子风流最绝群。"此处亦为深隐之地。哲理野台《题水村隐居》有"莫言此地无车马,自是高人远市廛"之句。

张炎词集中还有不少与归隐相关的题画词,如《法曲献仙音·题姜子野雪溪图》《疏影·题宾月图》《清平乐·题倦耕图》《小重山·题〈晓竹图〉》《浪淘沙·题许由掷瓢手卷》《蝶恋花·邵平种瓜》《如梦令·渊明行径》等。最值得提出的是题郑思肖墨兰的两首组词:《清平乐·兰曰国香,为哲人出,不以色香自炫,乃得天之清者也。楚子不作,兰今安在。得见所南翁枝上数笔,斯可矣。赋此以纪情事云》《清平乐·题处梅家藏所南翁画兰》,别题作"所南翁诗书之暇,为屈平写真。一片古意,照耀心目。然不然,是不是,君其问贾长沙于湘水之滨"。录二词如下:

三花一叶。比似前时别。烟水茫茫无处说。冷却西湖风月。贞芳只合深山。红尘了不相关。留得许多清影,幽香不到人间。

黑云飞起。夜月啼湘鬼。魂返灵根无二纸。千古不随流水。香心淡染清华。似花还似非花。要与闲梅相处,孤山山下人家。

如前首题解,《孔子家语》:"且芝兰生于深林,不以无人而不芳。"[①]黄庭坚《书幽芳亭》论及兰花作为国香与屈原、与国士、与君子、与隐士的关系:"士之才德盖一国则曰国士,女之色盖一国则曰国色,兰之香盖一国则曰国香。自古人知贵兰,不待楚之逐臣而后贵之也。兰盖甚似乎君子,生于深山丛薄之中,不为无人而不芳。霜雪凌厉而见杀,来岁不改其性也。是所谓遁世无闷,不见是而无闷者也。兰虽含香体洁,平居萧艾不殊,清风过之,其香蔼然。在室满室,在堂满堂,是所谓含章以时发者也。……山林之士,所以往而不返者耶?"[②]得天之清,郑思肖自题所画兰有"深山之中,以天为春"之句。楚子二句,楚子指楚国三闾大夫屈原。屈原《离骚》多有涉兰之句,如"扈江离与辟芷兮,纫秋兰以为佩""余既兹兰之九畹兮,又树蕙之百亩""时暧暧其将罢兮,结幽兰而延伫""户服艾以盈要兮,谓幽兰其不可

①王肃撰,廖名春、邹新明校点《孔子家语》,辽宁教育出版社1997年,第57页。

②《黄庭坚全集》(第2册),第705—706页。

佩”“兰芷变而不芳兮，荃蕙化而为茅”等。《遂昌山人杂录》载郑思肖墨兰特点及点染用意：“平日喜画兰，疏花简叶，不求甚工。其所自赋诗以题兰，皆险异诡特。盖所以摅写其愤懑云。”

结合江昱疏证，知郑思肖画墨兰以比君子忠肝义胆，陆辅之所藏墨兰与贾谊湘水为屈原招魂用意相同，张炎题画视二人为行芳志洁的精神知己：

> 《辍耕录》：“……义不忘赵、北面他姓也。隐居吴下，一室萧然，坐必南向。岁时伏腊，望南野哭而再拜乃返。誓不与朔客交往，或于朋友坐上见有语音异者，便引去。工画墨兰，不妄与人，邑宰求之不得。闻先生有田三十亩，因胁以赋役取先生。怒曰：‘头可斫，兰不可画。’尝自写一卷长丈余，高可五寸许。天真烂漫，超出物表。题云：‘纯是君子，绝无小人。深山之中，以天为春。’”……《弘简录》：所南扁其室曰“本穴世界”，以“本”字之“十”置下，文则大宋也。精墨兰，不画土根。或问其故，云：“地为他地矣，汝不知耶？”①

据前考张炎与陆处梅的交游，二词都是延祐元年(1314)前后写于寓居苏州时，此年张炎已经六十七岁，虽然晚景落寞但不改君子隐遁的初心。

本章先综述辨析张炎的创作分期，因为《山中白云词》中基本没有宋亡(以临安沦覆为界)之前的词作，张炎入元之后基本处于逃亡避乱、守节避世的生活状态，一直不变的是不与新朝合作的政治立场。基于此，本次提出的新三分法起于元军攻破临安旧都之年。第一阶段主要是政治逃亡避难，词作表达未肯屈志异族统治的心志和对抗新朝的民族情感。第二阶段是隐居浙东山阴、四明等地守节避乱，身世之感、亡国之痛是词中最重要的主题。第三阶段在浙西吴地为南山豹隐雾藏，贫贱不移其志，忠君爱国，晚节弥坚。虽然犁然划分出不同的创作时期，每个阶段的词作内容的重点各不相同，但都以爱国思想与民族情感为底色。清代以来论者清楚地看到了这一点，诸家都从张炎作为南宋遗民的视角，从不同侧面论证其词的思想高度。秦恩复《词源跋》：“乐笑翁以故国王孙，遭时不遇，隐居落拓，遂自放

①江昱《山中白云词疏证》，《彊村丛书》(第6册)，第5291—5292页。

于山水间。于是寓意歌词，流连光景，噫呜宛抑，备写其身世盛衰之感。”[①]吴梅说“别具忠爱之致”[②]，薛砺若说“感时抚事之作，亦极凄恻冷隽”[③]，叶嘉莹先生则评为“蕴含有大时代之世变的一种忧惧与哀伤之感”[④]。

基于此，本章另用三节篇幅从未肯屈志、忠爱诉求、崇尚气节具体阐述张炎词的思想内容。其词思想内容的核心价值是以词存史，记录了鼎革之际的家国灾难。在宋季词人中，最为自觉地秉承了杜甫以诗存史的现实精神：虽流落饥寒，但白发丹心，不忘故国，故后人拟张炎为词中杜甫。张预说：“后之人推尚其作，至比于草堂诗史，谓兴亡之迹，于是乎系焉。”[⑤]江藩《〈词源〉后跋》：“词之有姜张，如诗之有李杜也。”[⑥]王鹏运同意此说：“论者谓词之姜张、诗之李杜，不诬也。”[⑦]需要说明的是，词界大多数论者认为，词坛以词存史是为了推尊词体，然而这是个并未实现的愿景。如谢章铤认为：“诗史之外，蔚为词史，不亦词场之大观欤？”[⑧]王蕴章认为：“诗词皆切戒无谓而作。弄月吟风，言之无物，虽不作可也。时有诗史，如杜陵之《兵车行》《石壕吏》，白乐天之新乐府，吴梅村之《圆圆曲》《永和宫词》之类。词亦有词史，词至于史，而其道始尊。”[⑨]但是，张炎（实际上也包括宋遗民词人，详后述）从小我的视角记录了亲历的民族灾难，已经做到了以词存史。无庸讳言的是，张炎无法达到杜甫的高度，因为杜诗是无法超越的巅峰。杜甫以儒家悲天悯人的情怀记录了安史之乱给社会以及人民带来的灾难，是诗圣笔下的诗史，白居易、吴梅村两人相同题材的诗作已经难以企及杜诗。而词体本身存在思想内容深度广度的局限，而张炎从贵胄公子到罪囚后代的经历，使其很难有开阔的历史视野；但他以词存史已经有自觉学习杜甫的意识，也是张炎成为“宋词殿军”基石之一。

---

①《词话丛编》（第1册），第270页。

②吴梅《词学通论》，复旦大学出版社2005年，第67页。

③薛砺若《宋词通论》，上海书店1985年，第322页。

④叶嘉莹《论词之美感特质之形成及词学家对此种特质之反思与世变之关系》，《南京师范大学文学院学报》2002年第1期。

⑤张预《山中白云词跋》，许增校刊《山中白云词》。

⑥《词话丛编》（第1册），第269页。

⑦王鹏运《山中白云词跋》，《四印斋所刻词》，第219页。

⑧谢章铤撰，刘荣平校注《〈赌棋山庄词话〉校注》，厦门大学出版社2013年，第327页。

⑨王蕴章《词学一隅》，《民意月刊》第2卷第8期（1941年），第9页。

第四章　张炎《词源》的诗学取向与词学法度

晚宋词学专论集中出现，是词学理论的成熟标志。晚宋词学中，张炎《词源》公认具有最为重要的理论价值。谢章铤说："词盛于宋，宋人论词，精湛莫过乐笑翁。"[①]江顺诒说："后之词论与作者皆不能出《词源》所论之范围。"[②]龙榆生说："词之有学，实始于张氏。而《词源》一书，乃为研究词学者之最要典籍矣。"[③]谢桃坊也评价其为"宋词理论的集大成者"[④]。《词源》虽获此殊荣，但论者对其理论阐释大都语焉不详。这是因为受限于古代文论片言只语的点评方式，对从《词源》到宋朝词学理论的阐述都难以透彻全面。作为时代文学思潮的组成部分，《词源》是一个开放文本，它与宋朝诗学、美学联袂而行，更是两宋词章体制的理论总结。

本章及下章之所以把张炎《词源》置于《山中白云词》的艺术风格及词史地位之前论述，主要因为张炎词集最早的元朝版本是词论与词集的合刊本，表明张炎词的艺术风格是其词学理论的创作范本。也就是说，尽管张炎没有举证自己的词作，但必须基于张炎的词学理论，才能准确归纳其艺术风格、精准定位其词史影响。以下将从两方面进行探讨：《词源》顺应时代潮流，有显而易见的诗学取向；反映出在苏轼、辛弃疾之后，词坛在"别是一家"前提下，"以诗为词"的理论转型以及在此形态下所建立的词学法度。在《词源》观照下，可以看到，词体的诗学取向与词学法度建立，是词史发展的趋向，张炎举证的两宋著名词人的创作奠定了《词源》的理论基础。

第一节　张炎词论的诗学取向

综学取事是我国文学创作的传统。《文心雕龙·事类》：

---

①《〈赌棋山庄词话〉校注》，第257页。

②江顺诒纂辑，宗山参订《词学集成》，《词话丛编》（第4册），第3280页。

③龙榆生《研究词学之商榷》，《龙榆生词学论文集》，上海古籍出版社2009年，第95页。

④谢桃坊《张炎词学研究序》，《张炎词学研究》，第1页。

> 事类者，盖文章之外，据事以类义，援古以证今者也。……夫经典沉深，载籍浩瀚，实群言之奥区，而才思之神皋也。扬班以下，莫不取资，任力耕耨，纵意渔猎。操刀能割，必列膏腴。是以将赡才力，务在博见，狐腋非一皮能温，鸡蹠必数千而饱矣。是以综学在博，取事贵约，校练务精，捃理须核，众美辐辏，表里发挥。①

宋朝是华夏文化登峰造极的时代，后世文人面对难以逾越的高峰，研味前作、挹其芳润是不能绕行的创作路径。虽然词体被视为有宋一代之文学，然而，相对于有史以来一直处于正宗地位的诗文创作，还是存在一定的边缘性，兼容相近诗歌的异质是词体雅化的有效途径之一。自北宋秦观，已见词体受江西诗派影响的端倪。王义山《跋杨中斋诗词集》："江西派已远，后来无闻人。许大能诗声，来自浙之滨。奚奴背锦囊，马蹄踏青春。来派江西诗，风月浩无垠。……吾闻诗之天，不在巧与新。纤秾寄澹泊，清峭寓简淳。古律有崛奇，可与子建亲。……少游词如诗，二者皆逼真。"南渡之后，江西诗派特别是中兴名家诗歌开始经历兼容晚唐的内在因变。姜夔《白石道人诗集自叙》"（尤延之）先生因为余言，近世人士喜宗江西，温润有如范致能者乎？痛快有如杨廷秀者乎？高古如萧东夫，俊逸如陆务观，是皆自出机轴，亶有可观者，又奚以江西为？"②至南宋后期，逐渐分流为江湖派与晚唐派，并略可论衡优劣。《四库全书〈月洞吟〉提要》："盖宋末诗人，有江湖一派，有晚唐一派。（王）镃盖沿晚唐派者，故往往有佳句，而乏高韵，亦绝无一篇作古体。然较之江湖末流寒酸纤琐，则固胜之矣。"③

至宋元之际，晚唐、江湖二派渐趋合流。张炎无诗集流传，但从诸家评其友人周密、仇远等人诗集即能看出这一点。马廷鸾《题周公谨〈蜡屐集〉后》："悠然而长，黯然而幽，有圆转流丽之新声，无惨淡经营之苦思。"④李龏题《草窗韵语》："短弄长歌擅众长，朱弦疏越玉铿锵。新篇读到惊人处，一片宫商压晚唐。"方凤《仇仁父诗序》："余谓作诗，当知所主，久则自成一家。唐人之诗，以诗为文，故寄兴深，裁语婉；本朝之诗，以文为诗，故气浑雄，事

①刘勰《文心雕龙》，中华书局1985年，第52页。

②姜夔著，夏承焘校辑《白石诗词集》，人民文学出版社1959年，第1页。

③《四库全书总目》（下册），第1417页。

④马廷鸾《碧梧玩芳集》，胡思敬辑《豫章丛书》（157册），南昌古籍书店、杭州古籍书店1985年，卷十五第2页。

精实。四灵而后，以诗为诗，故月露之清浮，烟云之鲜丽。今君留情雅道，涤笔冰瓯，其孰之从？仇君曰：'近体吾主于唐，古体吾主于《选》，融化故事往往于融畅圆美中，忽而凄楚蕴结，有《离骚》三致意之遗韵。'"[①]而江西、晚唐合流趋势，显然与姜夔以来南宋词的趋尚相合。

因为两宋真正意义上词学专论指不多屈，结合诗学理论理解寥寥数语之词论点评，可以获得从印象到观念的理论升华。本章拟把以张炎《词源》为代表的晚宋词学理论置于两宋词学与诗学的交叉视野，参照陆辅之《词旨》所举句例，通观两宋相关词学观点。鉴于《词源》的诗学取向有深厚的家学底蕴，还与前引其曾祖《仕学规范》录入的作诗作文条目加以延伸比对；家学之外，姜夔作为江西诗派的后劲，他与张镃并为中兴诗人的"先锋"或"上将"（后文还将论及姜夔音乐方面属于张镃一派），其《姜氏诗说》也在引证之列。另外，张炎《词源》实以沈义父《乐府指迷》为潜在话语对象，虽然认同周邦彦曾经的词史宗师地位，但正如彭孙遹所说："宋人张玉田论词，极推少游、竹屋、白石、梅溪、梦窗诸家，而稍诎美成。"[②]下面的分析可以看到，在诗学取向方面，清真词显然已经稍稍落后于时代要求，可以说，乘势而起、与时俱进是晚宋词学发生从专主清真到独尊白石风气转移的内在原因。

一　温柔敦厚与诗骚遗意

我国诗歌自先秦以来就有温柔敦厚的诗教传统，这是由诗歌教化的成果，发展而为作品与人格高度统一的批评方法。《礼记》："孔子曰：入其国，其教可知也。其为人也，温柔敦厚，诗教也。"郑玄注曰："观其风俗，则知其所以教。"孔颖达疏曰："温，谓颜色温润；柔，谓情性和柔。诗依违讽谏，不指切事情，故云温柔敦厚，是诗教也。"[③]朱熹解释孔子"兴、观、群、怨"，分别是"感发志意""考见得失""和而不流""怨而不怒"[④]。

宋人推尊杜甫，正是因为所作符合诗教。苏轼之论最具代表性："若夫发于性止于忠孝者，其诗岂可同日而语哉！古今诗人众矣，而杜子美为首，

①方凤著，方勇辑校《方凤集》，浙江古籍出版社1993年，第64页。
②彭孙遹《金粟词话》，中华书局1985年，第1页。
③《礼记正义》，《十三经注疏》（下册），第1609页。
④朱熹《论语集注》，齐鲁书社1992年，第177页。

岂非以其流落饥寒,终身不用,而一饭未尝忘君也欤?"[①]林駉《新笺决科古今源流至论·前集》(卷二):"杜工部平生诗集,模写风景,拳拳爱君,读之令人洒洒然生爱心,故山谷谓有三百篇之旨。"自注:"山谷:'读杜子美诗,如灵丹一粒,点铁成金,有三百篇之旨。'"[②]许尹序黄山谷诗亦云:"杜少陵之诗,出入古今,衣被天下,蔼然有忠义之气,后之作者,未有加焉。"[③]江西诗派以杜甫为宗主,前引张镃《仕学规范》多选录此类议论,如诗歌本诸"人之性情""忠信笃敬",诗歌是"情之所不能堪,因发于呻吟调笑之声,胸次释然而闻者亦有所劝勉",不能讪谤怨怼"以快一朝之忿","要有温柔敦厚之气",所美所刺"未尝不婉顺而归之于正"等等。下面从"情为性用推扬雅正""中和哀乐融会感怆"两方面加以论述。

(一)情为性用推扬雅正

这个问题可以分为文学内容与礼乐文化两个层次阐述。

先说文学内容。儒家诗教是宋朝诗学的理论渊源,从本质上说,诗教的起终点都是本诸"性情"的哲学命题。孔颖达疏证《礼记·中庸》喜怒哀乐发与未发命题时,认为"性情"地位同等重要:"情欲未发,是人性初本,故曰天下之大本也。……情欲虽发,而能和合道理,可通达流行,故曰天下之达道也。"[④]"孔子曰:'诗三百,一言以蔽之,曰:思无邪。'夫思无邪者,诚也。诚者,即性其情之谓也。"[⑤]然而,宋儒五性七情说,以性正情的意味已经十分明显:"天地储精,得五行之秀者为人。其本也真而静,其未发也五性具焉。……形既生矣,外物触其形而动于中矣。其中动而七情出焉。……情既炽而益荡,其性凿矣。"[⑥]与此同时,虽然"发乎情,止于礼义"还是诗歌创作的主流,但由于宋朝新儒学中蜀学"情性"观(由"性其情",转而为"情其性",主导地位互换)的影响[⑦],加上词体本身的特点,在词学理论中,情感的地位

①苏轼《〈王定国诗集〉叙》,苏轼撰,孔凡礼点校《苏轼文集》(第1册),中华书局1986年,第318页。

②林駉《新笺决科古今源流至论》(上册),台湾新兴书局1970年,第61页。

③许尹《山谷诗集注序》,黄庭坚著,任渊等注,黄宝华点校《山谷诗集注》(上册),上海古籍出版社2003年,第4页。

④《礼记正义》,《十三经注疏》(下册),第1625页。

⑤林岊《毛诗讲义》,《景印文渊阁四库全书》(第74册),第233页。

⑥朱熹《论语集注》,第50页。

⑦新儒学,陈寅恪先生称为"新儒家",参见王水照主编《宋代文学通论》,河南大学出版社1997年,第18页。蜀学是新儒学的组成部分,情感指向最为明显。苏轼《东坡易传》:"性之与情,非有善恶之别也。"上海古籍出版社1989年,第5页。

被突显。如黄庭坚《小山集序》:“若乃妙年美士,近知酒色之娱;苦节臞儒,晚悟裙裾之乐,鼓之舞之,使宴安酖毒而不悔,是则叔原之罪也哉?”[①]张耒《东山词序》:“文章之于人,有满心而发,肆口而成,不待思虑而工,不待雕琢而丽者,皆天理之自然而情性之至道也。”[②]元好问评苏轼词时说:“自东坡一出,情性之外,不知有文字,真有‘一洗万古凡马空’意象。”[③]

至晚宋词学,虽然“情性”之说不绝如缕,如周密《浩然斋雅谈》引录时人张观光为李彭老所作序跋:“张直夫尝为词叙云:‘靡丽不失为国风之正,闲雅不失为骚雅之赋,摹拟《玉台》,不失为齐、梁之工,则情为性用,未闻为道之累。’”[④]但《词源》已有回归诗教的迹象,这就是从“性情”(“志情”)的角度推扬“雅正”,汰弃过度的情感表达,强调性情之正、声气之和:

> 词欲雅而正,志之所之,一为情所役,则失其雅正之音。[⑤]
>
> 簸弄风月,陶写性情,词婉于诗:盖声出莺吭燕舌间,稍近乎情可也,若邻乎郑卫,与缠令何异也!如陆雪溪《瑞鹤仙》云(词略),辛稼轩《祝英台近》(词略)皆景中带情,而存骚雅,故其燕酣之乐,别离之愁,回文题叶之思,岘首西州之泪,一寓于词,若能屏去浮艳,乐而不淫,是亦汉魏乐府之遗意。[⑥]

“志之所之”,是诗大序中的名言。《诗序》:“诗者,志之所之也,在心为志,发言为诗。”[⑦]但词体虽然上溯诗经六义,然风雅有正变:“上以风化下,下以风刺上,主文而谲谏,言之者无罪,闻之者足以戒,故曰风。至于王道衰,礼义废,政教失,国异政,家殊俗,而变风变雅作矣。”[⑧]“变”既附乎“正”,也属存诗存史之作:“至十二国之变风,亦由夫上以此不美之风化下,故下以此不美之风刺上,而存乎采诗之官,著于国史之录,主于成文之婉妙而中有微谏,故言者无罪,闻者知戒,而亦可以风名,此变风之所以附乎正风也。”[⑨]成

①《黄庭坚全集》(第1册),第413页。
②贺铸著,钟振振校注《东山词》,上海古籍出版社1989年,第549页。
③元好问《新轩乐府引》,《全元文》(第1册),第310页。
④《浩然斋雅谈》,第41页。
⑤《词源》,《词话丛编》(第1册),第266页。
⑥同上书,第263—264页。
⑦毛苌传述,朱熹辨说《诗序》,中华书局1985年,第1页。
⑧同上书,第1—2页。
⑨林岊《毛诗讲义》,《景印文渊阁四库全书》(第74册),第233页。

文婉妙，中有微谏，正是作者"情之所不能堪，因发于呻吟调笑之声"，也就是说，《诗经》在哀怨层面与楚辞《离骚》本质相通。正如胡寅所说："词曲者，古乐府之末造也。古乐府者，诗之旁行也。诗出于《离骚》楚词，而《离骚》者，变风、变雅之意，怨而迫、哀而伤者也。其发乎情则同，而止乎礼义则异。名之曰曲，以其曲尽人情耳。"①南宋王灼也以优秀词作媲美《离骚》②。

词体确实脱离了《诗经》"抒下情而通讽谕""宣上德而尽忠孝"③的正大庄严，而有《楚辞》"冀君觉悟，反于正道"④的委婉期待。北宋词从楚骚渐趋汉魏乐府。黄庭坚序晏小山词："其合者《高唐》《洛神》之流，其下者岂减《桃叶》《团扇》哉！"⑤张耒序贺方回词："夫其盛丽如游金、张之堂，而妖冶如揽嫱、施之祛。幽洁如屈、宋，悲壮如苏、李。"⑥南宋进而汲取汉魏诗歌缘情绮靡之神髓，即前引张直夫序所谓"摹拟《玉台》，不失为齐梁之工"。唐诗写情也多浮光掠影，不落言筌："莺花烂熳君不来，及至君来花已老。"（卢仝《楼上女儿曲》）最接近词体的宫词也是如此。《北窗炙輠录》（卷上）："天经曰：异时尝在旅邸中，见壁间诗一句云'一生不识君王面'，辄续其下云：'静对菱花拭泪痕。'他日见其诗，使人羞死，乃王建《宫词》也。其诗曰：'学画蛾眉便出群，当时人道便承恩。一生不识君王面，花落黄昏空掩门。'唐人格律自别，至宫体诗，尤后人不可及也。"⑦稍近乎情，也就是止于礼义，慎独防闲。宋人魏庆之引黄升《中兴词话》：

> 闺词牵于情，易至诲淫。马古洲有一曲云："睡鸭徘徊烟缕长。日长春困不成妆。步欺草色金莲润，撚断花须玉笋香。　　轻洛浦，笑巫阳。锦纹亲织寄檀郎。儿家门户藏春色，戏蝶游蜂不敢狂。"前数语不过纤艳之词耳，断章凛然，有以礼自防之意。所谓发乎情，止乎礼义，近世乐府，未有能道此者。⑧

---

①胡寅《向芗林酒边集后序》，胡寅撰，容肇祖点校《崇正辩·斐然集》，中华书局1993年，第402页。

②王灼说："前辈云：'《离骚》寂寞千载后，《戚氏》凄凉一曲终。'《戚氏》，柳所作也。柳何敢知世间有《离骚》，惟贺方回、周美成时时得之。"王灼著，岳珍校正《〈碧鸡漫志〉校正》，巴蜀书社2000年，第36页。

③以上二条见班固《两都赋序》，《文选》，第21页。

④《楚辞章句》，第1页。

⑤黄庭坚《小山集序》，《黄庭坚全集》（第1册），第413页。

⑥张耒《东山词序》，《东山词》，第549页。

⑦施德操撰，王根林校点《北窗炙輠录》，上海古籍出版社2012年，第102页。

⑧《诗人玉屑》（下册），第480页。

以慢词为主的南宋词的思想性因词能抒志而有了广阔的空间。王易对此深有解会："（词）入宋则由令化慢，由简化繁。情不囿于燕私，辞不限于绮语。上之可寻圣贤之名理，大之可发忠爱之热忱，寄慨于剩水残山，托兴于美人香草，合风雅骚章之轨，同温柔敦厚之归。故可抗手三唐，希声六代，树有宋文坛之帜，绍汉魏乐府之宗。否则，则技仅雕虫，用惟仗马，何足深道哉！"[①]

张炎《词源》提出的"骚雅"说，符合前引《仕学规范》所谓"推明政治，庄语得失，谓之雅""幽忧愤悱，寓之比兴，谓之骚"，因此，虽然认同词体传承楚骚怨迫哀伤，但认定其精神内核还是主于《诗经》止于礼义，张炎举证了姜夔八首词作，皆列为情为性用的雅正典范，并以周邦彦作为对比：

> 姜白石词如《疏影》《暗香》《扬州慢》《一萼红》《琵琶仙》《探春》《八归》《淡黄柳》等曲，不惟清空，又且骚雅，读之使人神观飞越。[②]
>
> （美成词）惜乎意趣却不高远，致乏出奇之语，以白石骚雅句法润色之，真天机云锦也。[③]

词体雅正本乎性情，所以对作家人格有相应要求。宋人对柳永、康与之的指责正在于此。时论也纷纷指摘二人品格不足，柳永"薄于操行……然大概非羁旅穷愁之词，则闺门淫媟之语"[④]，"其词格固不高，而音律谐婉……若其人则不足道也。"[⑤]"其词虽极工致，然多杂以鄙语，故流俗人尤喜道之。"[⑥]"（康）与之父倬惟章诡诞不检，事见《挥麈录》。与之又甚焉，尝挟吴下妓赵芷以遁……与之受知于子正，一朝背之，士论不齿。……世所传康伯可词鄙亵之甚。"[⑦]沈义父指康、柳二家"有鄙俗语"[⑧]，张炎更斥为："康、柳词亦自批风抹月中来，风月二字，在我发挥，二公则为风月所使耳。"[⑨]"耆

①王易《词曲史》，岳麓书社2011年，第119页。

②《词源》，《词话丛编》（第1册），第259页。

③同上书，第266页。

④胡仔《苕溪渔隐丛话》引严有翼《艺苑雌黄》，胡仔纂集，廖德明校点《苕溪渔隐丛话·后集》，人民文学出版社1962年，第319页。

⑤《直斋书录解题》，第616页。

⑥徐度《却扫编》，中华书局1985年，第172—173页。

⑦《直斋书录解题》，第620页。

⑧沈义父《乐府指迷》，《词话丛编》（第1册），第278页。

⑨《词源》，《词话丛编》（第1册），第267页。

卿、伯可不必论……所谓淳厚日变成浇风也。”①

再看礼乐文化。先秦时期，圣人制作礼乐节制性情，以和平中正制止靡靡之音。《汉书·礼乐志·第二》《乐书》（卷九十）皆有论述：

（圣人）故象天地而制礼乐，所以通神明，立人伦，正情性，节万事者也。②

子曰：“礼云礼云，玉帛云乎哉！乐云乐云，钟鼓云乎哉！”……恶郑声之乱雅乐也。中正则雅，多哇则郑，礼乐废而邪音起，是郑声有时而乱雅也。故圣人恶诸，然则郑声之乱雅，奈何亦曰黄钟，以本之中正以平之，确乎郑卫不能入也。传曰：郑卫之音使人之心淫，是卫声之淫，不如郑声乱雅之甚，故举是以见之。③

宋人沈括、王灼指出音律的最中之声可致天地和气，人力强为干预，就不能达成雅正音乐的目标：

乐有中声，有正声。所谓中声者，声之高至于无穷，声之下亦无穷，而各具十二律。作乐者必求其高下最中之声，不如是不足以致太和之音，应天地之节。所谓正声者，如弦之有十三泛韵，此十二律自然之节也。……此天地至理，人不能以毫厘损益其间。近世金石之工，盖未尝及此。不得正声，不足为器；不得中声，不得为乐。④

中正则雅，多哇则郑，至论也。何谓中正？凡阴阳之气，有中有正，故音乐有正声，有中声。二十四气，岁一周天，而统以十二律。中正之声，正声得正气，中声得中气，则可用。中正用，则平气应。故曰：中正以平之。⑤

音谱乐器应是中和雅正的准绳，隋以来音乐资料《隋书·万宝常传》《乐书》（卷一百四十九）以及张方平《雅乐》篇也有所记载：

宝常因极言乐声哀怨淫放，非雅正之音，请以水尺为律，以调乐器。上从之。宝常奉诏，遂造诸乐器，其声率下郑译调二律。并撰《乐谱》六

①《词源》，《词话丛编》（第1册），第266页。

②班固撰，颜师古注《汉书》（第4册），中华书局1962年，第1027页。

③陈旸《乐书》，《景印文渊阁四库全书》（第211册），第365—366页。

④沈括《梦溪补笔谈》，中华书局1985年，第9页。

⑤《〈碧鸡漫志〉校正》，第28页。

十四卷，具论八音旋相为宫之法，改弦移柱之变。为八十四调，一百四十四律，变化终于一千八百声。①

《风俗通》曰：笛，涤也，所以涤邪秽纳之雅正也。长尺四寸，七孔。《乐书》曰：笛之涤也，可以涤荡邪气，出扬正声。七孔，下调，汉部用之。盖古之造笛，剪云梦之霜筠，法龙吟之异韵，所以涤荡邪气，出扬正声者也，其制可谓善矣。②

是以圣人立礼以文其外，作乐以理其中，发于咏歌律吕，播于金石管弦。调雅正之声，导生气之和，全其天理，起其善心，而不使邪气僻情得接焉。③

宋朝处于音乐文学的黄金时期，词体尚能择腔、择律、按谱填词、随律押韵。《词源》强调词乐应为雅正之音，而徽宗朝的中央音乐机构大晟府音乐，是词体音乐复雅的标志。其对词体音乐的重要贡献，是厘正宫调、汰弃俗腔、编定八十四调及图谱：

(政和)四年正月，大晟府言："宴乐诸宫调多不正，如以无射为黄钟宫，以夹钟为中吕宫，以夷则为仙吕宫之类。又加越调、双调、大食、小食，皆俚俗所传，今依月律改定。"诏可。……(六年)又诏："《大晟》雅乐，顷岁已命儒臣著乐书，独宴乐未有纪述。其令大晟府编集八十四调并图谱，令刘昺撰以为《宴乐新书》。"④

前引《词源序》也有引述："古之乐章，乐府，乐歌，乐曲，皆出于雅正。粤自隋唐以来，声诗间为长短句，至唐人则有《尊前》《花间集》。迄于崇宁，立大晟府，命周美成诸人讨论古音，审定古调，沦落之后，少得存者，由此八十四调之声稍传：而美成诸人又复增演慢曲、引、近，或移宫换羽为三犯四犯之曲，按月律为之，其曲遂繁。"(已见前引)《词源》(上卷)也有论音乐中和之气、中声之气："黄钟，所以宣养六气九德也。又曰：黄者，中之色也。钟者，种也。又曰：黄者，中和之气。"⑤另有按月律并与节气、干支相关的

①魏征《隋书》(第6册)，中华书局1973年，第1784页。

②陈旸《乐书》，《景印文渊阁四库全书》(第211册)，第689页。

③张方平《乐全集·雅乐》，张方平撰，郑涵点校《张方平集》，中州古籍出版社2000年，第145页。

④《宋史》(第9册)，第3019页。

⑤《词源》，《词话丛编》(第1册)，第240页。

中声：

(黄钟宫)大雪　中声子之气
(大吕宫)小寒　中声丑之气
(太簇宫)立春　中声寅之气
(夹钟宫)惊蛰　中声卯之气
(姑洗宫)清明　中声辰之气
(仲吕宫)立夏　中声巳之气
(蕤宾宫)芒种　中声午之气
(林钟宫)小暑　中声未之气
(夷则宫)立秋　中声申之气
(南吕宫)白露　中声酉之气
(无射宫)寒露　中声戌之气
(应钟宫)立冬　中声亥之气①

值得注意的是，张炎认为，即使协律，豪气词与俚歌词也不符合雅正的标准：

辛稼轩、刘改之作豪气词，非雅词也。于文章余暇，戏弄笔墨，为长短句之诗耳。②

至如李易安《永遇乐》云："不如向帘儿底下，听人笑语。"此词亦自不恶。而以俚词歌于坐花醉月之际，似乎击缶韶外，良可叹也。③

一般认为，张炎排斥豪放词，是因为豪放不就音律束缚，但张炎雅正之志源出苏词。沈祥龙说："词导源于诗，诗言志，词亦贵乎言志。淫荡之志可言乎哉？'琼楼玉宇'识其忠爱，'缺月疏桐'，叹其高妙，由于志之正也。"④而辛弃疾所作"非雅词"不在协律与否，而在于怨望。以沈义父示例为协律的《摸鱼儿》为例："诸贤之词，固豪放矣，不豪放处，未尝不叶律也。如东坡之《哨遍》、杨花《水龙吟》，稼轩之《摸鱼儿》之类，则知诸贤非不能也。"⑤辛

①《词源》，《词话丛编》(第1册)，第246—250页。
②同上书，第267页。
③同上书，第263页。
④沈祥龙《论词随笔》，《词话丛编》(第5册)，第4047页。
⑤《乐府指迷》，《词话丛编》(第1册)，第282页。

弃疾《摸鱼儿》写于淳熙己亥(1179),其中“休去倚危楼,斜阳正在,烟柳断肠处”三句,南宋颓势已经形成的感慨跃然纸上,时人罗大经指出:“词意殊怨,‘斜阳’‘烟柳’之句,其与‘未须愁日暮,天际乍轻阴’者异矣。使在汉唐时,宁不贾种豆、种桃之祸哉! 愚闻寿皇见此词颇不悦,然终不加以罪,可谓盛德也矣。”①

李清照南渡词《永遇乐》也并非不协音乐,而是以寻常俗语入律,并且过分悲苦,竟至读者情不能堪。《永遇乐》末五句是:“如今憔悴,风鬟霜鬓,怕见夜间出去。不如向、帘儿底下,听人笑语。”张端义褒扬前三句曰:“皆以寻常语度入音律,炼句精巧则易,平淡入调者难。”②但张炎对此则持批评态度。秦缶、箫韶分别代表乐器之俗雅。裴骃《史记集解》:“《风俗通义》曰:缶者,瓦器。所以盛酒浆,秦人鼓之以节歌也。”③韶,《箫韶》。上古虞舜时乐名,盛世雅乐的代名词。《尚书·益稷》:“《箫韶》九成,凤皇来仪。”④李词声音又过于哀伤。刘辰翁《永遇乐》题序可证:“余自乙亥上元诵李易安《永遇乐》,为之涕下。今三年矣,每闻此词,辄不自堪。遂依其声,又托之易安自喻。虽辞情不及,而悲苦过之。”

清代词人于此,心有戚戚。朱彝尊《群雅集序》:“盖昔贤论词,必出于雅正。是故曾慥录《雅词》,鲖阳居士辑《复雅》也,谱既成,以段安节《乐府杂录》、王灼《碧鸡漫志》及宋元高丽诸史所载调存词佚者,具载之,并以张炎、沈伯时《乐府指迷》冠于卷首,学者睹此,何异过涉大水之获舟梁焉?”⑤陈廷焯亦云:“倚声之学,千有余年,作者代出。顾能上溯《风》《骚》,与为表里,自唐迄今,合者无几。窃以声音之道,关乎性情,通乎造化,小其文者不能达其义,竟其委者未获溯其原。……本诸《风》《骚》,正其情性,温厚以为体,沉郁以为用。”⑥词体作为合乐而歌的倚声之学,《诗》为体,《骚》为用,性情本于温厚,表达趋向沉郁。究其本质,涉及到创作主体自身并使阅读受众人格趋向真善美的道德重塑的重要命题。

①《鹤林玉露》,第12页。

②《贵耳集》,第14页。

③《史记》(第8册),第2443页。

④孔安国传,孔颖达疏《尚书正义》,《十三经注疏》(上册),第144页。

⑤《曝书亭集》(上册),第492页。

⑥陈廷焯《白雨斋词话·自序》,陈廷焯著,杜维沫校点《白雨斋词话》,人民文学出版社1959年,第1—2页。

（二）中正平和融会哀乐

我国音乐文学的内容表达也崇尚中正平和。朱熹《论语集注》："子曰：《关雎》乐而不淫，哀而不伤。淫者，乐之过而失其正者也。伤者，哀之过而害于和者也。《关雎》之诗，言后妃之德，宜配君子。求之未得，则不能无寤寐反侧之忧；求而得之，则宜其有琴瑟钟鼓之乐。盖其忧虽深而不害于和，其乐虽盛而不失其正，故夫子称之如此。欲学者玩其辞，审其音，而有以识其性情之正也。"①

《诗经》之后，诗歌对于人之喜怒哀乐偏重抒发哀怨情怀，钟嵘《诗品序》："气之动物，物之感人，故摇荡性情，形诸舞咏。"②"若乃春风春鸟，秋月秋蝉，夏云暑雨，冬月祁寒，斯四候之感诸诗者也。嘉会寄诗以亲，离群托诗以怨。至于楚臣去境，汉妾辞宫，或骨横朔野，或魂逐飞蓬；或负戈外戍，杀气雄边；塞客衣单，孀闺泪尽；又士有解佩出朝，一去忘返；女有扬蛾入宠，再盼倾国：凡斯种种，感荡心灵，非陈诗何以展其义，非长歌何以骋其情？故曰：'《诗》可以群，可以怨。'"③

词体香艳，婉娈传情，特别是涉及怀人的离别情绪，往往极易流于缠绵悱恻而哀怨失度。日本汉学家村上哲见已经看到宋词排斥表达过度伤感："在唐末五代，词由于一味沉溺于纤细的伤感，而获得了作为抒情诗的新样式的独立性。但如果原样不动地长此下去，则势必不辞'悲伤'而赤裸裸地表达极度的悲伤。而这对于宋代文人的感觉来说，毕竟是难以习惯的。"④所谓宋人感觉，就是要平衡、控制情感，避免流宕不返。张炎《词源》指出陆雪溪《瑞鹤仙》、辛稼轩《祝英台近》尚未能"屏去浮艳，乐而不淫"，引录二词如下：

脸霞红印枕。睡觉来、冠儿还是不整。屏闲麝煤冷，但眉峰压翠，泪珠弹粉。堂深昼永，燕交飞、风帘露井。恨无人、说与相思，近日带围宽尽。　　重省。残灯朱幌，淡月纱窗，那时风景。阳台路迥。云雨梦，便无准。待归来，先指花梢教看，欲把心期细问。问因循过了青春，怎生意稳。

①朱熹《论语集注》，第26页。

②钟嵘撰，曹旭集注《诗品集注》，上海古籍出版社1994年，第1页。

③同上书，第47页。

④村上哲见著，杨铁婴译《唐五代北宋词研究》，陕西人民出版社1987年，第340页。

宝钗分，桃叶渡。烟柳暗南浦。怕上层楼，十日九风雨。断肠片片飞红，都无人管，倩谁唤、流莺声住。　鬓边觑。试把花卜心期，才簪又重数。罗帐灯昏，哽咽梦中语。是他春带愁来，春归何处。却不解、带将愁去。

陆雪溪，名陆淞，陆游胞兄，曾任职辰州（治所在今湖南沅陵）。《耆旧续闻》（卷二）谓二词出语骚雅："陆辰州子逸，左丞农师之孙，太傅公之元孙也。晚以疾废，卜筑于秀野，越之佳山水也。公放傲其间，不复有荣念。客至，则终日清谈不倦。尤好语及前辈事，纚纚倾人听。"[①]又，卷十载《瑞鹤仙》本事："南渡初，南班宗子寓居会稽为近属，士家最盛。园亭甲于浙东，一时坐客皆骚人墨客，陆子逸实预焉。士有侍姬盼盼者，色艺殊绝，公每属意焉。一日宴客，偶睡，不预捧觞之列，陆因问之，士即呼至，其枕痕犹在脸，公为赋《瑞鹤仙》，有'脸霞红印枕'之句，一时盛传之，逮今为雅唱。后盼盼亦归陆氏。二陆兄弟，俱有时名，子逸词胜，而诗不及其弟。"[②]又，卷二评辛词："辛幼安词：'是他春带愁来，春归何处，却不解带将愁去。'人皆以为佳，不知赵德庄《鹊桥仙》词云：'春愁元是逐春来，却不肯随春归去。'盖德庄又本李汉老《杨花词》'蓦地便和春带将归去'。大抵后之作者，往往难追前人。盖唐词多艳句，后人好为谑语，唐人词多令曲，后人增为大拍，又况屋下架屋，陈腐冗长，所以全篇难得好语也。公之词传于曲编者，独《瑞鹤仙》'脸霞红印枕'之句，有和李汉老'叫云吹断横玉'，词语高妙，惜其不传于世。……观公之词，可以知其风流蕴藉矣。"[③]

二词虽然都是在写景中刻划离别相思，但过于正面地铺叙了相思之煎熬、盼归之情切。如《瑞鹤仙》上阕写辗转难眠、粉泪弹珠、无心膏沐、宽尽带围，下阕写风景依稀、云雨路隔，等待归来、细问心期，自怜因循青春、枝头花老。《祝英台近》则是一层深似一层的怨恚："怕上""断肠""都无人管""哽咽梦中语""不解带将愁去"。姜夔《姜氏诗说》："喜辞锐，怒辞戾，哀辞伤，乐辞荒，爱辞结，恶辞绝，欲辞屑。乐而不淫，哀而不伤，其惟《关雎》乎！"[④]知其内含怒哀爱欲，即有失中正平和。

---

①陈鹄《西塘集耆旧续闻》，中华书局1985年，第7页。

②同上书，第64页。

③同上书，第7—8页。

④《白石诗词集》，第66页。

张炎举证并论述与之相反的例词如下引：

“春草碧色，春水绿波，送君南浦，伤如之何。”矧情至于离，则哀怨必至。苟能调感怆于融会中，斯为得矣。白石《琵琶仙》云（词略）、秦少游《八六子》云（词略），离情当如此作，全在情景交炼，得言外意。有如“劝君更尽一杯酒，西出阳关无故人”，乃为绝唱。①

录白石《琵琶仙》如下：

双桨来时，有人似、旧曲桃根桃叶。歌扇轻约飞花，蛾眉正奇绝。春渐远、汀洲自绿，更添了、几声啼鴂。十里扬州，三生杜牧，前事休说。

又还是、宫烛分烟，奈愁里、匆匆换时节。却把一襟芳思，与空阶榆荚。千万缕、藏鸦细柳，为玉尊、起舞回雪。想见西出阳关，故人初别。

此与陆词、辛词都是爱情词，同样“景中带情，而有骚雅”，但却是以杨柳景物侧衬离情。夏承焘先生考证引词与合肥情缘相关，虽然坐实情词有待商榷（详后文第五章第一节），但其阐释的情景关系还是值得借鉴：

初读不解其意，今知咏柳与合肥有关；“桃根桃叶”比合肥二女；读《解连环》“大乔能拨春风”及《浣溪沙》“恨入四弦”之句，知调名《琵琶仙》亦非泛设。（《琵琶仙》虽不编入自度曲卷中，然此调前人未填，殆创自白石。）又，卷三《醉吟商小品》云：“又正是春归，细柳暗黄千缕，暮鸦啼处。梦逐金鞍去。一点芳心休诉，琵琶解语。”此词作于辛亥之夏，即别合肥之年；词序谓是《琵琶调》，亦《琵琶仙》是怀人词之左证。②

词作还借助语典写景，夏先生笺释下阕：“此词下片只隐括三首唐人咏柳诗，‘宫烛分烟’用韩翃句，‘空阶榆荚’用韩愈句。‘西出阳关’用王维句。”③具体言之，涉及杨柳的诗句有韩翃《寒食》：“春城无处不飞花，寒食东风御柳斜。”韩愈《晚春》：“杨花榆荚无才思，惟解漫天作雪飞。”王维《送元二使安西》：“渭城朝雨浥轻尘，客舍青青柳色春。”词中所用“桃根桃叶”典，能够证明是歌妓姊妹，典源本是王献之爱妾及其妹，见《乐府诗集》（卷四十五）所引《古今乐录》：“《桃叶歌》者，晋王子敬之所作也。桃叶，子敬妾名，

①《词源》，《词话丛编》（第1册），第264页。

②夏承焘《姜白石系年》，《夏承焘集》（第1册），第449页。

③同上。

缘于笃爱，所以歌之。……子敬，献之字也。”[①]阮阅《诗话总龟·前集》（卷七）：“桃叶，王献之爱妾名也，其妹曰桃根。”[②]至周邦彦《点绛唇》“凭仗桃根，说与相思意”衍为歌妓姊妹。见于王灼《碧鸡漫志》（卷二）所载周词本事：“周美成初在姑苏，与营妓岳七楚云者游甚久，后归自京师，首访之，则已从人矣。明日，饮于太守蔡峦子高坐上，见其妹，作《点绛唇》曲寄之。”[③]故而夏笺姜氏合肥情缘也有大小乔姊妹之说。

姜词隐括唐人咏柳诗的深意在于，似在写别离之景，但景中叠现的却是当年饯别时，席外朝雨浥润新绿柳色，歌席姊妹芳菲如柳絮回雪的离情别思，舞腰如柳枝轻盈的曼妙舞姿。此事涉及词人生命历程中铭心刻骨的情史艳迹，别后思念椎心沥血却抑而未吐，别离情感与杨柳、雪絮、朝雨等景物融会中和，形成所谓诗家景象。司空图《与极浦书》：“戴容州云：‘诗家之景，如蓝田日暖，良玉生烟，可望而不可置于眉睫之前也。’象外之象，景外之景，岂容易可谈哉？”[④]胡仔引《湘素杂记》：“李诗‘庄生晓梦迷蝴蝶’，适也；‘望帝春心托杜鹃’，怨也；‘沧海月明珠有泪’，清也；‘蓝田日暖玉生烟’，和也；一篇之中，曲尽其意，史称其瑰迈奇古，信然。”[⑤]真能“蓄神奇于温厚，寓感怆于和平”[⑥]。

二　夺胎换骨与点铁成金

至北宋中期，文坛洗去了昆体诗文研味前作的堆砌雕镂，而苏轼、黄庭坚的文学创作是更高层次的融高华于平淡。东坡腹笥富赡、才思汹涌，张镃引《许彦周诗话》：“东坡诗不可指摘轻议，辞源如长河大江，飘沙卷沫，枯槎束薪，兰舟绣鹢皆随流矣。”[⑦]山谷以学问为诗，早在宋代就有定论。刘克庄《江西诗派小序》：“豫章稍后出……搜猎奇书，穿穴异闻，作为古律，自成一家，虽只字半句不轻出，遂为本朝诗家宗祖。”[⑧]清人赵翼曾比较苏、黄：

---

①郭茂倩《乐府诗集》（第2册），中华书局1979年，第664—665页。

②阮阅编，周本淳校点《诗话总龟·前集》，人民文学出版社1987年，第80页。

③《〈碧鸡漫志〉校正》，第47页。

④司空图著，祖保泉、陶礼天笺校《司空表圣诗文集笺校》，安徽大学出版社2002年，第215页。

⑤《苕溪渔隐丛话·前集》，第147页。

⑥胡应麟《诗薮》，中华书局1958年，第25页。

⑦《仕学规范》，《景印文渊阁四库全书》（第875册），第180页。

⑧《江西诗派小序》，第1页。

“北宋诗推苏、黄两家,盖才力雄厚,书卷繁富……山谷则书卷比坡更多数倍,几于无一字无来历。”①许尹序任渊《黄陈诗集注》认为黄庭坚、陈师道“精微要妙”,有“味外味”②,而后山刻削有过之:“本朝山谷老人之诗,尽极骚雅之变,后山从其游,将寒冰焉。故二家之诗,一句一字有历古人六七作者,盖其学该通乎儒释老庄之奥,下至于医卜百家之说,莫不尽摘其英华,以发之于诗。”③

然而文学创作的终极目的是成自家面貌,前文张镃所引黄庭坚提出的夺胎换骨、点铁成金的创作方法,就是为了对前此文学资源“剥肤存液,迥绝恒蹊”④。在江西诗人的阐释中,换骨法、夺胎法可分而论之,前文张镃《仕学规范》引述不够全面,不妨录惠洪《冷斋夜话》原文加以条分缕析:

> 如郑谷《十日菊》曰:“自缘今日人心别,未必秋香一夜衰。”此意甚佳,而病在气不长。西汉文章雄深雅健者,其气长故也。曾子固曰:“诗当使人一览语尽而意有余,乃古人用心处。”所以荆公《菊》诗曰:“千花万卉凋零后,始见闲人把一枝。”东坡则曰:“万事到头终是梦,休休。明日黄花蝶也愁。”……凡此之类,皆换骨法也。顾况诗曰:“一别二十年,人堪几回别。”其诗简拔而立意精确。舒王作《与故人诗》云:“一日君家把酒杯,六年波浪与尘埃。不知乌石江边路,到老相逢得几回。”……凡此之类,皆夺胎法也。⑤

葛立方解释换骨法:“诗有换骨法,谓用古人意而点化之,使加工也。”⑥王构引《诗宪》解释夺胎法:“夺胎者,因人之意,触类而长之。虽不尽为因袭,又不尽至于转移,盖亦大同而小异耳。”⑦就换骨法言之,郑谷、王安石、苏轼诗皆不离重阳菊花,但所引郑谷菊诗前二句为“节去蜂愁蝶不知,晓庭还绕折残枝”,是以蜂蝶多情衬托人心随俗,命意并不深远。王安石诗以菊

①赵翼著,霍松林、胡主佑校点《瓯北诗话》,人民文学出版社1963年,第168页。另外,黄诗的书卷来源,赵翼说:“(黄庭坚)又尝跋《枯木道人赋》,谓:‘闲居熟读《左传》《国语》《楚辞》《庄周》《韩非》诸书,欲下笔先体古人致意曲折处,久乃能自铸伟辞,虽屈、宋不能超此步骤也。’”《瓯北诗话》,第168页。

②许尹《黄陈诗集注序》,《山谷诗集注》(上册),第5页。

③任渊《黄陈诗集注序》,同上书,第3页。

④缪钺《论宋诗》,缪钺《诗词散论》,上海古籍出版社1982年,第46页。

⑤惠洪《冷斋夜话》,中华书局1988年,第16页。

⑥葛立方《韵语阳秋》,中华书局1985年,第11页。

⑦王构《修辞鉴衡》,中华书局1985年,第12页。

花凛霜冒寒与幽人闲淡悠远互衬，颂扬寒菊幽人的品节心性。苏轼词则翻过郑诗蜂蝶绕花，巧妙兼用庄生梦蝶典，抒写逝者如斯、人生如梦的哲思。咏菊为表象，哲思为本质，点化升华了重阳菊花诗的意蕴。就夺胎法言之，顾况诗写廿年久别，故地重游，徂年已流，情不能堪。王安石诗写人生纷扰，转瞬即逝，花时把酒的温馨已成昨梦前尘。两相比较，若即若合，触类而长。王安石、苏轼取用前人诗句却作自铸其意，洪迈赞为"采旧公案，而机杼一新，前无古人，于是为至"①。

由于苏轼、黄庭坚、陈师道诸大家的诗歌实践，江西诗学蔚成风气。宋词不可避免地受到夺胎换骨、点铁成金等诗学理论的影响，这在张炎《词源》中得到切实反映。

（一）跳出窠臼自立新意

黄庭坚《以右军书数种赠丘十四》诗曰："随人作计终后人，自成一家始逼真。"立得新意才能成一家，这是宋人最为推崇的杜甫难以企及之处。洪迈说："杜公诗命意用事，旨趣深远。"②前引《仕学规范》也有"近世人学老杜多矣，左规右矩，不能稍出新意，终成屋下架屋，无所取长"。"若体规画圆，准方作矩，终为人之臣仆。古人讥屋下架屋，信然"。词论家也有相关论说。张炎引杨守斋作词要例有："第五要立新意，若用前人诗词意为之，则蹈袭无足奇者，须自作不经人道语，或翻前人意，便觉出奇。"③陆辅之解释说："学者必在心传耳传，以心会意，当有悟入处。然须跳出窠臼外，时出新意，自成一家。若屋下架屋，则为人之贱仆矣。"④

前引张炎说周邦彦"意趣却不高远"，表现在他有整首因人之意的词作。如《瑞龙吟》被誉为集中压卷之作，词作虽然"故事脉落可循，组织严密"⑤，还有痴小歌妓情态的细致描摹，有桃花、杨柳、残梅、新燕等自然风景，却未从根本上翻出崔护《过故人庄》立意之外，所以周济说"不过桃花人面，旧曲翻新耳"⑥。再如《西河·金陵怀古》，最明显的化用顺序如下：谢朓《入朝曲》："江南佳丽地，金陵帝王州。"刘禹锡《金陵五题·石头城》："山围

①洪迈撰，夏祖尧、周洪武点校《容斋随笔》，岳麓书社2006年，第695页。
②《容斋随笔》，第378页。
③《词源》，《词话丛编》（第1册），第268页。
④《词旨》，《词话丛编》（第1册），第303页。
⑤吴世昌著，吴令华辑注，施议对校《词林新话》，北京出版社1991年，第165页。
⑥周济《宋四家词选眉批》，周济《宋四家词选》，古典文学出版社1958年，第7页。

故国周遭在，潮打空城寂寞回。”谢朓《之宣城郡出新林浦向板桥》：“天际识归舟，云中辨江树。”《乐府歌辞》：“莫愁在何处，莫愁石城西。艇子打两桨，催送莫愁来。”刘禹锡《金陵五题·石头城》：“淮水东边旧时月，夜深还过女墙来。”刘禹锡《金陵五题·乌衣巷》：“朱雀桥边野草花，乌衣巷口夕阳斜。旧时王谢堂前燕，飞入寻常百姓家。”村上哲见总结说：“这是一首以刘禹锡《金陵五题咏》为底文，并随处隐括六朝的乐府（莫愁）和谢朓的诗等，而典雅地咏古都金陵（江宁府，今南京）、缅怀往昔的佳作。虽然几乎每一句都是六朝和唐代的诗歌，却丝毫不使人有不协调感，而通过联想可以将形象扩大。这样一种用典的效果，在这首词里发挥得很出色，同时天衣无缝地构成了一个其自身具有完整性的诗的世界。”①此词集结六朝、唐代诸作怀古，虽然浑然一体，但不具有独特性。也就是说，并没有翻过前人金陵怀古诗的立意，仍属“蹈袭无足奇者”。也就是洪迈所批评的“蹈袭一律，无复超然新意，稍出于法度规矩者”②。王国维评其“创意之才少”③，可谓切中清真立意方面的欠缺。钱基博先生也指出了清真词耐人寻味方面的不足：“其实密而不闳，美而未深，铺叙有余，深秀不足；工于造语，而未融于造境；浑于入律，而不遒于运笔；谐于歌讽，而不耐于味咏。”④

张炎认为苏轼、姜夔二人词作意趣高远，自立新奇，最难企及：“词以意趣为主，要不蹈袭前人语意。”⑤并举出东坡中秋《水调歌头》、夏夜《洞仙歌》，白石咏梅《暗香》《疏影》为例。东坡诗文以有深刻旨意著称，张镃引《珊瑚钩诗话》：“老坡作文，工于命意，必超然独立于众人之上。”⑥张端义《贵耳集》亦云：“东坡，天人也，凡作一文，必有深旨。”⑦其词亦然，张炎举例说：“东坡词如《水龙吟》咏杨花、咏闻笛，又如《过秦楼》《洞仙歌》《卜算子》等作，皆清丽舒徐，高出人表；《哨遍》一曲，隐括《归去来辞》，更是精妙，周、秦诸人所不能到。”⑧苏轼、姜夔难能可贵之处，在于所作往往峤然特立于同

①《唐五代北宋词研究》，第317—318页。
②《容斋随笔》，第694—695页。
③王国维《人间词话（初刊本）》，王国维著，彭玉平编《人间词话》，第51页。
④钱基博撰，曹毓英校订《中国文学史》（上册），华中师范大学出版社2011年，第499页。
⑤《词源》，《词话丛编》（第1册），第260页。
⑥《仕学规范》，《景印文渊阁四库全书》（第875册），第171页。
⑦《贵耳集》，第11页。
⑧《词源》，《词话丛编》（第1册），第267页。

类题材之外。如苏轼《鹊桥仙·七夕》:"缑山仙子,高情云渺,不学痴牛騃女。凤箫声断月明中,举手谢、时人欲去。　客槎曾犯,银河微浪,尚带天风海雨。相逢一醉是前缘,风雨散、飘然何处。"陆游评曰:"昔人作七夕诗,率不免有珠栊绮疏惜别之意,惟东坡此篇,居然是星汉上语,歌之曲终,觉天风海雨逼人。"[①]

所举姜夔咏梅词也是如此,张炎以之媲美林逋梅诗:"诗之赋梅,惟和靖一联而已:世非无诗,不能与之齐驱耳,词之赋梅,惟姜白石《暗香》《疏影》二曲,前无古人,后无来者,自立新意,真为绝唱。"[②]在张炎之前,宋人已经看到翻新出奇是白石超越清真词之处,黄升谓姜夔词"其间高处有美成所不能及"[③],陈郁《藏一话腴》也称赏其意趣高远:"意到语工,不期于高远而自高远。黄景说谓造物者不以富贵浼尧章,而使之声名焜耀于无穷。"[④]都是指其立意。就咏梅词而言,宋初林逋《山园小梅》"疏影横斜水清浅,暗香浮动月黄昏"一联,精妙地刻划出梅花本体清净的超凡远俗,与宋代士大夫砥砺气节可相比德。虽然黄庭坚认为林逋"'雪后园林才半树,水边篱落忽横枝',似胜前句"[⑤],张端义谓"(朱敦儒)赋梅词如不食烟火人语,'横枝销瘦一如无,但空里疏花数点',语意奇绝",[⑥]但对宋人影响远不如"疏影""暗香"一联。宋朝梅花诗词蔚成大观,黄大舆《梅苑》主要辑录宋代梅词,数量虽众却不免"窠臼相因"[⑦];方回《瀛奎律髓》于"著题"之外别出"梅花"一类,也难见超拔于林诗意旨之外的奇思妙想。张炎认为《暗香》《疏影》使比德君子不再是梅词不可逾越的"雷池"。后世论者通过《词源》特意拈出寿阳公主及王昭君典故,或许正暗示姜夔词中梅花烙上了靖康之难的时代记忆,因而能够空诸依傍,把梅词意旨拓展为家国主题的有效表述。柴望以二词悠然清空而能与怀古词相侔:"近世姜白石一洗而更之,《暗香》《疏影》等作,当别家数也。……惟白石词登高眺远,慨然感今悼往之趣,悠然

①陆游《跋东坡七夕词后》,《陆游全集校注》(第10册),第197页。

②《词源》,《词话丛编》(第1册),第266页。

③黄升选编,邓子勉校点《中兴以来绝妙词选》,唐圭璋等校点《唐宋人选唐宋词》(下册),上海古籍出版社2004年,第776页。

④陈郁《藏一话腴》,《景印文渊阁四库全书》(865册),第548页。

⑤黄庭坚《书林和靖诗》,《黄庭坚全集》(第2册),第665页。

⑥《贵耳集》,第13页。

⑦《四库全书〈梅苑〉提要》,《四库全书总目》(下册),第1824页。

托物寄兴之思，殆与古《西河》《桂枝香》同风致，视青楼歌、红窗曲万万矣。”[①]这是姜夔之后南宋所有咏物词的楷素，谢章铤说：“夫咏物南宋最盛，亦南宋最工。然傥无白石高致，梅溪绮思，第取《乐府补题》而尽和之，是方物略耳，是群芳谱耳，便谓超凡入圣，雄长词坛，其不然与？”[②]从史梅溪“绮思”到姜白石“高致”的转变，就是峭然超拔同类题材的自立新意。这就是《词旨》所谓“古人诗有翻案法，词亦然”[③]。

再看张炎举为例证的姜夔怀古词《扬州慢》：

> 淮左名都，竹西佳处，解鞍少驻初程。过春风十里，尽荠麦青青。自胡马窥江去后，废池乔木，犹厌言兵。渐黄昏、清角吹寒，都在空城。　杜郎俊赏，算而今、重到须惊。纵豆蔻词工，青楼梦好，难赋深情。二十四桥仍在，波心荡、冷月无声。念桥边红药，年年知为谁生。

词中仅化用杜牧诗作就有《题扬州禅智寺》：“谁知竹西路，歌吹是扬州。”《赠别二首》（之一）：“娉娉袅袅十三余，豆蔻梢头二月初。春风十里扬州路，卷上珠帘总不如。”《遣怀》：“十年一觉扬州梦，赢得青楼薄幸名。”《寄扬州韩绰判官》：“二十四桥明月夜，玉人何处教吹箫。”但是，此词并非如杜牧赋咏扬州繁华以及花祓清愁、酒消英气的怀才不遇，而是如题序所言，因金兵南犯，扬州成为满目疮痍的战争遗墟：“予怀怆然，感慨今昔，因自度此曲。千岩老人以为有黍离之悲也。”另外，此词写于淳熙三年（1176）“至日”即冬至，此时游维扬，显然不在红药花期，因此词作是以芍药为载体：以逝去繁华与红药幻影交织出虚拟的扬州昔日盛观，又以“荠麦青青”“废池乔木”“冷月无声”刻划金人进犯之后战争遗址的颓圮破败，昔日繁华与眼前萧条的落差，构筑出扬州空城的芜城新赋，“感慨今昔”而有“黍离之悲”，这在扬州诗词中卓然特出，翻出所有咏赋扬州繁华的诗词意旨数层之外，与周邦彦金陵怀古词《西河》相比，虽未命名怀古，但确然是借古伤今的有创意之作。

（二）句法骚雅造语奇崛

宋诗夺胎换骨、点铁成金从句法方面说就是骚雅奇崛。黄朝英《靖康

---

①柴望《凉州鼓吹诗余自叙》，《全宋文》（第347册），第309页。

②《〈赌棋山庄词话〉校注》，第153页。

③《词旨》，《词话丛编》（第1册），第301页。

缃素杂记》卷九引刘禹锡《嘉话》："宋考功诗云：'马上逢寒食，春来不见饧'。饧，徐盈切。尝疑此字。因读毛诗郑笺，说吹箫处云：即今卖饧人家物。……又本朝宋子京寒食诗云：'草色引开盘马路，箫声吹暖卖饧天。'其亦用郑笺吹箫卖饧之义，然词致骚雅，胜考功远矣。"[①]唐朝宋之问、宋朝宋祁皆写寒食节令风物，但宋之问仅写外放岭表，风俗不同；宋祁则写出京城雨后，烟树掩映，休浴探春，细风轻絮，好怀渐开的情景。所谓"词致骚雅"也就是张炎所说"骚雅句法"。

宋词采用夺胎换骨法，晚于宋诗的进程。至北宋末年，周邦彦词始承江西流韵："征辞引类，推古夸今；或借字用意，言言皆有来历。"[②]周词也较早采用夺胎换骨法，庞元英《谈薮》评价周词中的"流红"实现了从红叶到花瓣的脱换转移："本朝词人罕用此事，惟周清真乐府两用之。……《六丑》咏落花：'飘流处，莫趁潮汐，恐断红，上有相思字，何由见得。'脱胎换骨之妙极矣。"[③]周词的夺胎换骨主要表现在隐括前人诗句，这是宋人公论。陈振孙说："(清真词)多用唐人诗语，隐括入律，浑然天成。"[④]甚至成句入律，周密说："周美成长短句纯用唐人诗句，如'低鬟蝉影动，私语口脂香'，此乃元、白全句。"[⑤]二句出自周邦彦的赠妓之作《意难忘》，开篇数句曰："衣染莺黄。爱停歌驻拍，劝酒持觞。低鬟蝉影动，私语口脂香。莲露滴，竹风凉。"清人薛雪说："用前人字句，不可并意用之。语陈而意新，语同而意异，则前人之字句，即吾之字句也。"[⑥]周词主要因为隐括成句使词作渐具诗质，因而受到赞赏；惜乎其用句，沿袭了唐人隐括仅能以己意(包括入律的要求)增损语意却难免因循的弊端。王楙《野客丛书》(卷七)指出唐诗名家亦有此弊：

> 《诗眼》曰：沈佺期诗"人如天上坐，鱼似镜中悬"，子美诗"春水船如天上坐，老年花似雾中看"，不免蹈袭。《随笔》曰：子美诗"夜足沾沙雨，春多逆水风"，乐天诗"巫山夜足沾沙雨，陇水春多逆水风"，白用杜句如此。仆谓此非袭用前人句也，以前人诗语而以己意损益之。在当时自

①黄朝英《靖康缃素杂记》，中华书局1985年，第50页。

②刘肃《片玉集序》，周邦彦著，孙虹校注、薛瑞生订补《清真集校注》(下册)，中华书局2007年，第501页。

③庞元英《谈薮》，中华书局1991年，第5页。

④《直斋书录解题》，第908页。

⑤《浩然斋雅谈》，第47页。

⑥薛雪《一瓢诗话》，王夫之等撰《清诗话》(下册)，上海古籍出版社1978年，第686页。

有此体，不特此二者。如李嘉祐诗“水田飞白鹭，夏木啭黄鹂”，而王维诗“漠漠水田飞白鹭，阴阴夏木啭黄鹂”。薛据诗“省署开文苑，沧浪学钓翁”，而子美诗“独当省署开文苑，兼泛沧浪学钓翁”，刘长卿诗“柳色孤城外，莺声细雨中”，而武伯苍诗“千条翠柳衡门里，百啭黄鹂细雨中”，增前人之语者如此。又有损前人句语者，如王维诗“九天阊阖开宫殿，万国衣冠拜冕旒”，而杜子美诗“阊阖开黄道，衣冠拜紫宸”是也。有全用前人一句，而以己意贴之者，如沈云卿“云白山青千万里，几时重谒圣明君”，而子美则曰“云白山青万余里，愁看直北是长安”是也。有以前人五字句衍为七字句者，如沈佺期诗“秦地平如掌”，而李白诗“秦川四面平如掌”是也。①

唐诗此类隐括，如果己意卑弱缺乏义理，就会落入第二义。张镃引《韵语阳秋》：“（叶）少蕴云：‘李益诗云：“开门风动竹，疑是故人来”，沈亚之诗云：“徘徊花上月，虚度可怜宵”，皆佳句也。郑谷掇取而用之，乃云：“睡轻可忍风敲竹，饮散那堪月在花。”真可与李、沈作仆奴。’由是论之，作诗者兴致先自高远，则（陈）去非之言可用，傥不然，便与郑都官无异。”②又引《临川文集》：“某尝患近世之文，辞弗顾于理，理弗顾于事，以襞积故实为有学，以雕绘语句为精新。譬之撷奇花之英，积而玩之，虽光华馨采，鲜缛可爱，求其根柢济用，则蔑如也。”③周词《意难忘》隐括元白成句本与歌妓相关，词中也是描绘侑觞歌女的娇情媚态，未能化腐朽为神奇。因此，夺胎换骨不仅是隐括增损前诗，而是应该以一己高情远意加以统领，周词于此不免慊然，所以张炎讥为“采唐诗融化如自己者，乃其所长。惜乎意趣不高远”④。《清真集》存词185首，隐括增损唐人诗句高达五十余处，语意皆在原作彀中，显例如下：

《瑞龙吟》：事与孤鸿去。——杜牧《题安州浮云寺楼寄湖州张郎中》：事与孤鸿去。

《蓦山溪》：鸟度屏风里。——李白《清溪行》：鸟度屏风里。

《渔家傲》：帘前重露成涓滴。——杜甫《倦夜》：重露成涓滴。

①王楙撰，王文锦点校《野客丛书》，中华书局1987年，第70页。
②《仕学规范》，《景印文渊阁四库全书》（第875册），第201页。
③同上书，第162页。
④《词源》，《词话丛编》（第1册），第266页。

《虞美人》：天寒山色有无中。——王维《汉江临眺》：山色有无中。

《隔浦莲近拍》：金丸落、惊飞鸟。——李白《少年子》：金丸落飞鸟。

《四园竹》：好风襟袖先知。——杜牧《秋思》：好风襟袖知。

《粉蝶儿慢》：隔叶黄鹂传好音。——杜甫《蜀相》：隔叶黄鹂空好音。

《霜叶飞》：素娥青女斗婵娟。——李商隐《霜月》：青女素娥俱耐冷，月中霜里斗婵娟。

《满庭芳》：且莫思身外，长近尊前。——杜甫《绝句漫兴九首》(之四)：莫思身外无穷事，且尽尊前有限杯。

《西平乐》：叹事逐孤鸿去尽，身与塘蒲共晚。——杜牧《题安州浮云寺楼寄湖州张郎中》：事与孤鸿去。李贺《还自会稽歌》：身与塘蒲晚。

樊志厚《人间词话乙稿序》："原夫文学之所以有意境者，以其能观也。出于观我者，意余于境。而出于观物者，境多于意。然非物无以见我，而观我之时，又自有我在。"①陈寅恪所论清代弹词也可移用于繁复长调："苟无灵活自由之思想，以运用贯通于其间，则千言万语，尽成堆砌之死句，即有真实情感，亦堕世俗之见矣。"②周词隐括增损，多为因人而立，少见我之存在。

张炎主张以"以白石骚雅句法润色之，真天机云锦也"，张镃《仕学规范》引《南昌文集》所论可为"天机云锦"注脚："(山谷)谓王立之云：……观古人用意曲折处讲学之，然后下笔，譬如巧女文绣妙一世，若欲作锦，必得锦机，乃能成锦尔。"③张炎又称此为"平易中有句法"④，其表征就是用典而能不似用典者，张镃《仕学规范》这方面的引录最多。如：

《宋文景公杂志》：邢子才尝曰：沈侯文章，用事不使人觉，若胸臆语，深以此服之。杜工部作诗类多故实，不似用事者，是皆得作者之奥。⑤

①樊志厚《人间词乙稿序》，王国维著，周锡山编校《汇编汇校汇评人间词话》，万卷出版公司2009年，第336页。

②陈寅恪《论〈再生缘〉》，陈寅恪《寒柳堂集》，生活·读书·新知三联书店2011年，第73页。

③《仕学规范》，《景印文渊阁四库全书》(第875册)，第201页。

④《词源》，《词话丛编》(第1册)，第258页。

⑤《仕学规范》，《景印文渊阁四库全书》(第875册)，第161页。

《皇朝类苑》:又用事能破觚为圆,剉刚成柔,始为有功者。昔人所谓缚虎手也。[①]

《古今总类诗话》:《名贤诗话》言杜少陵云:作诗用事,要如释语"水中着盐,饮水乃知盐味"。此说诗家秘密藏也。……如系风捕影,岂有迹耶?[②]

《蒲氏漫斋录》:用故事当如己出,如杜甫寄人诗云:"径欲依刘表,还疑厌祢衡。"此是用王粲依刘并曹公厌祢衡事,却点化只做杜甫欲去依他人,恐他厌之。语此便是如己出也。[③]

《诗话总龟·后集》(卷二十二)也引例证:"杜'心迹喜双清''茶瓜留客迟'似非用事,观灵运《斋中诗》云:'矧乃归山川,心迹双寂寞。'竟陵王子良礼才好士,夏月客至,为设瓜饮甘果,二诗盖用此。"[④]张镃又引《古今总类诗话》:"贺铸,字方回。言学诗于前辈,得八句云:平淡不流于浅俗;奇古不邻于怪僻;题咏不窘于物象;叙事不病于声律;比兴深者通物理;用事工者如己出;格见于成篇,浑然不可镌;气出于言外,浩然不可屈。"[⑤]夏敬观《〈东山词补〉后跋》:"此八语,余谓亦方回作词之诀也。"[⑥]

张炎从这一角度示例了东坡、白石的骚雅句法:"如东坡《永遇乐》云:'燕子楼空,佳人何在,空锁楼中燕!'用张建封事。白石《疏影》云:'犹记深宫旧事,那人正睡里,飞近蛾绿。'用寿阳事,又云:'昭君不惯胡沙远,但暗忆、江南江北。想佩环、月夜归来,化作此花幽独。'用少陵诗,此皆用事不为事所使。"[⑦]东坡、白石所用语典不再留有前人诗文的显著痕迹,事典夺胎换骨,也不同于周词虽从红叶移到花瓣仍落于题情窠臼。前述夏承焘笺释姜夔《琵琶仙》下阕三处也是"用事不为事所使":虽用韩翃、韩愈、王维杨柳典故,表达的却是词人客途柳舍,朝雨润尘,歌妓姊妹细腰如柳条起舞尊前,芳思如雪絮别泪点点,殷勤侑觞,甚忧心前路无知己,无人识君把酒杯。

①《仕学规范》,《景印文渊阁四库全书》(第875册),第178页。
②同上书,第194—195页。
③同上书,第197页。
④《诗话总龟·后集》,第137页。
⑤《仕学规范》,《景印文渊阁四库全书》(第875册),第186页。
⑥夏敬观手批《东山词》,《彊村丛书》(第2册),第1570页。
⑦《词源》,《词话丛编》(第1册),第261页。

这种写作模式是白石用典常态。如《江梅引·丙辰之冬，予留梁溪，将诣淮而不得，因梦思以述志》："人间离别易多时。见梅枝。忽相思。几度小窗，幽梦手同携。"《卜算子》："家在马城西，今赋梅屏雪。梅雪相兼不见花，月影玲珑彻。"所用卢仝《有所思》："相思一夜梅花发，忽到窗前疑是君。"韩愈《春雪间早梅》："玲珑开已遍，点缀坐来频。"不着用典痕迹。再如为范成大赋梅之《疏影》开头三句："苔枝缀玉。有翠禽小小，枝上同宿。""苔枝"句为范村绿须苔梅实录，见《范村梅谱》[①]，"有翠禽"二句用《龙城录》所载赵师雄遇梅花俪仙典[②]，以梅花精灵延展想象空间。江西诗派的造语奇崛在南宋中兴诗人的作品得到进一步呈现。朱彝尊《梁溪遗稿序》："萧，西江人，讳德藻，字东夫，别字千岩。《咏梅》绝句有云：'湘妃危立冻蛟背，海月冷挂珊瑚枝。'又云：'百千年藓着枯树，一两点花供老枝'。造句奇崛，洵足与文简公'梁溪一曲小桥东'之作并传者也。"[③]文简公，尤袤谥号。朱序所引为尤袤《落梅》诗："梁溪西畔小桥东，落月纷纷水映空。五夜客愁花片里，一年春事角声中。歌残玉树人何在，舞破山香曲未终。却忆孤山醉归路，马蹄晴雪衬东风。"《瀛奎律髓》（卷六）评萧德藻《次韵傅惟肖》："其诗苦硬顿挫而极其工，五六一联，诸公并不能及，起句奇峭。"[④]前引罗大经说："姜尧章学诗于萧千岩，琢句精工。"姜词也是胸有书卷，咳珠唾玉，古雅峭拔，用语既细润丰腴，又能飞动豪荡，不受原典拘限，张炎《琐窗寒》谓王沂孙有"白石意度"即有"琢语峭拔"的特点。

苏轼有五首集句词，《阮郎归》《定风波》《南乡子》（三首），集句是隐括原句之极致。以《南乡子》一首为例：

> 怅望送春杯（杜牧）。渐老逢春能几回（杜甫）。花满楚城愁远别（许浑），伤怀。何况清丝急管催（刘禹锡）。　　吟断望乡台（李商隐）。万里归心独上来（许浑）。景物登临闲始见（杜牧），徘徊。一寸相思一寸灰（李商隐）。

词作分别取句于杜牧《惜春》、杜甫《漫兴》、许浑《竹林寺别友人》、刘禹锡

---

①参见范成大撰，刘向培整理校点《范村梅谱》，上海书店2017年，第3页。

②参见柳宗元《龙城录》，中华书局1991年，第9—10页。

③《曝书亭集》（上册），第444页。

④《瀛奎律髓》，第149页。

《洛中逢韩七中丞之吴兴口号五首》(之三)、李商隐《朱槿花二首》(之二)、杜牧《八月十二日得替,后移居霅溪馆,因题长句四韵》、李商隐《无题四首》(之二)。苏轼《次韵孔毅父集古人诗见赠五首》(之二)有对集句诗的夫子自道:"用之如何在我耳,入手当令君丧魄",(之三)"前生子美只君是,信手拈得俱天成"。邓小军先生认为《南乡子》作于被贬黄州时,虽然句句皆是隐括,但脱略于典源之外,自出新意:"'楚城'一语,已贯入词人受迫害遭贬谪的政治背景这一深层意蕴,并隐然翻出之,词句便不等同于伤春伤别之原作。这极能体现集句古为今用之妙。"①"词中取唐人诗句无一而不切合词人当下之现境、命运、心态,既经其灵气融通,遂焕然而为一新篇章,具一新生命。集句为词,信手拈来,浑然天成,如自己出,是此词又一特色。"②

三　规矩法度与悟入"活法"

集成前代某种文体的各家之长而创造出新典范就是所谓法度。杜甫能够整合传统,诗兼众美,建立新法为后世矜式,是后人膜拜杜甫的原因之一。例举宋人、清人相关论述如下:

> 盖前之作者多矣,而莫有备于愈。……犹杜子美之于诗,实积众家之才,适其时而已。昔苏武、李陵之流,长于高妙;曹植、刘公干之诗,长于豪逸;陶潜、阮籍之诗,长于冲淡;谢灵运、鲍照之诗,长于峻洁;徐陵、庾信之诗,长于藻丽。于是杜子美者,穷高妙之格,极豪逸之气,包冲淡之趣,兼峻洁之姿,备藻丽之态,而诸家之作所不及焉。然不集诸家之长,杜氏亦不能独至于斯也。③
>
> 自甫以前,如汉魏之浑朴古雅,六朝之藻丽秾纤、淡远韶秀,甫诗无一不备。然出于甫,皆甫之诗,无一字句为前人之诗也。自甫以后,在唐如韩愈、李贺之奇奡,刘禹锡、杜牧之雄杰,刘长卿之流利,温庭筠、李商隐之轻艳,以至宋、金、元、明之诗家,称巨擘者,无虑数十百人,各自炫奇翻异;而甫无一不为之开先。④

---

①邓小军《苏轼〈南乡子〉集句鉴赏》,夏承焘等著《宋词鉴赏辞典》(上册),上海辞书出版社2013年,第394页。

②同上书,第395页。

③秦观《韩愈论》,秦观撰,徐培均笺注《淮海集笺注》(中册),上海古籍出版社1994年,第750页。

④叶燮著,孙之梅、周芳批注《原诗》,凤凰出版社2010年,第17页。

方回《瀛奎律髓》(卷二十六)提出江西诗派“以老杜、山谷、后山、简斋四家为一祖三宗”[①]。杜甫成为江西诗人的不祧之祖、江西诗法初创者,经过黄庭坚、陈师道、陈与义三宗的努力,宋诗生新瘦硬的特点臻于极致,然而,成规旧矩往往又是束缚。刘熙载《诗概》曰:“杜诗雄健而兼虚浑,宋西江名家学杜几于瘦硬通神,然于水深林茂之气象则远矣。”[②]水深林茂之气象,是南朝以来传达情感时与自然风景不期然而然的高度契合。张镃引《石林诗话》:“‘池塘生春草,园柳变鸣禽’,世多不解此语为工,盖欲以奇求之耳。此语之工,正在无所用意,粹然与景相遇,借以成章,不假绳削,故非常情所能到。诗家妙处,当须以此为根本,而思苦言艰者往往不悟。”[③]又,“诗语固忌用巧太过,然缘情体物,自有天然之妙,虽巧而不见刻削之痕。”[④]姜夔《送〈朝天续集〉归诚斋,时在金陵》借助评价杨诚斋活法诗表达了对这一问题的深刻见解,也是挣脱规矩束缚的有得之言:“翰墨场中老斲轮,真能一笔扫千军。年年花月无闲日,处处山川怕见君。箭在的中非尔力,风行水上自成文。”

朱熹指摘陈师道“文字极法度,几于太法度了”[⑤],认为法度的目标是“不与法缚,不求法脱”[⑥]。针对江西诗派可能产生的流弊,两宋之交的江西诗人吕本中提出“活法”。刘克庄《江西诗派小序》、方回《读张功父〈南湖集〉并序》对“活法”言论各有深度阐释:

> (吕)紫微公作《夏均父集序》云:“学诗当识活法。所谓活法者,规矩备具,而能出于规矩之外,变化不测,而亦不背于规矩也。是道也,盖有定法而无定法,无定法而有定法,知是者则可以与语活法矣。谢玄晖有言:‘好诗流转圆美如弹丸。’此真活法也。……余以宣城诗考之,如锦工机锦,玉人琢玉,极天下巧妙。[⑦]
>
> (老杜)此等诗不丽不工,瘦硬枯劲,一斡万钧。唯山谷、后山、简斋得此活法,又各以其数万卷之心胸气力鼓舞跳荡。初学晚生不深于诗

①《瀛奎律髓》,第691页。
②刘熙载《艺概》,上海古籍出版社1978年,第68页。
③《仕学规范》,《景印文渊阁四库全书》(875册),第182页。
④同上。
⑤《朱子语类》(第8册),第3321页。
⑥朱熹《跋十七帖》,朱熹撰,郭齐、尹波点校《朱熹集》(第7册),四川教育出版社1996年,第4322页。
⑦《江西诗派小序》,第6页。

而骤读之，则不见奥妙，不知隽永，乃独喜许丁卯体，作偶俪妩媚态。[①]

刘克庄例举谢朓织锦琢玉之诗："谢康乐一字百炼乃出冶，玄晖尤丽密。谢朓诗如《暂使下都》云：'大江流日夜，客心悲未央。''金波丽鳷鹊，玉绳低建章。'如《登三山》云：'白日丽飞甍，参差皆可见。余霞散成绮，澄江静如练。'皆吞吐日月，摘摄星辰之句。故李白《登华山落雁峰》有云'恨不携谢朓惊人诗来搔首问青天'耳。"[②]王世贞说："玄晖不唯工发端，撰造精丽，风华映人，一时之杰。青莲目无往古，独三四称服，形之词咏。"[③]李白服膺谢朓，在于谢朓渐有唐人法度，李白则能从容于法度。魏庆之《诗人玉屑》引《唐子西语录》："诗至玄晖，语益工，然萧散自得之趣，亦复少减，渐有唐风矣。"[④]圆美流转，是活法诗的原初状态，朱熹对此有解喻之言："李太白诗非无法度，乃从容于法度之中，盖圣于诗者也。"[⑤]

虽然吕本中提出的"活法"是在中兴四大诗人尤袤（或萧德藻）、杨万里、范成大、陆游以及可以比肩的姜夔、张镃诸人创作中形成特色，但未尝不是始自黄庭坚等江西诗家的自我救赎，然而，黄庭坚、陈师道、陈与义重视胸中书卷，前引张镃选录有"悟入必自工夫中来"，"学诗须熟看老杜、苏、黄，先见体式，然后遍考他作，自然工夫度越他人"。[⑥]这是以涵养书卷为"工夫"，但由于过分依仗书卷，容易怵刿心目、雕琢肝肺，展露出"辛苦态度"[⑦]，"活法"匡救宋诗过重法度的刻薄寡恩，宋词随后也经历了法度森严到趋近圆美流转的过程。

（一）出入规矩技进于道

词体建立规矩法度，始于柳永，成于周邦彦。蔡嵩云《柯亭词论》："宋初慢词，犹接近自然时代，往往有佳句而乏佳章。自屯田出而词法立，清真出而词法密，词风为之丕变。"[⑧]可见周邦彦词是两宋借思力安排、完善法度的关键所在。

---

①方回《读张功父〈南湖集〉（并序）》，《南湖集》，第7—8页。

②《江西诗派小序》，第3页。

③王世贞《弇州山人四部稿》，台湾伟文图书出版社有限公司1976年，第6688—6689页。

④《诗人玉屑》（上册），第279页。

⑤《朱子语类》（第8册），第3326页。

⑥《仕学规范》，《景印文渊阁四库全书》（875册），第196页。

⑦同上书，第162页。

⑧蔡嵩云《柯亭词论》，《词话丛编》（第5册），第4902页。

周邦彦是北宋中后期在音乐、文学方面都有很高造诣的词人，作为宫廷音乐机构大晟府的提举官，其词在南宋就受到追捧并广为传播，论者评价极高。楼钥说："乐府播传，风流自命。又性好音律，如古之妙解。'顾曲'名堂，不能自已。"[①]陈郁说："二百年来以乐府独步，贵人学士、市儇妓女知美成词为可爱。"[②]强焕序溧水官本："而其尤可称者，于拨烦治剧之中，不妨舒啸。一觞一咏，句中有眼。脍炙人口者，又有余声，声洋洋乎在耳侧，其政有不亡者存。……抑又思公之词，其模写物态，曲尽其妙。"[③]宋人笔记、书录如毛幵《樵隐笔录》、庞元英《谈薮》、王灼《碧鸡漫志》、陈振孙《直斋书录解题》等也对清真创作予以褒扬。特别是刘肃为陈元龙详注清真《片玉集》作序，俨然已经看出周词将"搜猎奇书，穿穴异闻""虽只字半句不轻出"的江西诗法入词：

> 是知雎霓之诵，方脱诸口，而见谓知音；白题、八滑之事既陈，而当世之疑已释。楛矢萍实，苟非推其所从，则是物也，弃物耳。谁与能知？触物而不明其原，睹事而莫征所自，与冥行何别。故曰无张华之博，则孰知五色之珍；乏雷焕之识，则孰辨冲斗之灵。况措辞之工，岂不有待于阅者之笺释耶？周美成以旁搜远绍之才，寄情长短句，缜密典丽，流风可仰。其征辞引类，推古夸今；或借字用意，言言皆有来历，真足冠冕词林。欢筵歌席，率知崇爱，知其故实者，几何人斯。殆犹属目于雾中花、云中月，维意其美，而皎然识其所以美则未也。[④]

沈义父正是在这一背景下推宗周邦彦："凡作词，当以清真为主。盖清真最为知音，且无一点市井气。下字运意，皆有法度，往往自唐宋诸贤诗句中来，而不用经史中生硬字面，此所以为冠绝也。学者看词，当以《周词集解》为冠。"[⑤]并大量例举清真词句作为制度之法的证明：

---

①楼钥《清真先生文集序》，《攻媿集》，第707页。

②《藏一话腴》，《景印文渊阁四库全书》（865册），第559页。

③强焕《题周美成词》，《清真集校注》（下册），第500页。

④刘肃《片玉集序》，《清真集校注》（下册），第501页。

⑤《乐府指迷》，《词话丛编》（第1册），第277—278页。王灼《碧鸡漫志》首次提出词中庄语生硬的问题："陈无已作《浣溪沙》曲云：'暮叶朝花种种陈。三秋作意问诗人。安排云雨要新清。　随意且须追去马，轻衫从使着行尘。晚窗谁念一愁新。'本是'安排云雨要清新'，以末后句'新'字韵，遂倒作'新清'。世言无已喜作庄语，其弊生硬是也。"《〈碧鸡漫志〉校正》，第50页。

如咏物，须时时提调，觉不可晓，须用一两件事印证方可。如清真咏梨花《水龙吟》，第三、第四句，引用"樊川""灵关"事。又"深闭门"及"一枝带雨"事。觉后段太宽，又用"玉容"事，方表得梨花。若全篇只说花之白，则是凡白花皆可用，如何见得是梨花。①

炼句下语，最是紧要，如说桃，不可直说破桃，须用"红雨""刘郎"等字。如咏柳，不可直说破柳，须用"章台""灞岸"等字。又咏书，如曰"银钩空满"，便是书字了，不必说书字。"玉箸双垂"，便是泪了，不必更说泪。如"绿云缭绕"，隐然髻发；"困便湘竹"，分明是簟。正不必分晓，如教初学小儿，说破这是甚物事，方见妙处。②

引文除双举"章台""灞岸"出自晁补之《胜胜慢·家妓荣奴既出有感》之外，其余例句皆见于清真词。再如结句示例：

结句须要放开，含有余不尽之意，以景结尾最好。如清真之"断肠院落，一帘风絮"，又"掩重关，遍城钟鼓"之类是也。③

清人进一步肯定了美成词的法度意义。周济说："美成思力，独绝千古，如颜平原书，虽未臻两晋，而唐初之法，至此大备。后有作者，莫能出其范围矣。"④陈廷焯说："词至美成，乃有大宗。前收苏、秦之终，后开姜、史之始。……后之为词者，亦难出其范围。"⑤陈匪石说："周邦彦集词学之大成，前无古人，后无来者。凡两宋之千门万户，《清真》一集几擅其全，世间早有定论矣。"⑥

实际上，早在宋朝，周词在制度之法的层面已经受到挑战。张炎《词源》是其滥觞：

美成负一代词名……作词者多效其体制，失之软媚而无所取。此惟美成为然，不能学也。所可仿效之词，岂一美成而已。旧有刊本六十家词，可歌可诵者，指不多屈。中间如秦少游、高竹屋、姜白石、史邦卿、

①《乐府指迷》，《词话丛编》(第1册)，第279页。
②同上书，第280页。
③同上书，第279页。
④周济著，顾学颉校点《介存斋论词杂著》，人民文学出版社1959年，第6页。
⑤《白雨斋词话》，第16页。
⑥《宋词举》(外三种)，第83页。

吴梦窗，此数家格调不侔，句法挺异，俱能特立清新之意，删削靡曼之词，自成一家，各名于世。作词者能取诸人之所长，去诸人之所短，精加玩味，象而为之，岂不能与美成辈争雄长哉。[①]

邓牧《张叔夏词集序》、陆辅之《词旨》也论及周词之短长，而以张炎能取长去短，能与美成争雄：

美成、白石，逮今脍炙人口，知者谓丽莫若周，赋情或近俚；骚莫若姜，放意或近率。今玉田张君无二家所短，而兼所长。[②]

周清真之典丽，姜白石之骚雅，史梅溪之句法，吴梦窗之字面，取四家之所长，去四家之所短，此（乐笑）翁之要诀。[③]

词体以艳为美，尽态极妍，陈振孙说周词"富艳精工"[④]，张炎屡以"软媚"讥訾。其中对使姓名，就是似工整实平易，对周词赞赏有加的沈义父也对此有所责难：

词中用事使人姓名，须委曲得不用出最好。清真词多要两人名对使，亦不可学也。如《西平乐》云"东陵晦迹，彭泽归来"，《宴清都》云"庾信愁多，江淹恨极"，《大酺》云"兰成憔悴，卫玠清羸"，《过秦楼》云"才减江淹，情伤荀倩"之类是也。[⑤]

张鷟《朝野佥载》（卷六）载："杨（炯）之为文，好以古人姓名连用。如：'张平子之谈略''陆士衡之所记''潘安仁宜其陋矣''仲长统何足知之'，号为'点鬼簿'。"[⑥]词体点鬼簿录，尤为板滞。以姜夔为代表的南宋词坛，若遇人名互对，必加以剪裁，骈散相间。姜白石《秋宵吟》"卫娘何在，宋玉归来"，《永遇乐》"柳老悲桓，松高对阮"，《水调歌头》"不问王郎五马，颇忆谢生双屐"；史梅溪《眼儿媚》"秦台吹玉，贾袖传香"；吴梦窗《大酺》"陶篱菊暗，逋家梅荒"，《永遇乐》"裴郎归后，崔娘沉恨"，《声声慢》"传杯吊甫，把菊招潜"，《沁园春》"贾傅才高，岳家军壮"；王碧山《庆清朝》"玉局歌残，金陵

①《词源》，《词话丛编》（第1册），第255页。

②邓牧《张叔夏词集序》，《伯牙琴》，第19页。

③《词旨》，《词话丛编》（第1册），第301—302页。

④《直斋书录解题》，第618页。

⑤《乐府指迷》，《词话丛编》（第1册），第282—283页。

⑥张鷟撰，袁宪校注《朝野佥载》，三秦出版社2004年，第185页。

句绝”。或作流水对句使之散化。白石《卜算子》“忆别庾郎时，又过林逋处”，周草窗《木兰花慢》“蛮腰竞舞，苏小墙头”，《柳梢青》“效颦西子，不负东昏”，王碧山《水龙吟》“真妃舞罢，谪仙赋后”。

技进于道，就是从心所欲不逾矩、人巧与天工合一，在哲学层面，张镃引《五峰遗文》：“及至纵心所欲不逾矩，方才纯是道心，与天无二。”[①]在文学层面，张镃引《韵语阳秋》：“作诗贵雕琢，又畏有斧凿痕。贵破的，又畏粘皮骨，此所以为难。……若能如是，虽终日斲而鼻不伤，终日射而鹄必中，终日行于规矩之中，而其迹未尝滞也。”[②]引《蒲氏漫斋录》：“有意中无斧凿痕，有句中无斧凿痕，有字中无斧凿痕，须要体认得。”[③]沈义父所引周词例句都过于拘泥，有“活法”排斥的斧凿痕迹。陈振孙评清真词：“多用唐人诗语”“浑然天成”，张炎则评为“浑厚和雅，善于融化诗句”[④]，主要还是停留在语言风格层面。与此相比，姜夔则臻于张炎激赏的云飞无迹境界：“词要清空，不要质实，清空则古雅峭拔，质实则凝涩晦昧。姜白石词如野云孤飞，去留无迹。”[⑤]

杨万里称赞姜夔诗“裁云缝月之妙思”[⑥]，其词也能巧夺天工，泯灭斧痕于无迹。前述周邦彦虽以江西诗法入词，至姜夔方得瘦劲生新之神骏。陈聂恒跋《词鹄初编》：“南渡后，如姜、史诸公，靡不特立生新，删削靡曼，其意度之工，追轶前人。而矩矱一遵其旧。……（孙弥致）先生之所能传者，法也。所谓融情景、会句意以成一家之言者，岂徒法哉！不得先生之旨，而规模形似于古人妥贴轻圆之妙，犹隔膜也。”[⑦]周济最早指出“白石以诗法入词”[⑧]，夏承焘进而论之：“以修辞一端来说，他从用唐诗成语辞汇走向用宋诗的造句铸辞。”[⑨]并论述姜词与江西诗法之间的关系：“白石的诗风是从江西派出来走向晚唐的，他的词正复相似，也是出入于江西和晚唐的，是要用

①《仕学规范》，《景印文渊阁四库全书》（875册），第25页。

②同上书，第201—202页。

③同上书，第197页。

④《词源》，《词话丛编》（第1册），第255页。

⑤同上书，第259页。

⑥《直斋书录解题》引杨万里语，《直斋书录解题》，第606页。

⑦陈聂恒《词鹄初编序》，孙致弥辑，楼俨补订《词鹄初编》，清康熙四十四年（1705）刊本（今藏国家图书馆）。

⑧《介存斋论词杂著》，第8页。

⑨夏承焘《月轮山词论集·姜夔的词风》，《夏承焘集》（第2册），第307页。

江西派诗来匡救晚唐温（庭筠）、韦（庄），北宋柳（永）、周（邦彦）的词风的。白石词和周邦彦并称'周、姜'。邦彦词上承温、韦、柳、秦，这派词到了白石那时，大都软媚无力，恰好和那槎枒干枯的江西末流诗作对照。指出江西派的流弊，拿晚唐诗来修改它的是杨万里，拿江西诗风入词的是姜白石。"[①]"白石在婉约和豪放两派之外，另树'清刚'一帜，以江西诗瘦硬之笔，救周邦彦一派的软媚，又以晚唐诗的绵邈风神救苏辛派粗犷的流弊。"[②]

这也是南宋词坛颇为自觉的诗学取向，并且与江西诗学的"活法"同出一辙。张镃引《韵语阳秋》："后之学诗者，傥能取唐人语而掇入少陵绳墨步骤中，此速肖之术也。"[③]姜夔作为南宋中期江西诗人的后劲，把江西诗人运用纯熟的游走于"唐人语"与"少陵绳墨步骤"之间的"活法"移于词体创作，出入纵横，不受拘碍。陈廷焯说："词至白石，而知词人之有总萃焉。清劲似美成，风骨似方回。骚情逸志，视晏、欧如舆台矣；高举远引，视秦、柳如傀儡矣。清虚中见魄力，直令苏、辛避席；刚健中含婀娜，是又竹屋、梅溪、梦窗、草窗、竹山、玉田以及元、明诸家之先声也。"[④]但词中"刚健"，早期受到了訾议。比如沈义父说清真"不用经史中生硬字面"，而指摘白石词"未免有生硬处"[⑤]。沈义父对"生硬"有相关解释："初赋词，且先将熟腔易唱者填了，却逐一点勘，替去生硬及平侧不顺之字"[⑥]，张炎也说："句法中有字面，盖词中一个生硬字用不得。须是深加锻炼，字字敲打得响，歌诵妥溜，方为本色语。"[⑦]都有明显的音律指向（第五章第二节"张炎词论的美学规范"还有详述）。仅就字面而言，这正体现了姜夔词中江西诗质对经史语的受容：虽为典丽词派，却能兼铸经史生硬语，做到沈祥龙所说的"何尝有一语涉于嫣媚"[⑧]。夏承焘说："这些词用健笔写柔情，正是合江西派的黄、陈诗和温、韦词为一体。沈义父作《乐府指迷》，评白石'清劲知音，亦未免有生硬处'，以'生硬'不满白石，就由于他以温、韦、柳、周的尺度衡量白石，并

①夏承焘《论姜白石的词风（代序）》，夏承焘《姜白石词编年笺校》，上海古籍出版社1981年，第6页。
②同上书，第13—14页。
③《仕学规范》，《景印文渊阁四库全书》（875册），第201页。
④《云韶集》，《词话丛编补编》（第3册），第1537页。
⑤《乐府指迷》，《词话丛编》（第1册），第278页。
⑥同上书，第284页。
⑦《词源》，《词话丛编》（第1册），第259页。
⑧《论词随笔》，《词话丛编》（第5册），第4056页。

且不了解白石词与江西诗的关系。"[①]缪钺于此也下转语:"然而这种生硬,正是白石词特殊造诣之所在。"[②]

这里的"经史"是经、史(包括舆地之属)、子、集(包括杂纂、注疏之属)的省称,清真是有浓郁书卷气的文人,其文其赋"经史百家之言,盘屈于笔下,若自己出"[③],于词体而言,经史语生硬,极易不协律吕。清真非不用经史语,但所取多为与词体内容相宜、音律相协的温软字面。因而周词用语过于靡丽,无法与刚劲峭拔的经史语融为一体。正如张镃引《蒲氏漫斋录》评诗时所说:"自做诗,须是看多做多,使自家机杼风骨先立,然后使得经史中全语作一体也。如自出语弱,却使经史中全语,则头尾不相勾副,如两村夫舁一枝画梁,自觉经史语在人眼中不入看也。"[④]

姜夔用经史语的典型例证如《满江红》:"却笑英雄无好手,一篙春水走曹瞒。"出自裴松之注《三国志》所引《吴历》:"(孙)权为笺与曹公,说:'春水方生,公宜速去。'别纸言:'足下不死,孤不得安。'曹公语诸将曰:'孙权不欺孤。'乃撤军还。"[⑤]另如《永遇乐》:"不学杨郎,南山种豆,十一征微利。""却不如、洼尊放满,老夫未醉。"出自《汉书·杨恽传》,杨恽给孙会宗书信中说:"家本秦也,能为秦声。妇,赵女也,雅善鼓琴。奴婢歌者数人,酒后耳热,仰天抚缶而呼呜呜!其诗曰:'田彼南山,芜秽不治,种一顷豆,落而为萁'。……幸有余禄,方籴贱贩贵,逐什一之利。"[⑥]前者是送神曲,咏唱巢湖女神及十三位如夫人,却用三国英雄故事;后者次韵好友辛克清,二人皆不遇于时,却能有夫唱妇随的旖旎洒脱,正所谓"端庄杂流丽,刚健含婀娜"。词中经史语,颇有牵雅颂入郑卫的体性龃龉,因此沈义父又有"短句须剪裁齐整。遇长句须放婉曲,不可生硬"[⑦]之说。实际上,清真法度,经过白石后出转精,在南宋已经形成了创作潮流。先著《词洁》(卷四):"尧章思路,却是从美成出,而能与之埒,由于用字高,炼句密,泯其来踪去迹矣。"[⑧]前引陈

①夏承焘《月轮山词论集·姜夔的词风》,《夏承焘集》(第2册),第307页。
②缪钺《论姜夔词》,缪钺著,缪元朗编《古典文学论丛》,浙江大学出版社2009年,第257页。
③楼钥《清真先生文集序》,《攻媿集》,第707页。
④《仕学规范》,《景印文渊阁四库全书》(第875册),第197页。
⑤《三国志》(第5册),第1119页。
⑥《汉书》(第9册),第2896页。
⑦《乐府指迷》,《词话丛编》(第1册),第280页。
⑧先著、程洪辑,刘崇德、徐文武点校《词洁》,河北大学出版社2007年,第147页。

廷焯谓白石总萃清劲、风骨、骚情逸志、高举远引、清虚中见魄力、刚健中含婀娜都是其词融会生硬的精当论说。

（二）摒弃滑熟圆美流转

前引张镃所录《石林诗话》解释“弹丸脱手”：“虽是输写便利，动无留碍，然其精圆快速，发之在手。”但弹丸走盘之圆转，最易流于滑熟。孔平仲《孔氏谈苑》（卷五）：“然圆熟多失之平易，老硬多失之干枯，能不失二者之间，则可与古诗者并驱矣。”[①]刘克庄有所谓“则知弹丸之语，非主于易”[②]之说。因此宋诗有意识以生新隽永矫匡唐诗平易滑熟的流弊。缪钺指出：

> 盖唐人佳句，多浑然天成，而其流弊为凡熟、卑近、陈腐，所谓“十首以上，语意稍同”。故宋人力矫之。《复斋漫录》云：“韩子苍言，作语不可太熟，亦须令生。东坡作《聚远楼》诗，本合用‘青山绿水’对‘野草闲花’，以此太熟，故易以‘云山烟水’。此深知诗病者。”此事最足以见宋人造句之特色。若在唐人，或即用“青山绿水”矣，而宋人必易以“云山烟水”，所以求生求新也。然过于求新，又易失于怪僻。最妙之法，即在用平常词字，施以新配合，则有奇境远意，似未经人道，而又不觉怪诞。如黄庭坚“桃李春风一杯酒，江湖夜雨十年灯”，张耒称为奇语。“桃李”“春风”“一杯酒”，“江湖”“夜雨”“十年灯”，皆常词也。及“桃李春风一杯酒，江湖夜雨十年灯”，六词合为两句，则意境清新，首句见朋友欢聚之乐，次句见离别索寞之苦，读之隽永有深味。[③]

周邦彦有圆美流转之句，黄升评其《花犯》：“此只咏梅花，而纡余反复，道尽三年间事。昔人谓‘好诗圆美流转如弹丸’，余于此词亦云。”[④]前文已经大量引证周词隐括或增损唐诗成句、《西河·金陵怀古》以刘禹锡《金陵五题》为主体构成，可以说唐诗是周词构成形态的基础。补充例证如下：

> 《南柯子》：宝合分时果，金盘弄赐冰。晓来阶下按新声。恰有一方明月、可中庭。　　露下天如水，风来夜气清、娇羞不肯傍人行。扬下

①孔平仲《孔氏谈苑》，中华书局1985年，第63页。

②《江西诗派小序》，第7页。

③缪钺《论宋诗》，《诗词散论》，第43页。魏庆之引《王直方诗话》：“张文潜尝谓余曰：黄九似‘桃李春风一杯酒，江湖夜雨十年灯’，真是奇语。”《诗人玉屑》（下册），第393页。

④黄升选编，邓子勉校点《唐宋诸贤绝妙词选》，《唐宋人选唐宋词》（下册），上海古籍出版社2004年，第652页。

扇儿拍手、引流萤。——刘禹锡《金陵五题·生公讲堂》：高坐寂寥尘漠漠，一方明月可中庭。杜牧《秋夕》：银烛秋光冷画屏，轻罗小扇扑流萤。天阶夜色凉如水，坐看牵牛织女星。

《塞垣春》下阕：追念绮窗人，天然自、风韵娴雅。竟夕起相思，慢嗟怨遥夜。又还将、两袖珠泪，沈吟向寂寥寒灯下。玉骨为多感，瘦来无一把。——张九龄《望月怀远》：情人怨遥夜，竟夕起相思。李商隐《别薛岩宾》：还将两袖泪，同向一窗灯。李商隐《偶成转韵七十二句赠四同舍》：天官相吏府中趋，玉骨瘦来无一把。

《渔家傲》上阕：几日轻阴寒恻恻。东风急处花如积。醉踏阳春怀故国。归未得。黄鹂久住浑相识。——韩偓《寒食夜》：恻恻轻寒剪剪风，小梅飘雪杏方红。戎昱《移家别湖上亭》：黄莺久住浑相识，欲别频啼四五声。

周词与唐诗圆丽之句浑然相合：与诗相比，词体“正取近雅，而又不远俗”[1]，唐诗融入词中，显得更为平易率直，故张炎讥为“软媚”，此如书法中的姿媚（韩愈《石鼓歌》有句曰：“羲之俗书趁姿媚，数纸尚可博白鹅。”），是稍欠研炼而成的句法字面。四库馆臣谓梦窗研炼之功超过清真，侧面指出了这一特点[2]。前引张炎作词要诀为“周清真之典丽，姜白石之骚雅，史梅溪之句法，吴梦窗之字面”，显示了后来作者研炼之功渐趋缜密的过程。周词特别是工丽靡弱的对句，难免有许浑丁卯体句法的“偶俪妩媚态”。周词最多工整精美的对句，以隐括或用典融铸的对句为多。其中有四言对、五言对、六言对、七言对、扇面对等。如：

《满庭芳》：风老莺雏，雨肥梅子。

《齐天乐》：渭水西风，长安乱叶。

《满庭芳》：莫思身外，长近尊前。

《大酺》：竟夕起相思，慢嗟怨遥夜。

《拜星月慢》：琼枝玉树相倚，暖日明霞光烂。

《西平乐》：事逐孤鸿去尽，身与塘蒲共晚。

《风流子》：寄恨书中，银钩空满，断肠声里，玉箸还垂。

---

①《词旨》，《词话丛编》（第1册），第301页。

②参见《四库全书〈梦窗词〉提要》，《四库全书总目》（下册），第1819页。

唐诗入词虽然不免放大滑熟因子，但尚能“正取近雅”；然而周词还有不少接近凡俗平熟的词作，如《看花回·咏眼》：

秀色芳容明眸，就中奇绝。细看艳波欲溜，最可惜、微重红绡轻帖。匀朱傅粉，几为严妆时涴睫。因个甚、抵死嗔人，半晌斜盼费贴燮。　斗帐里、浓欢意惬。带困时、似开微合。曾倚高楼望远，自笑指频瞤，知他谁说。那日分飞，泪雨纵横光映颊。揾香罗，恐揉损，与他衫袖裛。

此类词作上承柳永，实开刘过《沁园春》咏指甲、咏小脚词先声（说见本章第二节“咏物工致取神用意”），张炎认为刘过二词“亦自工丽”，但不可与史梅溪咏春雪、咏春雨、咏双燕，特别是姜白石咏梅词“同日语”[①]。周词最为滑俗者是词中直接抒情，受到沈义父、张炎一致批评：“如清真之‘天便教人，霎时厮见何妨’，又云：‘梦魂凝想鸳侣’之类，便无意思。”[②]“如‘为伊泪落’，如‘最苦梦魂，今宵不到伊行’，如‘天便教人，霎时得见何妨’，如‘又恐伊，寻消问息，瘦损容光’，如‘许多烦恼，只为当时，一晌留情’，所谓淳厚日变成浇风也。”[③]这些俚俗的抒情句之所以在周词中没有“违和感”，正是因为其词赋情近于俚俗。白石作为梅溪、梦窗先声，抒情之句因景流转，扬弃凡近圆熟，故而能够超越清真。

宋人研炼出自书卷，字字有来历，但不是简单的隐括剪裁，而是能涵泳诗词眼目。任渊《〈黄陈诗集注〉序》：“大凡以诗名世者，一句一字，必月锻季炼，未尝轻发，必有所考。昔中山刘禹锡尝云：‘诗用僻字，须要有来去处。’”[④]前引张镃序史梅溪词集也有“满襟风月，鸾吟凤啸，锵洋乎口吻之际者，皆自漱涤书传中来”。《词旨》所举白石、梅溪、梦窗各类例句都能造语圆美而不滑熟平易，即便化用唐诗，也能了然无痕，研炼之功日臻成熟，其中以梦窗最为翘楚。张炎说：“如贺方回、吴梦窗皆善于炼字面，多于温庭筠、李长吉诗中来。”[⑤]梦窗研炼往往仅略取一二字面，唐诗语典仅在字句中闪烁不定，化用不留痕迹。以隐括李贺、温庭筠诗为例：

《声声慢·咏桂花》：蓝云笼晓，玉树悬秋，交加金钏霞枝。——李贺

---

①参见《词源》，《词话丛编》（第1册），第262页。

②《乐府指迷》，《词话丛编》（第1册），第279页。

③《词源》，《词话丛编》（第1册），第266页。

④《山谷诗集注》（上册），第3页。

⑤《词源》，《词话丛编》（第1册），第259页。

《金铜仙人辞汉歌》:画栏桂树悬秋香。

《江神子·送翁五峰自鹤江还都》:天上人间,斜月绣针楼。——李贺《七夕》:天上分金镜,人间望玉钩。

《十二郎·垂虹桥》:亭上玉虹腰冷。——李贺《贵公子夜阑曲》:腰围白玉冷。

《西平乐慢·过西湖先贤堂》:细雨西城,羊昙醉后花飞。——温庭筠《经故翰林袁学士居》:西州城外花千树,尽是羊昙醉后春。

《塞垣春·丙午岁旦》:漏瑟侵琼管。——温庭筠《织锦词》:丁东细漏侵琼瑟。

《庆宫春》:波尘销腻。——温庭筠《莲花》:应为洛神波上袜,至今莲蕊有香尘。

《水龙吟·用见山韵饯别》:霜丝舞影。——温庭筠《题柳》:影伴娇饶舞袖垂。

梦窗此种研炼,恰如书法中的折钗股:“欲其屈折,圆而有力。”①况周颐评曰:“即其芬菲铿丽之作,中间隽句艳字,莫不有沉挚之思、灏瀚之气,挟之以流转。”②即此之谓也。

第二节 张炎词论的法度意识

本节所论张炎词论的法度意识,是在已经论证的诗学取向基础上进行。宋人曾从文字训诂的角度,指出“诗”即法度。李之仪《杂题跋》:“王舒王解字云:‘诗字从言从寺,寺者,法度之所在也。’可不信哉!”③词为诗裔,至晚宋,词体法度已趋完善。沈义父《乐府指迷》、张炎《词源》、陆辅之《词旨》都有斠理法度的自觉意识,《乐府指迷》“讲论作词之法”④,元朝张炎别集《山中白云集》是词论置于词集之前的版本:“首论作词之法,备述其要旨。”明显有创作法度与创作范本的双重意义。前文已经引述《词旨》与《词源》“同条共贯”,并在明朝被汇为一书,陆氏自序亦曰:“予从乐笑翁游,深

①姜夔著,陈硕评注《续书谱》,浙江人民美术出版社2012年,第127页。

②况周颐原著,孙克强辑考《蕙风词话·广蕙风词话》,中州古籍出版社2003年,第34页。

③李之仪《姑溪居士全集》(第6册),中华书局1985年,后集第91页。

④《乐府指迷》,《词话丛编》(第1册),第277页。

得奥旨制度之法。”①“语近而明，法简而要，俾初学易于入室云。”②俨然可见两者相承关系。对于制度圭臬而言，创作举证是不可或缺的环节，因此三种词论多有引词或摘句，《词旨》更例举出“属对”“警句”“词眼”等192则作为参证。

此节将通过晚宋三种词论的对比，参照《仕学规范》等相关诗学理论乃至文章制法，结合著名词作，阐释晚宋词学法度的基本构成。具体而言，就是论析张炎词论示例的布局谋篇、情景交炼等制度之法。下面在结合两宋著名词人相关词作的基础上，尽量从词史的角度阐述《词源》的法度建构。又因《词旨》192则句例中张炎独占37则，与元人孔齐所见张炎词集版本的创作范本意义正相呼应，所以也略为征引张炎词句加以论证。

一　全章精粹锤炼警策

诗文布局谋篇讲究首尾相顾，张镃引《南昌文集》：“（山谷）谓王子飞云：陈履常作文，深知古人之关键。其论事救首尾如常山之蛇，时辈未见其比。”③作诗亦然。张元干《跋苏诏君赠王道士诗后》：“文章盖自造化窟中来，元气融结胸次，古今谓之活法。所以血脉贯穿，首尾俱应，如常山蛇势，又如风行水上，自然成文。又如优人作戏，出场要须留笑，退思有味。”④作词谋篇布局概莫能外，南宋多有议论。胡仔曰：

> 凡作诗词，要当如常山之蛇，救首救尾，不可偏也。如晁无咎作中秋《洞仙歌辞》，其首云：“青烟幂处，碧海飞金镜。永夜闲阶卧桂影。”固已佳矣。其后云：“待都将许多明，付与金樽，投晓共，流霞倾尽。更携取、胡床上南楼，看玉做人间，素秋千顷。”若此可谓善救首尾者也。至朱希真作中秋《念奴娇》则不知出此。其首云：“插天翠柳，被何人、推上一轮明月。照我藤床凉似水，飞入瑶台银阙。”亦已佳矣。其后云：“洗尽凡心，满身清露，冷浸萧萧发。明朝尘世，记取休向人说。”此两句全无意味，收拾得不佳，遂并全篇气索然矣。⑤

①《词旨》，《词话丛编》（第1册），第301页。

②同上。

③《仕学规范》，《景印文渊阁四库全书》（875册），第165页。

④张元干《芦川归来集》，上海古籍出版社1978年，第177页。

⑤《苕溪渔隐丛话·后集》，第321页。

陆辅之有相似论述："制词须布置停匀，血脉贯穿。过片不可断曲意，如常山之蛇，救首救尾。"[①]张炎论秦观词，也涉及制词布局："体制淡雅，气骨不衰，清丽中不断意脉，咀嚼无滓，久而知味。"[②]意脉不断就是布局制法中的血脉贯穿、前后呼应。

张炎有安排词体起结的自觉意识："思量头如何起，尾如何结。""一段意思，全在结句，斯为绝妙。"《词旨》也明确起结须能相辅相成："对句好可得，起句好难得。收拾全藉出场。"[③]胡元仪笺释《词旨》："谋篇之妙，必起结相成，意远句隽，乃十全之品。前人集中，不能首首皆然，而制法必至此乃贵。"[④]句隽，多在起句紧切；意远，则是结句有引人飞想的神骏。周济指出了过片（过遍、过变、过处、换头）、结尾的重要性："吞吐之妙，全在换头煞尾。古人名换头为'过变'，或藕断丝连，或异军突起，皆须令读者耳目振动，方成佳制。换头多偷声，须和婉。和婉则句长节短，可容攒簇。煞尾多减字，须峭劲。峭劲则字过音留，可供摇曳。"[⑤]正因为如此，清真直接抒情的结尾方式受到沈义父批评："或以情结尾亦好。往往轻而露……亦是词家病，却不可学也。"[⑥]

（一）全章精粹意格高古

张炎举证为全篇精粹的词作，北宋有苏轼中秋词《水调歌头》、夏夜词《洞仙歌》，王安石金陵词《桂枝香》，秦观《八六子》，周邦彦赋元夕《解语花》；南宋有姜夔咏梅词《疏影》《暗香》，借梅柳托兴的《琵琶仙》，史邦卿《东风第一枝·咏春雪》《绮罗香·咏春雨》《双双燕·咏燕》，赋立春《东风第一枝》、赋元夕《喜迁莺》。例举词调词题的有苏轼《水龙吟》咏杨花、咏闻笛，《过秦楼》《卜算子》《哨遍》，姜夔《扬州慢》《一萼红》《探春》《八归》《淡黄柳》。其实他们的词作如精金美玉者远不止此。正如俞陛云评史邦卿《点绛唇·六月十四日夜》："四十字无字不工，如手折琼枝，片片皆美玉也。"[⑦]南宋名家名篇皆可作如是观。

①《词旨》，《词话丛编》（第1册），第303页。
②《词源》，《词话丛编》（第1册），第267页。
③《词旨》，《词话丛编》（第1册），第302页。
④胡元仪《词旨畅》，《词话丛编》（第1册），第302页。
⑤《宋四家词选目录序论》，《宋四家词选》，第5页。
⑥《乐府指迷》，《词话丛编》（第1册），第279页。
⑦《唐五代两宋词选释》，第323页。

词章精粹首先要旬锻月炼，如雕琢无瑕之玉，做到尽善全美。这是作词传统，王灼《碧鸡漫志》记载："贺方回《石州慢》，予旧见其稿，'风色收寒，云影弄晴'改作'薄雨收寒，斜照弄晴'。又'冰垂玉筯，向午滴沥檐楹，泥融消尽墙阴雪'改作'烟横水际，映带几点归鸿，东风消尽龙沙雪'。"[①]张炎指点如何创作精粹之词：

> 词既成，试思前后之意不相应，或有重叠句意，又恐字面粗疏，即为修改。改毕，净写一本，展之几案间，或贴之壁。少顷再观，必有未稳处，又须修改。至来日再观，恐又有未尽善者，如此改之又改，方成无瑕之玉。倘急于脱稿，倦事修择，岂能无病，不惟不能全美，抑且未协音声。作诗且犹旬锻月炼，况于词乎！[②]

作词讲求开头飘然而至，结尾推宕闪漾，过片承启开拓，前后贯通照应。《词旨》例举了两宋27则工对起句，其中白石两则工对起句："虚阁笼云，小帘通月。"(《法曲献仙音·张彦功官舍》)"枕簟邀凉，琴书换日。"(《惜红衣·吴兴荷花》)沈祥龙《论词随笔》："有对起之调，贵从容整炼，如少游'山抹微云，天粘衰草'是。"[③]又，"词中对句，贵整炼工巧，流动脱化，而不类于诗赋。史梅溪之'做冷欺花，将烟困柳'，非赋句也。晏叔原之'落花人独立，微雨燕双飞'，晏元献之'无可奈何花落去，似曾相识燕归来'，非诗句也。然不工诗赋，亦不能为绝妙好词。"[④]四字对起，既能整饰凝炼，又能流动脱化，即许昂霄所谓"绮合绣联，波属云委"[⑤]。如所举《法曲献仙音》，题序曰："张彦功官舍在铁冶岭上，即昔之教坊使宅。高斋下瞰湖山，光景奇绝。"知起处对句"虚阁"句化用王勃《滕王阁诗》："画栋朝飞南浦云，珠帘暮卷西山雨。""小帘"句后接"暮色偏怜高处"，暗用杜甫《白帝城楼》"翠屏宜晚对"句意，"通月"谓此阁卷帘亦宜观月。起句意态从容地描绘出张彦功居官职所在杭州铁冶岭上，官舍轩阁高耸，云岚笼罩，帘卷冰轮近人；晚对周边山峦，月色宜人。《词旨》列举张炎的工对起句达15则之多，高亮功对张炎起句也有褒扬："玉田最工起句。盖起句好则通篇得势，诚为圣于此道

---

①《〈碧鸡漫志〉校正》，第46页。

②《词源》，《词话丛编》(第1册)，第258页。

③《论词随笔》，《词话丛编》(第5册)，第4051页。

④同上。

⑤许昂霄《词综偶评》，《词话丛编》(第2册)，第1560页。

者也。”①

起结皆见于《词旨》条列者仅有南宋姜白石、史梅溪、张玉田的5首词作，引录如下：

枕簟邀凉，琴书换日。……问甚时同赋，三十六陂秋色。（姜白石《惜红衣·吴兴荷花》）

做冷欺花，将烟困柳。……临断岸、新绿生时，是落红、带愁流去。记当日门掩梨花。剪灯深夜语。（史邦卿《绮罗香·春雨》）

巧剪兰心，偷黏草甲。……恐凤鞋挑菜归来，万一灞桥相见。（史邦卿《东风第一枝·春雪》）

接叶巢莺，平波卷絮。……莫开帘。怕见飞花，怕听啼鹃。（张炎《高阳台·西湖春感》）

晴光转树，晓气分岚。……须待月，许多情，都付与秋。（张炎《声声慢·西湖》）

引例起句都是四字对句，既典雅工整，也工于发端：或飘忽缓入，或奇思健笔，或高峰坠石。如史达祖《绮罗香》，孙麟趾《词径》评起句：“词中四字对句，最要凝练，如史梅溪云：‘做冷欺花，将烟困柳。’只八个字，已将春雨画出。”②姜白石激赏《绮罗香》结句，黄升记载：“‘临断岸’以下数语，最为尧章所叹赏。”③“（《东风第一枝》）结句尤为姜尧章拈出”④。通过姜夔说诗，可知结句法式：

所谓意尽辞不尽者，意尽于未当尽处，则辞可以不尽矣，非以长语益之者也。至如辞尽意不尽者，非遗意也，辞中已仿佛可见矣。辞意俱不尽者，不尽之中固已深尽之矣。⑤

沈雄《古今词话》：“后结如众流归海，要收得尽，又似尽而未尽者。”⑥俞陛云、刘永济评史达祖春雨词结句：“‘新绿’二句非特江干风景，而送春念远，皆在其中；‘落红’句，造语尤工。结句听雨西窗，虽意所易到，而回首当

①高亮功手批《山中白云词》，赵昱刊刻《山中白云词》，卷二第7页。

②孙麟趾《词径》，《词话丛编》（第3册），第2554页。

③黄升选编，邓子勉校点《中兴以来绝妙词选》，《唐宋人选唐宋词》（下册），第788页。

④同上书，第790页。

⑤《白石道人诗说》，《白石诗词集》，第68—69页。

⑥沈雄《古今词话》，《词话丛编》（第1册），第839页。

年，以‘梨花门掩’，点染生姿，觉余音绕梁也。”[①]“‘临断岸’二句则春涨兼春暮两层俱到。写春雨至此，无余意矣。歇拍又结合雨中往事说。‘门掩’句用秦观‘雨打梨花深闭门’词意。用‘记当日’点清时间，即见念往之情。”[②]史氏《东风第一枝》结句咏物中入闺房情意，清人张德瀛概括为“外抱”法：“‘外抱’如史梅溪《东风第一枝》‘恐凤靴、挑菜归来，万一灞桥相见’是也。”[③]据例词可知，所谓“外抱”是在赋咏对象中寓入虚拟闺房意的延伸荡漾。上述《词旨》引录的张炎二词起句笼罩全篇，芊绵温丽中含凭吊凄怆之致。而二词结句，高亮功评为“清旷拔俗”[④]，邵渊耀评为“旷远绝伦，有天际真人想”[⑤]。

晚宋体制法度也关注过片。词之体制，上阕写景，下阕抒情，过片是由写景过渡到抒情的自叙与勾连。沈义父说：“过处多是自叙，若才高者方能发起别意。然不可太野，走了原意。”[⑥]《词源》以姜夔《齐天乐》咏蟋蟀示例：“最是过片，不要断了曲意，须要承上接下。如姜白石词云：‘曲曲屏山，夜凉独自甚意绪。’于过片则云：‘西窗又吹暗雨’，此则曲之意脉不断矣。”[⑦]《齐天乐》过片三句为：“西窗又吹暗雨。为谁频断续，相和砧杵。”词作上下结分别为：“哀音似诉，正思妇无眠，起寻机杼。曲曲屏山，夜凉独自甚情绪。”“候馆迎秋，离宫吊月，别有伤心无数。豳诗漫与。笑篱落呼灯，世间儿女。写入琴丝，一声声更苦。”此词题序曰：“丙辰岁，与张功父会饮张达可之堂，闻屋壁间蟋蟀有声，功父约予同赋，以授歌者。功父先成，辞甚美。予徘徊茉莉花间，仰见秋月，顿起幽思，寻亦得此。蟋蟀，中都呼为促织，善斗。好事者或以三二十万钱致一枚，镂象齿为楼观以贮之。”词下自注：“宣、政间有士大夫制《蟋蟀吟》。”综合观之，知过片赋咏促织声如机杼，看似叙景，其实是承上拟为闺中怨声，启下喻故宫禾黍之悲音。陈能群笺曰：“气脉连贯，感喟遥深。候馆、离宫正与思妇相应，语在寄慨，又不浅露，深得诗人比兴之旨。”[⑧]

---

①《唐五代两宋词选释》，第311页。

②《微睇室说词》，第251页。

③张德瀛《词征》，《词话丛编》（第5册），第4081页。

④高亮功手批《山中白云词》，赵昱刊刻《山中白云词》，卷四第2页。

⑤邵渊耀手批《山中白云词》，葛渭君、王晓红校辑《山中白云词》，第91页。

⑥《乐府指迷》，《词话丛编》（第1册），第279页。

⑦《词源》，《词话丛编》（第1册），第258页。

⑧陈能群《词源笺释》，读者书店，1940年（今藏国家图书馆），第53页。

前引张炎说秦观词"清丽中不断意脉",也包括过片。不妨以张炎所举《八六子》的过片三句为例:"无端天与娉婷,夜月一帘幽梦,春风十里柔情。"《诗林广记·后集》(卷五):"谢叠山云:此言妓女颜色之丽、态度之娇,如二月豆蔻花初开。扬州十里红楼,丽人美女,卷上珠帘,逞其姿色者,皆不如此女也。"[①]过片化用杜牧《赠别》《遣怀》叙写夜月春风之景,却能融会离别情意,承上片萋萋芳草、柳外青骢、水边红袂之惊心折骨,启下片弄晚飞花、笼晴残雨、数声黄鹂之黯然销魂,伤离惜别是词中意脉。秦观词中屡见杜牧诗意,是引小杜为异代知音。《新唐书·杜牧传》:"(杜)牧亦以疏直,时无右援者。从兄悰更历将相,而牧困踬不自振,颇怏怏不平。"[②]杜牧曾注曹操所定的《孙武》十三篇。秦观则"少豪隽,慷慨溢于文词。……强志盛气,好大而见奇,读兵家书与己意合"[③]。杜牧仕途困踬,仅能酒消英气、花祓清愁,《赠别》《遣怀》最见其意;而秦观化用杜牧也以二诗为多,如《满庭芳》(二首)、《望海潮》《风流子》《梦扬州》《长相思》《满庭芳》皆用此典。《八六子》过片已从离情别绪发起别意:表达奇志不展、怀才难遇的身世悲感。过片承启"不可断曲意""不断意脉""血脉贯穿",对于全篇布局的作用至为关键。

词中虚字对布局谋篇也有贯穿血脉的作用。张炎说:"若能尽用虚字,句语自活,必不质实。"[④]沈祥龙《论词随笔》引姜夔《齐天乐》咏蟋蟀为证:"词中虚字,犹曲中衬字,前呼后应,仰承俯注,全赖虚字灵活,其词始妥溜而不板实。不特句首虚字宜讲,句中虚字亦当留意,如白石词云'庾郎先自吟愁赋,凄凄更闻私语','先自''更闻',互相呼应,余可类推。"[⑤]张炎举证的秦观《八六子》过片三句之后,虚字运用密集,有三字、二字、一字:"怎奈向""那堪""渐""正""又"等等,把离别时的伤感,分袂后触景怅惘,感黄鹂相识有情,自伤薄幸名存诸种复杂的情感写得千回百转,低抑缠绵。秦观多用虚字,能使"语工而入律"[⑥]的歌词近俗而不伤雅,因而为张炎所推扬。

①蔡正孙《诗林广记》,中华书局1982年,第289页。

②《新唐书》(第16册),第5097页。

③《宋史》(第37册),第13112页。

④张炎著,夏承焘校注《词源注》,人民文学出版社1963年,第15页。夏氏注曰:"许氏娱园刊本作'若使尽用虚字,句语入(他本作"又")俗,虽不质实,恐不无掩卷之诮。'"同书第16页。

⑤《论词随笔》,《词话丛编》(第5册),第4052页。

⑥叶梦得《避暑录话》,中华书局1985年,第59页。

词章精粹，还需要“格调不侔”“特立清新之意”，也即诗中所谓“风调高古”。张镃引《李希声诗话》：“古人作诗，正以风调高古为主，虽意远语疏，皆为佳作。后人有切近的当，气格凡下者，终使人可憎。”[1]又引《古今总类诗话》：“《续金针格》云：诗以声律为窍，物象为骨，意格为髓。”[2]“《续金针格》云：……炼句不如炼字，炼字不如炼意，炼意不如炼格。”[3]张镃所引诗话中，未引部分也多有对意格的详尽解释，如《珊瑚钩诗话》：

> 陈无己先生语余曰：“今人爱杜甫诗，一句之内，至窃取数字以仿像之，非善学者。学诗之要，在乎立格、命意、用字而已。”余曰：“如何等是？”曰：“《冬日谒玄元皇帝庙》诗，叙述功德，反复外意，事核而理长；《阆中歌》，辞致峭丽，语脉新奇，句清而体好，兹非立格之妙乎！《江汉》诗，言乾坤之大，腐儒无所寄其身。《缚鸡行》言鸡虫得失，不如两忘而寓于道，兹非命意之深乎！……学者体其格，高其意，炼其字，则自然有合矣。何必规规然仿像之乎！”[4]

姜夔认为意格成于字句，但须于字句外求之：

> 意格欲高，句法欲响。只求工于句字，亦末矣。故始于意格，成于句字。句意欲深、欲远，句调欲清、欲古、欲和，是为作者。[5]
>
> 意出于格，先得格也；格出于意，先得意也。[6]

在《词源》阐释体系中，宋六十名家能自成家数者，仅有秦少游、高竹屋、姜白石、史邦卿、吴梦窗：“此数家格调不侔，句法挺异，俱能特立清新之意”。上引陈师道称道杜甫《阆中歌》立格之妙在于“辞致峭丽，语脉新奇，句清而体好”，这与张炎激赏苏轼、秦观、姜夔的观点相类似。张炎称赞苏轼“清丽舒徐，高出人表”，称赞秦观“清丽中不断意脉”，称赞姜夔“不惟清空，又且骚雅”“清空则古雅峭拔”，都与意格相关。

意格是造语奇崛、自立新意所呈现的艺术高境。苏轼曾因此得到王

---

①《仕学规范》，《景印文渊阁四库全书》(第875册)，第179页。

②同上书，第185页。

③同上。

④张表臣《珊瑚钩诗话》，中华书局1985年，第14页。

⑤《白石道人诗说》，《白石诗词集》，第68页。

⑥同上。

灼、胡寅、胡仔等人的交口称誉："指出向上一路，新天下耳目"[①]，"逸怀浩气超然乎尘垢之外"[②]，胡仔还举证予以赞美：

> 子瞻佳词最多，其间杰出者，如"大江东去，浪淘尽，千古风流人物"（赤壁词）；"明月几时有，把酒问青天"（中秋词）；"落日绣帘卷，庭下水连空"（快哉亭词）；"乳燕飞华屋，悄无人，桐阴转午"（初夏词）；"明月如霜，好风如水，清景无限"（夜登燕子楼词）；"楚山修竹如云，异材秀出千林表"（咏笛词）；"玉骨那愁瘴雾，冰肌自有仙风"（咏梅词）；"东武城南，新堤固，涟漪初溢"（宴流杯亭词）；"冰肌玉骨，自清凉无汗"（夏夜词）；"有情风，万里卷潮来，无情送潮归"（别参寥词）；"缺月挂疏桐，漏断人初静"（秋夜词）；"霜降水痕收浅碧，鳞鳞露远洲"（九日词）；凡此十余词，皆绝去笔墨畦径间，直造古人不到处，真可使人一唱而三叹。[③]

詹安泰先生论意高格胜，有清新、高妙、幽远、沉挚、层深、超奇、空灵、婉曲、含蓄九种，他总结说：清新是能变化古事古语，意旨未经人道。高妙是胸中有万卷书，笔下无尘俗气的不食人间烟火语。幽远是独立苍茫，沉冥杳霭中忽至之一念。沉挚是语虽浅近，久诵而得隽永之趣。层深是一转一深，一深一妙。超奇介在高妙清新之间，接近于高妙，而不止于清新。空灵是用意若即若离，不拘泥事物迹象。婉曲是本意不明说，而于上下四方委曲以达之。含蓄是正意约略表露于句中，却在此若隐若现中可以探索深长之意味。[④]上引例句或可归于一类，或可归于数类。

张炎举证秦观、姜夔词格调不凡也是如此[⑤]。如《踏莎行》"郴江幸自绕郴山，为谁流下潇湘去"，《艺苑卮言》谓"淡语之有情者"[⑥]。另如《鹊桥仙》：

---

①《〈碧鸡漫志〉校正》，第37页。

②胡寅《向芗林酒边集后序》，《崇正辨·斐然集》，第402页。

③《苕溪渔隐丛话·后集》，第192—193页。

④参见汤擎民整理《詹安泰词学论稿》，广东人民出版社1984年，第99—104页。

⑤诗性格调是秦观词的重要特点之一，这也是苏门对秦观文学的共同认知。李廌《师友谈记》："廌谓少游曰：'比见东坡，言少游文章如美玉无瑕，又琢磨之功，殆未有出其右者。'少游曰：'某少时用意作赋，习贯已成，诚如所谕，点检不破，不畏磨难，然自以华弱为愧。邢和叔尝曰："子之文，铢两不差，非秤上秤来，乃等子上等来也。"'廌曰：'人之文章，阔达者失之太疏，谨严者失之太弱。少游之文词虽华而气古，事备而意高，如钟鼎然。其体质规模，质重而简易，其刻画篆文，则后之铸师莫仿佛，宜乎东坡称之为天下奇作也，非过言矣。"李廌撰，孔凡礼点校《师友谈记》，中华书局2002年，第16页。拙文《论宋代词手秦观用典的诗性格调》是从一个侧面论述这一观点。《词学》四十三辑（2020年6月）。

⑥《弇州山人四部稿》，第6925页。

“两情若是久长时，又岂在朝朝暮暮。”《草堂诗余》（卷一）评曰：“七夕歌以双星会少别多为恨，少游此词……所谓化臭腐为神奇，宁不醒人心目。”[①]前文分析姜夔《暗香》《疏影》，在蔚成大国的梅花词中出奇制胜，《扬州慢》在盛衰今昔的对比中成就芜城新赋的怀古主题，都是意格高古之作。陈廷焯《云韶集》（卷二）：“（姜白石）炼骨、炼格、炼字、炼句，归于淳雅，而词品至是乃有大宗。”[②]王国维虽然诟病南宋词人，但也不能否认白石写景之作“格韵高绝”[③]。

（二）锤炼警策句中有眼

先看锤炼警策。陆机《文赋》论述最为深刻：

> 立片言而居要，乃一篇之警策。虽众辞之有条，必待兹而效绩。亮功多而累寡，故取足而不易。……虽杼轴于予怀，怵他人之我先。苟伤廉而愆义，亦虽爱而必捐。或苕发颖竖，离众绝致。形不可逐，响难为系。块孤立而特峙，非常音之所纬。心牢落而无偶，意徘徊而不能揥。石韫玉而山辉，水怀珠而川媚。彼榛楛之勿剪，亦蒙荣于集翠。缀下里于白雪，吾亦济夫所伟。[④]

《仕学规范》引《吕氏童蒙训》誉为“要论”：

> 陆士衡《文赋》云：立片言以居要，乃一篇之警策。此要论也，文章无警策，则不足以传世，盖不能竦动世人。[⑤]

词中警策之句精粹高妙，令人击节赞叹，带动了整首词作的流传。《词源》论述及示例如下：

> 词中句法，要平妥精粹。一曲之中，安能句句高妙，只要拍搭衬副得去，于好发挥笔力处，极要用功，不可轻易放过，读之使人击节可也。如东坡《杨花词》云：“似花还似非花，也无人惜从教坠。”又云：“春色三分，二分尘土，一分流水。”如美成《风流子》云：“凤阁绣帏深几许，听得理丝簧。”如史邦卿《春雨》云：“临断岸、新绿生时，是落红、带愁流处。”

①刘崇德、徐文武点校《明刊草堂诗馀二种》，河北大学出版社2006年，第180页。

②《云韶集》，《词话丛编补编》（第3册），第1422页。

③王国维《人间词话（初刊本）》，王国维著，彭玉平编《人间词话》，第62页。

④陆机著，杨明校笺《陆机集校笺》（上册），上海古籍出版社2016年，第24—27页。

⑤《仕学规范》，《景印文渊阁四库全书》（第875册），第174页。

《灯夜》云:"自怜诗酒瘦,难应接许多春色。"如吴梦窗《登灵岩》云:"连呼酒,上琴台去,秋与云平。"《闰重九》云:"帘半卷,带黄花、人在小楼。"姜白石《扬州慢》云:"二十四桥仍在,波心荡、冷月无声。"此皆平易中有句法。①

若八字既工,下句便合稍宽,庶不窒塞。约莫宽易,又着一句工致者,便觉精粹。此词中之关键也。②

结合李善注陆机《文赋》,可知警策之句对于整首词成为名篇的意义。一是警句使意旨更明了:"以文喻马也,言马因警策而弥骏;以喻文资片言而益明也。夫驾之法,以策驾乘,今以一言之好,最于众辞,若策驱驰,故云警策。"二是使条序之辞纲举目张:"必待警策之言以效其功也。"三是捐弃虽然出于己意,但别人已经有类似表达的言辞:"虽出自己情,惧他人先己也。""言他人言,我虽爱之,必须去之也。"四是一句特峙,既成绝响:"言作文利害,理难俱美。或有一句同乎苕发颖竖,离于众辞,绝于致思也。""文之绮丽,若经纬相成。一句既佳,块然立而特峙,非常音所能纬也。"五是警句如珠玉,光芒四射于篇章,即使词中警句与常句不相匹配,但整体为之熠熠生辉:"虽无佳偶,因而留之。譬若水石之藏珠玉,山川为之辉媚也。""以珠玉之句既存,故榛楛之辞亦美。""以此庸音而偶彼佳句,譬以下里鄙曲缀于白雪之高唱,吾虽知美恶不伦,然且以益夫所伟也。"③

以张炎所举南宋词警句为例,都是含香蕴秀,片言居要,朗朗上口,过目成诵。有的是颊上三毫的点睛之笔。如史梅溪《绮罗香·咏春雨》:"临断岸、新绿生时,是落红、带愁流处。"春雨涨渌,无可奈何流花去,似曾相识新草长,时间循环的悲喜,自在叙景之中。吴梅说:"(作词)最难之处在上三下四对句,如史邦卿春雨词云:'尺粉重、蝶宿西园,喜泥润、燕归南浦',又'临断岸、新绿生时,是落红、带愁流处',此词中妙语也。"④李调元甚至专为其作《摘句图》:"史达祖梅溪词最为白石所赏,炼句清新,得未曾有,不独《双双燕》一阕也。余读其全集,爱不释手,间书佳句,汇为摘句图。"⑤共得

①《词源》,《词话丛编》(第1册),第258页。
②同上书,第265页。
③以上九条均见李善注陆机《文赋》,《文选》,第241—242页。
④《词学通论》,第2页。
⑤李调元《雨村词话》,《词话丛编》(第2册),第1427页。

53句,多为前人未曾涉及者。

有的工致警句看似宽易而有深意。如吴梦窗登灵岩《八声甘州》:“连呼酒,上琴台去,秋与云平。”前三句是“水涵空、阑凭高处,送乱鸦、斜日落渔汀”。杨铁夫笺梦窗此词:“(吴潜)《履斋诗余》《满江红·姑苏灵岩寺涵空阁》词云:‘客子愁来,闲信马、到涵空阁。’又曰:‘八万顷湖如镜静。’‘涵空’,是阁名,以临太湖,故名。”[①]据梦窗此词,知宋时琴台在涵空阁之上,俯瞰太湖,视线更为开阔。刘永济评警句曰:“可知上半阕皆在台上耳目所接,下半阕则由见闻而生感慨,用笔极矫健,如常山之蛇,首尾相应,论章法亦至为细密。”[②]吴熊和亦曰:“结句‘秋与云平’,既说秋高,又表示自己置身于灵岩绝顶,辽阔秋空、无边秋色和远处烟波浩渺的太湖尽集于眼下,与起句‘渺空烟四远’首尾呼应,境界开阔,胸次超旷,意态萧闲,不但超越了历史,而且超越了现实,确有超尘绝俗的高远之致。”[③]警句更为深层的意旨还在于对时事政治的关注。梦窗主要生活在理宗朝,是偃武兴文、朝野奢靡的时期:“乾道、淳熙间,三朝授受,两宫奉亲,古昔所无。一时声名文物之盛,号‘小元祐’。丰亨豫大。至宝祐、景定,则几于政(和)宣(和)矣。”[④]“丰亨豫大(泰)”语出《周易》,是蔡京任徽宗朝宰相期间大兴侈靡之风的托辞:“蔡京四任宰相,前后二十年,挟继志述事之名,建蠹国害民之政,祖宗法度,废移几尽。托丰亨豫泰之说,倡穷奢极侈之风,而公私蓄积,扫荡无余。”[⑤]梦窗此词以吴王侈靡致乱为殷鉴,寓兴亡之慨。刘永济评说:“梦窗写吴越兴亡,不但怀古,实寓伤今:盖南宋君臣,晏安江左,忘国大仇,亦如夫差当日也。”[⑥]另一些警句则有深邃的历史感。如姜白石《扬州慢》:“二十四桥仍在,波心荡、冷月无声。”唐朝扬州繁华曾经延续至北宋,秦观赋扬州有《望海潮》:“星分牛斗,疆连淮海,扬州万井提封。花发路香,莺啼人起,珠帘十里东风。豪俊气如虹。曳照春金紫,飞盖相从。巷入垂杨,画桥南北翠烟中。”但在金人入侵之后,扬州绮艳遗迹已是“秦时明月汉时关”的冷

①《吴梦窗词笺释》,第277页。

②《微睇室说词》,第160页。

③吴熊和《隐辞幽思、词风密丽的吴文英》,吴熊和主编《十大词人》,上海古籍出版社1989年,第162页。

④周密《武林旧事自序》,《武林旧事》,第1页。

⑤毕沅《续资治通鉴》,中华书局1994年,第2518页。

⑥《微睇室说词》,第160页。

月边关景象。

再看句中有眼。“词眼”是“诗眼”之说的延续,《仕学规范》有相关引录:

《蒲氏漫斋录》:五字诗以第三字为句眼,七字诗以第五字为句眼,古人炼字只于句眼上炼。①

《吕氏童蒙训》:邠老云:七言诗第五字要响,如“返照入江翻石壁,归云拥树失山村”,“翻”字、“失”字是响字也。五言诗第三字要响。如“圆荷浮小叶,细麦落轻花”,“浮”字、“落”字是响字。所谓响者,致力处也。②

张炎《词源》谓“与诗眼亦同”,又论述其所不同者,是要对句中某一字或二字要深加锻炼、摒弃生硬,研炼成与词调音谱相合的本色语:

句法中有字面,盖词中一个生硬字用不得。须是深加锻炼,字字敲打得响,歌诵妥溜,方为本色语。如贺方回、吴梦窗皆善于炼字面,多于温庭筠、李长吉诗中来。字面亦词中之起眼处,不可不留意也。③

词之语句,太宽则容易,太工则苦涩。如起头八字相对,中间八字相对,却须用功着一字眼,如诗眼亦同。④

词眼字面首先是无闲字,张炎有所谓“一句一字闲不得”⑤之说。张镃引《蒲氏漫斋录》解释“闲字”,就是即使删减也不影响表达:“七字句法不要有闲字,若减两字成五言而意思足,便是有闲字也。”⑥进而言之,就是要求表达准确并且意蕴丰沛,而以四字属对最为言简意赅,南宋词中出现四字属对比例最高。沈义父说:“遇两句可作对,便须对。”⑦如《词旨》“属对”引姜夔吴兴西湖荷花词《念奴娇》:“翠叶垂香,玉容消酒。”今传诸本二句作“翠叶吹凉,玉容销酒。”显然不如元人陆辅之所见之本。“吹凉”与下阕对句“高柳垂阴,老鱼吹浪”及“冷香飞上诗句”字面或意思相犯,而且平庸凡近,而“垂香”反用李璟《山花子》“菡萏香销翠叶残”,荷花盛时,花叶相映,皆有

①《仕学规范》,《景印文渊阁四库全书》(第875册),第197页。
②同上书,第195—196页。
③《词源》,《词话丛编》(第1册),第259页。
④同上书,第265页。
⑤同上。
⑥《仕学规范》,《景印文渊阁四库全书》(第875册),第197页。
⑦《乐府指迷》,《词话丛编》(第1册),第280页。

清香。苏轼《南堂五首》(之三)有“一听南堂新瓦响,似闻东坞小荷香”之句。“垂”字极炼,并刻划出田田莲叶芬芳流曳的通感。下句“销”,同“消”。写粉红荷瓣,如美人风致嫣然、酒晕消退的娇面。叶香花美,互文成义。

《词旨》列举“词眼”二十六则,胡元仪说是“示人炼字之法”。其中李易安《如梦令》“绿肥红瘦”、史梅溪《双双燕》“柳昏花暝”,都获宋人好评。陈郁曰:“李易安工造语,故《如梦令》‘绿肥红瘦’之句,天下称之。”[①]胡仔曰:“近时妇人能文词,如李易安,颇多佳句,……‘绿肥红瘦’,此语甚新。”[②]黄升谓史词梅溪咏燕“形容尽矣”,又说:“姜尧章极称其‘柳昏花暝’之句。”[③]梅溪此类甚多,并最获盛誉。毛晋跋其词曰:“余幼读《双双燕》词,便心醉梅溪。今读其全集,如‘醉玉生春’‘柳发梳月’等语,则‘柳昏花暝’之句又不足多矣。”[④]多以梅溪为显例,不妨录梅溪句中有眼例证及诸家评如下:

> 《东风第一枝·咏春雪》:青未了、柳回白眼。红欲断、杏开素面。——《古今词统》:“二句翻新,愧死盐絮诸喻。”[⑤]
>
> 《万年欢·春思》:如今但、柳发晞春,夜来和露梳月。——《古今词统》:“结拍景语,皜曜鲜芳。”[⑥]
>
> 《夜合花》:柳锁莺魂,花翻蝶梦。——《古今词统》:“此等起句,真是香生九窍,美动七情。”[⑦]
>
> 《万年欢·春思》:烟溪上、采绿人归,定应愁沁花骨。……如今但、柳发晞春,夜来和露梳月。——《古今诗余醉》:“‘和露梳月’可与‘月高云插水晶梳’‘波浮月浸梳’并其芳鲜尖颖,中‘愁沁花骨’更奇。”[⑧]
>
> 《探芳信》:指芳期,夜月花阴梦老。——俞陛云《唐五代两宋词选释》:“‘花阴梦老’四字尤有新致。”[⑨]

另外,诸家对其《临江仙·闺思》“一灯人着梦,双燕月当楼”多有好评。

---

①《藏一话腴》,《景印文渊阁四库全书》(第865册),第554页。
②《苕溪渔隐丛话·前集》,第416页。
③《中兴以来绝妙词选》,《唐宋人选唐宋词》(下册),第790页。
④毛晋《梅溪词跋》,毛晋《宋六十名家词》,上海古籍出版社1989年,第207页。
⑤卓人月汇选,徐士俊参评,谷辉之校点《古今词统》(下册),辽宁教育出版社2000年,第483页。
⑥同上书,第490页。
⑦《古今词统》(下册),第512页。
⑧潘游龙辑,陈珽等订《精选古今诗余醉》,胡正言十竹斋刻本(今藏天津图书馆),卷四第26页。
⑨《唐五代两宋词选释》,第312页。

《古今诗余醉》："'灯燕'句，敲打得响。"[①]陈廷焯《词则》："'一灯'二句警炼。"[②]先著《词洁》："如此词，始当得'生新'二字。"[③]俞陛云谓"结句炼字亦工[④]。

《词旨》所列"词眼"二十六则，除佚名无法类归，晚宋占十六则，并且都是"字字自响"[⑤]的四字句，可见时代宗尚。晚宋词人被列入"词眼"者如下：

醉云醒雨（吴梦窗《解蹀躞·别情》）
挑云研雪（王碧山，词佚）
蝶惨蜂凄（杨守斋《八六子·牡丹》）
柳花瘦腴（杨西村《甘州》）
绾燕吟莺（杨西村，词佚）
渔烟鸥雨（李秋崖《青玉案·题草窗词卷》）
燕昏莺晓（李秋崖《青玉案》）
翠颦红妒（王可竹《青玉案·长安客赋》）
月约星期（楼君亮《玉漏迟》）
雨今云古（张玉田《长亭怨·别陈行之》）
燕窥莺认（钟梅心《步蟾宫》）
愁罗恨绮（翁处静《水龙吟·雪霁登吴山》）
移红换紫（张寄闲《瑞鹤仙》）
联诗换酒（周草窗《三犯渡江云》）
选歌试舞（周草窗《露华》）
舞勾歌引（周草窗《月边媚》）

张镃引张横浦《日新》曰："文字有眼目处当涵泳之，使书味存于胸中则益矣。韩子曰'沉浸酞郁，含英咀华'，正谓此也。"[⑥]"词眼"也多有涵泳书味之处。梅溪词眼多出唐诗。《古今词统》评《东风第一枝·元夕》"羞醉玉、少年丰度。怀艳雪、旧家伴侣"二句："'醉玉生春'出《兰畹词》，'清诗舞艳雪'

①《精选古今诗余醉》，卷十第30页。
②陈廷焯《词则》（下册），上海古籍出版社1984年，第918页。
③《词洁》，第155页。
④《唐五代两宋词选释》，第312页。
⑤同上书，第195—196页。
⑥《仕学规范》，《景印文渊阁四库全书》（第875册），第24页。

出韦诗。"[①]另如《临江仙》："莫教无用月，来照可怜宵。"由沈警《既暮，宿传舍。凭轩望月，作"凤将雏含娇"曲二首》研炼而成："徘徊花上月，空度可怜宵。""可惜关山月，还成无用明。"

吴梦窗造辞炼字惯用"倒、揉、碎三法"[②]，也由熔铸唐诗而成。前引其四字句"波尘销腻"（《庆宫春》）、"霜丝舞影"（《水龙吟·用见山韵饯别》），可谓字字珠玑，从不同棱面闪烁出前人之作的华彩：不仅分别化用前引温庭筠《莲花》《题柳》，《庆宫春》还化用曹植《洛神赋》"凌波微步，罗袜生尘"、杜甫《寄岳州贾司马六丈巴州严八使君两阁老五十韵》"红腻小湖莲"，刘筠《荷花》"凌波宓妃至"。《水龙吟》中的"霜丝"，指秋霜中的柳丝。唐宋诗词多以柳比舞腰。如元稹《曹十九舞绿钿》："骤裹柳牵丝，炫转风回雪。"《韵语阳秋》（卷十九）："柳比妇人尚矣。条以比腰，叶以比眉，大垂手、小垂手以比舞态。"[③]故曰"舞影"。可见梦窗词研炼之功。

二　情景交炼意在言外

写景抒情是诗词的两大要素，情景交融、意与景会是诗歌追求的高境。《仕学规范》引录相关论述有："圣俞尝谓予余曰：'诗家虽率意，而造语亦难。若意新语工，得前人所未道者，斯为善也。必能状难写之景，如在目前，含不尽之意，见于言外，然后为至矣。……'""（苏符）尝与人论诗，或曰前辈所好不同。如文忠公于常建诗，爱其'竹径通幽处，禅房花木深'，谓此景与意会，常欲道之而不得也。"[④]这也是姜夔所说的"意中有景，景中有意"[⑤]。宋人写景极为精准，如苏轼所总结："如以灯取影，逆来顺往，旁见侧出，横斜平直，各相乘除，得自然之数，不差毫末。"[⑥]同时，宋人又能写景不窘于物象，不仅如揽镜取形、临灯取影式的"若花若叶，分布而出"[⑦]，而且"模写物态，曲尽其妙""宽平优游，中极物情"[⑧]，也就是得意忘景，情在景

①《古今词统》（下册），第483页。
②夏承焘《天风阁学词日记》，《夏承焘集》（第6册），第129页。
③《韵语阳秋》，第160页。
④《仕学规范》，《景印文渊阁四库全书》（第875册），第189页。
⑤《白石道人诗说》，《白石诗词集》，第67页。
⑥苏轼《书吴道子画后》，《苏轼文集》（第6册），第2210页。
⑦董逌《书李元本花木图》，董逌《广川画跋》，中华书局1985年，第52页。
⑧晁公武《郡斋读书志》引周邦彦语，晁公武撰，孙猛校证《郡斋读书志校证》（下册），上海古籍出版社1990年，第1044页。

中,从而摄取神理而遗其外貌,将思理侧附于景物:“内意欲尽其理,外意欲尽其象。”[①]作者颖发之深旨,隐隐然可以感知。

(一)情景交炼思路隽永

词体在绮筵绣幌、香檀丽锦的氛围中酝酿而成。语涉香艳,莺燕传唱,能曲尽情意。情景交炼最合词体深美闳约之旨,正如吴衡照所说:“言情之词,必藉景色映托,乃具深宛流美之致。”[②]张炎举证秦观《八六子》、姜夔《琵琶仙》为例,认为“离情当如此作,全在情景交炼,得言外意”。仇远以为《词源》此法可以度人金针:“古人有言曰:铅汞交炼而丹成,情景交炼而词成。《指迷》妙诀,吾将从叔夏北面而求之。”[③]张德瀛《词征》具体解释说:

> 词之诀曰“情景交炼”。宋词如李世英“一寸相思千万绪,人间没个安排处”,情语也;梅尧臣“落尽梨花春又了,满地斜阳,翠色和烟老”,景语也;姜尧章“旧时月色,算几番照我,梅边吹笛”,景寄于情也;寇平叔“倚楼无语欲销魂,长空黯淡连芳草”,情系于景也。[④]

也就是说,景物寄寓情意、情意附丽景物就是情景交炼。然而,两宋词情景交炼的方式并不相同,周济总结说:

> 北宋词,多就景叙情,故珠圆玉润,四照玲珑。至稼轩、白石,一变而为即事叙景,使深者反浅,曲者反直。[⑤]

“就景叙情”,是叙写当下景物所触发的情感。如周美成压卷之作《瑞龙吟》的开头结尾:

> 章台路。还见褪粉梅梢,试花桃树。……官柳低金缕。归骑晚、纤纤池塘飞雨。断肠院落,一帘风絮。

开篇梅梢褪粉、桃树试花是仲春景物,“章台路”暗写行道多柳,结处“官柳”是对开头景物的回应。柳垂金缕,叶芽尚裹,也是仲春之景。何逊《边城思诗》有“柳黄未吐叶”之句,正与开头梅花残褪、夭桃新绽的季节呼应。开头“还见”二句,把垂杨时节桃树试花之景,注入“人面不知何处”的

①《诗人玉屑》(上册)引梅尧臣《续金针诗格》,第197页。

②吴衡照《莲子居词话》,《词话丛编》(第3册),第2423页。

③仇远《山中白云词序》,曹炳曾等校刊《山中白云词》。

④张德瀛《词征》,《词话丛编》(第5册),第4081页。

⑤《介存斋论词杂著》,第8页。

感伤，看似无情，但秾挚之情自在景中。周济说："不过桃花人面，旧曲翻新耳。看其由无情入，结归无情，层层脱换，笔笔往复处。"[①]夏孙桐也说："后幅景中见情，妙在不说破，其味无尽。"[②]这是周邦彦写景抒情的基本格局，也是周词研究者的共识。如俞平伯《清真词释》评《秋蕊香》（乳鸭池塘水暖）："结句日斜深院，闲静光景，以题无胜义，斯笔有余妍也。"[③]陈洵评《霜叶飞》（露迷衰草）"一边写景，即景见情；一边写情，即情见景。"[④]

南宋"即事叙景"，就是为抒发某种感情铺叙特定景物，所写不是即在目前的当下之景，而是以记忆碎片拼合的系情之景，不妨以姜夔与周词同样出现桃柳景物的爱情词为例。夏承焘先生考得白石淳熙年间与合肥姊妹歌妓结下情缘，并考六十多首词作中，赠合肥歌妓词达三分之一。[⑤]前引《琵琶仙》下阕，隐括三首唐人咏柳诗描写柳枝柳絮。但与周词中的杨柳是眼前之景不同，姜词说的是每年晚春看到柳枝飞絮，就会想起当年饯别席上，姊妹歌妓芳菲如柳絮回雪的离情别思，歌尽桃花扇底风的轻盈舞姿。"即事叙景"又是白石词常态，夏承焘指出姜词多用柳梅等托兴，借虚景抒实情："五代歌词，十九闺幨；宋人言寄托，乃多空中传恨之语；惟白石情词，皆有本事；梅柳托兴，在他人为余文，在白石是实感；南宋咏物词中，白石以此超然独造，不但篇章特富而已。"[⑥]虽然夏先生所考合肥情缘未必为笃见（详后文第五章第一节），但从中可以概见南宋就事件铺叙景物的方式。

值得注意的是，词史上虽然秦观、周邦彦并称，如黄升记载说："（陈造）称其（高观国）与史邦卿皆秦、周之词，所作要是不经人道语，其妙处少游、美成，若唐诸公未及也。"[⑦]但秦、周在情景交炼方面却有不同。明人徐伯龄《蟫精隽》（卷九）："鹤窗马浩阑评周、秦之词，以周尚言情而秦则情景俱到，似冠清真之上者，信然！"[⑧]也就是说，与北宋后期周词尚有离景言情不同，中期的秦观"情景俱到"实际上是远开南宋姜夔诸词人"即事叙景"之先声。

---

①《宋四家词选眉批》，《宋四家词选》，第7页。

②俞平伯《清真词释》引夏孙桐《手评本〈清真集〉》语，俞平伯《论诗词曲杂著》，上海古籍出版社1983年，第630页。

③《论诗词曲杂著》，第638页。

④陈洵《海绡说词》，《词话丛编》（第5册），第4868页。

⑤参见夏承焘《白石怀人词考》，《夏承焘集》（第1册），第446—450页。

⑥同上书，第450页。

⑦《中兴以来绝妙词选》，《唐宋人选唐宋词》（下册），第784页。

⑧徐伯龄《蟫精隽》，邓子勉《明词话全编》，凤凰出版社2012年，第388页。

以张炎所举秦观《八六子》为例：

倚危亭、恨如芳草，萋萋刬尽还生。念柳外青骢别后，水边红袂分时，怆然暗惊。　无端天与娉婷，夜月一帘幽梦，春风十里柔情。怎奈向、欢娱渐随流水，素弦声断，翠绡香减。那堪片片飞花弄晚，蒙蒙残雨笼晴。正销凝，黄鹂又啼数声。

此词约写于元丰二年(1079)，可与《满庭芳》(天粘衰草)并考。秦观当时曾赴绍兴郡治会稽省亲，临别时作《满庭芳》，《八六子》或作于同时。徐培均先生据秦瀛《淮海先生年谱》考证："就是说这年五月初，秦观去会稽探望祖父，是时其叔秦定正在做会稽通判。他到会稽以后，深受郡守程公辟的礼遇。"徐先生又引《艺苑雌黄》："程公辟守会稽，少游客焉。馆之蓬莱阁。一日，席上有所悦，自尔眷眷，不能忘情。因赋长短句。所谓'多少蓬莱旧事，空回首、烟霭纷纷'也。"又引秦观《别程公辟给事》："樽前倦客刘师命，月下清歌盛小丛。"考证秦观"在憩于蓬莱阁期间，心所悦者当系盛小丛式的歌妓。联系此词下阕，则又可见秦观与此歌妓，曾经赠'香囊'，结'罗带'，互结同心，存在深挚的恋情。因此临别时不禁黯然销魂，回首从前在蓬莱阁逗留的一段'旧事'，唯觉往事如烟，心绪渺茫。"①

前说蓬莱阁在北宋越州府治所在地卧龙山，与太守馆客所在地毗邻。古代会稽与海上蓬莱三仙山相望。蓬莱阁是宾客从游太守的之处，席上歌妓为官方营妓。《满庭芳》是留别官妓之作。词下阕曰："销魂。当此际，香囊暗解，罗带轻分。谩赢得、青楼薄幸名存。此去何时见也，襟袖上、空惹啼痕。伤情处，高城望断，灯火已黄昏。"所用歌妓典故就有杜牧《遣怀》："十年一觉扬州梦，赢得青楼薄幸名。"苏轼《青玉案·和贺方回韵送伯固归吴中故居》："春衫犹是，小蛮针线。曾湿西湖雨。"欧阳詹赠太原妓诗："高城已不见，况复城中人。"《八六子》则是回忆越州运河柳外水边之离别，"红袂"代指与官妓依依惜别。"无端"三句则用杜牧《赠别》诗意："娉娉袅袅十三余，豆蔻梢头二月初。春风十里扬州路，卷上珠帘总不如。""翠绡"正是香囊、罗带之属，并与"红袂"互文见义。黄鹂，即黄莺。《尔雅翼》(卷十四)："一名黄鹂留，或谓之黄栗留，一名黄莺。……二月而鸣。"②化用唐朝诗人

①以上三条皆见徐培均《秦观〈满庭芳〉词考辨》，《学术月刊》1982年第6期。

②罗愿撰，石云孙点校《尔雅翼》，黄山书社1991年，第147页。

戎昱与郡妓爱情典故。见孟棨《本事诗·情感》:“韩晋公(滉)镇浙西,戎昱为部内刺史(失州名)。郡有酒妓,善歌,色亦烂妙。昱情属甚厚。浙西乐将闻其能,白晋公,召置籍中。昱不敢留,饯于湖上,为歌词以赠之。……其词曰:‘好去春风湖上亭,柳条藤蔓系离情。黄莺久住浑相识,欲别频啼四五声。’”[①]《花草粹编》(卷十六)考《八六子》“一名《感黄鹂》”[②],可见此词与歌妓大有瓜葛。并且《八六子》也非再现当时情景,而是集成可以传情的景物寄寓别离情愫,所以景物可以叠现“柳外青骢”“水边红袂”水陆两处的离别;“片片飞花”“蒙蒙残雨”,是秦词常见而非特定的寓情之景,如《浣溪沙》中就有名句“自在飞花轻似梦,无边丝雨细如愁”;“夜月”“春风”“黄鹂”诸句因化用歌妓典故也成虚景。

前引陈造谓高、史皆秦、周之词,其实二人亦近秦观而非周邦彦。俞陛云评价史梅溪《探芳信》(谢池晓):“写景与言情,分前后段赋之。上阕言春寒懒出,嗟芳约之蹉跎;下阕言鹊信晨占,料伊人之眷念。观其句法若香篆之萦回,风度若柔丝之摇曳,乃梅溪擅胜处。”[③]薛砺若评价说:“他是古今最大的一个咏春诗人,他描写春日景色的作品,都极工丽动目。……梅溪的咏春雨、春燕则于柔媚中见轻俊艳冶之姿。”[④]

词作景中情感若为隽永思致,就会加强情景交炼的深刻性。秦观被冯煦誉为“其淡语皆有味,浅语皆有致”[⑤],就是说有情韵思致。姜夔接武秦观,胜出周邦彦。黄升评为“其间高处,有美成所不能及”。所以张炎《词源》情景交炼词作不以周词为证。不妨以周邦彦、姜夔梅花词作为对比。先录周词名篇《花犯》:

> 粉墙低,梅花照眼,依然旧风味。露痕轻缀。疑净洗铅华,无限佳丽。去年胜赏曾孤倚。冰盘共燕喜。更可惜,雪中高树,香篝熏素被。　　今年对花最匆匆,相逢似有恨,依依愁悴。吟望久,青苔上、旋看飞坠。相将见。脆丸荐酒,人正在、空江烟浪里。但梦想、一枝潇洒,黄昏斜照水。

①孟棨等著《本事诗·本事词》,古典文学出版社1957年,第7—8页。

②陈耀文辑,龙建国、杨有山点校《花草粹编》(下册),河北大学出版社2007年,第662页。

③《唐五代两宋词选释》,第321页。

④《宋词通论》,第275页。

⑤冯煦《蒿庵论词》,《词话丛编》(第4册),第3587页。

此词是寻常思路，即虽然前年、去年、今年三年同样赏梅，但心情因境遇不同而有异。谭献评曰："'依然旧风味'句，逆入；'去年胜赏曾孤倚'句，平出。下片'今年对花太匆匆'句，放笔为直干。"①时地相合，是人人意中所能有的结构形式。乔大壮《片玉集》眉批："'旧风味''去年''曾''今年''相将见''梦想'，皆时也；'粉墙''雪中''苔上''空江''照水'皆地也，合时与地遂成境界。"②

前引先著《词洁》指出姜夔梅花词《暗香》思路出自《花犯》，"尧章思路，却是从美成出……泯其来踪去迹矣"，所谓泯来踪去迹，就是不走寻常思路，如野云孤飞，空际盘旋，不留行迹。录《暗香》如下：

> 旧时月色。算几番照我，梅边吹笛。唤起玉人，不管清寒与攀摘。何逊而今渐老，都忘却、春风词笔。但怪得、竹外疏花，香冷入瑶席。
>
> 江国。正寂寂。叹寄与路遥，夜雪初积。翠尊易泣。红萼无言耿相忆。长记曾携手处，千树压、西湖寒碧。又片片、吹尽也，几时见得。

《暗香》《疏影》是姜夔自度组词，题序叙说了二词的创作缘起："辛亥之冬，予载雪诣石湖。止既月，授简索句，且征新声。作此两曲，石湖把玩不已，使工妓隶习之，音节谐婉，乃名之曰《暗香》《疏影》。"说的是辛亥(1191)冬天，白石过访范成大，在石湖别墅载雪寻梅时，应范氏邀约，创作出音节谐婉的自度新声，并受到主人激赏。此为实录，范成大在石湖范村盛种梅花也是实有其事。《范村梅谱前序》："余于石湖玉雪坡既有梅数百本，比年又于舍南买王氏僦舍七十余楹，尽拆除之，治为范村，以其地三分之一与梅。吴下栽梅特盛，其品不一，今始尽得之。"③

然而，词作并没有因之坐实于探寻范村雪中梅花。词中采用贺铸"玉人和月摘梅花"，杜甫"东阁官梅动诗兴，还如何逊在扬州"，苏轼"江头千树春欲暗，竹外一枝斜更好"，陆凯驿寄江南梅花致意陇头范晔等，特别是西湖孤山梅花的宋朝今典(已见前引《梦粱录》卷十二)。与清真梅花词意有专指相比，白石词因思路不落窠臼，读者得仁得智各不相同。如夏承焘、叶嘉莹等先生认为抒写爱情。叶先生阐发夏先生的观点分析说："'长记曾携

①谭献《重辑复堂词话》，《词话丛编补编》(第2册)，第1197页。

②周邦彦著，乔大壮批《乔大壮手批周邦彦片玉集》，齐鲁书社1985年，卷七第3—4页。

③《范村梅谱》，第1—2页。

手处'，我永远记得我们携手同游的地点。'千树压，西湖寒碧'，在西湖的旁边有多少的梅花树，我们当年有多少欢乐，现在只剩下忆念了。……'又片片吹尽也'，今年的梅花又一片片地吹落了。'几时见得'？我所怀念的那个女子什么时候才能再见到呢？"[①]而唐圭璋则释为："托喻君国，感怀今昔。"[②]此词本事是文人雅集，但因为二词用典集中于宫廷，加上姜夔对靖康南渡的创伤记忆，后人对词中意趣不免有深隽之怀想。

梅溪、竹屋也较清真有出蓝之胜。汪东《唐宋词选识语》："梅溪思路俊爽，用笔轻灵，快剪风樯，了无滞迹。"[③]钱基博评曰："若论思路之隽，能出新意，化堆垛为烟云，梅溪、竹屋之视清真，自较后来居上耳。"[④]史梅溪更为秀杰特出。故而姜夔评为"盖能融情景于一家，会句意于两得"[⑤]。正是对南宋词普遍存在的情景交炼中隽永思致的看重，张炎所以不取北宋为圭臬。

（二）咏物工致取神用意

咏物是诗词写作的难题。《六研斋笔记》载宋人黄椮跋石曼卿《古松诗》："自昔论诗者，谓写情非难，状物为最难。过于体仿，或失之俗；略于比喻，又失之泛。必浑然天成，它物不足以当之，斯为美尔。"[⑥]张镃引《吕氏童蒙训》："咏物诗不待明说尽，只仿佛形容便见妙处。……鲁直作咏物诗，曲当其理。"[⑦]

张炎论及词体咏物尤难于诗："诗难于咏物，词为尤难。体认稍真，则拘而不畅，模写差远，则晦而不明。要须收纵联密，用事合题。一段意思，全在结句，斯为绝妙。"[⑧]并例举史达祖《东风第一枝·咏春雪》《绮罗香·咏春雨》《双双燕·咏燕》，姜夔《暗香·咏梅》《疏影·咏梅》《齐天乐·赋促织》六首词作为例："此皆全章精悍，所咏了然在目，且不留滞于物。"[⑨]所谓"精悍"，指精准传神。朱弁《曲洧旧闻》（卷五）："少游下笔精悍，心所默识而口不能

①叶嘉莹《唐宋词十七讲》，河北教育出版社1997年，第410页。

②唐圭璋《唐宋词简释》，上海古籍出版社1981年，第193页。

③汪东《梦秋词·附录》，齐鲁书社1985年，第477页。

④钱基博《中国文学史》（下册），第596页。

⑤《中兴以来绝妙词选》，《唐宋人选唐宋词》（下册），第788页。

⑥李日华撰，郁震宏、李保阳点校《六研斋笔记》，凤凰出版社2010年，第176页。

⑦《仕学规范》，《景印文渊阁四库全书》（875册），第196页。

⑧《词源》，《词话丛编》（第1册），第261页。

⑨同上书，第262页。

传者,能以笔传之。”[①]前引沈义父论咏物举证清真咏梨花《水龙吟》:“如咏物,须时时提调,觉不可晓,须用一两件事印证方可。若全篇只说花之白,则是凡白花皆可用,如何见得是梨花。”张炎仍不以清真为典型,可见南宋咏物风气的转移。

先看沈义父所举清真咏梨花《水龙吟》:

> 素肌应怯余寒,艳阳占立青芜地。樊川照日,灵关遮路,残红敛避。传火楼台,妒花风雨,长门深闭。亚帘栊半湿,一枝在手,偏勾引、黄昏泪。　　别有风前月底。布繁英、满园歌吹。朱铅退尽,潘妃却酒,昭君乍起。雪浪翻空,粉裳缟夜,不成春意。恨玉容不见,琼英慢好,与何人比。

沈氏提及用梨或梨花典有五条:“樊川”,汉武帝园囿,园中有含消梨。见《艺文类聚》卷八十六引《三秦记》:“汉武帝园,一名樊川,一名御宿,有大梨如五升瓶,落地则破。其主取者,以布囊承之,名含消梨。”[②]“灵关”,名梨产地。谢朓《谢隋王赐紫梨启》:“味出灵关之阴,旨玠玉津之滋。”刘良注左思《蜀都赋》曰:“灵关,山名,在成都西南汉寿界。”[③]“深闭门”,语出刘方平《春怨》:“寂寞黄昏春欲晚,梨花满院不开门。”“一枝带雨”“玉容”,化用白居易《长恨歌》:“玉容寂寞泪阑干,梨花一枝春带雨。”清真此咏能脱略于各种白花之外,主要是以梨花典故提调印证。

然而,正如罗忼烈先生所说:

> 清真集中咏物词,每因当地草木而发,故咏梅则在溧水,咏柳多以汴堤。真定以梨著,《艺文类聚》八十六引魏文帝诏曰:“真定郡梨,甘若蜜,脆若菱,可以解烦悁。”又引何晏《九州论》云:“安平好枣,中山好栗,魏郡好杏,河内好稻,真定好梨。”而谢朓《谢启》亦有“岂徒真定归美”之语,则此词之作,或在知真定时乎?[④]

周邦彦有知真定(今河北正定)经历,罗先生笺曰:“考吴廷燮《北宋经抚年表》,亦载清真以宋徽宗重和元年至宣和元年知真定,在任二年,继任

①朱弁《曲洧旧闻》,中华书局1985年,第39页。

②欧阳询撰,汪绍楹校《艺文类聚》,中华书局1965年,第1473—1474页。

③萧统选编,李善等注《六臣注文选》,浙江古籍出版社1999年,第73页。

④周邦彦著,罗忼烈笺注《清真集笺注》(上册),上海古籍出版社2008年,第258页。

者为盛章。”[1]词作时空的过于坐实,容易留滞于梨花而乏水波摇漾之韵味。这是“体认稍真”,容易因过于拘泥所咏之物而不能引发读者的神思妙想。沈义父又提出咏花词“亦须略用情意,或要入闺房之意”[2],周词中所入闺房情意取用陈皇后、潘妃、昭君都不是寻常闺中景象。虽然刘长卿《长门怨》有“梨花发旧枝”之句,而潘玉儿肤色“洁美”[3]、王昭君“光明汉宫”[4]的明艳玉颜是梨花的参照,然究其实,“长门”“潘妃”“昭君”与梨花并无直接关联。这是“模写差远”,因而还存在不知所咏何物的“太宽”和“晦而不明”。正是“体认稍真”与“模写差远”的双重原因,吴衡照说:“咏物虽小题,然极难作,贵有不粘不脱之妙。此体南宋诸老尤擅长。”[5]邹祇谟说:“咏物固不可不似,尤忌刻意太似。取形不如取神,用事不若用意。宋词至白石、梅溪,始得个中妙谛。”[6]道出了晚宋时张炎不以清真词作为咏物典型的个中原因。

张炎举证的史达祖、姜夔的咏物词,相关典故已不象周词作平面铺叙。如史达祖《东风第一枝·咏春雪》:“青未了、柳回白眼。红欲断、杏开素面。”比拟薄雪覆柳,如柳眼青白,掩映杏花,如芙蓉娇面,红里透白。这些虽然都没有采用严格意义上的春雪典故,却能看似叙闺中情事又不离咏物,与所咏之物之间不粘不脱。结句“恐凤鞋、挑菜归来,万一灞桥相见”,则用灞桥风雪典,兼及刘长卿《逢雪宿芙蓉山》“风雪夜归人”句意,用典剀切却能使咏花词中“闺房意”在虚拟的写情中收而能纵。《绮罗香·咏春雨》:“隐约遥峰,和泪谢娘眉妩。”比拟远山带雨,如谢娘带泪眉黛;结句:“记当日、门掩梨花,剪灯深夜语。”写雨打梨花深闭门时剪灯对语之事,也使虚拟想象凿空成实,化成记忆或悬想中香艳温馨的闺房场景——这就是不留滞于所咏之物。《古今词统》(卷十四)因而评此词:“收纵联密,事事合题。”[7]唐圭璋分析此词以春雨贯穿,如玉盘走珠,不粘不脱,逸趣横生:

> 起写雨中花柳,将春雨画出。“尽日”二句,刻画春雨尤细切。“惊粉重”两句,写雨中燕蝶,一惊一喜,亦是传神妙笔。“最妨他”两句,荡开,

---

①《清真集笺注》(上册),第202页。
②《乐府指迷》,《词话丛编》(第1册),第281页。
③《南史》(第5册),第1352页。
④范晔撰,李贤等注《后汉书》(第14册),中华书局1965年,第2941页。
⑤《莲子居词话》,《词话丛编》(第3册),第2417页。
⑥邹祇谟《远志斋词衷》,《词话丛编》(第1册),第653页。
⑦《古今词统》(下册),第534页。

说到雨妨钿车，秀美之至。换头，写雨中江景，用韦苏州诗意。“隐约”两句，写雨中峰峦。“临断岸”两句，写雨中落红新绿。末句，用李义山诗意，忽地推开，回忆当日雨中情事。①

再如白石咏梅词，姜夔作为南渡以后词人哀感于靖康之难时帝室播越并寄慨词中，张炎对此心有戚戚。汪瑔就持这种看法：“若昭君则与梅无涉，而叔夏顾云然，当是白石词意，叔夏知之。特事关戚里，不欲明言，故以此语微示其端耳。”②郑文焯、唐圭璋观点相同：“此盖伤心二帝蒙尘，诸后妃相从北辕，沦落胡地，故以昭君托喻，发言哀断。”③“抒寄怀二帝之情”“以申爱君之情”④。蔡嵩云也评其“意别有在”⑤。而晚宋咏物“如絮浮水，如荷湿露，萦旋流转，似沾非着”⑥，沿袭的正是这一路数。

咏物词不能取神用意，刻求形似，就会成为前引谢章铤所说的“方物略”“群芳谱”。试看张炎举证的刘过《沁园春》：

至如刘改之《沁园春》咏指甲云：“销薄春冰，碾轻寒玉，渐长渐弯。见凤鞋泥污，偎人强剔，龙涎香断，拨火轻翻。学抚瑶琴，时时欲剪，更掬水，鱼鳞波底寒。纤柔处，试摘花香满，镂枣成斑。　　时将粉泪偷弹。记绾玉曾教柳傅看。算恩情相着，搔便玉体，归期暗数，画遍阑干。每到相思，沉吟静处，斜倚朱唇皓齿间。风流甚，把仙郎暗掐，莫放春闲。”又咏小脚云：“洛浦凌波，为谁微步，轻尘暗生。记踏花芳径，乱红不损，步苔幽砌，嫩绿无痕。衬玉罗悭，销金样窄，载不起、盈盈一段春。嬉游倦，笑教人款捻，微褪些跟。　　有时自度歌声。悄不觉、微尖点拍频。忆金莲移换，文鸳得侣，绣茵催衮，舞凤轻分。懊恨深遮，牵情半露，出没风前烟缕裙。知何似，似一钩新月，浅碧笼云。”二词亦自工丽，但不可与前作同日而语耳。⑦

①《唐宋词简释》，第200—201页。

②汪瑔《旅谭》，《词话丛编》(第2册)，第1624页。

③郑文焯《手批白石道人歌曲》，郑文焯撰，孙克强等辑校《大鹤山人词话》，南开大学出版社2009年，第101页。

④《唐宋词简释》，第193—194页。

⑤蔡嵩云《柯亭词论》，《词话丛编》(第5册)，第4907页。

⑥杜范《跋翁处静词》，杜范《清献集》，《景印文渊阁四库全书》(第1175册)，第748页。

⑦《词源》，《词话丛编》(第1册)，第262页。

陶宗仪《辍耕录》(卷十五)谓其模写纤丽,略有可取:“宋刘改之先生过词赡逸有思致,赋《沁园春》二首,以咏美人之指甲与足者,尤纤丽可爱。”[①]《四库全书〈龙洲词〉提要》反驳说:“今观集中咏美人指甲、美人足二阕,刻画猥亵,颇乖大雅。九成乃独加推许,亦未为赏音。”[②]前述开此恶调者,实为前引周邦彦《看花回·咏眼》之类的词作。此类咏物词,体认逼真,但止于形似;组织涂泽,却无以自立。汤衡作词序曰:“夫镂玉雕琼,裁花剪叶,唐末词人非不美也。然粉泽之工,反累正气。”[③]柴望词集自序曰:“词起于唐而盛于宋,宋作尤莫盛于宣、靖间。美成、伯可各自堂奥,俱号称作者。近世姜白石一洗而更之,《暗香》《疏影》等作,当别家数也。”[④]也就是说,咏物词遗貌取神是在南宋更上层楼。

三　本制平正各得其体

节序、祝寿是唐宋以来诗歌的重要题材。《瀛奎律髓》(卷十六)专选节序类诗作123首,有冬至(小至、至后)、腊日(腊前)、守岁(除夜)、新年(元日)、人日、正月十五(元夕)、月晦(晦日)、春社(社日)、寒食、清明、三月三日(上巳)、端午、七夕、重九等。节序不仅是先民应景祈福的特殊时间,更内蕴作者乃至读者对生活的感悟。如沈佺期《夜游》:“今夕重门启,游春得夜芳。月华连昼色,灯影杂星光。南陌青丝骑,东邻红粉妆。管弦遥辨曲,罗绮暗闻香。人拥行歌路,车攒斗舞场。经过犹未已,钟鼓出长杨。”方回评曰:“元夕者,太平之所宜有而离乱多,富贵之所宜有而寂寞多。读此诗欲逢此辰,不可得也。”[⑤]至南宋,随着节序词逐渐定型,张炎提出的制词方法是“不独措辞精粹,又且见时序风物之盛,人家宴乐之同”[⑥]。至宋元之际,节令词兴起盛衰今昔之感已经成为题中应有之义。

李东阳认为寿诗盛起于宋朝,是同道之间的交际工具。《怀麓堂诗话》:“寿诗始盛于宋,渐施于官长故旧之间,亦莫有未同而言者也。”[⑦]从沈义父

①陶宗仪著,武克忠、尹贵友校点《南村辍耕录》,齐鲁书社2007年,第202页。
②《四库全书总目》(下册),第1820页。
③汤衡《张紫微雅词序》,张孝祥撰,宛敏灏笺校《〈张孝祥词〉笺校》,黄山书社1993年,序言第1页。
④柴望《凉州鼓吹诗余自叙》,《全宋文》(第347册),第309页。
⑤《瀛奎律髓》,第333页。
⑥《词源》,《词话丛编》(第1册),第262—263页。
⑦李东阳撰,周寅宾、钱振民校点《李东阳集》(第3册),岳麓书社2008年,第1519页。

《乐府指迷》未列寿词条目，而张炎《词源》已见条分缕析，就可看出南宋特别是晚宋寿词呈现骤然上升趋势。除自寿词外，寿词更有应酬投赠的功能。至北宋末年，寿词蔚成大观，《词综·发凡》："宣政而后，士大夫争为献寿之词，联篇累牍，殊无意味。"①理宗朝贾似道为相时，谀颂寿词发展最为畸形。周密《齐东野语》（卷十二）："贾师宪当国日……每岁八月八日生辰，四方善颂者以数千计。悉俾翘馆誊考，以第甲乙，一时传诵，为之纸贵，然皆谄词呓语耳。"②寿词投赠易入谀美俳俗。如郭居安投赠词《声声慢·寿贾师宪》，周密载其缘此"谄词呓语"获得升迁，张炎认为寿词要如陈允平所作才能得其体制之正。

（一）节候风物宴筵同乐

宋朝可以歌唱的节序词，张炎认为大多平庸俗气，不合此类词作的制度之法：

> 昔人咏节序，不惟不多，付之歌喉者，类是率俗，不过为应时纳祜之声耳，所谓清明"拆桐花烂漫"，端午"梅霖乍歇"，七夕"炎光谢"，若律以词家调度，则皆未然。③

所举三首词都是北宋词人所作。分别是柳永《木兰花慢》、黄裳《喜迁莺·端午泛湖》、柳永《二郎神》。录前两首如下：

> 拆桐花烂漫，乍疏雨、洗清明。正艳杏烧林，缃桃绣野，芳景如屏。倾城。尽寻胜去，骤雕鞍绀幰出郊坰。风暖繁弦脆管，万家竞奏新声。　　盈盈。斗草踏青。人艳冶、递逢迎。向路傍往往，遗簪堕珥，珠翠纵横。欢情。对佳丽地，信金罍罄竭玉山倾。拚却明朝永日，画堂一枕春酲。
>
> 梅霖初歇。乍绛蕊海榴，争开时节。角黍包金，香蒲切玉，是处玳筵罗列。斗巧尽输年少，玉腕彩丝双结。舣彩舫，看龙舟两两，波心齐发。　　奇绝。难画处，激起浪花，飞作湖间雪。画鼓喧雷，红旗闪电，夺罢锦标方彻。望中水天日暮，犹见朱帘高揭。归棹晚，载荷花十里，一钩新月。

---

①《词综·发凡》，《词综》，第13页。

②《齐东野语》，第219页。

③《词源》，《词话丛编》（第1册），第262页。

张炎所谓"应时纳祜"有两层意思:一是叙写即时自然景物,如柳词写三月清明桐花绽放[①],桃杏吐艳;黄词写五月端午梅雨乍歇,榴花照眼。二是叙写节令不同于寻常时候的特殊风俗,以及其中饮食的避祸纳福愿望。

柳词写清明寒食出郊探春踏青。这是两宋盛行的风俗,《东京梦华录》(卷七):"(清明)四野如市,往往就芳树之下,或园囿之间,罗列杯盘,互相劝酬。都城之歌儿舞女,遍满园亭,抵暮而归。"[②]南宋犹见遗风。《武林旧事》(卷三):"都城自过收灯,贵游巨室,皆争先出郊,谓之'探春',至禁烟为最盛。……都人士女,两堤骈集,几于无置足地。水面画楫,栉比如鱼鳞,亦无行舟之路。歌欢箫鼓之声,振动远近,其盛可以想见。"还有清明时节的斗草之戏,是宋词常见节令风物。如晏殊《破阵子·暮春》:"燕子来时新社,梨花落后清明。""疑怪昨宵春梦好,元是今朝斗草赢。笑从双脸生。"

黄词写古今皆同的端午习俗,如"角黍"二句写菰叶裹粽、泛酒菖蒲。《阳羡风土记》:"仲夏端午烹鹜、角黍。注曰:'端,始也,谓五月初五日也。俗重此日,与夏至同。先节一日以菰叶裹黏米,以栗枣灰汁煮令热,节日啖。……黏米一名糉,一名角黍。"[③]《荆楚岁时记》:"(五月五日)以菖蒲或镂或屑,以泛酒。"[④]"舣彩舫"三句及下阕皆写竞渡以及与节日食物的关系:"五月五日竞渡。俗为屈原投汨罗日,伤其死所,故并命舟楫以拯之。"[⑤]《续齐谐记》:"屈原五月五日投汨罗水,楚人哀之,至此日以竹筒子贮米投水以祭之。汉建武中,长沙区曲忽见一士人自云三闾大夫,谓曲曰:'闻君当见祭,甚善。常年为蛟龙所窃。今若有惠,当以楝叶塞其上,以彩丝缠之。此二物,蛟龙所惮。'曲依其言,今五月五日作粽,并带楝叶、五花丝,遗风也。"[⑥]"斗巧"二句,写彩丝系臂的避禳功效:"(五月五日)以五彩丝系臂,名曰辟兵,令人不病瘟。又有条达等织组杂物,以相赠遗。……按《孝经援神契》曰:仲夏茧始出,妇人染练,咸有作务。日月星辰鸟兽之状,文绣金缕,

---

①柳永《木兰花慢》首句"拆"同"坼",沈义父释为"言开了桐花烂漫也"。《乐府指迷》,《词话丛编》(第1册),第282页。

②《东京梦华录》,第126页。

③周处《阳羡风土记》,广陵书社2003年,第8页。

④《荆楚岁时记》,第47页。

⑤同上书,第48页。

⑥吴均《续齐谐记》,中华书局1985年,第5页。

贡献所尊。一名长命缕，一名续命缕，一名辟兵缯，一名五色丝，一名朱索。名拟甚多，赤青白黑以为四方，黄居中央，名曰襞方，缀于胸前，以示妇人蚕功也。”①

张炎列举的是柳永、黄裳的三首节序词，柳永清明词写帝王州的及时行乐，七夕词祈祷爱情幸福美满；黄裳写端午时序宴乐。柳永、黄裳都是北宋前期词人，所作虽然是可以歌唱的节日流行歌曲，但不过流娱俗耳，尚未体现节令文学中生命意识、盛衰感悟的立意。

张炎所举正面例证是北宋末年周邦彦《解语花》赋元夕，南宋史达祖《东风第一枝》赋立春、《喜迁莺》赋元夕，已经不再流娱俗耳，但却是可歌可诵的节序精品。录张炎所举赋史达祖立春词《东风第一枝》如下：

> 草脚愁苏，花心梦醒，鞭香拂散牛土。旧歌空忆珠帘，彩笔倦题绣户。黏鸡贴燕，想立断、东风来处。暗惹起、一掬相思，乱若翠盘红缕。　　今夜觅、梦池秀句。明日动、探花芳绪。寄声沽酒人家，预约俊游伴侣。怜它梅柳，乍忍俊天街酥雨。待过了一月灯期，日日醉扶归去。

此词与高观国同调次韵词对读，足见张炎褒扬所在。史词题序为“壬戌闰腊望，雨中立癸亥春，与高宾王各赋”，高词题序为“壬戌立春日访梅溪，雨中同赋”。壬戌，嘉泰二年(1202)。查张培瑜《三千五百年历日天象》，此年闰腊月，“闰腊望”即闰腊月十五日是癸亥年(1203)立春。竹屋词曰：

> 烧色回青，冰痕绽白，娇云先酿酥雨。纵寒不压葭尘，应时已鞭黛土。东君入夜，怕预恼、诗边心绪。意转新，无奈吟魂，醉里已题春句。　　香梦醒、几花暗吐。绿睡起、几丝偷舞。酒醅清惜重斟，菜甲嫩怜细缕。玉纤彩胜，愿岁岁、春风相遇。要等得、明日新晴，第一待寻芳去。

对读竹屋词，知首句写去年畲烧的田地已经回暖，草脚，指小草枯根开始泛青。刘长卿有“春入烧痕青”残句。第二句写梅花绽白。周密《齐天乐》题序：“紫霞翁开宴梅边，谓客曰：梅之初绽，则轻红未消；已放，则一白呈露。古今夸赏，不出香白，顾未及此，欠事也。”梅花盛开于冬春之交。《范

①《荆楚岁时记》，第50页。

村梅谱》:“杜子美诗云‘梅蕊腊前破,梅花年后多’,惟冬春之交,正是花时耳。”[①]梅花遇春而放,似有知有梦,化用王昌龄《梅诗》:“落落寞寞路不分,梦中唤作梨花云。”苏轼《西江月·梅花》:“高情已逐晓云空,不与梨花同梦。”立春有鞭牛风俗,《东京梦华录》(卷六):“立春前一日,开封府进春牛入禁中鞭春。开封、祥符两县,置春牛于府前,至日绝早,府僚打春,如方州仪。府前左右百姓卖小春牛,往往花装栏坐,上列百戏人物,春幡雪柳,各相献遗。春日,宰执亲王百官,皆赐金银幡胜。入贺讫,戴归私第。”[②]因梅花绽放空气含香,故曰“鞭香”。古代立春妇女例行簪戴人胜彩幡。《荆楚岁时记》:“立春之日,悉剪彩为燕以戴之,贴‘宜春’二字。按:彩燕即合欢罗胜。”[③]唐宋时又有立春画鸡于门的遗俗。崔日用《奉和立春游苑迎春应制》:“瑶筐彩燕先呈瑞,金缕晨鸡未学鸣。”翠盘红缕,写节日春盘。杜甫《立春》:“春日春盘细生菜,忽忆两京梅发时。盘出高门行白玉,菜传纤手送青丝。”《九家集注杜诗》赵彦材注:“古诗云:‘芦菔白玉缕,生菜青丝盘。’”[④]梦池秀句,《南史》(卷十九):“(谢灵运)尝于永嘉西堂思诗,竟日不就,忽梦见惠连,即得‘池塘生春草’,大以为工。”[⑤]梅柳,宋时元宵节妇女所戴绢纸假花。《武林旧事》(卷二):“元夕节物,妇人皆带珠翠、闹蛾、玉梅、雪柳、菩提叶、灯球、销金合、蝉貂袖、项帕,而衣多尚白,盖月下所宜也。”[⑥]忍俊,偏指梅花。杜甫《舍弟观赴蓝田取妻子到江陵喜寄三首》(之二):“巡檐索共梅花笑,冷蕊疏枝半不禁。”《杜诗详注》:“于是步绕檐楹,索梅花共笑,此时梅花半开,即冷蕊疏枝,亦若笑不能禁矣。”[⑦]腊月十五立春,到正月十五的元宵节,尚有一月,结六句为宕开之笔。《梦粱录》(卷一)记载灯节盛游:“公子王孙,五陵年少,更以纱笼喝道,将带佳人美女,遍地游赏。人都道玉漏频催,金鸡屡唱,兴犹未已。甚至饮酒醺醺,倩人扶着,堕翠遗簪,难以枚举。至十六夜收灯舞队方散。”[⑧]与前举柳永、黄裳节日词相比,此词语

---

①《范村梅谱》,第2页。

②《东京梦华录》,第107—108页。

③《荆楚岁时记》,第47页。

④《九家集注杜诗》,第420页。

⑤《南史》(第2册),第537页。

⑥《武林旧事》,第32页。

⑦《杜诗详注》(第4册),第1824页。

⑧《梦粱录》,第7页。

有来历，工细精美；时序风物，馨采斐然；万物沁香，相思有色；藻绘鲜缛，迷乱眼目。前引《靖康缃素杂记》谓宋祁寒食诗“草色引开盘马路，箫声吹暖卖饧天”，与宋之问“马上逢寒食，春来不见饧”相比，用典相同，但“词致骚雅”，可以移用评论周邦彦以来特别是南宋节序词。

（二）寿词褒述不为谀美

南宋寿词因成为社会交际方式而盛行一时，创作数量远超北宋。这类词作衔杯介寿，褒颂赠主才华前途、家族门第等等，措辞难免阿谀。在张炎之前，沈义父就说过：“寿曲最难作，切宜戒‘寿酒’‘寿香’‘老人星’‘千春百岁’之类。须打破旧曲规模，只形容当人事业才能，隐然有祝颂之意方好。”[①]因为寿词往往兼及投赠，不免仙寿鹤龄，落入谀颂窠臼。《乐府指迷》是与吴梦窗兄弟讲论词法所得：“壬寅秋，始识静翁于泽滨。癸卯，识梦窗。暇日相与倡酬，率多填词，因讲论作词之法。”[②]静翁，指翁处静，与吴梦窗为异姓昆仲[③]。梦窗作为一介布衣，以乐府游于公卿显宦间。但梦窗又是有所不为的狷介者，这表现在与国戚、显宦以及其他品阶较高的官员交往时，在看似不对等的关系中尽量进行“平等”的对话，即使是最涉阿谀的寿词，虽不免言及富贵、功名、神仙，亦绝无羡鱼干谒之辞色；从而在情不能堪的人生窘境中保留最后的人格尊严。以《烛影摇红·寿嗣荣王》为例：

天桂飞香，御花簇座千秋宴。笑从王母摘仙桃，琼醴双金盏。掌上龙珠照眼。映萝图、星晖海润。浮槎远到，水浅蓬莱，秋明河汉。

宝月将弦，晚钩斜挂西帘卷。未须十日便中秋，争看清光满。净洗红尘障面。贺朝霖、催班正殿。喜回天上，紫府开筵，瑶池宣劝。

嗣荣王赵与芮，字仲亨，荣王赵希瓐之子，理宗同母胞弟。理宗本名与莒，与嗣荣王皆是荣王嫡妻全夫人之子。理宗无子，嗣荣王还是度宗生父。嗣荣王有二子，其一即为度宗，见《癸辛杂识续集》（卷下）：“福王长子小字祐孙（庚子生，即不育）。次日黄氏所生，小字德，即绍陵也。”[④]绍兴、杭州两

①《乐府指迷》，《词话丛编》（第1册），第282页。

②同上书，第277页。

③《浩然斋雅谈》（卷下）：“翁元龙，字时可，号处静，与吴君特为亲伯仲。作词各有所长，世多知君特，而知时可者甚少。”《浩然斋雅谈》，第43页。参见夏承焘《梦窗词集后笺》，《夏承焘集》（第2册），第158页。

④《癸辛杂识》，第190页。

地皆有嗣荣王府邸[1]，据词意可知词写于绍兴荣邸(度宗继位后，在赵与芮六十寿辰时，特由嗣荣王晋封为福王)。梦窗约在宝祐年间(1253—1258)入荣邸为幕僚；直到度宗咸淳元年(1265)，梦窗还有赠词，表明仍是荣邸门客，也就是说宗亲嗣荣王最少有六年时间是梦窗幕主[2]。嗣荣王是皇亲国戚，梦窗入幕期间已经位居三公。《宋史·理宗本纪》："(宝祐四年)以少师嗣荣王与芮为太傅。"[3]词中"映萝图"二句，萝图，有率土之滨的意思。柳永《御街行·圣寿》："椿龄无尽，萝图有庆，常作乾坤主。"星晖海润，皇太子专典。马廷鸾代拟《赐皇太子生日诏》："日就月将，温文以怿。星晖海润，纯嘏尔常。"[4]所以此词写于景定元年(1260)理宗立度宗为皇太子之后，景定五年(1264)度宗即位之前。文人为位极人臣的贵戚祝寿，最难得体制之正。梦窗此词显然打破旧曲规模，如无一语单纯写及神仙。嗣荣王八月初十生辰[5]，故词中有"天桂""宝月将弦""未须十日便中秋"诸语，加上全夫人的"王母"之喻，"琼醴"句中"双"贯及下句"龙珠"，喻其二子，隐隐然为人间天上之华宴。词中"水浅蓬莱"用蓬莱仙山熟典，见葛洪《神仙传》(卷三)："麻姑自说：'接侍以来，已见东海三为桑田，向到蓬莱，水又浅于往昔，会时略半也，岂将复还为陵陆乎！'"[6]但兼及前引蓬莱仙山正偶会稽的本地典故。"净洗"六句略及嗣荣王功名事业，仅想象从绍兴荣邸前往杭京觐见拜谢，途中正遇甘霖，可以洗净途中扑面之风尘，也隐寓朝廷重臣能够霖雨苍生，施展经纶，并且朝班正殿，臣体庄重。符合沈义父所说的"打破旧曲规模""隐然有祝颂之意"。

张炎基于当时寿词渐合规范的现状，进而提出了合乎本制的要求，以为友人陈允平所作最合寿词体例：

> 难莫难于寿词，倘尽言富贵则尘俗，尽言功名则谀佞，尽言神仙则

---

①前贤皆考证荣邸在绍兴，然而吴熊和据《湖海新闻》《宋季三朝纲要》考证临安也有荣邸，参见《唐宋词汇评》(第4册)，第3355页。吴蓓也持此说，见吴蓓《梦窗词汇校笺释集评》，浙江古籍出版社2007年，第201页。《梦粱录》(卷十)记载了临安荣邸位置："荣文恭王府，在佑圣观桥东。"荣王为荣文恭王的简称。《梦粱录》，第143页。

②参见拙文《吴梦窗年谱》，《词学》二十六辑(2011年)。

③《宋史》(第3册)，第857页。

④马廷鸾《碧梧玩芳集·赐皇太子生日诏》，《豫章丛书》(154册)，卷二第16页。

⑤吴熊和《梦窗词补笺》，《文学遗产》2007年第1期。

⑥葛洪撰，胡守为校释《神仙传》，中华书局2010年，第94页。

迂阔虚诞，当总此三者而为之，无俗忌之词，不失其寿可也：松椿龟鹤，有所不免，却要融化字面，语意新奇。近代陈西麓所作，本制平正，亦有佳者。①

陈允平《日湖渔唱》专列寿词十九首，序列如下：《瑞龙吟·寿吴丞相》《渡江云·寿蔡泉使》《八声甘州·寿蔡泉宪》《三犯渡江云·旧平声，今改入声，为竹友谢少保寿》《过秦楼·寿建安使君谢右司》《醉蓬莱·寿越帅谢恕斋》《法曲献仙音·寿云谷谢秘撰》《八声甘州·代蔡泉使寿丁丞相》《兰陵王·辛酉代寿壑翁丞相母夫人》《木兰花慢·丙辰寿叶制相》《摸鱼儿·寿叶制相》《汉宫春·寿乡帅范尚书。郡有苍云堂，因古柏得名》《汉宫春·庚午岁寿谷翁保相》《风入松·寿恕斋谢待制》《西湖明月引·寿云谷谢右司》《临江仙·寿千八兄》《少年游·寿云谷谢右司》《鹧鸪天·寿表兄陈可大》《霜天晓角·寿疏清陈别驾》。寿主有达官显宦、朋辈官员、中表兄弟等，通过以下分析，确然可见西麓寿词"融化字面，语意新奇"的平正浑厚。如《木兰花慢·丙辰寿叶制相》，丙辰，宝祐四年（1256），制相，南宋安抚制置使的别称，职掌为统兵制置军事。词曰：

江南春信早，问谁是、百花魁。过揽桂褰蓉，纫兰采菊，独许寒梅。阳和渐回涧底，向水西、先放一枝开。潇洒纤琼瘦玉，化工月剪云裁。　诗催。付与雪襟怀。消得暗香来。算知心惟有，青松瘦竹，白石苍苔。年年上林胜赏，捻清芳、蘸入紫金杯。须信和羹未晚，岁寒聊自徘徊。

制相是集行政军事权力于一身的封疆大吏，官运未可限量。但词作从叶制相生辰在早春，其时梅花占春先机，从江南梅花花信最早切入，去年桂花、芙蓉、兰花、菊花都已凋零，早梅却随阳和而至，临水得暖气之先、在百花之前开放。"百花魁"，典出《事实类苑》（卷三十七）所引《魏王语录》："王沂公为布衣时，以所业贽吕文穆蒙正，中有《早梅诗》。其警句云：'雪中未论和羹事，且向百花头上开。'文穆云：'此生登第已安排作状元宰相矣。'已而果然。"②下阕写梅花在白石苍苔上的雪襟怀、玉精神，与松竹为岁寒三

①《词源》，《词话丛编》（第1册），第266页。

②江少虞《宋朝事实类苑》，上海古籍出版社1981年，第471页。

友。梅花是皇家上林苑的胜赏，花瓣在御宴泛入紫金杯中，喻其雍容身份。梅子是鼎中和羹的主要原料，唐宋诗词多用青梅鼎鼐调羹典喻指国家重臣论道经邦，燮理阴阳。《尚书·说命下》："若作和羹，尔惟盐梅。"孔氏传："盐咸梅醋，羹须咸醋以和之。"[①]吕从庆《梅》："调羹还有藉，青子百千枚。"陈师道《梅花七绝》(之二)："谁知檀萼香须里，已有调羹一点酸。"隐隐然赞其国之重器的执政能力。

再看《风入松·寿恕斋谢待制》，恕斋，指谢堂，字升道，别字恕斋，临海人。宋丞相谢深甫曾孙。官至知枢密院事。善画兰竹、松石窠木。词从时节在夏、芳莲巢龟入手。词下阕曰："碧龟巢处藕花香。波影浸书床。庭前一种红兰树，薰风又、吹长瑶芳。竹外椿前舞彩，柳边槐底鸣珰。"首句以莲花绽放写生辰时节兼及龟龄。典出《文选·曹植〈七启〉》："搴芳莲之巢龟"。李善注曰："《史记》曰：有神龟在江南嘉林中，常巢于芳莲之上。"[②]次写晚辈有佳子弟，长辈有椿龄高堂。典出《晋书·谢安传》《古今事文类聚·后集》(卷三)："(谢)安尝戒约子侄，因曰：'子弟亦何豫人事，而正欲使其佳？'诸人莫有言者。玄答曰；'譬如芝兰玉树，欲使其生于庭阶耳。'"[③]"老莱子孝养二亲，行年七十，婴儿自娱，着五色采衣。尝取浆上堂，跌仆，因卧地为小儿啼，或弄乌鸟于亲侧。"[④]再叙其官职。语出杜甫《晚出左掖》："退朝花底散，归院柳边迷。"写及生辰良时，品德润身，家业和乐，官体雍容，但"藕花""波影""书床""红兰""竹外椿前""柳边槐底"等景物融化字面，新奇而不露声色。

《渡江云·寿蔡泉使》，则巧妙结合时节及职掌切入。泉使职掌是通领各路所属金、银、铜、铁、铅、锡等监、场、冶、务，及按年额督责诸钱监铸造铜钱、铁钱，以供邦国之用。因赠主职掌与铸钱相关，所以借由生日在暮春而采用榆钱、苔钱典故。词下阕曰："庭闲。东风榆荚，夜雨苔痕，满地欲流钱。爱墙阴、成蹊桃李，春自无言。"见《汉书·食货志下》："汉兴，以为秦钱重难用，更令民铸荚钱。"颜师古注引如淳曰："如榆荚也。"[⑤]刘孝威《怨诗》：

---

①《尚书正义》,《十三经注疏》(上册),第175页。

②《六臣注文选》,第626页。

③《晋书》(第5册),第2080页。

④《古今事文类聚》(第2册),第42页。

⑤《汉书》(第4册),第1125页。

“丹庭斜草径，素壁点苔钱。”韩偓《寒食日重游李氏园亭有怀》：“今日独来香径里，更无人迹有苔钱。”再用“桃李无言，下自成蹊”典，由时节风物颂扬赠主才德。司马贞《史记索隐》：“姚氏云：桃李本不能言，但以华实感物，故人不期而往，其下自成蹊径也。以喻（李）广虽不能出辞，能有所感，而忠心信物故也。”[①]文人最不愿言及的阿堵物，却被榆荚、苔痕优雅化，桃李无言则刻划了赠主品性。

《霜天晓角·寿疏清陈别驾》则从时节及地理位置切入。别驾为郡佐之职，宋代也称通判。《通志》（卷五十六）：“别驾从事史，一人，从刺史行部，别乘一乘传车，故谓之别驾，汉制也。历代皆有之，隋唐并为郡佐。”[②]词曰：

> 月树风枝。孤山两字诗。来到十洲三岛，香得更、十分奇。　　阳和迟自迟。冰霜欺怎欺。且伴岁寒人醉，有移种、玉堂时。

“孤山”句，表出陈别驾字“疏清”，取自孤山隐居诗人林逋《山园小梅》“疏影横斜水清浅”之句中的“疏”“清”二字，陈别驾生日也在早春。“十洲三岛”地属四明日月湖，表示是在四明任职。《四明志》（卷四）：“日月二湖，皆源于四明山，一自它山堰经仲夏堰入于南门，一自大雷经广德湖入于西门，潴为二湖。在城西南隅。南隅曰日湖，又曰细湖，又曰小江湖，又曰竞渡湖。久湮，仅如污泽。独西隅存焉。曰月湖，又曰西湖。其从三百五十丈，其衡四十丈，周回七百三十丈有奇。中有桥二。绝湖而过汀洲，岛屿凡十：曰柳洲，曰雪汀，曰芳草洲，曰芙蓉洲，曰菊花洲，曰月岛，曰松岛，曰花屿，曰竹屿，曰烟屿。亭台院阁随方面势，四时之景不同，而士女游赏特盛于春夏。飞盖成阴，画船漾影。殆无虚日。”[③]知陈疏清为庆元府通判。四明多梅。吴潜四明词《疏影》自注：“梅圣俞诗云‘十分清意足’。余别墅有梅亭，扁曰‘清足’。”玉堂，宋以后称翰林院为玉堂。《石林燕语》（卷七）：“学士院正厅曰‘玉堂’，盖道家之名。初，李肇《翰林志》末言居翰苑者，皆谓‘凌玉清，遡紫霄’，岂止于‘登瀛洲’哉。亦曰‘登玉堂’焉。自是遂以‘玉堂’为学士院之称，而不为榜。太宗时，苏易简为学士，上尝语曰：‘“玉堂”之设，但虚传其说，终未有正名。’乃以红罗飞白‘玉堂之署’四字赐之。易简即扃鐍

①《史记》（第9册），第2878页。

②郑樵撰，王树民点校《通志》（第2册），中华书局1987年，第1189页。

③罗濬等撰《四明志》，台湾成文出版社1983年，第177—178页。

置堂上，每学士上事，始得一开视，最为翰林盛事。绍圣间，蔡鲁公为承旨，始奏乞摹就杭州，刻榜揭之，以避英庙讳，去下二字，止曰'玉堂'云。"[①]龚延明《宋代官制辞典》："宋代的翰林学士，被视为清贵显宦之职。'宁登瀛，不为卿'之时谚，最足以反映宋代士大夫对翰林学士一职的企羡。翰林学士多由科举出身，'极天下文章之选，非深厚尔雅不足以代王言，非直谅多闻不足以备顾问'。其入选也难，入选后任也重，位也崇。翰林亲近皇帝，易得人主赏识擢拔，成为宰执官储材之地。"[②]萧绎《针穴名诗》有"扇拂玉堂梅"，以迁移种植地预为祝愿之辞，吐属有致。

综合上述分析，陈允平的寿词，较少涉及神仙，虽言及富贵、功名，但能融化景物及典故字面，洵当"本制平正"之评；而前此梦窗寿词已然导其先声。

本章阐述了张炎词论的诗学取向以及与此相关的法度意识。张炎《词源》隐在的诗词之辨是词学史上悬而未决的公案，然而两宋词学中"以诗为词"的讨论，并非要求诗词合体最终失去词体个性，而是从反对破体成诗到辨明诗词体性，取彼之长补己之短，汲取诗体菁华为我所用，使词体从小道末技，到蕴含诗质而词品乃尊。甚至可以说，《词源》诗学取向所导示的以诗为词，从理论上促成了发掘词体雅质的转型。在创作层面，这是把诗教传统特别是江西诗法运用于词体，词体因之能够在特殊历史时期，发扬光大诗歌传统，把小我悲欢提升到家国忠爱的高度。本章论述的法度意识与诗学取向是体用关系。南宋词全方位借鉴诗法，从而完成了词学法度从无到有，遵循法度也实现了从自发到自觉的阶跃，词坛从此有大法可以依据。南宋特别是晚宋创作各类题材词作因能各得其体，提高了晚宋词的整体水准。在这个角度，前引浙西宗主朱彝尊所谓南宋词极工尽变的评判乃为真知灼见。而张炎词学的诗学取向与法度意识，也是《词源》理论创新与建立美学规范的重要前提。

---

①叶梦得撰，宇文绍奕考异，侯忠义点校《石林燕语》，中华书局1984年，第105页。

②龚延明《宋代官制辞典》，中华书局1997年，第14页。《宋史·职官一》："故仕人以登台阁、升禁从为显宦，而不以官之迟速为荣滞；以差遣要剧为贵途，而不以阶、勋、爵邑有无为轻重。时人语曰：'宁登瀛，不为卿；宁抱椠，不为监。'虚名不足以砥砺天下若此。"《宋史》（第12册），第3768页。

第五章　张炎《词源》的理论创新与美学规范

如前引谢章铤、江顺诒、龙榆生等人所述，张炎《词源》是词学理论的集成之作，其理论创新在两宋词学的语境中崭露锋芒，最为出彩之处是前述诗学取向带来的对诗体异质的吸收。主要表现有三点：一是音乐方面扬弃大晟雅乐，变古音为新调。《元史》记载："（宋）所制大晟乐，号为古雅。及乎靖康之变，礼文乐器，扫荡无遗矣。"[①]张炎与当时音乐人以礼乐文献自任，汰弃包括大晟乐谱在内的艳俗因素，既有自觉辨体意识，也能以诗体雅质入词。二是词学范畴的原创性或推陈出新，如"清空""疏快""质实""软媚""古雅峭拔""凝涩晦昧"等词学原创及相关范畴，是对两宋经典词作特质的高度概括，也是在构建词体本质的同时具备了吸收诗体异质的破体因素。对于范畴之间的相互补充，晚宋词学遵从了遗民词人创作情境的历史规定。三是以《乐府指迷》为参照，在制度之法方面的创新，表现出兼容北宋苏轼豪放词与南宋姜夔典雅词的合流倾向，这从本质上实现了江西诗质入词的创作转型。《词源》的美学规范中的高雅典重、瘦硬通神、高华自然也反映出诗学取向的深刻影响。

第一节　张炎词论的理论创新

张炎《词源》的理论创新，从根本上说，是与沈义父《乐府指迷》相比，晚宋词学推尊宗主发生了从专主清真到独尊白石的转变。蔡嵩云指出："《词源》论词，独尊白石。《指迷》论词，专主清真。"[②]晚宋词论推尊宗主的移易，出于张炎对白石音乐文采的欣赏，正如四库馆臣所说："词亦精深华妙，尤善自度新腔，故音节文采，并冠绝一时。"[③]更是对两宋词学理论与创作成果

---

①《元史》（第6册），第1663页。

②蔡嵩云《乐府指迷笺释引言》，沈义父著，蔡嵩云笺释《乐府指迷笺释》，人民文学出版社1963年，第41页。

③《四库全书〈白石道人歌曲〉提要》，《四库全书总目》（下册），第1818页。

的深刻反思。因此，张炎《词源》专主白石的导向符合时代风气转移的要求，而非标新立异。《词旨》曰："夫词亦难言矣，正取近雅，而又不远俗。"[①]胡元仪笺曰："词格卑于诗，以其不远俗也。然雅正为尚，仍诗之支流。不雅正不足言词矣。"[②]雅正是晚宋词学对华夏文化最为坚定的守望，词学理论创新当然不离其宗。前考沈义父约年长张炎四十五岁，主要生活在承绪政和、宣和风流的理宗朝，交游词人为吴梦窗、翁处静、孙花翁等。张炎由宋入元，交游者中周密、陈允平、王沂孙、仇远等都是著名的遗民词人，两相比较，后者创作环境已经发生了翻天覆地的变化，反而与南渡时期帝室播迁有某种相似，但有更为椎心沥血的灭国之痛：不仅北宋"以无谓之词以应歌"[③]之舞榭歌台已经轰然不存，南宋"以无谓之词以应社"[④]的文人雅集，也成为词人凭吊君国的集体仪式。

一 歌谱合乐因时而变

就音乐制度而言，《词源》是"足以考见宋代乐府之制"的词学专论，许增跋曰："叔夏所著《词源》二卷，穷声律之窅妙，启来学之准范，为填词家不可少之书。"[⑤]伍崇曜跋曰："称究律吕之微，穷分寸之要，大晟乐府，遗规可稽，则《白石道人歌曲》、晦叔《碧鸡漫志》而外，惟《词源》一书为之总统。"[⑥]其中姜夔是南宋著名音乐家，朱晞颜《跋周氏埙篪乐府引》："姜白石尧章以音律之学为宋称首，其遗词缀谱，迥出尘俗，真有'一洗万古凡马空'之气。"[⑦]蔡嵩云说："白石词中多自度曲，其《徵招》小序论徵调曲，《凄凉犯》小序论犯声，《湘月》小序论鬲指声，语甚精到。又《醉吟商小品》译自《醉吟商胡渭州》琵琶谱，及《九歌》注律吕于字旁，《琴曲》注指法于字旁，自制曲悉注旁谱，均足为知音之铁证。"[⑧]其词乐属于张氏音乐流派，与《词源》正可形成互证。

---

①《词旨》，《词话丛编》(第1册)，第301页。
②胡元仪《词旨畅旧序》，《词话丛编》(第1册)，第301页。
③《介存斋论词杂著》，第3页。
④同上。
⑤许增《山中白云词跋》，许增校刊《山中白云词》。
⑥伍崇曜《词源跋》，《词话丛编》(第1册)，第271—272页。
⑦朱晞颜《瓢泉吟稿》，《景印文渊阁四库全书》(第1213册)，第424页。
⑧《乐府指迷笺释》，第49页。

《词源》写作缘起是“嗟古音之寥寥，虑雅词之落落”，当时词体音乐衰退之势已如江河趋下不可遏止，张炎作为由宋入元的遗民词人，希望借助礼乐文献，安放曾经存在的盛世记忆；旨在保存不绝如缕的华夏雅乐，济溺异族统治下词体在豪气或俚俗中的沉沦。作为宋朝遗黎，北宋雅音无疑是礼乐形态的故国文献，其中展现的承平气象聊可抚慰亡国哀思，因此，革新之后的南宋词乐，虽然与大晟雅乐稍有背离倾向，但与北宋及之前的“古音”笙磬相应。但《词源》转载的杨氏作词五要，延续了大晟府依月用律的音乐传统：“第二要择律，律不应月则不美：如十一月，调须用正宫；元宵词，必用仙吕宫为宜也。”[①]此时音乐流派对大晟乐的因袭，不仅仅是“律吕之名总八十四，分月律而属之”[②]，而主要是以古音古乐为基础进行了与时俱进的革新。

（一）承平雅乐江河日下

通过李清照《词论》、沈括《梦溪笔谈》、王灼《碧鸡漫志》等可以厘清北宋词乐的演变之迹。李清照《词论》是词学史上首篇词学专论，约写于北宋末年[③]。《词论》严辨诗词体性之异，提出了著名的“别是一家”说，正如孙克强先生所说：“《词论》以诗词之辨为核心论题，强调词体的音乐特性，以区别于诗文，努力避免词体受到外部文体的濡染。”[④]节录《词论》如下：

> 五代干戈，四海瓜分豆剖，斯文道熄。独江南李氏君臣尚文雅，故有“小楼吹彻玉笙寒”“吹皱一池春水”之词。语虽奇甚，所谓“亡国之音哀以思”者也。逮至本朝，礼乐文武大备。又涵养百余年，始有柳屯田永者，变旧声作新声，出《乐章集》，大得声称于世；虽协音律，而词语尘下。又有张子野、宋子京兄弟、沈唐、元绛、晁次膺辈继出，虽时时有妙语，而破碎何足名家！至晏元献、欧阳永叔、苏子瞻，学际天人，作为小歌词，直如酌蠡水于大海，然皆句读不葺之诗尔。又往往不协音律，何

①《词源·附录》引录《杨守斋作词五要》，《词话丛编》（第1册），第268页。

②《词源》，《词话丛编》（第1册），第245页。

③李清照《词论》因没有论及符合作词标准的周邦彦，邓子勉推测《词论》为其父李格非所作。然而，张炎《词源》也未及同时著名词人周密、王沂孙等人创作，或皆泥于“为存者讳”的修史原则。蔡嵩云曾转录周济的疑问：“周介存《论词杂著》云：‘（《山中白云词》）于碧山推许备至。而《词源》论词，独无一语及碧山，亦事之不可解者。’”蔡嵩云《词源疏证》，中国书店1985年，卷下第28页。

④孙克强《试论唐宋词坛词体观的演进——以〈花间集序〉〈词论〉〈乐府指迷〉为中心》，《文学遗产》2017年第2期。

耶？盖诗文分平侧，而歌词分五音，又分五声，又分六律，又分清浊轻重。且如近世所谓《声声慢》《雨中花》《喜迁莺》，既押平声韵，又押入声韵；《玉楼春》本押平声韵，有押去声，又押入声。本押仄声韵，如押上声则协，如押入声，则不可歌矣。①

宋朝前中期，是“礼乐文武大备”的盛世，王灼说：“国初平一宇内，法度礼乐，浸复全盛。”②音乐和婉是承平气象的表征，柳永歌调因之呈现盛世繁华。范镇感叹柳永歌词能够表德承平：“仁宗四十二年太平，镇在翰苑十余载，不能出一语歌咏，乃于耆卿词见之。”③陈振孙评《乐章集》：“音律谐婉，语意妥帖，承平气象，形容曲尽。”④李清照时期的音乐特征，无疑反映出盛世雅乐的原始面貌，但当时词作也有“不可歌”即不能协律者。所谓“句读不葺之诗”，自有音乐渊源，苏轼等词人承其余绪：

唐初歌辞，多是五言诗，或七言诗，初无长短句。自中叶以后，至五代，渐变成长短句。及本朝，则尽为此体。今所存，止《瑞鹧鸪》《小秦王》二阕是七言八句诗，并七言绝句诗而已。《瑞鹧鸪》犹依字易歌，若《小秦王》必须杂以虚声，乃可歌耳。其词云：“碧山影里小红旗。侬是江南踏浪儿。拍手欲嘲山简醉，齐声争唱浪婆词。　西兴渡口帆初落、渔浦山头日未攲。侬送潮回歌底曲，尊前还唱使君诗。”此《瑞鹧鸪》也。“济南春好雪初晴，行到龙山马足轻。使君莫忘霅溪女，时作阳关肠断声。”此《小秦王》也。皆东坡所作。⑤

苏轼《小秦王》词下自注：“入腔即《阳关曲》。”《阳关曲》即古乐《阳关三叠》，所合是不杂虚字而是叠唱的诗体音乐。宋人王十朋按苏轼《见邸家园留题（和孔密州）》曰：

先生诗话：旧传《阳关三叠》，然今世歌者，每句再叠而已。若通一首言之，又是四叠，皆非是。或每句三唱以应三叠之说，则丛然无复节奏。余在密州，有文勋长官者，以事至密。自云得古本《阳关》，其声宛

①李清照撰，王学初校注《〈李清照集〉校注》，人民文学出版社1979年，第194—195页。
②《〈碧鸡漫志〉校正》，第32页。
③《方舆胜览》（上册），第197页。
④《直斋书录解题》，第616页。
⑤《苕溪渔隐丛话·后集》，第323页。

> 转凄断，不类向之所闻。每句皆再唱，而第一句不叠。乃知古本三叠盖如此。及在黄州，偶读乐天《对酒》诗云："相逢且莫推辞醉，听唱阳关第四声。"注云：第四声"劝君更尽一杯酒"。以此验之，若第一句再叠，则此句为第五声。今为第四声，则第一句不叠审矣。诗话虽是黄州后来所作，而文勋长官以事至密所传契勘，先生先知密州，与孔郎中交代，自密徙徐。今在徐州和孔诗，所谓"除却胶西不解歌"，岂正是文长官所传之诗耶？[①]

《词谱》按《瑞鹧鸪》："原本七言律诗，因唐人歌之，遂成词调。"[②]苏轼《瑞鹧鸪》是观潮送波浪女神时所唱"使君诗"。龙榆生先生指出："五、七言诗之变为令词，原为凑合虚声而设，然当时曲调变化至多，依声填词，形式遂异。其间有全用五、七言律诗句法，错综变化以出之者；亦有二字、三字、四字、六字句，音节紧促，与五、七言律、绝迥不相侔者。"[③]从中可见词体由律句古唱法到渐变杂言的轨迹。

徽宗朝大晟府是中央音乐机构，有定词乐于一尊的地位。王灼《碧鸡漫志》："崇宁间建大晟乐府，周美成作提举官，而制撰官又有七。万俟咏雅言，元祐诗赋科老手也，三舍法行，不复进取，放意歌酒，自称'大梁词隐'。每出一章，信宿喧传都下，政和初召试补官，置大晟乐府制撰之职。新广八十四调，患谱弗传，雅言请以盛德大业及祥瑞事迹制词实谱。有旨依月用律，月进一曲，自此新谱稍传。时田为不伐亦供职大乐，众谓乐府得人云。"[④]大晟府对词体音乐的重大贡献，是八十四调谱式流传。八十四调是以五音正变相衍相生、按月律为之的音乐形式。张炎《词源》对此也有记录："十二律吕，各有五音，演而为宫为调。律吕之名总八十四，分月律而属之。今雅俗只行七宫十二调，而角不预焉。"[⑤]《宋史·律历四》亦载："其说以五正、二变配五音，迭相为主，衍之成八十四调。旧以宫、徵、商、羽、角五音，次第配七声，然后加变宫、变徵二声，以足其数，推以旋相生之法，谓五行相戾非是，当改变徵为变羽，易变为闰，随音加之，则十二月各以其律为

---

①《东坡诗集注》，《景印文渊阁四库全书》(1109册)，第559页。

②《钦定词谱》(第2册)，第784页。

③龙榆生《令词之声韵组织》，《龙榆生词学论文集》，第166页。

④《〈碧鸡漫志〉校正》，第41页。

⑤《词源》，《词话丛编》(第1册)，第245页。

宫,而五行相生,终始无穷。"①《词源》还记载了大晟府成员增演慢曲,使引、近、犯等曲式并进一步规范拓展:"迄于崇宁,立大晟府,命周美成诸人讨论古音,审定古调,沦落之后,少得存者,由此八十四调之声稍传。而美成诸人又复增演慢曲、引、近,或移宫换羽,为三犯、四犯之曲,按月律为之,其曲遂繁。"(已见前引)

南渡后,虽经靖康之难,大晟旧谱仍在西楼南瓦广泛传播,坊间翘楚仍能歌吹周邦彦越调三犯慢曲《兰陵王》。毛幵《樵隐笔录》云:"绍兴初,都下盛行周清真'咏柳'《兰陵王慢》,西楼南瓦皆歌之,谓之《渭城三叠》。以周词凡三换头,至末段声尤激越,惟教坊老笛师能倚之以节歌者。"②王灼以周邦彦、贺方回诸曲为深劲奇崛:"柳何敢知世间有《离骚》,惟贺方回、周美成时时得之。贺《六州歌头》《望湘人》《吴音子》诸曲,周《大酺》《兰陵王》诸曲最奇崛。或谓深劲乏韵,此遭柳氏野狐涎吐不出者也。"③据毛幵、强焕、吴文英、张炎等人记载,南宋乃至入元后,西楼南瓦、溧水县官妓、吴江小妓、杭妓沈梅娇等皆能歌清真词(王沂孙《醉落魄》:"小窗银烛。轻鬟半拥钗横玉。数声春调清真曲。"表明其家妓能翻唱周词),甚至张炎也能自歌其词,其《桂枝香》题序曰:"主人欢甚,余歌美成词。"然而,大晟雅音虽然激越美听,但绍续者寥寥。南宋赓和者如方千里、杨泽民之辈,已非音乐人之"依谱",而是填词者之"依句",即遵奉"音之平仄"乃至"仄字中上去入三音"④。至南宋后期大晟雅乐渐少赏音,张炎考述周美成《解语花·赋元夕》能中词家调度之律,欣赏其音"抑扬高下,声字相宜"(《意难忘》题序),已自许为当时指不多屈的赏音者。

与此同时,南宋中后期的词乐不可遏止地走向衰退是乐坛主流。仇远序张炎词集,其实就是以张炎词为准的、针砭时弊:

世谓词者诗之余,然词尤难于诗,词失腔犹诗落韵。诗不过四五七

①《宋史》(第5册),第1612页。

②冯金伯《词苑萃编》引毛幵《樵隐笔录》,《词话丛编》(第3册),第2270页。

③《〈碧鸡漫志〉校正》,第36—37页。另张春义《"大晟曲谱"南宋流传考》:"行于南宋的'大晟曲谱'尚然繁多,如《兰陵王慢》,大晟'九重故谱',绍兴初'西楼南瓦皆歌之';又《撷芳词》,政和间老妓传自禁中,绍兴年间'蜀中传此词竞唱之';又《春从天上来》,为徽宗朝'遗谱';又《月上海棠》,'徽庙所创调',大定二十二年间尚可歌(段克己《月上海棠》词序);又《荔枝香》,政和间访自南岳祠宫,南宋时尚有曲谱流传。"《文学遗产》,2008年第2期。

④《四库全书〈和清真词〉提要》,《四库全书总目》(下册),第1811页。

言而止，词乃有四声、五音、均拍、重轻、清浊之别，若言顺律舛，律协言谬，俱非本色。或一字未合，一句皆废；一句未妥，一阕皆不光采，信戛戛乎其难！又怪陋邦腐儒，穷乡村叟，每以词为易事，酒边兴豪，即引纸挥笔，动以东坡、稼轩、龙洲自况，极其至四字《沁园春》，五字《水调》，七字《鹧鸪天》《步蟾宫》，拊几击缶，同声附和，如梵呗，如《步虚》，不知宫调为何物。令老伶俊娼面称好而背窃笑，是岂足与言词哉！①

词乐状况俨然已经退回到宋朝礼乐大备之前各行其是的音乐乱象，俚俗性却有过之而无不及，更有甚者，晚宋的某些词调有从杂言参差回到整齐划一的押韵"诗句"，乃至有散曲化趋势。仇远所举四个词调各以四字、五字、七字为主，如北宋黄庭坚《沁园春》已被录入曲谱，晚宋时，此调或为兴豪，或为俚俗。如刘辰翁之子刘将孙两首《沁园春》，题序曰："近见旧词，有隐括前后《赤壁赋》者，殊不佳。长日无所用心，漫填《沁园春》二阕，不能如公《哨遍》之变化，又局于韵字，不能效公用陶诗之精整，姑就本语，捃拾排比，粗以自遣云。"录其一见其豪：

壬戌之秋，七夕既望（望，效公予怀望，平读）。苏子泛舟。正赤壁风清，举杯属客，东山月上，遗世乘流。桂棹叩舷，洞箫倚和，何事呜呜怨泣幽。悄危坐，抚苍苍东望，渺渺荆州。　　客云天地蜉蝣。记千里舳舻旗帜浮。叹孟德周郎，英雄安在，武昌夏口，山水相缪。客亦知夫，盈虚如彼，山月江风有尽不。喜更酌，任东方既白，与子遨游。

另如陈彦章妻《沁园春》，略见其俗：

记得爷爷，说与奴奴，陈郎俊哉。笑世人无眼，老夫得法，官人易聘，国士难媒。印信乘龙，夤缘叶凤，选似扬鞭选得来。果然是，西雍人物，京样官坯。　　送郎上马三杯。莫把离愁恼别怀。那孤灯只砚，郎君珍重，离愁别恨，奴自推排。白发夫妻，青衫事业，两句微吟当折梅。彦章去，早归则个，免待相催。

这就是张炎论及的"古音寥寥""雅词落落"——即当时词坛承平雅乐每况愈下的状况。

---

①仇远《山中白云词序》，曹炳曾等校刊《山中白云词》。

（二）校乐订谱时变新调

大晟府乐的沦落实际上与南宋两个音乐流派的兴起有很大关系：前有张炎曾祖张镃录得行在谱子并加以整理，后有音乐家杨缵祖述汉魏而制紫霞琴谱（紫霞洞谱）[①]。这是基于大晟府音乐与北宋灭亡相先后，隐然有亡国之音的嫌忌，因而欲复汉魏中原古音，重建盛世新调。所以，在南渡之后，校订旧乐旧谱成为一时风气。南宋艺术家们希望借助古乐校音订谱，做出了因革大晟音乐的努力，试图实现再创盛世新调的音乐梦想。沈义父对南宋中晚期的音乐流派已经有所论及："姜白石清劲知音"[②]"施梅川音律有源流，故其声无舛误"[③]。此二人中，姜夔属张镃门派，施岳则在杨缵派中。张镃门客陆游、杨万里、姜夔、孙惟信等都兼有词人身份，传于都下的醉中唱酬乐府词，与行在谱子音乐系统多有瓜葛（已见前引）。而以门客姜夔，裔胄张枢、张炎最受沾溉。杨缵祖述汉魏而制琴谱，张炎记录与杨缵交游唱和的周草窗、施梅川、徐雪江、奚秋崖、李商隐"每一聚首，必分题赋曲"。张枢与杨派所进行的音乐商榷，也见于张炎记载："昔在先人侍侧，闻杨守斋、毛敏仲、徐南溪诸公商榷音律。"周密《瑞鹤仙》题序也记载两派皆为赏音之同道："寄闲结吟台出花柳半空间，远迎双塔，下瞰六桥，标之曰：'湖山绘幅'。霞翁领客落成之。初筵，翁俾余赋词，主宾皆赏音。酒方行，寄闲出家姬侑尊，所歌则余所赋也。调闲婉而辞甚习，若素能之者。"

先看张镃一派，张氏及门客在音乐方面的创新是因革行在所录谱子，据前引朱熹记载，此派保留了"章首一字是某调，章尾只以某调终之"的唱法。论者据此以为张镃所录"行在本子"，乃是遵循起调毕曲的宋代宫廷雅乐的乐谱。蔡元定《律吕新书》下卷《律吕证辨》解释"起调毕曲"为正声纲领：

> 宫与商、商与角、徵与羽，相去皆一律。角与徵、羽与宫，相去独二律。一律则近而和，二律则远而不相及。故宫、羽之间有变宫，角、徵之间有变徵，此亦出于自然。《左氏》所谓七音，《汉前志》所谓七始是也。

---

①紫霞琴谱又称紫霞洞谱，与箫笛等应有关联。周密《齐东野语》（卷十）："翁一日自品象管，作数声，真有驻云落木之意，要非人间曲也。"《齐东野语》，第187页。

②《乐府指迷》，《词话丛编》（第1册），第278页。

③同上。

然五声者，正声。故以起调毕曲为诸声之纲，至二变声，则宫不成宫，徵不成徵，不比于正音，但可以济五声之所不及而已。[①]

张春义先生认为张家校谱与杨氏校谱同样因为行在谱子与大晟乐大有渊源："与此相似，临安张家的'校谱'工作也往往'不著本始'，如张镃'在行在录得谱子'，并不明言其渊源所自，倒是张氏门客姜夔在制《徵招》《角招》二曲时，才隐约表明为'大晟府旧腔'；又张镃之孙张枢有'《寄闲集》，旁缀音谱，刊行于世'（《词源》卷下），其中多有'大晟遗音。'"[②] 实际上，这种理解可能有偏差，因为大晟府乐与亡国时间相先后，二家隐瞒不述、别为调曲。张派音乐渊源与大晟乐并不相同，姜夔《徵招》题序更有显而易见的批判：

徵招、角招者，政和间，大晟府尝制数十曲，音节驳矣。予尝考唐田畸《声律要诀》云：徵与二变之调，咸非流美，故自古少徵调曲也。徵为去母调，如黄钟之徵，以黄钟为母，不用黄钟乃谐。故隋唐旧谱，不用母声，琴家无媒调、商调之类，皆徵也，亦皆具母弦而不用。其说详于予所作琴书。然黄钟以林钟为徵，住声于林钟。若不用黄钟声，便自成林钟宫矣。故大晟府徵调兼母声，一句似黄钟均，一句似林钟均，所以当时有落韵之语。予尝使人吹而听之，寄君声于臣民事物之中，清者高而亢，浊者下而遗，万宝常所谓"宫离而不附"者是已。因再三推寻唐谱并琴弦法，而得其意。黄钟徵虽不用母声，亦不可多用变徵蕤宾、变宫应钟声。若不用黄钟而用蕤宾、应钟，即是林钟宫矣。余十一均徵调仿此。其法可谓善矣。然无清声，只可施之琴瑟，难入燕乐。故燕乐阙徵调，不必补可也。此一曲乃予昔所制，因旧曲正宫《齐天乐慢》前两拍是徵调，故足成之。虽兼用母声，较大晟曲为无病矣。此曲依《晋史》名曰黄钟下徵调、角招曰黄钟清角调。

黄钟宫，俗名正宫，此调前两拍是黄钟徵，足成以徵调。所据正是"行在谱子"起调毕曲音调相同的宋代宫廷雅乐，用以校订大晟乐求徵声不得，作成声调杂驳的落韵走腔曲调。

---

①蔡元定撰，吕畅校点《〈律吕新书〉校点》，中央编译出版社2017年，第57页。

②张春义《"大晟曲谱"南宋流传考》，《文学遗产》，2008年第2期。

前引朱熹例举张镃行在谱中"葛覃'葛'字合作黄钟调,结尾亦着作黄钟声应之"。姜夔琴曲《凄凉犯》(仙吕调犯商调)也是如此,其题序曰:

> 琴有凄凉调,假以为名。凡曲言犯者,谓以宫犯商、商犯宫之类。如道调宫上字住,双调亦上字住。所住字同,故道调曲中犯双调,或于双调曲中犯道调,其他准此。唐人乐书云:犯有正、旁、偏、侧。宫犯宫为正,宫犯商为旁,宫犯角为偏,宫犯羽为侧。此说非也。十二宫所住字各不同,不容相犯,十二宫特可犯商、角、羽耳。予归行都,以此曲示国工田正德,使以哑觱栗吹之,其韵极美,亦曰《瑞鹤仙影》。

张炎《词源》亦曰:"以宫犯宫为正犯,以宫犯商为侧犯,以宫犯羽为偏犯,以宫犯角为旁犯,以角犯宫为归宫,周而复始。"[①]并引姜夔《凄凉犯》题序为证。上引姜夔两条题序蕴含了丰富的音乐信息。前引万宝常所谓"宫离而不附",指犯曲从政治伦理上说是以臣下犯君上。《新唐书·三宗诸子传》(卷八十一):"又凉州献新曲,帝御便坐,召诸王观之。(李)宪曰:'曲虽佳,然宫离而不属,商乱而暴,君卑逼下,臣僭犯上,发于忽微,形于音声,播之咏歌,见于人事,臣恐一日有播迁之祸。'"[②]再看所谓"落韵",赵彦卫《云麓漫钞》:"宣和间,作乐求徵声不得,尝创为燕乐,曰《黄河清曲》,其声杂,故当时有落韵诗之诮。"[③]通过《词源》"结声正讹"条对"落腔"或"走腔",知其也关乎"起调毕曲",否则即"走腔"而入元代"诸宫调":

> 商调是"凡"字结声,用折而下。若声直而高,不折或成"六"字,即犯越调。
>
> 仙吕宫是下"工"字结声,用平直而微高。若微折而下,则成下"凡"字,即犯黄钟宫。
>
> 正平调是"四"字结声,用平直而去。若微折而下,则成"上"字,即犯仙吕调。
>
> 道宫是"上"字结声,要平下。若太下而折,则带尺一双声,即犯中吕宫。

---

①《词源》,《词话丛编》(第1册),第252—253页。

②《新唐书》(第12册),第3599页。

③赵彦卫《云麓漫钞》,古典文学出版社1957年,第173页。

高宫是“五”字结声，要清高。若平下，则成“四”字，犯大石。微高则成六字，犯正宫。

南吕宫是“五”字结声，用平而去。若折而下，则成“一”字，即犯高平调。

右数宫调，腔韵相近，若结声转入别宫调，谓之走腔。若高下不拘，乃是诸宫别调矣。①

陈元靓《事林广记》（卷之八）“宫调结声正讹”条亦曰：“右数宫调，腔韵相似，极易讹入别调。若结声不分，即谓之‘走腔’。驱驾高下不匀，即谓之‘诸宫调’。故分别用声清浊、高下、折与不折以辨之，歌者当审，结声扭转，取令归本宫调也。”②张炎谓归于本调的煞衮结声极为美听：“煞衮则三字一拍，盖其曲将终也。至曲尾数句，使声字悠扬，有不忍绝响之意，似余音绕梁为佳。”③

姜夔论音乐的《大乐议》也对大晟乐提出质疑：“绍兴大乐，多用大晟所造，有编钟、镈钟、景钟，有特磬、玉磬、编磬，三钟三磬未必相应。埙有大小，箫、篪、篴有长短，笙、竽之簧有厚薄，未必能合度。琴、瑟弦有缓急燥湿，轸有旋复，柱有进退，未必能合调。……乐曲知以七律为一调，而未知度曲之义；知以一律配一字，而未知永言之旨。黄钟奏而声或林钟，林钟奏而声或太簇。七音之协四声，各有自然之理。今以平、入配重浊，以上、去配轻清，奏之多不谐协。”④在词乐实践中，姜夔仄声《满江红》也是修正周邦彦平声同调词而成。所创制犯曲，与周邦彦三犯四犯乃至六犯也不相同。如《玲珑四犯·越中岁暮闻箫鼓感怀》序曰：“此曲双调，世别有大石调一曲。”指的就是周邦彦大石调《玲珑四犯》（秾李夭桃）。

《四库全书〈白石道人歌曲〉提要》认为姜夔词记谱方式是孤证行世：“其《九歌》皆注律吕于字旁，琴曲亦注指法于字旁，皆尚可解。惟自制曲一卷及二卷《鬲溪梅令》《杏花天影》《醉吟商小品》《玉梅令》，三卷之《霓裳中序第一》，皆记拍于字旁。宋代曲谱今不可见，亦无人能歌，莫辨其节奏安

①张炎《词源·结声正讹》原文见《词话丛编》（第1册），第253页。此处采用梁启勋据“管色应指字谱”将音谱符号译成的工尺释文。梁启勋《词学》，上编第60页。

②陈元靓《事林广记》，中华书局1999年，第393页。

③《词源》，《词话丛编》（第1册），第257页。

④《宋史》（第10册），第3050页。

在。然歌词之法,仅仅留此一线。”[①]其实白石记谱方式与张炎父子机杼相同,也略可旁证姜夔与行在谱子的渊源关系。如前引阮元谓《词源》上卷“间系以图,与姜白石歌词《九歌》《琴曲》所记用字纪声之法大略相同”。周扬波则认为张枢《寄闲集》词旁缀注音谱“与姜夔的《白石道人歌曲》一致,可能是格律词派较为通用的记录方式”[②]。另外,郑思肖评张炎追扳姜尧章诸家音乐“互相鼓吹春声于繁华世界,飘飘征情,节节弄拍,嘲明月以谑乐,卖落花而陪笑。能令后三十年西湖锦绣山水,犹生清响,不容半点新愁飞到游人眉睫之上,自生一种欢喜痛快。岂无柔劣少年,于万花丛中,唤取新莺稚蝶,群然飞舞下来,为之赏听”[③]。四库馆臣评张炎“至其研究声律,尤得神解。以之接武姜夔,居然后劲。宋元之间,亦可谓江东独秀矣”[④]。略微可见姜、张同属行在谱子的音乐流派。

再看杨氏门派。南渡之后,一方面,大晟府音乐被视为徽宗朝宣政风流的盛世雅乐,另一方面,也被看作是与亡国相先后的不祥之音,甚至由大晟乐府证定的宫廷秘阁谱,由阁谱加详的江西谱也被视为亡国之音。杨缵等校定汉魏时乐谱而成紫霞琴谱,结束了词乐的阁谱、江西谱时代,然而,杨派因有意未著本始,而被误认为无所祖述,元朝袁桷、明初宋濂、王祎都有相关议论:

> 往六十年,钱塘杨司农以雅琴名于时。有客三衢毛敏仲、严陵徐天民在门下,朝夕损益琴理,删润别为一谱,以其所居曰紫霞名焉。自渡江来,谱之可考者,曰“阁谱”,曰“江西谱”。“阁谱”由宋太宗时渐废,至皇祐间复入秘阁。……方“阁谱”行时,别谱存于世良多。至大晟乐府证定,益以“阁谱”为贵,别谱复不得入,其学浸绝。绍兴时,非入“阁本”者不得待诏。私相传习,媚熟整雅,非有亡蹙偾遽之意,而兢兢然国小而弱。百余年间,盖可见矣。曰“江西”者,由“阁”而加详焉。其声繁以杀,其按抑也,皆别为义例。秋风巫峡之悲壮,兰皋洛浦之靓好,将和而愈怨,欲正而愈反。故凡骚人介士,皆喜而争慕之,谓不若是,不足以名

①《四库全书总目》(下册),第1819页。

②周扬波《南宋格律词派和浙派古琴的渊源:以杨缵吟社为中心的考察》,《文学遗产》2008年第2期。

③郑思肖《张玉田白云词叙》,《郑思肖集》,第295页。

④《四库全书〈山中白云词〉提要》,《四库全书总目》(下册),第1822页。

琴也。方杨氏谱行时,二谱渐废不用。或谓其声与国亡相先后,又谓杨氏无所祖,尤不当习。噫!杨司农匿前人以自彰,故所得谱皆不著本始,其为今世所议无可言。……郭茂倩记古乐府琴辞,亦莫盛于清商。杜佑氏叙论雅乐,谓楚汉旧声犹传于琴家,蔡氏五弄,楚调四弄,至唐犹存。则今所谓五弄,非杨氏私制明甚,议者悉去之,不可也。①

宋季言琴学者,多宗大理少卿杨公缵。缵,淳祐中人,最知琴,一闻琴声,即能别其今古。每恨嵇康遗音久废,与其客毛敏仲、徐天民力求索之,历十余年,始得于吴中何仲章家。缵因共定调、意、操,凡四百六十有八,为《紫霞洞谱》一十三卷。②

又如《紫霞琴谱》,虽时变新调,而古意终在,有得乎汉、魏之音为多,是可谓情辞俱至,足以自名其家者也。③

杨氏琴谱与词曲的关系见于张炎《词源》:"近代杨守斋精于琴,故深知音律,有《圈法周美成词》。与之游者周草窗,施梅川,徐雪江,奚秋崖,李商隐,每一聚首,必分题赋曲,但守斋持律甚严,一字不苟作,遂有《作词五要》。"(已见前引)另外,周密自叙及友人题跋其词卷,也可以证明此说。《齐东野语》(卷十八):"坐紫霞楼,调手制闲素琴,第(一作新)制《琼林》《玉树》二曲,供客以玻璃瓶洛花,饮客以玉缸春酒(翁家酿名),笑语竟夕不休,犹昨日事,而人琴俱亡,冢土之木已拱矣。"④周密《倚风娇近·填霞翁谱赋大花忆旧游》(大花,即牡丹,或称洛花),即以杨氏谱实词。王易简《庆春宫·谢草窗惠词卷》:"紫霞洞窅云深,袅袅余音,凤箫谁续。"王沂孙《踏莎行·题草窗词卷》:"白石飞仙,紫霞凄调,断歌人听知音少。"李彭老《浣溪沙·题草窗词》:"彩扇旧题烟雨外,玉箫新谱燕莺中。"李莱老《青玉案·题草窗词卷》:"渔烟鸥雨,燕昏莺晓,总入韶华谱。"都涉及周密词与霞翁乐谱的关系。

杨氏琴谱追求汉魏雅音。《齐东野语》(卷十八):"翁知音妙天下,而琴尤精诣,自制曲数百解,皆平淡清越,灏然太古之遗音也。复考正古曲百余,而异时官谱诸曲,多黜削无余。曰:'此皆繁声,所谓郑卫之音也。'余不

①袁桷《琴述赠黄依然》,《清容居士集》,第756—757页。
②宋濂《跋郑生琴谱后》,宋濂《宋濂全集》(第1册),浙江古籍出版社2014年,第223页。
③王袆《盛修龄诗集序》,王袆《王忠文公集》(第2册),中华书局1985年,第100页。
④《齐东野语》,第339页。

善此，颇疑其言为太过。后读《东汉书》，宋弘荐桓谭，光武令鼓琴，爱其繁声。弘曰：‘荐谭者，望其能忠正导主，而令朝廷耽悦郑声，臣之罪也。’是盖以繁声为郑声矣。”[①]

通过以上对南宋中晚期两个音乐流派的梳理，可以看出两点：一是张镃、杨缵及门客校订与时俱进的新调，迎来了晚宋词乐的再度繁荣，大晟词乐已然丧失了引领风气的典范意义。姜夔《大乐议》公然批评大晟乐不合调度、演奏不协，张炎也指摘周词“而于音谱，且间有未谐，可见其难矣。作词者多效其体制，失之软媚而无所取”[②]。由此或可断定，杨守斋所作《圈法周美成词》并非如论者所说，是大晟词乐对南宋词坛的共时性影响，而是对周词唱法的重新审定。正如郑文焯《清真词校后录要》所说：“玉田《词源》言‘杨守斋有《圈法美成词》’，盖取其词中字句融入声谱，一一点定，如《白石歌曲》之旁谱，特于其拍顿加一墨围，故云‘圈法’耳。”[③]。二是姜夔词乐，渊源有自，极为专业。南宋词人除张炎等极少数词人外难入彀中。杨氏谱情形相似。如被杨缵肯定为“协比律吕”[④]的周密词，也有“语丽矣，如律未协何”（《木兰花慢》题序）之叹，亲自“为翻谱数字”（《采绿吟》题序）。

（三）音乐实践示范时调

南宋张氏、杨氏两大音乐流派修正古乐，创造了与周密赞述的“声名文物之盛”——与元祐、政和、宣和风流相匹配的音乐繁盛局面，虽与大晟音谱异趋，但都力求保存正统华夏和畅雅音。结合当时相关音乐资料，可知《词源》对两派的时调新唱皆略有记载，分述如下。

就张氏门派而言，前引周密所载张镃牡丹会上“首带照殿红一枝，执板奏歌侑觞，歌罢乐作乃退。……所讴者皆前辈牡丹名词”，应是以行在谱子为基础改造而成的新调为前辈牡丹名词所谱之曲。据《词源·音谱》记载，张枢晓畅音律、旁缀音谱，应属家传音乐谱系：

> 先人晓畅音律，有《寄闲集》，旁缀音谱，刊行于世。每作一词，必使歌者按之，稍有不协，随即改正。曾赋《瑞鹤仙》一词云：“卷帘人睡起。

①《齐东野语》，第339页。

②《词源》，《词话丛编》（第1册），第255页。

③郑文焯《大鹤山人词话续编·附录四·序跋》，《词话丛编补编》（第5册），第3244页。

④王槱《蘋洲渔笛谱跋》，周密撰，史克振校注《草窗词校注》，齐鲁书社1993年，第234页。

放燕子归来，商量春事。芳菲又无几。减风光都在，卖花声里。吟边眼底。被嫩绿、移红换紫。甚等闲、半委东风，半委小桥流水。　还是苔痕湔雨，竹影留云，做晴犹未。繁华迤逦。西湖上、多少歌吹。粉蝶儿、扑定花心不去，闲了寻香两翅。那知人一点新愁，寸心万里。”此词按之歌谱，声字皆协，惟“扑”字稍不协，遂改为“守”字，乃协。始知雅词协音，虽一字亦不放过，信乎协音之不易也。又作《惜花春起早》云“锁窗深”，“深”字音不协，改为“幽”字，又不协，改为“明”字，歌之始协。此三字皆平声，胡为如是？盖五音有唇齿喉舌鼻，所以有轻清重浊之分，故平声字可为上入者此也。听者不知宛转迁就之声，以为合律，不详一定不易之谱，则曰失律。矧歌者岂特忘其律，抑且忘其声字矣。述词之人，若只依旧本之不可歌者，一字填一字，而不知以讹传讹，徒费思索。当以可歌者为工，虽有小疵，亦庶几耳。①

此《寄闲集》应该就是前引周密称赞的音韵谐美之“《依声集》百阕”。其中五音与轻清重浊的关系，见于沈括《梦溪笔谈》（卷十五）：“至于所分五音，法亦不一。如乐家所用，则随律命之，本无定音，常以浊者为宫，稍清为商，最清为角，清浊不常为徵、羽。切韵家则定以唇、齿、牙、舌、喉为宫、商、角、徵、羽。”②陈能群《词源笺释·音谱》有更进一步的辨析：

寄闲《瑞鹤仙》词馨逸可诵，“粉蝶儿、扑定花心不去”句，“扑”是入声，改“守”字乃为上声，故用入与用上不同。至《惜花春起早》之作“琐窗深”一句，“深”改为“幽”依然不协，因“深”与“幽”皆阴平声，惟改“明”字乃为阳平声，故用阴平与用阳平不同。黄九烟论曲有言，“三仄应须分上去，两平还要辨阴阳”，此理此法由来久矣。阴平如“深”字，入十二侵韵，系闭口，“收”“幽”字入十一尤韵，系敛唇，“收”其声较清。阳平如“明”字入八庚韵，系穿鼻，“收”则声浊矣。若夫唇齿喉鼻舌，五音亦有宫商之分配。唇，羽音也，宜属阴平声，字其（音）阴清；齿，徵音也，宜属阳平声，字其音次清；喉，宫音也，宜属去声，字其音浊；鼻，商音也，宜属入声，字其音次浊；舌，角音也，宜属上声，字其音半清半浊。如以入声字作为平声

①《词源》，《词话丛编》（第1册），第256—257页。

②《〈梦溪笔谈〉校证》（上册），第506页。

则音浊,俱属阴平(见《中原音韵》)。上声字作为平声则音清,当可不拘平声之阴阳,抑且上声字本无阴阳,与平去入不同。宋词如姜白石《暗香》调"旧时月色"句,"月"字以入作平,此类甚多。若上声字,则与平声字相连,故以上作平,亦能适合。李笠翁论曲中拗句曰:上声字去平声未远。古人造字审音,使居平仄之介,明明是一过文,由平至仄,从此始也。譬之四方乡音,随地各别,吴有吴音,越有越语,相去不啻河汉。而一到接壤之处,则吴越之音相半,吴人听之觉其同,越人听之亦不觉异。九洲八极,无一不然,此即声音之过文,犹上声介乎平去入之间也,词家当明是理。凡遇一句之中,当连用数仄者须以上声字间之,则似可以上代平,拗而不觉其拗矣。旨哉斯言,深得制曲三昧。但词与曲异,非经古人有以上代平者,亦不便轻于移易。万红友曰:三声之中,上入二者可以作平,去则独异。又曰:以入以上作平处,不可用去声字,其选万俟雅言《翠华引》一首如"向晚骤宝马雕鞍,醉襟惹乱花飞絮"二句,"晚"字、"宝"字、"惹"字皆上声,均注作平,此以上作平,在读者细心体认耳。①

张炎"平声字可为上入"是对《乐府指迷》仄声(侧声)中去声需要特别区分(入声代去也有拗折之患)的补充。沈义父指出:

腔律岂必人人皆能按箫填谱,但看句中用去声字最为紧要。然后更将古知音人曲,一腔三两只参订,如都用去声,亦必用去声。其次如平声,却用得入声字替。上声字最不可用去声字替。不可以上去入尽道是侧声便用得,更须调停参订用之。古曲亦有拗音,盖被句法中字面所拘牵,今歌者亦以为碍。如《尾犯》之用"金玉珠珍博","金"字当用去声字。如《绛都春》之用"游人月下归来","游"字合用去声字之类是也。②

"金""游"是入声字代替了去声字,虽然都是"侧声",但歌唱时还是会受到拘碍。

姜夔是张氏门派的重要词人,通过词序,知其对词乐垂范主要表现在以下几个方面:一能按谱填词,如《玉梅令》(高平调):"石湖家自制此声,未

---

①陈能群《词源笺释》,第48—49页。

②《乐府指迷》,《词话丛编》(第1册),第280—281页。

有语实之，命予作。”二能自度曲。《白石道人歌曲》卷四有十三首词，皆题“自制曲”。如《暗香》《疏影》（仙吕宫）“使工妓隶习之，音节谐婉”。《长亭怨慢》（中吕宫）：“初率意为长短句，然后协以律，故前后阕多不同。”《惜红衣》：“自度此曲，以无射宫歌之。”《角招》（黄钟角）：“予每自度曲，吟洞箫，商卿辄歌而和之，极有山林缥缈之思。”三能创作繁复曲调如鬲指过腔，《湘月》：“予度此曲，即《念奴娇》之鬲指声也，于双调中吹之。鬲指亦谓之过腔，见晁无咎集。凡能吹竹者，便能过腔也（晁无咎词集中有《消息·同前自过腔即越调永遇乐·端午》）。”四能还原古音，《醉吟商小品》：“石湖老人谓予云：琵琶有四曲，今不传矣：曰《濩索（一曰濩弦）梁州》《转关绿腰》《醉吟商湖渭州》《历弦薄媚》也。予每念之。辛亥之夏，予谒杨廷秀丈于金陵邸中，遇琵琶工，解作《醉吟商湖渭州》，因求得品弦法，译成此谱，实双声耳。”《霓裳中序第一》：“丙午岁，留长沙，登祝融，因得其祠神之曲曰黄帝盐、苏合香。又于乐工故书中得商调霓裳曲十八阕，皆虚谱无辞。按沈氏乐律，霓裳道调，此乃商调。乐天诗云：‘散序六阕’，此特两阕，未知孰是。然音节闲雅，不类今曲。予不暇尽作，作《中序》一阕传于世。” 五是改变大晟乐的押韵平仄。如《满江红》序：“旧调用仄韵，多不协律。如末句云‘无心扑’三字，歌者将‘心’字融入去声，方谐音律。……予因祝曰：得一席风径至居巢，当以平韵《满江红》为迎送神曲。言讫，风与笔俱驶，顷刻而成。末句云‘闻佩环’，则协律矣。”周邦彦押仄韵《满江红》前后结句“寻棋局”“无心扑”，白石则为“闻佩环”“帘影间”，“佩”“影”本为仄声。之后，张炎作此调也用平韵以协声律（详后说）。

就杨氏门派而言，张炎《词源》转录了杨缵作词五要，仅录与音谱相关条目如下：

> 第一要择腔，腔不韵则勿作：如《塞翁吟》之衰飒，《帝台春》之不顺，《隔浦莲》之寄煞，《斗百花》之无味是也。
>
> 第二要择律，律不应月则不美：如十一月调须用正宫，元宵词必用仙吕宫为宜也。
>
> 第三要填词按谱，自古作词，能依句者已少，依谱用字者百无一二，词若歌韵不协，奚取焉！或谓善歌者融化其字则无疵，殊不知详制转折，用或不当则失律，正旁偏侧，凌犯他宫，非复本调矣。

第四要随律押韵，如越调《水龙吟》，商调《二郎神》，皆合用平入声韵，古词俱押去声，所以转折怪异，成不祥之音，昧律者反称赏之，是真可解颐而启齿也。①

陈能群笺曰：

梦窗有《塞翁吟》一首词云（词略），李景元有《帝台春》一首词云（词略），美成有《隔浦莲》一首词云（词略）；此数调惟《隔浦莲》作者尚多，其余因当时不以为佳亦不数见。

十一月律中黄钟宫，故用正宫。元宵以暮夜得申之气，故用仙吕宫。周德清言：正宫惆怅雄壮，仙吕宫清新绵远。此虽论曲词，可类推词调，如《端正好》《醉太平》《菩萨蛮》《破阵子》《醉垂鞭》《齐天乐》《瑞鹤仙》《喜迁莺》等皆属正宫。如《点绛唇》《八声甘州》《蝶恋花》《忆王孙》《忆帝京》《六么令》《太常引》《桂枝香》《暗香》《疏影》《声声慢》《卜算子》《好事近》《鹊桥仙》《唐多令》《鹧鸪天》《梅子黄时雨》等皆属仙吕宫。

古无不可歌之词曲，而有不入调之腔韵，矫其弊者，惟有按谱填词，不苟且自便而已。

《水龙吟》如少游、白石、东坡、稼轩、放翁、赵仙源诸作俱押上去声，《二郎神》如徐干臣、杨补之、耆卿、梦窗、草窗、斗南、碧山、叔夏诸作亦俱押上去声，唯吕圣求《二郎神》一首有押入声者。②

蔡嵩云解释越调《水龙吟》，商调《二郎神》，宜押平入，忌押去声，所据为段安节《乐府杂录》五音二十八调：“《水龙吟》越调，即无射商，《二郎神》商调，即夷则商。据《乐府杂录》，入声商七调用之，平声则商、角同用者也，故云合用平、入声韵。若去声韵，则宫七调用之，只当叶宫声之调，非商声之调所宜矣。”③据陈、蔡二家笺释，知杨派严苛有过于张派。这样就能理解张炎所谓“守斋持律甚严，一字不苟作，遂有《作词五要》，观此，则词欲协音，未易言也”④。

《词源》所载与沈括《梦溪笔谈》、王灼《碧鸡漫志》所记北宋之前乃至远

①《词源·附录》引录《杨守斋作词五要》，《词话丛编》（第1册），第267—268页。
②陈能群《词源笺释》，第85—87页。
③《词源疏证》，卷下第73页。
④《词源》，《词话丛编》（第1册），第267页。

古歌曲唱法正复相同："凡曲，止是一声清浊高下如萦缕耳，字则有喉、唇、齿、舌等音不同。当使字字举本皆轻圆，悉融入声中，令转换处无磊块，此谓'声中无字'，古人谓之'如贯珠'，今谓之'善过度'是也。如宫声字，而曲合用商声，则能转宫为商歌之，此'字中有声'也。善歌者谓之'内里声'。不善歌者，声无抑扬，谓之'念曲'；声无含韫，谓之'叫曲'。"① "（师乙）又曰：歌者上如抗，下如坠。曲如折，止如槁木，倨中矩，勾中钩，累累乎端如贯珠。"②张炎《词源·讴曲旨要》歌诀是总结唱法大成，兼及慢词唱法：

> 歌曲令曲四掯匀，破近六均慢八均。官拍艳拍分轻重，七敲八掯靸中清。大顿声长小顿促，小顿才断大顿续。大顿小住当韵住，丁住无牵逢合六。慢近曲子顿不叠，歌飒连珠叠顿声。反掣用时须急过，折拽悠悠带汉音。顿前顿后有敲掯，声拖字拽疾为胜。抗声特起直须高，抗与小顿皆一掯。腔平字侧莫参商，先须道字后还腔。字少声多难过去，助以余音始绕梁。忙中取气急不乱，停声待拍慢不断。好处大取气流连，拗则少入气转换。哩字引浊啰字清，住乃哩啰顿唛喻。大头花拍居第五，叠头艳拍在前存。举本轻圆无磊块，清浊高下萦缕比。若无含韵强抑扬，即为叫曲念曲矣。③
>
> 惟慢曲引近则不同。名曰小唱，须得声字清圆，以哑筚篥合之，其音甚正，箫则弗及也。慢曲不过百余字，中间抑扬高下，丁、抗、掣、拽，有大顿、小顿、大住、小住、打、掯等字。真所谓"上如抗，下如坠，曲如折，止如槁木，倨中矩，句中钩，累累乎端如贯珠"之语，斯为难矣。④

张炎还具体论及法曲、大曲拍数，前衮、中衮、煞衮字数，曲尾如何制造美听效果："法曲之拍，与大曲相类，每片不同，其声字疾徐，拍以应之。如大曲降黄龙、花十六，当用十六拍。前衮、中衮，六字一拍。要停声待拍，取气轻巧。煞衮则三字一拍，盖其曲将终也。至曲尾数句，使声字悠扬，有不忍绝响之意，似余音绕梁为佳。"⑤

---

①《〈梦溪笔谈〉校证》（上册），第231页。
②《〈碧鸡漫志〉校正》，第4页。
③《词源》，《词话丛编》（第1册），第253—254页。
④同上书，第256页。
⑤同上书，第257页。

二 原创范畴立中有破

关于《词源》词学原创范畴，以下段文字最为集中：

> 词要清空，不要质实。清空则古雅峭拔，质实则凝涩晦昧。姜白石词如野云孤飞，去留无迹。吴梦窗词如七宝楼台，眩人眼目，碎拆下来，不成片段。此清空质实之说。梦窗《声声慢》云："檀栾金碧，婀娜蓬莱，游云不蘸芳洲。"前八字恐亦太涩。如《唐多令》云（词略），此词疏快，却不质实。如是者集中尚有，惜不多耳。白石词如《疏影》《暗香》《扬州慢》《一萼红》《琵琶仙》《探春》《八归》《淡黄柳》等曲，不惟清空，又且骚雅，读之使人神观飞越。[①]

孙克强先生认为"清空"是《词源》的原创范畴："清空虽然也会有一些诗学、佛学的思想元素，但它还是由词学领域产生，首先运用于词学批评实践的范畴，因而它更具有词体特性，更能传达词体的内在气质，这是清空在词学史上产生深远影响的重要原因。"[②]其实"质实"在词学批评实践中用意也非常独特，所以，"清空""质实"是《词源》原创的一对范畴。夏承焘先生虽然已经引申为说："大抵张炎所谓清空的词是要摄取事物的神理而遗其外貌；质实的词是写得典雅奥博，但过于胶着于所写的对象，显得板滞。"[③]但似乎还应在《词源》范畴自证或互证框架内进一步辨别。

实际上，《词源》中相反或相类的范畴之间可以进行彼含互摄的自证与多维向度的互证。如清空与疏快、古雅峭拔，质实与软媚、凝涩晦昧都是如此。"清空""质实"之外，其他或可称为相类范畴，在《词源》批评实践中，相类范畴与主范畴之间既有联系也有区别；但在理论层面，都是对词体本质的概括，通过相类范畴对外延的限制，可以进一步区别于其他文体而自定意蕴。下面的分析可以看到，"清空"是主旨的多义性，并指向承载重大主题，疏快、古雅峭拔是臻于清空的手段。"质实"则是主旨的沉晦不明，凝涩晦昧而欲以矫健救软媚，但却因其旨腾潜不定，造成"人不可晓"[④]。简言之，"清空"

①《词源》，《词话丛编》（第1册），第259页。

②孙克强《词学史上的清空论》，《文学遗产》，2009年第1期。

③《词源注》，第16页。

④《乐府指迷》，《词话丛编》（第1册），第278页。

"质实"不仅在于遗貌取神、典雅奥博与否,更在于主旨晦明隐显的区别。

(一)清空疏快古雅峭拔

清空与唐诗不涉理路、不落言筌的意象趣味最为近似,说得是难以言传的诗歌意境,严羽《沧浪诗话》:"故其妙处透彻玲珑,不可凑泊,如空中之音,相中之色,水中之月,镜中之象,言有尽而意无穷。"[①]略同于张镃所引《石林诗话》:"韩退之赠张籍云:'君诗多态度,霭霭春空云'。司空图记戴叔伦语云:'诗人之辞如蓝田日暖,良玉生烟。'"[②]在此基础上,可尝试在《词源》自证与互证中探究"清空"及相关"类范畴"的涵义。

清空有多义指向,符合诗词艺术的本质。疏快、古雅峭拔各从语言或用典诸方面形成滑向质实的"阻抗"。张炎在清空及由此而及的意趣高远方面多以姜夔、苏轼示例,下文分析也以二人为主。

清空陈义多歧的素质,使此类词不可坐实为如爱情等单义指向而进行泛本事化阐释。张炎举证的白石8首清空词作,夏承焘认为其中6首是怀念合肥姊妹歌妓:《暗香》《疏影》《淡黄柳》《琵琶仙》《一萼红》《探春慢》(与《探春》同调异名)。夏先生专说《暗香》《疏影》曰:

> 自来谈白石词事者,以二曲有"昭君胡沙"之句,谓为徽钦后妃而发;然靖康之乱,距白石作此曲时,已六七十年,谓专为此作,殆未必然。今检二曲作于绍熙二年辛亥(一一九一)之冬,即是白石离合肥之年。(其年七夕尚在合肥,有《摸鱼儿》词)。读"寄与路遥""翠尊易泣,红萼无言耿相忆",及"早与安排金屋"诸语,正亦可作怀人体会。且是年除夕自石湖归苕溪,作十绝句,有云:"少小知名翰墨场,十年心事只凄凉;旧时曾作梅花赋,研墨于今亦自香。"若即是二曲之纪事,则"十年心事"之语,亦甚可玩味。(白石情遇在此时前十年左右。)特二曲为应范成大之折简索句,偶然流露其感情,故不似《江梅引》诸词之句句着实。又成大此年赠以小红,疑亦为慰其合肥伤别。……总之:二曲虽不专为怀人作,然读者亦当体会其当时心境。清人妄诋此词者,《七颂堂词绎》以为"费解",《人间词话》谓"无一语道着",殆皆由未详此本事耳。[③]

---

①严羽著,郭绍虞校释《〈沧浪诗话〉校释》,人民文学出版社1961年,第26页。

②《仕学规范》,《景印文渊阁四库全书》(875册),第182页。

③夏承焘《白石怀人词考》,夏承焘集(第1册),第452页。

夏先生认为，白石之所以见梅而有怀人之想，是因为“白石与其人最后一次分别在辛亥之冬，正梅花时候。故六卷歌曲中梅柳之词，关系此事者，几占半数”[①]，“宋人始多咏梅诗词，以之寄托恋情，在词中允推白石为最多最挚；持比林逋之诗，彼挹虚神，此写实感，风格判然也。”[②]又说《淡黄柳》以下数词曰：

> 予考白石怀人词，所举止此。总其归趣，凡得二事：一，五代歌词，十九闺幨；宋人言寄托，乃多空中传恨之语；惟白石情词，皆有本事；梅柳托兴，在他人为余文，在白石是实感；南宋咏物词中，白石以此超然独造，不但篇章特富而已。二，白石词从周邦彦入而从江西诗出，非如五代、北宋之但工蕃艳；怀人各篇，益以真情实感，故生新刻至，愈淡愈深。张炎但赞其“清空”，已堕边见；今读《江梅引》《鹧鸪天》诸词，一往之情，执着如此，知张氏“野云孤飞，去留无迹”之喻，亦乖真赏；至王国维评为“有格而无情”，则尤为轻诋厚诬矣。（《人间词话》又云：“白石之词，予所最爱者二语，曰：‘淮南皓月冷千山，冥冥归去无人管。’”王氏既未详其淮南本事，殆亦只赏其要眇，未识其深至也。）[③]

引句中“淮南”，即合肥（唐属淮南道），说的是合肥情缘。正如夏承焘对吴梦窗情史艳迹有“苏州遣妾”“杭州亡妾”泛本事阐释[④]，考证白石赠合肥歌妓词达三分之一也是强为比附。而对白石叙事、抒情、咏物牵虚入实也是泛本事化阐释，显然解构了白石情词的“野云孤飞，去留无迹”“读之使人神观飞越”的“清空”品格。不妨以前引《琵琶仙》《暗香》《疏影》为例加以申说。

《琵琶仙》为吴兴词，词有题序：“《吴都赋》云：‘户藏烟浦，家具画船。’唯吴兴为然。春游之盛，西湖未能过也。己酉岁，予与萧时父载酒南郭，感遇成歌。”吴兴为湖州治所，词用杜牧湖州典故。相传杜牧太和末年往游湖州，曾币结十余岁国色髫髻女，因逾缔约佳期，再往时姝丽已从人三载，而

①夏承焘《白石怀人词考》，夏承焘集（第1册），第448页。

②同上书，第450页。

③同上。

④夏承焘《吴梦窗系年》：“总之，集中怀人诸作，其时夏秋，其地苏州者，殆皆忆苏州遣妾；其时春，其地杭者，则悼杭州亡妾。”《夏承焘集》（第1册），第467页。拙文《梦窗词泛“本事”化阐释献疑》已辨其讹，《文学遗产》2010年第4期。

生二子。杜牧为怅别诗曰:“自是寻春去较迟,不须惆怅怨芳时。狂风落尽深红色,绿叶成阴子满枝。”姜词回忆“舞低杨柳楼心月,歌尽桃花扇影风”的侑觞歌席,以及分离时女子舞姿若柳条垂袅、如絮雪轻盈,劝进杯酒,故人情切。显然是在吴兴人文意象中略涉艳情(即前引沈义父所谓“略用情意”“入闺房之意”),不必指定为合肥情缘。

《暗香》《疏影》,本为白石过访范石湖,载雪寻梅而作,因二词集中化用宫廷典故,清代以来多认为带有靖康之耻的烙印,尤以宋翔凤、郑文焯所言最可征信:“其流落江湖,不忘君国,皆借托比兴,于长短句寄之。如《齐天乐》,伤二帝北狩也。《扬州慢》,惜无意恢复也。《暗香》《疏影》,恨偏安也。盖意愈切,则辞愈微,屈宋之心,谁能见之。乃长短句中,复有白石道人也。”[①]“此盖伤心二帝蒙尘,诸后妃相从北辕,沦落胡地,故以昭君托喻,发言哀断。”(已见前引)“词中数语,纯从少陵咏明妃诗意隐括,出以清健之笔,如闻空中笙鹤,飘飘欲仙。……至下阕籍《宋书》寿阳公主故事,引申前意,寄情遥远,所谓怨深文绮,得风人温厚之旨已。”[②]这些论说之所以不能如夏先生归于“清人妄诋”。是因为与张炎对二词有“前无古人,后无来者,自立新意,真为绝唱”评价相合。刘师培先生曾指出:“历代文章得失,后人评论每不及同时人评论之确切。……盖去古愈近,所览之文愈多,其所评论亦当愈可信也。”[③]姜夔与张氏家族有很深的渊源,所言更值得注意。若简单定为情词,就落入了美成词“意趣并不高远”的窠臼,而不是超越前人的新意;也背离了身处宋元之际,视兴亡之感远胜离合之情的《词源》要旨。基于此,前引汪瑔关于二词事关戚里、是白石词用意所在的推测极为合理。二词由范村雪坡之梅,略及西湖孤山梅边游冶,空际传达家国悲感:托喻君国,申示爱君之情。清空词虽然有时空跨度很大的多义指向,但张炎作为“清空”范畴的原创者,从以宋论宋的角度看,《词源》给予的定位应该最接近作者的意旨,因此,夏先生对于二词可以“读者何必不然”地理解为合肥情词,但清人的阐释应该更符合“清空”涵盖的特质。

“疏快”与“清空”本质相通。前引张炎解说梦窗《唐多令》“此词疏快,

①宋翔凤《乐府余论》,《词话丛编》(第3册),第2503页。

②郑文焯手批《白石道人歌曲》,《大鹤山人词话》,第101页。

③刘师培《中国中古文学史讲义》,江苏文艺出版社2008年,第166页。

却不质实。如是者集中尚有,惜不多耳”,可见“疏快”虽与“清空”尚有一尘之隔,但基本素质相近。梦窗词曰:“何处合成愁,离人心上秋,纵芭蕉不雨也飕飕,都道晚凉天气好,有明月,怕登楼。　前事梦中休,花空烟水流,燕辞归客尚淹留,垂柳不萦裙带住,谩长是,系行舟。”正如夏承焘因自限于所谓合肥情缘进行泛本事化阐释,杨铁夫也以《唐多令》为梦窗忆念去姬的词作[①],从而对接近清空的疏快理解有所偏离,却反而指摘张炎未能参得情词本旨:“此词即张玉田之所许为‘清空而不质实’者。然忆姬之意,玉田曾参得否?甚矣,读古人文字,不可不论其身世也!”[②]这种坐实情词艳迹泛本事化阐释的方法,也是对“疏快”的解构。

又有论者认为“疏快”就是不求奥博,少用典故,其实梦窗此词运化了不少别离典实。显证见《诗话总龟·前集》(卷十四):“戎昱诗有‘一夜不眠孤客耳,主人门外有芭蕉。’(蒋)钧代答云:‘芭蕉叶上无愁雨,自是多情听断肠。’”[③]谭用之《月夜怀寄友人》“好月那堪独上楼”。曹丕《燕歌行二首》(之一):“群燕辞归雁南翔,念君客游多思肠。慊慊思归恋故乡,君何淹留寄他方。”曹冠《浣溪沙·柳》:“翠带千条蘸碧流,多情不解系行舟。”姜夔《浣溪沙·辛亥正月二十四日发合肥》“拟将裙带系郎船”等等。刘永济因之解释梦窗疏快在于熔铸运化:“熔化亦无他巧,不过取古人之词,供我之用,是用古,非为古所用。故词汇不足则嫌贫乏,积累多而不知运用,不善熔化,则又呆滞。梦窗词之佳者,即在驱使故实,熔化成词,以供其挥洒。况周颐《蕙风词话》论梦窗词,谓‘梦窗密处,能令无数丽字,一一生动飞舞,如万花为春,非若雕琼蹙绣,毫无生气也。’是真能识梦窗者。”[④]《词源》“疏快”举梦窗词为例,表明这是介在“清空”与“质实”之间的类范畴,其功用是以疏丽畅达的语言,变“质实”为“清空”。

“古雅峭拔”则是以诗质之峭拔化解典重,从而臻于清空流动,也就是避免对文化资源的堆砌雕镂,却不失其高雅内质。主要体现在用事切题,以及与主旨的相浃相融。张炎说:“词用事最难,要体认着题,融化不涩。”[⑤]

---

①杨铁夫在夏承焘考证基础上,对梦窗艳迹有“一去姬,一故妾,一楚伎”考证结论。参见杨铁夫《吴梦窗事迹考》,《吴梦窗词笺释》,第36页。

②《吴梦窗词笺释》,第334—335页。

③《诗话总龟·前集》,第161页。

④《微睇室说词》,第159页。

⑤《词源》,《词话丛编》(第1册),第261页。

蒋兆兰《词说》:"南渡以后,尧章崛起,清劲逋峭,于美成外别树一帜。张叔夏拟之'野云孤飞,去留无迹',可谓善于名状。"[①]姜夔之所以词中用事极诣于此,其诗说中有夫子自道:"难说处一语而尽。易说处莫便放过。僻事实用,熟事虚用。说理要简切,说事要圆活,说景要微妙。"[②]白石是江西后劲,从他论述江西诗学的角度阐释"古雅峭拔",可以从源头疏解"清空"的涵义。

一是僻事实用,熟事虚用。所谓实虚,指的是以立意运化典故,僻事、熟事都应如此。张镃引《韵语阳秋》载苏轼论作文之法:"作文亦然,天下之事,散在经子史中,不可徒使,必得一物以摄之,然后为己用。所谓一物者,意是也。不得钱不可以取物,不得意不可以用事,此作文之要也。"[③]僻事实用,如张镃所引《古今总类诗话》:"《名贤诗话》言杜少陵云:作诗用事,要如释语水中着盐,饮水乃知盐味。此说诗家秘密藏也。如'五更鼓角声悲壮,三峡星河影动摇',人徒见凌轹造化之工,不知乃用事也。《祢衡传》:挝渔阳掺,声悲壮。《汉武故事》:星辰影动摇,东方朔谓民劳之。则善用故事者,如系风捕影,岂有迹耶?"[④]朱鹤龄《杜诗详注》(卷十八)注:"此当是大历元年冬作。"又引黄鹤注"诗云'闻战伐',时崔旰之乱未息也。"[⑤]诗句是把眼前景对接僻典事,朝廷鼓角征伐,而民劳于兵革是杜诗立意。

熟事虚用,则是以俗为雅,以故为新。张镃引《古今总类诗话》示例:"东坡云:'诗须要有为而后作,用事当以故为新,以俗为雅。……'"[⑥]如姜夔《念奴娇·谢人惠竹榻》:"我醉欲眠伊伴我,一枕凉生如许。""翠袖佳人来共看,漠漠风烟千亩。"是以合用典故化熟为生,以故为新。所用皆为熟典及衍生典故。有《宋书·陶潜传》:"潜若先醉,便语客:'我醉欲眠,卿可去。'其真率如此。"[⑦]黄庭坚《赵子充示竹夫人诗盖凉寝竹器憩臂休膝似非夫人之职予为名曰青奴并以小诗取之》(二首之一):"青奴元不解梳妆,合在禅斋梦蝶床。公自有人同枕簟,肌肤冰雪助清凉。"杜甫《佳人》:"天寒翠袖薄,日暮倚修竹。"《史记·货殖列传》:"齐、鲁千亩桑麻,渭川千亩竹……此

①蒋兆兰《词说》,《词话丛编》(第5册),第4632页。
②《白石道人诗说》,《白石诗词集》,第66页。
③《仕学规范》,《景印文渊阁四库全书》(第875册),第176页。
④同上书,第194—195页。
⑤《杜诗详注》(第4册),第1561页。
⑥《仕学规范》,《景印文渊阁四库全书》(第875册),第193页。
⑦《宋书》(第8册),第2288页。

其人皆与千户侯等。”[①]苏轼《洋州三十咏·筼筜谷》:“料得清贫馋太守,渭滨千亩在胸中。”隐居情怀及精神富足是熟典新的立意。张镃引《四六谈麈》:“王岐公在中书最久,生日例有礼物之赐,集中谢表,其用事多同而语不蹈袭。唐李卫公作《文箴》:‘譬诸日月,虽终古常见,而光景常新。’”(已见前引)[②]张镃引《古今总类诗话》以“茱萸”常见语典为例:“刘梦得言,‘茱萸’二字,更三诗人道之而有工否。杜公云‘更把茱萸仔细看’,王右丞云‘遍插茱萸少一人’,朱做云‘学他年少插茱萸’,杜句为优。逮东坡先生有‘酒阑何必看茱萸’之句,则又高出工部一等矣。”[③]苏轼词也是如此。如张炎所举《水龙吟》:“似花还似非花,也无人惜从教坠。抛家傍路,思量却是,无情有思。”“细看来,不是杨花点点,是离人泪。”是对韩愈《晚春》的翻案,韩诗“杨花榆荚无才思,惟解漫天作雪飞”,在东坡笔下,柳叶飞絮如思妇困酣娇眼,极有情思。

反用其意用典也是超越寻常识见、风神超迈的方法。张镃引《艺苑雌黄》:“李义山诗云:‘可怜半夜虚前席,不问苍生问鬼神。’虽说贾谊,然反其意而用之矣。林和靖诗云:‘茂陵他日求遗稿,犹喜曾无封禅书。’虽说相如,亦反其意而用之矣。直用其事,人皆能之,反其意而用之者,非夫学识素高,超越寻常之见,不规规然蹈袭前人陈迹者,何以臻此?”[④]前引姜夔《满江红》“却笑英雄无好手,一篙春水走曹瞒”二句就是反用其事。吴国孙权曾在此地建立军事要塞濡须坞即东关,借此抵抗北方曹操的进犯。历史上,吴魏两次濡须口之战,曹操皆无功而返,其中一次竟因春汛水位上涨而撤军。白石此词把巢湖畔庙宇中仙姥塑像拟为掌司春水之女神,这位红楼帘影中运筹帷幄的指挥家,与陪侍列坐、以玉为冠的十三位如夫人坐镇淮右,驱使六丁,调电遣雷,镇守东关,阻止江南水患发生。她们凌波微步,佩环叮咚;却指挥若定,守地固若金汤。仙姥们的指挥无人可敌,白石以她们

①《史记》(第10册),第3272页。

②李德裕《文章论》:“世有非文章者,曰:辞不出于《风》《雅》,思不越于《离骚》,模写古人,何足贵也。余曰:譬诸日月,虽终古常见,而光景常新。此所以为灵物也。余尝为《文箴》,今载于此。曰:文之为物,自然灵气。恍惚而来,不思而至。杼轴得之,淡而无味。琢刻藻绘,珍不足贵。如彼璞玉,磨砻成器。奢者为之,错以金翠。美质既雕,良宝所弃。此为文之大旨也。”李德裕《李卫公会昌一品集》(第4册),中华书局1985年,第270页。

③《仕学规范》,《景印文渊阁四库全书》(第875册),第193页。

④同上书,第180页。

当年曾以春汛迫使曹操撤军作为反证。这是有意结合民间神话，对三国历史所作的翻案文章。

二是说理简切，说事圆活，说景微妙。曾慥《高斋诗话》曾记载："（东）坡又问（秦观）别作何词，少游举'小楼连苑横空，下窥绣毂雕鞍骤。'东坡曰：'十三个字，只说得一个人骑马楼前过。'少游问公近作，乃举'燕子楼空，佳人何在，空锁楼中燕。'晁无咎曰：'只三句便说尽张建封事。'"[①]东坡所举为《永遇乐》，题序曰"夜宿燕子楼，梦盼盼，因作此词。一云：徐州梦觉，北登燕子楼作。"词曰：

> 明月如霜，好风如水，清景无限。曲港跳鱼，圆荷泻露，寂寞无人见。紞如三鼓，铿然一叶，黯黯梦云惊断。夜茫茫，重寻无处，觉来小园行遍。　　天涯倦客，山中归路，望断故园心眼。燕子楼空，佳人何在，空锁楼中燕。古今如梦，何曾梦觉，但有旧欢新怨。异时对，黄楼夜景，为余浩叹。

燕子楼是关盼盼为张建封守节之旧地[②]。词作上阕主要是写景，江西诗风重意轻情，重理轻景。这种写法得益于杜甫，也直接得益于拓展江西宗风的韩愈。方回评韩愈《广宣上人频过》："昌黎大手笔也，此诗中四句，却只如此枯槁平易，不用事，不状景，不泥物，是可以非诗訾之乎？此体惟后山有之，惟赵昌父有之，学者不可不知也。"[③]评黄庭坚《次韵答高子勉》："黄、陈诗有四十字无一字带景者，后学能参此者几人矣？"[④]评陈师道《别负山居士》："除'田园''沙草''山路'六字外，不曾粘带景物，只于三四个闲字面上斡旋妙意，其苦心亦已甚矣。"[⑤]又评其《别刘郎》："三、四老劲，尾句逼老杜。四十字无一字风、花、雪、月，凡俗之徒所以阁笔也。"[⑥]引词写景也是

①《历代诗余·词话》引曾慥《高斋词话》，《历代诗余》（下册），第1367页。

②"张建封"应为其子"张愔"。《白文公年谱》："（二十年甲申）《燕子楼诗》序云：'予为校书郎，时游徐泗间，张尚书宴予，酒酣，出盼盼以佐欢，欢甚。予因赠诗云："醉娇胜不得，风袅牡丹花。"意亦在此年。'燕子楼事，世传为张建封。按：建封死在贞元十六年，且其官为司空，非尚书也，尚书乃其子愔。《丽情集》误以为建封尔，此虽细事，亦可以正千载传闻之谬。"白居易著，汪立名编《白香山诗集》，世界书局1935年，第23页。

③《瀛奎律髓》，第1061页。

④同上书，第670页。

⑤同上书，第671页。

⑥同上书，第640页。

浮掠而过,没有刻划勾勒。下阕"古今"三句,也是十三个字,却说尽了燕子楼中发生的情爱故事以及后人的感受,盼盼与诗人白居易酬酢唱和等人物风流俱已销磨无痕,盼盼"风袅牡丹花"之红颜更不可恃,这一切都化作了昨梦前尘。未曾荒老的大自然衬托出了人生如梦的短暂,它销磨了一切有形的色相,而这色相中积淀了无形而缠绵悱恻的情感。下阕其余部分都是说理简切,直探义理。借助夜宿燕子楼,梦见盼盼却被更鼓惊觉,象喻世人在长醉不醒的人生大梦中、在官场情场的迷梦中执着不悟,砌成古往今来旧欢新怨的世相,使这一具体事件中寓有哲理性的生命感、历史感和时空感。这就是前引胡仔所评的"绝去笔墨畦径间,直造古人不到处",胡仔例举十二首词中的名句,皆可归于说理、说事、说景。夏敬观谓苏轼"如春花散空,不着迹象"[①],正可与张炎所评"野云孤飞,去留无迹"对举,苏词"清空"表现在多旷达飘逸之气,即所谓清旷。宋人书卷繁复,词多用事,因而有蕃锦斑斓之古雅,因其理简切,事圆活,景微妙,作者主观意旨去留无迹地盘旋词中,读者因之而神观飞越,从而有清峭简拔之势。唯其如此,晚宋词人皆以姜白石为旨归,这是因为清空风格对于晚宋遗民忠爱主题有词体不能承受之重时,自有光影摇漾之空灵。

(二)质实软媚凝涩晦昧

《词源》中"质实"是与"清空"相对的范畴,作为白石词的对立面存在。因为《词源》"质实"以吴梦窗为唯一标本,因此是晚宋词学中不待他求、足可自证的范畴。然而,《乐府指迷》指出:"梦窗深得清真之妙。其失在用事下语太晦处,人不可晓。"[②]梦窗无疑是从清真走向"质实",不妨以清真为起点溯其本源。

张炎认为,学习清真者往往失于软媚:"作词者多效其体制,失之软媚而无所取。""峭拔"与"软媚"各为白石、清真特点。"峭拔"是江西诗笔有效地避免歆花弹柳式的婉弱"软媚"。故而夏承焘评白石词"以江西诗瘦硬之笔救周邦彦一派的软媚",吴熊和则谓白石"变其软媚为骚雅"[③]。但梦窗则有殊途回归清真"软媚"的趋势,夏承焘曾引"荀子乱世之文'匿而采'说梦

①夏敬观《吷庵词评·苏轼词》,《词话丛编补编》(第5册),第3468页。

②《乐府指迷》,《词话丛编》(第1册),第278页。

③吴熊和《唐宋词通论》,浙江古籍出版社1985年,第253页。

窗词”[①]，《荀子·乐论》有“其声乐险，其文章匿而采”[②]之语，这里的“匿”可以解释为隐辞幽思，也就是夏先生所说：“吴词浓艳绵密，本近周词，周词晦涩之弊，表现在吴词里最为突出。”[③]前引张炎说“吴梦窗词如七宝楼台，眩人眼目，碎拆下来，不成片段”，正确理解应该是读者往往眩于“七宝”，即其中隽句艳字激射出广远流丽的耀眼华彩，不见整体“楼台”；而这里“片段”，据宋人札记，知指整体感特别是词中立意[④]。张伯驹所持就是这种观点：“后人学梦窗者，必抑屯田。然屯田不装‘七宝’，仍是‘楼台’。梦窗拆碎‘楼台’，仍是‘七宝’。后人既非“楼台”，亦非“七宝”，只就字面饾饤雕饰，自首至尾，使人不解，亦不知其自己解否耳。”[⑤]钱基博先生“化零为整，以成片段”[⑥]的解释也甚为精当。故而梦窗源自清真的“软媚”，却归于词旨的“凝涩晦昧”，其“质实”因而有过于清真。可以细分为凝涩、晦昧两个层面阐述。

先看凝涩。最为明显的就是多用僻典，并且采用前述“倒、揉、碎”三法，最大限度打乱正常语序，在还原句子样态的情况才能得到正解。如《玉楼春·京市舞女》：“茸茸狸帽遮梅额。金蝉罗剪胡衫窄。……归来困顿殢春眠，犹梦婆娑斜趁拍。”“茸茸”意缀下阕“归来”二句，形容困倦时的双眼朦胧。语出韩偓《厌花落》“四肢娇入茸茸眼”。如《风入松》：“楼前绿暗分携路，一丝柳、一寸柔情。……料峭春寒中酒，交加晓梦啼莺。”“中酒”，承“楼前”二句，形容柔柳低垂，如痴似醉。语出齐己《杨柳枝》：“秾低似中陶潜酒”。如《齐天乐·寿荣王夫人》：“玉皇重赐瑶池宴，琼筵第二十四。……鹤胎曾梦电绕。”“第二十四”意缀下阕“鹤胎”句，用圣人育诞孕期延长的典实。鹤，古代称玄鸟。《诗总闻》（卷二十）释《商颂·玄鸟》曰：“《礼》：仲春玄鸟至，以是日祠高禖，当是此年玄鸟至而有孕，次年玄鸟至而生契。是十三

①《天风阁学词日记》，《夏承焘集》（第6册），第209—310页。

②荀子著，梁启雄简译《荀子简释》，中华书局1983年，第285页。

③夏承焘《词源注·前言》，《词源注》，第6页。

④通过南宋朱熹等人的书札，可知张炎所说“不成片段”是宋朝惯用语，主要义项是“不能形成整体”。书证如朱熹《答吕伯恭》：“近见建阳印一小册，名《精骑》，云出于贤者之手，不知是否。此书流传，恐误后生辈，读书愈不成片段也。”《朱熹集》（第3册），第1434页。朱熹《答吴伯丰》：“直卿所寄来《丧礼》用工甚勤，但不合以王侯之礼杂于士礼之中，全然不成片段。”《朱熹集》（第5册），第2599页。

⑤张伯驹《丛碧词话》，张伯驹《春游纪梦》（外五种），辽宁教育出版社1998年，第167页。

⑥钱基博《中国文学史》（下册），第593页。

月而始诞也,故知其有天命。"[①]曾梦电绕,具体用圣人二十四月育诞典实。事见《史记·五帝本纪》:"黄帝者,少典之子。姓公孙,名曰轩辕。"张守节正义:"母曰附宝,之祁野,见大电绕北斗枢星,感而怀孕,二十四月而生黄帝于寿丘。"[②]再如《天香·蜡梅》:"记得短亭归马,暮衙蜂闹。豆蔻钗梁恨袅。"此泛写行人短暂归来,闺中人钗梁上簪戴的蜡梅花枝,袅袅颤颤,如蜜脾蜂飞。诸家皆失注后二句为蜡梅典故。《范村梅谱》有"(蜡梅)色酷似蜜脾"[③]之喻,文人写腊梅多延伸喻为蜂衙之闹,如尤袤《蜡梅》:"缀树蜂悬室,排筝雁着行。"王十朋《书院杂咏·蜡梅》:"非蜡复非梅,谁将蜡染腮。游蜂见还讶,疑自蜜中来。"宋人又引申喻蜡梅为染蜡的展翅蜂儿。毛滂《踏莎行·蜡梅》:"蜂翅初开,蜜房香弄。佳人寒睡愁和梦。"李石《蜡梅》:"辛苦为他成蜜后,蜡蜂犹是趁花飞。"腊梅是宋代妇女的发髻装饰。范成大《次韵汉卿舅蜡梅二首》(之一):"金雀钗头金蛱蝶,春风传得旧宫妆。"徐安国《谢诸葛元亮送蜡梅》:"栖鸾恰似知人意,乞与钗头一寸金。"赵士暕《好事近·蜡梅》:"玉人挨鬓一枝斜。不忍更多摘。"如果对腊梅没有语典的积累,极易误认为所引梦窗词句是写荡子怨妇上演的爱情戏码。

梦窗较为喜用经史子集中僻典,并由历史典故加以熔铸研炼。郑文焯称为"梦窗更博于史,其研炼益工"[④]。以史传及稗说(包括当朝记载)为例,大致可分为以下情形。一是拼合瘦硬字面。如《尉迟杯·赋杨公小蓬莱》:"珠窗绣网玄经。""玄经",指扬雄解易经的《太玄》。见《汉书·扬雄传》:"以为经莫大于《易》,故作《太玄》。"[⑤]二是以史传为主,叠用各类文典,重组新奇字面。如《三部乐·赋姜石帚渔隐》:"那知暖袍挟锦。"暖袍挟锦,出自《左传·宣公十二年》"三军之士,皆如挟纩"[⑥]句,合用《旧唐书·李白传》中李白着宫锦袍典。此处写友人姜石帚文采如穿着皆锦绣。如《高山流水·丁基仲侧室善丝桐赋咏》:"唾碧总喷花茸。"语出《类说》(卷一):"后(赵飞燕)与婕妤(赵合德)坐,误唾婕妤袖。曰:'姊唾之染绀袖,正如石上花。假令尚

①王质《诗总闻》,中华书局1985年,第347页。
②《史记》(第1册),第1—2页。
③《范村梅谱》,第5页。
④郑文焯《论词书》,《大鹤山人词话》,第282页。
⑤《汉书》(第11册),第3583页。
⑥左丘明传,杜预注,孔颖达疏《春秋左传正义》,《十三经注疏》(下册),第1883页。

方为之,未必能若此衣之花。'以为石花广袖。"[①]绀,深青(碧)色。叠用苏轼《梦回文二首》(之一)"乱点余花唾碧衫"。意思唾喷的线茸能成碧衫花纹,形容其擅长善赋咏,文采斐然。三是事件出自史传,字面则出自与事件相关诗句。如《瑶华·戏虞宜兴》:"冰澌细响长桥,荡波底蛟腥,不涴霜锷。"虞宜兴,指虞兟,笔者已考证是南宋儒将虞允文的曾孙。曾于淳祐三年(1243)十二月任常州府宜兴知县,是梦窗在苏州时的友人[②]。词句所用历史典故见《晋书·周处传》,宜兴周处与南山白额猛虎、荆溪蛟龙并被父老称为三害。周处斩杀两害,长桥是其斩蛟处。《咸淳毗陵志》(卷三):"长桥在县南二十步,晋周孝公斩蛟之地。……李华诗云:'云雨生泉窟,雷霆落剑锋。'"[③]合用子隐断蛟曝余皮于此处典,见同书卷三十七载宋人李坚《余皮》诗:"舳舻不骇风波恶,烟雨时闻草木腥。"三句写虞兟赴任时间正在深冬季节,长桥下解冻时冰块流动,似乎激荡起积淀久远的蛟腥,但这里不会再需要血染利刃。寓写虞兟前往牧民,此乡不会再有暴戾之气。三是针对当朝历史事件,自铸遒峻语。如《金缕歌·陪履斋先生沧浪看梅》:"战舰东风悭借便,梦断神州故里。"词题中"沧浪"即沧浪亭,隶属中兴英雄蕲王韩世忠。引句所记是发生在建炎四年(1130)的黄天荡之役,《宋史》本传、《宋史纪事本末·二》记载了当时这一历史事件。当时金兀术兵号称十万,世忠仅八千余人。此役虽使兀术"不敢再言渡江",但韩世忠也遭受火攻而退回镇江:"及天霁风止,兀术以小舟出江,世忠绝流击之。海舟无风不能动,兀术令善射者乘轻舟以火箭射之,烟焰蔽天,师遂大溃,焚溺死者不可胜数。世忠仅以身免,奔还镇江。"[④]字面则用杜牧《赤壁》诗句"东风不与周郎便"。意思是可惜风不借力,韩世忠恢复中原的希望破灭。四是从经史熟典中衍化出不同生新字面。如化用《晋书·孟嘉传》孟嘉重九龙山落帽典,在若干重九词中出现的字面有"惊飙""客帽""乌帽""衰帽""帽堕""欹冠""乌纱"等。五是以当朝生僻稗说重组字面。如《花心动·郭清华新轩》:"春须笑、酒悭歌涩。"后四字从"悭值风,涩值雨"中化出,是友人之间俗不伤雅地讥讽吝于设宴,却以天气恶劣为托辞。见《倦游杂录》:"陈恭公知扬州,陈少常亚

①《类说》(第1册),第80页。
②参见拙著《梦窗词集校笺》(第5册),第1595—1596页。
③《咸淳毗陵志》,卷三第19页。
④《宋史纪事本末》(下册),第512页。

曰：'……乃待制厅上茶床，苟或宴会，即悭值风，涩值雨也。'"[①]用以嘲谑郭清华前往应举，不能象往年一样，在春暖花开的季节屡次宴饮故交。有的熟典中有当朝稗说。如《瑶华·戏虞宜兴》："想地宽、多种桃花，艳锦东风成幄。"表面用晋朝潘岳为河阳县令典故，实际既写宜兴（阳羡）本地风光，陆希声《阳羡杂咏十九首·桃花谷》："君阳山下足春风，满谷仙桃照水红。何必武陵源上去，涧边好过落花中。"又用石曼卿稗事。《古今事文类聚·后集》卷三十一引《谈圃》："石曼卿谪通判海州，以山岭高峻，人路不通，了无花卉点缀开映。使人以泥裹桃核为弹，抛掷于岭上。一二岁间，花发满山，烂如锦绣。"[②]预想虞兟任职后在当地的教化之功。

再看晦昧。就是"凝涩"导致的主旨沉晦。这是梦窗词不能被正确理解的重要原因，如《高阳台·过种山（即越文种墓）》：

> 帆落回潮，人归故国，山椒感慨重游。弓折霜寒，机心已堕沙鸥。灯前宝剑清风断，正五湖、雨笠扁舟。最无情，岩上闲花，腥染春愁。
>
> 当时白石苍松路，解勒回玉辇，雾掩山羞。木客歌阑，青春一梦荒丘。年年古苑西风到，雁怨啼、绿水荭秋。暮登临，几树残烟，西北高楼。

吴熊和先生评曰："吴文英此词借怀古而伤时悼世，对南北长期分裂而恢复之事终于无望深怀哀痛。过去常把吴文英看作是个不关心国事的唯美派词人，从上面看到的一些词来看，这种看法不免失之片面。"[③]这是非常精准的阐释。如末韵三句，看似语出《古诗十九首》："西北有高楼，上与浮云齐。"实际上，此用本地风光的生僻今典，特指雄踞种山西北之巅的飞翼楼，传说是范蠡为压强敌吴国而建。《会稽志》（卷一）："《吴越春秋》云：小城周千一百二十步，一员三方，西北飞翼楼，以象天门，东南伏漏石窦，以象地户，陵门四达，以象八风。"[④]飞翼楼屡经毁圮，南宋越帅汪纲重建。其《飞翼楼记》表达了重建之用意："万壑千岩，四顾无际，云涛烟浪，渺渺愁予。使登斯楼者，抚霸业之余基，思卧薪之雄慨，感愤激烈，以毋忘昔人复仇之义，

①《类说》（第2册），第1145页。
②《古今事文类聚》（第2册），第481页。
③《隐辞幽思、词风密丽的吴文英》，《十大词人》，第171页。
④《会稽志》，《宋元浙江方志集成》（第4册），第1629页。

庶几乎鸱夷子之风，尚有嗣余响于千百世者。”[①]引句实与汪纲同一感慨。拙著《吴梦窗研究》中曾经指出，在更为具体的层面，这是悲悼奸臣贾似道的政敌吴潜的词作。淳祐九年(1249)十一月，吴潜任绍兴知府兼安抚使(见《会稽续志》卷二“安抚题名”)，梦窗赠《绛都春·题蓬莱阁灯屏(履翁帅越)》，表明当时曾共游府治卧龙山蓬莱阁诸名胜，引词为“重游”之作，以梦窗绍兴行迹考之，唯能写于客荣邸之后，具体应在景定年间。据《宋史》，景定元年(1260)，吴潜为贾似道所陷，罢相，远贬潮州，三年(1262)，被毒死于循州贬所，事件始末宋代文献及宋史皆有记载。《宋史·贾似道传》：“初，似道在汉阳，时丞相吴潜用监察御史饶应子言，移之黄州，而分曹世雄等兵以属江阃。黄虽下流，实兵冲。似道以为潜欲杀己，衔之。且闻潜事急时，每事先发后奏；帝欲立荣王子孟启为太子，潜又不可。帝已积怒潜，似道遂陈建储之策，令沈炎劾潜措置无方，致全、衡、永、桂皆破，大称旨。乃议立孟启，贬潜循州，尽逐其党人。”[②]然而吴潜为相，功在史册人心。《宋史》论曰：“理宗在位长久，命相实多其人，若吴潜之忠亮刚直，才数人焉。潜论事虽近于讦，度宗之立，谋议及之，潜以正对，人臣怀顾望为子孙地者能为斯言哉？”[③]理宗于景定元年四月罢免吴潜，六月立度宗为皇太子。据《宋季三朝政要》(卷三)，景定三年，吴潜被毒死：“(似道)遣武人刘宗申为循守，以毒潜。潜凿井卧榻下，自作《井铭》，毒无从入。一日宗申开宴，以私忌辞；再开宴，又辞。不数日，移庖，不得辞。遂得疾，以五月卒于循州。”[④]《宋史》记载同年六月壬辰(初八)“诏许归葬”[⑤]。梦窗景定年间的幕主为嗣荣王赵与芮，嗣荣王为理宗母弟，度宗生父。梦窗即便能明辨忠奸，亦不能身在荣邸而言其家事，但对吴潜贬谪荒蛮并且暴卒，中心藏之，不能忘之；故在怀古词中悲悯国事日蹙，为千古忠臣痛泻其愤。钱仲联先生知此词寓亡国之悲：“(杨铁夫)诵《高阳台》‘几树残烟，西北高楼’之语，铜仙铅泪，相对汍澜

①汪纲《飞翼楼记》，《全宋文》(第304册)，第211页。

②《宋史》(第39册)，第13781页。

③《宋史》(第36册)，第12533页。

④佚名《宋季三朝政要》，中华书局1985年，第41页。

⑤《宋史》(第3册)，第881页。另据《广东通志》(卷二百二十七)及《江南通志》(卷四十一)，知吴潜先葬归善县嘉祐寺南岭，后归葬于宁国府城隆演山南柿木铺。参见陈昌齐等纂《广东通志》(第6册)，台湾华文书局1968年，第3775页；黄之隽等纂《江南通志》(第2册)，台湾华文书局1967年，第917页。

而不能已也。"[1]

另如《高阳台·落梅》:

> 宫粉雕痕,仙云堕影,无人野水荒湾。古石埋香,金沙锁骨连环。南楼不恨吹横笛,恨晓风、千里关山。半飘零,庭上黄昏,月冷阑干。
>
> 寿阳空理愁鸾。问谁调玉髓,暗补香瘢。细雨归鸿,孤山无限春寒。离魂难倩招清些,梦缟衣、解佩溪边。最愁人,啼鸟晴明,叶底青圆。

词中取用金沙滩马郎妇、锁骨菩萨等僻典。事见《海录碎事》(卷十三)、《续玄怪录》。又以当朝咏梅奇崛但不流行的诗句衔接了所赋本体与典故拟体,语出郑清之《圃中问讯梅友老干疏花有足喜者》:"洗出金滩锁骨沙,种成老树竞槎牙。"萧立之《落梅》:"连环骨冷香犹暖,如意痕轻补未完。"其中深层意趣辞隐而思幽,后人对其立意的解说最少有三种,一是涉及爱情。杨铁夫认为《高阳台》关乎苏州遣姬[2],刘永济认为《高阳台》关乎杭女[3]。二是纯为赋笔。陈廷焯以为《高阳台》"只是一篇绝妙吊梅花文"[4],刘永济以为《解语花》:"全首只一篇《梅花赋》,写其由盛极而衰残。"[5]三是把《高阳台》与同时遗民词人李彭老、李莱老深寓国愁家恨的同调梅词等量齐观。如查礼认为吴梦窗、李彭老、李莱老同调吊梅词"其雅正澹远,柔婉深长之处,令人可思可咏。"[6]笔者已考得梦窗卒于宋亡之后,属遗民词人[7];梦窗入元后,与李彭老、李莱老有交游,三人同作同调吊梅之作,李彭老词有"环佩无声,草暗台榭春深。欲倩怨笛传清谱,怕断霞、难返吟魂";李莱老词有"薛梢空挂凄凉月,想鹤归、犹怨黄昏。黯消凝。人老天涯,雁影沉沉""更关情。青子悬枝,绿树成阴"。薛梢写苔梅,是皇家聚景园官梅。所以三词以凭吊落梅抒写亡国之悲,但需要转过一层甚至数层才能披见意旨,未可遽然指明。在南宋特别是晚宋时期,词体在末世浮华的气息下,主

①钱仲联(萼孙)《吴梦窗词笺释序》,《吴梦窗词笺释》,序第5页。

②参见《吴梦窗词笺释》,第259页。

③参见《微睇室说词》,第151页。

④《词则》,第119页。

⑤《微睇室说词》,第214页。

⑥查礼《铜鼓书堂词话》,《词话丛编》(第2册),第1479页。

⑦参见拙文《吴梦窗年谱》《词学》二十六辑(2011年)。

旨沉晦的"人不可晓",必然妨碍传情达意,弱化词体的社会功能。因此,"词要清空,不要质实"也是当时词人在特定历史时期的自觉选择。

三 创作技法理论典则

《词源》与《乐府指迷》都是晚宋重要的词学理论,看似在创作技法方面相近乃至相同,实际上后出之《词源》包含了有独特见地的突破创新。因此,这里先辨析《词源》与《乐府指迷》的同异,另外,与《乐府指迷》举证略及北宋周邦彦而以南宋词人为主不同,张炎则兼及两宋,北宋除周邦彦外,还举证苏轼、秦观词为创作矩矱。关于周邦彦、秦观词制度之法前文多有涉及,苏轼词制度之法对于对南宋特别是晚宋的指导意义尚有待进一步展开。这一问题的本质,是词学理论对元祐时期"以诗入词"的认同:"元祐诸公,嬉弄乐府,寓以诗人句法,无一毫浮靡之气,实自东坡发之也。"[①]

(一)《词源》《指迷》理论升华

《词源》《乐府指迷》作为晚宋词学专论,在制度之法方面似乎非常相似,而究其实却末同而本异,陆辅之所说的"沈伯时《乐府指迷》,多有好处,中间一两段,亦非词家之语"[②],实际上代表了其师张炎的观点。但两种词论相比较,正可形成南宋词创作方法的互文语境,从中可以清楚地看到《词源》对《乐府指迷》的理论提升。因此,这里不惮其烦集中引录前文分散出现的两种词学专论的相似条目,用以考察《词源》与时俱进的理论性。两种词论的分歧产生,在于"独尊白石"与"专主清真"起点的相异。

其一,关于立意。

> 《乐府指迷》:作小词只要些新意,不可太高远。[③]
>
> 《词源》:词以意趣为主,要不蹈袭前人语意。
>
> 《词源》:第五要立新意,若用前人词意为之,则蹈袭无足奇者,须自作不经人道语,或翻前人意,便觉出奇。

前说沈义父主要生活在承绪政(和)、宣(和)风流的宝祐、景定承平时期,隆兴和议若干年后,主战、主和之争也不再剑拔弩张,词作再次成为酒

---

①汤衡《张紫微雅词序》,《〈张孝祥词〉笺校》,序言第1页。

②《词旨》,《词话丛编》(第1册),第303页。

③《乐府指迷》,《词话丛编》(第1册),第283页。

席社友之间酬唱交流的方式，所以《乐府指迷》虽然要求词要略有新意，但与王灼欣赏贺铸、周邦彦“语意精新”[①]，以及欣赏王观“新丽处与轻狂处”[②]相似，所以，虽然沈氏的“发意不可太高”，表面上针对的是辛派末流狂怪叫嚣，但不排除最深层次对词体的歧视。张炎则是从承平公子沦落为罪囚后裔，生同其时的遗民词人群体，都经历过国破家亡的民族灾难，词体之轻，需要承担起民族危难之重。因此《词源》要求词作必须有脱略于前人相同题材的新奇立意，为小词承担家国周道悲感张本。

其二，关于抒情。词体是缘情诗歌的发展，但与诗相比，必须借助景色映托情感，情与景交融而表达更为宛曲流美。

> 《乐府指迷》：作词与诗不同，纵是花卉之类，亦须略用情意，或要入闺房之意。……又有直为情赋曲者，尤宜宛转回互可也。[③]
>
> 《词源》：簸弄风月，陶写性情，词婉于诗：盖声出莺吭燕舌间，稍近乎情可也，若邻乎郑卫，与缠令何异也！如陆雪溪《瑞鹤仙》云（词略）、辛稼轩《祝英台近》云（词略）皆景中带情，而存骚雅。故其燕酣之乐，别离之愁，回文题叶之思，岘首西州之泪，一寓于词，若能屏去浮艳，乐而不淫，是亦汉魏乐府之遗意。
>
> 《词源》：矧情至于离，则哀怨必至。苟能调感怆于融会中，斯为得矣。

沈义父是由现象总结出词体不能放纵抒情，专意赋情的词作更应浮光掠影、点到即止。张炎则从词作体性、演唱方式出发，认为写情不能过于秾挚，写乐情、怨情都要融会感怆，趋于平和。

与此相关的是抒情直露流于俚俗，情语结尾更是如此：

> 《乐府指迷》：康伯可、柳耆卿音律甚协，句法亦多有好处，然未免有鄙俗语。[④]
>
> 《词源》：康、柳词亦自批风抹月中来，风月二字，在我发挥，二公则为风月所使耳。

---

①《〈碧鸡漫志〉校正》，第39页。

②同上书，第35页。

③《乐府指迷》，《词话丛编》（第1册），第281页。

④同上书，第278页。

《乐府指迷》:或以情结尾亦好,往往轻而露。如清真之"天便教人,霎时厮见何妨",又云"梦魂凝想鸳侣"之类,便无意思,亦是词家病,却不可学也。

《词源》:词欲雅而正,志之所之,一为情所役,则失其雅正之音。耆卿、伯可不必论,虽美成亦有所不免。如"为伊泪落",如"最苦梦魂,今宵不到伊行",如"天便教人,霎时得见何妨",如"又恐伊,寻消问息,瘦损容光",如"许多烦恼,只为当时,一晌留情",所谓淳厚日变成浇风也。[①]

前者以自然的风花雪月代指爱情,沈义父认为爱情词最忌鄙俗语,张炎则从爱情词净化超越的视角加以论述。沈义父认为结尾直接抒情易入轻佻直露,张炎则上升为理论阐述,认为这是以情役志,破坏了词体的雅正之质,甚至导致了世风日下。

其三,关于结构。如论词作中过片:

《乐府指迷》:过处多是自叙,若才高者方能发起别意。然不可太野,走了原意。

《词源》:最是过片,不要断了曲意,须要承上接下。如姜白石词云:"曲曲屏山,夜凉独自甚意绪。"于过片则云:"西窗又吹暗雨。"此则曲之意脉不断矣。

词作结构模式一般是上阕景,下阕情,沈义父基于这一点,认为过片要有自我抒情或议论,使上下情景相融,强调所抒情感最好还是题中应有之义。张炎则认为过片是全章精粹之词的转捩意脉并且是承启的关键,前文曾分析姜夔此词过片看似接上阕叙景,实启下阕喻写故宫禾黍之悲音,所以陈能群笺为"深得诗人比兴之旨"。

其四,关于咏物。

《乐府指迷》:咏物词,最忌说出题字。如清真梨花及柳,何曾说出一个梨、柳字。梅川不免犯此戒,如"月上海棠咏月出",两个月字,便觉浅露。他如周草窗诸人,多有此病,宜戒之。[②]

①《词源》,《词话丛编》(第1册),第266页。

②《乐府指迷》,《词话丛编》(第1册),第284页。

《乐府指迷》:如咏物,须时时提调,觉不可晓,须用一两件事印证方可。……若全篇只说花之白,则是凡白花皆可用,如何见得是梨花。

《乐府指迷》:作词与诗不同,纵是花卉之类,亦须略用情意,或要入闺房之意。然多流淫艳之语,当自斟酌。如只直咏花卉,而不着些艳语,又不似词家体例,所以为难。①

《乐府指迷》:大抵起句便见所咏之意,不可泛入闲事,方入主意。咏物尤不可泛。②

《词源》:诗难于咏物,词为尤难。体认稍真,则拘而不畅,模写差远,则晦而不明。要须收纵联密,用事合题。一段意思,全在结句,斯为绝妙。

在咏物词盛行的时代,沈义父对咏物词较为用心,条目较多;但停留于忌说题字、对所咏之物要有提调印证、咏花卉入闺房意、开头即需扣合题意等技术层面应该遵循的创作方法;张炎则从诗词异同,体物真切,模写准确,体段开合,用事取意,卒章显志等方面为咏物词的比兴寄托奠定了理论基础。

其五,关于寿词。

《乐府指迷》:寿曲最难作,切宜戒寿酒、寿香、老人星、千春百岁之类。须打破旧曲规模,只形容当人事业才能,隐然有祝颂之意方好。

《词源》:难莫难于寿词,倘尽言富贵则尘俗,尽言功名则谀佞,尽言神仙则迂阔虚诞,当总此三者而为之,无俗忌之词,不失其寿可也:松椿龟鹤,有所不免,却要融化字面,语意新奇。近代陈西麓所作,本制平正,亦有佳者。

沈义父提出必须打破陈言旧规,称许寿星当人事业才能,使祝寿之意隐而不显。张炎则以为可以语涉功名、富贵、长寿,但不能有为世俗所忌讳之辞。最为重要是融化祝寿字面,推陈出新,方合体制。

其六,关于研炼字面。

《乐府指迷》:凡作词,当以清真为主。盖清真最为知音,且无一点

①《乐府指迷》,《词话丛编》(第1册),第281页。
②同上书,第279页。

市井气。下字运意，皆有法度，往往自唐宋诸贤诗句中来，而不用经史中生硬字面，此所以为冠绝也。

《乐府指迷》：要求字面，当看温飞卿、李长吉、李商隐及唐人诸家诗句中字面好而不俗者，采摘用之。即如《花间集》小词，亦多好句。[①]

《词源》：句法中有字面，盖词中一个生硬字用不得。须是深加锻炼，字字敲打得响，歌诵妥溜，方为本色语。如贺方回、吴梦窗皆善于炼字面，多于温庭筠、李长吉诗中来，字面亦词中之起眼处，不可不留意也。

沈义父对立了经史中生硬字面与诗词中好而不俗字面，认为后者是较佳语料。张炎则在更为宏通的视野中论证如何在字律音乐的框架中运化经史生硬语为诗词本色语，以及字面研炼即是词中眼目，可使句篇皆警策，探讨的是语体风格的问题。

其七，关于句首虚实领字。句首虚字领起也称“空头字”[②]，实字领起也称“静字”：

《乐府指迷》：如怎字、恁字、奈字、这字、你字之类（孙按：古汉语中代词归于虚字），虽是词家语，亦不可多用，亦宜斟酌，不得已而用之。[③]

《乐府指迷》：腔子多有句上合用虚字，如嗟字、奈字、况字、更字、又字、料字、想字、正字、甚字，用之不妨。如一词中两三次用之，便不好，谓之空头字。不若径用一静字，顶上道下来，句法又健，然不可多用。[④]

《词源》：词与诗不同，词之句语，有二字、三字、四字至六字、七八字者，若堆叠实字，读且不通，况付于雪儿乎？合用虚字呼唤，单字如正、但、任、甚之类，两字如莫是、还又、那堪之类；三字如更能消、最无端、又却是之类，此等虚字，却要用之得其所。若使尽用虚字，句语又俗，虽不质实，恐不无掩卷之诮。[⑤]

沈义父所列多为单个虚字，他认为实字领起能使句法矫健，略为用之，

---

①《乐府指迷》，《词话丛编》（第1册），第279页。

②沈义父所举例证有篇首实字（动词）“拆”字：“‘拆桐花烂熳’，此正是第一句不用空头字在上，故用‘拆’字，言开了桐花烂熳也。”《乐府指迷》，《词话丛编》（第1册），第282页。

③同上书，第281页。

④同上书，第281—282页。

⑤《词源》，《词话丛编》（第1册），第259页。

也不失为一个方法。这显然是以吴梦窗词为标准。张炎增举二字、三字虚领字,并指出虚字在结构方面前呼后应,可以增加清空的效果,也稍带一笔批评了梦窗用实字领起增益其质实。这样,就把领字的作用上升至美感层面。

《乐府指迷》总结出了吴梦窗论词四标准:“盖音律欲其协,不协则成长短之诗。下字欲其雅,不雅则近乎缠令之体。用字不可太露,露则直突而无深长之味。发意不可太高,高则狂怪而失柔婉之意。”[①]张炎《词源·作词五要》是转录杨缵语(已见前引)。五种要诀比四条标准更有概括性,从而具备了普遍指导的意义。

(二)转益北宋兼容并蓄

《乐府指迷》推尊宗主虽然是北宋周邦彦,但例证中除偶及晁补之(双举“章台”“灞岸”,出自《胜胜慢·家妓荣奴既出有感》)、苏东坡(列举调名有《哨遍》、咏杨花《水龙吟》)之外,主要讨论对象都是南宋词人。张炎词学理论以及词体创作则兼收并蓄。从创作层面说,谢桃坊评曰:“可见他对婉约词和豪放词都有所取舍,而‘清空’则是取婉约词的典雅深婉,取豪放词的劲健开阔而一之。张炎似有揉和两派的趋势。”[②]常国武先生也认为张炎转益多师,除白石、梦窗、草窗、碧山之外,“屯田、东坡、方回、清真乃至梅溪等人的词作,他也有所取法”[③]。因为张炎创作是其词学理论的实践,也体现了他的词学观(这在下一章节中还有详述)。《词源》正面举证全词、摘句或列名的北宋词人有王安石、秦观、周邦彦等,南宋有陈与义、高观国、史邦卿、姜夔、吴文英、陈允平等。张炎对于北宋苏轼更是青睐有加,举证其7首词作:《水调歌头》《洞仙歌》列举全词;《水龙吟》咏杨花、《水龙吟》咏闻笛、《过秦楼》《卜算子》《哨遍》5首列举调名。其中《洞仙歌》隐括孟昶《避暑摩诃池上作》诗,《哨遍》则隐括陶渊明的散文《归去来兮辞》,明显有“以诗为词”的倾向,这是最大限度兼容并蓄北宋词的显证。

孙克强先生认为“以诗为词”的讨论在两宋词学理论发展过程中,分为“显性的”与“隐性的”两种类型,就连严辨诗词体性之异的李清照,其《词论》也融入了诗学元素:“《词论》又是一部融入诗学理念的词学文献,在阐述题材内容、语言风格等方面的主张时,摒弃了《花间集叙》所强调的‘艳’,

①《乐府指迷》,《词话丛编》(第1册),第277页。

②谢桃坊《张炎词论略》,《文学遗产》1983年第4期。

③常国武《碧山、草窗、玉田三家词异同论》,《文学评论》1991年第4期。

已经融入诗学的元素。”①笔者也曾指出：“李氏虽然力主词体‘别是一家’之说，但是，她所总结的词体逐渐走向协律、高雅、浑成、铺叙、典重、有故实的流变，不仅是词体汰弃尘俗，对自身雅质不断体认的过程，也明显表现出与宋代其它文学样式异中趋同的走向。”②

《词源》举证或阐述东坡词占有相当篇幅，条列如下：

> 词以意趣为主，要不蹈袭前人语意。如东坡中秋《水调歌》云（词略）、夏夜《洞仙歌》云（词略）……此数词皆清空中有意趣，无笔力者未易到。③
>
> 东坡词如《水龙吟》咏杨花、咏闻笛，又如《过秦楼》《洞仙歌》《卜算子》等作，皆清丽舒徐，高出人表；《哨遍》一曲，隐括《归去来辞》，更是精妙，周、秦诸人所不能到。
>
> 词中句法，要平妥精粹。一曲之中，安能句句高妙，只要拍搭衬副得去，于好发挥笔力处，极要用功，不可轻易放过，读之使人击节可也。如东坡《杨花词》云：“似花还似非花，也无人惜从教坠。”又云：“春色三分，二分尘土，一分流水。”……此皆平易中有句法。
>
> 词不宜强和人韵，若倡者之曲韵宽平，庶可赓歌。倘韵险又为人所先，则必牵强赓和，句意安能融贯，徒费苦思，未见有全章妥溜者。东坡次章质夫杨花《水龙吟》，机锋相摩，起句便合让东坡出一头地，后片愈出愈奇，真是压倒今古。我辈倘遇险韵，不若祖其原韵，随意换易，或易韵答之，是亦古人三不和之说。④
>
> 词用事最难，要体认着题，融化不涩。如东坡《永遇乐》云：“燕子楼空，佳人何在，空锁楼中燕！”用张建封事。……此皆用事不为事所使。

以上涉及了苏轼词制度之法的不同侧面，如立意、句法、和韵、用事等，但最为激赏的是立意新奇。刘熙载《词曲概》指出：“东坡词颇似老杜诗，以其无意不可入，无事不可言也。若其豪放之致，则时与太白为近。”⑤坡词立

---

①孙克强《试论唐宋词坛词体观的演进——以〈花间集叙〉〈词论〉〈乐府指迷〉为中心》，《文学遗产》2017年第2期。

②拙著《北宋词风嬗变与文学思潮》，上海古籍出版社2009年，第13页。

③《词源》，《词话丛编》（第1册），第260—261页。

④同上书，第265—266页。

⑤《艺概》，第108页。

意以杜甫入,又出之以李白豪放逸气。如忠君爱国的意旨,东坡词不仅如杜甫每饭未尝忘君,还有如李白不愿与俗世同其波流、保持独立人格的祈向。如中秋词《水调歌头》,《岁时广记》(卷三十一)引《复雅歌词》:"东坡居士以丙辰中秋欢饮达旦,大醉,作《水调歌》,兼怀子由,时丙辰熙宁九年也。元丰七年,都下传唱此词。神宗问内侍外面新行小词。内侍录此进呈,读至'又恐琼楼玉宇,高处不胜寒',上曰:'苏轼终是爱君。'"[①]苏词与李诗相似,往往神游孤高旷远的境界,正所谓"永结无情游,相期邈云汉"(李白《月下独酌四首》之一)。前引胡仔就是把《水调歌头》等词类归"绝去笔墨畦径间,直造古人不到处"之列。东坡咏榴花《贺新郎》,也被认为有"荃不察余之衷情"的深意。项安世《项氏家说》(卷八):"苏公'乳燕飞华屋'之词,兴寄最深,有《离骚》经之遗法。盖以兴君臣遇会之难,一篇之中,殆不止三致意焉。瑶台之梦,主恩之难常也;幽独之情,臣心之不变也;恐西风之惊绿,忧谗之深也;冀君来而共泣,忠爱之至也。其首尾布置,全类《邶·柏舟》。"[②]东坡词立意高出人表无往而不在,就连看似随人作计的隐括词、次韵词也是如此。

先看隐括词的立意突破。录张炎所举《哨遍》如下:

> 为米折腰,因酒弃家,口体交相累。归去来,谁不遣君归。觉从前皆非今是。露未晞。征夫指予归路,门前笑语喧童稚。嗟旧菊都荒,新松暗老,吾年今已如此。但小窗容膝闭柴扉。策杖看孤云暮鸿飞。云出无心,鸟倦知还,本非有意。　　噫!归去来兮。我今忘我兼忘世。亲戚无浪语,琴书中有真味。步翠麓崎岖,泛溪窈窕,涓涓暗谷流春水。观草木欣荣,幽人自感,吾生行且休矣。念寓形宇内复几时。不自觉皇皇欲何之。委吾心、去留谁计。神仙知在何处,富贵非吾志。但知临水登山啸咏,自引壶觞自醉。此生天命更何疑。且乘流、遇坎还止。

《苕溪渔隐丛话·前集》(卷三):"东坡云:余旧好诵陶潜《归去来》,尝患其不入音律,近辄微加增损,作般涉调《哨遍》。虽微改其词,而不改其意。请以《文选》及本传考之,方知字字皆非创入也。"[③]实际上,此词虽不改其字,但实换其意:表达的是宋朝而非晋朝士大夫的归隐愿望。宋代著名文

①《岁时广记》(第3册),第353页。

②项安世《项氏家说》,中华书局1985年,第96页。

③《苕溪渔隐丛话·前集》,第15页。

臣包括苏轼并非像陶渊明实现真正意义上的归隐，李泽厚总结说："苏一生并未退隐，也从未真正'归田'，但他通过诗文所表达出来的那种人生空漠之感，却比前人任何口头上或事实上的'退隐''归田''遁世'要更深刻更沉重。因为，苏轼诗文中所表达出来的这种'退隐'心绪，已不只是对政治的退避，而是一种对社会的退避；它不是对政治杀戮的恐惧哀伤，已不是'一为黄雀哀，涕下谁能禁'（阮籍），'荣华诚足贵，亦复可怜伤'（陶潜）那种具体的政治哀伤（尽管苏也有这种哀伤），而是对整个人生、世上的纷纷扰扰究竟有何目的和意义这个根本问题的怀疑、厌倦和企求解脱与舍弃。这当然比前者又要深刻一层了。"[①]宋人呼唤归隐是在滔滔浊流中祓濯不洁、清者自清的精神修禊，从中激昂起的是情性的高蹈和张扬。精神层面回归自然的行吟，能使精神的本我与现实中的异我由离而合，这是真我——更高层次上人在世界中的重新形成，是对生命本真状态"我自性"的回归[②]。苏轼书札《与子明兄》论及《哨遍》："世事万端，皆不足介意。所谓自娱，亦非世俗之乐，但胸中廓然无一物，即天壤之间，山川、草木、鱼虫之类，皆是供吾家乐事也。"[③]宋人的归隐是自适其适的人生境界——"自适其适者，无累于物，物之去来未尝不乐也"。[④]

另如《水调歌头》（昵昵儿女语）隐括韩愈古体诗《听颖师弹琴》。刘克庄称赞此词："隐括他人之作，当如汉王晨入信、耳军，夺其旗鼓，盖其作略气魄，固已陵暴之矣。坡公此词是也。"[⑤]刘乃昌也对此词加以评价："既保留了原作的精神，又发挥了词体的长处，写来宛转错落，曲折尽意，浑成融贯，全章妥溜，宛如抒写自身的实感，句句从心扉中自在流出。"[⑥]词写于被贬黄州时，夜听章质夫歌妓弹琵琶[⑦]，音乐声从韩诗枪戟森列的轩昂，转而

①李泽厚《美的历程》，天津社会科学院出版社2001年，第262—263页。

②"我自性"的哲学概念由黄庭坚提出，见黄庭坚《贺性父字说》："夫成之者天也，能奉天德，以仁智处于万物之中而不忧不疑，非我自性之者乎？"《黄庭坚全集》（第3册），第1540页。

③《苏东坡全集》（下册），第160页。

④黄庭坚《北京通判厅贤乐堂记》，《黄庭坚全集》（第2册），第428页。

⑤刘克庄《跋听蛙方氏帖·东坡颖师听琴水调及山谷帖》，刘克庄《后村题跋》，商务印书馆1936年，第167页。

⑥刘乃昌《苏轼水调歌头赏析》，唐圭璋等《唐宋词鉴赏辞典》（唐·五代·北宋），上海辞书出版社1988年，第616页。

⑦苏轼元丰三年（1080）在黄州与章质夫交游。《与朱康叔》："章质夫求琵琶歌词，不敢不寄呈。"《苏东坡全集》（下册），第114页。

为侍婢佩剑的光影。采用的新典，还有《左传》(庄公十年)中“一鼓作气”①，《孟子·梁惠王上》中“填然鼓之”②，《庄子·说剑》中“千里不留行”③，李煜《锦堂春》“起坐不能平”。又取意白居易《琵琶行》进行再创造。胡仔《苕溪渔隐丛话·后集》(卷十)：“旧都野人曰：‘此词自外取意，无一字染着，后学卒未到其阃域。反复味之，见居士之文采窃处：“昵昵儿女语”，取白乐天“小弦切切如私语”意，“忽变轩昂勇士，一鼓填然作气，千里不留行”，便是“银瓶乍破水浆迸，铁骑突出刀枪鸣”，“推手从归去，无泪与君倾”，则又翻“江州司马青衫湿”公案也。……后人吟咏，患思而不得，既得之，为题意缠缚，不解点化者多矣。’”④在苏轼笔下，唐诗的鲜缛华章，交织成听曲时引发的伤春、伤离、思归等情怀，因为有韩愈、白居易希望在政治上有所作为而遭贬谪作底色，更能在即离之间深沉地表现出政治沉沦感。

再看次韵词的立意突破。诗歌中的次韵赓和在苏门创作中造其极诣。缪钺举苏轼、黄庭坚之间的咏茶诗为例：“而一咏茶小诗，可以和韵四五次。(黄庭坚《双井茶送子瞻》《和答子瞻》《省中烹茶怀子瞻用前韵》《以双井茶送孔常父》《常父答诗复次韵戏答》，共五首，皆用“书”“珠”“如”“湖”四字为韵。)”⑤王水照先生说：“(次韵)既是同向的交流、融合，又暗含着异向的撞击、竞争，在一定条件下，起了推动艺术发展的作用。苏轼的《水龙咏·次韵章质夫杨花词》、辛疾弃《水调歌头·舟次扬州和杨济翁、周显先韵》都是成功的和词。”⑥“撞击”“竞争”就包含了立意的突破。《全宋词》中《水龙吟》调首见于章楶(字质夫)，录章楶原词、苏轼和词如次：

> 燕忙莺懒花残，正堤上、柳花飘坠。轻飞点画青林，谁道全无才思。闲趁游丝，静临深院，日长门闭。傍珠帘散漫，垂垂欲下，依前被，风扶起。　兰帐玉人睡觉，怪春衣、雪霑琼缀。绣床旋满，香毬无数，才圆却碎。时见蜂儿，仰粘轻粉，鱼吹池水。望章台路杳，金鞍游荡，有盈盈泪。

①《春秋左传正义》，《十三经注疏》(下册)，第1767页。
②孟子撰，赵岐注，孙奭疏《孟子注疏》，《十三经注疏》(下册)，第2666页。
③《庄子》，第318页。
④李颀《古今诗话》，《苕溪渔隐丛话·后集》，第70页。
⑤缪钺《论宋诗》，《诗词散论》，第37页。
⑥王水照《苏轼研究》，河北教育出版社1999年，第124页。

似花还似非花，也无人惜从教坠。抛家傍路，思量却是，无情有思。萦损柔肠，困酣娇眼，欲开还闭。梦随风万里，寻郎去处，又还被、莺呼起。　不恨此花飞尽，恨西园、落红难缀。晓来雨过，遗踪何在，一池萍碎。春色三分，二分尘土，一分流水。细看来，不是杨花点点，是离人泪。

章质夫原唱并非庸常之作，宋人魏庆之评为"曲尽杨花妙处"①，清人许昂霄也评为"（杨花）绝唱"②。但略逊苏轼和词，宋人也有评说。《曲洧旧闻》（卷五）："章楶质夫作《水龙吟》咏杨花，其命意用事，清丽可喜。东坡和之，若豪放不入律吕，徐而视之，声韵谐婉。便觉质夫词有织绣工夫。晁叔用云：'东坡如毛嫱、西施，净洗却面，与天下妇人斗好，质夫岂可比耶？'"③章词开篇虽然平平，但也有翻新之意，如翻案韩愈《晚春》："杨花榆荚无才思，惟解漫天作雪飞"；翻新韩偓《残春旅舍》："树头蜂抱花须落，池面鱼吹柳絮行。"欧阳修曾称赞韩愈"得韵窄则不复傍出，而因难见巧，愈险愈奇"④。次韵诗词如得窄险韵脚，难有出奇之胜，然确能轩轾才情。东坡和作，是对章词的全面创新。此词开头"似花"二句即被张炎列为警句。杨花，即柳花。杨伯嵒《臆乘》："柳花与柳絮，迥然不同。生于叶间，成穗作鹅黄色者，花也。花既褪，就蒂结实。其实之熟，乱飞如绵者，絮也。古今吟咏，往往以絮为花，以花为絮，略无分别，可发一笑。杜工部诗有'雀啄江头黄柳花'，又有'生憎柳絮白于绵'之句，则花与絮不同，显然可见。又曰'糁径杨花铺白毡'，得非又一时卤莽而然邪？"⑤其实，诗词中杨柳花絮多浑言之，杜甫、韩愈、章楶、苏轼都是如此。但苏轼开篇二句虽出自白居易《花非花》："花非花，雾非雾。"实有辨柳絮柳花之析言。"春色"三句也被列为警句，诗词中有所谓有"算博士"作法，犯险难工。《唐音癸签》（卷二十一）："（陈子昂）又赠晖上人诗：'四十九变化，一十三死生。'一出《法华经》，一出《道德经》，虽算博士未如其工也。"⑥苏词变兴象为算术，陆龟蒙《惜花》诗曰："其间风雨至，旦夕旋

①《诗人玉屑》（下册），第476页。
②许昂霄《词综偶评》，《词话丛编》（第2册），第1552页。
③《曲洧旧闻》，第40页。
④欧阳修著，黄进德批注《六一诗话》，凤凰出版社2009年，第11页。
⑤杨伯嵒《臆乘》，中华书局1985年，第2页。
⑥胡震亨《唐音癸签》，古典文学出版社1957年，第185—186页。

为尘。"杨花飘落,亦大半为尘土;古人又认为杨花落入池中化为浮萍①,宛若伤春的泪滴。笔下杨花翻出韩愈"无才思"、章质夫"谁道全无才思"数层之外,杨花成为春之精灵,凝聚成才思情感的象喻,后人再难出藩篱。

《词源》对北宋特别是对苏轼的兼容并蓄,是创作技法理论典则最为重要的组成,"清空"范畴通过苏轼豪放词、姜夔典雅词的创作得到完整体现,为晚宋词人集体突破体式、题材、主旨等带来的局限,为词体走向"意趣高远"的康庄大道提供了可以遵循的范本。

第二节　张炎词论的美学规范

谢桃坊先生曾指出张炎、陆行直和沈义父全面论述了"雅词的美学规范",又说《词源》是"宋词理论的集大成者"。张炎词论以两宋词创作以及发展趋势作为考察对象,犁然划分出雅词俗词两大壁垒,在美学趣味从宋朝大雅沉沦为元朝大俗的时代思潮中,在辨体的前提下,自觉融入诗质、有效规避散曲,坚守华夏文学的审美原则;或者说,张炎所标举的雅词美学规范是以否定俗词为审美祈向。缪钺先生《论词》一文,从诗词比较的角度,提出了词体文小、质轻、径狭、境隐的特点②;杨海明先生则从民族审美心理的角度,总结了唐宋词以悲为美、以艳为美、以柔为美、以文采为美、以含蓄为美的美学风貌③。然而词体在从小道末技的边缘文体向诗体靠近的中心化创作过程中,诗体雅质尤其是宋诗雅质逐渐渗透于词体,并逐渐演变为创作的主流导向。本节将从高雅典重拒绝俗艳、瘦硬通神摒弃姿媚、高华自然澄汰生硬三方面探讨《词源》高自标举的美学规范。

一　高雅典重拒绝俗艳

词体所合为燕乐,始于盛唐时期,至晚唐变化而成一种新的文学样式。欧阳炯为晚唐五代第一部词集《花间集》作序,指出了此体与生俱来带有艳

①苏轼《予少年颇知种松,手植数万株,皆中梁柱矣。都梁山中见杜舆秀才,求学其法,戏赠二首》(之二):"为问何如插杨柳,明年飞絮作浮萍。"施元之注:"先生次韵章质夫杨花词'晓来雨过,遗踪何在,一池萍碎',注云:'旧说杨花入水为浮萍,验之信然。'"苏轼撰,王文诰辑注,孔凡礼点校《苏轼诗集》(第6册),中华书局1982年,第1903页。

②参见缪钺《论词》,《诗词散论》,第56—61页。

③参见杨海明《唐宋词史》,天津古籍出版社1998年,第645—662页。

丽气质：

> 镂玉雕琼，拟化工而迥巧。裁花剪叶，夺春艳以争鲜。……则有绮筵公子，绣幌佳人，递叶叶之花笺，文抽丽锦。举纤纤之玉指，拍按香檀。不无清绝之辞，用助娇娆之态。自南朝之宫体，扇北里之倡风。何止言之不文，所谓秀而不实。[1]

所以王易说“五代之词，止于嘲风弄月，怀土伤离，节促情殷，辞纤韵美”。[2]唐词因其风致，宋词犹存余烈，《复雅歌词序略》：

> 迄于开元、天宝间，君臣相为淫乐，而明皇尤溺于夷音，天下熏然成俗。于是才士始依乐工拍但之声，被之以辞句，句之长短，各随曲度，而愈失古之声依永之理也。温、李之徒，率然抒一时情致，流为淫艳猥亵不可闻之语。我宋之兴，宗工巨儒，文力妙于天下者，犹祖其遗风，荡而不知所止。脱于芒端，而四方传唱，敏若风雨，人人歆艳，咀味于朋游樽俎之间，以是为相乐也。其韫骚雅之趣者，百一二而已。[3]

宋朝词体又从豪门华筵间贵族的娱宾之资，演变成为青楼歌馆中市民的享乐之具，具有强烈的谐俗性。但在艳丽俚俗的同时，由于宋朝新儒学思想的影响，词体雅化思潮在词体发展过程中虽然是一股潜流，但一直都是最为顽强的存在。雅俗辨析论争是推动词史发展的内驱力。《词源》作为宋词的理论总结，其贬抑柳永、周邦彦、康与之等人的鄙俗之词，崇扬苏轼、秦观、姜夔、史邦卿等人典雅之作，语虽寥寥，但映射出宋人崇雅汰俗的审美诉求。

（一）周情柳思攘斥艳俗

北宋初期，柳永慢词的出现，使花间“诗客曲子词”[4]渗入了市民意识与里巷风调，并且更加优柔迎俗[5]，与此同时，宋代文学精神又崇尚博雅[6]，所

---

①欧阳炯《花间集序》，赵崇祚集，汤显祖评，刘崇德点校《花间集》，河北大学出版社2006年，第3页。

②《词曲史》，第119页。

③鲖阳居士《复雅歌词序略》，谢维新《古今合璧事类备要》，影印文渊阁四库全书（第941册），第511页。

④《花间集序》，《花间集》，第3页。

⑤夏敬观说：“耆卿词，当分雅、俚二类。”但其俗词高达48首，在北宋著名词人中比例最高。参见夏敬观《吷庵词评·乐章集》，《词话丛编补编》（第5册），第3445页。

⑥笔者曾总结宋代文学精神：尚统、尚理、尚意、尚韵、尚博、尚雅、集大成意识。参见拙著《北宋词风嬗变与文学思潮》，第26—44页。

以两宋批评柳词俚俗者不绝于耳：

逮至本朝，礼乐文武大备，又涵养百余年，始有柳屯田永者，变旧声，作新声，出《乐章集》，大得声称于世；虽协音律，而词语尘下。

柳三变游东都南北二巷，作新乐府，骫骳从俗，天下咏之，遂传禁中。①

柳耆卿《乐章集》，世多爱赏，其实该洽，序事闲暇，有首有尾，亦间出佳语，又能择声律谐美者用之。惟是浅近卑俗，自成一体，不知书者尤好之。予尝以比都下富儿，虽脱村野，而声态可憎。……故曰：不知书者，尤好耆卿。②

柳之《乐章》，人多称之。然大概非羁旅穷愁之词，则闺门淫媟之语；若以欧阳永叔、晏叔原、苏子瞻、黄鲁直、张子野、秦少游辈较之，万万相辽。彼其所以传名者，直以言多近俗，俗子易悦故也。③

其词虽极工致，然多杂以鄙语，故流俗人尤喜道之。④

龙榆生《东坡乐府综论》："自《乐章》盛行，创调既多，慢词遂盛。耆卿诸作，既多为应歌之词，杂以淫哇，不免为当世士大夫所诟病。"⑤柳永开创了慢词的形式，同时也开启了词中俗情俗调。北宋继承柳永衣钵者，词有委靡少风骨之鄙俚侧艳，又从柳永赠妓的戏谑调笑，流为滑稽无赖语，张炎等人特别予以防忌的背离华夏雅乐为正宗的"诸宫别调""诸宫调"也出现于市井唱腔；甚至苏门、大晟府的部分词人竟也厕身其间。王灼指出：

沈公述、李景元、孔方平、处度叔侄、晁次膺、万俟雅言，皆有佳句，就中雅言又绝出。然六人者，源流从柳氏来，病于无韵。雅言初自集分两体，曰雅词，曰侧艳，目之曰《胜萱丽藻》。后召试入官，以侧艳体无赖太甚，削去之。再编成集，分五体，曰应制、曰风月脂粉、曰雪月风花、曰脂粉才情、曰杂类，周美成目之曰《大声》。次膺亦间作侧艳。……田中行极能写人意中事，杂以鄙俚，曲尽要妙，当在万俟雅言之右，然庄语辄

①陈师道《后山居士诗话》，中华书局1985年，第7页。
②《〈碧鸡漫志〉校正》，第36—37页。
③《苕溪渔隐丛话》引严有翼《艺苑雌黄》，《苕溪渔隐丛话·后集》，第319页。
④《却扫编》，第172—173页。
⑤《龙榆生词学论文集》，第277页。

> 不佳。……北里狭邪间横行者也。宗室温之次之。长短句中，作滑稽无赖语，起于至和；嘉祐之前，犹未盛也。熙、丰、元祐间，兖州张山人以诙谐独步京师，时出一两解。泽州孔三传者，首创诸宫调古传，士大夫皆能诵之。元祐间王齐叟彦龄、政和间曹组元宠，皆能文，每出长短句，脍炙人口。彦龄以滑稽语噪河朔。组潦倒无成，作《红窗迥》及杂曲数百解，闻者绝倒，滑稽无赖之魁也。夤缘遭遇，官至防御使。同时有张衮臣者，组之流，亦供奉禁中，号曲子张观察。其后祖述者益众，嫚戏污贱，古所未有。①

宋元资料中也有相关记载。《宾退录》（卷六）记载曹组俚俗："元宠，名组，尝赋《红窗迥》百余篇，皆嘲谑之词，故掩其文名。世传俚语，谓假儒不识字者，以《论语》授徒，读'郁郁乎文哉'作'都都平丈我'。诗选载元宠《题梁仲叙所藏陈坦画村教学诗》云：'此老方扪虱，众雏亦附火。想见文字间，都都平丈我。'"②

通过《东京梦华录》（卷五）"京瓦伎艺"条、《梦粱录》（卷二十）"妓乐"条对张山人、孔三传的记载可以看出，他们都属瓦子勾栏的伎艺，音乐繁复而兼收散曲异质：

> 孔三传、耍秀才，诸宫调。毛详、霍伯丑，商谜。吴八儿，合生。张山人，说诨话。刘乔、河北子、帛遂、胡牛儿、达眼五、重明乔、骆驼儿、李敦等，杂班。外入孙三神鬼，霍四究说《三分》，尹常卖《五代史》。文八娘叫果子。其余不可胜数。③
>
> 说唱诸宫调，昨汴京有孔三传编成传奇灵怪，入曲说唱。今杭城有女流熊保保及后辈女童皆效此，说唱亦精，于上鼓板无二也。……唱赚在京时，只有缠令、缠达，有引子、尾声为缠令。引子后只有两腔迎互循环，间有缠达。……凡唱赚最难，兼慢曲、曲破、大曲、嘌唱、耍令、番曲、叫声，接诸家腔谱也。……今街市与宅院，往往效京师叫声，以市井诸色歌叫卖物之声，采合宫商成其词也。④

---

①《〈碧鸡漫志〉校正》，第35页。

②赵与时《宾退录》（第2册），商务印书馆1939年，第69页。

③《东京梦华录》，第93页。

④《梦粱录》，第314—315页。

夏敬观正是在这一层面认为"（耆卿）俚词袭五代淫诐之风气，开金、元曲子之先声，比于里巷歌谣，亦复自成一格。"[①]

南宋词论对大晟词人周邦彦的认知，经历了一个转变过程。南宋初期词论都持褒扬态度。前引庞元英、王灼、陈振孙、刘肃等所论都是如此。刘肃誉为"言言皆有来历""典丽"。至晚宋时，沈义父仍然认为"凡作词，当以清真为主。盖清真最为知音，且无一点市井气"。所谓"市井气"，正是诸色市井俗艺对词体的渗透，参之以沈义父所论以及周密词选，可进而论之。

沈义父曰："孙花翁有好词，亦善运意。但雅正中忽有一两句市井句，可惜。"[②]孙花翁（名惟信，字季蕃），《全宋词》存词十首，周密《绝妙好词》选五首：《昼锦堂》（薄袖禁寒）、《烛影摇红》（一朵鞓红）、《南乡子》（璧月小红楼）、《夜合花》（风叶敲窗）、《醉思凡》（吹箫跨鸾）。张炎评论南宋三种词选（编者分别为赵闻礼、黄升、周密）曰："近代词人用功者多，如《阳春白雪集》，如《绝妙词选》，亦自可观，但所取不精一。岂若周草窗所选《绝妙好词》之为精粹。"[③]据知孙氏不能"精粹"的"市井句"当在周氏所选五首之外求之。刘克庄《后村诗话后集》（卷二）："孙季蕃岁为一词自寿，其四十九岁词云：'寿花戴了。山童问、华庚多少。待瞒来、又怕旁人笑。况戒腊、淳熙可考。大衍之用恰恰好。学易后尚一年小。谢屐唐衣眉山帽。薰风送下蓬岛。　生巧。吕翁昨夜，钟离明早。也曾参、两个先生道。又也曾，偷桃啖枣。百屋堆钱都不要。更不要、衮衣茸纛。但要酒星花星照。鹘突到老。'"[④]学易还小一岁，出自《论语·述而》"子曰：'加我数年，五十以学《易》，可以无大过矣。'"[⑤]吕洞宾生辰在农历四月十四夜间，汉钟离在四月十五；花庵则在四月十四凌晨。酒星，出自李白《月下独酌四首》（其二）："天若不爱酒，酒星不在天。"民间不以小儿女衣置星月下，传说女怕花星照。此词沿词中滑稽俚俗一路，孙氏"岁为一词"，据刘克庄《孙花翁墓志铭》，其得年六十五，可见此类滑稽为雄的寿词不在少数。

沈义父又曰："前辈好词甚多，往往不协律腔，所以无人唱。如秦楼楚

①夏敬观《吷庵词评·乐章集》，《词话丛编补编》（第5册），第3445页。
②《乐府指迷》，《词话丛编》（第1册），第278页。
③《词源》，《词话丛编》（第1册），第266页。
④刘克庄撰，王秀梅点校《后村诗话》，中华书局1983年，第75—76页。
⑤《论语集注》，第56页。

馆所歌之词，多是教坊乐工及市井做赚人所作，只缘音律不差，故多唱之。求其下语用字，全不可读。甚至咏月却说雨，咏春却说秋。如《花心动》一词，人目之为一年景。又一词之中，颠倒重复，如《曲游春》云'脸薄难藏泪"，过云'哭得浑无气力'，结又云'满袖啼红'。如此甚多，乃大病也。"[①]所谓"一年景"指器物花卉等兼备四时。《曲游春》是康与之残句："脸薄难藏泪，恨柳风，不与吹断行色。……但掩袖转面啼红，无言应得。……哭得浑无气力。"数句之中，"泪""啼""哭"用语重复。

沈氏又曰："施梅川音律有源流，故其声无舛误。读唐诗多，故语雅澹。间有些俗气，盖亦渐染教坊之习故也。亦有起句不紧切处。"[②]施岳存词皆《绝妙好词》所选，共五阕，另有《清平乐》半阕："水遥花暝。隔岸炊烟冷。十里垂杨摇嫩影。宿酒和愁都醒。"注曰："原本云：此下缺六首。"渐染教坊之习的俗气词惜已不传。沈氏认为清真词无上述弊端，所以冠绝一时。沈义父指柳耆卿、康与之二家"有鄙俗语"。前引张炎观点也有"二公则为风月所使"之评，并且把周词与柳、康二家相提并论（张炎词中又称为"周情柳思"或"柳思周情"[③]），认为其词风共同助长了社会风气的每况愈下，即所谓"淳厚日变成浇风"。这是因为宋季复雅之风愈炽，而清真集中大量存在的吟风弄月的爱情乃至赠妓词，虽然号称典丽，这只是与前期柳永相对而言，但在张炎时代，周词的富艳典丽，已经被指为有俗艳色彩。清人词论也只是论述其与柳永对比的进步，如王又华《古今词论》引毛先舒评其《少年游》：

> 周清真《少年游》题云"冬景"，却似饮妓馆之作。[④]
>
> 周美成词家神品，如《少年游》"马滑霜浓，不如休去，直是少人行"，何等境味。若柳七郎，此处如何煞得住。[⑤]

陈锐《袌碧斋词话》也以叙事类的言情戏曲、言情小说比较二家词作，虽有雅俗区分，但当时小说、戏曲皆归俗文学之列：

---

①《乐府指迷》，《词话丛编》（第1册），第281页。

②同上书，第278页。

③分别见于《甘州·赋众芳所在》《木兰花慢·用前韵呈王信父》《南楼令·寿月溪》。

④王又华《古今词论》引毛先舒语，查继超辑，陈果青等校订《词学全书》，贵州人民出版社1990年，第103页。

⑤同上书，第104页。

> 屯田词在院本中如《琵琶记》，清真词如《会真记》。屯田词在小说中如《金瓶梅》，清真词如《红楼梦》。①

不仅如前引沈义父、张炎列举的直露言情句，清真还有赠妓俚俗之极者。如《青玉案》："良夜灯光簇如豆。占好事、今宵有。酒罢歌阑人散后，琵琶轻放，语声低颤，灭烛来相就。　玉体偎人情何厚。轻惜轻怜转唧嚁。雨散云收眉儿皱。只愁彰露，那人知后。把我来僝僽。"王国维认为此词比柳永有过之而无不及："似屯田最下之作，非美成所宜有也。"②沈际飞更直接称《侧犯》"携艳质、追凉就槐影"二句为"元曲"③。

（二）高雅典重推尊词品

张炎这方面推重的词人是苏轼、姜夔。前文对姜夔出入江西、晚唐以及"端庄杂流丽，刚健含婀娜"的词风多有论及，第一节"转益北宋兼容并蓄"主要论及的是苏轼词的立意新奇，这里则主要从苏门词学观切入，以其词为重点例证，兼及其词对南宋词的影响。

慢词滥觞于柳永，苏门文人继起于后。宋翔凤指出："词自南唐以后，但有小令。其慢词盖起宋仁宗朝。中原息兵，汴京繁庶，歌台舞席，竞赌新声。耆卿失意无俚，流连坊曲，遂尽收俚俗语言，编入词中，以便伎人传习。一时动听，散播四方。其后东坡、少游、山谷辈相继有作，慢词遂盛。"④但宋人认为继起者与柳词雅俗判然有别。徐度说"欧、苏诸公继出，文格一变，至为歌词，体制高雅"⑤。前引严有翼也说柳永词与欧阳永叔、晏叔原、苏子瞻、黄鲁直、张子野、秦少游辈相较，雅俗不啻霄壤，其中深层原因是诗质的渗入。李清照有"别是一家"之说，虽然力倡典雅，但不得不承认她对词中有诗文异质的词人整体排斥："至晏元献、欧阳永叔、苏子瞻，学际天人，作为小歌词，直如酌蠡水于大海，然皆句读不葺之诗尔。……王介甫、曾子固文章似西汉，若作一小歌词，则人必绝倒，不可读也。"⑥但在李清照之前，北

①陈锐《袌碧斋词话》，《词话丛编》（第5册），第4198页。

②《王国维词论汇录》，王国维著，彭玉平编《人间词话》，第230页。

③顾从敬等辑，沈际飞等评《镌古香岑批点草堂诗余四集》，明末南城翁少麓刻本（今藏天津图书馆），正集卷二第34页。

④《乐府余论》，《词话丛编》（第3册），第2499页。

⑤《却扫编》，第173页。

⑥李清照《词论》，《〈李清照集〉校注》，第195页。

宋苏门李之仪、张耒推扬的词人所作皆内蕴诗质，李易安批评的晏殊、欧阳修，以及涉及的张先、宋祁、贺铸皆在其列：

长短句于遣词中最为难工，自有一种风格，稍不如格，便觉龃龉。唐人但以诗句而用和声抑扬以就之，若今之歌阳关词是也。至唐末，遂因其声之长短句而以意填之，始一变以成音律，大抵以《花间集》中所载为宗，然多小阕。至柳耆卿，始铺叙展衍，备足无余，形容盛明，千载如逢当日，较之《花间》所集，韵终不胜。由是知其为难能也。张子野独矫拂而振起之，虽刻意追逐，要是才不足而情有余。良可佳者，晏元献、欧阳文忠、宋景文，则以其余力游戏，而风流闲雅，超出意表，又非其类也。谛味研究，字字皆有据，而其妙见于卒章，语尽而意不尽，意尽而情不尽，岂平平可得仿佛哉！①

予友贺方回博学业文，而乐府之词高绝一世，携一编示予，大抵倚声而为之辞，皆可歌也。或者讥方回好学能文，而惟是为工，何哉？予应之曰：是所谓满心而发，肆口而成，虽欲已焉而不得者。若其粉泽之工，则其才之所至，亦不自知也。夫其盛丽如游金、张之堂，而妖冶如揽嫱、施之袪，幽洁如屈、宋，悲壮如苏、李，览者自知之，盖有不可胜言者矣。②

黄庭坚序晏小山词集亦云："乃独嬉弄于乐府之余，而寓以诗人句法，清壮顿挫，能动摇人心。"③清壮顿挫，见于陆机《文赋》辨体："箴顿挫而清壮"。张铣注曰："箴所以刺前事之失者，故须抑折前人之心，使文清理壮也。顿挫，犹抑折也。"④箴是规戒性的韵文，特点是讽刺前事，条理清晰；抑折前人，语缓理壮。这是苏门文人认同的以较为显化的诗歌思致入词，从而获得前此小词所不具备的"动摇人心"的艺术成效。

南宋王灼议论遵从李之仪、张耒，与李清照针锋相对，其中特别是对苏门词人的论述扩大了融入诗质的词人队伍：

王荆公长短句不多，合绳墨处，自雍容奇特。晏元献公、欧阳文忠

①李之仪《跋吴思道小词》，《姑溪居士全集》（第4册），第310页。

②张耒《东山词序》，《东山词》，第549页。

③黄庭坚《小山集序》，《黄庭坚全集》（第1册），第413页。

④《六臣注文选》，第293页。

> 公,风流蕴藉,一时莫及,而温润秀洁,亦无其比。东坡先生以文章余事作诗,溢而作词曲,高处出神入天,平处尚临镜笑春,不顾侪辈。或曰:长短句中诗也。为此论者,乃是遭柳永野狐涎之毒。诗与乐府同出,岂当分异?若从柳氏家法,正自不得不分异耳。晁无咎、黄鲁直皆学东坡,韵制得七八。黄晚年间放于狭邪,故有少疏荡处。……张子野、秦少游俊逸精妙。少游屡困京洛,故疏荡之风不除。陈无己所作数十首,号曰《语业》,妙处如其诗,但用意太深,有时僻涩。①

融入诗质的著名词人之所以与柳永俚俗"万万相辽",一是词作内容,柳永俗词数量最多。柳永存词212首,俗词48首,欧阳修、黄庭坚、秦观也被认为多有俗词,但各存词240、189、87首,俗词皆不足10首。二是北宋以无谓之词应歌,俗词是绮席罗丛中的花情柳思,是流连光景的谑浪之作。但诗质之词弱化了谐俗因素,甚至滑稽玩世也能化俗为雅,如黄庭坚渔父词虽用"新妇""小姑"艳语,却臻至佛家即色即空的境界,故而苏轼认为是不止于渔父家风的"'青蒻笠前'而已"②,谢师直则一读而知是"解脱游戏"③。山谷也自解艳歌小词是"空中语"④。苏轼《牡丹记叙》曰:"凡托于椎陋以眩世者,又岂足信哉!"⑤山谷艳词也是情在其外、理在其内,不能仅观其外。

苏轼推尊词品不是因为短于情或不及于情,也不同于滑稽玩戏。陈师道《书旧词后》:"晁无咎云:'眉山公之词,盖不更此境也。'余谓不然,宋玉初不识巫山神女而能赋之,岂待更而知也。"⑥王若虚引述曰:"晁无咎云:'眉山公之词短于情,盖不更此境耳。'陈后山曰:'宋玉不识巫山神女而能赋之,岂待更而后知?'是直以公为不及于情也。呜呼!风韵如东坡,而谓不及于情,可乎?彼高人逸才,正当如是,其溢为小词而间及于脂粉之间,所谓滑稽玩戏,聊复尔尔者也。若乃纤艳淫媟,入人骨髓,如田中行、柳耆卿辈,岂公之雅趣也哉?"⑦胡寅、元好问都认为苏轼情词即使偶及脂粉却不应与宫体、花间、柳永等量齐观:

---

①《〈碧鸡漫志〉校正》,第34—35页。

②《冷斋夜话》,第84页。

③同上。

④同上书,第77页。

⑤《苏轼文集》(第1册),第329页。

⑥陈师道《后山居士文集》(下册),上海古籍出版社1984年,第521页。

⑦王若虚《滹南诗话》,中华书局1985年,第10页。

及眉山苏氏一洗绮罗香泽之态，摆脱绸缪宛转之度，使人登高望远，举首高歌，而逸怀浩气超然乎尘垢之外。于是《花间》皂隶，而柳氏为舆台矣。①

唐歌词多宫体，又皆极力为之。自东坡一出，情性之外，不知有文字，真有"一洗万古凡马空"气象。虽时作宫体，亦岂可以宫体概之。②

比如苏轼赠王定国歌姬的词作《定风波·南海归赠王定国侍人寓娘》，题序一作"王定国歌儿曰柔奴，姓宇文氏，眉目娟丽，善应对。家世住京师，定国南迁归。余问柔：广南风土应是不好？柔对曰：此心安处便是吾乡。因为缀词云。"词曰："常羡人间琢玉郎。天应乞与点酥娘。尽道清歌传皓齿。风起。雪飞炎海变清凉。　万里归来颜愈少。微笑。笑时犹带岭梅香。试问岭南应不好。却道。此心安处是吾乡。"宇文柔奴蕙性兰心、娇面如梅（苏轼《蜡梅一首赠赵景贶》有"天公点酥作梅花"之句）、歌喉贯珠、舞姿回雪能使南海炎热转为清凉（实写缓解贬谪苦闷的胸次释然），归来笑意尚带梅岭花香（实写从容于磨难，不损志节）。吴曾认为其应对之语出自白居易诗："白《吾土诗》云：身心安处为吾土，岂限长安与洛阳。又《出城留别》诗云：我生本无乡，心安是归处。又《重题》诗云：心泰身宁是归处，故乡可独在长安。又《种桃杏》诗云：无论海角与天涯，大抵心安即是家。"③情语涉及脂粉近似于宫体，但却在化用禅空诗句中被淡化。

另如自赠侍妾王朝云的端午词《浣溪沙》："轻汗微微透碧纨，明朝端午浴芳兰。流香涨腻满晴川。　彩线轻缠红玉臂，小符斜挂绿云鬟。佳人相见一千年。"多化用端午典故。如浴兰汤，戴德《大戴礼记》（卷二）："（五月）蓄兰，为沐浴也。"④《荆楚岁时记》："按《大戴礼》曰：'五月五日，蓄兰为沐浴。'楚辞曰：'浴兰汤兮沐芳华。'今谓之浴兰节。"⑤宋人吴自牧《梦粱录》（卷三）也记载了这一习俗："（五月）五日重午节，又曰'浴兰令节'"。⑥节日系五彩丝于臂，又佩戴钗头符。皆见前引《荆楚岁时记》。末句略取意李延

①胡寅《向芗林酒边集后序》，《崇正辨·斐然集》，第402页。
②元好问《新轩乐府引》，元好问《遗山先生文集》（第4册），商务印书馆1937年，第496页。
③吴幵《优古堂诗话》，中华书局1985年，第26页。
④戴德原著，黄怀信等撰《〈大戴礼记〉汇校集注》（上册），三秦出版社2005年，第258页。
⑤《荆楚岁时记》，第47页。
⑥《梦粱录》，第39页。

年《歌》:“北方有佳人,绝世而独立。一顾倾人城,再顾倾人国。宁不知倾城与倾国,佳人难再得。”刘孝标注《世说新语》引《荀粲别传》:“粲曰:‘佳人难再得。顾逝者不能有倾城之异,然未可易遇也。’”[①]王朝云美丽的容貌身姿在家家户户的风俗之盛中绰约隐显,没有一毫珠栊绮疏气。

苏词还用寄托手法,净化景物的情欲成份。前引咏榴花《贺新郎》(乳燕飞华屋)一阕,杨湜《古今词话》载其本事是为化解州郡副长官以官妓秀兰迟来之怒[②],胡仔辨曰:“东坡此词,冠绝古今,托意高远,宁为一娼而发邪?”[③]时人项安世认为是采用《离骚》美人香草遗法:“以兴君臣遇会之难”“主恩之难常也”。

苏轼高雅典重的词作透过南渡词人、辛派词人对南宋词发挥着持续的影响,南宋中期,词体回归守律婉约,拒绝俗艳成为创作自觉。这种创作倾向成为南宋情词的清流,苏词高雅典重显然渗透到南宋的婉约情怀,如史梅溪情词多借梅柳托兴,并且自成系列组词。王步高先生指出:

> (《还巢鸾凤·梅意》)为梅溪自度曲,取“还巢鸾凤教偕老”句而名调,以梅起兴,故称“梅意”。实是一首爱情词,前人以为乃“以妾为妻”而作。《梅溪词》中多言及梅,似此女应名“小梅”。此女是梅溪继室,似乎在史弥远政变后她也惨死。《梅溪词》中多首悼亡词,有些均与梅有关,似乎均系悼念她的。[④]

雷履平先生认为《瑞鹤仙·赋红梅》《阮郎归·月下感事》“皆以梅喻伊人”[⑤],并指出梅溪著名的悼亡之作《忆瑶姬·骑省之悼也》中“止说道凌虚,一夜相思玉样人。但起来、梅发窗前,哽咽疑是君”数句是“化用卢仝‘相思一夜梅花发,忽到窗前疑是君’,可为佐证。”[⑥]此类还有《一剪梅·追感》:“些子轻魂几度销。兰骚蕙些,无计重招。东窗一梦月华娇。也带春愁,飞上梅梢。”都是把对扶正侍妾的追念,与月下梅魂融成一片。借柳托兴者如《蝶恋花》:“二月东风吹客袂。苏小门前,杨柳如腰细。胡蝶识人游冶地。

①《〈世说新语〉校笺》,第489页。
②参见杨湜《古今词话》,《词话丛编》,第27—28页。
③《苕溪渔隐丛话·后集》,第328页。
④《〈梅溪词〉校注》,第292—293页。
⑤史达祖撰,雷履平、罗焕章校注《梅溪词》,上海古籍出版社1988年,第26页。
⑥同上。

旧曾来处花开未。"姜夔屡以梅柳托兴的词作已见前引。姜、史生同其时。自此以后,典雅派的爱情词包括咏物词中闺房意都有意拒绝淫靡媟亵习气,词品愈尊;从中不难看出苏轼情词的深刻影响。

二　瘦硬通神摒弃姿媚

前引刘熙载《诗概》谓唐诗有水深林茂气象,宋诗学杜甫近于瘦硬通神。杜甫是唐诗中始开宋调者,是江西诗派的不祧之祖。《唐宋诗醇》(卷二十九)引录顾嗣立语:"七言古诗易入整丽,而亦近平熟,自老杜始为拗体。"[①]唐诗、宋诗属于不同的审美范型,缪钺《论宋诗》:"唐诗之弊为肤廓平滑,宋诗之弊为生涩枯淡。"[②]"宋人略唐人之所详,详唐人之所略,务求充实密栗,虽尽事理之精微,而乏兴象之华妙。"[③]清人有唐音宋调之分,但钱锺书认为不能纯然以朝代为断:"曰唐曰宋,特举大概而言,为称谓之便。非曰唐诗必出唐人,宋诗必出宋人也。故唐之少陵、昌黎、香山、东野,实唐人之开宋调者;宋之柯山、白石、九僧、四灵,则宋人之有唐音者。"[④]但宋调瘦劲之美毕竟在宋诗特别是江西宗主黄庭坚、陈师道等人的诗作中表现最为典型。缪钺先生辨之甚详:

> 宋诗运思造境,炼句琢字,皆剥去数层,透过数层。贵"奇",故凡落想落笔,为人人意中所能有能到者,忌不用,必出人意表,崛峭破空,不从人间来。又贵"清",譬如治馔,凡肥醲厨馔,忌不用。苏轼评黄诗云:"黄鲁直诗文如蝤蛑、江瑶柱,格韵高绝,盘飧尽废。"任渊谓读陈师道诗,"似参曹洞禅,不犯正位,切忌死语"。方东树评黄诗曰:"黄山谷以惊创为奇,意,格,境,句,选字,隶事,音节,着意与人远,故不惟凡近浅俗,气骨轻浮,不涉毫端句下,凡前人胜境,世所程式效慕者,尤不许一毫近似之。"黄陈最足代表宋诗,故观诸家论黄陈诗之语,可以想见宋诗之特点。宋诗长处为深折,隽永,瘦劲,洗剥,渺寂,无近境陈言、冶态凡响。[⑤]

---

①《唐宋诗醇》,第602页。

②《诗词散论》,第36页。

③同上书,第37页。

④钱锺书《谈艺录》,中华书局1984年,第2页。

⑤《诗词散论》,第45页。

宋词诗学取向经历了从推崇唐音之美到宋调之美的转变过程，在这一词体内质雅化过程中，宋元的当下论词与以后观前者的不同表现在于，各以唐音之美或宋调之美为雅。周邦彦词因化用唐诗比例特高而多带唐音之美："多用唐人诗语隐括入律……富艳精工，词人之甲乙也。"[①]"往往自唐宋诸贤诗句中来，而不用经史中生硬字面，此所以为冠绝也。""浑厚和雅，善于融化诗句"。但在周词之前，词体已开宋调风气。刘熙载《艺概》："张子野始创瘦硬之体。"[②] 又评王安石词："王半山词瘦削雅素，一洗五代旧习。唯未能涉乐必笑，言哀已叹，故深情之士不无间然。"[③]俨然如江西诗家"寡情少恩，如法家者流"[④]。秦观也不例外。洪迈《容斋四笔》（卷十三）称赞《八六子》："语句清峭，为名流推激。"[⑤]《词源》推尊苏轼、姜夔，举证中也有北宋词人王安石，而他被认为是"宋调坌出，苏黄前导"[⑥]；又举证陈与义（江西三宗之一）《临江仙·夜登小阁，忆洛中旧游》中"杏花疏影里，吹笛到天明"之句[⑦]。从中透露出张炎以周词为"软媚"，正体现出崇扬宋调之美的趋向。《词源》各以周邦彦、苏轼为正面或反面例证，正好可以看出对词中唐音宋调的不同态度。

（一）情丰景腴平熟姿媚

张炎《词源》推尊姜白石、吴梦窗而不取周清真，在某种意义上，是因为清真词多唐诗之美而少宋诗异质。张炎讥评清真词的"软媚"，宋人多用以评价文如其品。如黄槮论石曼卿："平生意气卓荦，多慕古人奇节伟行，其见于辞章之末，又肯为儿女子软媚语耶？"[⑧]或用以评价绘画书法："书法自唐颜柳以来，多尚筋力而乏于风韵。然尚筋力者则失于狂躁，喜风韵者则过于软媚。"[⑨]"宗妇曹氏所画花鸟等，皆非优柔软媚，取悦儿女者。"[⑩]"姿媚"

---

①《直斋书录解题》，第585页。

②《艺概》，第107页。

③同上。

④刘辰翁《后山诗注序》，《全宋文》（第357册），第83页。

⑤《容斋随笔》，第605页。

⑥《诗薮》，第218页。

⑦参见《词源》，《词话丛编》（第1册），第265页。

⑧孙凤《孙氏书画钞》引录黄槮笔记，卢辅圣主编《中国书画全书》（第3册），上海书画出版社1993年，第882页。

⑨《六研斋笔记》，第102页。

⑩朱谋垔《画史会要》，朱和平、郭孟良主编《中国书画史会要》，中州古籍出版社2009年，第415页。

是其同义词，除前引韩愈《石鼓歌》外，另如《宣和书谱》（卷十八）“草书”条：“（裴素）力不甚劲，而姿媚有余”[①]。吴澄《字体正讹序》：“汉隶之流为晋隶，则又专务姿媚以悦人，妍巧千状，见者无不爱。”[②]“姿媚”也被作为文学批评用语。如王安石《寄慎伯筠》：“多为峭句不姿媚，天骨老硬无皮肤。”“软媚”“姿媚”的实质，不免优柔善入，伤妍迎俗。但是周词取悦的读者群体，已从柳永词“不知书”的“都下富儿”，扩大到“贵人学士、市儇妓女”。所以张炎屡屡并称为周情柳思（词作篇目已见前注）。

虽然清真词在两宋之际曾与柳永对比而被目为“奇崛”“深劲”，前引王灼评曰：“周《大酺》《兰陵王》诸曲最奇崛。或谓深劲乏韵，此遭柳氏野狐涎吐不出者也。”但随着江西诗人创作及诗学理论的发展，宋人逐渐厌弃唐诗平熟姿媚而推崇江西奇崛瘦劲。“奇崛”从而具备了以下涵义：一是深婉出新。如唐代张籍也是开宋调风气者之一，王安石评曰：“苏州司业诗名老，乐府皆言妙入神。看似寻常最奇崛，成如容易却艰辛。”（《题张司业诗》）姚合评曰：“妙绝江南曲，凄凉怨女诗。古风无敌手，新语是人知。”（《赠张籍太祝》）二是有豪宕风云气，不斤斤于“模写物态，曲尽其妙”。朱熹《跋杜工部同谷七歌》：“杜陵此歌豪宕奇崛，诗流少及之者。”[③]三是剔抉精微，不蹈袭前人语意，《后村诗话》（卷三）：“黄庶亚夫，山谷之父，世所称《怪石》绝句之外，如‘书对圣贤为客主，竹兼风雨似《咸》《韶》’，如‘史解戮人惟戮古，地能埋死只埋愚’，皆奇崛不蹈袭。”[④]前述宋调重意轻情，重理轻景，也是诗境奇崛的途径。受江西诗风影响，熔铸奇崛硬语成为南宋词体创作与词学理论的共同追求，谢章铤指出了两宋词坛异趋的美学取向：“北宋多工软语，南宋多工硬语。”[⑤]

正是在南宋历史语境下，张炎批评清真“失之软媚”，并得到清人的普遍认同。如彭孙遹《金粟词话》：“美成词如十三女子，玉艳珠鲜，政未可以其软媚而少之也。”[⑥]郭麐分宋词为四派，其中周派妍媚俗态与姜夔迥脱脂粉相比自有分别：“施朱傅粉，学步习容，如宫女题红，含情幽艳，秦、周、贺、

①佚名著，顾逸点校《宣和书谱》，上海书画出版社1984年，第141页。

②《全元文》（第14册），第344页。

③朱熹《晦庵题跋》，中华书局1985年，第57页。

④《后村诗话》，第53页。

⑤《〈赌棋山庄词话〉校注》，第241页。

⑥《金粟词话》，第1页。

晁诸人是也。”[①]“姜、张诸子，一洗华靡，独标清绮，如瘦石孤花，清笙幽磬，入其境者，疑有仙灵，闻其声者，人人自远。”[②]

清真词情丰景腴的平熟姿媚，受到明人王世贞的批评：“美成能作景语，不能作情语，能入丽字，不能入雅字，以故价微劣于柳。”[③]清人贺裳基本同意这一看法：“周清真虽未高出，大致匀净，有柳欹花亸之致，沁人肌骨处，视淮海不徒娣姒而已。弇州谓其能入丽字，不能入雅字，诚确。谓能作景语不能作情语，则不尽然。但生平景胜处为多耳。”[④]周济指出其在钩勒处见功夫：“清真浑厚，正于钩勒处见。他人一钩勒便刻削，清真愈钩勒愈浑厚。”[⑤]所谓钩勒，正需要雕镂物类、探讨虫鱼的穿凿之工，以及美人香草、蝶雨梨云的琐屑指陈。写景胜处不外乎此，如《苏幕遮》：

> 燎沉香，消溽暑。乌雀呼晴，侵晓窥檐语。叶上初阳干宿雨、水面清圆，一一风荷举。　　故乡遥，何日去。家住吴门，久作长安旅。五月渔郎相忆否。小楫轻舟，梦入芙蓉浦。

除过片四句，全为写景。王国维评“叶上”三句：“此真能得荷之神理者。”[⑥]再如《风流子》：“新绿小池塘。风帘动、碎影舞斜阳。羡金屋去来，旧时巢燕，土花缭绕，前度莓墙。绣阁凤帏深几许，曾听得理丝簧。”陈洵评为“层层布景，总把‘深几许’三字出力。”[⑦]《大酺·春雨》：“对宿烟收，春禽静，飞雨时鸣高屋。墙头青玉旆，洗铅霜都尽，嫩梢相触。润逼琴丝，寒侵枕障，虫网吹黏帘竹。”陈洵说前六句是“屋外景”，后三句是“屋内景”。[⑧]

方回《瀛奎律髓》评唐宋诗以描摹女子外貌、屑似其语言为卑俗。如评韩偓《香奁集》：“惟《香奁》之作，词工格卑”[⑨]。又评《偶见》“小叠红笺书恨字，与奴方便送卿卿。”谓其“书妇人之言于雅什，不已卑乎？”[⑩]清真亦多香

①郭麐《灵芬馆词话》，《词话丛编》（第2册），第1503页。
②同上。
③《弇州山人四部稿》，第6926页。
④贺裳《皱水轩词筌》，《词话丛编》（第1册），第705页。
⑤《宋四家词选目录序论》，《宋四家词选》，第2页。
⑥王国维《人间词话（初刊本）》，王国维著，彭玉平编《人间词话》，第57页。
⑦《海绡说词》，《词话丛编》（第5册），第4865页。
⑧上彊村民重编，唐圭璋笺注《宋词三百首笺注》，上海古籍出版社1979年，第99页。此条朱祖谋辑录，《词话丛编》本《海绡说词》不载。
⑨《瀛奎律髓》，第152页。
⑩同上书，第158页。

衮泛语。写外貌姿容如《瑞龙吟》:"因念个人痴小,乍窥门户。侵晨浅约宫黄,障风映袖,盈盈笑语。"《意难忘》:"低鬟蝉影动,私语口脂香。""长颦知有恨,贪耍不成妆。"述妇人之语如《少年游》:"低声问向谁行宿,城上已三更。马滑霜浓,不如休去,直是少人行。"清真隐括唐诗多为姿媚之语已见前引,其隐括六朝诗也以写人、写景为主。如:

《月中行》:泪尽梦啼中。——萧纶《代秋胡妇闺怨诗》:泪尽梦啼中。

《玉楼春》:酒边谁使客愁轻。——刘孺《至大雷联句》:讵使客愁轻。

《渔家傲》:拂拂面红新着酒。——庾信《咏画屏风诗二十五首》(之二十三):面红新着酒。

《玉楼春》:大堤花艳惊郎目。——宋《清商曲·襄阳乐》:大堤诸女儿,花艳惊郎目。

《鹤冲天》:鱼戏动新荷。——谢朓《游东田》:鱼戏新荷动。

《锁阳台》:五两了无闻。——鲍照《吴歌三首》(之三):五两了无闻。

《蝶恋花》:辘轳牵金井。——吴均《行路难五首》(之四):城上金井牵辘轳。

《渡江云》千万丝、陌头杨柳,渐渐可藏鸦。——梁简文帝《金乐歌》:杨柳可藏鸦。

田同之《西圃词说》引宋征璧语:"周清真蜿蜒流美,而乏陡健。"[①]南宋姜夔虽同属典丽词派,但却能一洗尘俗,仇远称为"白石老仙"[②],郭麐谓其词境"入其境者,疑有仙灵。"。刘熙载拟为"幽韵冷香,令人挹之无尽。拟诸形容,在乐则琴,在花则梅也。……藐姑冰雪,盖为近之。"[③]前人又多以姜夔、张炎比并,郭麐《无声诗馆词序》曰:"祖骚人之遗,尽洗秾艳,而清空婉约之旨深。"[④]阮元亦曰:"清空蕴藉,无繁丽弱亵之情。"[⑤]

①田同之《西圃词说》引宋征璧语,《词话丛编》(第2册),第1458页。

②仇远《山中白云词序》,曹炳曾等校刊《山中白云词》。

③《艺概》,第110—111页。

④郭麐《灵芬馆杂著》,《清代诗文集汇编》(第485册),上海古籍出版社2010年,第410页。

⑤阮元《淮海英灵集》(第8册),中华书局1985年,第643页。

姜夔之后，吴梦窗被视为清真嫡传。沈义父说“梦窗深得清真之妙”，黄升引尹焕语：“求词于吾宋者，前有清真，后有梦窗，此非焕之言，四海之公言也。”[①]然而，梦窗为矫正清真优柔滑熟而出之以凝涩，这就是前引张炎所说字面“多于温庭筠、李长吉诗中来”。从梦窗隐括温李僻句可见一斑，如：

《浪淘沙》：灯火雨中船。——温庭筠《送淮阴孙令之官》：灯火雨中船。

《珍珠帘·春日客龟溪》：麟带压愁香。——温庭筠《舞衣曲》：蝉衫麟带压愁香。

《江神子》：腰袅带金虫。——李贺《恼公》：腰袅带金虫。

引例中《江神子》隐括李贺《恼公》：“陂陀梳碧凤，腰袅带金虫。”金虫，首饰。吴均《和萧洗马子显古意》（之一）：“莲花衔青雀，宝粟钿金虫。”一说，昆虫制成的首饰。宋祁《益部方物略记》：“虫质甚微，翠体金光，取而桥之，参饰钗梁。”并注曰：“金虫，出利州山中，蜂体绿色，光若金，里人取以佐妇钗环之饰云。”[②]此处比喻佳人鬓上所簪桂花。腰袅，连绵词，宛转摇动貌。虽写侑觞席上艳情，但避俗惟恐不及。明人王思任评李贺：

顾其冥心千古，涉目万书，嘆空绣阁，掷地绝尘，时而蛩吟，时而鹦鹉语，时而作霜鹤唳，时而花肉媚眉，时而冰车铁马，时而宝鼎熇云，时而碧燐划电，阿闪片时，不容方物。[③]

钱锺书认为李贺“盖性僻耽佳，酷好奇丽，以为寻常事物，皆庸陋不堪入诗。力避不得，遂从而饰以粉垩，绣其鞶帨焉”[④]。梦窗写寻常景物化俗为雅也是以凝涩作为避俗利器。如《声声慢·陪幕中饯孙无怀于郭希道池亭》，周密《绝妙好词》予以选录，当可归为“精粹”之目，但“檀栾金碧，婀娜蓬莱”八字，张炎讥为“太涩”。刘永济认为这是用代字法：“以‘檀栾’代竹，‘婀娜’代柳，‘金碧’代楼台，‘蓬莱’代洲渚，八字全用代词也。”[⑤]梦窗是以

---

①黄升选编，邓子勉校点《中兴以来绝妙词选》，《唐宋人选唐宋词》（下册），第835—836页。

②宋祁《益部方物略记》，中华书局1985年，第22—23页。

③王思任《李贺诗解序》，王思任著，任远点校《王季重十种》，浙江古籍出版社2010年，第9—10页。

④《谈艺录》，第57页。

⑤刘永济《词论》，上海古籍出版社1981年，第131页。

研炼至于质实的手法，打破惯常的语言存在形式，刺激读者在语言理解方面积习难返的麻木状态，以陌生化手法唤起对语言的崭新感觉，以求达到避俗就雅、推陈出新的效果：其实就是宋调在宋词创作中极端化的表现形态，与清真似貌合而神离，却与晚宋词以宋调为美的取向不求其同而不得不同。俞陛云正是在这层意义上评其《满江红·淀山湖》"秋色未教飞尽雁，夕阳长是坠疏钟"二句："极有疏隽之味，是词句，非七律中句，且系宋人佳咏，非唐人风格。"[①]缪钺先生说："世之作俗诗者，记得古人许多陈词套语，无论何题，摇笔即来，描写景物，必'夕阳''芳草'，偶尔登临，亦'万里''百年'，伤离赠别，则'折柳''沾襟'，退隐闲居，必'竹篱''茅舍'；陈陈相因，使人生厌，宜多读宋诗，可以涤肠换骨也。"[②]以宋调入词者，正可针砭词中写景的陈词俗套。

当然，诗词文体有别，宋词天然具备唐音之美。词人笔下生成并激发了色香声味，正如波德莱尔所谓"芳香、色彩、音响全在互相感应"[③]。江顺诒引包慎伯《月底修箫谱序》："是词说者，言外而已，言成则有声，声成则有色，色成而味出焉。三者具，则足以尽言外之才矣。若夫成人之速者，莫如声，故词名倚声。声之得者，又有三，曰清、曰脆、曰涩。……则以其声之幺眇铿磐，恻恻动人，无色而艳，无味而甘故也。"[④]诸家评周邦彦，以"艳"为其精髓。如陈振孙评其"富艳"，徐士俊评为"魂芳魄艳。兼金石绮采之美"[⑤]，乔大壮"体物之笔，以秾艳著"[⑥]。李攀龙"体度艳冶"[⑦]、彭孙遹"玉艳珠鲜"、郭麐"含情幽艳"，无不如此。但吴梦窗词"如七宝楼台，眩人眼目"，樊增祥评曰："君特以酞粹之姿，发瑶瑰之想，万花共采，五鲭合脔。"[⑧]已是唐音中兼具宋调的美质，张炎看到了梦窗与清真的本质区别，故而也举证梦窗作为创作标准。

①《唐五代两宋词选释》，第368页。

②《诗词散论》，第46页。

③波德莱尔著，钱春绮译《恶之花·感应》，人民文学出版社1986年，第19页。

④江顺诒辑，宗山参订《词学集成》，《词话丛编》（第4册），第3283页。

⑤《古今词统》引徐士俊评语，《古今词统》（下册），第550页。

⑥周邦彦著，乔大壮批《乔大壮手批周邦彦片玉集》，卷七第4页。

⑦吴从先汇编，袁宏道增订，何伟然参校《新刻李于麟先生批评注释草堂诗余隽》（今藏南京图书馆），师俭堂萧少衢依京版刻，卷之三第30页。

⑧樊增祥《东溪草堂词选自叙》，樊增祥《樊山集》（第1册），台湾文海出版社1978年，第691页。

（二）深折隽永瘦硬生新

在江西诗学与江西诗风盛行的时代，唐诗的艳丽滑熟逐渐被扬弃。李清照《词论》列名的主要词人，或为昆体余绪，如晏殊、宋庠、宋祁，或为江西诗派先声，如欧阳修、王安石、苏轼，或为江西诗人中坚，如黄庭坚，还有苏门词人秦观。严羽《沧浪诗话·诗辨》："近代诸公乃作奇特解会，遂以文字为诗，以才学为诗，以议论为诗。夫岂不工，终非古人之诗也。盖于一唱三叹之音，有所歉焉。……至东坡、山谷始自出己意以为诗，唐人之风变矣。山谷用工尤为深刻，其后法席盛行，海内称为江西宗派。"①宋诗长处"深折，隽永，瘦劲，洗剥，渺寂，无近境陈言、冶态凡响"，经由东坡等人的努力也成为词体元素。

苏轼词作在深折透辟抒写胸中之意气方面与宋诗同流者有数端：一曰清气四溢，隽永思致在写景抒情中得到感性显现；二曰运思造境，不落凡想，剥去数层，透过数层；三曰意致深透，剥肤存液，言外有意，悠然不尽；四曰开启以文为词的风气之先。试举数词并分析如下（下引咏笛词《水龙吟》论述中有例句，略而不录其全篇）：

《定风波》：两两轻红半晕腮。依依独为使君回。若道使君无此意。何为。双花不向别人开。　但看低昂烟雨里。不已。劝君休诉十分杯。更问尊前狂副使。来岁。花开时节与谁来。

《蝶恋花》：花褪残红青杏小。燕子飞时，绿水人家绕。枝上柳绵吹又少。天涯何处无芳草。　墙里秋千墙外道。墙外行人，墙里佳人笑。笑渐不闻声渐悄。多情却被无情恼。

《浣溪沙》：山下兰芽短浸溪。松间沙路净无泥。萧萧春雨子规啼。　谁道人生无再少，门前流水尚能西。休将白发唱黄鸡。

《水调歌头》：明月几时有，把酒问青天。不知天上宫阙，今夕是何年。我欲乘风归去，又恐琼楼玉宇，高处不胜寒。起舞弄清影，何似在人间。　转朱阁，低绮户，照无眠。不应有恨，何事长向别时圆。人有悲欢离合，月有阴晴圆缺，此事古难全。但愿人长久，千里共婵娟。

《醉翁操》：琅然。清圆。谁弹。响空山。无言。惟翁醉中知其天。月明风露娟娟。人未眠。荷蒉过山前。曰有心也哉此贤。　醉翁啸

①《〈沧浪诗话〉校释》，第26—27页。

咏，声和流泉。醉翁去后，空有朝吟夜怨。山有时而童巅。水有时而回川。思翁无岁年。翁今为飞仙。此意在人间。试听徽外三两弦。

首先，苏轼所写情景皆为隽永思致的感性显现。这是诗人之词的传统，叶嘉莹先生说："而晏殊却独能将理性之思致，融入抒情之叙写中，在伤春怨别之情绪内，表现出一种理性之反省及操持，在柔情锐感之中，透露出一种圆融旷达之理性的观照。"[①]前引冯煦有欧阳修"疏隽开子瞻"之语。引词《定风波》是写景最多的词作，词序曰："十月九日，孟亨之置酒秋香亭，有拒霜独向君猷而开。坐客喜笑，以为非使君莫可当此花，故作是词。"此词是元丰六年（1083）十月九日作于黄州。《东坡先生年谱》："六年癸亥，先生年四十八，在黄州，为通判孟亨之跋子由《君子泉铭》及有题唐林父笔文。"[②]施元之注苏轼诗题《太守徐君猷通守孟亨之皆不饮酒以诗戏之云》："徐君猷，名大受，东海人。孟亨之，名震，东平人，举进士。东坡来黄州，二君为守倅，厚礼之，无迁谪意。君猷秀惠列屋，杯觞流行，多为赋词。满去而殂，坡有祭文、挽词，意甚凄恻。亨之寓毗陵，坡自黄过常，有同游僧舍诗。"[③]拒霜，木芙蓉。九、十月开放。苏轼有《和陈述古拒霜花》："唤作拒霜知未称，细思却是最宜霜。"词中"两两轻红""双花"出自王子高与仙女瑶英、芳卿同游芙蓉城仙境的传说，因而奇想俪仙幻化为相携交扶的腻腴花朵。其事已见前引苏轼《芙蓉城》诗序、胡微之《芙蓉城传》。两花如侑觞歌妓，殷勤劝客莫要推辞满杯琼浆。郑獬《觥记注》："酒船，古以金银为之，内藏风帆十幅。酒满一分，则一帆举；酒干一分，则一帆落。"[④]白居易《春深》："十分杯里物，五色眼前花。"狂副使为席上黄州通判孟亨之，兼及太守徐君猷秀惠列屋。苏轼另有《减字木兰花》三首分别赠徐君猷三侍人妩卿、胜之、庆姬。《戏赠田辩之琴姬》有"坐中有狂客，莫近绣帘弹"之句。结二句用杜甫《九日蓝田崔氏庄》："明年此会知谁健，醉把茱萸仔细看。"此时苏轼被贬黄州已经四年，但词作借助花近歌席的文人雅集，逸怀浩思，不染贬谪心态的颓靡。《蝶恋花》是苏词名篇。王士祯评词曰："'枝上柳绵'，恐柳屯田缘情绮

①叶嘉莹《论晏殊词》，缪钺、叶嘉莹《灵谿词说》，上海古籍出版社1987年，第94页。

②王宗稷《东坡先生年谱》，《苏东坡全集》（上册），第20页。

③苏轼撰，施元之原注，邵长蘅删补《施注苏诗》，《景印文渊阁四库全书》（第1110册），第372页。

④郑獬《觥记注》，《说郛三种》（第7册），第4331页。

靡，未必能过。”[①]竟也一毫不近俗尘。《说郛》卷八十四下引阙名《林下诗谈》：“子瞻在惠州，与朝云闲坐时，青女初至，落木萧萧，凄然有悲秋之意，命朝云把大白唱‘花褪残红’。朝云歌喉将啭，泪满衣襟。子瞻诘其故，答曰：‘奴所不能歌是“枝上柳绵吹又少，天涯何处无芳草”也。’子瞻翻然大笑，曰：‘是吾政悲秋，而汝又伤春矣。’”[②]景物呈现的是春徂秋来、人生苦短的哲思。

其次，苏词翻过人人意中所有的常境常情数层落笔，自诣高境。如《浣溪沙》，“逝者如斯夫，不舍昼夜”是自古以来岁月不再、功业无成的浩叹。白居易《醉歌》是对这一心态的概括：“谁道使君不解歌，听唱黄鸡与白日。黄鸡催晓丑时鸣，白日催年酉前没。腰间红绶系未稳，镜里朱颜看已失。”但是东坡词却翻出常见，唱出了违反自然规律的爽健高歌，尽管这高歌中流动的仍然是谪居黄州时的悲郁忠厚[③]，但毕竟在这一传统主题中注入了不落凡俗的达观之怀。《蝶恋花》则在翻案文学传统中以男女之情喻君臣大义的忠爱旋律，揭示了封建社会君臣关系中多情与无情的对峙给忠臣带来的烦忧，虽然此中仅有烦忧而无决绝，卫道者的评价已经可以从反面证明这一点，王闿运评曰：“此则逸思，非文人所宜。”[④]再看胡仔、张炎都予以好评的咏笛词《水龙吟》，词序曰：“岭南太守闾邱公显，致仕居姑苏。东坡每过必留连，尝言：过姑苏不游虎丘，不谒闾丘，乃二欠事，其重之如此。一日，出其后房佐酒，有懿卿者，甚有才色，善吹笛，因作《水龙吟》赠之。”另据苏轼《水龙吟》（小舟横截春江）题序：“闾丘大夫孝直公显尝守黄州，作栖霞楼，为郡中胜绝。元丰五年，余谪居于黄。正月十七日，梦扁舟渡江，中流回望，楼中歌乐杂作。舟中人言：公显方会客也。觉而异之，乃作此词。公显时已致仕在苏州。”（丘，同“邱”）则咏笛（或作“咏笛材”）《水龙吟》写于元丰五年（1802）之后。张端义《贵耳集》（卷下）：“东坡《水龙吟》笛词八字谥：‘楚山修竹如云，异材秀出千林表’，此笛之质也。‘龙须半剪，凤膺微涨，玉肌匀绕’，此笛之状也。‘木落淮南，雨晴云梦，月明风袅’，此笛之时也。‘自中郎不见，将军去后，知辜负秋多少”，此笛之事也。‘闻道岭南太守，后堂

①王士禛《花草蒙拾》，《词话丛编》（第1册），第680页。

②阙名《林下诗谈》，《说郛三种》（第7册），第3889页。

③参见《白雨斋词话》，第152页。

④王闿运《湘绮楼评词》，《词话丛编》（第5册），第4293页。

深，绿珠娇小'，此笛之人也。'绮窗学弄，凉州初试，霓裳未了'，此笛之曲也。'嚼徵含宫，泛商流羽，一声云杪'，此笛之音也。'为使君洗尽，蛮风瘴雨，作霜天晓'，此笛之功也。五音已用其四，乏一'角'字，'霜天晓'歇后一'角'字。"[①]无一句是寻常写景。后堂即题序中"后房'，深院藏姬之地。典出《汉书·张禹传》："禹性习知音声，内奢淫，身居大第，后堂理丝竹管弦。……禹心亲爱(戴)崇，敬(彭)宣而疏之。崇每候禹，常责师宜置酒设乐与弟子相娱。禹将崇入后堂饮食，妇女相对，优人管弦铿锵极乐，昏夜乃罢。"[②]霓裳，指《霓裳羽衣曲》。此词把懿卿吹奏《霓裳羽衣曲》佐酒韵事，提升至"剪云梦之霜�，法龙吟之异韵，所以涤荡邪气，出扬正声者"(已见前引)的古代制笛之法。《水调歌头》则翻出神仙广寒、羽化登仙的庸常主旨之外，成为"终是爱君"的情感表述。郑文焯评《定风波》(莫听穿林打叶声)："此足征是翁坦荡之怀，任天而动，琢句也瘦逸，能道眼前景，以曲笔直写胸臆，倚声能事尽之矣。"[③]

再次，词中小令篇幅短小，意象跳宕，空灵含蓄，故常以精炼的字句收意境繁复之效，苏轼把这一手法带入了慢词创作，词中意气感慨往往精辟透彻，了无剩义。胡仔称赞说"中秋词，东坡《水调歌头》一出，余词尽废"[④]。清人对坡词语简意丰也多有评价。赵翼说："天生健笔一枝，爽如哀梨，快如并剪，有必达之隐，无难显之情，此所以继李、杜后为一大家也。"[⑤]沈祥龙说："词当意余于辞，不可辞余于意。……若意余于辞，如东坡'燕子楼空，佳人何在，空锁楼中燕'，用张建封事。……盖辞简而余意悠然不尽也。"[⑥]前述胡仔又引苏轼多首词句，认为"皆绝去笔墨畦径间，直造古人不到处，真可使人一唱而三叹"，都属此类。

复次，苏轼词已开以文为词端绪。韩昌黎以文为诗，同时也是唐人开宋调的重要诗人。宋人群起效仿，《诗法源流》曰："唐人以诗为诗，宋人以文为诗。"[⑦]而以苏轼为翘楚。赵翼《瓯北诗话》："以文为诗，自昌黎始；至东

①《贵耳集》，第53—54页。
②《汉书》(第10册)，第3349页。
③郑文焯《手批东坡乐府》，《大鹤山人词话》，第48页。
④《苕溪渔隐丛话·后集》，第321页。
⑤《瓯北诗话》，第56页。
⑥《论词随笔》，《词话丛编》(第5册)，第4053页。
⑦高棅《唐诗品汇》引傅若金《诗法源流》，《唐诗品汇》(上册)，第13页。

坡益大放厥词，别开生面，成一代之大观。”① 东坡词也有此倾向，因而其词可以隐括古体诗及辞赋，如《洞仙歌》隐括孟昶《避暑摩诃池上作》（或题《木兰花》），《水调歌头》隐括韩愈古体诗《听颖师弹琴》，《哨遍》隐括陶渊明《归去来兮辞》；上引《醉翁操》有《吴越春秋·勾践外传·弹歌》“断竹、续竹、飞土、逐肉”的远古之风，亦韵亦散。苏轼还如韩愈《南山诗》《荐士》诗以虚字斡旋，造成句中顿数节奏的变化，使之趋向质古的散文，如采用“之”“者”“也”“哉”等虚字。上引《醉翁操》最为突出用虚字的例句是“曰有心也哉此贤”，其他词作也不乏其例，如：

问向前、犹有几多春，三之一。——《满江红》

上党从来天下脊，先生元是古之儒。——《浣溪沙》

三十三年，今谁存者，算只君与长江。——《满庭芳》

枝上残花吹尽也，与君更向江头觅。——《满江红》

尊前一曲为谁哉。留取曲终一拍、待君来。——《南歌子》

龙榆生《校订苏门四学士词弁言》评黄庭坚词：“黄词生新瘦硬，恰象他的诗；但它的骨子里却蕴蓄着无穷意味。”②正是山谷学东坡得益匪浅处。

在典丽派词人中，姜夔词中亦喜用散文中的虚字。如《暗香》：“又片片、吹尽也，几时见得。”《长亭怨慢》：“韦郎去也，怎忘得、玉环分付。”《蓦山溪·咏柳》：“阳关去也，方表人肠断。”《水调歌头·富览亭永嘉作》：“欲讯桑田成海，人世了无知者，鱼鸟两相推。”“东望赤城近，吾兴亦悠哉。”前说白石是以江西诗风即宋调入词，其词不涉嫣媚，有瘦劲刚健之美。沈祥龙有“何尝有一语涉于嫣媚”的称誉，也就是夏承焘所说的“从用唐诗成语辞汇走向用宋诗的造句铸辞”，正好表明词中对宋调宗风所向的审美诉求。

三 高华自然澄汰生硬

我国文学特别是诗歌讲究词采高华，声韵雅畅；然而，面对无法绕行的传统文化的浩翰资源，采用典故炫才耀学又是展示文人才华格调的方式。词体语言具有更为特殊的素质。欧阳炯谓其兼有辞藻美与音乐美的独特要求：“镂玉雕琼，拟化工而迥巧。裁花剪叶，夺春艳以争鲜。是以唱云谣

①《瓯北诗话》，第56页。

②黄庭坚著，龙榆生校点《豫章黄先生词》（苏门四学士词之二），中华书局1957年，第2页。

则金母池清，挹霞醴则穆王心醉。名高白雪，声声而自合鸾歌。响遏青云，字字而偏谐凤律。”[①]陆辅之总结说：“词不用雕刻，刻则伤气，务在自然。”[②]用语又相对精微幽细，正如缪钺先生《论词》所说：“诗之所言，固人生情思之精者矣，然精之中复有更细美幽约者焉，诗体又不足以达，或勉强达之，而不能曲尽其妙，于是不得不别创新体，词遂肇兴。……要眇之情，凄迷之境，诗中或不能尽，而此新体反适于表达。”[③]基于此，宋词语言的高华自然，虽然也有腹有书卷的典雅繁富，却更要满心而发、肆口而成，无雕琢痕迹，同时兼有美听的音乐效果。张炎词论倡导的语体风格美正在于此。

（一）词采高华字面妍赡

自南北朝开始，批评家就提倡诗歌应脱略于才学之外。钟嵘《诗品（中）·序》：“至乎吟咏情性，亦何贵于用事？‘思君如流水’，既是即目；‘高台多悲风’，亦惟所见；‘清晨登陇首’，羌无故实；‘明月照积雪’，讵出经史？观古今胜语，多非补假，皆由直寻。”又评谢灵运、颜延之诗质之异：“汤惠休曰：‘谢诗如芙蓉出水，颜诗如错采镂金。’”然而，诗歌自然美必出于书卷酝酿。《诗品》评价谢灵运“芙蓉出水”的自然美，得自曹植与张协的“词采华茂”“词采葱菁”就是明证。《诗品·宋临川太守谢灵运诗》：“其源出于陈思，杂有景阳之体。故尚巧似，而逸荡过之。颇以繁芜为累。嵘谓：若人学多才博，寓目辄书，内无乏思，外无遗物，其繁富宜哉！”[④]皎然《诗式·品藻》推崇诗歌自然美的高华倾向已经非常明显，其《百叶芙蓉菡萏照水例》：“如曹子建诗：‘明月照高楼，流光正徘徊。’宣城公诗：‘金波丽鳷鹊，玉绳低建章。’江文通诗：‘露彩方泛艳，月华始徘徊。’此类是也。”[⑤]

宋朝是读书时代，张镃引《陈辅之诗话》有“万卷人谁不读”[⑥]之豪语，又引《韵语阳秋》：“杜甫云：‘读书破万卷，下笔如有神’。欲下笔，当自读书始。”[⑦]前引张镃所录《石林诗话》解释“初日芙渠”是“非人力所能为，而精彩华妙之意自然见于造化之妙”，指的就是巧夺天工的高华葱菁之美。张镃

①《花间集序》，《花间集》，第3页。
②《词旨》，《词话丛编》（第1册），第301页。
③《诗词散论》，第54—55页。
④以上五条见《诗品集注》，第174、270、97、149、160页。
⑤释皎然《诗式》，中华书局1985年，第8页。
⑥《仕学规范》，《景印文渊阁四库全书》（第875册），第179页。
⑦同上书，第200页。

所引《韵语阳秋》解释了诗歌从组丽到平淡再到自然的关系：

> 陶潜、谢朓诗皆平淡有思致，非后来诗人怵心刿目雕琢者所为也。老杜云“陶谢不枝梧，风骚共推激。紫燕自超诣，翠駮谁剪剔”是也。大抵欲造平淡，当自组丽中来，落其华芬，然后可造平淡之境。如此则陶谢不足进矣。今之人多作拙易诗，而自以为平淡，识者未尝不绝倒也。梅圣俞《和晏相诗》云：“因令适性情，稍欲到平淡。苦词未圆熟，刺口剧菱芡。”言到平淡处甚难也，所以《赠杜挺之》诗有“作诗无古今，欲造平淡难”之句。李白云：“清水出芙蓉，天然去雕饰。”平淡而到天然处则善矣。①

况周颐谓《韵语阳秋》所论与倚声家作词相通：“此论精微，可通于词。欲造平淡，当自组丽中来，即倚声家言自然从追琢中出也。”②并且指出，词体语言的自然得自书卷为多：“填词之难，造句要自然，又要未经前人说过。自唐五代已远，名作如林，那有天然好语，留待我辈驱遣。必欲得之，其道有二。曰性灵流露，曰书卷酝酿，性灵关天分，书卷关学力。学力果充，虽天分少逊，必有资深逢源之日，书卷不负人也。中年以后，天分便不可恃。苟无学力，日见其衰退而已。”③

宋词作为一代之文学的代表体式之一，语言虽然也是从追琢书卷臻于自然，但自有其独特气质。前引韩铸问词于张炎：“公谨父举似亦颜学词之意，翁指花云：‘莲子结成花自落。’”胡元仪笺曰：“极形自然之妙。”④苏轼有绚烂之极归于平淡之说：“凡文字，少小时须令气象峥嵘，彩色绚烂，渐老渐熟乃造平淡。其实不是平淡，绚烂之极也。”⑤此论亦可通于词。彭孙遹说：“词以自然为宗，但自然不从追琢中来，便率易无味。如所云绚烂之极乃造平淡耳。若使语意淡远者，稍加刻画，镂金错绣者，渐近天然，则骎骎乎绝唱矣。”⑥沈祥龙说：“词不能堆垛书卷以夸典博，然须有书卷之气味。胸无书卷，襟怀必不高妙，意趣必不古雅，其词非俗即腐，非粗即

①《仕学规范》，《景印文渊阁四库全书》（第875册），第198页。
②《蕙风词话·广蕙风词话》，第123页。
③同上书，第6页。
④《词旨》，《词话丛编》（第1册），第303页。
⑤苏轼《与二郎侄》，《苏轼文集》（第6册），第2523页。
⑥《金粟词话》，第1页。

纤。”[①]又曰：“句不可过于雕琢，雕琢则失自然。采不可过于涂泽，涂泽则无本色。浓句中间以淡语，疏句后接以密语，不冗不碎，神韵天然，斯尽长调之能事。”[②]

张炎评秦观“清丽中不断意脉，咀嚼无滓，久而知味”，宋人多评秦词熔铸书卷，吐属清雅富赡。如《满庭芳》中“斜阳外”三句，《侯鲭录》（卷八）：“晁无咎称：比来作者，皆不及秦少游，如‘斜阳外，寒鸦数点，流水绕孤村’，虽不识字人，亦知是天生好言语也。”[③]胡仔引《艺苑雌黄》也及《满庭芳》名句，又举《沁园春》《如梦令》二词中化用“金斗”“沉香”句：“中间有‘寒鸦万点，流水绕孤村’之句，人皆以为少游自造此语，殊不知亦有所本。予在临安，见平江梅知录云：‘隋炀帝诗云：“寒鸦千万点，流水绕孤村。”少游用此语也。’予又尝读李义山《效徐陵体赠更衣》云：‘轻寒衣省夜，金斗熨沉香。’乃知少游词‘玉笼金斗，时熨沉香’、与夫‘睡起熨沉香，玉腕不胜金斗’，其语亦有来历处，乃知名人必无杜撰语。”[④]《千秋岁》中“飞（宋人所见多作“落”字）红万点愁如海”句，陈郁《藏一话腴》（内编卷上）：“太白云：‘请君试问东流水，别意与之谁短长。’江南后主曰：‘问君还有几多愁，恰似一江春水向东流。’略加融点，已觉精彩。至寇莱公则谓：‘愁情不断如春水。’少游云：‘落红万点愁如海。’青出于蓝而青于蓝矣。”[⑤]赵彦材注杜甫《曲江二首》：“秦少游号称善辞曲，尝云‘落红万点愁如海’，以为佳句，乃使‘风飘万点正愁人’者也。”[⑥]王楙《野客丛书》（卷二十）评《水龙吟》中名句：“少游词有‘天还知道，和天也瘦’之语，伊川先生闻之，以为媟黩上天。是则然矣，不知此语盖祖李贺‘天若有情天亦老’之意尔。”[⑦]对于李清照所说“秦即专主情致，而少故实”，胡仔评为“易安历评诸公歌词，皆摘其短，无一免者，此论未公”[⑧]。秦观有故实而能泯灭其迹，论者喻为“红梅作花”[⑨]“如花初胎，

①《论词随笔》，《词话丛编》（第5册），第4058页。

②同上书，第4050—4051页。

③赵令畤《侯鲭录》，中华书局1985年，第80页。

④《苕溪渔隐丛话·后集》，第248页。

⑤《藏一话腴》，《景印文渊阁四库全书》（第865册），第548页。

⑥杜甫著，赵次公注，林继中辑校《杜诗赵次公先后解辑校》，上海古籍出版社2012年，第242页。

⑦《野客丛书》，第230页。

⑧《苕溪渔隐丛话·后集》，第255页。

⑨楼俨《书秦淮海词后》，《蓑笠轩仅存稿·洗砚斋集》，清康熙刻本（今藏国家图书馆），第37页。

故不甚见其力量”[①],正形容其自然天成。

张炎又评词中小令以自然而然最为佳境,举证贺铸、陈与义、吴文英为例:“词之难于令曲,如诗之难于绝句,不过十数句,一句一字闲不得。末句最当留意,有余不尽之意始佳。当以唐《花间集》中韦庄、温飞卿为则。又如冯延巳、贺方回、吴梦窗亦有妙处。至若陈简斋‘杏花疏影里,吹笛到天明’之句,真是自然而然。大抵前辈不留意于此,有一两曲脍炙人口,余多邻乎率易。近代词人,却有用功于此者。倘以为专门之学,亦词家之‘射雕手’。”[②]

张炎所举贺铸,其词用语博观约取,嫣妍典赡,有书卷气。周密说:“贺方回尝言:‘吾笔端驱使李商隐、温庭筠常奔走不暇。’则亦可谓能事矣。”[③]晚唐杜牧等诗人也是贺铸驱遣的对象。前引张耒序贺铸词集称其“博学业文”,王铚《默记》(卷下)亦曰:“贺方回遍读唐人遗集,取其意以为诗词,然所得在善取唐人遗意也。不如晏叔原,尽见升平气象,所得者人情物态。叔原妙在得于妇人,方回妙在得词人遗意。”[④]《宋史·贺铸传》载曰:“博学强记,工语言,深婉丽密,如次组绣。尤长于度曲,掇拾人所弃遗,少加隐括,皆为新奇。……铸所为词章,往往传播在人口。建中靖国时,黄庭坚自黔中还,得其‘江南梅子’之句,以为似谢玄晖。”[⑤]黄庭坚是说其词有谢玄晖平淡风致。张耒也誉其词:“不待思虑而工,不待雕琢而丽。”夏敬观《手批东山词》:“小令喜用唐人成句,其造句也恒类晚唐人诗。慢词命词遣意多自唐贤诗篇得来,不施破碎藻采,可谓无假脂粉,自然浓丽。[⑥]沈祥龙进行的是归类评论:“词以自然为尚,自然者,不雕琢、不假借、不着色相、不落言诠也。古人名句,如‘梅子黄时雨’‘云破月来花弄影’,不外自然而已。”[⑦]

所举陈与义词句清丽自然,为当时所重。《苕溪渔隐丛话·后集》(卷三十四):“词云:‘忆昔午桥桥上饮,坐中多是豪英。长沟流月去无声,杏花疏影里,吹笛至天明。’此数语奇丽。”[⑧]方回《再题通政院王荣之八月杏花》:

①《宋四家词选目录序论》,《宋四家词选》,第2页。
②《词源》,《词话丛编》(第1册),第265页。
③《浩然斋雅谈》,第47页。
④王铚《默记》,中华书局1981年,第46页。
⑤《宋史》(第37册),第13103—13104页。
⑥夏敬观手批《东山词》,《彊村丛书》(第2册),第1570页。
⑦《论词随笔》,《词话丛编》(第5册),第4054页。
⑧《苕溪渔隐丛话·后集》,第265页。

“简斋诗老不重生，流月无声句绝清。好个杏花疏影里，秋空吹笛到天明。”《四库全书〈无住词〉提要》：“吐言天拔，不作柳亸莺娇之态，亦无蔬笋之气，殆于首首可传。”[①]四库提要化用的是梁简文帝对谢灵运的评价：“谢客吐言天拔，出于自然。”[②]

所举吴梦窗词最近李商隐。《四库全书总目〈梦窗词〉提要》：“词家之有文英，亦如诗家之有李商隐也。”[③]朱鹤龄谓李商隐“征事奥博，撷采妍华”[④]，四库提要亦目为“词皆缛丽”[⑤]。缪钺先生说：“词之特质，在乎取资于精美之事物，而造成要眇之意境。义山之诗，已有极近于词者。”[⑥]李商隐诗妍赡而自然，极近于词质，张炎根据贺方回、吴梦窗的词作，列李商隐为二人笔端驱遣对象之一。

（二）律吕雅畅极玄之域

张炎认为词章语句之美，能够合乐而歌才能臻于精妙境界：“词以协音为先，音者何，谱是也。古人按律制谱，以词定声，此正声依永、律和声之遗意。”[⑦]“音律所当参究，词章先宜精思，俟语句妥溜，然后正之音谱，二者得兼，则可造极玄之域。”[⑧]这一论断符合词体构成特征。

先看《词源》（上卷）“五音相生”条，五音宫、商、角、徵、羽与政治伦理、道德伦理相关之外，前引沈括解释乐家所用五音“常以浊者为宫，稍清为商，最清为角，清浊不常为徵、羽”，与张炎所论稍有出入，录之如下：

> 宫属土，君之象，为信，徵所生。其声浊，生数五，成数十。宫，中也，居中央，畅四方，唱始施生，为四声之纲。
>
> 商属金，臣之象，为义，宫所生。其声次浊，生数四，成数九。商，章也，物成就可章度也。
>
> 角属木，民之象，为仁，羽所生。其声半清半浊，生数三，成数八。角，触也，物触地而戴芒角也。

---

①《四库全书总目》（下册），第1813页。
②梁简文帝《与湘东王书》，《梁书》（第3册），第691页。
③《四库全书总目》（下册），第1819页。
④朱鹤龄《李义山诗集注序》，《李义山诗集注》，第3页。
⑤《四库全书〈李义山诗集〉提要》，《四库全书总目》（下册），第1297页。
⑥缪钺《论李义山诗》，《诗词散论》，第33页。
⑦《词源》，《词话丛编》（第1册），第255页。
⑧同上书，第265页。

徵属火，事之象，为礼，角所生。其声次清，生数二，成数七。徵，祉也，物盛大而繁祉也。

羽属水，物之象，为智，商所生。其声最清，生数一，成数六。羽，宇也，物聚藏宇覆之也。[①]

前引《梦溪笔谈》对于五音之法有“乐家”与“切韵家”的区别，这里以秦观名篇《满庭芳》为例，从声韵学的角度分析词作产生的美听效果：

四上	三入	三平	一平	三平	三平	三平	三去	三去	三上
晓	**色**	**云**	**开**	**春**	**随**	**人**	**意**	**骤**	**雨**
喉音全清	正齿全清	喉音次浊	牙音次清，	正齿次清	齿头全浊	半齿次浊	喉音全清，	正齿全浊	喉音次浊

一平	一去	二平	三平	一上	一平	三平	三去	三平	四去
才	**过**	**还**	**晴**	**古**	**台**	**芳**	**榭**	**飞**	**燕**
齿头全浊	牙音全清	喉音全浊	齿头全浊。	牙音全清	舌头全浊	轻唇次清	齿头全浊，	轻唇全清	喉音全清

三入	一平	三平	三上	一去	三平	三平	四去	一入	三平
蹴	**红**	**英**	**舞**	**困**	**榆**	**钱**	**自**	**落**	**秋**
齿头次清	喉音全浊	喉音全清。	轻唇次浊	牙音次清	喉音次浊	齿头全浊	齿头全浊	半舌次浊，	齿头次浊

四平	一去	三入	三上	三平	三平	一平	三平	三上	三平
千	**外**	**绿**	**水**	**桥**	**平**	**东**	**风**	**里**	**朱**
齿头次清	牙音次浊、	半舌次浊	正齿全清	牙音全浊	重唇全浊。	舌头全清	轻唇全清	半舌次浊，	正齿全清

一平	三去	三上	四平	一去	三上	二平	三平	一平	三平
门	**映**	**柳**	**低**	**按**	**小**	**秦**	**筝**	**多**	**情**
重唇次浊	喉音全清	半舌次浊，	舌头全清	喉音全清	齿头全清	齿头全浊	正齿全清。	舌头全清	齿头全浊。

二平	一入	三去	三平	四去	三去	一去	三入	三去	一平
行	**乐**	**处**	**珠**	**钿**	**翠**	**盖**	**玉**	**辔**	**红**
喉音全浊	半舌次浊	正齿次清，	正齿全清	舌头全浊	齿头次清	牙音全清，	牙音次浊	重唇全清	喉音全浊

三平	三入	三上	一平	三平	二平	二平	一去	一平	三平
缨	**渐**	**酒**	**空**	**金**	**榼**	**花**	**困**	**蓬**	**瀛**
喉音全清。	齿头全浊	齿头全清	牙音次清	牙音全清	牙音次清，	喉音全清	牙音次清	重唇全浊	喉音次浊。

一去	一去	二平	一平	三去	一去	三入	四平	三去	三入
豆	**蔻**	**梢**	**头**	**旧**	**恨**	**十**	**年**	**梦**	**屈**
舌头全浊	喉音全清	正齿全清	舌头全浊	牙音次浊	喉音全浊，	正齿全浊	舌头次浊	重唇次浊、	牙音次清

三上	一平	三平	三平	三平	三上	三平	四平	一上	三入
指	**堪**	**惊**	**凭**	**栏**	**久**	**疏**	**烟**	**淡**	**日**
正齿全清	牙音次清	牙音全清。	重唇全浊	半舌次浊	牙音全清，	正齿全清	喉音全清	舌头全浊	半齿次浊，

① 《词源》，《词话丛编》(第1册)，第239页。

四入　一入　二上　三平　三平

寂齿头全浊**寞**重唇次浊**下**喉音全浊**芜**轻唇次浊**城**正齿全清。①

引词有浊音五十字，属幽音；轻清的齿音有二十一字；字韵的等级分为四等，发音开口度小，属于细音的三等韵、四等韵共六十一字，幽细低抑，如泣如诉。另外词中五音及清浊轻重相同但四声或开口度相异的字反复出现，造成了低回往复又富有变化的效果。首句“晓色云开”，四字唯“云”音浊，其余皆清，声音清扬，字声中表达了春随人意的开朗舒畅。“骤雨”句，唯“过”字清，其余皆浊，浊音沉顿，定下全词以乐景衬哀情的基调，句中着一清音，遂使整句不至过于柔靡。“飞燕”句，“飞燕”两字皆清音，声轻扬；“蹴”字亦清，然为入声，稍促仄；“红英”一浊一清，音响停匀，趋于平稳。“舞困”句前四字皆浊，“落”又为入声字，使略有上扬之势又复下抑促急。至结处“寂寞下芜城”句，又五字皆浊，低沉幽咽。因而把生不逢时、不能得志的落寞情怀，借助声律表达得更加细腻入微。王易《词曲史》曰：“大抵五音之用，最宜相间；双声连用勿至于三；洪继以纤，轻振以重；然后歌者无拗捩之患，听者得和谐之美。”②以上分析可以看到，秦词采用重字的频率较低，即使采用重音浊字也能融入轻声，从而达到了声情互融、雅畅和洽的艺术妙境。宋人记录其词广为传唱：惠洪《冷斋夜话》：“少游小词奇丽，咏歌之，想见其神情在绛阙、道山之间。”③《避暑录话》（卷下）：“秦观少游亦善为乐府，语工而入律，知乐者谓之作家歌。元丰间，盛行于淮楚。”④另外，黄庭坚《河传》题序载“有士大夫家歌秦少游‘瘦杀人，天不管’之曲”，曾季狸《艇斋诗话》载当时多能歌《千秋岁》“春去也，落红万点愁如海”⑤，《铁围山丛谈》载贵人侍儿“喜歌秦少游长短句”⑥，《夷坚志》载长沙义倡多得其词，能歌如“素所习也”⑦。其声文之美，概具于此。

再看词乐中的十二律吕。前引张炎记载因大晟府提举、制撰的创作而

①参见拙著《北宋词风嬗变与文学思潮》，第243页。

②《词曲史》，第212页。

③《冷斋夜话》，第91页。

④《避暑录话》，第50页。

⑤曾季狸《艇斋诗话》，中华书局1985年，第19页。

⑥蔡絛撰，冯惠民、沈锡麟点校《铁围山丛谈》，中华书局1983年，第63页。

⑦洪迈撰，何卓点校《夷坚志》（第4册），中华书局1981年，第1560页。

八十四调之声稍传，美成诸人按月律为词，其曲遂繁；又转引杨缵择律之语："律不应月则不美：如十一月调须用正宫，元宵词必用仙吕宫为宜也。"《词源》（上卷）"阳律阴吕合声图"条就是按月律为序：

> 声生于日，律生于辰。日为十母，甲乙角也，丙丁徵也，戊己宫也，庚辛商也，壬癸羽也。辰为十二子，六阳为律，六阴为吕。一曰黄钟，元间大吕。二曰太簇，二间夹钟。三曰姑洗，三间仲吕。四曰蕤宾，四间林钟。五曰夷则，五间南吕。六曰无射，六间应钟。此阴阳声律之名也。[①]

又，"十二律吕"条即按月律排列宫调，节录与干支、月律、节气相关以及周邦彦、姜夔、吴文英三家出现的雅俗宫调如下：

黄钟宫	黄钟宫	俗名正黄钟宫
大雪　中声子之气	黄钟商	大石调
十一月阳律冬至　正声	黄钟羽	般涉调
小寒　中声丑之气	大吕商	高大石调
十二月大寒　阴吕正声	大吕羽	高般涉调
太簇宫	太簇宫	俗名中管高宫
立春　中声寅之气	太簇商	中管高大石调
正月雨水　阳律正声	太簇羽	中管高般涉调
夹钟宫	夹钟宫	俗名中吕宫
惊蛰　中声卯之气	夹钟商	双调
二月春分　阴吕正声	夹钟羽	中吕调
清明　中声辰之气	姑洗商	中管双调
三月谷雨　阳律正声	姑洗羽	中管中吕调
仲吕宫	仲吕宫	俗名道宫
立夏　中声巳之气	仲吕商	小石调
四月小满　阴吕正声	仲吕羽	正平调
芒种　中声午之气	蕤宾商	中管小石调
五月夏至　阳律正声	蕤宾羽	中管正平调

①《词源》，《词话丛编》（第1册），第239页。

小暑　中声未之气	林钟商	歇指调
六月大暑　阴吕正声	林钟羽	高平调
夷则宫	夷则宫	俗名仙吕宫
立秋　中声申之气	夷则商	商调
七月处暑　阳律正声	夷则羽	仙吕调
白露　中声酉之气	南吕商	中管双调
八月秋分　阴吕正声	南吕羽	中管仙吕调
无射宫	无射宫	俗名黄钟宫
寒露　中声戌之气	无射商	越调
九月霜降　阳律正声	无射羽	羽调
立冬　中声亥之气	应钟商	中管越调
十月小雪　阴吕正声	应钟羽	中管羽调①

《全宋词》标注宫调的词人指不多屈，仅有柳永、张先、周邦彦、姜夔、吴文英数人，《词源》(下卷)举证的词人周邦彦仅标注俗调，姜夔或单标雅调，或单标俗调；吴文英《梦窗词集》或兼标雅俗二词，可与上引作为对应。吴文英一卷本(明张廷璋本，今藏国家图书馆)，实录梦窗词256首；其中64首词作标注了宫调，例举同标雅俗宫调者如下：

《齐天乐·与冯深居登禹陵》：黄钟宫，俗名正宫。《扫花游·西湖寒食》：夹钟商，俗名双调。《风流子·芍药》：黄钟商，俗名大石调。《瑞鹤仙》(泪荷抛碎璧)：林钟羽，俗名高平调。《蕙兰芳引·赋藏一家吴郡王画兰》：林钟商，俗名歇指调。《暗香·送魏句滨宰吴县解组》：夷则宫，俗名仙吕宫。《应天长·吴门元夕》：夷则商，商调。《六幺令》(露蛩初响)：夷则羽，俗名仙吕调。《西河·陪鹤林先生登花园》：仲吕商，俗名小石。《大酺·荷塘小隐》：无射商，俗名越调。《宴清都·饯嗣荣王仲亨还京》：夹钟羽，俗名中吕调。《婆罗门引·为怀宁赵仇香赋》：无射羽，俗名羽调。《喜迁莺·同丁基仲过希道家看牡丹》：太簇宫，俗名中管高宫。

从标明宫调的词作看，虽然并非都是按月律为之，如周邦彦《兰陵王·柳》《锁窗寒·寒食》《水龙吟·梨花》《大酺·春雨》《丹凤吟·春恨》都是春词而

①参见《词源》，《词话丛编》(第1册)，第246—251页。

陈元龙本注为“越调”。但有的也可略知宫调与月份、季节的关系。如周邦彦《瑞龙吟》(章台路》,标为“大石”,实为犯调。毛晋注曰:“按此调自‘章台路’至‘归来旧处’是第一段。自‘黯凝伫’至‘盈盈笑语’是第二段。此谓之双拽头,属正平调。自‘前度刘郎’以下即犯大石,系第三段,至‘归骑晚’以下四句再归正平。”[①]为四月正平调犯正月“中管高大石调”,姜夔《凄凉犯》注:仙吕调犯商调。季节在七月立秋、处暑之间。吴文英《琐窗寒》注:无射商,俗名越调,犯中吕宫,又犯正宫。时节在七月立秋,犯正月中吕宫,又犯十一月正黄钟宫即正宫。《古香慢·赋沧浪看桂》注:自度腔夷则商,犯无射宫。则是七月夷则商,犯九月无射宫。最合月律。根据上表还能校正后人讹误,如周词《夜飞鹊》(河桥送人处),景刊宋金元明本等调名下标雅调“道宫”,夏敬观注俗调:“中吕宫。”[②]又批吴梦窗同调雅俗宫调:“道宫,正名中吕宫。”[③] 通过所引张炎“十二律吕”,知夏注误,雅调“道宫”俗名“仲吕宫”,而“中吕宫”是“夹钟宫”的俗名。“仲吕宫”,在三月谷雨后,“中吕宫”则在正月雨水后。

本章阐释张炎《词源》的理论创新主要包括三大方面,一是词乐词律因时而变:辨明南宋、晚宋词乐与大晟府雅乐不属同一音乐系统,晚宋词乐是张镃、杨缵两个音乐流派在古音基础上创造而成,存续了华夏音乐一脉。二是原创范畴立中有破:首次把词论中相类范畴进行同类延伸,相反范畴则在对比中显示歧异,基本厘清了张炎相关词学范畴在原始语境中的内涵。三是创作技法理论典则:在分类罗列晚宋词学观点的前提下,阐述《词源》因为兼容两宋而激发的理论创新。《词源》美学规范则是词诗合流、兼容宋调的艺术总结。高雅典重拒绝俗艳是诗词之辨、雅俗之辨在词体发展过程中达成的相对平衡。瘦硬通神摒弃姿媚则是深折隽永、瘦硬生新的宋调之美在词体中的呈现。高华自然澄汰生硬是词体音乐与辞藻合则双美的成熟形态。

词学大家龙榆生高度评价了张炎的词学与词风:“然其论词,主‘清空骚雅’,为典雅派作之矩矱,其影响于词苑者至深。其自为词,则仇远所谓

①《宋六十名家词》,第179页。

②夏敬观手批《片玉集》,《彊村丛书》(第2册),第1400页。

③夏敬观手批《梦窗词集》,《彊村丛书》(第5册),第4170页。

‘意度超玄，律吕协洽，不特可写音檀口，亦为被歌管，荐清庙；方之古人，当与白石老仙相鼓吹’（《山中白云词跋》）者；可想见其风格。”[①]《词源》推崇协律为先、雅正清空、古雅峭拔等词学风范是特定历史时期传承华夏礼乐文化、表达思想内容的需要；不仅是典雅派作词的“矩矱”，当然也是影响《山中白云词》风格的规范。

①《中国韵文史》，第155页。

第六章 《山中白云词》的艺术风格及词史地位

谢桃坊先生说："从宋词的发展来看，张炎的创作时代，词体已经随着宋的灭亡而衰竭了，当时作为宋遗民的老一辈词人陈允平、周密、王沂孙等相继下世，词坛趋于荒凉冷落了。元朝的兴起，社会的审美心理发生转变，北方的杂剧和散曲发展起来，对于作为音乐文学的词体已呈现出为散曲所取代的定势。张炎这时以其创作照耀词坛犹如结束繁星灿烂的一颗明亮的晨星。当词坛衰落之时，张炎如果不用很大的力量艰苦地走艺术创新的道路，则不可能取得成就的。宋词艺术已到山穷水尽，再要创新又是极其困难的。南宋婉约词的发展，姜夔可算是第一个革新者，使词诗意化和雅化，精思苦吟，形成淡雅清冷的艺术风格，一时宗之者蔚然成风。继姜夔之后，吴文英又进行艺术革新，'返南宋之清泚'，以秾挚绵丽的艺术风格见称于宋季，讲论词法，领袖一代。张炎在艺术上正是作为吴文英的否定面而出现的。他近师白石，远绍清真，创立'清空'的艺术风格，最后又实现了艺术创新。"①

进而言之，《山中白云词》的艺术风格及词史地位，是宋元之际的特殊存在。其艺术成就不仅是在与两宋词人纵横比较的多维向度中形成，如前引宋人评价其兼取诸位著名词人的优长："知者谓丽莫若周，赋情或近俚；骚莫若姜，放意或近率。今玉田张君无二家所短，而兼所长。""周清真之典丽，姜白石之骚雅，史梅溪之句法，吴梦窗之字面，取四家之所长，去四家之所短。"更是在《词源》理论框架中的创作范本。张炎最为推崇的是姜夔与苏轼，另外，对王介甫、陈简斋、秦少游，高竹屋等，也是"精加玩味，象而为之"。这也体现了其词体创作兼容并蓄的集成性质。前文详细论述了《词源》的诗学取向、词学法度、理论创新、美学规范，这些也正是张炎词艺术风格及词史地位的内涵所在。简而言之，由于诗学取向，张词最注重立意新奇；由于遵从法度，他在音律协谐、布局谋篇、锤炼警句等方面有理论自觉；他创立的清空骚雅等词学范畴，能够脱略传统内容的局限，承载起重大的

①《宋词概论》，第493页。

家国题材；其词的美学风范则是以诗学取向作为基础兼容诗质的再建构。也就是说，《词源》的崇尚已经在理论与实践双重层面对其创作进行了基本规定，联系《词源》论述张词的风格及地位，是这一研究中值得关注的新视角。本章第一节从以上层面探讨张炎在主要效法姜夔、苏轼基础上如何形成自家面貌的艺术风格。第二节则是在晚宋词论以及词选框架中，在回归历史现场的语境下，讨论其如何成就了“宋词三百年发展的最后殿军”的崇高地位。

第一节 《山中白云词》的艺术风格

杜诏论及姜夔、张炎两家词集：“从此溯源北宋，研味乎淮海、清真，一归诸和雅，则词之能事毕矣。”[①]是说南宋词必须从北宋词悟入，才能臻于极诣之境。前述转益北宋原本就是张炎的创作自觉，刘熙载《词曲概》亦曰：“张玉田词，清远蕴藉，凄怆缠绵，大段瓣香白石，亦未尝不转益多师。”[②]缪钺《论张炎词》绝句：“美成以下论妍媸，两卷《词源》见卓思。骚雅清空尊白石，无妨转益更多师。”

其中最值得注意的是，张炎对东坡多有取法。词学界对此较少直接论述，仅常国武先生略有论及：“白石尝为玉田曾祖张镃的门客，并有词唱和；白石中岁以后，尝依镃弟张鉴（字平甫）十年之久（草窗《齐东野语》白石自述）。玉田词学白石当亦与此有关。另一方面，当‘酒酣浩歌’之际，他仍‘未脱承平公子故态，笑语歌哭，骚姿雅骨，不以夷险变迁’（舒岳祥《赠玉田序》）。这样一种气质和性格，显然又易与东坡相拍合，所以发而为词，不仅颇用东坡之语，也每以旷达闲适之词排遣悽苦烦忧之情。”[③]本节将从古音雅词济溺起衰、空灵婉丽返虚入浑、高旷清雄高出人表三方面阐述张炎词的艺术风格，其中对张炎与苏轼高旷清雄相合处进行了专门叙述。

一 古音雅调济溺起衰

前述张炎写作《词源》因为“嗟古音之寥寥，虑雅词之落落”，希望保存

---

①杜诏《山中白云词序》，曹炳曾等校刊《山中白云词》。

②《艺概》，第112页。

③常国武《碧山、草窗、玉田三家词异同论》，《文学评论》1991年第4期。

不绝如缕的中原雅乐。《山中白云词》也志在挽救走向衰亡的古音雅词，即所谓“音律所当参究，词章先宜精思”。从某种意义上说，张炎词集、词论都是在民族危亡后，求存华夏文明之一脉的故国文献，而调谱音乐则是其中的精华。

（一）制谱创体审乐知音

前说张炎与姜夔词乐都是张镃行在谱子音乐系统的嫡传，张炎尊重大晟乐并有所传承，但与姜夔亲缘为近。这在当时友人序跋中就能得到证明，如郑思肖有“自仰扳姜尧章、史邦卿、卢蒲江、吴梦窗诸名胜，互相鼓吹春声于繁华世界……”，仇远有“当与白石老仙相鼓吹”[①]，四库馆臣《山中白云词提要》有“以之接武姜夔，宛然后劲”。张炎也略有自度曲，如《珍珠令》，《词谱》：“此本张炎自度曲，无别首宋词可校。”[②]他又是采用姜夔自度腔最多的词人，有《凄凉犯》（二首）、《暗香》《疏影》（各二首、三首，另有咏荷花、荷叶调改《红情》《绿意》）、《长亭怨》（四首）、《探春慢》（二首，与《探春》同调异名）、《淡黄柳》《清波引》《惜红衣》等，属于创调少、创体多的词人。戈载《玉田词跋》条陈最为明晰：

> 其《长亭怨》，白石一六一五两句，玉田作一七一四。《凄凉犯》末句七仄，玉田首二字用平，是当别为一体。又《数花风》即《凤皇阁》，《潇潇雨》即《甘州》，《斗婵娟》即《霜叶飞》，《红情》《绿意》即《暗香》《疏影》，其句法平仄稍有不同，亦为同调异名之体可也。玉田之词，郑所南称其“飘飘征情，节节弄拍”，仇山村称其“意度超玄，律吕协洽”，是真词家之正宗。填词者必由此入手，方为雅音。玉田云：“词欲雅而正。”“雅正”二字，示后人之津梁，即写自家之面目。知此二字者，始可与论词，始可与论玉田之词。盖世之词家，动曰能学玉田，此易视乎玉田而云然者，不知玉田易学而实难学。……凡词各有宫调，宫调者，六律六吕，皆有五音，演而为宫为调。宫者，正宫、道宫、黄钟宫、仙吕宫之类；调者，越调、商调、大石调、正调之类，起调毕曲，当用何字，有一定不易之则。起者始韵，毕者末韵，而又有住字以别之。白石所谓“住字”，即玉田所谓“结声”，收足本音，方能融入本调，词之合律与否，全在乎韵。韵有四

①仇远《山中白云词序》，曹炳曾等校刊《山中白云词》。

②《钦定词谱》（第1册），第647页。

> 呼、七音、三十一等，而其要则穿鼻、展辅、敛唇、抵腭、直喉、闭口六条，予《词林正韵·例言》中已详言之。玉田则真、文、庚、青、侵杂用，真、文为抵腭韵，庚、青为穿鼻韵，侵为闭口韵，亦有寒、删间杂覃、盐，寒、删亦抵腭，覃、盐亦闭口，皆断不能通者。南宋词人多不经意之作，取其便易，玉田亦未能免俗，此其不可学者也。至入声韵，则屋、沃不混觉、药，质、陌不混月、屑，极见谨严。今人用韵自喜泛滥，每从玉田藉口，而入声韵则又不肯从之，岂非不学古人之是，而反学古人之非乎？①

上引戈载论玉田词包含三点。一是提及的起韵毕韵归于本调，正是前述其曾祖张镃所录行在谱子唱法，可证音乐系统得自家学，与姜夔一脉相承。二是在白石前人创调之后有所修正的创体雅音（创调为自度曲，创体是创调之“又一体”，此“又一体”多为后人效法）。三是泛入别韵被认为是混韵或乱用韵。阐述如下：

其一，如前文所论，此派遵循起调毕曲的宋代宫廷雅乐乐谱，不受“落腔”“走腔”之讥。

其二，《词谱》常以两者相互参校，可见姜夔创调张炎创体的路径。《词谱》注姜夔《暗香》：“双调，九十七字。前段九句，五仄韵。后段十句，七仄韵。”②张炎更改调名作《红情》，《词谱》注为又一体：“此与姜词同，惟后段第七句作折腰句法异。”③又按《疏影》（雪空四野、黄昏片月）二调：“张词前段第三句‘千峰独立’，‘独’字入声，又一首后段第三句‘独抱孤洁’，‘独’字入声。此皆以入作平。”④此为《词源》“平声字可为上入”的实践。又列《疏影》（柳黄未结）为又一体：“双调，一百十字。前段九句，五仄韵，后段十句，四仄韵。”⑤“此与姜词同，惟前段第二、三句作九字一句异。又一首后段第二句‘怕飞去、漫皱留仙裙褶’亦作九字句。”⑥“怕飞去”句出自《绿意》。又按《长亭怨》：“《长亭怨慢》，姜夔自度中吕宫曲，或作《长亭怨》，无‘慢’字。”⑦《词谱》录入张炎《长亭怨》（记横笛玉关高外、望花外小桥流水）二调，皆注

---

①戈载《玉田词跋》，《宋七家词选》，卷七第37—39页。
②《钦定词谱》（第3册），第1721页。
③同上书，第1723页。
④《钦定词谱》（第4册），第2496页。
⑤同上。
⑥同上书，第2497页。
⑦《钦定词谱》（第3册），第1733页。

为又一体:"此词前段第七句较姜词添一字,第八句较姜词减一字。前段第六句、后段第二句、第四句皆押韵,较姜词多三韵。按张别首'跨匹马东瀛烟树'词正与此同。"[①]"此与'横笛玉关'词同,惟前段起句不押韵,又前段第六句,后段第二句、第四句俱不押韵异。"[②]按张炎《探春慢》:"此与姜词同,惟换头句用韵异。"[③]又按张炎《淡黄柳》:"此与姜词同。惟后段第四句少一字,不押韵;第五句多一字异。按此词后段第四句,本不用韵,或改'眼'字作'睫'字者非。"[④]又按张炎《惜红衣》:"此亦与姜词同。惟后段起句不押韵,第四句四字、第五句五字异。按姜词后段第四、五句'维舟试望,故国渺天北'亦可点作四字一句,五字一句。此词句读,所从出也。"[⑤]

其三,对词韵要求严苛并非始于戈氏,而是吴中音律学传统。苏州沈德潜、宜兴万树皆持此说。沈德潜说律诗起句的通押:"律诗起句,可不用韵,故宋人以来,有入别韵者;然必于通韵中借入。如'冬'韵诗,起句入'东','支'韵诗,起句入'微','豪'韵诗,起句入'萧''肴'是也。若'庚''青'韵,诗起句入'真''文','寒''删''先'韵,诗起句入'覃''盐''咸',乱杂不可为训。'[⑥]万树分析吴梦窗《丑奴儿慢·麓翁飞翼楼观雪》"东风未起,花上纤尘无影",以通押为误字:"《选声》及《填词图谱》皆以第二句作四字,且云'尘'字起韵。夫此词通首用'庚''青'韵,岂独用一'真''文'字为起,梦窗词家龙象,岂亦犹今人之乱用韵者,真冤煞也。"[⑦]实际上,词体通押已成惯例,吴中词派不免以后观前。夏敬观承续吴中词派的观点,对张词也多有混韵之指摘。如批《忆旧游·余离群索居》:"'零''莺''惊''生',庚韵。'根''勤''邻',真韵。'寻''深',闭口韵。"批《甘州·题赵药牖山居》:"'心''阴''今''深',闭口韵。'云''人',真韵。'冷''情',庚韵。"批《摸鱼子·高爱山隐居》:"'顷''镜''迥''艇''醒''暝''省''径''静''冷''顶',庚韵。'润''认',真韵。'饮',闭口韵。"批《忆旧游·登蓬莱阁》:"'清''冥''陵',庚韵。'人''云',真韵。'阴''吟''凭',闭口韵。"[⑧]楼俨《书山中白云词后》

①《钦定词谱》(第3册),第1737页。
②同上书,第1738页。
③《钦定词谱》(第4册),第2233页。
④《钦定词谱》(第2册),第957页。
⑤《钦定词谱》(第3册),第1434页。
⑥沈德潜著,霍松林校注《说诗晬语》,人民文学出版社1979年,第248页。
⑦《词律》(第1册),第279页。
⑧以上四条均见夏敬观手批《山中白云词》,《彊村丛书》(第6册),第5196、5196、5197、5200页。

全面考察张炎词韵，对此多有辨析（第七章第一节中将有详引与叙述，此不赘）。

张炎也颇能审音，所作歌词是曲高和寡的白雪之章。如《甘州·题曾心传藏温日观墨蒲萄画卷》，沈钦、刘沆有同调次韵之词，题序分别是“心传索词屡矣，久以缮写金字之冗，未暇填缀。玉田生乃歌白雪之章，汴沈钦就用其韵”，“余客燕山，心传曾君携日观葡萄见示，辄倚玉田《甘州》韵，形容墨妙之万一”。袁易《八声甘州》题序有“叔夏于酒边喜歌自制乐府，故末章及之，以资他日一笑云”。词末曰：“待归来，轻讴浅醉，想归时，张绪转风流。”戴表元《送张叔夏西游序》亦载：“少焉，饮酣气张，取平生所自为乐府词自歌之，噫呜宛抑，流丽清畅，不惟高情旷度，不可亵企，而一时听之，亦能令人忘去穷达得丧所在。”[①]邓牧序跋亦曰：“至酒酣浩歌，不改王孙公子蕴藉。身外穷达，诚不足动其心、馁其气与？”[②]

张炎无音乐流派的门户之见，他欣赏杨缵一派乐谱之音。前说杨守斋、徐南溪、毛敏仲都是著名琴师，共同编撰《紫霞琴谱》，并与张炎父亲张枢商榷音律。张炎还有《徵招·听袁伯长琴》，袁桷与杨派琴谱有渊源，由徐天民（南溪）亲授杨司农谱（杨缵仕至司农卿）。袁桷《琴述赠黄依然》：“余尝习司农谱，又数与徐天民还往……”[③]《题徐天民草书》：“甲申、乙酉间，余尝受琴于瓢翁。问谱所从来，乃出韩忠献家。”[④]瓢翁为徐天民。张炎又有《风入松·听琴中弹樵歌》。《诚一堂琴谈》（卷二）：“《琴疏》：毛敏仲，琴名昭美，古云宋扁。作《樵歌》《涂山》《庄周梦蝶》《幽人折桂》《佩兰》等。丁元乱，播越江湖，犹鼓琴赋诗（《琴疏》）。”[⑤]《西麓堂琴统》录《樵歌》十一曲：遁世无闷、傲睨物表、斧斤入林、伐木丁丁、乐道以书、长啸谷答、咏郑公风、振衣仞岗、远栖云峤、寿倚松龄、醉舞下山。与张炎《风入松》词意相符：“松风掩昼隐深清。流水自泠泠。一从柯烂归来后，爱弦声、不爱枰声。颇笑山中散木，翻怜爨下劳薪。　透云远响正丁丁。孤凤划然鸣。疑行岭上千秋，语高寒、相应何人。回首更无寻处，一江风雨潮生。”

---

①戴表元《送张叔夏西游序》，《戴表元集》，第179页。

②邓牧《张叔夏词集序》，《伯牙琴》，第20页。

③《清容居士集》，第757页。

④同上书，第831页。

⑤程允基《诚一堂琴谈》，齐鲁书社1995年，第148页。

张炎汰弃不合宫调规范的词曲，称之“春蚓秋蛩”。张炎《木兰花慢·用前韵呈王信父》：“频赋曲、旧时曾。但春蚓秋蛩，寒篱晚砌，颇叹非能。”《意难忘》题序：“中吴车氏，号秀卿，乐部中之翘楚者，歌美成曲得其音旨。余每听，辄爱叹不能已，因赋此以赠。余谓有善歌而无善听，虽抑扬高下，声字相宣，倾耳者指不多屈。曾不若春蚓秋蛩，争声响于月篱烟砌间，绝无仅有。余深感于斯，为之赏音，岂亦善听者耶？”对参姜夔说诗有“悲如蛩螿曰吟，通乎俚俗曰谣”[①]，知其为悲音俗曲而非雅正之音。仇远序张炎词集，称自己所作是“山歌村谣”，音乐性方面自愧不如：“予幼有此癖，老颇知难，然已有三数曲流传朋友间，山歌村谣，是岂足与叔夏词比哉。”[②]

入元之后，在宋朝音乐文学词体为散曲所取代已成定势的情形下，张炎“以其创作照耀词坛犹如结束繁星灿烂的一颗明亮的晨星”，其中以“古音雅调济溺起衰”的作用不可小觑。

（二）歌诵妥溜研炼精警

前文已论及张炎词以《南浦·春水》最为著名，当时誉为“绝唱今古，人以‘张春水’目之”。从《词源》论词的角度看，是属于“全章妥溜”的词篇。词作要达到这一标准，必须在词作完成后，不是急于脱稿，而是思考词篇前后是否绵密呼应，句意是否有重复，字面是否粗疏。尽力修改之后，还要进行持续的润色加工，比如句式未稳处、句意未尽善处，直至成为全篇尽善全美、又能协音声的无瑕之玉。《南浦·春水》正本已在第三章第二节中全词引录，此不赘引。陈匪石对正本获得盛誉有所不解，朱彊村（又号沤尹）评以安详合度，陈氏由此悟入张炎所谓“妥溜”：

> 玉田以“春水”词得名，人呼之曰“张春水”，即《南浦》“波暖碧粼粼”一首也。余昔以其平淡无异人处，心甚疑之，沤尹先生曰：“此词虽无新奇可喜之处，然吾尝试为之，终不能及。玉田之安详合度，是即其可传处也”。夫词之平淡无奇，而他人为之辄不能及，则其境深远矣。玉田《词源》标“妥溜”二字为入门途径。沤尹教人亦常举此语，以为入浑之基。予尝思之，填词一道，不必有惊人语，但通首之中，用意应有尽有，层次秩然不紊，遣词命笔，无不达之意，安章宅句，磬折铃圆，自然纯熟，

①《白石道人诗说》，《白石诗词集》，第67页。
②仇远《山中白云词序》，曹炳曾等校刊《山中白云词》。

而饶有余味，即炉火纯青时候，可以当“妥溜”二字。[①]

不妨录入《南浦·春水》别本（原存“一作某”仍其旧）与前引正文略为比较，可见其精心打磨的印迹：

> 溪燕蹙游丝（一作“掠芹根”），漾粼粼、鸭绿光动晴晓（一作“碎清晓”）。何处落红多，芳菲梦、翻入嫩蘋（一作“碎萍”）深藻。一番夜雨，一番吟老池塘草。寂历（一作“柳下”）断桥人欲（一作“不”）渡，还见柳阴舟小（一作“还棹渔乡浪杳”）。　　和云流出空山，甚年年净洗，花香不了。新绿乍生时，孤村路、犹忆那时曾到。传觞事杳。茂林应是依然好（一作“可怜难咏。兰亭旧事如今少”）。试问清流今在否（一作“赋情谩逐王孙去”），心碎浮萍多少（一作“门外潮平渡小”）。

与正本相比，除“和云”六句基本相同（唯“孤村”作“孤山”、“那时”作“那回”），其余仅有韵脚字相同（上阕中“草”“小”相互移位），可以说修改至面目全非。而且，修改时间还跨越了宋元两朝。张氏手批《南浦》：“前本似在宋作，此本似入元以后作，或晚年取少作改之，托意遂别。”[②]所说“前本”指“别本”，“此本”指“正本”。两相对照，修改完成后的正本显然更能体现西湖春水涨绿的湖光山色，而且整首词作立意也得到提升。以上阕别本定句为例对比分析如下。

正本“波暖绿粼粼，燕飞来、好是苏堤才晓”三句直接入题，写初入仲春，苏堤春晓，燕子归来，暖水涨渌，波光粼粼，景物投射出兴盛和乐的景象。而别本泛写溪边飞燕蹴踏游丝，春水如鸭头浓绿，在初阳中泛着粼粼波光，春景之外，别无深意贯穿。正本“鱼没浪痕圆，流红去、翻笑东风难扫”三句，首句化用前人诗句过渡到落花，沈君攸《临水诗》：“花落圆纹出，风急细流翻。”悟清残句：“鸟归花影动，鱼没浪痕圆。”后二句接写春水流红，与岸上东风无力不扫花瓣形成对照。别本三句化用苏轼《月夜与客饮杏花下》：“褰衣步月踏花影，炯如流水涵青蘋。”限定于杏花落英染香梦境。正本“荒桥断浦，柳阴撑出扁舟小。回首池塘青欲遍，绝似梦中芳草”四句，前二句化用徐俯《春日游湖上》：“春雨断桥人不渡，小舟撑出柳阴来。”春雨

①陈匪石《旧时月色斋词谭》，《宋词举》（外三种），第251页。

②马兴荣辑《张惠言手批〈山中白云词〉》，《词学》第十五辑（2004年）。

为春水之源，汛水淹没了低矮的小桥与柳岸，小小扁舟成为交通工具撑行于春水之上。后二句化用谢灵运池塘春草典故（已见前注引《南史》卷十九），写西湖芳草。白居易《杭州春望》有“谁开湖寺西南路，草绿裙腰一道斜”之句，别本“一番”四句，合用池塘春草与柳阴小舟事典与语典，逻辑顺序不如正文清晰，章法略有瑕疵。

关于此调的谐协音声，寻按《词谱》也有迹可寻。《词谱》录入程垓、周邦彦、史达祖、张炎四首同调之作，后人都按张炎句法及平仄：“此调程词及周词、史词三体，宋元人填者甚少，惟张炎词体填者颇多，故此词以张词作谱。”①“此与程词同，惟前后段第八、九、十句摊破句法，作七字一句，六字一句异。按：王沂孙、张翥、陶宗仪俱如此填。”②王沂孙有和张炎《南浦·春水》二首，首句各为“柳下碧粼粼”“柳外碧连天”，后一首与张炎多同，《词谱》录入参校，并以张词体式为优：“王词前段第五句‘巴山路、蛾眉乍窥清镜’，‘眉’字平声，第六句‘绿痕无际’，‘绿’字仄声。……第四句‘蘋花岸、漠漠雨昏烟暝’上‘漠’字仄声。……前后两结句，‘弄波素袜至甚处，空把落红流尽’‘只愁双燕衔春去，拂破蓝光千顷’。又一首‘再来涨绿迷旧处，添却残红几片’‘采香幽径鸳鸯睡，谁道湔裙人远’与调不合，故不参校入谱。”③张炎词集中此类甚多。四库全书《山中白云词提要》：“平生工为长短句，以春水词得名，人因号曰‘张春水’。其后编次词集者，即以此首压卷。倚声家传诵至今，然集中他调似此者尚多，殆如贺铸之称‘梅子’，偶遇品题，便为佳话耳，所长实不止此也。”④楼俨《书山中白云词后》：“迄今读《摸鱼儿》《声声慢》《南浦》《国香》数阕，直可伯仲白石《暗香》《疏影》《琵琶仙》诸曲，一气卷舒，不可方物，信乎其为《山中白云》也。”⑤另如赠陆辅之家妓的《清平乐》：“候蛩凄断。人语西风岸。月落沙平江似练。望尽芦花无雁。 暗教愁损兰成。可怜夜夜关情。只有一枝梧叶，不知多少秋声。”江昱据《珊瑚网》所录陆氏和词下阕首句“卿”字韵，按曰：“‘可怜’句，《珊瑚网》原本作‘多情因为卿卿’，陆和亦‘卿’字韵，集中应是后来改作，较胜也。”⑥改句与

①《钦定词谱》（第4册），第2377页。

②同上书，第2380页。

③同上书，第2380—2381页。

④《四库全书总目》（下册），第1822页。

⑤楼俨《书山中白云词后》，《蓑笠轩仅存稿·洗砚斋集》，第31页。

⑥江昱《山中白云词疏证》，《彊村丛书》（第6册），第5278页。

原句相比，身世之感打并入艳情的意味更为浓烈。

张炎炼字有笔补造化之功，前说《词旨》列举属对38则，警句92则，词眼26则，除词眼一句未单列外，陆氏另列“乐笑翁奇对”23则，“乐笑翁警句”13则。“奇对”相较于“属对”，不同寻常之处在于研炼其中动词或形容词。可分三种情形：一是每句各炼一个动词。二是各炼一个连绵词，或炼词性变化或词类活用的字面。三是每句各炼两个动词或形容词。第三种情形向获宋人好评，如李清照“绿肥红瘦”、史梅溪“柳昏花暝”等，前引晚宋16则四字的“词眼”，皆炼其中两字。两相比较，姜夔仅有第一类对句，张炎多第三类所谓句中有眼的奇警对句。如“沙净草枯，水平天远。”（《解连环·孤雁》）“鹤响天高，水流花净。”（《壶中天·养拙园夜饮》）“款竹门深，移花槛小。”（《一萼红·周草窗新居》）等等。

再看警句。张炎是被《词旨》摘撷警句最多的词人。录之如下：

> 和云流出空山，甚年年净洗，花香不了。（《南浦·春水》）
>
> 写不成书，只记得相思一点。（《解连环·孤雁》）
>
> 才放些晴意，早瘦了、梅花一半。也知不作花看，东风何事吹散。（《探春慢·雪霁》）
>
> 见说新愁，如今也到鸥边。（《高阳台·西湖春感》）
>
> 莫开帘。怕见飞花，怕听啼鹃。（《高阳台·西湖春感》）
>
> 醒醉一乾坤。（《真珠帘·近雅轩即事》）
>
> 茂树石床同坐久，又却被、清风留住。（《真珠帘·近雅轩即事》）
>
> 须待月，许多清、都付与秋。（《声声慢·西湖》）
>
> 几日不来，一片苍云未扫。（《扫花游·高疏寮东墅园》）
>
> 春风不奈垂杨柳，吹却絮云多少。（《台城路·杭友抵越，过鉴湖渔舍会饮》）
>
> 带天香，吹动一身秋。（《甘州·赵文升索赋散乐妓桂卿》）
>
> 忍不住低低问春。（《庆春宫·都下寒食》）
>
> 不知能聚愁多少。（《霜叶飞·毗陵宅中闻老妓歌》）

他还是被清朝词论家摘句最多的词人。吴衡照说：“警句殆不止此。因为之补。”[①]所补警句有：

①《莲子居词话》，《词话丛编》（第3册），第2407页。

能几番游，看花又是明年。(《高阳台·西湖春感》)

梨花落尽，一点新愁，曾到西泠。(《庆春宫·都下寒食》)

十年前事堪疑梦，重逢可怜俱老。(《台城路·庚辰秋九月，之北》)

折芦花赠远，零落一身秋。(《甘州·辛卯岁，沈尧道同余北归》)

却笑归来，石老云荒，身世飘然一叶。(《疏影·余于辛卯岁北归》)

未了清游兴，又飘然独去，何处山川。(《忆旧游·新朋故侣》)

记小舟夜悄，波明香远，浑不见、花开处。(《水龙吟·白莲》)

回潮似咽，送一点愁心，故人天末。(《台城路·寄姚江太白山人陈文卿》)

依稀倩女离魂处，缓步出前村时节。(《疏影·梅影》)

江风紧，一行柳阴吹暝。(《梅子黄时雨·病后别罗江诸友》)

杨花点点是春心，替风前万花吹泪。(《西子妆慢·吴梦窗自制此曲》)

雅淡不成娇，拥玲珑春意。(《真珠帘·梨花》)

恨西风不庇寒蝉，便扫尽一林残叶。(《长亭怨·旧居有感》)

水痕吹杏雨，正人在隔江船。(《木兰花慢·舟中有怀澄江陆起潜皆山楼昔游》)

怕依然、旧时归燕，定应未识江南冷。最怜他、树底蔫红，不语背人吹尽。(《琐窗寒·旅窗孤寂》)

邓廷桢《双砚斋词话》又补录警句，除《西子妆慢》《长亭怨慢》与吴衡照相同、或扩展前引警句之外，还有《渡江云·山阴久客》："空自觉、围羞带减，影怯灯孤。常疑即见桃花面，甚近来翻致无书。书纵远，如何梦也都无。"《解连环·孤雁》："写不成书，只寄得、相思一点。料因循、误了残毡拥雪，故人心眼。"《木兰花慢·归隐湖山》："流光惯欺病酒，问杨花、过了有花无。"

陈廷焯《白雨斋词话》(卷二)亦补警句或加以扩展："玉田功于造句，每令人拍案叫绝。如《忆旧游》(大都长春宫)云：'古台半压琪树，引袖拂寒星。'结云：'鹤衣散影都是云。'《壶中天》(夜渡古黄河)云：'扣舷歌断，海蟾飞上孤白。'《渡江云》(山阴久客寄王菊存)云：'山空天入海，倚楼望极，风急暮潮初。'《湘月》(山阴道中)云：'疏风迎面，湿衣原是空翠。'《清平乐》云：'只有一枝梧叶，不知多少秋声。'《甘州》(饯沈尧道并寄赵学舟)云：'短梦依然江表，老泪洒西州。一字无题处，落叶都愁。'后叠云：'折芦花赠远，零落一身秋。'又前调(饯草窗西归)云:'料瘦筇归后,闲锁北山云。'《台城路》(为湖天赋)云:'夜气浮山,晴晖荡日,一色无寻秋处。'又前调(寄太白山人陈又新)云:'虚沙动月。叹千里悲歌,唾壶敲缺。'后叠云:'回潮似咽。送一点秋心,故人天末。江影沉沉,露凉鸥梦阔。'《长亭怨》(饯菊泉)云:'记横笛、玉关高处。万里沙寒,雪深无路。'《西子妆》(江上)云:'杨花点点是春心,替风前万花吹泪。'结云:'谩依依,愁落鹃声万里。'又《忆旧游》(寄友)云:'一叶江心冷,望美人不见,隔浦难招。认得旧时鸥鹭,重过月明桥。'又前调(登蓬莱阁)云:'海日生残夜,看卧龙,和梦飞入秋冥。还听水声东去,山冷不生云。'此类皆精警无匹"①。周济也称赞说:"若其用意佳者,即字字珠辉玉映,不可指摘。"②

张炎警句多被认为从白石、东坡脱胎。如《西子妆慢》:"杨花点点是春心,替风前、万花吹泪。"先著《词洁》(卷四):"此词家李长吉呕心得来。必如是方谓之造句。呕心之句,妙在绝不伤气。此其脱胎于尧章也。"③许昂霄:"较坡公'点点是离人泪'更觉纤新。"④陈兰甫评曰:"从东坡词脱胎,却添出替花垂泪,是其妙处。"⑤

二　空灵婉丽返虚入浑

前引邓牧评价张炎克服美成近俚而有其典丽,克服白石近率而有其骚雅,张炎正是在兼长两宋词坛宗师风格基础上,摒弃二人赋情风月之俚俗、略欠精粹之率放,从而进行富有宋季特色的集成创新。另外,比兴寄托也是以张炎为代表的晚宋词作的重要特点。其时词作深寓的思想性可分为两类,一是直接抒写旧都故国、归路家山,皆寓触目而生风景不殊的爱国情意,故能与山川风云并驱涌动。二是南宋盛行、宋季以《乐府补题》为代表的咏物词,皆非所谓"方物略""群芳谱",而是绮思中寓寄兴。

(一)典丽远俗运掉浑成

先看典丽远俗。词体近俗,因付诸莺吭燕舌,男子多作昵昵儿女之闺

①《白雨斋词话》,第49页。

②《介存斋论词杂著》,第10页。

③《词洁》,第135页。

④许昂霄手批《山中白云词》,葛渭君、王晓红校辑《山中白云词》,第48页。

⑤陈兰甫手批《山中白云词》,同上书,第48页。

音。正如《花间集序》所说:“自南朝之宫体,扇北里之倡风。何止言之不文,所谓秀而不实。”此风扇扬,除苏轼、辛疾弃一派之外,皆染此习。在吟风弄月“赋情近俚”的层面,张炎把周邦彦与北宋柳永、南宋康与之加以并列,柳词多“闺门淫媟之语”,康词“鄙亵之甚”,属于耽溺情爱的尘下趣味,“耆卿、伯可不必论,虽美成亦有所不免”。清真优秀情词虽寓身世之感。如《瑞龙吟》(章台路),罗忼烈先生考定写于绍圣四年(1097):“此词《陈谱》(孙按:指陈思《清真居士年谱》)及龙沐勋《清真词叙论》,并以为还京任国子主簿时作是也。时在绍圣四年,清真四十二岁。看似章台感旧,而弦外之音,实寓身世之感,则又系乎政事沧桑者也。惟词情惝恍迷离,言近意远,若不迹其生平及仕宦得失而寻绎之,诚如周止庵所谓‘不过桃花人面,旧曲翻新耳’。”[①]但集中绝大部分是北宋应歌的无谓之词。如《风流子》(新绿小池塘),王明清《挥麈录余话》记载:“周美成为江宁府溧水令,主簿之室有色而慧,美成常款洽于尊席之间,世所传《风流子》词盖所寓意焉。”[②]刘宰认为所谓本事是附会之说:“顾县圃隔浦、渌池等处,皆故令周邦彦美成游冶之地,世方邮其词,附益其说。”[③]罗先生故而指为一般应歌之作:“古者官吏尊卑之分甚严,主簿为邑令之属员,以其妻款洽其上,固无此理,即姬妾亦不当也。此盖应歌之作耳,因新绿、待月而附会成词事,亦《少年游》(并刀如水)之类也。”[④]此类词作受到晚宋词学的普遍批评,沈义父归于“往往轻而露”,是不可学的“词家病”;张炎评为“所谓淳厚日变成浇风也”。

明清词论对此类观点表示认同,甚至由此推论清真人品近于柳永、史梅溪。王世贞《艺苑卮言》:“(美成)能入丽字,不能入雅字。”[⑤]田同之《西圃词说》:“苟举当家之词,如柳屯田哀感顽艳,而少寄托。周清真蜿蜒流美,而乏陡健。”[⑥]刘熙载《艺概》(卷四):“周美成词,或称其无美不备。余谓论词莫先于品。美成词信富艳精工,只是当不得一个贞字。是以士大夫不肯学之,学之则不知终日意萦何处矣。”[⑦]“周美成律最精审,史邦卿句最警炼,

①《清真集笺注》(上册),第152页。
②王明清《挥麈录余话》,商务印书馆1934年,卷2第2页。
③刘宰《溧水尉治双玉亭记》,《全宋文》(第300册),第123页。
④《清真集笺注》(上册),第114页。
⑤《弇州山人四部稿》,第6926页。
⑥田同之《西圃词说》,《词话丛编》(第2册),第1458页。
⑦《艺概》,第109—110页。

然未得为君子之词者,周旨荡而史意贪也。”[①]

张炎词集中爱情及赠妓(包括私家歌姬)词比例很低,因家族所遭灾难,涉及自身的爱情词也明灭闪烁、隐辞幽思,305首词作中赠妓仅有11首:《国香·沈梅娇,杭妓也,忽于京都见之》《意难忘·中吴车氏,号秀卿,乐部中之翘楚者》《法曲献仙音·席上听琵琶有感》《甘州·赵文升索赋,散乐妓桂卿》《减字木兰花·寄车秀卿》《蝶恋花·赠杨柔卿》《解语花·吴子云家姬,号爱菊,善歌舞》《霜叶飞·毗陵客中闻老妓歌》《甘州·为小玉梅赋》《长相思·赠别笑倩》《清平乐》(候蛩凄断)。前说秦观词中屡见杜牧诗意,而以化用赠妓二诗《赠别》《遣怀》最于艳情中见身世之感。张炎兼采秦观清丽空灵,词中涉及当年歌舞地的词作也多用杜牧二诗之意,如《甘州·赵文叔与余赋别十载》:“指梢头旧恨,豆蔻结愁心。”《石州慢·书所见寄子野、公明》:“十年旧梦,谩余恍惚云窗,可怜不是当时蝶。”《点绛唇·芍药》:“竹西好。采香歌杳。十里红楼小。”赠妓词中更多是以双方流落写繁华消歇、家国之悲,与杜甫《江南逢李龟年》、刘子翚《汴京纪事》同一悲慨:“岐王宅里寻常见,崔九堂前几度闻。正是江南好风景,落花时节又逢君。”“辇毂繁华事可伤,师师垂老过湖湘。缕衣檀板无颜色,一曲当年动帝王。”如《国香》:“相看两流落,掩面凝羞,怕说当时。”《长相思》:“同是天涯流落人。此情烟水深。”《意难忘》:“尘滚滚,老年华。付情在琵琶。更叹我,黄芦苦竹,万里天涯。”《霜叶飞·毗陵客中闻老妓歌》:“同是流落殊乡,相逢何晚,坐对真被花恼。”《甘州》:“都休问、北来南去,但依依、同是可怜人。”前述《清平乐》还删改了较为露骨的“多情因为卿卿”一句,因此,张炎情词基本没有任何戏谑调笑的轻薄成份,而是如秦观有身世之感,正如白石出之以典雅的超凡脱俗,真正意义上实现了推尊词品,因而受到褒誉。胡元仪指出:“当时俳体颇俗,屯田最甚,清真不免时见。白石、玉田,无不雅者也。”[②]钱裴仲说:“乐笑翁词,清空一气,转折随手,不为调缚。丽不杂,淡不泛,斯为圣乎?”[③]吴梅说“玉田词皆雅正,故集中无俚鄙语”[④]。

再看运掉浑成。清真身处北宋末年,虽然是思力安排词章之第一人,

①《艺概》,第110页。

②胡元仪《词旨畅旧序》,《词话丛编》(第1册),第342页。

③钱裴仲《雨华庵词话》,《词话丛编》(第4册),第3011页。

④《词学通论》,第67页。

但仍奄有北宋之浑成。陈振孙所谓“浑然天成”，张炎所谓“浑厚和雅”“只当看他浑成处”[①]，虽然主要指融化诗句，但究其本质，“浑然天成”是哲学层面天下一气、相生相成，事物元气聚散浮沉的整体生命之趣，表现在文学创作上，就是以似散似整的篇章、句式、字面抒写感情实际存在的如烟似雾、融而未明，以及有波澜、有回流、有转折的浑沌状态，而结处归于浑茫[②]。正如陈廷焯评《浪淘沙慢》：“蓄势在后，骤雨飘风，不可遏抑。歌至曲终，觉万汇哀鸣，天地变色。老杜所谓‘意惬关飞动，篇终接浑茫’也。”[③]

前引周密评张炎孤雁词《解连环》“自顾影”至“相思一点”数句是“虽丹青难画”，又评咏春水词《南浦》“荒桥”二句，“赋春水入画”。宋人多以绘事形容浑成。如李廌《棘鹞柘条铜嘴》：“（南唐钟隐）画笔高淡简远，工于用墨，笔迹浑成，外无稜刺。”[④]《解连环》《南浦》都是咏物词，张炎评咏物作法时曾说：“体认稍真，则拘而不畅，模写差远，则晦而不明。要须收纵联密，用事合题。一段意思，全在结句，斯为绝妙。”用事合题，是咏物的基本要求，收纵联密，是以思力布局全篇，而以收纵内线推漾结句，卒章显志，就能空灵婉丽浑然一体。如《南浦》下阕化实为虚，由虚入浑：“和云流出空山，甚年年净洗，花香不了。新绿乍生时，孤村路、犹忆那回曾到。余情渺渺。茂林觞咏如今悄。前度刘郎归去后，溪上碧桃多少。”先想象西湖之源头活水。《西湖志纂》（卷一）：“（西湖）受武林诸山之水，下有渊泉百道，潴而为湖，蓄洁渟深，圆莹若镜。”[⑤]接写清流而染尘世繁华。化用刘眘虚《阙题》：“时有落花至，远随流水香。”贯休还有残句“带香因洗落花泉”。以下化用王羲之《兰亭集序》：“此地有崇山峻岭，茂林修竹，又有清流激湍，映带左右，引以为流觞曲水，列坐其次。”[⑥]以及刘禹锡《再游玄都观》语意：“种桃道士归何处，前度刘郎今又来。”借春天里的曲水雅集，表达与晋人相同的“愿为盛时故都之氓不可得”、举目皆山河之异的亡国之悲，看似枝节连缀而成的咏物词却有篇终接浑茫的浑成之境。连赋叶咏花的小令，也能臻于浑成。如为罗伯寿题四花中的《卜算子·黄葵（名侧金盏）》：

①《词源》，《词话丛编》（第1册），第266页。

②参见拙著《北宋词风嬗变与文学思潮》，第305页。

③《白雨斋词话》，第18页。

④李廌《德隅斋画品》，中华书局1985年，第3页。

⑤梁诗正、沈德潜等《西湖志纂》，《景印文渊阁四库全书》（第586册），第344页。

⑥王羲之《兰亭集序》，《古文观止》（下册），第266页。

雅淡浅深黄，顾影欹秋雨。碧带犹皴笋指痕，不解擎芳醑。　休唱古阳关，如把相思铸。却忆铜盘露已干，愁在倾心处。

黄葵、侧金盏，也称秋葵、戎葵、葵花。《尔雅翼》（卷八）："菺，戎葵……惟黄者特异。叶大而衢深，有如龙爪，黄花紫心，六瓣而侧，今人亦谓之侧金盏。"①黄葵花形酷似酒杯，故由纤手捧杯转入仙人捧露盘，隐写亡国铅泪。李贺《金铜仙人辞汉歌》序曰："魏明帝青龙元年八月，诏宫官牵车西取汉孝武捧露盘仙人，欲立置前殿。宫官既拆盘，仙人临载，乃潸然泪下。"最后以葵科花心朝向太阳的特性，诉说对前朝的忠诚。曹植《求通亲亲表》："若葵藿之倾叶太阳，虽不为之回光，然终向之者诚也。"②杜甫《自京赴奉先县咏怀五百字》："葵藿倾太阳，物性固莫夺。"司马光《居洛初夏作》："更无柳絮随风起，惟有葵花向日倾。"文人笔下的黄葵亦复如此。唐彦谦《秋葵》："倾阳一点丹心在，承得中天雨露多。"释文珦《黄葵花》："到头不信君恩断，日日倾心向太阳。"前人认为张词的这一特点得益于史梅溪。李佳《左庵词话》评其春雨词结句："就题烘衬推开去，亦是一法。"③又评张炎《绮罗香·红叶》结句是从史氏脱胎："与梅溪春雨词煞尾，同一机轴。"④张炎不少咏物词作，都有这一特点。所以邓廷桢说："盖白石硬语盘空，时露锋芒；玉田则返虚入浑，不啻嚼蕊吹香。"⑤

张炎其他类型的词作也有浑成之誉。谭献评《高阳台·西湖春感》："运掉虚浑。"⑥夏孙桐评《甘州·饯草窗归霅》："此与《月下笛》一首皆浑成透到，渣滓全净，玉田胜处。"⑦邵渊耀、阙名评《水龙吟·白莲》："浑雅不群""又刻画，又浑成"⑧。

（二）扬雅黜率精粹和雅

朱彝尊以姜夔为宗主，认为南宋乃至元朝诸名家皆具备白石词的某一种特质："词莫善于姜夔。宗之者张辑、卢祖皋、史达祖、吴文英、蒋捷、王沂

①《尔雅翼》，第87—88页。

②曹植著，赵幼文校注《〈曹植集〉校注》，人民文学出版社1984年，第437页。

③李佳《左庵词话》，《词话丛编》（第4册），第3143页。

④同上书，第3169页。

⑤邓廷桢《双砚斋词话》，《词话丛编》（第3册），第2532页。

⑥谭献《重辑复堂词话》，《词话丛编补编》（第2册），第1201页。

⑦俞陛云《选释张炎词》引录夏孙桐语，《唐五代两宋词选释》，第475页。

⑧阙名手批《山中白云词》，葛渭君、王晓红校辑《山中白云词》，第22页。

孙、张炎、周密、陈允平、张翥、杨基，皆具夔之一体。”①杜诏则认为其中张炎可与姜夔相伯仲，甚至有出蓝之胜：

> 词盛于北宋，至南宋乃极其工。姜夔尧章最为杰出，宗之者史达祖、高观国、卢祖皋、吴文英、蒋捷、周密、陈允平诸名家，皆具夔之一体，而张炎叔夏庶几全体具矣。仇仁近谓：“叔夏词意度超玄，律吕协洽，当与白石老仙相鼓吹。”顾白石风骨清劲，诚如沈伯时所云“未免有生硬处”；叔夏则和雅而精粹。读其《乐府指迷》一书，为古今填词准则，夫岂斤斤墨守尧章者？②

张炎以姜词为南宋矩矱，但宋人却有“未免有生硬处”“放意或近率”也就是并不严谨之訾议。《全宋词》存姜夔词87首，周铨（纬苍）康熙年间曾见“上海某氏有《白石词》三百余阕”③，则今所见姜词不足三分之一，《词源》举证，更为精金美玉。否则宋人与张炎出入较大的评价，不免使人茫然无所适从。周邦彦是宋朝思力安排词体第一人，姜夔则处于建立词法的初发轫时期，不可能象宋季词人那样有自觉的法度意识：“命意既了，思量头如何起，尾如何结，方始选韵，而后述曲。最是过片，不要断了曲意，须要承上接下。”以意推测，未能流传的词作中难免有自率其意的粗放。甚至是张炎一再作为正面例证的《暗香》《疏影》也有小疵，前引汪璪等学者认为，昭君出塞与梅花的联系比较牵强，尽管郑文焯不以为然，但毕竟代表了部分读者认为其不能尽善全美。另外，如《暗香》中“江国。正寂寂”“翠尊易泣。红萼无言耿相忆”，《疏影》中“莫似春风，不管盈盈，早与安排金屋”，都与梅花关联度不高。

不妨以张炎两首咏梅影词《疏影·梅影》《瑶台聚八仙·余昔有梅影词，今重为模写》与姜词比较，足见张炎词后出转精、更加为和雅精粹：

> 黄昏片月。似碎阴满地，还更清绝。枝北枝南，疑有疑无，几度背灯难折。依稀倩女离魂处，缓步出、前村时节。看夜深、竹外横斜，应妒过云明灭。　　窥镜蛾眉淡抹。为容不在貌，独抱孤洁。莫是花光，描取春痕，不怕丽谯吹彻。还惊海上然犀去，照水底、珊瑚如活。做弄得、

①朱彝尊《黑蝶斋诗余序》，《曝书亭集》（上册），第488页。

②杜诏《山中白云词序》，曹炳曾等校刊《山中白云词》。

③同上。

酒醒天寒，空对一庭香雪。

近水横斜。先得月、玉树宛若笼纱。散迹苔裀，墨晕净洗铅华。误入罗浮身外梦，似花又却似非花。探寒葩。倩人醉里，扶过溪沙。

竹篱几番倦倚，看乍无乍有，如寄生涯。更好一枝，时到素壁檐牙。香深与春暗却，且休把江头千树夸。东家女，试淡妆颠倒，难胜西家。

汤垕《画鉴》："古人作画，有得意者多再作。如李成《寒林》、范宽《雪山》、王诜《烟江叠嶂》之类，不可枚举。"[①]张炎"画有赵子固潇洒之意"[②]，而赵孟坚最著名的写意水仙画"如读蒙庄迁史文，莫可端倪，殆如子固出现，此宇宙奇观，不可作画图看"（已见前引）。晚宋写意画受画院体影响，也注重意匠经营，勾勒精确，但其精髓还是借助笔下景物传达情感，因而以有意境为上乘。《画鉴》评宋人刘寀画鱼："独文臣刘寀画水中鱼，风萍水荇，观之活动。至于鳞尾性情，游潜回泳，皆得其妙。平生尝观其画，近见《落花游鱼图》，红桃一枝，飞花数片，一赤鲤漾轻波，吹落英，深得诗人之意。"[③]所谓"诗人之意"，就是涵泳自然、相忘于江湖的翛然自得。张炎咏梅影词也是意犹未慊而屡次摹写，从不同视角衬写梅花精神气质：不以颜色随俗，只留乾坤清气。表现在以下两点。

一是与梅花典故相互关涉，严谨密致。如枝南枝北，《古今事文类聚·后集》卷二八："《群书要语》：大庾岭上梅花，南枝已落，北枝方开，寒暖之候异也。"[④]倩女离魂，陈玄祐《离魂记》倩娘与王宙的熟典，倩娘魂魄相随，成就了一段婚姻传奇。再归家时："室中女闻喜而起，饰妆更衣，笑而不语。出与相迎，翕然而合为一体，其衣裳皆重。"[⑤]此典因姜夔梅花词词句"昭君不惯胡沙远，但暗忆、江南江北。想佩环、月夜归来，化作此花幽独"，以及杜甫昭君诗句"画图省识春风面，环佩空归月夜魂"，而与月下梅影十分切合。高亮功评曰："'依稀'数语，入神之笔，亦从白石'想佩环、月下归来'数语化出。"[⑥]前村夜深，语出齐己《早梅》："前村深雪里，昨夜一枝开。"竹外横

---

①汤垕著，马采标点注释，邓以蛰校阅《画鉴》，人民美术出版社1959年，第69页。

②舒岳祥《山中白云词序》，曹炳曾等校刊《山中白云词》。

③《画鉴》，第35页。

④《古今事文类聚》（第2册），第438页。

⑤陈玄祐《离魂记》，廖晨星译《唐宋传奇》，崇文书局2015年，第21页。

⑥高亮功手批《山中白云词》，赵昱刊刻《山中白云词》，卷二第6页。

斜，出自苏轼《和秦太虚梅花》："江头千树春欲暗，竹外一枝斜更好。""窥镜"三句语出杜荀鹤《春宫怨》："早被婵娟误，欲妆临镜慵。承恩不在貌，教妾若为容。"实暗用林逋《山园小梅》："疏影横斜水清浅，暗香浮动月黄昏。"以水喻镜，下文"照"字意亦入此句，还反用周邦彦《花犯·咏梅》："露痕轻缀。疑净洗铅华。"花光，宋代花光和尚从窗下梅影获得灵感成为最著名的墨梅画家。《华光梅谱》："墨梅始自华光仁老之所酷爱，其方丈植梅数本。每花放时，辄移床其下，吟咏终日，莫知其意。偶月夜未寝，见窗间疏影横斜，萧然可爱。遂以笔规其状，凌晨视之，殊有月下之思。因此好写得其三昧，标名于世。山谷见而美之曰：嫩寒清晓行，孤山篱落间，但欠香耳。"[①]丽谯，高楼。见《庄子·徐无鬼》："君亦必无盛鹤列于丽谯之间。"郭象注："丽谯，高楼也。"[②]乐府有笛中曲梅花落，化用李白《与史郎中钦听黄鹤楼上吹笛》句意："黄鹤楼中吹玉笛，江城五月落梅花。"海上然犀，见《晋书·温峤传》："（温峤）至牛渚矶，水深不可测，世云其下多怪物。峤遂毁犀角而照之，须臾，见水族覆火，奇形异状，或乘马车着赤衣者。"[③]因萧德藻《古梅》有"海月冷挂珊瑚枝"之句而相关连。近水得月，出自苏麟《句》："近水楼台先得月，向阳花木易为春。"写月下疏影照水。花非花，语出苏轼《水龙吟》咏杨花："似花还似非花，也无人惜从教坠。"但"罗浮""醉里"用梅花典，见柳宗元《龙城录》（卷上）："隋开皇中，赵师雄迁罗浮。一日天寒日暮，在醉醒间，因憩仆车于松林间酒肆傍舍。见一女子，淡妆素服，出迓师雄。时已昏黑，残雪未销，月色微明。师雄喜之，与之语，但觉芳香袭人，语言极清丽。因与之扣酒家门，得数杯，相与饮。少顷，有一绿衣童来，笑歌戏舞亦自可观。顷醉寝，师雄亦懵然，但觉风寒相袭。久之，时东方已白，师雄起视，乃在大梅花树下，上有翠羽啾嘈相顾，月落参横，但惆怅而尔。"[④]身外梦，也用梅花语典。王昌龄《梅诗》："落落寞寞路不分，梦中唤作梨花云。"苏轼《西江月·梅花》："高情已逐晓云空，不与梨花同梦。"东家西家，典出《庄子·天运》："故西施病心而颦其里，其里之丑人见而美之，归亦捧心而颦其里。其

①释华光《华光梅谱》，黄宾虹、邓实编《美术丛书》（第15册二集第5辑），浙江人民美术出版社2013年，第265页。

②庄周著，郭象注《〈庄子〉注疏》，上海古籍出版社1989年，第125页。

③《晋书》（第6册），第1795页。

④《龙城录》，第9—10页。

里之富人见之，坚闭门而不出；贫人见之，絜妻子而去之走。”[①]《太平寰宇记》（卷九十六）：“（诸暨县）巫里，勾践得西施之所。今有西施家、东施家。”[②]又以蒋维翰《春女怨》、苏轼《阮郎归·梅词》勾连：“白玉堂前一树梅，今朝忽见数花开。儿家门户寻常闭，春色因何入得来。”“暗香浮动月黄昏。堂前一树春。东风何事入西邻。儿家常闭门。”邵渊耀评曰：“借坡句绘影恰妙。”[③]

二是虚实双管齐下，以“夜”“月”“雪”衬托，采用侧笔、转笔，入木三分、遗貌取神地勾勒出介于梅花与墨梅之间的光影。如《疏影·梅影》，先写月筛清绝梅影，绰绰约约地映射出不能赠远的南枝花残、北枝绽放。月下梅枝幻影，有转瞬即逝的羽化仙气，宛若离魂倩女凌波微步，立于前村深雪，又如佳人立尽竹影。浮云遮月，似乎嫉妒绝世风华的梅花照影。素淡梅影，被照射出孤洁的美质。梅影又如花光笔下墨梅，但不会被笛声吹落。冷月照射下的梅树如海底珊瑚，但有活色生香。酒醒天寒，庭中梅花好似罗浮梅树的异株，空对落花如雪，虽不见同宿翠禽，但不似墨梅有欠真香。赋咏对象的特殊性，可以实笔写影，虚笔写梅，本尊与花影之间，一则清意十分足，一则清气满乾坤。全词除首三句正面描写月下梅影之外，“枝北”三句，以灯光侧写月色，“依稀”六句，写梅影如昭君月下归魂，暗点“夜”字，“窥镜”三句、“还惊”三句，侧写如水月光中横枝倒影。最后三句暗用罗浮梅树典，“夜”“月”“雪”（“时已昏黑，残雪未销，月色微明”）三字丝丝入扣，到底不懈。

张炎其他题材的词作也是精粹和雅。如高亮功评《台城路·迁居》：“玉田固词家老斫轮手，而此等词尤为独步，章法、句法、字法一无可议。”[④]陈廷焯《云韶集》（卷九）评《壶中天·夜渡古黄河》下阕：“下字琢句，精炼无匹。”[⑤]

（三）起情附理意蕴清空

“赋、比、兴”是《诗经》一直沿用的文学表现手法，朱熹《诗集传》的解释

①《庄子》，第145页。
②《太平寰宇记》（第4册），第1933页。
③邵渊耀手批《山中白云词》，葛渭君、王晓红校辑《山中白云词》，第129页。
④高亮功手批《山中白云词》，赵昱刊刻《山中白云词》，卷五第11页。
⑤《云韶集》，《词话丛编补编》（第3册），第1601页。

最为通行:“赋者,敷陈其事而直言之也;比者,以彼物比此物也;兴者,先言他物以引起所咏之词也。”[①]在此之前,刘勰《文心雕龙》曾从创作层面着重对比兴二义进行过深度阐释:“《诗》文宏奥,包韫‘六义’;毛公述《传》,独标‘兴’体,岂不以‘风’通而‘赋’同,‘比’显而‘兴’隐哉?故比者,附也;兴者,起也。附理者切类以指事,起情者依微以拟议。起情故‘兴’体以立,附理故‘比’例以生。”[②]“诗人比兴,触物圆览。物虽胡越,合则肝胆。拟容取心,断辞必敢。攒杂咏歌,如川之涣。”[③]主要意思是说,比兴虽然有起情附理的不同,但都是借外物以抒肝胆,如果抓住外物特征并融会情理,就能圆融可供鉴赏。

词体贵含蓄,多用比兴。词中比兴寄托本是诗赋传统,而与《离骚》亲缘最近,《仕学规范》引句有“幽忧愤悱,寓之比兴,谓之骚”。厉鹗《论词绝句》也有“美人香草本《离骚》”之句。沈祥龙曾论词中比兴的区别:“或借景以引其情,兴也;或借物以寓其意,比也。”[④]前引姜夔《暗香》《疏影》题序叙说了辛亥之冬载雪造访范成大,从游石湖别墅范村,赋咏范村梅花各色名品,由此引起爱情抑或忠爱之思。触类引申,此为兴。南宋自史梅溪以来,多全篇采用兴体兼及闺房叙事,如前引《东风第一枝·咏春雪》《绮罗香·咏春雨》《双双燕·咏燕》都是如此。张炎及晚宋咏物词则全篇多采用比体而无涉闺房叙事,深有寄托,见我肝胆。显例如张炎参与的《乐府补题》三十七首集体唱和咏物词。詹安泰《论寄托》、吴梅《词学通论》于此也都指出:“比兴途径,亦各不同:或取资闺帏之内,羁旅之中,柔情绮思,忆别伤离,而身世家国之怀寓焉(如韦端已《菩萨蛮》之类)。或取资于自然风景,无知物类,听睹所及,曲写毫芥,而身世家国之怀亦寓焉(如姜尧章《暗香》《疏影》之类)。寓诸闺帏羁旅之中者,欲人即小以见大也;寓诸风景物类中者,欲人触类以引伸也。……北宋有寄托之词,多属抒写私情,南宋有寄托之词,多属描摹物类,非无故也。”“夫必借物言志,其不敢明言之隐衷可知也。”[⑤]“咏物之作,最要在寄托。所谓寄托者,盖借物言志,以抒其忠爱绸缪之旨。

①参见朱熹《诗集传》,上海古籍出版社1980年,第1—4页。
②《文心雕龙》,第50页。
③同上书,第51页。
④《论词随笔》,《词话丛编》(第5册),第4048页。
⑤以上两条均见詹安泰《论寄托》,《词学季刊》(第3卷第3号),1936年。

三百篇之比兴，离骚之香草美人，皆此意也。……惟有寄托，则辞无泛设。而作者之意，自见诸言外。朝市身世之荣枯，且于是觇之焉。"①

张炎比体咏物非常多，有《解连环·孤雁》《南浦·春水》这类给他带来极大声誉的名篇。著名的还有《绮罗香·红叶》《一萼红·赋红梅》《疏影·梅影》《瑶台聚八仙·余昔有梅影词，今重为模写》《红情》《绿意》《甘州·题曾心传藏温日观墨蒲萄画卷》。另如《新雁过妆楼· 赋菊》《瑶台聚八仙·咏鸳鸯菊》《真珠帘·梨花》《杏花天·赋疏杏》《一剪梅·季秋得杏花一枝，其色类梅，清奇标致，殊可爱也》《玉蝴蝶·赋玉绣球花》《国香·赋兰》《祝英台近·题陆壶天水墨兰石》《蝶恋花·赋艾花》《露华·碧桃》《蝶恋花·秋莺》《风入松·溪山堂竹》《尾犯·山庵有梅古甚，老僧云：此树近百年矣。余盘礴花下，竟日忘归，因有感于孤山，为赋此调》《洞仙歌·梅上苔与龚子敬赋》《华胥引·赋松花》等等，还有不少题画词实为咏物，如《华胥引·钱舜举幅纸画牡丹、梨花二折枝。牡丹名洗妆红，为赋一曲，并题二花》《小重山·题晓竹图》《丑奴儿·子母猿》《浣溪纱·双笋》《清平乐·题倦耕图》《踏莎行·咏汤》《西江月·题墨水仙》《浪淘沙·题陈汝朝百鹭画卷》《浪淘沙·作墨水仙寄张伯雨》《西江月·作墨水仙寄张伯雨》。还有题画组词也为咏物，如为罗伯寿题四花有《清平乐·牡丹》《点绛唇·芍药》《卜算子·黄葵，一名侧金盏》《蝶恋花·山茶》，有二首《浣溪纱·写墨水仙二纸寄曾心传，并题其上》。比体虽与兴体略有不同，比体与所咏对象之间可以形成比拟关系，兴体中有时比拟关系虽然存在但显得较为微弱。但比兴都是遵循"野云孤飞，去留无迹"的清空路径，张炎的这类词作，便成为意趣高远（深寓家国情感）、未肯屈志新朝的有意求寄托之作。这是"清空"理论范畴指导词体创作的意义所在。刘永济指出了"清空"与比兴寄托的关系："'清空'云者，词意浑脱超妙，看似平淡，而义蕴无尽，不可指实。其源盖出于楚人之骚，其法盖由于诗人之兴，作者以善觉、善感之才，遇可感、可觉之境，于是触物类情而发于不自觉者也。惟其如此，故往往因小可以见大，即近可以明远。其超妙、其浑脱，皆未易以知识得，尤未易以言语道，是在性灵之领会而已。严沧浪所谓'水中之月，镜中之象'是也。"②

①《词学通论》，第4页。
②刘永济《词论》，第66页。

张炎咏荷花、荷叶的《红情》《绿意》就是着意引白石为同调的词作，题序曰："《疏影》《暗香》，姜白石为梅着语，因易之曰《红情》《绿意》，以荷花荷叶咏之。"许赓飏《双白词序》："岂知意内言外，惟主清新；宣戚导愉，必归深婉。彼以石帚自号，肖其坚洁；此以'春水'流誉，合乎清空。正不独《疏影》《暗香》《红情》《绿意》属以同调，遂足方轨。譬之璧月，秋皎而春华；例彼幽葩，蕙纕而兰佩。"[①]录二词如下：

无边香色。记涉江自采，锦机云密。剪剪红衣，学舞波心旧曾识。一见依然似语，流水远、几回空忆。看□□、倒影窥妆，玉润露痕湿。

闲立。翠屏侧。爱向人弄芳，背酣斜日。料应太液。三十六宫土花碧。清兴凌风更爽，无数满汀洲如昔。泛片叶、烟浪里，卧横紫笛。

碧圆自洁。向浅洲远渚，亭亭清绝。犹有遗簪，不展秋心，能卷几多炎热。鸳鸯密语同倾盖，且莫与、浣纱人说。恐怨歌、忽断花风，碎却翠云千叠。　　回首当年汉舞，怕飞去、谩皱留仙裙折。恋恋青衫，犹染枯香，还叹鬓丝飘雪。盘心清露如铅水，又一夜、西风吹折。喜静看、匹练秋光，倒泻半湖明月。

前引余宗琳以为二词中"料应太液，三十六宫土花碧。""回首当年汉舞，怕飞去、漫皱留仙裙褶。""盘心清露如铅水，又一夜西风吹折。""同《乐府补题》咏白莲之旨"。前说《乐府补题》咏白莲，张炎有"仙人掌上芙蓉，涓涓犹湿金盘露。"周密有"擎露盘深，忆君凉夜，暗倾铅水。"王沂孙有"望海山依约，时时梦想，素波千顷。""太液荒寒，海山依约，断魂何许。"与姜白石在咏梅词中采用寿阳公主、王昭君等宫廷典故两相对比，确然寄寓了家国之情。晚宋赋叶咏花之作逐渐也从有意作闺房绮语，转而为感今悼往、托物寄兴，前引张炎孤雁词、红叶词、春水词皆可为显证。

再看以梅柳托兴的情词。前引夏承焘考证白石词中此类词作占存词半数，有三十多首。姜夔作为江湖布衣，爱情离别往往与羁旅身世相关联。至晚宋，张炎寓诸闺帏的情词，也有以梅柳比兴，其"即小见大"的意味尤为明显。如两首赠苏氏柳儿词《淡黄柳·赠苏氏柳儿》《虞美人·余昔赋柳儿词，今有杜牧重来之叹。刘梦得诗云：'春尽絮飞留不住，随风好去落谁

①许赓飏《四印斋合刊双白词序》，《四印斋所刻词》，第161页。

家。'作忆柳曲》。词曰:

> 楚腰一捻。羞剪青丝结。力未胜春娇怯怯。暗托莺声细说。愁蹙眉心斗双叶。　　正情切。柔枝未堪折。应不解、管离别。奈如今已入东风睫。望断章台,马蹄何处,闲了黄昏淡月。

> 修眉刷翠春痕聚。难剪愁来处。断丝无力绾韶华。也学落红流水、到天涯。　　那回错认章台下。却是阳关也。待将新恨趁杨花。不识相思一点、在谁家。

二词皆有"章台"语,知是歌妓。前首化用欧阳修《望江南》:"江南柳,叶小未成阴。人为丝轻那忍折,莺嫌枝嫩不胜吟。留着待春深。"张炎集中多有钱塘歌妓苏小典。已见前引《台城路》《春从天上来·己亥春,复回西湖》《霜叶飞·毗陵客中闻老妓歌》,钱塘歌妓苏小小虽然有可能是旧都临安的文化代码,但并不排斥确实存在曾交往苏姓歌妓,苏柳儿即是其例。值得注意的是,此赠妓词还采用侍妾典。苏轼《朝云诗并引》:"世谓乐天有鬻骆马、放杨柳枝词,嘉其主老病不忍去也。然梦得有诗云'春尽絮飞留不得,随风好去落谁家。'乐天亦云:'病与乐天相伴住,春随樊子一时归。'则是樊素竟去也。予家有数妾,四五年相继辞去,独朝云者随予南迁。因读乐天集,戏作此诗。朝云,姓王氏,钱塘人。"前引《解语花》题序亦因见吴子云家姬而"忽有朝云之感",其中映现出籍没于官府的自家娇小侍妾。此类与前此寓亡国流落之感的赠妓词相比,主要寄托故国故家悲情。

再看题画词《丑奴儿·子母猿》《清平乐·题倦耕图》,实为赋咏画中享受天伦的母子猿、倦耕卸犁卧波水牛,本质上是泛意的咏物之作:

> 山人去后知何处,风月清虚。来往无拘。戏引儿孙乐有余。　　悬崖挂树如相语,常守枯株。久与人疏。闲了当年一卷书。

> 一犁初卸。息影斜阳下。角上汉书何不挂。老子近来慵跨。　　烟村草树离离。卧看流水忘归。莫饮山中清味,怕教洗耳人知。

所题子母猿应是宋代著名画家易元吉的《子母戏猿图》。反用孔稚珪《北山移文》"山人去兮晓猿惊"句意。化用诗句有刘挚《易元吉画猿》:"老猿顾子稍留滞,小猿引臂劳攀援。坐疑跳踯避人去,仿佛悲啸生壁间。……渺然独起林壑志,平生愿得与彼群。"杜甫《猿》:"袅袅啼虚壁,萧萧挂冷枝。"李白《游秋浦白笴陂二首》(之一):"山光摇积雪,猿影挂寒枝。"此词比兴出的隐居愿望比刘挚诗还要决绝，高亮功评为“反衬”[①]。题倦耕图的语典有李家明《咏卧牛》：“闲向斜阳嚼枯草，近来问喘为无人。”王安石《耕牛》：“朝耕草茫茫，暮耕水潏潏。”事典有牛角挂《汉书》典。见《新唐书·李密传》：“（密）闻包恺在缑山，往从之。以蒲鞯乘牛，挂《汉书》一帙角上，行且读。”[②]老子骑青牛典，见《列仙传》：“后周德衰，乃乘青牛去。入大秦，过西关。关令尹喜待而迎之，知真人也。乃强使著书，作《道德经》上下二卷。”[③]最为出奇的是化用樊坚不饮牛于高士许由洗耳下流之水。见蔡邕《琴操·箕山操》：“于是，许由以使者言为不善，乃临河洗耳。……于是樊坚方且饮牛，闻其言而去，耻饮于下流。”[④]看似如高亮功所评“前段写倦客，后段写倦意”[⑤]，实以倔强耕牛比兴对世事漫不挂心的对抗。张炎比兴词是真正意义上的“即小见大”，承载的是有过于身世之感的家国主题，因而可以比之阔大诗境。

三 高旷清雄高出人表

刘熙载评苏东坡词“东坡词颇似老杜诗，以其无意不可入，无事不可言也”。詹安泰先生把宋词艺术风格分归为真率明朗等八类[⑥]，苏轼被归为“高旷清雄”一派，其词立意高出人表，境界拓展至诗文领域：

> 高旷清雄，以苏轼为代表。这是文人词的提高和发展，源于五代十国的韦庄和李煜：北宋的范仲淹、欧阳修、王安石都有部分词显示出这种风格，到苏轼才达到成熟阶段，并提倡这种风格和柳永一派相对立。“高处出神入天，平处尚临镜笑春，不顾侪辈”（王灼《碧鸡漫志》）；“一洗绮罗香泽之态，摆脱绸缪宛转之度，使人登高望远，举首高歌，而逸怀浩气超然乎尘垢之外”（胡寅《酒边词序》）；“无意不可入，无事不可言”（刘熙载《艺概》）；这是苏词的特色，既高旷，又清雄，《东坡乐府》中大

①高亮功手批《山中白云词》，赵昱刊刻《山中白云词》，卷六第8页。

②《新唐书》（第12册），第3677页。

③刘向《列仙传》，中华书局1985年，第6—7页。

④蔡邕《琴操》，中华书局1985年，第13页。

⑤高亮功手批《山中白云词》，赵昱刊刻《山中白云词》，卷六第9页。

⑥詹安泰说：“照我的浅见，宋词的艺术风格，可归纳为：真率明朗、高旷清雄、婉约清新、奇艳俊秀、典丽精工、豪迈奔放、骚雅清劲、密丽险涩等派，每派各有代表作家和附属作家。”詹安泰《宋词散论》，广东人民出版社1980年，第53页。

部分是表现这种风格的作品,《西江月》(“三过平山堂下”)、《水调歌头》(“明月几时有”、“落日绣帘卷”)、《永遇乐》(“明月如霜”)、《八声甘州》(“有情风万里卷潮来”)等充分证明了这一点。苏轼扩大了词的境界,使词抒写的范围等同于诗歌,甚至展延到散文的领域,这在词的发展史上是一种很大的贡献。①

清代以来词论家,已经关注到张炎词有苏轼乃至辛弃疾豪放之气,沈祥龙说:“词于清丽圆转中,间以壮阔之句,力量始大,玉田词往往如此。四言如‘浪挟天浮,山邀云去’,五言如‘月在万松顶’,七言如‘衰草凄迷秋更绿’等句,皆气象壮阔,不作纤纤之态,但可付女郎低唱也。’②“词贵愈转愈深。稼轩云:‘是他春带愁来,春归何处,却不解带将愁去。’玉田云:‘东风且伴蔷薇住,到蔷薇春已堪怜。’下句即从上句转出,而意更深远。”③缪钺论词绝句亦曰:“夜渡黄河记壮游,玉关踏雪脆貂裘。南人词有幽并气,未许人间第二流。”论者多以玉田、东坡比并而称。陈廷焯《白雨斋词话》(卷二)以赵翼形容东坡之语评张炎:“张玉田词,如并剪哀梨,爽豁心目,故诵之者多。”④高亮功引萧中孚语评《壶中天·白香岩和东坡韵赋梅》:“和东坡韵便似东坡。”⑤邵渊耀亦评:“东坡、和靖集腋成之。”⑥夏敬观曰:“似东坡。”⑦夏敬观又评《南楼令·题聚仙图》“似东坡”⑧。常国武先生进一步指出:“玉田词的转益多师……但除了白石以外,受到影响最深的恐怕还是东坡。其《壶中天》(扬舲万里)、《甘州·云林远市》、《壶中天·月涌大江》、《木兰花慢》(二分春到柳)、《壶中天·白香岩和东坡韵赋梅》、《摸鱼子·高爱山隐居》等等,风格就很接近东坡一路。”⑨

张炎与苏轼词风相通,是以杜甫、李白为津梁,这是前人对姜张一派的共识。宋翔凤拟姜夔为词家杜甫:“词家之有姜石帚,犹诗家之有杜少陵,

①《宋词散论》,第54页。
②《论词随笔》,《词话丛编》(第5册),第4056页。
③同上书,第4057页。
④《白雨斋词话》,第48页。
⑤高亮功手批《山中白云词》,赵昱刊刻《山中白云词》,卷七第7页。
⑥邵渊耀手批《山中白云词》,葛渭君、王晓红校辑《山中白云词》,第176页。
⑦夏敬观手批《山中白云词》,葛渭君、王晓红校辑《山中白云词》,第176页。
⑧同上。
⑨常国武《碧山、草窗、玉田三家词异同论》,《文学评论》1991年第4期。

继往开来，文中关键。”[①]前引张预比张炎词为“草堂诗史”，江藩认为词家姜张“如诗之有李杜”，王鹏运同意江藩的观点。另如高亮功评张炎《探芳信·西湖春感》：“感时溅泪，恨别惊心，不减读少陵诗。”[②]张炎词集中还有题画词《南乡子·杜陵醉归手卷》《临江仙·太白挂巾手卷》，也可见其心仪万丈光焰的李杜文章。下面从张炎追溯李杜、踵步苏轼、以诗为词的视角，分析其豪放飘逸、沉郁顿挫的高旷清雄词风。

（一）气随意扬豪放飘逸

仇远赠张炎诗，称其“咏月吟风太白游”，自注语典出于范传正《唐左拾遗翰林学士李公新墓碑并序》：“晦以曲蘖，畅于文篇，万象奔走乎笔端，万虑泯灭乎尊前，卧必酒瓮，行惟酒船。吟风咏月，席地幕天，但贵乎适其所适，不知夫所以然而然。”[③]李白、苏轼、张炎都有望之若神仙的游赏。李白《东山吟》抒写步武谢安携妓而游的潇洒风姿：“白鸡梦后三百岁，洒酒浇君同所欢。”苏轼《王定国诗集叙》：“一日，定国与颜复长道游泗水，登桓山，吹笛饮酒，乘月而归。余亦置酒黄楼上以待之。曰：‘李太白死，世无此乐三百年矣。’”[④]张炎《庆清朝》题序：“太白去后五百年，无此乐也。”《台城路》题序：“太白去后五百年无此乐耶？”三人精神气质相通，主要表现在以下两点。

首先，李白、苏轼、张炎，都有乘风归月的神仙出世之姿。苏轼称坡仙、李白称谪仙，浪漫气质最为近似。李白特立独行，承受着世无知音的旷代落寞。在他的诗中，“我”借酒力与影、月、造化自然的融合，实为入世之形骸与出世之精神的形神相亲。如《月下独酌四首》（其一）：“花间一壶酒，独酌无相亲。举杯邀明月，对影成三人。月既不解饮，影徒随我身。暂伴月将影，行乐须及春。我歌月徘徊，我舞影凌乱。醒时同交欢，醉后各分散。永结无情游，相期邈云汉。”（其二）：“已闻清比圣，复道浊如贤。贤圣既已饮，何必求神仙。三杯通大道，一斗合自然。但得醉中趣，勿为醒者传。”《独酌》：“独酌劝孤影，闲歌面芳林。清风寻空来，岩松与共吟。手舞石上月，膝横花下琴。过此一壶外，悠悠非我心。”[⑤]

①《乐府余论》，《词话丛编》（第3册），第2503页。

②高亮功手批《山中白云词》，赵昱刊刻《山中白云词》，卷三第6页。

③李白著，瞿蜕园、朱金城校注《〈李白集〉校注》（第4册），上海古籍出版社1980年，第1782页。

④苏轼《王定国诗集叙》，《苏轼文集》（第1册），第318页。

⑤引诗取自别本。正本见《李太白集分类补注》（卷二十三），《景印文渊阁四库全书》（第359册），第556页。

苏轼与李白《独酌》意境最为相近的是著名词作《水调歌头》(明月几时有),宋人普遍具有的淑世情怀使苏轼的文学创造更具关注社会的及物之功,入世而能出世的内心超越模式,使苏轼能以忧道为己任,忠君爱国,从而在新旧党争、被贬外放的政治压迫中保持独立的人格,因为不愿与俗世同其波流,保持独立的操守,所以神游幻境作出世之想。上阕写在孤高旷远的境界中遗世独立的精神,并从神游之想转出忠爱之思,因为被内心忠君爱国的淑世情怀所牵引,不忍做独醒的归人,虽然理想遥不可及,但仍然孤芳自赏,保持了一份志行高洁的操守。苏词中的明月意象都寄托了志行高洁的操守以及我与我周旋久,宁做我的孤标傲世。苏轼此类词作很多,如《卜算子》:"缺月挂疏桐,漏断人初静。时见幽人独往来,缥缈孤鸿影。"《点绛唇》:"闲倚胡床,庾公楼外峰千朵。与谁同坐。明月清风我。"《西江月》:"可惜一溪明月,莫教踏碎琼瑶。"

张炎也有与苏词、李诗意境相类的作品。如《疏影·题宾月图》:

> 雪空四野,照归心万里,千峰独立。身与天游,一洗襟怀,海镜倒涌秋白。相逢懒问盈亏事,但脉脉、此情无极。是几番、飞盖追随,桂底露衣香湿。　　闲款楼台夜色。料水光未许,人世先得。影里分明,认得山河,一笑乱山横碧。乾坤许大须容我,浑忘了、醉乡犹客。待倩谁、招下清风,共结岁寒三益。

此词题永嘉叶东叔宾月堂图,林景熙《宾月堂赋》:"南雁荡叶君,堂于山之阳,野簌盈俎,春醪在觞,索居无朋,欲饮谁相?俄有客自天东驾五云而来,水佩金裳,冰姿玉质,初流光于檐楹,忽散彩于庭阈。不由介摈,竟造几席。主人见而异之曰:'噫嘻!此佳宾也。'"[①]朱彊村校曰:"按《墙东类稿》有《宾月亭记》,亦为永嘉叶君作,图之为堂为亭未可知也。又按《宋遗民录》梁隆吉有《题叶东叔宾月堂》诗,是叶伯几父字东叔。本卷《桂枝香·宾月叶翁》即此人矣。"[②]梁隆吉诗曰:"人生自是人间客,月亦天边寄此身。彼此虚空无着处,谁欤是主复谁宾。"身与天游,意同李白"永结无情游,相期邈云汉",岁寒三益,语出苏轼。《鹤林玉露》甲编卷之一:"东坡赞文与可

①林景熙著,章祖程注,陈增杰补注《林景熙集补注》,浙江古籍出版社2012年,第318页。

②《彊村丛书》(第6册),第5386页。

梅竹石云：‘梅寒而秀，竹瘦而寿，石丑而文，是为三益之友。’”[①]此指叶东叔邀约风、月，共结三益之友。曹伯启《题叶宾月图二首》(之一)：“广文胸次莹无尘，明月知音自主宾。更约飞廉作三益，只防云物忌情亲。”张炎借助题写永嘉叶东叔的宾月堂图，表达了“我”与明月、清风结为三益之友，“我”为主，月为宾，清风为吹遮月之云彩，是表里澄澈、精神遨游的境界。常国武先生又评《壶中天·月涌大江：西有大江，远隔淮甸，月白潮生，神爽为之飞越》脱胎于苏轼文赋：“此词在形神两方面都从东坡《前赤壁赋》和《后赤壁赋》夺胎而来，这是显而易见、无需赘言的。”[②]

正如李白入世则隐于酒乡，前文论及白云乡本为远古时期的仙居之地，是张炎现实层面不能从心所欲但精神自由的栖息之所，因而他能在生活极度窘迫时诗意地隐居于山水林泉，有着“划然长啸白云堆。更待月明陪”(《风入松·与王彦常游会仙亭》)的潇洒风姿。张炎词集以《山中白云》命名，前文已经例举了数十首涉及这一意象的词作，略引数首示例，如《风入松·酌惠山泉》《甘州·题戚五云云山图》，题友人孙凝四云庵《江神子·两云之间》《塞翁吟·友云》《祝英台近·耕云》《风入松·岫云》等等。宋元之际的遗民是张炎同道，精神气质足可与白云为侣，山中溪畔的触石白云是怡悦性情、保持品节的润泽环境，自有一种飘逸出世的风神，相关引句已见第三章第四节“山中白云诗意隐居”，此不再赘。

其次，诗词与歌席关系密切，不免涉及欢爱冶游等话题，但李白、苏轼、张炎豪放飘逸，所抒之情是脱尽人间烟火的温馨甘美。因为没有情欲搜心，所以李白写谢安携妓的诗作虽然美人如花，但不着一丝肌肤之亲的感官愉悦，而是具有“东山高卧时起来，欲济苍生未应晚”(《梁园吟》)的英雄主义色彩。如《东山吟》：“携妓东土山，怅然悲谢安。我妓今朝如花月，他妓古坟荒草寒。白鸡梦后三百岁，洒酒浇君同所欢。酣来自作青海舞，秋风吹落紫绮冠。彼亦一时，此亦一时，浩浩洪流之咏何必奇。”《书情赠蔡舍人雄》：“尝高谢太傅，携妓东山门。楚舞醉碧云，吴歌断清猨。暂因苍生起，谈笑安黎元。余亦爱此人，丹霄冀飞翻。”《送侄良携二妓赴会稽，戏有此赠》：“携妓东山去，春光半道催。遥看若桃李，双入镜中开。”

---

①《鹤林玉露》，第16页。

②常国武《碧山、草窗、玉田三家词异同论》，《文学评论》1991年第4期。

苏轼所有题材的词作，皆无尘俗气，并能引发读者高出意表的遐想。黄庭坚《跋子瞻〈醉翁操〉》谓其“落笔皆超轶绝尘”①，王若虚亦曰：“盖诗词只是一理，不容异观。自世之末作，习为纤艳柔脆，以投流俗之好。……盖其天资不凡，辞气迈往，故落笔皆绝尘耳。”②甚至有爱情本事的情词也能脱略脂粉之外。如《卜算子》一阕，吴曾记其本事：“东坡先生谪居黄州作《卜算子》云……其属意盖为王氏女子也，读者不能解。张右史文潜继贬黄州，访潘邠老尝得其详，题诗以志之。”③李如篪《东园丛说》（卷下）别记本事：“王子家言及，苏公少年时，常夜读书。邻家豪右之女常窃听之，一夕来奔，苏公不纳而约以登第后聘以为室。暨公及第，已别娶仕宦，岁久，访问其所适何人，以守前言不嫁而死。其词‘时有幽人独往来，缥缈孤鸿影’之句，正谓斯人也。‘拣尽寒枝不肯栖，枫落吴江冷’之句，谓此人不嫁而云亡也。其情意缱绻，如他人为之，岂能脱去脂粉轻新如此？”④然而，门人黄庭坚并不以此为情词：“东坡道人在黄州时作，语意高妙，似非吃烟火食人语，非胸中有万卷书，笔下无一点尘俗气，孰能至此。”⑤陈鹄《耆旧续闻》（卷二）认同黄庭坚的说法：“此真知东坡者也。盖‘拣尽寒枝不肯栖’，取兴鸟择木之意，所以谓之高妙。’”⑥意思是此词与情词无关，而是表达忠爱思想。清人黄中松于此亦云：“良禽择木而栖，志士择君而事，去就之际，臣子可以自决。此诗之仁人，分属亲贤，心忧宗国，虽不见用，而不忍轻去，故有不能奋飞之叹耳。”⑦宋人鲖阳居士更是解读为与《诗·卫风·考槃》相似的政治讽喻词（详后引），是讽刺君王不能贤明，使贤者退而处穷。前引宋人对《贺新郎》（乳燕飞华屋）主旨之争与此相同。尽管字字指实为政治隐喻的说词方法并不可取（第七章有专论，此不赘），但可以看到苏轼情词如天风海雨、超轶绝尘的飘逸风调。

前引张炎《词源》有“风月二字，在我发挥”一语，所谓“发挥”，实际上说

①《跋子瞻〈醉翁操〉》，《黄庭坚全集》（第2册），第659页。

②《滹南诗话》，第11页。

③吴曾《能改斋漫录》，中华书局1985年，第417—418页。

④李如篪《东园丛说》，中华书局1985年，第52页。

⑤《跋东坡乐府》，《黄庭坚全集》（第2册），第660页。

⑥《西塘集耆旧续闻》，第8页。东坡词句有异文，陈鹄校曰：“赵右史家，有顾禧景蕃《补注东坡长短句真迹》云：‘……余顷于郑公实处，见东坡亲迹，书《卜算子》断句云“寂寞沙汀冷”，今本作“枫落吴江冷”，词意全不相属也。’”同上书，第8—9页。

⑦黄中松撰，陈丕武、刘海珊点校《诗疑辨证》，广西师范大学出版社2018年，第63页。

就是词人主体对爱情词的升华。如《苕溪渔隐丛话·后集》(卷二九)比较了苏轼与白居易的赠侍妾的风月情诗:"(《朝云诗》)诗意佳绝,善于为戏,略去洞房之气味,翻为道人之家风。非若乐天所云'樱桃樊素口,杨柳小蛮腰',但自诧其佳丽,尘俗哉!"[①]张炎情词品格是在苏轼超逸之外,叠加了秦观特别是晏几道的身世感、命运感。由于贵胄华阀后裔特殊身世,他经历了世事沧海桑田,词作表现出华屋山丘、繁华今昔的命运感。前说秦观"将身世之感,打并入艳情",而晏小山与少游同为"古之伤心人"[②],晏几道把命运感注入艳情中,其词集自序曰:"追维往昔过从饮酒之人,或垄木已长,或病不偶,考其篇中所纪悲欢合离之事,如幻如电,如昨梦前尘,但能掩卷怃然,感光阴之易迁,叹境缘之无实也。"[③]个人在命运播弄中无望而徒劳地挣扎,由于异己力量的不可抗逆,结局已然被宿命"设定"。其词《临江仙》"梦后楼台高锁,酒醒帘幕低垂",就是这种心境的真实写照。前文详细笺评了苏轼《浣溪沙·端午》、与张炎《蝶恋花·赋艾花》两首端午词。《浣溪沙》赠王朝云,宋朝有书写诗词于裙带的习俗。苏轼《殢人娇》:"明朝端午,学纫兰为佩,寻一首好诗,要书裙带。"据薛瑞生师《东坡词编年笺证》,《浣溪沙》即是书于朝云裙带的"好诗"[④]。前说苏词以千年一遇的佳人拟之王朝云,其容貌身姿在人家风俗之盛中绰约隐显,无一毫珠栊绮疏气。张炎另有《解语花·吴子云家姬,号爱菊,善歌舞。忽有朝云之感,作此以寄》,前引《东坡先生年谱》谓朝云年十二"来事先生",词中又有"蕊枝娇小"之句,显然忆及宋亡前自家年幼侍姬,端午词《蝶恋花》"小簇葵榴芳锦隘。红妆人见应须爱""午镜将拈开凤盖。倚醉凝娇,欲戴还慵戴",也是以节序爱情词寄兴亡之慨。

张词在这一点上与晏几道词境最为近似。张炎、晏几道都是承平公子,小晏因家世衰败而落拓,因而借友人沈廉叔、陈宠二家歌姬(莲、鸿、蘋、云)抒写光阴易迁、境缘无实。张炎因家国劫难、陵谷变迁而更多沧桑语,以宋亡之后与门阀相等友人的交游词作表达最为强烈。如《台城路·庚寅秋九月之北,遇汪菊坡,一见若惊,相对如梦》:"欢游曾步翠窈。乱红迷紫

①《苕溪渔隐丛话·后集》,第214页。
②《蒿庵论词》,《词话丛编》(第4册),第3587页。
③晏几道《小山词序》,晏几道撰,李明娜校注《〈小山词〉校笺注》,台湾文津出版社1981年,第183页。
④参见薛瑞生《东坡词编年笺证》,三秦出版社1998年,第647页。

曲，芳意今少。舞扇招香，歌桡唤玉，犹忆钱塘苏小。无端暗恼。又几度留连，燕昏莺晓。回首妆楼，甚时重去好。”汪菊坡，前考即汪汉卿，南宋名臣汪纲之孙。庚寅，至元二十七年(1290)，这是张炎在再次北游途中回忆十八年前即度宗咸淳八年(1272)前后与汪菊坡在西湖的冶游时光。周密《武林旧事》(卷三)记载了承平时代的旧都盛游：“时承平日久，乐与民同。凡游观买卖，皆无所禁。画楫轻舫，旁舞如织。……如先贤堂、三贤堂、四圣观等处最盛。或有以轻桡趁逐求售者，歌妓舞鬟，严妆自衒，以待招呼者，谓之‘水仙子’。”[①]周密此书是感叹盛衰无常、年运既往的故国文献：“及时移物换，忧患飘零，追想昔游，殆如梦寐，而感慨系之。”[②]张词用意相同。另如前引赠陆辅之家姬卿卿的词作《清平乐》也是恍隔世事，萦惹感慨的词作。俞陛云誉为：“‘梧叶’十二字，如絮浮水，如露滴荷，虽沾而非着。词中胜境，妙手偶得之。”[③]陆辅之是苏州汾湖第一世家子，张炎借赠姬之作，表达沧桑变化后，会思想的“一枝梧叶”，摇撼出怀思故国之微弱而坚韧的“秋声”。与一般意义上的赠妓冶游之作相比，真所谓“万万相辽”。

(二)神与境合沉郁顿挫

沉郁顿挫出自杜甫自述，其《进雕赋表》曰：“至于沉郁顿挫，随时敏捷，而扬雄枚皋之徒，庶可企及也。”[④]后人对于“沉郁顿挫”的阐释不一而足，以清人吴瞻泰解释最为条畅：“沉郁者，意也；顿挫者，法也。”[⑤]苏轼淑世情怀与杜甫相似，所以苏轼高度评价杜甫“流落饥寒，终身不用，而一饭未尝忘君”的忠孝之气，刘熙载评苏轼词“无意不可入”“颇似老杜诗”，陈鬟《燕喜词叙》认为苏词命意高远足以激起懦夫立志：“歌《赤壁》之词，使人抵掌激昂，而有击楫中流之心。歌《哨遍》之词，使人甘心淡薄，而有种菊东篱之兴。”[⑥]学界公认，苏轼词境空前扩大，反映出广阔的生活内容，凡是诗歌的题材和主题，都能移入词中。而任何题材的词作，都以忠爱为内驱力，传承了杜甫一篇之中三致意的抑扬悲壮、法度森严、神情俱诣的表达方式。

---

①《武林旧事》，第37页。

②同上书，第1页。

③《唐五代两宋词选释》，第471页。

④杜甫著，仇兆鳌注《杜少陵集详注》(第9册)，文学古籍刊行社1955年，第132页。

⑤吴瞻泰《评杜诗略例》，吴瞻泰撰，陈道贵、谢桂芳校点《杜诗提要》，黄山书社2015年，第5页。

⑥曹冠《燕喜词》，中华书局1985年，第1页。

杜甫千古名篇如《登高》:“风急天高猿啸哀,渚清沙白鸟飞回。无边落木萧萧下,不尽长江滚滚来。万里悲秋常作客,百年多病独登台。艰难苦恨繁霜鬓,潦倒新停浊酒杯。”罗大经《鹤林玉露》(乙编卷之五)评“万里”二句:“盖万里,地之远也。秋,时之惨凄也。作客,羁旅也。常作客,久旅也。百年,齿暮也。多病,衰疾也。台,高迥处也。独登台,无亲朋也。十四字之间,含八意,而对偶又精确”。[①]胡应麟《诗薮》(内编卷五)评曰:

> “风急天高”一章五十六字,如海底珊瑚,瘦劲难名,沉深莫测,而精光万丈,力量万钧。通章章法、句法、字法,前无昔人,后无来学。微有说者,是杜诗,非唐诗耳。然此诗自当为古今七言律第一,不必为唐人七言律第一也。(元人评云:“一篇之内,句句皆奇,一句之中,字字皆奇。”亦有识者。)[②]
>
> 若“风急天高”,则一篇之中,句句皆律,一句之中,字字皆律,而实一意贯串,一气呵成。骤读之,首尾若未尝有对者,胸腹若无意于对者。细绎之,则锱铢钧两、毫发不差,而建瓴走坂之势,如百川东注于尾闾之窟。至用句用字,又皆古今人必不敢道,决不能道者,真旷代之作也。……此篇结句似微弱者。第前六句既极飞扬震动,复作峭快。恐未合张弛之宜,或转入别调,反更为全首之累,只如此软冷收之,而无限悲凉之意,溢于言外,似未为不称也。……益见此超绝云。[③]

杨万里《诚斋诗话》论苏轼诗学杜甫:

> 唐律七言八句,一篇之中,句句皆奇;一句之中,字字皆奇,古今作者皆难之。……东坡《煎茶》诗云:“活水还将活火烹,自临钓石汲深清。”第二句七字而具五意:水清,一也;深处取清者,二也;石下之水,非有泥土,三也;石乃钓石,非寻常之石,四也;东坡自汲,非遣卒奴,五也。“大瓢贮月归春瓮,小杓分江入夜瓶”,其状水之清美,极矣,“分江”二字,此尤难下。“雪乳已翻煎处脚,松风仍作泻时声”,此倒语也,尤为诗家妙法,即少陵“红稻啄余鹦鹉粒,碧梧栖老凤皇枝”也。“枯肠未易禁三

①《鹤林玉露》,第215页。
②《诗薮》,第92页。
③同上。

碗，卧听山城长短更”，又翻却卢仝公案，仝吃到七碗，坡不禁三碗。山城更漏无定，“长短”二字，有无穷之味。[①]

苏轼“以诗为词”，抒发胸臆时也是三折而行，内转遒劲，力透纸背。如《江神子》：

天涯流落思无穷。既相逢。却匆匆。携手佳人，和泪折残红。为问东风余几许，春纵在，与谁同。　隋堤三月水溶溶。背归鸿。去吴中。回首彭城，清泗与淮通。寄我相思千点泪，流不到，楚江东。

这是苏轼自徐州移知湖州时赠别朋友的词作，黄苏《蓼园词评》评此词层层深折的特点时说：“彭城即徐州，泗水汴水皆在焉。其形胜，东接齐鲁，北属赵魏，南通江淮，西控梁楚。意此时东坡于彭城遇旧好，又别之而赴淮阳，临别赠言也。先从自己流落写起，言旧好遇于彭城，又匆匆折残红以泣别。别后虽有春，不能共赏矣。隋堤，汴堤也，通于淮。言我沿隋堤而下维扬，回望彭城，相去已远。纵泗水流与淮通，而泪亦寄不到，为可伤也。楚江东谓扬州，古称吴头楚尾也，故曰吴中，又曰楚江东。”[②]冯振《诗词杂话》深然之，也以为苏轼此词“笔意深折”[③]。

词中悲喜由屈折转出，具体析之如下：“天涯”句是一层悲，“既相逢”转出一层喜，“却匆匆”又从喜中转出悲，“携手”二句，暂逢聊胜于不相逢，故又略有喜意，“为问”句宕出相逢已在暮春时节，“春纵在”二句，退出一步，转入惜别惜春，并且关合朋友与季节。下阕“隋堤”三句，东坡之湖州，行程发自灵壁，过泗州，经高邮、扬州、润州，与汴水于泗州入淮、入长江，之扬、之润流程相同；而鸿雁春天北归，秋天南飞，作者此行东南行，故云背归鸿。此表面写与水同流，与鸿背驰，深层写鱼雁不能与我传书，故又转入悲。“回首”二句，写泗水与淮水相通，暗转出流红或可送达情意，“寄我”三句，再转折入悲：徐州友人的相思之泪，无法流到自己即将到达的扬州（北宋时泗水经淮河流入黄海）。层层转折，愈转愈悲，表层写惜别之情，实寓新政行世时，不得已自求外放，曾之杭、之密、之徐，今又之湖，远离京城，无法一展政

①《杨万里诗文集》（下册），第1797—1798页。

②黄苏《蓼园词评》，《词话丛编》（第4册），第3058—3059页。

③冯振著，党玉敏、冯采蘋校点《自然室诗稿与诗词杂话》，广西师范大学出版社1985年，第253页。

治抱负的深悲。东坡《水调歌头·中秋》《念奴娇·赤壁怀古》等名篇都是在转折开阖中表达情感。

词论家陈廷焯对于“沉郁顿挫”不再细分为“意”“法”两层，而是进行接近词之体性的综合阐释：

> 所谓沉郁者，意在笔先，神余言外。写怨夫思妇之怀，寓孽子孤臣之感。凡交情之冷淡，身世之飘零，皆可于一草一木发之。而发之又必若隐若见，欲露不露，反复缠绵，终不许一语道破。匪独体格之高，亦见性情之厚。①

楼俨《书山中白云词后》记载沈皞日论说词法，以张炎章法句法顿挫跌宕，而能清虚骚雅：“二十年前问作词之法于柘西先生（孙按：沈皞日有《柘西精舍集》），云：曲子要曲，章法曲，句法曲，思路曲。又云：要得翻字诀，翻者，直者皆曲。又云：词中多倒装句法，贵有侧笔，不用正笔。正笔却无意味。……大抵行文有顿挫、有跌宕，一开一合，波澜自生。此句法之曲也，而翻笔、侧笔、倒装诸法即生于此。若夫章法之曲全由思路之曲，桃花流水，别有天地。不平铺不直叙，不描头不画角，步步侧笔、翻笔，拗折而出。岂惟句法倒装，即章法亦纯乎倒装矣。南宋词人，姜白石外，唯张玉田能以翻笔、侧笔取胜。其章法、句法俱超，清虚骚雅，可谓脱尽蹊径，自成一家。”②

张炎等遗民词人表达身世飘零之感、孽子孤臣之悲，极易流露怨怒之情，所以自觉遵循沉郁顿挫的技法。如《疏影》，题序曰：“余于辛卯岁北归，与西湖诸友夜酌，因有感于旧游，寄周草窗。”词曰：

> 柳黄未结。放嫩晴消尽，断桥残雪。隔水人家，浑是花阴，曾醉好春时节。轻车几度新堤晓，想如今、燕莺犹说。纵艳游、得似当年，早是旧情都别。　　重到翻疑梦醒，弄泉试照影，惊见华发。却笑归来，石老云荒，身世飘然一叶。闭门约住青山色，自容与、吟窗清绝。怕夜寒、吹到梅花，休卷半帘明月。

这是张炎再次北行抄写金字藏经，次年辛卯岁即至元二十八年(1291)

---

①《白雨斋词话》，第5—6页。

②楼俨《书山中白云词后》，《蓑笠轩仅存稿·洗砚斋集》，第30—31页。

亟亟归南，游赏西湖时的词作（夏谱亦系于此年）。开篇三句描写西湖春景，春天曾是西湖游人最盛的季节，断桥残雪消尽，柳浪即将闻莺。接三句中的“曾”字点出当年作为承平公子在苏堤春晓时的盛游，下三句，内蕴湖上歌妓不知亡国恨，燕声莺语，犹唱当时曲。上结问句含悲，虽然西湖春景不殊，但山河易主，游情都别。下阕首三句写诸友离乱之后相约湖上，恍然隔世，张炎此年四十四岁，当年冶游的翩翩少年，如今都已鬓生华发。运化司空曙《云阳馆与韩绅宿别》“乍见翻疑梦，相悲各问年”诗句，悲情彻骨。“却笑”三句为悲极之语，“石老云荒”与前引“玉老田荒”句意相同，与文天祥诗都是沧桑巨变的身心摧裂：“国破家亡双泪暗，天荒地老一身轻。”（《己卯十月一日至燕，越五日，罹狴犴，有感而赋》之二）郑骞曾说：“盖亡国之民，‘理屈词穷’，实无话可说。‘玉老田荒，心事已迟暮’，何等凄婉。王静安以此四字讥玉田，不知正玉田伤心处。”[①]“笑”，与玉田自号“乐笑翁”相关。周作人评王思任自号“谑庵”是“我欲怒之而笑哑兮”[②]，张炎用意正恐相同。以下六句，从周草窗着笔，题中“寄”字表明草窗此时不在玉田写词之地杭州；但前考至元二十八年草窗尚未归居吴兴，而张炎北游归南正在寒食节后，周密应是省墓杼山暂归霅川时。吴兴多梅，已见前引《嘉泰吴兴志》卷二十，西湖孤山林逋隐处多梅亦已见前说。梅花在晚宋，又构成遗民沟通心志的对话情境。仇远有《董静传挂冠四圣观》：“莫对梅花谈世事，此花曾见太平时。”蒋捷有《尾犯·寒夜》：“浩然心在，我逢着、梅花便说。”张词化用卢仝《有所思》警句：“相思一夜梅花发，忽到窗前疑是君。”双绾二人期待夜寒催绽梅苞，因而半卷钩帘待月窗下。陈廷焯《云韶集》（卷九）评此词：“自叙身世之感，怨而不怒，哀而不伤，深得清真、白石之妙。”[③]高亮功评曰：“字字摇曳作势，是玉田生极用意之作。一句一转，全在虚字灵动。”[④]

再看《长亭怨·旧居有感》：

> 望花外、小桥流水，门巷愔愔，玉箫声绝。鹤去台空，佩环何处弄明月。十年前事，愁千折、心情顿别。露粉风香谁为主，都成消歇。

①郑骞《成府谈词·张炎》，《词学》第十辑（1992年）。

②周作人《关于谑庵悔谑》，周作人著，张均编辑《周作人代表作选》，全球书店1938年，第367页。

③《云韶集》，《词话丛编补编》（第3册），第1602页。

④高亮功手批《山中白云词》，赵昱刊刻《山中白云词》，卷一第9页。

凄咽。晓窗分袂处,同把带鸳亲结。江空岁晚,便忘了、尊前曾说。恨西风不庇寒蝉,便扫尽、一林残叶。谢杨柳多情,还有绿阴时节。

词中“十年前事”,略举成数,以张炎行迹考之,应是至元二十三年(1286)写于杭州(详附录一《张玉田简谱》)。前述张氏望族在宋朝盛有别墅、园池,因祖父张濡在新朝被磔杀,资产藉没归元朝大臣廉希贤家,旧居承载旧朝时钟鸣鼎食的贵族生活,当下触景悲情难抑,但仅以西风中莲荷与杨柳的败落映现家族衰微。旧居荷柳为实录。前引奚溅《秋崖津言》载张濡别墅“下临菡萏一二十顷,三伏销暑,不减禁中翠寒堂也”。并化用晏几道咏荷《蝶恋花》:“照影弄妆娇欲语,西风岂是繁华主。”结句与王沂孙《齐天乐·蝉》同意:“谩想薰风,柳丝千万缕。”寄希望于绝望,转觉意厚。词意亦也如邱鸣皋《关于张炎的考索》所说,隐现籍没于官府的妻妾。集中尚有《忆旧游·过故园有感》《凄凉犯·过邻家见故园有感》《斗婵娟·故园荒没欢事去,心有感而作》等词作意相同,手法相似。详见第一章第一节中“兄弟妻妾与族叔张楧”相关引录与分析。

从本质上说,张词是作为创作范本呼应了词学理论:其沉郁顿挫表现思想内容之“骨”,是易代之初词体承载家国重大主题的需要;飘逸豪放则是偏于风神之“气”,是“清空”美学规范在特殊时期的表现形态。钟嵘《诗品》曰:“魏陈思王植诗,其源出于国风。骨气奇高,词彩华茂。情兼雅怨,体被文质。粲溢今古,卓尔不群。”[①]就词风沉郁顿挫、飘逸豪放而言,也是张炎及交游词人如周密、陈允平、仇远等,在《词源》理论旗帜下,远绍魏晋诗歌情兼雅怨、骨气奇高之遗意,近承苏轼高旷清雄、意出人表的诗质,以张炎为代表的晚宋词人创新的带有诗性美感的风格,代表了晚宋婉约词人中实际存在的“以诗为词”风格的集体转型,这也是张炎词论与词风的意义。

第二节 《山中白云词》的词史地位

如果说《山中白云词》的艺术成就在《词源》理论框架中形成,张词的词

①《诗品集注》,第97页。

史地位则是在晚宋词学、晚宋词选等引领的渐重南宋风气转移中脱颖而出。晚宋词学或隐或显都具有尊奉南宋的倾向:《乐府指迷》论及的北宋词人除周邦彦外,仅有柳永一人(偶然引录晁补之例句);《词源》论及的北宋词人仅有柳永、王安石、苏轼、秦观、贺铸数家;《词旨》引录例句可考的北宋词人仅有王观、田不伐、周邦彦、徐伸。但《乐府指迷》《词源》《词旨》所论或所引南宋特别是晚宋词人及词句则洋洋可观,《词旨》中更有张炎示例"专区"。周密《绝妙好词》是南宋词选,始自张孝祥,终于仇远,在创作层面与晚宋词学理论鼓桴相应。基于此,张炎的词史地位不能视为孤立存在,而是在词学理论、词体创作渐重南宋的双重背景下,在与同时著名词人比较中卓然自立。

在本节中,首先对《乐府指迷》《词源》《词旨》《绝妙好词》对南北宋词人的去取进行量化分析,证明其提出的观点。其次,晚宋时期著名词人都是亡国孑遗,多隶属周邦彦、姜夔典雅婉丽一派,在国破家亡、山河改异的特殊风会中,一洗软媚纤靡而追求深厚隽永立意高远,承载起重大而深刻的主题;但在异族统治下,词作主题不得已而隐晦不显。在这种情形下,晚宋词人的集体唱和形成了多维向度的互文语境,张炎的地位也在比较中被突显出来。

一　风气转移渐重南宋

张炎的词史地位是在晚宋词学与词选渐重南宋及晚宋的词坛风气中确定的,也就是说,南宋特别是晚宋词地位空前提高为张炎词坛地位的确立奠定了基础。前述张炎认为南宋词选中,周密《绝妙好词》相较赵闻礼《阳春白雪》、黄升《绝妙词选》,尤为胜出。吴文英《踏莎行·敬赋草窗绝妙词》也拟为曲高和寡的郢中《白雪歌》("鲛室裁绡,□□□□。□□白雪争歌郢")。戈载《周公谨词选跋》:"所辑《绝妙好词》,采掇菁华,无非雅音正轨。"[①]陈匪石《声执》认为此选代表了晚宋词学观:"周氏在宋末,与梦窗、碧山、玉田诸人皆以凄婉绵丽为主,成一大派别,此书即宗风所在,不合者不录。"[②]

---

①戈载《草窗词跋》,《宋七家词选》,卷五第25页。

②陈匪石《声执》,《宋词举》(外三种),第196页。

本节此部分拟通过《乐府指迷》《词源》《词旨》对南宋及晚宋词人列名、引词、引句，并比勘周密《绝妙好词》，考察此时词学渐重南宋乃至晚宋的风气转移。在晚宋词学理论的视域中，南宋特别是宋季词人创作整体地位的稳步提升，卓立其中的张炎词因而获得了词史上的较高地位。虽然《乐府指迷》《词源》以及周密词选《绝妙好词》出于为存者讳的原则，影响了引例或选录晚宋部分词人（包括张炎）的词篇词句数量，但我们仍能从引录流向中看到渐重南宋及晚宋的趋势。

需要指出的是，清朝陈维崧认识到任何文体都有存史能力，词体也不例外，其《词选序》曰："文章流极，巧历难推。即如词之一道，而余分闰位，所在成编；义例凡将，阙如不作。仅效漆园马非马之谈，遑恤宣尼觚不觚之叹。非徒文事，患在人心。然则余与两吴子、潘子，仅仅选词云尔乎？选词所以存词，其即所以存经存史也夫！"[①]意思是在存史的层面，词选庶几可与孔子删诗相提并论。周密《绝妙好词》中南渡词人、遗民词人占比较大，前引俞陛云说南宋词普遍有"周原之感"，前文曾论及"周原之感"已经沉淀为姜夔以来特别是晚宋词的集体意识与共同主题。周密"入元以后，抱遗民之痛，以故国文献自任，辑录家乘旧闻为《齐东野语》《癸辛杂识》诸书，宋代野史，称巨擘焉"[②]。在这个意义上，周密词选与笔记稗史都能视为故国存史文献。《乐府指迷》《词源》《词旨》与《绝妙好词》的趋同性，表明晚宋词学不仅仅是词学理论，也可与故国文献等量齐观。

（一）词论词选渐重南宋

首先，以《乐府指迷》涉及的南宋、晚宋词人与周密词选进行比对。《乐府指迷》例举的南宋词人有康与之、姜夔、施岳、孙惟信、辛弃疾、翁元龙，晚宋且入元词人吴文英、周密。沈义父对所举南宋词人各有褒贬，按时间先后引录沈氏批评并与周密选录对照如下（为统一体例，略去词题，以括号出首句）：

《乐府指迷》："康伯可、柳耆卿音律甚协，句法亦多有好处。然未免有鄙俗语。"《绝妙好词》未选康与之词。

《乐府指迷》："姜白石清劲知音，亦未免有生硬处。"《绝妙好词》选姜夔

①陈维崧《词选序》，《陈维崧集》（上册），第55页。

②夏承焘《周草窗年谱》，《夏承焘集》（第1册），第293页。

词13首:《扬州慢》(淮左名都)、《暗香》(旧时月色)、《疏影》(苔枝缀玉)、《琵琶仙》(双桨来时)、《一萼红》(古城阴)、《淡黄柳》(空城晓角)、《齐天乐》(庾郎先自吟愁赋)、《玲珑四犯》(叠鼓夜寒)、《法曲献仙音》(虚阁笼寒)、《念奴娇》(闹红一舸)、《小重山》(人晓湘皋月坠时)、《点绛唇》(燕雁无心)、《惜红衣》(枕簟邀凉)。

《乐府指迷》:"施梅川音律有源流,故其声无舛误。读唐诗多,故语雅澹。间有些俗气,盖亦渐染教坊之习故也。亦有起句不紧切处。"《绝妙好词》选施岳11首,存6首(残半首):《水龙吟》(翠鳌涌出沧溟)、《清平乐》(水遥花暝)、《解语花》(云容冱雪)、《兰陵王》(柳花白)、《曲游春》(画舸西泠路)、《步月》(玉宇薰风);其中《清平乐》残半首。

《乐府指迷》:"孙花翁有好词,亦善运意。但雅正中忽有一两句市井句,可惜。"《绝妙好词》选孙惟信词5首:《昼锦堂》(薄袖禁寒)、《夜合花》(风叶敲窗)、《烛影摇红》(一朵鞓红)、《醉思凡》(吹箫跨鸾)、《南乡子》(璧月小红楼)。

《乐府指迷》:"近世作词者,不晓音律,乃故为豪放不羁之语,遂借东坡、稼轩诸贤自诿。诸贤之词,固豪放矣,不豪放处,未尝不协律也。如东坡之《哨遍》、杨花《水龙吟》,稼轩之《摸鱼儿》之类,则知诸贤非不能也。"①《绝妙好词》选辛弃疾词3首:《摸鱼儿》(更能消几番风雨)、《瑞鹤仙》(雁霜寒透幕)、《祝英台近》(宝钗分)。

《乐府指迷》:"壬寅秋,始识静翁于泽滨。癸卯,识梦窗。暇日相与倡酬,率多填词,因讲论作词之法。"②"梦窗深得清真之妙。其失在用事下语太晦处,人不可晓。"静翁,翁元龙,与吴梦窗为异姓昆仲③。《绝妙好词》选翁元龙词5首:《水龙吟》(画楼红湿斜阳)、《风流子》(天阔玉屏空)、《醉桃源》(千丝风雨万丝晴)、《谒金门》(莺树暖)、《绛都春》(花娇半面)。选吴文英词16首:《八声甘州》(渺空烟四远)、《声声慢》(檀栾金碧)、《唐多令》(何处合成愁)、《青玉案》(短亭芳草长亭柳)、《青玉案》(新腔一唱双金斗)、《好事近》(飞露洒银床)、《高阳台》(宫粉雕痕)、《杏花天》(幽欢一梦成炊黍)、《风

①《乐府指迷》,《词话丛编》(第1册),第282页。
②同上书,第277页。
③参见夏承焘《吴梦窗系年》,《夏承焘集》(第1册),第454页。

入松》(听风听雨过清明)、《朝中措》(晚妆慵理瑞云盘)、《西江月》(枝袅一痕雪在)、《浪淘沙》(灯火雨中船)、《高阳台》(修竹凝妆)、《思佳客》(迷蝶无踪晓梦沉)、《采桑子慢》(桐敲露井)、《三姝媚》(湖山经醉惯)。

《乐府指迷》:"咏物词,最忌说出题字。如清真梨花及柳,何曾说出一个梨、柳字。梅川不免犯此戒,如'月上海棠咏月出',两个月字,便觉浅露。他如周草窗诸人,多有此病,宜戒之。"①《绝妙好词》自选22首(此为选家传统,黄升《绝妙词选》也附自作词38首):《国香慢》(玉润金明)、《一萼红》(步深幽)、《扫花游》(江蓠怨碧)、《三姝媚》(浅寒梅未绽)、《法曲献仙音》(松雪飘寒)、《高阳台》(照野旌旗)、《庆宫春》(重叠云衣)、《高阳台》(小雨分江)、《探芳信》(步晴昼)、《水龙吟》(素鸾飞下青冥)、《四字令》(眉消睡黄)、《西江月》(绿绮紫丝步障)、《江城子》(罗窗晓色透花明)、《少年游》(帘消宝篆卷宫罗)、《好事近》(新雨洗花尘)、《西江月》(情缕红丝冉冉)、《醉落魄》(忆忆忆忆)、《朝中措》(彩绳朱乘驾涛云)、《醉落魄》(余寒正怯)、《浣溪沙》(蚕已三眠柳二眠)、《甘州》(渐萋萋)、《踏莎行》(远草情钟)。

其次,以《词源》涉及南宋、晚宋词人(张炎词题序论及的王沂孙不在其列)与周密《绝妙好词》进行比对。

先以两书皆有引词者进行对比:

史达祖:《词源》录词5首,引句2例。其中咏物词3首:《东风第一枝》(巧剪兰心)、《绮罗香》(做冷欺花)、《双双燕》(过春社了),节序词2首《黄钟喜迁莺》(月波凝滴)、《东风第一枝》(草脚愁苏)。《绝妙好词》选梅溪词10首。4首与《词源》相同,未选《东风第一枝》(草脚愁苏)。另有《夜行船》(不剪春衫愁意态)、《东风第一枝》(酒馆歌云)、《清商怨》(春愁远)、《蝶恋花》(二月东风吹客袂)、《玉楼春》(游人等得春晴也)、《青玉案》(蕙花老尽离骚句)。引句有《绮罗香》:"临断岸、新绿生时,是落红、带愁流处。"《黄钟喜迁莺》:"自怜诗酒瘦,难应接许多春色。"

姜夔:《词源》列入清空骚雅(仅录调名)8首:《疏影》(苔枝缀玉)、《暗香》(旧时月色)、《扬州慢》(淮左名都)、《一萼红》(古城阴)、《琵琶仙》(双桨来时)、《探春》(衰草愁烟)、《八归》(芳莲坠粉)、《淡黄柳》(空城晓角)。录词4首:其中咏物词3首:《暗香》、《疏影》、《齐天乐》(庾郎先自吟愁赋)。离

①《乐府指迷》,《词话丛编》(第1册),第284页。

情1首:《琵琶仙》。选句2例。《扬州慢》:“二十四桥仍在,波心荡、冷月无声。”《疏影》:“犹记深宫旧事,那人正睡里,飞近蛾绿。”“昭君不惯胡沙远,但暗忆、江南江北。想佩环、月夜归来,化作此花幽独。”《绝妙好词》选姜夔词13首(已见前引),7首与《词源》相同。

陆淞:《词源》《绝妙好词》皆仅录《瑞鹤仙》(脸霞红印枕)。

吴文英:《词源》录词1首:《唐多令》(何处合成愁)。引句3例:《八声甘州》:“连呼酒,上琴台去,秋与云平。”《声声慢》:“帘半卷,带黄花、人在小楼。”《声声慢》:“檀栾金碧,婀娜蓬莱,游云不蘸芳洲。”《绝妙好词》选词16首(已见前引)。

辛弃疾:《词源》录词1首:《祝英台近》(宝钗分)。《绝妙好词》选词3首:1首相同,另2首已见前引。

刘过:《词源》录词2首:《沁园春》(销薄春冰)、《沁园春》(洛浦凌波)。《绝妙好词》录3首:《贺新郎》(老去相如倦)、《唐多令》(芦叶满汀州)、《醉太平》(情高意真)。

张枢:《词源》引录1首:《瑞鹤仙》(卷帘人睡起)。引句1例;《惜花春起早》:“锁窗明”,《绝妙好词》选录6首:除《瑞鹤仙》,另有《壶中天》(雁横迥碧),《风入松》(春寒懒下碧云楼)、《南歌子》(柳户朝云湿)、《谒金门》(春梦怯)、《庆宫春》(斜日明霞)。

再以《词源》列名未录词,《绝妙好词》选录者加以对比。

高观国:《词源》列名未录词,《绝妙好词》选词9首:《金人捧露盘》(念瑶姬)、《祝英台近》(一窗寒)、《齐天乐》(碧云缺处无多雨)、《玉楼春》(几双海燕来金屋)、《金人捧露盘》(梦湘云)、《思佳客》(剪翠衫儿稳四停)、《霜天晓角》(春云粉色)、《风入松》(卷帘日日恨春阴)、《谒金门》(烟墅暝)。

陈允平:《词源》列名未录词,《绝妙好词》选词9首:《绛都春》(秋千倦倚)、《瑞鹤仙》(燕归帘半卷)、《思佳客》(锦幄沉沉宝篆残)、《恋绣衾》(多情无语敛黛眉)、《唐多令》(休去采芙蓉)、《满江红》(目断烟江)、《秋蕊香》(晚酌宜城酒暖)、《一落索》(欲寄相思愁苦)、《垂杨》(银屏梦觉)。

杨缵:《词源》列名未录词,《绝妙好词》选词3首:《八六子》(怨残红)、《一枝春》(竹爆惊春)、《被花恼》(疏疏宿雨酿寒轻)。

徐宇:《词源》列名未录词,《绝妙好词》未录词。

奚溅:《词源》列名未录词,《绝妙好词》选录2首:《芳草》(笑湖山)、《华胥引》(澄空无际)。

李彭老:《词源》列名未录词,《绝妙好词》选词12首:《木兰花慢》(正千门系柳)、《壶中天》(青飙荡碧)、《高阳台》(飘粉杯宽)、《法曲献仙音》(云木槎枒)、《一萼红》(过蔷薇)、《高阳台》(石笋埋云)、《探芳讯》(对芳昼)、《祝英台近》(杏花初)、《踏莎行》(紫曲迷香)、《浪淘沙》(泼火雨初晴)、《四字令》(兰汤晚凉)、《生查子》(罗襦隐绣茸)。

周密:《词源》列名未录词,《绝妙好词》自选22首(已见前引)。

(二)《词旨》示例特重晚宋

前述《词旨》中除不可考词人外,引录北宋词人仅4家,而南宋及晚宋词人高达53家(姓名字号在第一章第一节皆已见录);特别是192则句例中张炎独占37则,可见特重晚宋的趋势。下面以《词旨》引录南宋、晚宋所引词例句与周密词选对比异同,以见宗风所向。

辛弃疾:《词旨》引录《祝英台近》(宝钗分)2条,《绝妙好词》选词3首,1首相同(已见前引)。

谢懋:《词旨》引录《浪淘沙》(莫道雨初下)1条,《绝妙好词》选录4首,另有《蓦山溪》(厌厌睡起)、《风入松》(老年常忆少年狂)、《霜天晓角》(绿云剪叶)。

陈亮:《词旨》引录《水龙吟》(闹花深处层楼)1条,《绝妙好词》选录相同。

洪咨夔:《词旨》引录《眼儿媚》(平沙芳草渡头村)1条,《绝妙好词》选录相同。

徐照:《词旨》引录《南歌子》(帘景篵金线)、《阮郎归》(绿杨庭户静沉沉),《绝妙好词》选录3首,2首相同,另有《清平乐》(绿围红绕)。

刘翰:《词旨》引录《清平乐》(凄凄芳草)1条,《绝妙好词》选录3首,另有《好事近》(花底一声莺)、《蝶恋花》(团扇题诗春又晚)。

史达祖:《词旨》引录《绮罗香》(做冷欺花)2条、《东风第一枝》(巧剪兰心)2条、《双双燕》(过春社了)2条、《黄钟喜迁莺》(月波凝滴)1条,《绝妙好词》选录10首,4首相同,另有6首已见前引。

高观国:《词旨》引录《金人捧露盘》(念瑶姬)、《祝英台近》(一窗寒)、《齐天乐》(碧云缺处无多雨)各2条,《绝妙好词》选录9首,3首相同,另有6首已见前引。

周晋:《词旨》引录《点绛唇》(午梦初回)、《柳梢青》(似雾中花)各1条,《绝妙好词》选录3首,二首相同,另有《清平乐》(图书一室)。

张枢:《词旨》引录《瑞鹤仙》(卷帘人睡起)四条,《壶中天》(雁横迥碧)1条,《绝妙好词》选录6首,2首相同,另有4首已见前引。

姜夔:《词旨》引录《扬州慢》(淮左名都)、《暗香》(旧时月色)、《疏影》(苔枝缀玉)、《一萼红》(古城阴)各1条,《惜红衣》(枕簟邀凉)3条,《念奴娇》(闹红一舸)、《法曲献仙音》(虚阁笼寒)各2条,《绝妙好词》选录13首,7首相同,另有6首已见前引。

刘仙伦:《词旨》引录《一剪梅》(唱到阳关第四声)1条,《绝妙好词》选录5首,另有《江神子》(东风吹梦落巫山)、《菩萨蛮》(吹箫人却去行云杳)、《蝶恋花》(小立东风谁共语)、《霜天晓角》(倚空绝壁)。

孙惟信:《词旨》引录《烛影摇红》(一朵鞓红)、《昼锦堂》(薄袖禁寒)各1条,《绝妙好词》选录5首,另有3首已见前引。

张辑:《词旨》引录《疏帘淡月》(梧桐雨细)3条,《念奴娇》(嫩凉生晓)、《祝英台近》(竹间棋)各1条,《绝妙好词》5首,3首相同,另有《山渐青》(山无情)、《谒金门》(花半湿)。

王嵎:《词旨》引录《夜行船》(曲水溅裙三月二)1条,《绝妙好词》选录2首,另有《祝英台近》(柳烟浓)。

韩畱:《词旨》引录《浪淘沙》(裙色草初青)1条,《绝妙好词》选录3首,另有《高阳台》(频听银签)、《浪淘沙》(莫上玉楼看)。

刘克庄:《词旨》引录《清平乐》(宫腰束素)1条,《绝妙好词》选录4首,另有《摸鱼儿》(甚春来冷烟凄雨)、《卜算子》(片片蝶衣轻)、《生查子》(繁灯夺霁华)。

罗椅:《词旨》引录《柳梢青》(萼绿华身)1条,《绝妙好词》选录相同。

杨缵:《词旨》引录《八六子》(怨残红)1条,《绝妙好词》选录3首,另有2首已见前引。

赵汝茪:《词旨》引录《恋绣衾》(柳丝空有万千条)1条,《绝妙好词》选录5首,另有《梅花引》(对花时节不曾欢)、《梦江南》(帘不卷)、《汉宫春》(着破荷衣)、《如梦令》(小砑红绫笺纸)。

陆叡:《词旨》引录《瑞鹤仙》(湿云黏雁影)1条,《绝妙好词》选录相同。

萧泰来:《词旨》引录《霜天晓角》(千霜万雪)1条,《绝妙好词》选录相同。

钟过:《词旨》引录《步蟾宫》(东风又送酴醾信)2条,《绝妙好词》选录相同。

李肩吾:《词旨》引录《清平乐》(美人娇小)1条,《绝妙好词》选录7首,另有6首:《抛球乐》(风罥蔫红雨易晴)、《风流子》(双燕立虹梁)、《风入松》(霜风连夜做冬晴)、《乌夜啼》(径藓痕沿碧甃)、《清平乐》(东风无用)、《鹧鸪天》(绿色吴笺覆古苔)。

黄升:《词旨》引录《清平乐》(珠帘寂寂)1条,《绝妙好词》选录相同。

吴文英:《词旨》引录《八声甘州》(渺空烟四远)、《声声慢》(檀栾金碧)、《高阳台》(宫粉雕痕)各1条,《西江月》(枝袅一痕雪在)2条,《绝妙好词》选录16首,4首相同,另有12首已见前引。

丁宥:《词旨》引录《水龙吟》(雁风吹裂云痕)1条,《绝妙好词》选录相同。

江开:《词旨》引录《杏花天》(谢娘庭院通芳径)1条,《绝妙好词》选录2首,另有《浣溪沙》(手捻花枝忆小)。

楼采:《词旨》引录《玉漏迟》(絮花寒食路)、《法曲献仙音》(花匣幺弦)各1条,《绝妙好词》选录6首,另有《瑞鹤仙》(冻痕销梦草)、《好事近》(人去玉屏闲)、《二郎神》(露床转玉)、《玉楼春》(东风破晓寒成阵)。

赵闻礼:《词旨》引录《风入松》(曲尘风雨乱春晴)1条,《绝妙好词》选录6首,另有《千秋岁》(莺啼晴昼)、《鱼游春水》(青楼临远水)、《水龙吟》(几年埋玉蓝田)、《隔浦莲近》(愁红飞眩醉眼)、《贺新郎》(池馆收新雨)。

陈允平:《词旨》引录《绛都春》(秋千倦倚)、《恋绣衾》(多情无语敛黛眉)各1条,《绝妙好词》选录9首,另有7首已见前引。

莫仑:《词旨》引录《水龙吟》(镜寒香歇江城路)2条,《绝妙好词》选录4首,另有《玉楼春》(绿杨芳径莺声小)、《生查子》(三两信凉风)、《卜算子》(红底过丝明)。

杨恢:《词旨》引录《二郎神》(琐窗睡起)、《倦寻芳》(饧箫吹暖)、《祝英台近》(宿醒苏)、《祝英台近》(月如冰)、《八声甘州》(摘青梅荐酒)各1条,《绝妙好词》选录6首,另有《满江红》(小院无人)。

李彭老:《词旨》引录《壶中天》(青飙荡碧)、《探访讯》(对芳昼)、《祝英台近》(杏花初)、《踏莎行》(紫曲迷香)各1条,《绝妙好词》选录12首,另有

8首已见前引。

李莱老:《词旨》引录《浪淘沙》(榆火换新烟)1条,《青玉案》(吟情老尽江南句)2条,《绝妙好词》选录13首,另有《惜红衣》(笛送西泠)、《扬州慢》(玉倚风轻)、《谒金门》(春意态)、《生查子》(妾情歌柳枝)、《高阳台》(门掩香残)、《木兰花慢》(向烟霞堆里)、《清平乐》(绿窗初晓)、《台城路》(半空河影流云碎)、《浪淘沙》(宝押绣帘斜)、《杏花天》(年时中酒风流病)、《小重山》(画檐簪柳碧如城)。

王易简:《词旨》引录《齐天乐》(宫烟晓散春如雾)3条,《绝妙好词》选录3首,另有《酹江月》(暗帘吹雨)、《庆宫春》(庭草春迟)。

张磐:《词旨》引录《绮罗香》(浦月窥檐)1条,《绝妙好词》选录2首,另有《浣溪沙》(习习轻风破海棠)。

周密:《词旨》引录《高阳台》(小雨分江)、《少年游》(帘销宝篆卷宫罗)各1条,《绝妙好词》选录22首,另有20首已见前引。

王沂孙:《词旨》引录《醉蓬莱》(扫西风门径)、《醉落魄》(小窗银烛)各1条,又引录《霜天晓角》"翠簟一池秋水,半床露、半床月",《醉落魄》"揉碎花心,吟碎淡黄雪",《谒金门》"恰似断魂江上柳。越春深越瘦"。后三词已佚。《绝妙好词》选录10首,另有《法曲献仙音》(层绿峨峨)、《淡黄柳》(花边短笛)、《一萼红》(思飘摇)、《长亭怨》(泛孤艇)、《庆宫春》(明玉擎金)、《高阳台》(残萼梅酸)、《西江月》(褪粉轻盈琼靥)、《踏莎行》(白石飞仙)。

赵与仁:《词旨》引录《琴调相思引》(冰箔纱帘小院清)1条,《绝妙好词》选录5首,另有《柳梢青》(露冷仙梯)、《西江月》(夜半河痕依约)、《清平乐》(柳丝摇露)、《好事近》(春色醉荼蘼)。

张炎:《词旨》引录37则,涉及词作共28首:《扫花游》(随花甃石)、《锁窗寒》(断碧分山)、《解连环》(楚江空晚)、《高阳台》(接叶巢莺)、《声声慢》(晴光转树)、《壶中天》(瘦筇访隐)、《珍珠帘》(云深别有深庭宇)、《一萼红》(制荷衣)、《锁窗寒》(乱雨敲春)、《忆旧游》(记开帘过雨)、《壶中天》(扬舲万里)、《湘月》(行行且止)、《庆宫春》(波荡兰觞)、《法曲献仙音》(云映山辉)、《声声慢》(荷衣消翠)、《庆清朝》(浅草犹霜)、《甘州》(记当年紫曲戏分花)、《解语花》(行歌趁月)、《声声慢》(穿花省路)、《声声慢》(门当竹径)、《声声慢》(鬓丝湿雾)、《声声慢》(因花整帽)、《南浦》(波暖绿粼粼)、《探春慢》(银浦留云)、《台城路》(春风不奈垂杨柳)、《甘州》(隔花窥半面)、《双叶飞》(绣屏开了)、《长亭怨》(跨匹马)。《绝妙好词》选录3首,《壶中天》(瘦筇访隐)之外,另有《渡江云》(锦香缭绕地)、《甘州》(记天风)。

除张炎为特例外,以上选录相同者13人,既有同选,又增加词作的31人,可以证明《词旨》《绝妙好词》特重晚宋的共同倾向,张炎词史地位在《词旨》中初显锋芒。

二 宋词入元传世犹久

陈廷焯追溯两宋,褒扬张炎词品:"玉田词亦是取法白石而风度高超,襟期旷远,不独入白石之室,几欲与之相颉颃。两宋作者,前推方回、清真,后推白石、梅溪。余谓玉田词可上继清真,近追白石,出同时诸君之右,梅溪、竹屋似仍让此君一步。玉田词骨韵之高,所不待言,而一种萧疏放荡、幽深玄远之怀,又可以占其人品。"[①]所谓"同时诸君"指当时著名词人周密、王沂孙等,虽然年龄稍长,但他们都是张炎词坛的重要交游,《词旨》《绝妙好词》也引录了较多词篇。吴熊和先生指出了张炎对元词及清词的影响:"但宋人词派,惟姜夔一派因张炎而入元后传世犹久,并通过张炎影响及于元代的陆文圭、张翥等一些词家。因此张炎词又关系到元词的发展。……浙派词人虽以姜夔为宗,然实近姜夔者少,而近张炎者多,这一点也颇堪注意。"[②]

晚宋江西、西湖、越中皆有词社群体唱和,并形成一定规模[③],与张炎相关的词社活动,集中在西湖、越中一带,唱和词作的成就以周密、王沂孙、张炎为翘楚。但张炎年辈虽低于周、王,但身份经历最为特殊,词作中故国故家的忠爱诉求更为强烈深刻,词作也有很高的艺术造诣,词史地位因而有更高的显示度。

(一)讲明切究更唱迭和

南宋最多应社之作,无论是同题拈韵、次韵、依韵[④],还是仅为同调同题甚至异调同题的唱和之篇,是交流融合,也是撞击竞争,在更唱迭和的语言

①陈廷焯《云韶集》,《词话丛编补编》(第3册),第1600页。

②《唐宋词通论》,第274页。

③参见高利华《宋季两浙路词人结社联咏之风》,《文学评论》2009年第2期。

④刘攽《中山诗话》:"唐诗赓和有次韵(先后无易),有依韵(同在一韵),有用韵(用彼韵不必次)。"何文焕《历代诗话》(第5册),清乾隆三十五年(1770)刻本,《中山诗话》第7页。

环境中，也是创作实践层面的讲明切究。张炎许为知己的词人交游是周密与王沂孙。有两首悼亡王沂孙词涉及对碧山的赏识。《琐窗寒》题序："王碧山又号中仙，越人也。能文工词，琢语峭拔，有白石意度，今绝响矣。余悼之玉笥山，所谓长歌之哀，过于痛哭。"词有句曰："自中仙去后，词笺赋笔，便无清致。"（《声声慢》别题作"与王碧山泛舟鉴曲，王蕺隐吹箫，余倚歌而和。天阔秋高，光景奇绝，与姜白石垂虹夜游同一清致也"）又有《洞仙歌·观王碧山花外词集有感》："可惜欢娱地。雨冷云昏，不见当时谱银字。"前述张炎与王沂孙或周密唱和词的咏物词有《南浦·春水》《绮罗香·红叶》《露华·碧桃》《一萼红·赋红梅》《疏影·梅影》《水龙吟·白莲》。江昱引录王沂孙《绮罗香》并按曰："此似倡和之作但不次韵。"[①]吴则虞亦笺王氏此词："玉田亦赋此词，且同调同题，盖亦当时同赋之作。"[②]前考张炎《南浦·春水》《绮罗香·红叶》写于初次北行时，南归后曾久客山阴，故知张炎为原唱，王沂孙是在山阴的追和之作。周密则是张炎尊敬的前辈词人，他的《探芳信·西湖春感，寄草窗》《疏影·梅影》《水龙吟·白莲》《一萼红·登蓬莱阁有感》是与张炎同调同题或异调同题的唱和。下面通过张炎与王沂孙、周密的唱和词的比较，在创作与词论的双重框架中，考察张炎的词史地位。

首先看咏物唱和词意趣是否能够突破原唱。虽然唱和是南宋及之后词坛盛行的风气，但和词受到种种局限，很难突破原作。《词源》曰："词不宜强和人韵，若倡者之曲韵宽平，庶可赓歌。倘韵险又为人所先，则必牵强赓和，句意安能融贯，徒费苦思，未见有全章妥溜者。东坡次章质夫杨花《水龙吟》，机锋相摩，起句便合让东坡出一头地，后片愈出愈奇，真是压倒今古。我辈倘遇险韵，不若祖其原韵，随意换易，或易韵答之，是亦古人三不和之说。"（已见前引）前文对《南浦·春水》原唱与和作已有分析，前说时人评《南浦》"绝唱今古"，并为张炎带来"张春水"的美誉，碧山和词则较少被人提及。这里再以《绮罗香·红叶》为例，张炎原唱已见前引，王沂孙有两首和词，录第一首和词如下：

玉杵余丹，金刀剩彩，重染吴江孤树。几点朱铅，几度怨啼秋暮。惊旧梦、绿鬓轻凋，诉新恨、绛唇微注。最堪怜，同拂新霜，绣蓉一镜晚

---

①江昱《山中白云词疏证》，《彊村丛书》（第6册），第5208页。

②王沂孙撰，吴则虞笺注《花外集》，上海古籍出版社1988年，第43页。

妆妒。　千林摇落渐少，何事西风老色，争妍如许。二月残花，空误小车山路。重认取，流水荒沟，怕犹有、寄情芳语。但凄凉、秋苑斜阳，冷枝留醉舞。

玉田所赞碧山有“白石意度”在于措辞造语瘦劲峭拔、黼黻骚雅，如天机云锦。词作化用红叶典故如下，张继《枫桥夜泊》：“月落乌啼霜满天，江枫渔火对愁眠。”崔信明残句“枫落吴江冷”。《楚辞·湘夫人》：“袅袅兮秋风，洞庭波兮木叶下。”白居易《醉中对红叶》：“醉貌如霜叶，虽红不是春。”杜牧《山行》：“停车坐爱枫林晚，霜叶红于二月花。”词中所用宫廷事典有刘斧《青琐高议·流红记》：唐僖宗时，有儒士于祐晚步京衢间，在御沟拾得一题诗红叶：“流水何太急，深宫尽日闲。殷勤谢红叶，好去到人间。”前文分析第二首中“惊汉殿”四句，还化用汉宫、隋宫僻典（已见前引），隐写故国宫殿从流光溢彩的盛世到如今烟树离离的末世景象。因此，碧山红叶词如姜白石咏梅词以宫廷典故寄托哀思，有清空意度。然而，前文分析张炎红叶词只字未及宫廷，却以“寒艳”落叶，写长安大树与江南故土河山阻隔，枝柯染夕阳血色，自有一种沧海桑田之冷艳。诗词中红叶曾不能承载相思之“轻情”，如今却不得不负荷易代之“重愁”。又写西风斜阳染醉血，老红不与春争妍；风雨撼枝叹飘零，秋苑荒沟空飘流。红叶之舞的深刻寓意还在于红叶之舞如汉宫飞燕轻盈优雅，却宛若独立于东风之外的残血断霞。与善舞牡丹入时尚花谱截然不同：红叶飞落虽然绚出了天边斜阳彩霞，凝想的却是江南枝叶绿遍时节的春夏繁阴。从而发掘出红叶的神髓，以不肯屈志新朝倔强姿态，表达出强烈的忠爱诉求。玉田词不着一字，尽得风流，“清空”风致百回千转，但得到了强化，无疑是对白石词创新传承，碧山词虽然句意融贯，全章妥溜，但在立意方面没有突破玉田原唱。

再看咏物唱和词是否能够句意融贯，全章妥溜。以张炎与周密、王沂孙赋梅影唱和词《疏影》为例，张词《疏影》（黄昏片月）已见前引，录周、王二词如下：

冰条木叶。又横斜照水，一花初发。素壁秋屏，招得芳魂，仿佛玉容明灭。疏疏满地珊瑚冷，全误却、扑花幽蝶。甚美人、忽到窗前，镜里好春难折。　闲想孤山旧事，浸清漪、倒映千树残雪。暗里东风，可惯无情，搅碎一帘香月。轻妆谁写崔徽面，认隐约、烟绡重叠。记梦回，纸帐残灯，瘦倚数枝清绝。

琼妃卧月。任素裳瘦损，罗带重结。石径春寒，碧藓参差，相思曾步芳屧。离魂分破东风恨，又梦入、水孤云阔。算如今，也厌娉婷，带了一痕残雪。　犹记冰奁半掩，冷枝画未就，归棹轻折。几度黄昏，忽到窗前，重想故人初别。苍虬欲卷涟漪去，慢蜕却、连环香骨。早又是，翠荫蒙茸，不似一枝清绝。

三首同调同题词虽不知孰为首唱，但知是依韵之作，所依为古韵“入声九屑”韵部，用韵字有“雪”“绝”“结”“洁”“别”“灭”“折”“彻”等，因为没有“追和”等说明，可以推测写于同时同地。以周密、张炎皆在山阴行迹考之，应写在祥兴二年(1279)[①]。吴则虞笺碧山此词：“玉田、草窗同调赋梅影，盖亦倡和之作。此类词足补《乐府补遗》之遗。”[②]如从融贯妥溜观之，张炎词或为原唱。分析如下。

草窗、碧山二词与玉田梅影词相同，都是采用借物寓意的比体，基本无涉闺房叙事，从不同视角衬写梅花不以颜色随俗，只留乾坤清气的精神气质。然而，赋梅影词需要笔涉梅花、月下之影、画中墨梅，细加勾勒最易有破碎痕迹。如草窗“轻妆”三句，典见元稹《崔徽歌序》：“崔徽，河中府娼也。裴敬中以兴元幕使蒲州，与徽相从累月，敬中便还。崔以不得从为恨，因而成疾。有丘夏善写人形，徽托写真寄敬中曰：‘崔徽一旦不及画中人，且为郎死。’发狂卒。”崔徽写真与写影墨梅的联系并不直接，而前文已经分析张炎梅影词以严谨密致、相互关涉致融贯典故，如“依稀倩女离魂处，缓步出、前村时节。看夜深、竹外横斜，应妒过云明灭”，以陈玄祐《离魂记》倩娘魂魄相随事典，化合姜夔《疏影·梅花》、杜甫《咏怀古迹·昭君》、齐己《早梅》、苏轼《和秦太虚梅花》，刻划出月下梅枝幻影，再以“莫是花光，描取春痕，不怕丽谯吹彻”数句，描绘据影勾画的墨梅，没有借典故增饰文彩补假之功的痕迹。碧山“离魂”六句皆以实笔写苔梅，而玉田词则虚实双管齐下，以“夜”“月”“雪”衬托，采用侧笔、转笔，遗貌取神地勾勒出介于梅花与墨梅之间的光影，与所赋对象更为切合。

---

①吴熊和《论词绝句一百首·张炎》：“周密《蘋洲渔笛谱》无宋亡后作。”《词学》第十六辑(2006年)。此首梅影词《蘋洲渔笛谱》不载，也能从侧面证明写于宋亡之后。

②《花外集》，第21页。

再看怀古词不露豪气而为雅正之音。前述姜白石有怀古词《扬州慢》，题序为“淳熙丙申至日，予过维扬。夜雪初霁，荠麦弥望。入其城，则四顾萧条，寒水自碧，暮色渐起，戍角悲吟。予怀怆然，感慨今昔，因自度此曲。千岩老人以为有黍离之悲也”。张炎称誉此词“不惟清空，又且骚雅，读之使人神观飞越”。姜词以昔日繁华与眼前萧条的落差，构筑出扬州空城的芜城新赋，翻出所有咏赋扬州繁华的诗词意旨数层之外，确然是借古伤今的有创意之作。张炎《忆旧游·登蓬莱阁》、周密《一萼红·登蓬莱阁有感》也有怀古之意。前引蓬莱阁在绍兴府治所在地卧龙山，故知应也是祥兴二年写在山阴，录二人词作如下：

问蓬莱何处，风月依然，万里江清。休说神仙事，便神仙纵有，即是闲人。笑我几番醒醉，石磴扫松阴。任狂客难招，采芳难赠，且自微吟。　俯仰成陈迹，叹百年谁在，阑槛孤凭。海日生残夜，看卧龙和梦，飞入秋冥。还听水声东去，山冷不生云。正目极空寒，萧萧汉柏愁茂陵。

步深幽。正云黄天淡，雪意未全休。鉴曲寒沙，茂林烟草，俯仰千古悠悠。岁华晚、漂零渐远，谁念我、同载五湖舟。磴古松斜，厓阴苔老，一片清愁。　回首天涯归梦，几魂飞西浦，泪洒东州。故国山川，故园心眼，还似王粲登楼。最怜他、秦鬟妆镜，好江山、何事此时游。为唤狂吟老监，共赋销忧。（自注：阁在绍兴，西浦、东州皆其地。）

前说相传古代蓬莱阁海上蓬莱仙山相望，因而在卧龙山建蓬莱阁。但二词都涉及雄据卧龙山西北之颠、能够远观大海的飞翼楼，传说这是范蠡为压强敌吴国而建。已见前引《会稽志》卷一。飞翼楼屡经毁圮，南宋越帅汪纲重建。其《飞翼楼记》记录了沿革以及重建用意：

越之为都，距今二千年。遗宫故苑，漫不可考，独飞翼楼范蠡所筑，雄据西山之颠，楼虽不存，邦人犹有能指其处者。中间易以为亭，曰“望海”，曰“五桂”。既而亭与桂俱废，复为“望海”。宝庆丁亥六月，予帅越，至是六年矣。望日大风雨，屋瓦飞堕，亭几压焉，遂撤而新之，为楼三楹于其上。复“飞翼”之旧，而楼之下则仍“望海”之名。万壑千岩，四顾无际，云涛烟浪，渺渺愁予。使登斯楼者，抚霸业之余基，思卧薪之雄概，感愤激烈，以毋忘昔人复仇之义，庶几乎鸱夷子之风，尚有嗣余响于千百世者。①

汪纲修建蓬莱阁的目的,显然是希望南宋统治者以史为鉴,收复北方河山。遗民词人再登此阁,借古伤今的意思更为显豁。前文已经阐述,所谓海上仙山,是隐喻山阴遗民的伤心地。夏承焘先生指出:"《补题》第一首,王沂孙《天香·赋龙涎香》云:'一缕萦帘翠影,依稀海山云气。'或疑是指厓山覆亡事,非咏六陵。予案吕同老此题结云'待寄相思,仙山路杳',李居仁亦云'万里槎程''隐约仙舟路杳',亦皆指厓山;《补题》诸家咏六陵,皆不限于六陵,或故意乱以他辞;其寄慨亡国,涉及厓山,尤情所应有;不能因此疑其与六陵无关。"②前文分析玉田词以龙失云气,连缀海上仙山与紫云山,凭吊宋亡及六陵被掘的意味十分明显。两词相较,草窗词下阕因豪气外露而不太符合雅正的标准。前文已经论述张炎、周密各属以张镃(功甫)或杨缵(霞翁)为代表南宋中期兴起的两个音乐流派。张炎音乐承自家学,居然后劲;周密对于词乐,以"余不善此"自解,其《木兰花慢》自注:"异日霞翁见之曰:'语丽矣,如律未协何。'遂相与订正,阅数月而后定。是知词不难作,而难于改;语不难工,而难于协。翁往矣,赏音寂然。"《采绿吟》自注:"余得《塞垣春》,翁为翻谱数字,短箫按之,音极谐婉,因易今名云。"他的《瑞鹤仙》曾得到两派音乐人的斠律:"寄闲结吟台出花柳半空间,远迎双塔,下瞰六桥,标之曰,湖山绘幅,霞翁领客落成之。初筵,翁俾余赋词,主宾皆赏音。"杨缵约在咸淳三年(1267)前后下世,周密词因音乐精审程度不够,张炎未列入"可歌可诵"词人中(当然也有"为存者讳"的原因)。夏承焘先生曾指出过这一点:"张惠衣来谈,谓刘子庚、周岸登词皆难成诵,是其病处。予谓草窗不及玉田,亦即坐此。"③

另外,三人还有一个很大不同。常国武评王沂孙《齐天乐·蝉》:"过片三句,诚如周济《宋四家词选》所云,是寓'家国之恨'。但应指出,这里的'家国'应理解为偏义复辞。重点在'国'而非'家',这样才真正符合原作之意。"④周密宋亡之后的词作也是重点表达亡国之痛。与周密、王沂孙相比,

①汪纲《飞翼楼记》,《全宋文》(304册),第211页。

②《乐府补题考·后记二》,《夏承焘集》(第1册),第380页。

③《天风阁学词日记》,《夏承焘集》(第6册),第736页。

④常国武《碧山、草窗、玉田三家词异同论》,《文学评论》1991年第4期。

玉田年辈略后，因特殊的家族背景，张炎词作表现的是“家国”的双重悲感。词人对身世、命运的咏叹，具备于宋词体性最相宜的悲剧色彩（本章第一节中“气随意扬豪放飘逸”中有引录及叙述）；张炎则在身世、命运之外，又有血海冤仇的“家国之恨”把身世、命运与家国悲感联系在一起，是张炎区别于晚宋著名词人的不同之处与价值所在。

（二）宋词内质元词救赎

谢桃坊先生这样归类宋朝遗少身份：“如果这位作家在前朝仅是一位少年，文学上和事业上与前朝无多大关系，理应归入新朝。”[①]如前所考张炎入元后有四十多年的行迹，正如吴熊和先生所说，其词入元传世犹久；他在词史上的重要性也体现在把宋词的美质引入了元词，与元初词人一起完成了避免词体沉沦于俗曲的救赎。可以从以下两个方面论述。

第一方面通过友人词集及词论序跋，可见张炎入元之后，在极其艰苦的环境中坚持词体创作活动，并在当时产生极大影响。引录郑思肖、仇远序如下：

> 吾识张循王孙玉田先辈，喜其三十年汗漫南北数千里，一片空狂怀抱，日日化雨为醉。自仰扳姜尧章、史邦卿、卢蒲江、吴梦窗诸名胜，互相鼓吹春声于繁华世界，飘飘征情，节节弄拍，嘲明月以谑乐，卖落花而陪笑。能令后三十年西湖锦绣山水，犹生清响，不容半点新愁飞到游人眉睫之上，自生一种欢喜痛快，岂无柔劣少年，于万花丛中，唤取新莺稚蝶，群然飞舞下来，为之赏听。[②]

> 读《山中白云词》，意度超玄，律吕协洽，不特可写音檀口，亦可被歌管、荐清庙，方之古人，当与白石老仙相鼓吹。世谓词者诗之余，然词尤难于诗，词失腔犹诗落韵，诗不过四五七言而止，词乃有四声五音均拍重轻清浊之别，若言顺律舛，律协言谬，俱非本色。或一字未合，一句皆废；一句未妥，一阕皆不光采，信戛戛乎其难。又怪陋邦腐儒，穷乡村叟，每以词为易事，酒边兴豪，即引纸挥笔，动以东坡、稼轩、龙洲自况，极其至四字《沁园春》，五字《水调》，七字《鹧鸪天》《步蟾宫》，拊几击缶，同声附和，如梵呗，如《步虚》，不知宫调为何物，令老伶俊娼面称好

---

①《宋词概论》，第497页。

②郑思肖《张玉田白云词叙》，《郑思肖集》，第295页。

而背窃笑,是岂足与言词哉!予幼有此癖,老颇知难,然已有三数曲流传朋友间,山歌村谣,是岂足与叔夏词比哉。古人有言曰:"铅汞交炼而丹成,情景交炼而词成。"《指迷》妙诀,吾将从叔夏北面而求之。[①]

两篇序文蕴含的信息有三点:一是张炎入元后,到词作开始结集的三十多年时间里,在东西南北三千多里的旅途中,张炎一直坚持创作词篇。

二是张炎以已经谢世的前辈词人姜白石、史达祖、卢祖皋、吴文英为榜样,词作音律谐畅。前说姜白石、史达祖、吴文英皆精于律吕,卢祖皋词乐亦有可观,黄升说:"(祖皋)乐章甚工,字字可入律吕。浙人皆唱之,有《蒲江词稿》行于世。"[②]张炎创作引领的风潮有效地遏止了词体入元之后诗化或曲化趋势,是雅词的标竿。西湖万花丛中新莺稚蝶歌舞,其词能令锦绣山水回荡起中原雅乐的清响,也能使赏音少年产生欢喜痛快。而当时的多数词作与张炎雅正之音相比,只能算作极易滑入元曲的山歌村谣。

三是《词源》不仅推演词律渊薮,也传授元朝词人技艺秘法的度人金针。前述陆辅之问词张炎,不仅"深得奥旨制度之法",又因其说"语近而明,法简而要",能使元代初学词者易于登堂入室。张炎前后两次隐居苏州,共赠陆氏词10首,思想交流之外,不妨可以看作词艺的切磋与示范。陆辅之不仅有张炎赠歌妓《清平乐》的和作:"楚天云断。人隔潇湘岸。往事悠悠江水漫。怕听楼前新雁。　深闺旧梦还成。梦中独记怜卿。依约相思碎语,夜凉桐叶声声。"还以词意作画,当时诸公名流继有赓和。汪砢玉《珊瑚网》(卷三十二)载刘稽语:"《碧梧苍石》一幅,姑苏汾湖湖天居士陆行直甫之所作。行直有家妓名卿卿者,以才色见称。友人张叔夏为作古词赠之。所谓'多情因为卿卿'是也。后二十一载,行直以翰林典籍致政,归作此《碧梧苍石》。复与其宗人冶仙话旧,因记忆叔夏之赠,则张公、卿卿皆杳隔尘世矣,故并书张词于卷端。当时诸公仍踵而和之,其辞旨抑扬凄惋,似寓乎悼惜无涯之意。"[③]故不能以风流韵事浅视之,无怪乎能以"悼惜无涯之意"引起异世作词者的共鸣。

再看陆文圭的《词源》序文:

---

①仇远《山中白云词序》,曹炳曾等校刊《山中白云词》。

②黄升选编,邓子勉校点《中兴以来绝妙词选》,《唐宋人选唐宋词》(下册),第813页。

③汪珂玉《珊瑚网》(第8册),商务印书馆1936年,第915页。

> “词”与“辞”字通用，《释文》云：“意内而言外也。”意生言，言生声，声生律，律生调，故曲生焉。《花间》以前无杂谱，秦、周以后无雅声，源远而派别也。西秦玉田张君著《词源》上下卷，推五音之数，演六六之谱，按月纪节，赋情咏物，自称得声律之学于守斋杨公、南溪徐公。淳祐、景定间，王邸侯馆歌舞升平，君生处乐郊，不知老之将至。梨园白发，吴宫蛾眉，余情哀思，听者泪落。君亦因是弃家，客游无方，三十年矣。昔柳河东铭姜秘书，闵王孙之故态；铭马淑妇，感讴者之新声，言外之意，异世谁复知者。览君词卷，抚几三叹。[①]

陆序不仅指出了张炎词律与杨守斋一派的和同之势，更例柳宗元的两篇铭文，认为可以移评悲悯张炎王孙身世及词作新声。柳宗元《故秘书郎姜君墓志》：“秘书郎姜嶙，字某，开元皇帝外孙也。……然其间在蜀、汉、荆、楚以大诸侯命守州邑，辄以劳称。时缺则复命。好游嗜音，以生富贵，畜妓，能传宫中声，贤豪大夫多与连欢。后加老风病，手足奇右，可用，不能就官。士有载酒来，则出妓，搏髀笑戏，观者尚识承平王孙故态。”[②]又，《太府李卿外妇马淑志》：“（李君）过而慕焉，纳为外妇，偕窜南海上。及移永州，州之骚人多李之旧，日载酒往焉。闻其操鸣弦为新声，抚节而歌，莫不感动其音，美其容，以忘其居之远而名之辱，方幸其若是也。”[③]张炎曾是“承平故家贵游少年”，入元后，友人听其自歌新词“亦能令人忘去穷达得丧所在”，“身外穷达，诚不足动其心、馁其气”；这是忘年知音对“意内而言外”即词中微辞远旨、托物之志心有戚戚。另外，韩铸学词于张炎，得其“莲子结成花自落”的风格精髓已见前说。

第二方面是元朝与张炎直接或间接交游的词人受其有《词源》创作示范意义词作的影响。以陆文圭词为例，录《阮郎归·舟中赋所见》《探春慢·和心渊己巳元夕韵》《满江红·己巳二月二十二日游北门，有感》如下：

> 风吹一捻柳腰轻。春柔力未胜。眉儿喜学远山青。终朝画不成。　娇滴滴，笑盈盈。雏莺叶底声。花梢雨过夕阳明。无情渐有情。

---

①陆文圭《玉田词源稿序》，《全元文》（第17册），第548—549页。

②《柳宗元集》（第1册），中华书局1979年，第275—276页。

③《柳宗元集》（第4册），第1349—1350页。

细草黏冰，疏林补雪，衰翁未觉春暖。曝背低檐，燎衣破灶，谁识舞台歌馆。乐事如今懒。谢邻伴、东招西唤。何消看试华灯，月光今夕圆满。　念昔繁华帝里，侍凤辇夜游，棚晓人散。迓鼓方催，韵箫正美，忽被西风吹断。簌簌梅花落，忍听得、一声羌管。怀古伤情，泪痕湿，春衫短。

试检春光，都不在、槿篱茅屋。荒城外、牯眠衰草，鸦啼枯木。黄染菜花无意绪，青描柳叶浑粗俗。忆繁华、不似少年游，伤心目。　棠坞锦，梨园玉。燕衣舞，莺簧曲。艳阳天输与，午桥金谷。行处绮罗香不断，归时弦管声相逐。怕夕阳、影散近黄昏，烧银烛。

陆文圭生于淳祐十年（1250），仅年少张炎两岁，南宋灭亡时三十岁，也以遗民自居。上引《阮郎归》与张炎《淡黄柳·赠苏氏柳儿》上阕极为神似："楚腰一捻。羞剪青丝结。力未胜春娇怯怯。暗托莺声细说。愁蹙眉心斗双叶。"前文分析，这是张炎"即小见大"的赠妓词，含蕴着沉重的家国之悲。己巳，是元文宗天历二年（1329），陆文圭此年八十岁，距离南宋灭亡已经长达五十年，但二词仍如张炎以昔盛衬托今衰，多用翻跌之笔，意倍深婉，令人神伤目泫。"谢邻伴"四句，可与南渡及南宋有创伤记忆的词作对读，如李清照元夕词《永遇乐》："元宵佳节，融和天气，次第岂无风雨。来相召、香车宝马，谢他酒朋诗侣。"姜夔《鹧鸪天·元夕不出》："芙蓉影暗三更后，卧听邻娃笑语归。"

另外，张炎有《风入松·丙午闰元宵》，友人袁易有和作，录二词如下：

向人圆月转分明。箫鼓又逢迎。风吹不老蛾儿闹，绕玉梅、犹恋香心。报道依然放夜，何妨款曲行春。　锦灯重见丽繁星。水影动梨云。今朝准拟花朝醉，奈今宵、别是光阴。帘底听人笑语，莫教迟了踏青。

彩鳌仙乐响空明。前度凤来迎。月圆月缺年年事，是今番、特地关心。五夜重判烂醉，三分尚有余春。　玉壶寒沁一天星。车马气如云。笼纱竞逐香尘暗，笑幽人、门掩花阴。未见山中历日，梦中池草先青。

袁易生于景定三年（1262），年少张炎十四岁；宋亡时不到二十岁，正所谓"在前朝仅是一位少年"，理当归入元朝。前已考得"丙午"是大德十年

(1306)。张炎此词遵循《词源》节序词“不独措辞精粹,又且见时序风物之盛,人家宴乐之同”标准,从“箫鼓”到“梨云”数句,回忆宋朝元夕的时序风俗。周密笔记对此也有记载,《武林旧事》(卷二):“至五夜,则京尹乘小提轿,诸舞队次第簇拥前后,连亘十余里。锦绣填委,箫鼓振作,耳目不暇给。……元夕节物,妇人皆戴珠翠、闹蛾、玉梅、雪柳、菩提叶、灯球、销金合、蝉貂袖、项帕,而衣多尚白,盖月下所宜也。”[①]妇女的元夕装束是北宋遗俗。李清照元夕词《永遇乐》:“中州盛日,闺门多暇,记得偏重三五。铺翠冠儿,捻金雪柳,簇带争济楚。”放夜,宋朝都城有夜禁,街道断绝通行。而元夕前后各一日(也有节日及后四日共五夜)暂时弛禁,准许百姓夜行。《容斋随笔·三笔》(卷一):“唐韦述《两京新记》曰:‘正月十五日夜,敕金吾驰禁,前后各一日以看灯。’本朝京师增为五夜,俗言钱忠懿纳土,进钱买两夜。”[②]孟元老《东京梦华录》(卷六):“(正月十五)至十九日收灯,五夜城闉不禁。”[③]梨云,指节令花卉梅花。王昌龄《梅诗》:“落落寞寞路不分,梦中唤作梨花云。”梅花盛开于冬春之交。《范村梅谱》:“杜子美诗云‘梅蕊腊前破,梅花年后多’,惟冬春之交正是花时耳。”并用苏味道《正月十五夜》“行歌尽落梅”句意。花朝,花朝节。宋朝在二月十五。吴自牧《梦粱录》(卷一):“仲春十五日为花朝节,浙间风俗,以为春序正中,百花争放之时,最堪游赏。”[④]“帘底”句反用李清照《永遇乐》“如今憔悴,风鬟霜鬓,怕见夜间出去。不如向、帘儿底下,听人笑语”句意。表层说因为闰正月,白天是二月花朝,晚上是元夕,深意是说听到帘外行人相互叮咛不要耽误花朝踏青,自己却感受到今宵“别是光阴”滋味,表达亡国遗民凭吊繁华的伤心怀抱。

袁易与老成遗民相比,虽然椎心之痛略微淡化,但在张炎的影响下,词中也映现出盛时景象。如“彩鳌”二句,“玉壶”五句,周密《武林旧事》(卷二)“元夕”有相关记载:

> 一入新正,灯火日盛,皆修内司诸珰分主之,竞出新意,年异而岁不同。往往于复古、膺福、清燕、明华等殿张挂,及宣德门、梅堂、三闲台等处临时取旨,起立鳌山。……禁中尝令作琉璃灯山,其高五丈,人物皆

---

①《武林旧事》,第32页。
②《容斋随笔》,第333页。
③《东京梦华录》,第120页。
④《梦粱录》,第15页。

用机关活动,结大彩楼贮之。又于殿堂梁栋窗户间为涌壁,作诸色故事,龙凤噀水,蜿蜒如生,遂为诸灯之冠。前后设玉栅帘,宝光花影,不可正视。仙韶内人,迭奏新曲,声闻人间。殿上铺连五色琉璃阁,皆球文戏龙百花。小窗间垂小水晶帘,流苏宝带,交映璀璨。中设御座,恍然如在广寒清虚府中也。至二鼓,上乘小辇,幸宣德门,观鳌山。擎辇者皆倒行,以便观赏。金炉脑麝如祥云,五色荧煌炫转,照耀天地。山灯凡数千百种,极其新巧,怪怪奇奇,无所不有,中以五色玉栅簇成"皇帝万岁"四大字。……宫漏既深,始宣放烟火百馀架,于是乐声四起,烛影纵横,而驾始还矣。大率效宣和盛际,愈加精妙。特无登楼赐宴之事,人间不能详知耳。①

"五夜"二句,是沈义父所说"遇两句可作对,便须对"的宋人词法,加上韵脚的限制,袁词置于宋人集中可乱楮叶。以上所述,都是张炎引领风气之先,在一定程度上阻止了元词向"纤艳柔脆,以投流俗之好"的沉沦。

三 集成创新矜式后世

邹祗谟《远志斋词衷》:"清真乐章以短调行长调,故滔滔莽莽处,如唐初四杰,作七古嫌其不能尽变。至姜、史、高、吴,而融篇、炼句、琢字之法,无一不备。"②朱彝尊对南宋及晚宋词有极高评价:"词至南宋始极其工,至宋季而始极其变。"(已见前引)朱氏《放胆诗序》有言:"唐人取士,拘以格律,至李、杜、韩三家,始极其变。由是刘义、李贺、卢仝、马异辈,从而驰骋,极乎天而蟠乎地。"③可知极工尽变的实质就是江西诗派所谓"规矩备具而能出于规矩之外,变化不测而亦不背于规矩"。就创作群体而言,共同遵守绳墨法度,就会形成某种艺术表现范型。王兆鹏先生说:"这里的'范式'是指作家在他的作品中所建立或遵从的一种审美规范、一种惯例性的艺术表现的范型。它既包括作品本体上的形式法则,也包含创作主体把握、表现外在的现实世界与内在的心灵世界的方式。……作家的创作,无论他是有意识的还是无意识的,是自觉的还是不自觉的,总是要遵循一定的范式、范

①《武林旧事》,第29—30页。
②《远志斋词衷》,《词话丛编》(第1册),第651页。
③朱彝尊《放胆诗序》,《曝书亭集》(上册),第446页。

型。”[①]晚宋词人群体作为身处宋元之际的遗民词人，具有充分自觉的重规叠矩，破体为词、极工尽变成为共同遵循的构词范型。

《文心雕龙》指出：“形生势成，始末相承。湍回似规，矢激如绳。因利骋节，情采自凝。”[②]两宋词史上具有承前启后地位的词人词作都具有集大成性质，如北宋柳永、周邦彦。胡寅说：“柳耆卿后出，掩众制而尽其妙，好之者以为不可复加。”[③]龙榆生先生亦云：“开风气之先，一世词流，终不能不受柳之支配。”[④]张炎称周邦彦“负一代词名”，前引周济、陈廷焯、陈匪石的评价是词至周邦彦法度大备，后之为词者，莫能出其范围。南宋则以姜夔、张炎最为卓出。宋人认为张炎集成创新，其词能兼长周美成、姜白石、史梅溪、吴梦窗，近人程千帆、谢桃坊持论相似。张炎是在两宋词体势已成之时，相承两宋，乘势而行，总其大成。在《词源》的理论指导下，不仅破体辨体引领晚宋词风的集体转型，而且在南宋晚宋极工尽变背景下，使词体从自是一家上升为矜式后世的定势，流风余韵，绵延不绝。

（一）破体辨体推进转型

前文已经论述张炎词学理论中词体的理想范型应具备如下特点：一是协音合律，可歌可诵。二是立意高远，有家国忠爱之思。三是词风清空，有骚雅峭拔的美质。四是题材虽异，各有本制。从中可以看出，其中既有与诗合流、破体为词的倾向，也有自是一家的辨体本旨。《词源》也是两宋词坛创作实践的总结，隐然反映出词体与诗合流的一时风气。南宋陈模《怀古录》：“近时作词者，只说周美成、姜尧章等，而以稼轩词为豪迈，非词家本色。紫岩潘牥云：‘东坡为词诗，稼轩为词论’，此说固当。盖曲者，曲也，固当以委曲为体。然徒狃于风情婉娈，则亦不足以启人意。回视稼轩所作，岂非万古一清风也。”[⑤]所谓“词诗”“词论”，意思是不但要有词体之风情婉娈，也当益之以诗歌乃至散文的豪迈气度。因此，除了传统意义上“以诗为词”“以文为词”的区别之外，两者共同的本质，都是要表达对社会历史的看法，也就是自出胸臆的精彩议论：这正是宋诗的精髓。

①王兆鹏《宋南渡词人群体研究》，凤凰出版社2009年，第129页。

②《文心雕龙》，第44页。

③胡寅《向芗林酒边集后序》，《崇正辨·斐然集》，第402页。

④龙榆生《词体之演进》，《龙榆生词学论文集》，第45页。

⑤陈模撰，郑必俊校注《〈怀古录〉校注》，中华书局1993年，第61页。

朱熹对宋诗先驱欧阳修的赞赏正在于此。《朱子语类》(卷一百三十九)评其《唐崇徽公主手痕和韩内翰》:"欧公文字锋刃利,文字好,议论亦好。尝有诗云:'玉颜自古为身累,肉食何人为国谋。'以诗言之,是第一等好诗。以议论言之,是第一等议论。"①许总先生评欧公《庐山高赠同年刘中允归南康》:"这首诗,由七古而极尽句势之变化,参差流宕,开阔铺张,实如王渔洋所谓'七言长句,高处直追昌黎'。且其叙景壮阔,刻意形容,融入议论,畅达襟抱,不仅全同翁方纲评韩愈《桃源图》诗'即仍《原道》大议论,而于叙景出之',而且极意所致,尤有过之。梅尧臣《赠郭功父》诗云'一诵《庐山高》,万景不得藏,设令古画师,极意未能详',虽然主要从'万景不得藏'着眼,但所谓'极意未能详'则显然是深蕴于中、畅达于外的意理撑贯的结果。"②

当然,基于词体要眇宜修的特质,与诗歌议论仍有差异。刘克庄《跋刘叔安感秋八词》:"丽不至亵,新不犯陈,借花卉以发骚人墨客之豪,托闺怨以写放臣逐子之感,周、柳、辛、陆之能事,庶乎其兼之矣。"③词至晚宋,深寓感慨的理性议论、也即高远立意在情景交融中得到委曲于诗歌的感性显现。前说张炎《山中白云词》绝大多数是宋亡之后的词作,兼容诗质表现诸如两次北游未肯屈志的民族情怀、故国故家的忠爱诉求等重大旨趣已经是题中应有之义。如《壶中天·夜渡古黄河,与沈尧道、曾子敬同赋》:

> 扬舲万里,笑当年底事,中分南北。须信平生无梦到,却向而今游历。老柳官河,斜阳古道,风定波犹直。野人惊问,泛槎何处狂客。
>
> 迎面落叶萧萧,水流沙共远,都无行迹。衰草凄迷秋更绿,惟有闲鸥独立。浪挟天浮,山邀云去,银浦横空碧。扣舷歌断,海蟾飞上孤白。

此与王安石《桂枝香》、周邦彦《西河》等金陵怀古词相同,都属于咏史体裁,议论天下分合,自有南渡爱国词的豪放气慨。俞陛云评曰:"此为集中杰作,豪气横溢,可与放翁、稼轩争席。写渡河风景逼真,起句有南渡时神州分裂之感。……夏闰庵云:'非特苍凉悲壮,且确是渡河而非渡江。'"④杨海明评开篇三句:"自嘲的是南宋政权无能,单凭江、淮天险,终究无法抵

①《朱子语类》(第8册),第3308页。

②许总《宋诗史》,重庆出版社1992年,第122—123页。

③《后村题跋》,第114页。

④《唐五代两宋词选释》,第453页。

御北兵的南下；哀叹的是'命运'不佳，故国的版图终于'统一'到异族统治之下。因而他所发出的是'底事'（啥事，什么原因）之问，实在又是一种'明知故问'；或许也即张元干'底事昆仑倾砥柱，九地黄流乱注'（《贺新郎》）与张孝祥'追想当年事，殆天数，非人力'（《六州歌头》）之意。总之，从这开头的三句中，我们即可明白：张炎北行的时代，已是经过'改朝换代'的'新朝'。昔年南人自南、北人自北的'中分南北'的形势早已结束，故而词人面临黄河这个古之天堑，自不能不发出吊古伤今的苦笑与悲叹。"[①]但诗词合流并非消解词体特质，词中主题表达，需要采用扬而能抑的清空手法。陈廷焯评曰："高绝，超绝，真绝，老绝。风流洒脱，置之白石集中亦是高境。（下阕眉批）下字琢句，精炼无匹。结更高更旷，笔力亦劲。通篇骨韵都高，压遍今古。"[②]

再如张炎名篇《高阳台·西湖春感》（已见前引），端木埰批注："词意凄咽，兴寄显然，疑亦黍离之感。"[③]刘永济披文入情，提点出词中最为出彩之处是家国兴亡的感慨而非叙事写景，这在词中似未议论却有史论的穿透力，姑且称之为"类议论"：

> 此宋亡后，作者重到西湖，感于春景阑珊，而生亡国哀思，故有此作。盖自南宋建都杭州，西湖乃都人士游乐宴会之地，周密《武林旧事》记载甚详，可供参考。起首三句即从游归着笔。"接叶"二句乃春晚之景。"接叶"用杜甫"接叶暗巢莺"诗句。"能几番游"二句，诵之使人有朝不保夕之感。"东风"二句尤令人怀好景无多之惧。"蔷薇"开花于春末夏初，故有"到蔷薇、春已堪怜"之句。过拍"万绿"八字，则将乱后西湖残破景象全面写出。换头以下，更将家国兴亡之感咏叹一番。"当年燕子"用刘禹锡"旧时王谢堂前燕"诗意，见今昔盛衰。"韦曲"本在陕西长安皇子陂西，唐时诸韦聚居之地。"斜川"在江西，陶潜有正月五日《游斜川诗》，此以古地寓南北沦丧，故有"苔深""草暗"之语。"新愁也到鸥边"，仍归到游湖有感。"无心"二句正感伤之情绪。"飞花""啼鹃"，虽亦春晚之物候，实指故宫人及遗民之流落者，曰"怕见"，曰"怕听"，作者之哀思

①《张炎词研究》，第129—130页。

②《云韶集》，《词话丛编补编》（第3册），第1601页。

③端木埰《词选批注》，《词话丛编》（第2册），第1621页。

深矣。①

这种接近诗质的"类议论"使词体也具备了题跋的功能，晚宋大量出现题诗（卷）、题词（卷）、题画（卷）乃至文集的词作，张炎有近30首此类词作。常国武先生认为"最为沉痛"②的《思佳客·题周草窗〈武林旧事〉》就是周密笔记的题跋。录词如下：

梦里瞢腾说梦华，莺莺燕燕已天涯。蕉中覆处应无鹿，汉上从来不见花。　今古事，古今嗟，西湖流水响琵琶。铜驼烟雨栖芳草，休向江南问故家。

武林，因杭州武林山而成城市别称，《武林旧事》自拟为孟元老《东京梦华录》承载着北南宋的盛衰今昔之感："盛衰无常，年运既往，后之览者，能不兴忾我寤叹之悲乎！"③与孟元老"庶几开卷得睹当时之盛"④用意相同。《武林旧事》多载南宋望族鲜花着锦、烈火烹油、钟鸣鼎食的盛况。此书卷十还以较长篇幅转载张炎曾祖张镃《张约斋赏心乐事并序》《约斋桂隐百课》。《约斋桂隐百课》所载宅第富丽瑰侈、园林胜景已见前引。所引张炎题词也如江西诗作，言言皆有来历。所用典故有《列子·周穆王第三》："郑人有薪于野者，遇骇鹿，御而击之，毙之。恐人见之也，遽而藏诸隍中，覆之以蕉，不胜其喜。俄而遗其所藏之处，遂以为梦焉。"⑤写繁华如昨梦。又用雍陶《天津桥望春》句意："翠辇不来金殿闭，宫莺衔出上阳花。"暗寓南宋帝后北狩。又用王维《凝碧池》诗意，典出《雍录》（卷六）："凝碧池：在苑中。禄山乱，逆徒张乐燕于此，乐工雷海清不胜愤，掷乐器恸哭。王维陷贼，被拘僧寺，闻之为诗曰：'万户伤心生野烟，百官何日再朝天。秋槐叶落深宫里，凝碧池头奏管弦。'"⑥王鏊《震泽长语》（卷下）："'凝碧池头奏管弦'，不言亡国，而亡国之痛溢于言外。"⑦又用"铜驼荆棘"典写山河残破、世族败落。见《晋书·索靖传》："靖有先识远量，知天下将乱，指洛阳宫门铜驼，叹曰：'会

①《微睇室说词》，第262—263页。

②常国武《碧山、草窗、玉田三家词异同论》，《文学评论》1991年第4期。

③周密《武林旧事序》，《武林旧事》，第1页。

④孟元老《东京梦华录序》，《东京梦华录》，第2—3页。

⑤列御寇撰，张湛注《列子》，中华书局1985年，第41页。

⑥《雍录》，第135页。

⑦王鏊《震泽长语》，中华书局1985年，第30页。

见汝在荆棘中耳！'"末句与谢翱《梅花二首》(之一)同一用意:"春过江南问故家,孤根生梦半槎牙。"暗及张氏故园梅花,已见前引张镃《玉照堂梅品》。词中"故家"乃指世家大族。张炎作为曾经的"翩翩然飘阿锡之衣,乘纤离之马"的"承平故家贵游少年",披览父执辈即有交游的周密《武林旧事》所载张氏园林之盛而有怅然梦觉之悲凉,在亡国之悲中寓有家族盛衰今昔之感。词作没有直接议论,但通过景物描写对接历史事件,如凝碧池琵琶响彻西湖流水,荆棘中铜驼栖于湖畔烟雨芳草,以极大的时空跨度突显出景物的历史向度,兴亡之感不言而有深意,令人不胜唏嘘。

基于此,张炎词作也可与周密、仇远内容相近的诗作同题同感,进一步显示诗性品质。如《风入松》,题序曰:"题澄江《仙刻海山图》,或云《桃源图》。《夷坚志》云:七十二女仙,正合霓裳古曲。仇仁近一诗精妙详尽,余词不能工也。"指的是仇远《海上图澄江仙刻》诗。张词仇诗都对《桃源图》提出看法,进而通过玄宗游月宫归来所创"霓裳古曲"及杨贵妃故事,联系起月宫与仙山,典见《乐府诗集》卷五十六《霓裳羽衣曲》解题。诗词共同展示向往月宫、仙山的飞扬神骏,有苏轼"不知天上宫阙,今夕是何年"的清旷放达。另如张炎集中《风入松·为山村赋》与仇远《题高房山写山村图卷并序》、周密题《山村图》二诗,都是表达仇远欲为深隐的心声;《甘州·题曾心传藏温日观墨蒲萄画卷》,周密、曾遇也有相同题材的诗作。

张炎这种破体又能回归词之体性的创作,既是对《词源》意趣高远理论的证成,也引导和推进了晚宋词融会诗质的集体转型。唱和词选《乐府补题》最为显例。据前引夏谱,《乐府补题》五咏(龙涎香、白莲、莼、蝉、蟹)写于祥兴二年己卯(1279),与元僧发掘宋六陵事相关。选集记载了5次同调同题但非次韵的集体唱和活动,以张炎、周密、王沂孙为例,张炎参加了1次,周密参加了3次、王沂孙参加了4次:共9人参加《水龙吟·浮翠山房拟赋白莲》,得词10首,张炎1首,周密1首,王沂孙2首。共8人参加《齐天乐·余闲书院拟赋蝉》,得词10首,周密1首,王沂孙2首。共8人参加《天香·宛委山房拟赋龙涎香》,得词8首,周密1首,王沂孙1首。共5人参加《摸鱼儿·紫云山房拟赋莼》,得词5首,王沂孙1首。明清之际遗民陈维崧对此选有深刻的理解:

> 皋亭雨黑,旗摇犀弩之城;葛岭烟青,箭满锦衣之巷。则有临平故

老，天水王孙。无聊而别署漫郎，有谓而竟成逋客。飘零孰恤，自放于酒旗歌扇之间；惆怅畴依，相逢于僧寺倡楼之际。盘中烛灺，间有狂言；帐底香焦，时而谰语。援微词而通志，倚小令以成声。此则飞卿丽句，不过开元宫女之闲谈，至于崇祚新编，大都才老《梦华》之轶事也。[①]

张宏生先生解释说："就内涵言，则就如安史乱后，'白头宫女在，闲坐说玄宗'；亦如宋室南渡，孟元老写有《东京梦华录》，感慨前尘如梦，都是'援微词而通志'。"[②]《乐府补题》也是在赋咏当朝今史的过程中蕴含微言大义。张炎虽然仅参与一次赋咏白莲（已见前引《水龙吟》），但张炎词论及词作对晚宋咏物有重要示范。录王沂孙咏蝉名篇《齐天乐》如下：

一襟余恨宫魂断，年年翠阴庭树。乍咽凉柯，还移暗叶，重把离愁深诉。西窗过雨。怪瑶佩流空，玉筝调柱。镜暗妆残，为谁娇鬓尚如许。　　铜仙铅泪似洗，叹携盘去远，难贮零露。病翼惊秋，枯形阅世，消得斜阳几度。余音更苦。甚独抱清高，顿成凄楚。谩想薰风，柳丝千万缕。

前引夏谱谓"大抵龙涎香、莼、蟹以指宋帝，蝉与白莲则托喻后妃"，又曰："《杂识》又记一村翁于孟后陵得一髻，发长六尺余，其色绀碧。谢翱为作《古钗叹》。有云'白烟泪湿樵叟来，拾得慈献陵中髻。青长七色光照地，发下宛转金钗二。'此赋蝉十词九用鬟鬓字之本事也。（魏文帝宫人莫琼树，制蝉鬓，缥缈如蝉翼，见《古今注》。）"[③]周密同调唱和词有"故苑愁深，危弦调苦，前梦蜕痕枯叶"之句，写蝉鸣如清商悲音，蝉蜕如繁华昨梦之一缕枯痕，读之能知其言外之意。王词以秋蝉病翼枯形阅世，喻写遗民对前朝的执着萦怀。词中"斜阳"仍是宋季词中有意味的象征符号。这也是南宋咏物词以感性之情融入理性之志的共同取向。然而，也正因为词体内容厚重化倾向，清朝词学能入不能出，出现了过度阐释的问题。

在晚宋词人中，王沂孙参加背景明晰的山阴五咏次数最多，词集中咏物之作又占存存词一半以上，而且词旨恍惝迷离；后人多归类于赋咏当朝

①陈维崧《乐府补题序》，《陈维崧集》，第401页。

②张宏生《清初"词史"观念的确立与建构》，《南京大学学报》2008年第1期。

③《乐府补题考》，《夏承焘集》（第1册），第375页。

今史的篇什。缘此,王沂孙被常州词派推崇为宋词四大家(周邦彦、辛弃疾、吴文英、王沂孙)之一,他的词作特别是咏物词被一字一句地坐实于“寄托”。之后,有论者循此路数,进行了言过其实的阐扬。如端木埰笺评上引王沂孙词:

> 详味词意,殆亦碧山黍离之悲也。首句“宫魂”字点清命意。“乍咽”“还移”,慨播迁也。“西窗”三句伤敌骑暂退,宴安如故也。“镜暗妆残”,残破满眼。“为谁”句指当日修容饰貌,侧媚依然;衰世臣主,全无心肝,真千古一辙也。“铜仙”三句伤宗器重宝均被迁夺北去也。“病翼”三句更是痛哭流涕,大声疾呼,言海徼栖流,断不能久也。“余音”三句遗臣孤愤,哀怨难论也。“漫想熏风,柳丝千万”,责诸人当此,尚安危利灾,视若全盛也。语意明显,凄婉至不忍卒读。①

常州派这种以宋学为底蕴的说词方法值得商榷,第七章中有详细辨析,此不赘述。

(二)体定势成矜式后世

张炎词思想与艺术都取得相当高的成就,作为宋词殿军地位无人能够撼动。陈廷焯说:“两宋词人玉田多所议论,其所自著,亦可收南宋之终。”②莲僧题江昱《山中白云疏证》:“赵家天破无完垒,日暮伤心作殿军。”谢桃坊、程千帆也各有论断:“可以认为张炎是宋代最后一位词人,也是宋词的光辉结束者。”“张炎的出现,扩大了姜夔的影响,不愧为宋词三百年发展的最后殿军。”③

如前所论,张炎作为宋词殿军标志在于使词体进一步兼容诗质,又在最大程度回归词体本身的内质,以独特的形式承载起家国兴亡等重大主题,这一对词质的发扬光大,使之可以当之无愧地与诗歌并传,成为中国文学史的并峙双峰。词体经过周邦彦、姜夔两宋大宗之后,至张炎取长补短、总其大成,别是一家的词体最终完成了李清照《词论》所谓协律、高雅、浑成、铺叙、典重、尚故实的理论提升,形成基本固定的词学法度与美学规范,虽然与诗合流但却是有鲜明体性特征的一代之文学,词体由此体定而

①端木埰《词选批注》,《词话丛编》(第2册),第1621页。
②《白雨斋词话》,第48页。
③《两宋文学史》,第443—444页。

势成。

郑思肖评张炎词“能令后三十年西湖锦绣山水，犹生清响，不容半点新愁飞到游人眉睫之上，自生一种欢喜痛快”，其实也指出了其词音乐集成两宋的性质，可以《满江红》词调为例。周邦彦有仄韵《满江红》，宫调注为“仙吕”，词曰：

> 昼日移阴，揽衣起、春帷睡足。临宝鉴、绿云撩乱，未忺妆束。蝶粉蜂黄都褪了，枕痕一线红生肉。背画栏、脉脉悄无言，寻棋局。　重会面，犹未卜。无限事，萦心曲。想秦筝依旧，尚鸣金屋。芳草连天迷远望，宝香薰被成孤宿。最苦是、蝴蝶满园飞，无人扑。

姜夔平韵《满江红》题序及词曰：

> 《满江红》旧调用仄韵，多不协律。如末句云“无心扑”三字，歌者将“心”字融入去声，方谐音律。予欲以平韵为之，久不能成。因泛巢湖，闻远岸箫鼓声。问之舟师，云：居人为此湖神姥寿也。予因祝曰：得一席风径至居巢，当以平韵《满江红》为迎送神曲。言讫，风与笔俱驶，顷刻而成。末句云“闻佩环”，则协律矣。……有客来自居巢云：土人祠姥，辄能歌此词。
>
> 仙姥来时，正一望、千顷翠澜。旌旗共、乱云俱下，依约前山。命驾群龙金作轭，相从诸娣玉为冠。向夜深、风定悄无人，闻佩环。　神奇处，君试看。奠淮右，阻江南。遣六丁雷电，别守东关。却笑英雄无好手，一篙春水走曹瞒。又怎知、人在小红楼，帘影间。

仄韵《满江红》始自柳永，姜夔之后，分为平韵、仄韵两种形式。《词谱》（卷二十二）：“此调有仄韵、平韵两体。仄韵词，宋人填者最多，其体不一。今以柳词为正体，其余各以类列。《乐章集》注仙吕调，元高拭词注南吕调。平韵词，只有姜词一体，宋元人俱如此填。”①可见仄韵流行于宋朝，平韵在宋元之际传播更广，但后者在姜夔身后不久就已经可诵而不可歌。刘克庄《后村诗话》“此阕甚佳，惜无人能歌之者”②，即可证明这一点。说明此调虽然作为送神曲在巢湖一带流行，但在姜夔去世不久，歌调也已经失传。《词

①《钦定词谱》（第3册），第1505页。

②《后村诗话》，第92页。

谱》作为正体的柳词前后结句与周词平仄相同："遣行客、当此念回程，伤漂泊。""归去来、一曲仲宣吟，从军乐。"而前述据毛幵、强焕、吴文英、张炎等人记载，南宋乃至入元后，西楼南瓦、溧水县官妓、吴江小妓、杭妓沈梅娇等皆能歌清真词，甚至张炎也能歌唱周词，周词仄韵仙吕调《满江红》当在可唱之列。姜夔谓其"多不协律"，应是大晟乐与张镃行在谱子（章首一字是某调，章尾只以某调终之）的音乐系统参差有别。张炎与姜夔隶属同一个音乐流派，但他却不拘门派，集中《满江红》有平韵、仄韵两种形式。各录一首如下：

《满江红·韫玉，传奇推吴中子弟为第一流。所谓识拍、道字、正声、清韵、不狂，俱得之矣。作平声〈满江红〉赠之》：傅粉何郎，比玉树、琼枝谩夸。看生子、东涂西抹，笑语浮华。蝴蝶一生花里活，似花还似恐非花。最可人、娇艳正芳年，如破瓜。　离别恨，生叹嗟。欢情事，起喧哗。听歌喉清润，片玉无瑕。洗尽人间笙笛耳，赏音多向五侯家。好思量、都在步莲中，裙翠遮。

《满江红·澄江会复初李尹》：江上相逢，更秉烛、浑疑梦里。寂寞久、瑟弦尘断，为君重理。紫绶金章都莫问，醉中聊送揶揄鬼。看满头、白雪恐难消，春风起。　云一片，身千里。漂泊地，东西水。叹十年不见，我生能几。慷慨悲歌惊泪落，古人未必皆如此。想今人、愁似古人多，如何是。

前首中的"韫玉"，应是张炎赠词对象装旦男子的艺名。与周密《武林旧事》卷四"装旦吴子贵"①属一流人物，这是宋元戏曲男扮女装的搬演生态。子弟，指教坊男性艺人，泛称由"俏郎君"而"妆旦色"的男子。传奇，这里代指南戏前身戏文或永嘉杂剧。现代戏曲家王染野解释张炎前首题序："所谓识拍，是指演员能唱得准谱，亦即符合节拍，也就是板眼准；所谓道字，是指唱时的咬字；所谓正声，是指唱时讲究律正声，所谓清韵是指合韵而又美听，所谓不狂，是指唱、念、做都有分寸，并不过火。总之，这一切都是指演员的演唱而言的。"②此首词不仅用平韵，整首词也以平声为主，舒缓

①《武林旧事》，第63页。

②王染野《曲海寻踪——吴地宋元明清几位戏曲家演艺、作品之杂考》，《苏州科技学院学报》（社会科学版）2006年第1期。

悠扬,回互荡漾,有串珠片玉、清脆温润之美,与所赠对象纯熟的演技非常贴切。

后首赠江阴令尹李复初,词中“十年不见”,应指至元二十七年(1290)再次北游之后。前考张炎初游江阴在大德五年(1301)、大德六年(1302),正是李复初尹江阴时,此年张炎五十四或五十五岁,与满头白雪的形象相符。所用典故见《世说新语》“襄阳罗友有大韵”条,刘孝标注引《晋阳秋》:“友字宅仁,襄阳人。少好学,不持节俭。……始仕荆州,后在温府。以家穷乞禄。温虽以才学遇之,而谓其诞肆,非治民才,许而不用。后同府人有得郡者,温为席起别,友至尤晚。问之,友答曰:‘民性饮道嗜味,昨奉教旨,乃是首旦出门,于中路逢一鬼,大见揶揄云:“我只见汝送人作郡,何以不见人送汝作郡?”民始怖终惭,回还以解,不觉成淹缓之罪。’温虽笑其滑稽,而心颇惭焉。后以为襄阳太守。’”①紫绶金章,此指高级官员的印组及铜印。词作借李复初在元朝仕途不得意,暗含“犀绕鱼悬事已非”(《腰带水》)的家国悲情,因而用激越急促的仄韵仄声,抒发前朝贵盛家族的没落,内蕴拗怒之气。

前文已经屡次论及张炎的铺叙已经固化为头如何起,尾如何结,如何在过片时承上接下,如何卒章显志的格式,其尚故实,也在“用事不为事所使”原则指导下,语典、事典成为立意翻新的津梁,高雅、典重、浑成等作为江西诗质的精髓,也已内化为融合诗美的词体本质。正因为张炎有《词源》理论阐述,作词也形成了可以依据的定法。词体经过元朝、明朝式微之后,在词学复兴的清朝再次崛起,张炎作为宋词殿军在结束一个时代后,承担起开创词体新时代的文化担当。词之为学,词之尊体,薪火相传,一脉长存,张炎功莫大焉。

前引晚宋论者称赞张炎词去取两宋著名词人之短长,《词旨》专列张炎,引录句例居全篇之首,都表明张炎在入元之后,已然有跃居姜夔之上的势头,至清朝前期浙西词派主盟词坛时达到高峰。朱彝尊《静惕堂词序》称扬曹溶重视宋版词集时提及清初词坛的一时风气:“数十年来,浙西填词者家白石而户玉田,春容大雅,风气之变,实由先生。”②朱彝尊《解佩令·自题词集》:“十年磨剑,五陵结客,把平生、涕泪都飘尽。老去填词,一半是,空

①《〈世说新语〉校笺》(下册),第405页。

②朱彝尊《静惕堂词序》,陈乃乾辑《清名家词》(第一卷),上海书店1982年,《静惕堂词》第1页。

中传恨。几曾围、燕钗蝉鬓。 不师秦七，不师黄九，倚新声、玉田差近。落拓江湖，且分付、歌筵红粉。料封侯、白头无分。”总结在词坛宗风笼罩下，创作者对于张炎，是景仰其人、传承其词。上阕“十年”四句是说作为前朝遗少，与张炎有大致相同的飘零经历，“老去”五句，表明所作词有清空之气，看似闺情的描述多有身世寄寓。下阕意思是不效法黄庭坚与秦观等北宋词手，而是因为具备相同的身世命运之感，所以体味并呈现的是南宋张炎词风。当然，这主要是词学法度与艺术气质的总体相似。舒梦兰《白香词谱》（卷四）：“吴子律云：竹垞自云：‘倚新声，玉田差近。’其实玉田词疏，竹垞词谨严；玉田词淡，竹垞词精致，殊不相类。窃谓小长芦撷有南宋人之胜，而其圆转浏亮，应得力于乐笑翁耳。”[①]（孙按：朱彝尊，字锡鬯，号竹垞，晚号小长芦钓鱼师，又号金风亭长）然则竹垞类玉田生者，是指男女相爱情怀的清空指向，也即与张炎情词的本质相通。

冒广生曾载朱氏词集本事：“世传竹垞《风怀二百韵》为其妻妹作，其实《静志居琴趣》一卷，皆《风怀》注脚也。竹垞年十七，娶于冯。冯孺人名福贞，字海媛，少竹垞一岁。冯夫人之妹名寿常，字静志，少竹垞七岁。曩闻外祖周季贶先生言：十五六年前，曾见太仓某家藏一簪，簪刻‘寿常’二字，因悟《洞仙歌》词云：‘金簪二寸短，留结殷勤，铸就偏名有谁认？’盖真有本事也。”[②]实际上，朱彝尊情词即便确有本事，却并非与妻妹相恋之事能够囊括，显例便是被况周颐列为清朝第一的《桂殿秋》[③]：“思往事，渡江干，青娥低映越山看。共眠一舸听秋雨，小簟轻衾各自寒。”此词与前文引述张炎赠陆辅之家姬卿卿的《清平乐》，赠苏氏柳儿《淡黄柳》《虞美人》相同，都能清空骚雅，“即小见大”地承载身世命运之感，朱氏“老去填词，一半是，空中传恨。几曾围、燕钗蝉鬓”的自述可为印证。

再如咏物词，张炎有《丑奴儿·子母猿》、朱彝尊有《雪狮儿·钱葆馚舍人书咏猫词索和赋得三首》（之一），涉及北宋著名画家易元吉笔下猿或猫，张炎词已见前引，录朱彝尊词如下：

> 吴盐几两，聘取狸奴，浴蚕时候。锦带无痕，搦絮堆绵生就。诗人

---

①舒梦兰辑，谢朝征笺，柳淇校订《〈白香词谱〉笺》，中华书局1981年，第187页。

②冒广生《小三吾亭词话》，《词话丛编》（第5册），第4711页。

③况周颐《蕙风词话》（卷五）：“或问国初词人，当以谁氏为冠？再三审度，举金风亭长对。问佳构奚若？举《捣练子》云（词略）。”《蕙风词话·广蕙风词话》，第95页。《捣练子》与《桂殿秋》同调异名。

黄九。也不惜、买鱼穿柳。偏爱住、戎葵石畔，牡丹花后。　　午梦初回晴昼。敛双睛乍竖，困眠还又。惊起藤墩，子母相持良久。鹦哥来否。惹几度、春阑停绣。重帘逗。便请炉边叉手。

前说易元吉有《子母戏猿图》，张词所用典顺序如后：孔稚珪《北山移文》、刘挚《易元吉画猿》、杜甫《猿》、李白《游秋浦白笴陂二首》（之一）、易静《白猿奇书兵法杂占彖词》。朱词自注出典："吴俗以盐易猫，故陆务观诗有'裹盐迎得小狸奴'之句。锦带，猫名。见《妆楼志》。黄庭坚《乞猫诗》：'闻道狸奴将数子，买鱼穿柳聘衔蝉。'李璜《送猫诗》：'衔蝉毛色白胜酥，搦絮堆绵亦不如'，又'家家入雪白于霜，更有倚鞍似闹装。便请炉边叉手坐，从教鼠子自跳梁。'何尊师有《戎葵太湖石猫图》，赵昌、黄荃、徐熙、崔白俱有《牡丹戏猫图》，易元吉有《藤墪戏猫图》，又，《子母猫图》，唐宋画家多有之。"[①]骚雅典重，结句提升全词意境，符合《词源》"收纵联密，用事合题""一段意思，全在结句"的咏物原则。

吴熊和先生说"浙派词人虽以姜夔为宗，然实近姜夔者少，而近张炎者多，这一点也颇堪注意"。以《山中白云词》为集句对象，也是一种清人极端崇拜张炎的文学现象。如浙西后劲厉鹗高足江昉《高阳台·上巳红桥迟素兰不至，集〈山中白云〉词句》："花引春来，山邀云去。烟波自有闲人。独立东风，轻衫厌扑游尘。趁香随粉都行遍，细看来、不似桃根。舣孤篷，莺柳烟堤，流水中分。　　芳心　点谁分付，料因循误了、临水湔裙。油壁相连，几回错认梨云。妆楼何处寻樊素，望中迷、花密藏春。黯销凝，南浦歌阑，箫鼓黄昏。"学习张炎已经蔚成时代风气，可见其影响力之深远。

张炎词的艺术风格与词史地位，清人多以姜夔、张炎并称，如江昱《山中白云词疏证序》："词自白石后，惟玉田不愧大宗，而用意之密，适肖题分，尤称极诣。"陈撰序疏证亦曰："（江昱）每谓词莫尚于南宋景、淳、德祐间，要以白石为宗主，其嗣白石起者，无逾于玉田《白云》一集，可按而知也"（以上两条皆见前引）。王昶称姜张诸作"其幽洁妍靓，如昔人所云水仙数萼、冰梅半树"[②]，可谓善于形容。陈廷焯以词品推见人品："玉田词亦是取法白石

①《曝书亭集》（上册），第369页。

②王昶《红豆树馆词序》，《春融堂集》，第739页。

而风度高超，襟期旷远，不独入白石之室，几欲与之相颉颃。两宋作者，前推方回、清真，后推白石、梅溪。余谓玉田词可上继清真，近追白石，出同时诸君之右，梅溪、竹屋似仍让此君一步。玉田词骨韵之高，所不待言，而一种萧疏放荡、幽深玄远之怀，又可以占其人品。”（已见前引）

张炎词艺术风格与其词有可以遵循的法度密不可分，这也是张词与姜词的差异所在。清绥手批《绝妙好词》中姜夔《琵琶仙》（双桨来时）：“此词笔法尤为遒拔，而其用意之巧至，使人看不出登峰造极，后世就不可登造，而竟不能登造矣。”“扇约飞花，思与榆荚，柳为起舞，巧乎不巧，所谓不巧之巧，愈巧也太难。”又引许穆堂语：“清挺拔俗，后人难于学步。”①可见姜词法度尚无明显登堂入室的可循之迹。就张炎词史地位而言，虽然词学大家对张炎有宋词殿军的历史定位，但迄止目前尚缺少具体论证，有的论文虽然论及张炎词史地位的升降，但论述主体是清代词学建构。笔者认为，鉴于张炎创作是《词源》的实践范本，其词清空骚雅的审美规范、与诗合流的豪放之致等等，都是以符合词学理论规范的独特风貌在词史占有一席之地。在更为宏通学术视野中，张炎词史地位也是在多维向度中形成：在晚宋词学渐重南宋特别是晚宋的文学思潮中，张炎词在宋元词坛的唱和语境中发挥着实际的引领作用，也有效遏制了宋词大雅滑向元词大俗，并且推进了词体在辨明体式前提下，以破为立的集体转型，以及体定势成之后对后世特别是清词产生了巨大影响。

以清朝为例，张炎词风及词学，持续助成清词在宋词之后再度成为词作经典。沙先一、张宏生等先生认为清词经典化最为重要的原因是题材的扩大与延伸：“一直以来，词被视为‘小道’‘艳科’，题材被规定在对男女之情的描写上，并积淀为一种集体无意识长期延续下来，两宋即使有苏轼、辛弃疾等的开拓，扩大词的表现领域，但大多仍然严守诗词的边界与分际。到了清代，词的题材得到了前所未有的拓展，以往由诗歌等承担的题材，也多被清人纳入词中。”②他们把清词扩大题材分为四点：关心民瘼成为自觉意识，反映重大社会事件成为常态，呈现时代精神表达忧患意识更为深广，咏物题材更为开阔。因此得出结论：“清代词学的一大贡献是尊体，其重要

①清绥手批会稽章氏重刊本《绝妙好词》（残本，今藏上海图书馆），第一册第二卷第3页。

②沙先一、张宏生《论清词的经典化》，《中国社会科学》2013年第12期。

途径是向诗学靠拢，旨在打破诗词畛域，指出向上一路。”[①]通过以上六章对张炎的论述可以看到，从本质上说，这些题材特别是诗学取向，已经是张炎及晚宋词人的创作自觉，张炎的孤雁词、春水词就是因为记录时代苦难、表达行芳志洁的风范而流传当时。这也是张炎作为宋词殿军结束旧时代开启新时代的本质所在。

①沙先一、张宏生《论清词的经典化》，《中国社会科学》2013年第12期。

第七章　清代张炎接受的深刻歧异与理论渊薮

前说刘庆云、徐文武、黄浩然、莫崇毅等学者的论文已经从不同视角较为透彻地论及张炎词学词风的影响与接受，本章将转换视角，别辟蹊径，探讨清代浙西词派与常州词派对晚宋特别是张炎词风的臧否判然有别的理论渊源，尝试从研究两派理论歧异的现象转而为探索产生歧异的内在原因。

清代词论在新的历史语境下推尊宗主发生从姜夔（包括张炎）到周邦彦（包括辛弃疾、王沂孙、吴文英）的转移，其理论起点皆在晚宋词学，即沈义父《乐府指迷》、张炎《词源》。正如蔡嵩云所说："降及清初，浙派词人，家白石而户玉田，以清空骚雅为归，其实即宋末张炎所主张之词派。迄清中叶，常州派兴，又尊清真而薄姜张，以深美闳约为旨，其流风至今未替。实则清真词派，在南宋末年，沈氏早倡导于前，特见仁见智，古今人微有不同耳。"[①]刘永济认为张炎友人仇远所论是浙西理论的肇端："故清初浙派词人，以姜、张并称。仇远之论，已发其端。"[②]又说："清空之论，发自玉田，至秀水朱竹垞氏病清初词人专奉《草堂》，乃选《词综》，以退《草堂》而崇姜、张，以清空雅正为主，风气为之一变，是曰浙派。及毗陵张皋文氏出，复以微婉相高，以求当言外意内之旨；其后周止庵氏益推阐之，退姜、张而进辛、王，尊梦窗而祖美成，风气又为之一变，是曰毗陵派。"[③]毗陵，常州古称。常州派所谓"言外意内之旨"其实也源自张炎另一位友人陆文圭对张炎词卷词论的序跋，以"意内而言外"感叹张词中悲悯王孙故态、感念歌者新声的"言外之意"。浙西派尊崇姜夔、张炎，常州派尊崇周邦彦、吴文英，两派之间的深刻歧异，除了立足的理论起点发生转移，清代治经方法不同是极为重要的内因，但一直以来却被词学界所忽略。

---

①蔡嵩云《乐府指迷笺释引言》，《乐府指迷笺释》，第41页。

②《微睇室说词》，第262页。

③刘永济《词论》，第65页。

从治学方法看，浙西词派以汉学为根基，常州词派以宋学为底蕴；与汉学重视考据训诂相比，宋学着重探究形上之义理：重视“过去的现存性”[①]，这是对传统经典的当代阐释。但究其本质，正如陈少明所说：“汉学擅考据，宋学精义理，各有所长。宋学与汉学是经典研究中追寻意义的两种方法，两者都力求揭示蕴含在经典文本中的义理。汉学重训诂不仅有助于思想史的还原，还可以提供一条不同于宋学的探索义理之路。……汉学是借助字义澄清义理，宋学是透过语义构思义理；汉学是对思想源头的挖掘，宋学则是思想景观的构筑。”[②]下面主要分析浙西、常州二派因汉学或宋学的立场不同对于治词特别是张炎词及词学产生“鸿沟”的理论渊薮。

第一节　浙西词派的理论起点与汉学根基

明代初期，唐宋选本《花间集》《草堂诗余》蔚然盛行，余风扇扬，影响深远，当朝有“《草堂》之草，岁岁吹青；《花间》之花，年年逞艳”[③]之语。浙西诸家对明代以来调乖语俗痛下针砭，《词综·发凡》指出：“明初作手若杨孟载、高季迪、刘伯温辈，皆温雅芊丽，咀宫含商。李昌祺、王达善、瞿宗吉之流，亦能接武至钱唐。马浩澜以词名东南，陈言秽语、俗气熏入骨髓，殆不可医。周白川、夏公谨诸老间有硬语，杨用修、王元美，则强作解事，均与乐章未谐。”[④]王昶《明词综序》亦曰：“永乐以后，南宋诸名家词，皆不显于世，惟《花间》《草堂》诸集盛行。至于杨用修、王元美诸公，小令、中调颇有可取，而长调则均杂于俚俗矣。”[⑤]杨用修、王元美是明代著名文学家杨慎、王世贞。明末清初云间词派尊崇晚唐北宋，“其于词亦不欲涉南宋一笔”[⑥]，与明代风气相仍。稍后，广陵词派略微显示出推崇南宋的迹象，与前述晚宋词学特别是张炎《词源》、陆辅之《词旨》、周密词选《绝妙好词》推重南宋的倾

①T.S.艾略特著，卞之琳译《传统与个人才能》，高建平、丁国旗主编《从唯美主义到意识流》，安徽文艺出版社2014年，第181页。

②陈少明《由训诂通义理：以戴震、章太炎等人为线索论清代汉学的哲学方法》，《中国社会科学》2018年第7期。

③《词苑萃编》引徐士俊（野君）语，《词话丛编》（第2册），第1940页。

④《词综·发凡》，《词综》，第14页。

⑤王昶辑《明词综》，商务印书馆1938年，第1页。

⑥《花草蒙拾》，《词话丛编》（第1册），第685页。

向渐趋一致。如刘体仁、邹祗谟并举两宋词家："至宋则极盛，周、张、柳、康，蔚然大家。至姜白石、史邦卿，则如唐之中。"①"揆诸北宋，家习谐声，人工绮语。……至于南宋诸家，蒋、史、姜、吴，警迈瑰奇，穷姿构彩。"②广陵领军人物王士祯则已放南宋词家出一头地："宋南渡后，梅溪、白石、竹屋、梦窗诸子，极妍尽态，反有秦、李未到者。虽神韵天然处或减，要自令人有观止之叹。"③王士祯甚至关注到《词旨》所论与所引之句："前辈谓史梅溪之句法，吴梦窗之字面，固是确论。尤须雕组而不失天然，如'绿肥红瘦''宠柳娇花'，人工天巧，可称绝唱。"④

前已论述晚宋时慢词制作法度已成，这是张炎总结的要诀之一："作慢词，看是甚题目，先择曲名，然后命意。命意既了，思量头如何起，尾如何结，方始选韵，而后述曲。"邹祗谟指出南宋长调胜出北宋周邦彦、极尽变化之能事，正是对晚宋词学的慢词制度之法的遥相认同：

> 盖词至长调而变已极。南宋诸家凡以偏师取胜者无不以此见长。而梅溪、白石、竹山、梦窗诸家，丽情密藻，尽态极妍。要其瑰琢处，无不有蛇灰蚓线之妙，则所云一气流贯也。……清真乐章，以短调行长调，故滔滔莽莽处，如唐初四杰作七古，嫌其不能尽变。至姜、史、高、吴，而融篇、炼句、琢字之法，无一不备。⑤

广陵词派评南宋诸家"尽态极妍"以及南宋尽变长调、法度全备等观点，是浙西词派"词至南宋始极其工，至宋季而始极其变"观点形成的必要铺垫。朱彝尊所谓慢词师法南宋的观点也得自广陵词派："窃谓南唐北宋，惟小令为工，若慢词，至南宋始极其变。"⑥"小令宜师北宋，慢词宜师南宋。"⑦"予尝持论，谓小令当法汴京以前，慢词则取诸南渡。"⑧在创作层面，也开始以南宋为旨归："夫词自宋元以后，明三百年，无擅场者，排之以硬

---

①刘体仁《七颂堂词绎》，《词话丛编》（第1册），第618页。

②邹祗谟《倚声初集序》，邹祗谟、王士禛选编《倚声初集》，清顺治十七年（1660）大冶堂刻本，序第3—4页。

③《花草蒙拾》，《词话丛编》（第1册），第682页。

④同上书，第683页。

⑤《远志斋词衷》，《词话丛编》（第1册），第650—651页。

⑥朱彝尊《书东田词卷后》，《曝书亭集》（下册），第630页。

⑦朱彝尊《鱼计庄词序》，《曝书亭集》（上册），第490页。

⑧朱彝尊《水村琴趣序》，同上书，第491页。

语，每与调乖；窜之以新腔，难与谱合。至于崇祯之末，始具其体，今则家有其集。盖时至而风会使然，特工如（魏）孝廉者不可多得。然则孝廉之词，力追南渡作者，虽由其才，亦遇其时，夫然而后工也。”①显而易见，浙西词派词风所宗是在晚宋词学特别是张炎《词源》基础上的拓新。前期浙西词人虽然并不能进入汉学师承的谱系，但在治词过程中所遵从的“正文字、辨音读、释训诂、通传注”②的原则明显属于汉学方法。

值得注意的是，此派编纂《词综》，笺释《绝妙好词》不仅反映出对晚宋词学的重视，也可以看出清朝词人日益自觉的以词存史意识。浙派六家及同调多为遗民，是晚宋词人的异代知音，他们最能理解词学理论与创作中“清空”对思想意趣的提升，能使词体成为承载时代苦难的特殊文本。这也是朱彝尊以南宋遗民集体唱和选本《乐府补题》为有“身世之感，别有凄然言外者”的内在原因。

一　浙西前期《词综》坚守词统

浙西词派与广陵词人同出其时而稍晚兴起，朱彝尊、李良年、沈皞日、李符、沈岸登、龚翔麟号称浙西六家③。浙西词派并非尽以地域为限，也用以泛称艺术风格相近的词坛同道，朱彝尊指出：“夫浙之词，岂得以六家限哉！十年以来，其年、容若、谡园相继奄逝，同调日寡，偶一间作，亦不能如向者之专且勤矣！休宁戴生锜，侨居长水，从予游。其为词，务去陈言，谢朝华而启夕秀，盖兼夫南北宋而擅场也。在昔鄱阳姜石帚、张东泽，弁阳周草窗，西秦张玉田，咸非浙产，然言浙词者必称焉。是则浙词之盛，亦由侨居者为之助。”④就是引陈维崧、纳兰容若、高层云等词人为浙西同调。

清初浙西词派的批评理论发生从推尊晚唐、北宋到崇奉南宋特别是晚宋的变化，其建立大纛的理论起点是《词源》。缘于此，《词源》极力推举的姜夔乃至张炎本人的词学、词作成为创作典范。朱彝尊序曹溶《静惕堂词》：“往者明三百祀，词学失传，先生搜辑遗集，余曾表而出之。数十年来，

①朱彝尊《水村琴趣序》，《曝书亭集》（上册），第491页。

②王鸣盛《十七史商榷序》，王鸣盛《十七史商榷》，商务印书馆1937年，第1页。

③康熙十八年（1679），龚翔麟将朱彝尊《江湖载酒集》三卷、李良年《秋锦山房词》一卷、沈皞日《柘西精舍词》一卷、李符《耒边词》二卷、沈岸登《黑蝶斋词》一卷、龚翔麟《红藕庄词》三卷合刻为《浙西六家词》。

④朱彝尊《鱼计庄词序》，《曝书亭集》（上册），第490页。

浙西填词者家白石而户玉田，春容大雅，风气之变，实由先生。”[①]曹溶、朱彝尊之后，浙派传人厉鹗、郭麐大畅其风，姜夔、张炎的宗主地位无人能撼。蒋敦复《芬陀利室词话》（卷一）：“浙派词，竹垞开其端，樊榭振其绪，频伽畅其风，皆奉石帚、玉田为圭臬，不肯进入北宋人一步，况唐人乎？”[②]厉鹗、郭麐、江昱、王昶从不同方面传承了浙派宗风。厉鹗与查为仁笺释南宋精粹词选《绝妙好词》（简称厉笺），郭麐、王昶共同推扬了朱彝尊开创的、可以比肩南宋词坛的彬彬之盛：“本朝词人，以竹垞为至，一废《草堂》之陋，首阐白石之风。”[③]“国朝词人辈出，其始犹沿明之旧。及竹垞太史《词综》斥淫哇，删浮俗，取宋季姜夔、张炎诸词以为规范，由是江浙词人继之，蔚然跻于南宋之盛。”[④]以浙西宗主朱彝尊为代表，浙西词人往往兼有经学家身份，这与当时治经之风盛行一时关系密切，此派的治经方法不期然而然地成为治学乃至治词的根基。

浙西派治经方法以汉学（重考据、重名物训诂，又称经古文学派）为根基，朱彝尊有《经义考》三百卷，学术指向表现为贬抑宋学、褒扬汉学：

> 汉之经师用力勤而训义艰，有功于经大矣。而又兢兢各守其师说，遇文有错互，一字一句不敢移易，其尊经也至，莫有侮圣人之言者，平心以揆之，汉人亦何罪之有？乃宋人之论，谓诗因序而亡，经因穷而绝，至以训诂之害，等于秦火之燔，毋乃过与？呜呼！帖括盛而经义微，语录多而经义少。于是孔子之庑配食祧汉而跻宋，说经者退而高谈性命者始得进矣。[⑤]

朱氏治学也以汉学为根柢，四库馆臣比之于清初朴学大儒顾炎武、阎若璩：“博识多闻，学有根柢，复与顾炎武、阎若璩颉颃上下。凡所撰述，具有本原。”[⑥]潘耒《朱竹垞文集序》亦曰：“竹垞之学，邃于经，淹于史，贯穿于诸子百家。凡天下有字之书，无弗披览；坠闻逸事，无弗记忆。蕴蓄宏深，

①朱彝尊《静惕堂词序》，《清名家词》（第一卷），《静惕堂词》第1页。

②蒋敦复《芬陀利室词话》，《词话丛编》（第4册），第3636页。

③《灵芬馆词话》，《词话丛编》（第2册），第1503页。

④王昶《姚茝汀词雅序》，《春融堂集》，第740页。

⑤朱彝尊撰，林庆彰、蒋秋华等主编《经义考新校》（第10册），上海古籍出版社2010年，第5392—5393页。

⑥《四库全书〈经义考〉提要》，《四库全书总目》（上册），第732页。

搜罗繁富，析理论事，考古证今，元元本本，精详确当，发前人所未见之隐，剖千古不决之疑。”①浙派汉学解经方法在词学领域中的运用，主要表现在注重体例的传承与创新，由知其人而论其词。

（一）校勘创例词韵从古

从《词综》编选与《山中白云词》的校辑刊刻，能够看出浙西词派“正文字、辨音读、释训诂、通传注”的汉学立场与小学功底。大型词选《词综》是浙派拔旗建纛的通代选本，由朱彝尊、汪森亲操选政，辑录唐、五代、宋、金、元人词而成。康熙十七年（1678）汪氏裘杼楼刊刻，是为三十卷本。汪森增订六卷，康熙三十年（1691）裘杼楼增刻，是为三十六卷本。署为：秀水朱彝尊抄撮、休宁汪森增定、嘉善柯崇朴编次、嘉兴周篔辨讹。在清代历史背景下，浙派治词带上了汉学解经的烙印，表现在两个方面：一是《词综》搜罗词人版本，加以校勘、辑佚、考证，并创制词人小传体例；二是校勘张炎《山中白云词》广立异证对于词籍校勘学有开山之功。

首先，《词综》在搜罗词人版本，并加以校勘、辑佚、考证以及创制词人小传体例等方面采用汉学考据之法，以知人作为论世的基础。关于词人版本及相关整理，朱彝尊、汪森损时耗力之外，多有团队鼎助。汪森序曰：“锡鬯仍北游京师，南至于白下。逾三年归，广为二十六卷。予亦往来苕霅间，从故藏书家抄白诸集，相对参论，复益以四卷，凡三十卷。计览观宋、元词集一百七十家，传记、小说、地志共三百余家，历岁八稔，然后成书，庶几可一洗《草堂》之陋，而倚声者知所宗矣。若其论世而叙次词人爵里，勘雠同异而辨其讹，则柯子寓匏、周子青士力也。”②朱彝尊则有更为具体的叙述：

> 周布衣青士，隐于廛市，于书无所不窥，辨证古今字句音韵之讹，辄极精当。是集藉其校雠：如史梅溪《绮罗香》后阕“还被春潮晚急”，原系六字为句，《草堂》坊本脱去“晚”字，诸本因之。周晴川《十六字令》“眠，月影穿窗白玉钱”，原系“眠”字为句，选本讹作“明”字，遂以“明月影”为句。欧阳永叔《越溪春》结语“沉麝不烧金鸭，玲珑月照梨花”，并系六字句，坊本讹“玲”为“冷”，“珑”为“笼”，遂以七字、五字为句。德祐太学生《祝英台近》“那人何处，怎知道愁来不去”，讹“不”为“又”，一字之

①《续修四库全书》（第1417册），上海古籍出版社2002年，第520页。
②汪森《词综序》，《词综》，第1—2页。

乖，全旨皆失，今悉为改正。他如苏子瞻《念奴娇》则从《容斋随笔》，汪彦章《点绛唇》则从《能改斋漫录》，王晋卿《烛影摇红》则从《漫录》去其前阕。李后主《临江仙》则从《耆旧续闻》补其结语。其余纠定，难更仆数。坊间虽有图谱，倚声者宜考质焉。[1]

词有当时盛传、久而翻逸者，遗珠片玉，往往见于稗官载纪。是编自《百川学海》、《古今小说》、《唐宋丛书》、曾氏《类说》、吴氏《能改斋漫录》、阮氏《诗话总龟》、胡氏《苕溪渔隐丛话》、陶氏《说郛》、商氏《稗海》、陆氏《说海》、陈氏《秘笈》外，缗阅小说又不下数十家。片词足采，辄事笔疏，故多他选未见之作，庶几一开生面。佐予讨论编纂者，汪子而外，则安丘曹舍人升六，无锡严征士荪友，江都汪舍人季甪，宜兴陈征士其年，华亭钱舍人葆馚，吴江俞处士无殊，休宁汪上舍周士、季青，钱塘龚主事天石，同郡俞处士右吉、沈上舍融谷、缪处士天自、沈布衣覃九、叶舍人元礼、李征士武、曾布衣分虎、沈秀才山子、柯孝廉翰周、浦布衣傅功，暨门人周濡岳也。[2]

至于选录体例，是在观览宋元词集、传记、小说、地志的基础上，特重宋元选本，兼及于明代，自定明确的选词宗旨。朱彝尊《词综·发凡》："是集兼采赵弘基《花间集》、黄升《花庵绝妙词》《中兴以来绝妙词》、陈景沂《全芳备祖乐府》、元好问《中州乐府》、彭致中《鸣鹤余音》、凤林书院《元词乐府补题》、许有孚《圭塘欸乃集》、顾梧芳《尊前集》、杨慎《词林万选》、陈耀文《花草粹编》、沈际飞《草堂诗余广集》、茅映《词的》、卓人月《词统》诸书，务去陈言，归于正始。"[3]

朱彝尊及编选《词综》的团队成员对所选词人小传编次有序并考证本末："（柯崇朴）助予编次宋元人之词"[4]，并且创制《词综》小传的体例：

词人姓氏爵里，选家书法不一：先系爵后书名者，《花间集》《中州乐府》体也；书字于官爵下者，《绝妙词选》体也；书名者，《全芳备祖》体也；书字者，《草堂》体也；冠别字于姓名之前者，凤林书院体也；至杨氏《词

---

[1]《词综·发凡》，《词综》，第12页。
[2]同上书，第11页。
[3]同上书，第10—11页。
[4]朱彝尊《柯寓匏振雅堂词序》，《曝书亭集》（上册），第489页。

林万选》、陈氏《花草粹编》，或书名，或书字，或书别字，或书官，或书集。览者茫然，莫究其世次。甚有别本以朱三十五《樵歌》为秋娘作者，良可大噱。是集考之正史，参以地志、传纪、小说，以集归人，以字归名，得十之八九。论世之功，柯子寓匏有焉。①

这一说法在柯崇朴（寓匏）序言中得到证实，并说明了撰述的合理性："今为博证史传，旁考稗乘，参以郡邑载志、诸家文集，汇而订之。姓氏之下著其地，爵仕之前序其世，赠谥、称号、撰述系之爵仕之后，无所依据者姑阙之。由是先后之次可得而稽，词人之本末可得而尚论也。"②

其次，浙西词人集体校辑张炎《山中白云词》，此本作为张炎词集完帙，可补《词综》选词的数量不足，是清人词籍校勘学的开山之作。以浙西词人为中坚的16位名流以汉儒治经的考据训诂方法校勘、编辑、刊刻了张炎《山中白云词》。署名为：吴县钱中谐庸亭、钱唐高士奇澹人、秀水朱彝尊竹垞、嘉兴李良年秋锦、平湖陆棻雅坪、德清蔡燿懒人、无锡秦松龄对岩、宜兴陈维崧其年、华亭高层云谡园、商丘宋荦牧仲、安丘曹贞吉实庵、平湖沈岸登南渟、无锡严绳孙荪友、海盐彭孙遹羡门、嘉兴李符耕客、钱唐龚翔麟蘅圃。《山中白云词》附刻于《浙西六家词》之后，成为浙西词派《词综》之外的另一面旗帜，也是浙西词学建构过程中的重要范本。

龚翔麟玉玲珑阁本由朱氏据陶南村本词题提供的生平线索，厘定出卷帙的大致编年体例，李符《山中白云词序》："竹垞厘卷为八，与诸同志辨正鱼鲁，缄寄白门。予复与龚主事蘅圃取他本校对，或字句互异，题目迥别，则增入而存之，锓枣以传，可称善本。继又从戴帅初、袁清容集内得送赠序疏与诗，因附刻于后，而其生平约略可见。"③尽管限于当时所见，此本编年并不完善，但据龚翔麟序，知浙西词家虽有张炎北游十年说之误，但对张炎生年、家世，入元后游踪，乃至家国情怀都已经有基本了解：

玉田生系出朱邸，遭逢不偶，遗行不少概见。今读词集，观其纪地纪时，而出处岁月，宛然在目。如末卷所赋《风入松》，自识为至大庚戌作，赋《临江仙》又云"甲寅秋寓吴，时年六十有七"，则此甲寅实元仁宗

---

①《词综·发凡》，《词综》，第11—12页。

②柯崇朴《词综后序》，《词综》，第3—4页。

③李符《山中白云词序》，曹炳曾等校刊《山中白云词》。

延祐元年也。由此知宋理宗淳祐戊申为玉田生始生之岁。第《宋史》载张循王有五子琦、厚、颜、正、仁，玉田生出谁后，惜无考耳。若舒序所称北游燕蓟，盖在少壮时，迨至元庚寅始返江南，而年已四十余矣。其先虽出凤翔，然居临安久，故游天台、明州、山阴、平江、义兴诸地，皆称寓，称客，而于吾杭必言归，感叹故国荒芜之作，凡三四见，又安得谓之秦人乎？①

龚本在版本校勘方面也创新了体制，此本中涉及54处"别本"，分别出现于标题或另立别本标目。朱彝尊《词综·发凡》对词集底本与校本曾有说明："至张叔夏词集，晋贤所购，合之牧仲员外、雪客上舍所抄，暨常熟吴氏百家词本，较对无异，以为完书，顷吴门钱进士宫声相遇都亭，谓家有藏本，乃陶南村手书，多至三百阕，则予所见，犹未及半。漏万之讥，殆不免矣。"②从中可知龚本以陶南村本为底本，主要校本虽然都是明本：存词149首的水竹居钞本、存词152首的石村书屋本、存词153首的吴讷百家词本，然而皆为半帙。他们在词籍校勘实践中也如汉学治经，"遇文有错互，一字一句不敢移易"，在底本之外，力图保存明代校本有参考价值的异证原貌，初露词籍校勘学中有价值的广立异证方法的端倪。如《探春慢·雪霁》，正本括号中出"一作某"之异证，整体还有别本：

正本：银浦流云，绿房迎晓，一抹墙腰月淡。暖玉生烟，悬冰解冻（一作"融露"），碎（一作"频"）滴瑶阶如霰（一作"点点"）。才放些晴意，早瘦了、梅花一半。也知不作花看（一作"不作花香"），东风何事吹散。　摇落似（一作"易"）成秋苑。甚酿得春来，怕教春见。野渡舟回，前村门掩，应是不胜清怨。次第寻芳去，灞桥外、蕙香波暖。犹妒（一作"听"）檐声，看灯人在深院。

别本：银浦流云，绿房迎晓，浮浮光粲初晛。烧色初分，庭阴还冻，犹忆琼瑶几片。才放些晴意，早消瘦、南枝一半。也知不做花看，向风何事吹散。　惆怅琼林梦断。空酿得春成，还怕春见。冻解崖阴，澌垂山溜，净洗修眉重展。添作寒江水，泛蕙渚、波明香满。尚听檐声，谁家试灯深院。

---

①龚翔麟《山中白云词序》，龚翔麟等校刊《山中白云词》。

②《词综·发凡》，《词综》，第10页。

前文第一章对“别本”现象、第六章对研炼精警的描述中曾举《扫花游·台城春饮，醉余偶赋，不知词之所以然》《台城路·游北山寺(“别本作‘雪窦寺访同野翁日东岩’”)》《南浦·春水》正本、别本为例，皆属此类。

《钦定词谱》编撰者之一楼俨是朱彝尊的学生，他针对前引吴中词派以后观前，认为张词有韵杂、落韵的观点，专作《白云词韵考略》，提出了词韵遵循古韵、似宽实严的说法：

> 曩在都下，邂逅吴门友人，论《白云》词用韵最杂，亦尝疑之，固未暇置辨也。暨而入词馆校勘唐宋元词，见有用韵极宽如《梦窗甲乙丙丁稿》《日湖渔唱》词，辄出诸见行韵本之外者。因而考索群书，始知词韵悉遵古韵，与诗、骚、汉魏六朝、唐人无不吻合，其似宽而实严也。乐笑翁知音律，必不苟作，拟著一书以发明之。迨捧檄蛮乡，而鹿鹿簿书堆中，又六年于兹矣。《白云词》但尘封行箧，亦奈之何。庚子三冬，以交代事留桂林，饥驱无赖，暂诣两江舟中闷坐，乃取《白云词》读之。凡平声韵之真、文、元与庚、青、蒸通用者，真、文、元、庚、青、蒸之与十四侵通用者，寒、删、先与覃、盐通用者，其转上声去声各韵，悉为讨论。入声韵陌、锡、职、缉通用者，陌、锡、职、缉与质、物通用者，月、曷、屑之与十六叶通用者，物、月、屑之与十一陌通用者，月、曷之与合、洽通用者，以及江之通阳，觉之通药，条分缕晰，无不详注。其纷纷沄沄者，略为部署，而援引风、骚及汉魏六朝、唐人诗文，并两宋词以证之，由是韵学稍有窥见，而乐笑翁韵杂之谤，亦可以少雪。①

楼俨认为词谱源头实在宋朝的宫廷乐谱《混成集》：“即以词谱言之，宋修内司所刊乐府《混成集》最为精详，四声二十八调，大曲小曲，有字有谱，前明文渊阁书目有之，而今不可得见。”②周密《齐东野语》(卷十)对《混成集》有记载：“《混成集》，修内司所刊本，巨帙百余，古今歌词之谱靡不备具。只大曲一类凡数百解，他可知矣。然有谱无词者居半，《霓裳》一曲，共三十六段。尝闻紫霞翁云：幼日随其祖郡王曲宴禁中，太后令内人歌之。凡用三十人，每番十人，奏音极高妙。”③前说张派音乐属于行在谱子系统，楼俨

---

①楼俨《白云词韵考略》，《蓑笠轩仅存稿·洗砚斋集》，第11—12页。

②楼俨《再与友人论词书》，同上书，第47页。

③《齐东野语》，第187页。

认为张炎词韵或与《混成集》之间存在某些瓜葛，所以评价这部“不可得见”的歌谱“最为精详”。

(二)考订源流辨证体制

汉学有“兢兢各守其师说”的尊经传统，浙西词派治词的汉学立场与此类似：一是以晚宋词学特别是《词源》为经典，尊奉诗词同源同流，推尊南宋及晚宋，崇尚雅正。二是延展《词源》所建立的南宋词派谱系，回归南宋特别是晚宋词学理论的历史语境。三是依据宋元版本，选录宋词以晚宋词学、词选为宗向。

其一，张炎《词源》认为诗词同其源流，是隋唐以来流行的中原雅正之音：“古之乐章，乐府，乐歌，乐曲，皆出于雅正。粤自隋唐以来，声诗间为长短句，至唐人则有《尊前》《花间集》。”汪森、朱彝尊以为诗词分镳并骋的阐释，与《词源》一脉相承：

> 自有诗而长短句即寓焉，《南风》之操，《五子之歌》是已。周之《颂》三十一篇，长短句居十八；汉郊祀歌十九篇，长短句居其五；至短箫铙歌十八，篇篇皆长短句：谓非词之源乎？……古诗之于乐府，近体之于词，分镳并骋，非有先后。谓诗降为词，以词为诗之余，殆非通论矣。①
>
> 《南风》之诗、《五子之歌》，此长短句之所由昉也。汉铙歌郊祀之章，其体尚质，迨晋、宋、齐、梁《江南》《采菱》诸调，去填词一间尔。诗不即变为词，殆时未至焉。既而萌于唐，流演于十国，盛于宋。②

自《诗经》以来，对于情词内容就有“思无邪”即以理(志)驭其情的评价标准，因此，诗词同其源流，也包括崇尚内容雅正。《词源》曰：“词欲雅而正，志之所之，一为情所役，则失其雅正之音。”朱彝尊恪守其说，并以追本溯源的解经方法加以阐发：

> 念倚声虽小道，当其为之，必崇尔雅，斥淫哇。极其能事，则亦足以宣昭六义，鼓吹元音。③
>
> 降而词，取则未远。一自词以香艳为主、宁为风雅罪人之说兴，而诗人忠厚之意微矣。窃谓词之于诗，体格虽别，而兴会所发，庸讵有异

①汪森《词综序》，《词综》，第1页。

②朱彝尊《水村琴趣序》，《曝书亭集》，第490—491页。

③朱彝尊《静惕堂词序》，《清名家词》(第一卷)，《静惕堂词》第1页。

乎？奈之何歧之为二也？[①]

这是针砭明人王元美论词有“宁为大雅罪人”[②]的词学观，明确词诗都可以宣传光大诗经六义以及温柔敦厚的诗教传统。

张炎《词源》三次出现“骚雅”，除前文论及的句法外，内容方面还涉及《离骚》与《诗经》风、雅、颂中周政衰乱时期的“变风”“变雅”[③]，朱彝尊对此也有深刻体认：“词虽小技，昔之通儒钜公往往为之。盖有诗所难言者，委曲倚之于声，其辞愈微，而其旨益远。善言词者，假闺房儿女子之言，通之于《离骚》、变雅之义，此尤不得志于时者所宜寄情焉耳。”[④]序《乐府补题》亦曰：“诵其词可以观志意所存，虽有山林友朋之娱，而身世之感，别有凄然言外者，其骚人《橘颂》之遗音乎？”[⑤]

朱彝尊对词调音乐及词调标名的主张也是接轨唐朝以来特别是北宋大晟雅乐：

> 商丘，宋之南京也。东都盛时，由汴水浮舟达通津门三百里而近。车徒之轚互，冠盖之络绎，妖童光妓，自露台瓦市而至。乐府之流传，朝倚声而夕勾队于照碧堂上。盖流风虽远，遗响宜有传者。故言词于汴宋，若燕函秦庐，夫人而能之者也。然自金源变而为曲，中州言韵者，四声乃去其一。按以大晟之律吕，不能无误。生于是土者，又必游览四方，交友之往来，审音于南北，清浊之辨，用心专一，而后可无憾焉。……按其声之清浊，必尽善乃已。故其所作，咸可上拟北宋，虽东南以词名者或有逊焉。[⑥]

朱氏高度赞扬浙派词坛探索词乐源流的努力：“（柯崇朴）又与周布衣青士博采词人体制，探其源流为《乐章考索》一书。”[⑦]他为楼俨助成孙致弥辑录的《词鹄》作序说得更为明确：

---

①朱彝尊评《艺香词》，聂先、曾王孙编《百名家词钞》，清康熙绿荫堂刻本，《艺香词》第19页。

②王世贞《艺苑卮言·附录一》，《弇州山人四部稿》，第6919—6920页。

③《毛诗序》：“至于王道衰，礼义废，政教失，国异政，家殊俗，而变风变雅作矣。”《毛诗正义》，《十三经注疏》（上册），第271页。

④朱彝尊《陈纬云红盐词序》，《曝书亭集》（上册），第487—488页。

⑤朱彝尊《乐府补题序》，《曝书亭集》（上册），第446页。

⑥朱彝尊《宋院判词序》，同上书，第487页。

⑦朱彝尊《柯寓匏振雅堂词序》，同上书，第489页。

> 姚江楼上舍俨若工于词，曩留京师，辑《词鹄》一书。业开雕拓行，既而悔之。告于予曰："诗变而为词，词变而为曲，历世久远。声律之分合，均奏之高下，音节之缓急过度既不得尽知。至若作者才思之浅深，初不系文字之多寡。顾世之作谱者，类从《归字谣》铢累寸积，及于《莺啼序》而止。中有调名则一，而字之长短分殊，安能各得其所？莫如论宫调之可知者叙于前，余以时代先后为次序，斯世运之升降可以观焉。"予曰："旨哉，子之言词乎！"上舍请易书名，予名之曰《群雅集》。盖昔贤论词，必出于雅正……谱既成，以段安节《乐府杂录》、王灼《碧鸡漫志》及宋元高丽诸史所载调存词佚者，具载之，并以张炎、沈伯时《乐府指迷》冠于卷首。学者睹此，何异过涉大水之获舟梁。①

甚至"南唐北宋，惟小令为工"的论断，也与张炎"当以唐《花间集》中韦庄、温飞卿为则。又如冯延巳、贺方回、吴梦窗亦有妙处"之说源流相通。这也是冠晚宋两种词论于《词鹄》卷首的深意所在。

其二，《词源》认为北宋周美成、秦少游之外，南宋高竹屋、姜白石、史邦卿、吴梦窗，"格调不侔，句法挺异，俱能特立清新之意，删削靡曼之词，自成一家，各名于世"，《琐窗寒》题序又称王碧山"能文工词，琢语峭拔，有白石意度"，基本形成了此派简略谱系，汪森《词综·序》、朱彝尊的词集序跋，延伸拓展了这一谱系：

> 西蜀、南唐而后，作者日盛。宣和君臣，转相矜尚。曲调愈多，流派因之亦别。短长互见，言情者或失之俚，使事者或失之伉。鄱阳姜夔出，句琢字炼，归于醇雅。于是史达祖、高观国羽翼之，张辑、吴文英师之于前，赵以夫、蒋捷、周密、陈允衡(孙按：陈允平，字君衡，一字仲衡)、王沂孙、张炎、张翥效之于后。譬之于乐，舞《箾》至于九变，而词之能事毕矣。②

> 词莫善于姜夔，宗之者张辑、卢祖皋、史达祖、吴文英、蒋捷、王沂孙、张炎、周密、陈允平、张翥、杨基，皆具夔之一体。③

汪氏、朱氏列举的宋朝词人，赵以夫、蒋捷而外，其余皆见于晚宋词学

①朱彝尊《群雅集序》，同上书，第491—492页。

②汪森《词综序》，《词综》，第1页。

③朱彝尊《黑蝶斋诗余序》，《曝书亭集》，第488页。

或词选，而元朝张翥、明朝杨基是受此派影响的词人。“言情”“使事”云云，又与晚宋词学批评北宋周邦彦“赋情或近俚”以及过于直接地采用事典、语典相关。

朱彝尊在此基础上，还有意识地把所录词作置于晚宋词学理论的历史语境中，而明代杨用修、王元美的词论则有意置而不录：

> 张子野《吊林君复》诗：“‘烟雨’词亡草更青。”蔡君谟《寄李良定》诗：“《多丽》新词到海边。”一篇之工，见之吟咏。“山抹微云”秦学士，“露华倒影”柳屯田，“晓风残月”柳三变，“滴粉搓酥”左与言，一句之工，形诸口号。当日风尚所存，甄藻自尔不爽，故是集多缀宋、元人评语。有明用修、元美诸家品骘，容有未当，或置不录焉。[①]

《词综》在入选的宋人之下，不仅引录张炎《词源》多达15处；如史达祖，还录入姜夔、张镃的评语：“姜尧章云：邦卿词奇秀清逸，‘融情景于一家，会句意于两得’。张功甫云：‘生词辞情俱到，织绡泉底，去尘眼中，妥贴轻圆，特其余事。有瑰奇警迈、清新闲婉之长。而无訑荡污淫之失。端可分镳清真，平睨方回。’”[②]而引录陈造、张炎对高观国评价又与此形成互文语境：“陈唐卿云：‘竹屋、梅溪词，要是不经人道语，其妙处，少游、美成亦未及也。’张叔夏云：‘竹屋、白石、邦卿、梦窗格调不凡，句法挺异，俱能特立清新之意，删削靡曼之词，自成一家。’”[③]如吴文英，引录词学专论外，还引入梦窗友人尹焕的评语：“吴文英，字君特，四明人。从吴毅夫游。有《梦窗甲乙丙丁稿》四卷。张叔夏云：‘吴梦窗词如七宝楼台，眩人眼目，碎拆下来，不成片段。’尹惟晓云：‘求词于吾宋，前有清真，后有梦窗，此非予之言，四海之公言也。’沈伯时云：‘梦窗深得清真之妙，但用事下语太晦处，人不易知。’”[④]

其三，《词综》选词尊重词统，选录宋词以晚宋词学为归宗。《词综·发凡》曰：

> 世人言词，必称北宋。然词至南宋，始极其工，至宋季而始极其变，姜尧章氏最为杰出，惜乎《白石乐府》五卷，今仅存二十余阕也。《东泽绮

①《词综·发凡》，《词综》，第13页。

②《词综》，第359页。

③同上书，第352页。

④同上书，第392页。

> 语》，传亦寥寥，至施乘之、孙季蕃盛以词鸣，沈伯时《乐府指迷》亦为矜誉，今求其集不可复睹。周公谨、陈君衡、王圣与，集虽抄传，公谨赋《西湖十景》，当日属和者甚众，而今集无之。《花草粹编》载有君衡二词。陆辅之《词旨》载有圣与《霜天晓角》等调中语，均今集所无。①

《词综》对唐代以来特别是宋朝词作的挹取汰弃已经显示出尊崇南宋特别是晚宋的倾向。是书共选词人650多家，宋人370多家，超过总人数一半以上。统计表明，宋人收词位居前十位的是：吴文英57首、周密57首、张炎48首、辛弃疾43首、周邦彦37首、王沂孙35首、张先30首、史达祖26首、晏几道25首、贺铸25首②；南宋词人多达6位，且居前四的皆为南宋特别是宋季词人，已经可以看出宗风所向。

进而言之，从上引《发凡》可以看出，浙派编纂《词综》，本意是据晚宋词学为正统，搜罗及至南宋姜夔、张辑、施乘之（孙按：乘之号枫溪，存词一首，疑为施岳梅川之误）、孙惟信、周密、陈允平、王沂孙诸人词集，朱氏"浏览宋元词集，几二百家"③，然而当时所见版本往往并非全璧，朱氏所举姜夔、周密、张炎都是如此。如姜夔"仅存二十余阕"，所以选录23首，几乎是所见词作的全部。诸葛忆兵先生说："朱彝尊将所有流传至当时的姜夔词都收入《词综》，这在《词综》一书中是绝无仅有的。"④朱氏所见周密词集不见《西湖十首》，周密词集传世有《蘋洲渔笛谱》《草窗词》《弁阳老人词》三种，其中存词112首的《草窗词》，无《西湖十景》。汪森购得并作为选词依据的张炎词集版本，与明吴讷《百家词》相合，计153首⑤。基于此，以《词综》宋词入选率看，排序应为姜夔、周密、张炎，而周密在晚宋词选《绝妙好词》中已经自选22首。再看位于《词综》选录排列第六的王沂孙及排列第一的吴文英。朱氏序言未及所见王沂孙词集，以今存65首观之，选录35首，序列还在张炎之前。因朱氏已见"毛氏晋刻有汲古阁六十家宋词"⑥，毛本《梦窗词稿》

①《词综·发凡》，《词综》，第10页。

②统计数据参考蒯伯象《张炎词学研究》，第228页。

③朱彝尊《书东田词卷后》，《曝书亭集》，第630页。

④诸葛忆兵《〈词综〉编纂意图及其价值》，《江海学刊》2001年第2期。

⑤李符《山中白云词序》亦曰："予曩客都亭，从宋员外牧仲借钞《玉田词》，仅一百五十三阕。越数年，复睹《山中白云》全卷，则吾乡朱检讨竹垞录钱编修庸亭所藏本也。累楮百翻，多至三百首，始识向购特半豹耳。"曹炳曾等校刊《山中白云词》。

⑥《词综·发凡》，《词综》，第6页。

甲乙丙丁稿收吴文英词337首，绝笔1首，补遗收词9首（共收词347首，其中误入11首，重复刻录7首，实得梦窗词329首）①，入选率远低于姜夔、周密、张炎、王沂孙，但这一统计结果并不改变《词综》选录以南宋为宗的大致走向，可见其崇尚所归，即晚宋词学专论及词选是《词综》的重要参照。

朱氏《发凡》中“陆辅之《词旨》载有圣与《霜天晓角》等调中语”，指的是《词旨》所录王沂孙警句“翠簟一池秋水，半床露、半床月”（《霜天晓角》），“揉碎花心，吟碎淡黄雪”（《醉落魄》），“恰似断魂江上柳。越春深越瘦”（《谒金门》）。胡元仪按曰：“三词俱佚。所传《花外集》仅词六十五首，此三则，佚词之仅存者。”②另如《词综》选录史达祖26首词，其中包含了《词源》所录5首：《东风第一枝·咏春雪》《绮罗香·咏春雨》《双双燕·咏燕》《东风第一枝》赋立春、《喜迁莺》赋元夕；还有2首见录于《绝妙好词》：《夜行船》（不剪春衫愁意态）、《蝶恋花》（二月东风吹客袂）。足见《词综》是以晚宋词学、词选为准的。

张炎认为周密《绝妙好词》胜出南宋诸选本而臻于精粹，《词综》因此以此本标准确定选词特别是去取情词之鹄的，力求选录纯正：“词虽小道，为之亦有术矣。去《花庵》《草堂》之陈言，不为所役。俾滓窳涤濯，以孤技自拔于流俗。绮靡矣而不戾乎情，镂琢矣而不伤夫气，夫然后足与古人方驾焉。”③“言情之作，易流于秽，此宋人选词，多以雅为目。法秀道人语涪翁曰：‘作艳词当堕犂舌地狱。’正指涪翁一等体制而言耳。填词最雅，无过石帚，《草堂诗余》不登其只字，见胡浩然‘立春’‘吉席’之作，密殊《咏桂》之章，亟收卷中，可谓无目者也。甚而易静《兵要》寓声于《望江南》，张用成《悟真篇》按调为《西江月》，词至此亦不幸极矣。是集于黄九之作，去取特严，不敢曲徇后山之说。”④这是说不以陈师道以黄九并称秦七为“今代词手”之说（已见前注引文）。

二　浙西后期厉笺宗风不坠

词学界对于浙西词派分期并不严格，严迪昌《清词史》的创作分期，大

①参见拙著《吴梦窗研究》，上海古籍出版社2015年，第12页。

②《词旨》，《词话丛编》（第1册），第333页。

③朱彝尊《孟彦林词序》，《曝书亭集》（上册），第490页。

④《词综·发凡》，《词综》，第13页。

致也可以作为词学批评史分期："大体分前、中、晚三期。前期以朱彝尊为旗帜，中期以厉鹗为宗匠，晚期则以吴锡麟为中介环节，而以郭麐为词风嬗变的代表。"①鉴于本章节旨在关注解词的理论起点与汉学方法，所以归厉鹗于后期，与江昱、王昶、郭麐诸家集中阐述。厉鹗、查为仁笺释晚宋周密《绝妙词选》、江昱疏证、王昶年谱主要采用汉学考据方法解词。厉鹗、郭麐等人的词论都已经兼及《乐府指迷》，是在更高的理论层面回溯唐五代、北宋词。王昶所编《明词综》《国朝词综》与《词综》虽然有通代选本、断代选本的不同，但合而言之，词体在创作层面已经具备专史轮廓，浙派后期词人加强了对词中义理的追寻。

（一）厉笺考据还原语境

厉鹗、查为仁以笺释《绝妙词选》振起浙西余绪，特别是继承朱彝尊、柯崇朴等人还原南宋及晚宋理论语境的传统而有专诣。张炎论南宋词选："近代词人用功者多，如《阳春白雪集》，如《绝妙词选》，亦自可观，但所取不精一，岂若周草窗所选《绝妙好词》之为精粹。"厉鹗赞同此论："《绝妙好词》七卷，南宋弁阳老人周密公谨所辑。宋人选本朝词，如曾端伯《乐府雅词》、黄叔旸《花庵词选》，皆让其精粹，盖词家之准的也。"②厉氏也采用汉学考据方法作为笺释《绝妙好词》的基础：

> 所采多绍兴迄德祐间人，自二三巨公外，姓字多不著。夫士生隐约，不得树立功业，炳焕天壤，仅以词章垂称后世，而姓字犹在若灭若没间，无人为从故纸堆中，抉剔出之，岂非一大恨事耶？津门查君莲坡，研精风雅，耽玩倚声，披阅之暇，随笔札记，辑有《诗余纪事》如干卷。于是编尤所留意，特为之笺，不独诸人里居出处，十得八九，而词中之本事，词外之佚事，以及名篇秀句，零珠碎金，捃拾无遗。俾读者展卷时，恍然如聆其笑语而共其游历也。予与莲坡有同好，向尝掇拾一二，每自矜创获，会以衣食奔走，不克卒业。及来津门，见莲坡所辑，颇有望洋之叹！并举以付之，次第增入焉。譬诸掇遗材以裨建章，投片琼以厕悬圃，其为用不已微乎？③

①严迪昌《清词史》，江苏古籍出版社1990年，第397页。
②厉鹗《绝妙好词笺序》，《绝妙好词笺》，第4页。
③同上。

四库提要虽未明了厉笺还原南宋当时语境的用意，但对其抉剔“词中之本事、词外之佚事”也予以褒扬：“所笺多泛滥旁涉，不尽切于本词，未免有嗜博之弊。然宋词多不标题，读者每不详其事。如陆淞之《瑞鹤仙》、韩元吉之《水龙吟》、辛弃疾之《祝英台近》、尹焕之《唐多令》、杨恢之《二郎神》，非参以他书，得其源委，有不解为何语者。其疏通证明之功，亦有不可泯者矣。”[①]关于陆淞之《瑞鹤仙》、辛弃疾《祝英台近》本事，第四章已有涉及，此以其笺释韩元吉《水龙吟》为例：

雨余叠巘浮空，望中秀色仙都是。洞天未锁，人间春老，玉妃曾坠。锦瑟繁弦，凤箫清响，九霄歌吹。问分香旧事，刘郎去后，知谁伴、风前醉。　　回首暝烟千里。但纷纷、落红如泪。多情易老，青鸾何许，诗成谁寄。斗转参横，半帘花影，一溪寒水。怅飞凫路杳，行云梦断，有三峰翠。

《花庵词选》此词题序是“题三峰阁咏英华女子”，《绝妙好词》删词题因而遗落本事。厉笺：“元吉，字无咎，号南涧，许昌人。门下侍郎维四世孙，东莱先生吕伯恭之外舅也。官至吏部尚书。有《焦尾集》词一卷，子淲仲止，有诗名。”[②]援引宋人笔记等考证本事：“《耆旧续闻》云：元丰中，缙云令开封李长卿女，慧性过人，姿度不凡。染疾逝，殡于邑之仙岩寺三峰阁。李公罢，因舁归。宣和庚子，青溪寇起，焚燎无遗，惟三峰阁独存。主簿以为廨舍，济南王傅庆及内表曹颖偕来，馆曹于厅治之东。一夕，有女子打扃而至，与语，皆出尘气。诘其姓氏，曰：‘开封李长卿女，季萼其名，英华其字。辟谷有年，身轻于羽。知子鳏居，故来相慰。’唱和殆无虚日。曹有亲陈观察挽之从军，将就道，英华与诀曰：‘妾与君之缘断矣。子宿缘寡浅，尘业未偿。他日当有兵难，敬授灵香一瓣，有急，请爇以告，当阴有所护。不然，亦无如之何也。’曹公勇为朔方之行，不意获谴麾下，追惟英华之言，欲取所遗香爇之。军行无宿火，卒正法。英华诗有云：‘醒酒清风摇竹去，催诗小雨过山来。’非诗人所易到也。《文献通考》云：《英华集》三卷。李季萼为鬼仙，缙云人传其诗，亦怪矣。《墨庄漫录》云：处州缙云簿厅为武尉司。顷有一妇人常现形，与人接。妍丽闲婉，有殊色。其来也，异香芬馥，非世间之香。

①《四库全书〈绝妙好词笺〉提要》，《四库全书总目》（下册），第1824页。

②《绝妙好词笺》，第12页。

自称曰英华，或曰绿华。前后官此者多为所惑，永嘉蒋辉远为邑簿，祠以香火，其怪遂绝。”①

再以笺释姜夔词为例。《绝妙好词》选姜夔词13首，厉笺辑录宋人黄升、沈义父特别是张炎《词源》中的所有评价并各归词下，又据《白石道人歌曲》补充10首词题序，辑录相关本事，旁涉如姜夔曾辑《张循王遗事》，以见与张氏家族交往之亲密。另如，笺《一萼红·人日登定王台》中名胜：“《方舆胜览》云：定王台在潭州。俗传汉长沙定王载米博长安土，筑台于此，以望其母唐姬。张安国名曰‘定王台’，自为书扁。”②笺《小重山·湘梅》：“楼钥《攻媿集》云：潘端叔惠红梅一本，全体皆江梅也，香亦如之，但色红尔。来自湖湘，非他种比，自此当称为红江梅以别之。王文公、苏文忠、石曼卿诸公有红梅诗，意其皆未见此种也。”③又笺咏梅《暗香》《疏影》：“阳(杨)廉夫《东维子集》云：元松陵陆子敬，居分湖之北，垒石为山，树梅成林，取姜白石词语，名其轩曰‘旧时月色’。”④

厉笺宋元语境的构筑较前期更加全面，所谓“名篇秀句，零珠碎金，捃拾无遗”。如录入了与《词源》“同条共贯”、隶属晚宋词学的《词旨》192则“属对”“警句”“词眼”中的148则。如笺吴文英，词人小传虽然与《词综》基本相同，但引文、交游序列都更加准确：

> 文英字君特，号梦窗，四明人。从吴履斋诸公游，有《梦窗甲乙丙丁稿》。尹惟晓云：求词于吾宋，前有清真，后有梦窗。此非焕之言，天下之公言也。沈义甫云：梦窗深得清真之妙，其失在用事下语太晦处，人不可晓。张叔夏云：吴梦窗如七宝楼台，眩人眼目，拆碎下来不成片段。⑤

有笺地名者，如《八声甘州·陪庾幕诸公秋登灵岩》：

> 《吴郡图经续记》云：研石山，在吴县西二十一里。《越绝书》云：吴人于研石山置馆娃宫，山顶有三池，曰月池、曰研池、曰玩花池。盖吴时所凿也。山上旧传有琴台，又有响屧廊，或曰鸣屐廊。廊以梗楠藉地。西

①《绝妙好词笺》，第13—14页。
②同上书，第51页。
③同上书，第53页。
④同上书，第47页。
⑤同上书，第123页。

子行则有声，故名。尝登临岩之巅，俯瞰具区，烟涛浩渺，一目千里。而碧岩翠坞，点缀于沧波之间，诚绝景也。或云："晋陆抗舍宅为寺，即灵岩寺也。"《吴郡志》云：灵岩山前，有采香径，横斜如卧箭。①

有笺交游并掇入"名篇秀句"，如笺《声声慢·闰重九饮郭园》：

《梦窗乙稿·绛都春·余往来清华池馆六年，赋咏屡以感昔伤今，益不堪怀，乃复作此解》云(词略)，《花心动·郭清华新轩》云(词略)。按，郭园当即是郭清华池馆，惜人与地俱不可考矣。②

录入《词旨》"属对""警句"的相关条目，亦可谓"零珠碎金"：

《词旨·属对》："霜杵敲寒，风灯摇梦。"(失调名)"盘丝系腕，巧篆垂簪。"(《澡兰香》)"落叶霞飘，败窗风咽。"(《法曲献仙音》)"风拍波惊，露零秋冷。"(同上)

《词旨·警句》："连呼酒，上琴台去，秋与云平。"(《八声甘州》)"帘半卷，带黄花、人在小楼。"(《声声慢》)"玉奴最晚嫁东风，来结梨花幽梦。"(《西江月》)"绿阴青子老溪桥，羞见东邻娇小。"(同上)"月落杯空无影。"(《齐天乐》)"不约舟移杨柳岸，有缘人映桃花见。"(《倦寻芳》)"渐老芙蓉，犹自带霜看。"(同上)

厉笺又录入《铁网珊瑚》中吴文英手书词稿《古香慢·自度腔，夷则商犯无射宫，赋沧浪看桂》(词略)。《铁网珊瑚》录吴文英手书新词稿(十六阕)，《古香慢》列第三。又录入周密《蘋洲渔笛谱·玉漏迟·题吴梦窗词集》、张炎《山中白云·声声慢·题梦窗自度曲〈霜花腴卷〉后》，二人所题被认为可能就是宋元之际尚可得见的梦窗手书新词稿。

厉笺所录《乐府指迷》，不仅可见沈氏与吴梦窗、翁处静异姓昆仲的交游，也可见梦窗的词学思想论词四标准：音律欲协、下字欲雅、用字不露、发意不高(已见前引)。

另如《绝妙好词》录张炎词三首，厉笺小传下录入郑思肖、仇远、舒岳祥对张炎词的评价，在选词之后，录入《词旨》所辑"乐笑翁奇对"23则，"乐笑翁警句"13则，除散在《词眼》中的一条之外，录入所有奇对与警句，并且记

①《绝妙好词笺》，第124页。

②同上书，第125页。

录宋元之际邓牧《伯牙琴》、孔齐《至正直记》所载时人盛誉。通过比参吴文英、张炎词，可知厉笺构筑宋元语境的体例。

厉鹗是浙派中后期的词学理论家，词论核心范畴是"雅""清"以及推阐性正情粹，可以视为是对张炎"清空""骚雅""雅正"的延伸阐述。其为当时词集作序，无不集矢于此。如《群雅词集序》：

> 词源于乐府，乐府源于诗，四诗大、小雅之材合百有五，材之雅者，风之所由美，颂之所由成，由诗而乐府而词，必企夫雅之一言，而可以卓然自命为作者。故曾端伯选词名《乐府雅词》，周公谨善为词，题其堂曰"志雅"。词之为体，委曲啴缓，非纬之以雅，鲜有不与波俱靡而失其正者矣。……今诸君词之工，不减小山，而所托兴，乃在感时赋物、登高送远之间。远而文，淡而秀，缠绵而不失其正，骋雅人之能事，方将凌铄周、秦，颉颃姜、史，日进焉而未有所止。……研农编次，都为一集，将镂版以问世，冷红词客标以"群雅"，岂非倚声家砭俗之针石哉！[①]

厉氏又评张四科（号渔川）《响山集》："张渔川词，删削靡曼，归于骚雅。其研词炼意，以乐笑翁为法，读《响山》一编，觉《白云》未远也。"[②]其《论词绝句》仅十二首，姜、张各占一席之地，分明也受到张炎词学的影响："旧时月色最清妍，香影都从授简传。""玉田秀笔溯清空，净洗花香意匠中。"

需要说明的是，厉笺转引张炎语有"不惟清虚，且又骚雅，读之使人神观飞越。"[③]王昶《西崦山人词话》也屡用"清虚"："所谓'不惟清虚，又且骚雅'者"[④]，"清虚骚雅，皆足与南宋人相上下"[⑤]，极有可能是浙西词人所见版本异文所致。至于王昶又有："张玉田云：如白云孤飞去无迹，不惟清灵，又且骚雅。方是词家正法眼藏。"[⑥]"清灵"应为误记。

浙西前期词人出于对明代及清初词学观的矫枉过正，往往忽略唐五代词。前述张炎论词以南宋姜夔为宗，但并不完全排斥沈义父《乐府指迷》，

---

①厉鹗《群雅词集序》，厉鹗著，董兆熊注，陈九思标校《樊榭山房集》（中册），上海古籍出版社2012年，第755页。

②《词苑萃编》引厉樊榭语，《词话丛编》（第2册），第1953页。

③《绝妙好词笺》，第49页。

④参见王昶著，彭国忠整理《西崦山人词话》，《词学》第二十一辑（2009年）。

⑤王昶《昙华阁词序》，《春融堂集》，第738页。

⑥《西崦山人词话》，《词学》第二十一辑（2009年）。

因此没有抹杀北宋周邦彦"负一代词名"的地位。厉鹗作为浙西中期宗匠，突显了词体与《离骚》之间的源流关系。如《论词绝句》论小令："美人香草本《离骚》，俎豆青莲尚未遥。颇爱《花间》肠断句，夜船吹笛雨潇潇。"对于周邦彦，厉鹗也结合本朝优秀词人的创作予以确认，如《张今涪红螺词序》《吴尺凫玲珑帘词序》：

> 檇李，今词乡也，自朱竹垞太史导其源，李秋锦、魏水村诸公和之，而柘上二沈同姓著称，南渟以秀澹胜融谷。……尝以词譬之画，画家以南宗胜北宗。稼轩、后村诸人，词之北宗也。清真、白石诸人，词之南宗也。……仆读其词，如与今涪泛东泖以望九山，相羊吟啸而不知返。其为词家之南宗、二沈之替人不虚矣。夫张氏之工于词者，前有子野，后有叔夏，今涪为之不已，将掩二张之长而有之，岂独齐名二沈已乎？[①]

> 南宗词派，推吾乡周清真，婉约隐秀，律吕谐协，为倚声家所宗。自是里中之贤，若俞青松、翁五峰、张寄闲、胡苇航、范药庄、曹梅南、张玉田、仇山村诸人，皆分镳竞爽，为时所称。元时嗣响，则张贞居、凌柘轩。明瞿存斋稍为近雅，马鹤窗阑入俗调，一如市侩语，而清真之派微矣。本朝沈处士去矜号能词，未洗鹤窗余习，出其门者，波靡不返，赖龚侍御蘅圃起而矫之。尺凫《玲珑帘词》，盖继侍御而畅其旨者也。[②]

厉鹗在词乐方面重视去上二声，出自《乐府指迷》《词源》所谓平声可替入声或上声："腔律岂必人人皆能按箫填谱，但看句中用去声字最为紧要。然后更将古知音人曲，一腔三两只参订，如都用去声，亦必用去声。其次如平声，却用得入声字替。上声字最不可用去声字替。不可以上去入尽道是侧声便用得，更须调停参订用之。""盖五音有唇齿喉舌鼻，所以有轻清重浊之分，故平声字可为上入者此也。"厉鹗《论词绝句》曰："去上双声子细论，荆溪万树得专门。欲呼南渡诸公起，韵本重雕菉斐轩。"自注："近时宜兴万红友《词律》严去、上二声之辨，本宋沈伯时《乐府指迷》。余曾见绍兴二年刊菉斐轩《词林要韵》一册，分东、红、帮、阳等十九韵，亦有上、去、入三声作平声者。"[③]尽管菉斐轩《词林要韵》非宋人所作，但从中可见厉鹗欲为探得

---

①厉鹗《张今涪红螺词序》，《樊榭山房集》（中册），第753—754页。

②厉鹗《吴尺凫玲珑帘词序》，同上书，第754页。

③厉鹗《论词绝句十二首》，《樊榭山房集》（上册），第156页。

两宋词韵骊珠的愿望。

(二)疏谱序跋知人论词

前文第一章第二节已经引述不少江昱《山中白云词疏证》,这里主要强调基于汉学方法的考证之功及理论传承。陈撰序江昱疏证曰:

> 每谓词莫尚于南宋景、淳、德祐间,要以白石为宗主,其嗣白石起者,无逾于玉田。《白云》一集,可按而知也,顾其间有不可以臆测者。盖玉田之先忠烈王以功开国,家世兰锜,遭时不偶,流落播迁,客游无方,彳亍南北。所与交率遗民退士,境会遭适,等诸落叶之聚散,其词一往而深,隐约结意,使非熟悉诸人之生平与其情事之曲折,则纪其铿锵而不说其义,犹然袭于音者已。今得济阳兄弟疏通证明之,搜罗旁魄,甄检精审,寤疑而辨惑,并乏一句之讹,一字之误,读之恍恍与诸君子屐齿相蹑,抚尘拂几于一室之中,逆使词之精蕴,挹之而逾以出,是岂特玉田数百年之桓谭,抑亦吾侪后来读之者之厚幸也。①

江昱对于疏证创获,也颇为自矜:

> 词自白石后,惟玉田不愧大宗,而用意之密,适肖题分,尤称极诣。……与弟蔗畦涉猎之余,遇可相发明者,辄笔之简端。垂二十年,翻书不下万卷,盖已得十之七八。即如"赋高疏寮东墅园",不读《四朝闻见录》则"甃石""通沼""长啸""虚籁",径属浮华;"送陈行之归吴",不读《安雅堂集》则"荏苒孤旅""背潮归去",未免矛盾;不知横舟之即为陆垕,则"弭节澄江""肯被留住",语难豁然;不知迁居乃复返故第,则"玄观桃花""青门瓜圃",辞多瞀若。他如野翁、东岩同处雪窦,《春水》《孤雁》并著时名;吴菊泉故被召写经之侣,韩竹涧乃从游学词之人。"小玉""关关"为一家眷属。壶天□□□□□□□□,《清平乐》之无题,有为而作。"渔隐""静春"之两字,实有其人。袁伯长琴,征之清容自述;墨水仙画,见于霞外集唐。至于"元叟"之非"先叟","庆春"之为"庆乐","葺隐"之为"蕺隐","太初"之即"复初","庚寅"岁之宜从"辛卯岁","子昂卷"之可并"溪山堂"。一句之讹,一字之误,凡此之类,不可枚举。率从卷籍不相涉之处,参考互证,触类旁通而出。既矜创获,覆绎词意,愈觉

①陈撰《山中白云词疏证序》,《彊村丛书》(第6册),第5141—5142页。

神观飞越。亲历其时，身入其境，聆其谈笑，而罄其曲折，向之平淡无奇者，今皆见其切事惬心，分忖合度，而非随手填写，仅求好句成篇可比。[①]

虽然江昱、江恂兄弟的考证并不完全正确，显误如前述以《四朝闻见录》所载金陵吴琚居地为嵊县高氏疏寮，但颇多发前人所未见的准确考证，推进了张炎生平事迹研究，所以江氏推崇姜夔、张炎是基于论世知人的有得之言，至于“覆绎词意，愈觉神观飞越”则是对张炎与姜夔“野云孤飞，去留无迹”同其宗风的深刻把握。江昱《论词绝句》也把二人相提并论：“《暗香》《疏影》静生春，《绿意》《红情》迥出尘。寂寂自开还自落，人间谁是别花人。”

江昱在浙派着重还原宋元创作语境的基础上，重新“拼合”了同赋一题的唱和语境。如张炎《洞仙歌·观王碧山花外词集有感》：

野鹃啼月，便角巾还第。轻掷诗瓢付流水。最无端、小院寂历春空，门自掩，柳发离离如此。　可惜欢娱地。雨冷云昏，不见当时谱银字。旧曲怯重翻，总是离愁，泪痕洒、一帘花碎。梦沉沉、知道不归来，尚错问桃根，醉魂醒未。

江昱疏证引周密《草窗词·踏莎行·题中仙词卷》：

结客千金，醉春双玉。旧游宫柳藏仙屋。白头吟老茂陵西，清平梦远沉香北。　玉笛天津，锦囊昌谷。春红转眼成秋绿。重翻花外侍儿歌，休听酒边供奉曲。

两相对参，知二词是张炎、周密在王沂孙谢世后，题写词卷之作。又知王沂孙元初有《花外词》或《中仙词》行世，与今传《碧山乐府》二卷（又名《花外集》）的版本源流还有待探讨。通过二词可以看出，王沂孙精通词乐，家中两位歌姬能够翻唱主人自度曲谱。再如张炎《绮罗香·红叶》《疏影·梅影》，江昱引录王沂孙《玉笥山人词集·绮罗香·红叶》，并按曰：“此似倡和之作但不次韵。”引录周密《疏影·梅影》、王沂孙《疏影·咏梅影》，并按曰：“此二首似与玉田倡和之作，但不次韵耳。”[②]（孙按：此江氏误记。第六章已经

①江昱《山中白云词疏证序》，《彊村丛书》（第6册），第5142—5144页。
②同上书，第5213页。

论及三首同调同题词虽不知孰为首唱，但知是依韵之作，所依为古韵“入声九屑”韵部，用韵字有“雪”“绝”“结”“洁”“别”“灭”“折”“彻”等，也可以推测写于同时同地）

浙派朱彝尊等编选的《词综》止于金元，王昶续朱氏编《明词综》十二卷、《国朝词综》四十八卷（又增二集八卷）。谢章铤评价二种词选：“选词专主竹垞之说，以南宋为归宿。”[①]严迪昌先生说：“王昶选《国朝词综》……近慢则专选宗法白石、玉田、梦窗、草窗刻镂轻婉之篇。”[②]与前期浙派推重南宋晚宋一脉相承，同时也是基于对两宋词的全面阅读与考证。

王昶曾为张炎作年谱，年谱虽佚，但可以印证其汉学根基，录其仅存之《书〈张叔夏年谱〉后》如下：

> 先生年齿事实可考于词者止此。六十七岁后，无所表见，然必登耆艾无疑。其来往江湖，幅巾拄杖，留连于诗酒翰墨之场，与遗民野老采薇餐菊，或歌或泣，志节可想见也。又按元世祖至元十四年，伯颜入临安，以帝㬎及后妃宗室去，及己卯，宋亡。其时王公大臣子孙，必挟以北行。且是时议迁宋臣于内地，又访江南人才，故叔夏以庚辰九月往北，迄庚寅始归，在燕已历十年。叔夏自以勋臣世裔，不屑屈志新朝，慬而后免，有不可备述于文词者，故殷孝思序云：‘几经兵燹，犹自璧全。’幸之也。舒岳祥谓‘登承明有日’，乃为叔夏解嘲，殊非实录。读其词小序，自《夜飞鹊》书大德外，其余仅纪甲子，并未纪元，是乃师法柴桑，岂肯以承明为志耶？生平踪迹，自燕而归，居于杭，游于山阴、台州，往来于江阴、义兴，在吴中最久。存词始庚辰，止甲寅，盖三十余年之作，则其遗佚者多矣。朋好亦皆东南逃名遁世之士，如王碧山、周草窗、陈西麓、邓牧心、吴梦窗、李商隐、仇山村、李篔房、白廷玉、韩竹涧、郑所南、钱舜举、李仲宾、赵子昂、张伯雨，可考者十五人，余悉声沉响寂。余以弇陋，不复能稽其出处，尚冀复有樊榭、意林、功千者出，相与搜考而续记之。[③]

意林、功千，是赵信、赵昱兄弟的字号，赵氏小山堂藏书，其插架之盛，

---

①《〈赌棋山庄词话〉校注》，第292页。
②《清词史》，第332页。
③《春融堂集》，第784页。

为浙河东西文献大宗。据跋尾,知已佚年谱仍有疏漏,如持张炎北游十年说;存词始于庚辰,止于甲寅也过于武断:集中有至元十七年庚辰(1280)之前的词作,延祐元年甲寅(1214)之后,还有《木兰花慢·归隐湖山,书寄陆处梅》等词作;《夜飞鹊》之外,其余仅纪甲子,也有挂漏之嫌,如《风入松》题序中"时至大庚戌七月","至大"亦为元朝纪年;李商隐、李贫房实为一人。但此年谱首次对张炎词作所有题序进行整理,排比出张炎生平踪迹、大致卒年、主要交游等,因而对张炎人品志节的基本判断可以信服。而在考证基础上推重南宋及晚宋的原因也不言自明。许宗彦《莲子居词话序》引王昶语:"北宋多北风雨雪之感,南宋多黍离麦秀之悲,所以为高。"①王昶序姚茝汀词集还有更具体的评价:"姜、张诸人,以高贤志士放迹江湖,其旨远,其词文,托物比兴,因时伤事,即酒食游戏无不有《黍离》周道之感,与《诗》异曲而同其工,且清婉窈眇;言者无罪,听者泪落,有如陆氏文圭之所云者。其为三百篇之苗裔,无可疑也。"②这可以视为对陆文圭序《词源》"梨园白发,吴宫蛾眉,余情哀思,听者泪落"的引申解说。

郭麐作为嘉道时学人,遵守乾嘉汉学家共同遵奉的"实事求是"治学理念,于金石学最有独诣。《潍县志稿》(卷二十九):"(郭麐)种瓜莳菜之暇,亟思搜罗邑中文献于荒冢破寺间,断碣残碑,剥苔剔藓,往往而获。……独于考证篆籀、辨别碑版真伪,时一诣陈介祺家。陈与订补得二百三十二种,厘为八卷名曰《潍县金石志》,即今之传钞本也。"③潘祖荫为《金石志》作序:"顾诸家书或传或不传,要其为实事求是,非向壁虚造则可信也。今郭君是志,一邑之金石已得二百余种,非搜集之勤而能若是乎?余又闻之阮文达云:今日去古已远,多刻一家即多见古人制伦,于考古殊有助焉。"④然而,此时"实事"所求之"是",已不仅仅是汉学整理古籍、训诂名物的解蔽工具,而是具有明道的形上特征,郭麐的诗学与词学理论都是如此。如《灵芬馆词话》(卷一)分唐宋词为有正变之别的四体:

> 词之为体,大略有四:风流华美,浑然天成,如美人临妆,却扇一顾,花间诸人是也。晏元献、欧阳永叔诸人继之。施朱傅粉,学步习容,如

①《莲子居词话》,《词话丛编》(第3册),2388页。
②王昶《姚茝汀词雅序》,《春融堂集》,第740页。
③常之英《潍县志稿》,1941年铅印本(今藏国家图书馆),卷二十九第13页。
④同上书,卷三十七第34页。

> 宫女题红，含情幽艳，秦、周、贺、晁诸人是也。柳七则靡曼近俗矣。姜、张诸子，一洗华靡，独标清绮，如瘦石孤花，清笙幽磬，入其境者，疑有仙灵，闻其声者，人人自远。梦窗、竹屋，或扬或沿，皆有新隽，词之能事备矣。至东坡以横绝一代之才，凌厉一世之气，间作倚声，意若不屑，雄词高唱，别为一宗。辛、刘则粗豪太甚矣。其余幺弦孤韵，时亦可喜。溯其派别，不出四者。①

郭麐推崇花间、秦观、周邦彦、姜夔、苏东坡诸家，是对张炎《词源》延续，而对于辛派的褒贬也出自张炎，却反映出清人对唐宋词发展更具词史眼光的深刻理解。

浙派末流在"家白石而户玉田"背景下，渐失精髓，坠入空疏。戈载《〈玉田词〉跋》："盖世之词家，动曰能学玉田，此易视乎玉田而云然者，不知玉田易学而实难学。玉田以空灵为主，但学其空灵而笔不转深，则其意浅，非入于滑，即入于粗矣。玉田以婉丽为宗，但学其婉丽而句不炼精，则其音卑，非近于弱，即近于靡矣。"②吴梅《词学通论》："玉田词皆空灵，故集中无拙滞语，且又多婉丽之态。自学之者多效其空灵，而立意不深，即流于空滑之弊。岂知玉田用笔，各极其致，而琢句之工，尤能使笔意俱显。人仅赏及精警，而作者诣力之深，曾未知其甘苦也。"③刘永济说："不善学者，易入空疏，此常州派所以以'言之有物'救其失也。"④空疏之学明显与常州派经世致用的治学理念相背，常州词派薄姜张而尊清真，正是为了扭转浙派趋于末流的词坛风气。

第二节　常州词派理论重建与宋学底蕴

常州词派也如浙西词派，并不以常籍为限。龙榆生说："言清代词学者，必以浙、常二派为大宗。常州派继浙派而兴，倡导于武进张皋文（惠言）、翰风（琦）兄弟，发扬于荆溪周止庵（济，字保绪）氏……其间作者，未必

①郭麐《灵芬馆词话》，《词话丛编》，第1503页。

②戈载《玉田词跋》，《宋七家词选》，卷七第37页。

③《词学通论》，第67—68页。

④《微睇室说词》，第262页。

籍隶常州,而常籍词家,又未必同为一派。亦犹宋代江西诗派,以黄山谷(庭坚)为祖,而宗派图中,占籍他省者不一其人,盖以宗法师承言,不以地域限也。"[①]蔡嵩云说清初浙派"以清空骚雅为归,其实即宋末张炎所主张之词派",而清中叶常州派"沈氏早倡导于前""实则清真词派"。也就是说,清朝两大词学流派,都传承了晚宋词学的传统。

常州派文学阐释方法源于我国古代哲学《周易·系辞》的形成方式与言说方式:"古者包牺氏之王天下也,仰则观象于天,俯则观法于地,观鸟兽之文与地之宜,近取诸身,远取诸物,于是始作八卦,以通神明之德,以类万物之情。"[②]仰观俯察,把天地万物作为整体,因而能够由幽知明,通晓规律。常派以解易方法说词,胡适斥为汉儒解经的方法:

> 清代的词人张惠言、周济等皆极推崇王沂孙。……其实我们细看今本《碧山词》,实在不足取。咏物诸词,至多不过是晦涩的灯谜,没有文学的价值。张惠言、周济等用汉儒说《三百篇》的方法去看宋人的咏物词,刻意求微言大义,故觉得碧山咏物的词多君国之忧,黍离之感。清朝晚年有一位端木埰,把他咏蝉的《齐天乐》逐句加上解释,最可代表这一派的谬见。……作者不过做了一个"蝉"字的笨谜,却偏有这班笨伯去向那谜里寻求微言大义!王沂孙曾做元朝的官,算不得什么遗民遗老。……遭际亡国之变,有点感慨,如《高阳台》一词所表示,那是很自然的。我们正不必去深求什么微言大义。[③]

实际上,常派与浙派汉学解经方法不同,是偏于宋学直探义理的方法(重视经世致用、探求微言大义,又称经今文学派)。宋学有功于经学形上之道的探知,已经与训诂、考据等脱节,虽欲见事识理,却少论世之资。张惠言用虞翻(番)解易法即对物象的附会引申或触类合义寻求微言大义,明显偏于宋学。谢桃坊先生即持此说:

> 自龚自珍和魏源当乾嘉学派末流之际,以经术作政论,发扬经今文学派讲求"微言大义"的精神,成为后来治经今文学的先驱。清代的汉学主要是研究儒家的经典,到了乾嘉后期已出现穷竭之势,于是许多学

①龙榆生《论常州词派》,《龙榆生词学论文集》,第422页。

②王弼、韩康伯注,孔颖达疏《周易正义》,《十三经注疏》(上册),第86页。

③胡适选注,刘石导读《词选》,第317—318页。

> 者转向研究儒学以外的诸子学。同时清初“经世致用”一派在许多年中绝之后重又复活了。这样导致了清代学术的分裂，使学术思想活跃起来，产生对义理思索的兴趣和对社会的反思的兴趣。在清代经今文学派兴起的过程中，张惠言关于“易学”的研究发生了一定的影响。他是从三国东吴今文学家虞番关于易象的解释入手而研究《周易》，并进一步上溯汉代经师孟喜的义理。张惠言论词完全采取了经今文学家的方法，注重发掘词的微言大义，提倡比兴寄托。周济则素以经世之略自负，好议论时政，长于史评，豪放无度。他大胆地修正张惠言的理论。[①]

张炎词及词学在浙西、常州的接受过程中产生了深刻歧异，实是因为汉学或宋学阐释方法不同所导致。

一　意内言外指发幽隐

嘉庆二年（1797），常州词派张惠言《词选》问世，其弟张琦序曰：“自宋之亡而正声绝，元之末而规矩隳。窔奥不辟，门户卒迷。”[②]可见《词选》是有意为所谓失传词道指点迷津。《词选》选录唐、五代、宋代44家116首词作，宋词占33家，录入70首词作，标立张先、苏轼、秦观、周邦彦、辛弃疾、姜夔、王沂孙、张炎八家“渊渊乎文有其质”[③]，此处的“质”显然指内容而言。从中可以看出张惠言对北宋以及豪放词人关注度的提高，反映出经学家汲汲追求社会功用的词学观。

（一）汉貌宋实曲以象物

作为著名经学家，张惠言以治易经、礼经最为专精。张氏解易，虽尊崇汉学，但本于虞翻，虽然在考订文献方面，仍然采用汉魏以来的考据方法，但虞翻解释易象，已是曲为比附。这种解经方法貌似汉学，实于宋学为近。黄泽《易学滥觞》：“说《周易》者，自汉诸儒至虞翻，是欲明象，去圣已远，象学不易明，遂流于烦琐，或涉支离诞漫，学者亦已厌之。”[④]王夫之、王引之皆指出虞翻明象的方法极不科学：“汉儒泥象，多取附会。流及于虞翻，而约

①谢桃坊《评常州词派的理论》，《学术月刊》1990年第11期。

②张琦《重刻词选序》，张惠言选编，姜亮夫笺注《词选笺注》，上海北新书局1933年，第18页。

③《词选目录叙》，张惠言《词选》，第8页。

④黄泽《易学滥觞》，中华书局1985年，第1页。

象互体，半象变爻，曲以象物者，繁杂琐屈，不可胜纪。”①“（虞仲翔）乃于诸卦之爻，皆以旁通取义，遂令本卦之爻不取象于本卦而取与所通之卦，而阴阳相反之卦爻皆杂糅而无辨矣。”②张惠言对虞氏易学却极力推崇：“又古书亡，而汉魏师说略可见者十余家，然唯荀、郑、虞氏三家，略有梗概可指说，而虞又较备。然则求七十子之微言，田何、杨叔、丁将军之所传者，舍虞氏之注，何所自焉？”③“翻之言易，以阴阳消息六爻，发挥旁通，升降上下，归于乾元用九，而天下治。依物取类，贯穿比附；始若琐碎，及其沉深解剥，离根散叶，畅茂条理，遂于大道，后儒罕能通之。”④

張惠言文学阐释明显带有虞翻说易的烙印，《七十家赋钞目录序》就是把天地间自然、人事物象作为“求理其志”的载体：

> 夫民有感于心，有概于事，有达于性，有郁于情，故有不得已者，而假于言。言，象也。象必有所寓。其在物之变化：天之漻漻，地之嚣嚣，日出月入，一幽一昭。山川之崔蜀杳伏，畏佳林木，振硪溪谷，风云雾霿，霆震寒暑，雨则为雪，霜则为露，生杀之代，新而嬗故，鸟兽与鱼，草木之华，虫走蚁趋，陵变谷易，震动薄蚀，人事老少，生死倾植，礼乐战斗，号令之纪，悲愁劳苦，忠臣孝子，羁士寡妇，愉佚愕骇。有动于中，久而不去，然后形而为言。于是错综其词，回互其理，铿锵其音，以求理其志。⑤

张惠言以为词体“以道贤人君子幽约怨悱不能自言之情”，这是拟诸赋体“故有不得已者，而假于言”，都是在寻求文学创作中言、象、意（志、情）的关系，这是常州词派寄托说的滥觞：

> 词者，盖出于唐之诗人，采乐府之音，以制新律，因系其词，故曰词。《传》曰：“意内而言外，谓之词”。其缘情造端，兴于微言，以相感动，极命风谣里巷男女哀乐，以道贤人君子幽约怨悱不能自言之情，低徊要眇，以喻其致。盖《诗》之比兴、变风之义，骚人之歌，则近之矣。……然

①王夫之《周易外传》，中华书局1977年，第213页。
②王引之撰，钱文忠、虞万里、杨蓉蓉整理，朱维铮审阅《经义述闻》（上册），上海书店2012年，第77页。
③张惠言《周易虞氏义序》，张惠言著，黄立新校点《茗柯文编》，上海古籍出版社1984年，第38页。
④同上。
⑤张惠言《七十家赋钞目录序》，《茗柯文编》，第18页。

> 要其至者，莫不恻隐盱愉，感物而发，触类条畅，各有所归，非苟为雕琢曼辞而已。……今第录此篇，都为二卷。义有幽隐，并为指发。[①]

对于张惠言“意内言外”的尊体价值，叶嘉莹称为：“推尊词体，上比《风》《骚》，以比兴寄托为作词与说词之方法，既开途径，又标宗旨，遂奠定了常州一派之理论基础。”[②]谢桃坊先生首次指出了“意内言外”是以经学立场，以儒家诗教说对词体作出重新评价：

> 张氏的本意在于说明：创作主体内在的“意”不是直接表达出来的，当于表现的媒介（语言）之外求得，即言外之意。这是其比兴寄托说的基本出发点。张惠言进一步阐发了汉儒《诗大序》和宋儒《诗集传序》关于诗教的理论。他认为词是“缘情”而发的，通过“微言”以达到感染的作用。“微言”即是具体表达或描写时所使用的精要隐约的言辞。此“情”虽是“男女哀乐之情”，但他强调应是“性情之正”，归结为“贤人君子”之情。所谓“贤人君子”则是完全符合封建道德规范的楷模。因此，这“情”已非男女之间自然之情，而是有特定含义的，还要求在表达时“低徊要眇”即纡回曲折而又美好之意，以体现古代诗人之旨。张惠言从其关于词体性质的解释，认为词体的社会功能近于“诗之比兴，变风之义，骚人之歌”。既然词体直接继承了古代风骚传统，能够通过比兴而寄托政治意义，则它当与《诗经》和《离骚》有同样的价值，自然应受到同样的尊重。……显然张惠言最重视词体的寄托意义，这样便从经学立场出发，以儒家诗教说对词体作了重新评价，使之跻于正统文学之列而无愧色，确能起到尊体的作用。张惠言的词评具体地贯彻了其论词主张。[③]

需要指出的是，张氏以经学传疏界定词体“意内言外”内涵，源自王弼《周易略例·明象》：“夫象者，出意者也，言者，明象者也。尽意莫若象，尽象莫若言。言生于象，故可寻言以观象，象生于意，故可寻象以观意。意以象尽，象以言著。……是故触类可为其象，合义可为其征。”[④]但张惠言作为虞

---

①《词选目录叙》，张惠言《词选》，第6—9页。

②叶嘉莹《常州词派比兴寄托之说的新检讨》，《清词丛论》，河北教育出版社1997年，第145页。

③谢桃坊《评常州词派的理论》，《学术月刊》1990年第11期。

④王弼著，邢璹注《周易集解略例》，中华书局1991年，第15—16页。

翻解易一派的传人，更结合了虞氏“约象互体，半象变爻，曲以象物”的解易方法，所谓互体半象，是执各种多义物象的一端，强为组合，曲为比附，美其名为指发幽隐，这显然也是艺术阐释中主观性过强的“危途”。如最为人熟知张氏阐释温庭筠《菩萨蛮》、欧阳修《蝶恋花》：

> 此感士不遇也，篇法仿佛《长门赋》……“照花”四句，《离骚》初服之意。
>
> “庭院深深”，“闺中既以邃远”也；“楼高不见”，“哲王又不寤”也；章台游冶，小人之径；“雨横风狂”，政令暴急也；乱红飞去，斥逐者非一人而已，殆为韩范作乎？”①

张氏又引宋人鲖阳居士逐句解说苏轼《卜算子》：“鲖阳居士云：‘缺月’，刺明微也。‘漏断’，暗时也。‘幽人’，不得志也。‘独往来’，无助也。‘惊鸿’，贤人不安也。‘回头’，爱君不忘也。‘无人省’，君不察也。‘拣尽寒枝’，不肯偷安于高位也。‘枫落吴江冷’，非所安也。此词与《考槃》诗极相似。”②同意鲖阳居士认为此词“与《考槃》诗相似”的说法。对于宋季词人王沂孙的解释更有甚于此：

> 《眉妩》（渐新痕悬柳）：碧山咏物诸篇，并有君国之忧。此喜君有恢复之志，而惜无贤臣也。
>
> 《高阳台》（残雪庭除）：此伤君臣晏安，不思国耻，天下将亡也。
>
> 《庆清朝》（玉局歌残）：此言乱世尚有人才，惜世不用也，不知其何所指。③

张惠言“碧山咏物诸篇”云云，意思是占词集数量一半的咏物词皆可作如是观。张惠言又以两宋八家作为其寄托理论的实践范本，认为柳永、黄庭坚、刘过、吴文英诸家以及八家中的部分篇什并不符合“象必有所寓”标准，后之学词者因驰逐于“放浪通脱”之途，破坏了词体作为寄托载体的功能，因而被张氏所排斥：

> 宋之词家，号为极盛，然张先、苏轼、秦观、周邦彦、辛弃疾、姜夔、王

①以上二条见张惠言《词选》，第12、33页。

②张惠言《词选》，第39页。

③以上三条见张惠言《词选》，第66、68、68页。

沂孙、张炎，渊渊乎文有其质焉。其荡而不反，傲而不理，枝而不物，柳永、黄庭坚、刘过、吴文英之伦，亦各引一端，以取重于当世。而前数子者，又不免有一时放浪通脱之言出于其间。后进弥以驰逐，不务原其指意，破析乖剌，坏乱而不可纪。故自宋之亡而正声绝，元之末而规矩隳，以至于今，四百余年。①

金应珪《〈词选〉后序》把张惠言"荡而不反，傲而不理，枝而不物"总结为"三蔽"，即淫词、鄙词、游词。其本质与张氏所批赋体"淫宕佚放者为之，则流遁忘反，坏乱而不可纪"②相同，也是对词体丧失寄托功能的指摘：

近世为词，厥有三蔽。义非宋玉，而独赋蓬发，谏谢淳于，而唯陈履舄，揣摩床第，污秽中冓，是谓淫词。其蔽一也。猛起奋末，分言析字，诙嘲则俳优之末流，叫啸则市侩之盛气，此犹巴人振喉以和阳春，黾蜮怒嗌以调疏越，是谓鄙词。其蔽二也。规模物类，依托歌舞，哀乐不衷其性，虑叹无与乎情，连章累篇，义不出乎花鸟，感物指事，理不外乎应酬，虽既雅而不艳，斯有句而无章，是谓游词。其蔽三也。③

谢章铤说："一蔽是学周、柳之末派也，二蔽是学苏、辛之末派也，三蔽是学姜、史之末派也。皋文《词选》，诚足救此三蔽。"④当时词坛阐扬张氏之说，号称"尽发温庭筠、韦庄、王沂孙、张炎之覆，金元以来俚词、淫词、叫嚣、荡佚之习一洗空之"⑤。常派后学谭献也因为此说符合自己所创容纳读者艺术创造的文学阐释法而予以激赏："以《考槃》为比，其言非河汉也。此亦鄙人所谓'作者未必然，读者何必不然'。"⑥但对于张氏曲为比附，批评者纷起争之。

如有对其说词原则的批评，如谢章铤认为张氏说词过犹不及，甚至违背儒家诗教：

其大旨在于有寄托，能蕴藉，是固倚声家之金针也。虽然，词本于

①张惠言《词选目录叙》，张惠言《词选》，第8页。

②张惠言《七十家赋钞目录序》，《茗柯文编》，第18页。

③金应珪《词选后序》，张惠言《词选》，第2页。

④《〈赌棋山庄词话〉校注》，第264页。

⑤张季易《清代毗陵名人小传稿·陆继辂》，台湾新文丰出版社1981年，第137—138页。

⑥《复堂词话》，《词话丛编》（第4册），第3993页。

诗，当知比兴，固已。究之尊前花外，岂无即境之篇？必欲深求，殆将穿凿。夫杜少陵非不忠爱，今抱其全诗，无字不附会以时事，将漫兴遣兴诸作，而皆谓其有深文，是温柔敦厚之教，而以刻薄讥讽行之，彼乌台诗案，又何怪其锻炼周内哉！即如东坡之“乳燕飞”，稼轩之《祝英台近》，皆有本事，见于宋人之纪载。今竟一概抹杀之，而谓我能以意逆志，是为刺时，是为叹世，是何异读诗者尽去小序，独创新说，而自谓能得古人之心，恐古人可起，未必任受也。前人之纪载不可信，而我之悬揣，遂足信乎。故皋文之说不可弃，亦不可泥也。①

况周颐认为其所谓寄托，其实是非真实的“存在”：“横亘一寄托于搦管之先，此物此志，千首一律，则是门面语耳，略无变化之陈言耳。于无变化中求变化，而其所谓寄托，乃益非真。”②

也有对其具体笺说的批评。如谢章铤认为对晚宋词的笺释消解了词体的文学性，王国维也讥其为偏见：

(鲖阳居士)字笺句解，果谁语而谁知之。虽作者未必无此意，而作者亦未必定有此意。可神会而不可言传，断章取义则是，刻舟求剑则大非矣。即如宋末玉田、蘋洲诸家，阅历沧桑，固宜胸有垒块。今一遇稍有感慨之词，便以为指斥时事，愁禽怨柳，塞满乾坤，是直以长短句为谤书矣。……乃窥测作者，又隐隐为皋文推波助澜，岂以是为独得秘解耶？③

固哉，皋文之为词也！飞卿《菩萨蛮》、永叔《蝶恋花》、子瞻《卜算子》皆兴到之作，有何命意？皆被皋文深文罗织。阮亭《花草蒙拾》谓：“坡公命宫磨蝎，生前为王珪、舒亶辈所苦，身后又硬受此差排。”由今观之，受差排者，独一坡公已耶？④

近人周振甫也认为张氏曲解往往与词意龃龉难合：“把‘庭院深深’说成是屈原《离骚》中讲的‘闺中既以邃远兮，哲王又不悟’，宫中变得非常深远，楚怀王又不觉悟，屈原被放逐，感叹见不到怀王。这样解释，显然和词

①《〈赌棋山庄词话〉校注》，第266页。
②《蕙风词话·广蕙风词话》，第98页。
③《〈赌棋山庄词话〉校注》，第266页。
④王国维《人间词话(未刊手稿)》，王国维著，彭玉平编《人间词话》，第149页。

意不合。”①

(二)附会引申过度阐发

张惠言完成《词选》后,又曾手批张炎《山中白云词》;此手批面世后,颇受当今词学界重视。徐永年先生对此作出考述:

> 张皋文为清代常州词派的先导,对嘉庆以后百几十年的词学有很大的影响,自然是应该着重研究的一位词家。他在词方面的著述,除了自作词四十五首和一本《词选》之外,就很难见到。因此,他手批的《山中白云》,就确如吴则虞先生所说“吉光片羽,莫非瑰宝”了。②

张氏所批是赵昱宝书堂本(以略有编年的龚翔麟玉玲珑阁本翻刻)。

> 张批《山中白云》版本,是乾隆初年仁和赵昱的龚翔麟刊本。……全书眉批六十一条,旁批十一条,共七十二条。……《词选》刻于嘉庆二年(1797),皋文卒于嘉庆七年(1802),由此可以推知手批此书,是在他去世前四年、五年中。全书批语少数是校勘方面的,多数是对玉田词思想的探索和艺术的评骘,注意词人的行迹与词的联系。批语所表现的观点方法,正可与《词选》相互发明。③

张氏手批虽然作于《词选》之后,因为研究方法相同,其说词缺陷,与《词选》如出一辙。常州词派与浙西词派相比,侧重点一在义理,一在考据;虽然不能遽然评骘优劣,但“知人”的缺位,对于研究对象容易流于肤见。可分为以下数点。

其一,时间地点之误。张氏手批虽然根据词中题序屡指龚本编次之误,但由于在龚本所录题序、序跋之外,没有补充资料,因而推新非常有限。如未见陆文圭《丁丑元夕诗》自注:“余居与起潜姪相邻。”手批《甘州·澄江陆起潜皆山楼四景》:“起潜或即跋词之陆文奎(圭)乎?”是指姪为叔。而且,由于沿袭龚本张炎北游十年说的错误前提,在北游十年的时空框架中,误批误注所在皆是。如《台城路》,龚本题序有“庚辰秋九月之北,遇汪菊坡,一见若惊,相对一梦。”张氏手批:“庚辰,至元十七年,宋亡之明年也。

①周振甫《诗词例话》,中国青年出版社1962年,第47页。

②徐永年《张皋文手批〈山中白云词〉跋》,徐立编《徐无闻论文集》,文物出版社2003年,第147页。

③徐永年《张皋文手批〈山中白云词〉跋》,《徐无闻论文集》,第147—148页。

是玉田于宋亡后始北行。”至元十七年(1280),这是以祥兴二年(1279)厓山战败作为宋亡之年,无形中屏蔽此前的重要活动行迹。又据龚本《疏影》题序“余于庚寅岁北归,与西湖诸友夜酌,因有感于旧游,寄周草窗。”手批《湘月·余载书往来山阴道中,每以事夺,不能尽兴。戊子冬晚,与徐平野、王中仙曳舟溪上》:“玉田以庚辰入都,庚寅归浙,戊子不得在山阴,盖当作‘戊戌’之误。”词题“戊子”,指1288年,戊戌,指1298年(王鹏运《四印斋所刻词》据改为“戊戌”)。又批《甘州·庚寅岁沈尧道同余北归》:“玉田以庚辰北行,庚寅南归,前后十年,时年四十三。”今已考得张炎初次北行后,“戊子”年正隐居山阴,再次北行后包括“戊戌”年皆无客居此地的经历。由于山阴隐居时间的错位,张惠言对可以确定为山阴词的手批也会强作解人。如批《忆旧游·登蓬莱阁》:“(“看卧龙”二句)此应因当时遗者有出山者,而决志隐遁也。”又混淆台城与台州,手批《扫花游·台城春饮,醉余偶赋,不知词之所以然》:“戴序云:‘家钱塘十年,久之又去,东游山阴、四明、天台间,若少遇者。’此感所贤所知之贫若死,而遇之者不足赖,将弃之归也。”前考台城实为金陵,张氏手批与词作《声声慢·己亥岁,自台回杭。雁旅数月,复起远兴》中的台州混为一谈,己亥,大德三年(1299)。戴表元序又有“六月初吉,轻行过门,云将改游吴公子季札、春申君之乡,而求其人焉”,显然是说在四明、台州等地隐居后归杭,数月后将改游苏州一带,而非弃知遇归杭也。又批《忆旧游·余离群索居,与赵元父一别四载。癸巳春,于古杭见之,形容憔悴,故态顿消》:“‘别四载’,庚寅至癸巳也,则与元父游在上都。”①癸巳,至元三十年(1293),这是置张炎至元三十年在杭州与前朝宗室赵元父晤面于不顾,谓其皆在大都,与张炎行迹凿枘难合。

其二,沿袭龚翔麟而持北游十年说,导致确定张炎宋亡后有十年时间在大都,这就把前文分析的未肯屈志新朝的明志之词,定位为身在大都但并无宦情,一心向往归隐,从而大大降低了玉田词的思想价值。如手批《解连环·孤雁》:“此盖在都时自寓之作。芦花伴侣,画帘双燕,指在山不出者而言,明已之必遂初服也。”批《绮罗香·红叶》:“此可见玉田非有宦情。”批《疏影·余于庚寅岁北归》:“盖决栖隐之志。”张炎词中不少有强烈家国兴亡之感的词作,也被简单归为隐而不得的词作,如手批《高阳台·西湖春感》

①以上七条皆见于马兴荣辑《张惠言手批〈山中白云词〉》,《词学》第十五辑(2004年)。

“言隐亦不可得也。”或者只是苦劝归隐友人不要轻易出山。手批《甘州·寄李筼房》：“‘无避秋声处’，蹙蹙靡所骋也。是时东南暂安，故曰‘未觉丹枫尽老’。‘荷衣’以下，劝李勿轻出也。‘那人家’，元氏也。‘白云’，出岫之物，故曰‘休赠’。‘梅花’耐寒也。”对于同为《乐府补题》的入选词作，厚王沂孙而薄张炎。如手批《水龙吟·白莲》：“咏物清丽，然不如王中仙者，托意浅也。”显然昧于张、王入元后的出处行藏，前考王沂孙曾有一年多出任学官的经历，也未若张炎曾历家难，相较而言，张炎托意尤深。

其三，采用互体半象的说易方法说张炎词，表现出“以长短句为谤书”的倾向。如批《长亭怨·旧居有感》：“‘带鸳亲结’，不知所指何人。‘杨柳绿阴’，其犹有恢复之思耶？否则，弃予阴雨之感也。”批《满庭芳·小春》：“此亦所为少有遇者耶？”又以《绿意》（碧圆自洁）比较《红情》（无边香色）：“此首自寓其意，遗簪不展，当年心苦可知。‘浣纱人’即前‘卧横紫笛’之辈，恐其罗而致之，不得终其志也。‘回首当年汉舞’者，庚辰入都也，彼时惟恐失身，故曰‘怕飞去、漫皱留仙裙褶。’幸而青衫未脱，尚带故香，况今老矣，何所求乎。（马兴荣注：此下用黄色涂去一行，以灯光映视，被涂之字为：金铜仙人辞汉，折茎而止）玉田庚寅之归，西风吹折时也。自此得长啸湖山，故曰‘喜静看、匹练秋光’也。刻《词选》时未见此集，从《词综》作无名氏，所解未当也。”[①]张惠言自谓《词选》“所解未当”的原批是：“此伤君子负枉而死，盖似李纲、赵鼎之流，‘回首当年’‘汉舞’云者，言其自结主知，不肯远引。结语喜其已死，而心得白也。”[②]两说差异不可以道里计，足见宋学方法说词的缺陷。甚至主张以寄托说词的端木埰也斥为“胡牵妄摭”：

> 注释荒谬，甚不足取。“绿意”即“疏影”别名，创自尧章。此词即非玉田，亦是咸、景以后。格调与元镇、伯纪时代太不合。且谓伤君子枉死，当时君子枉死，有过于武穆者乎？李、赵虽被谪，犹未至于死也。“喜其已死”句尤荒谬，悼伤君子而喜其死者乎？若果如此，是全无人心者矣。大约张氏昆季熏心两庑，心神瞀乱，故于古人名作妄笺至此。此词无论是否玉田作，但就咏荷叶译之，自是千秋绝调，不必胡牵妄摭，致绝妙好词尽成梦呓。[③]

①以上八条均见马兴荣辑《张惠言手批〈山中白云词〉》，《词学》第十五辑（2004年）。

②张惠言《词选》，第74页。

③端木埰《词选批注》，《词话丛编》（第2册），第1622页。

沿“胡牵妄摭”一路的字笺句解，似在考证，实为坐实某事的“编故事”，也产生了不小负面影响。后人汪瑔说姜白石两首最为著名的梅词也沿此路数：

> 姜尧章《暗香》《疏影》两词，自序但云：“辛亥之冬，予载雪诣石湖，授简索句，且征新声，作此两曲。”《砚北杂志》所记亦同，无异说也。近人张氏惠言谓：“白石此词为感汴梁宫人之入金者。”陈兰甫亦以为然。鄙意以词中语意求之，则似为伪柔福帝姬而作。按《宋史·公主传》云：“开封尼静善者，内人言其貌似柔福，静善即自称柔福。蕲州兵马钤辖韩世清送至行在，遣内侍冯益等验视，遂封福国长公主，适永州供御使高世荣。其后内人从显仁太后归，言其妄，送法寺治之。内侍李揆自北还，又言柔福在五国城适徐还而薨，静善遂伏诛。”宋人私家记载，如《四朝闻见录》《三朝北盟会编》《古杭杂录》《鹤林玉露》《浩然斋雅谈》（此书但言柔福南归，下降高世荣，不言其后事）所记虽小有参差，《北盟会编》云：“自称小名环环。”《四朝闻见录》云：“适高世怀。”《古杭杂录》云：“乃一女巫为宫婢所教也。”大致要不相远。惟《璅碎录》独言其非伪，韦太后恶其言虏中隐事，故急命诛之耳。意当时世俗传闻，有此一说。白石《疏影》词所云：“昭君不惯胡沙远，但暗忆江南江北。想佩环月下归来，化作此花幽独。”言其自金逃归也。又云：“犹记深宫旧事，那人正睡里，飞近蛾绿。莫似春风，不管盈盈，早与安排金屋。”则言其封福国长公主，适高世荣也。又云：“还教一片随波去，又却怨玉龙哀曲。”则言其为韦后所恶，下狱诛死也。至《暗香》一阕所云：“翠尊易泣，红萼无言耿相忆。长记曾携手处，千树压西湖寒碧。”则就高世荣言之，于事败之后，追忆曩欢，故有“易泣”“无言”之语也。张叔夏谓：“《疏影》前段用少陵诗，后段用寿阳事，此皆用事不为事使。夫寿阳固梅花事，若昭君则与梅无涉，而叔夏顾云然，当是白石词意，叔夏知之。特事关戚里，不欲明言，故以此语微示其端耳。余尝以此说质之伯眉，颇不以为谬，然究是臆说，姑识之以质当世之知言者。①

这已经是从“断章取义”发展为“刻舟求剑”，求旨愈切，离之愈远；破除

①汪瑔《旅谭》，《词话丛编》（第2册），第1623—1624页。

常州词派的词学困局已经势在必行。董士锡（晋卿）受舅父张惠言亲炙，但他出入常州、浙西，置张炎为宋朝六子之一，复以"清雅"为说词关键："昔柳耆卿、康伯可未尝学问，乃以其鄙嫚之辞缘饰音律以投时好，而词品已坏。姜白石、张玉田出，力矫其弊，为清雅之制，而词品以尊。虽然，不合五代、全宋以观之，不能极词之变也。不读秦少游、周美成、苏子瞻、辛幼安之别集，不能撷词之盛也。……盖尝论之：秦之长，清以和，周之长，清以折，而同趋于丽。苏辛之长，清以雄，姜张之长，清以逸。……此六子，两宋诸家皆不能过焉。"[①]董氏论创作也以姜、张为归。沈曾植说："玉田所谓清空骚雅者，亦至晋卿而后尽其能事。"[②]其子董毅《续词选》录词宋词四十二家一百首，张炎二十三首，几近四分之一，足见其父董士锡的影响。

二 寄托理论"去《词源》化"

周济是张惠言之后极有理论建树的常州词派宗主之一，其核心观点是寄托说，与张惠言"意内言外"的渊源都出自王弼易学中"言、象、意"的关系，邢璹注前引王弼《周易略例·明象》曰：

> 立象所以表出其意，作其言者显明其象。若乾能变化龙，是变物欲明乾象，假龙以明乾，欲明龙者。假言以象龙，龙则象意者也。象以表意，言以尽象。若言能生龙，寻言可以观龙，乾能明意，寻乾以观其意。意之尽也，象以尽之，象之著也，言以著之。……征，验也。触逢事类，则为象鱼龙牛马鹿狐鼠之类大人君子，义同为验也。[③]

周济虽然也从经学立场出发，但他借鉴的触类合义方法，是在浑涵实象中探求见仁见智的微言大义，这就接近于文学批评中比兴寄托本质。第六章第一节已经引用刘勰、朱熹所论《诗经》六义中的比兴内涵，《文心雕龙·物色》又论及作者创作状态中客观外物与主观情感相互融合，读者披阅也会因鉴赏传统与心理定式，使作者笔下的象中之意被逐渐固定，千载而下，心有相通："是以诗人感物，联类不穷，流连万象之际，沉吟视听之区。写气图貌，既随物以宛转，属采附声，亦与心而徘徊。……皎日嘒星，一言

①董士锡《餐华吟馆词叙》，董士锡《齐物论斋文集》，清道光二十年（1840）刻本，卷二第15页。

②沈曾植《菌阁琐谈》，《词话丛编》（第4册），第3608页。

③《周易集解略例》，第16—17页。

穷理。参差沃若，两字连形。并以少总多，情貌无遗矣，虽复思经千载，将何易夺。”[①]因此，周济最为著名的“寄托说”是富有哲学形而上思辨色彩、并且有可操作性的理论成果。随着周济《宋四家词选》及相关批注、论述相继面世，常州词派完全取代了浙西词派的位置。

道光十二年(1832)，周济《宋四家词选》刊行，以周邦彦、辛弃疾、吴文英、王沂孙为宋词四大家，四家中南宋虽然仍占三席，但姜夔、张炎的位置被完全取代，谭献所谓“退苏进辛，纠弹姜、张，剟刺陈、史，芟夷卢、高”[②]。这是继承沈义父《乐府指迷》、明末清初云间派的词学思想，再次开启了推尊唐五代特别是北宋的理论模式。谭献总结当时词坛风气：“近时颇有人讲南唐、北宋，清真、梦窗、中仙之绪既昌，玉田、石帚渐为已陈之刍狗。”[③]常派与浙派的歧异，看似在于贬斥南宋以及姜夔、张炎的词坛席位被取代，但究其实质，却是宋学与汉学之争在词坛的展开，而常州派说词放大了宋学过重义理、忽略文献考据的缺陷。

(一)词史逆溯“清空”缺位

周济作为视野宏通的词学理论家，有建立自树一帜词史的自觉意识，并且突显唐宋词发展过程中重要词人的位置：

> 自温庭筠、韦庄、欧阳修、秦观、周邦彦、周密、吴文英、王沂孙、张炎之流，莫不蕴藉深厚，而才艳思力，各骋一途，以极其致。譬如匡庐衡岳，殊体而并胜；南威西施，别态而同妍矣。[④]
>
> 诗有史，词亦有史，庶乎自树一帜矣。若乃离别怀思，感士不遇，陈陈相因，唾渖互拾，便思高揖温韦，不亦耻乎！[⑤]

周济举隅的九位词人与张惠言所列两宋八家形成互文语境，由点成线、粗放地布局了唐宋词史上颇有建树的名家；还特别推举周邦彦、辛弃疾、王沂孙、吴文英为宋词四大家，突出他们在词史上的关键位置及学词者由南而北的回溯路径，首次以豪放派辛弃疾“感慨时事，系怀君国”的思想内容推尊词体，可谓开风气之先：

---

①《文心雕龙》，第62页。

②《宋四家词选目录序论》，《宋四家词选》，第8页。

③《复堂词话》，《词话丛编》(第4册)，第3999页。

④周济《词辨自序》，《词话丛编》(第2册)。第1637页。

⑤《介存斋论词杂著》，第4页。

> 清真,集大成者也。稼轩敛雄心,抗高调,变温婉,成悲凉。碧山餍心切理,言近指远,声容调度,一一可循。梦窗奇思壮采,腾天潜渊,返南宋之清泚,为北宋之秾挚。是为四家,领袖一代。余子荦荦,以方附庸。……问途碧山,历梦窗、稼轩,以还清真之浑化,余所望一世之为词人者盖如此。①

> 学者务逆而溯之,先之以碧山,餍切事物,言近指远,声容调度,一一可循,学者所由成章也。继之于梦窗,奇思壮采,腾天潜渊,使夫柔情憔志,皆有瑰伟卓荦之观,斯斐然矣。进之以稼轩,感慨时事,系怀君国,而后体尊。要之,以清真圭方璧圆,琢磨谢巧,夜光照乘,前后举瀓,能事毕矣。②

周济认为,四家是由北而南延续,而由南而北地追溯是贯通两宋、臻于浑成的有效路径。清真集其大成自不必论,对辛弃疾、吴文英、王沂孙三家各有所论:“稼轩由北开南,梦窗由南追北,是词家转境。”③“梦窗非无生涩处,总胜空滑。况其佳者,天光云影,摇荡绿波;抚玩无斁,追寻已远。君特意思甚感慨,而寄情闲散,使人不易测其中之所有。”④“碧山胸次恬淡,故黍离、麦秀之感,只以唱叹出之,无剑拔弩张习气。咏物最争托意,隶事处以意贯串,浑化无痕,碧山胜场也。”⑤

周济词学理论的核心是“寄托说”。值得注意的是,在深层次上,周济是在与张炎进行“世纪对话”。这表现在此派理论在追求庄雅中正的情志,重视立意,推崇刚柔相济的诗性美等,都可以看到张炎词学的潜在影响,并且确实超越了张惠言的曲以象物、强为比附的理论缺陷而自成体系:

> 夫人感物而动,兴之所托,未必咸本庄雅。要在讽诵紬绎,归诸中正,辞不害志,人不废言。虽乖缪庸劣,纤微委琐,苟可驰喻比类,翼声究实,吾皆乐取,无苛责焉。后世之乐,去诗远矣,词最近之。是故入人为深,感人为速。往往流连反复,有平矜释躁、惩忿窒欲、敦薄宽鄙之

①《宋四家词选目录序论》,《宋四家词选》,第2页。

②周济《宋四家词筏序》,盛宣怀、缪荃孙编《常州先哲遗书》(第106册)《止庵遗集》,南京大学出版社2010年,第22—23页。

③《宋四家词选目录序论》,《宋四家词选》,第2—3页。

④《介存斋论词杂著》,第7页。

⑤《宋四家词选目录序论》,《宋四家词选》,第2页。

功。南唐后主以下，虽骏快驰骛，豪宕感激稍稍漓矣，然犹皆委曲以致其情，未有亢厉剽悍之习，抑亦正声之次也。[①]

感慨所寄，不过盛衰：或绸缪未雨，或太息厝薪，或己溺己饥，或独清独醒，随其人之性情学问境地，莫不有由衷之言。见事多，识理透，可为后人论世之资。[②]

周氏关于词体寄托较张惠言更能通晓变化之理，所寓情志不必都是庄严高雅即盛衰今昔的家国社稷、身世命运，若能感物动兴，平衡心气，即使寓意于琐细之物，抒发方式偏于骏快淋漓，亦不失为词之正声；这也是辛弃疾可以入选宋四家的原因。但也强调必须是个体“性情学问境地”的“由衷之言”，从而有效地规避淫词、鄙词、游词之“三蔽”。周氏据词作是否为由衷之情轩轾南宋词人姜夔与辛弃疾、王沂孙：“稼轩郁勃，故情深；白石放旷，故情浅；稼轩纵横，故才大；白石局促，故才小。惟《暗香》《疏影》二词，寄意题外，包蕴无穷，可与稼轩伯仲；余俱据事直书，不过手意近辣耳。”“白石词，如明七子诗，看是高格响调，不耐人细思。”[③]“词以思笔为入门阶陛，碧山思笔，可谓双绝。幽折处，大胜白石，惟圭角太分明，反复读之，有水清无鱼之恨。”[④]这是王国维评说白石词“有格而无情”[⑤]的滥觞。

深受常派影响的陈廷焯以可能有多义指向的比喻、兴起界定“寄托”：

或问比与兴之别。余曰：宋德祐太学生《百字令》《祝英台近》两篇，字字譬喻，然不得谓之比也。以词太浅露，未合风人之旨。如王碧山咏萤、咏蝉诸篇，低回深婉，托讽于有意无意之间，可谓精于比义。若兴则难言之矣，托喻不深，树义不厚，不足以言兴；深矣厚矣，而喻可专指，义可强附，亦不足以言兴。所谓兴者，意在笔先，神余言外，极虚极活，极沉极郁，若远若近，可喻不可喻，反复缠绵，都归忠厚。[⑥]

此与前引刘勰所说义理相通“故比者，附也；兴者，起也。附理者切类以指事，起情者依微以拟议。起情故‘兴’体以立，附理故‘比’例以生。”前

①周济《词辨自序》，《词话丛编》（第2册），第1637页。
②《介存斋论词杂著》，第4页。
③以上二条见《介存斋论词杂著》，第8页。
④《宋四家词选目录序论》，《宋四家词选》，第3页。
⑤《汇编汇校汇评人间词话》，第172页。
⑥《白雨斋词话》，第158页。

文也已经指出，张炎比体虽与姜夔兴体略有不同，因为比体与所咏对象之间可以形成比拟关系，兴体之间的这种关系虽也存在但较微弱。但姜、张比兴都能遵循“野云孤飞，去留无迹”的清空路径，成为意趣高远（深寓家国情感）、有意求寄托之作。这是“清空”理论范畴的义涵所在。

常州词派特重比兴寄托，因而重视咏物词，南宋王沂孙以咏物著称，留存65首，咏物占34首，其中不少咏花赋卉篇什，受到周济激赏。周济对所标举的南宋三家王沂孙、辛弃疾、吴文英之外，对大多数南宋词颇多抨击。前文论及姜夔词以兴体为主，张炎词以比体为主。周济批评姜夔：“白石号为宗工，然亦有俗滥处（《扬州慢》：淮左名都，竹西佳处）、寒酸处（《法曲献仙音》：象笔鸾笺，甚而今、不道秀句）、补凑处（《齐天乐》：豳诗漫与，笑篱落呼灯，世间儿女）、敷衍处（《凄凉犯》追念西湖上半阕）、支处（《湘月》：旧家乐事谁省）、复处（《一萼红》：翠藤共，闲穿径竹……记曾共、西楼雅集）、不可不知。”[①]实际上，所举《扬州慢》题序说明同游长辈诗人萧德藻以为“有黍离之悲”；所举《齐天乐》自注有：“宣、政间有士大夫制《蟋蟀吟》。”是对北宋后期奢靡为乱国之阶陛的反思，《朱子语类》（卷七十三）也有类似批评：“宣、政间有以奢侈为言者，小人却云当‘丰亨豫大’之时，须是恁地侈泰方得，所以一面放肆，如何得不乱？”[②]可见姜词采用“清空”手法，有当下指向的及物之功，周济却妄归于俗滥补凑的无寄托之作。

对于张炎，周济也因未能深考词中以“清空”手法表达的家国之恨，从而进行了更加无忌惮批评。《宋四家词选》录入张炎8首词作：《解连环·孤雁》《探春·雪霁》《高阳台·西湖春感》《渡江云·次赵元甫（父）韵》《绮罗香·红叶》《八声甘州·饯沈秋江》《清平乐》（候蛩凄断）、《忆旧游》（记开帘过酒）。但对张炎名篇警句贬多于褒：“玉田才本不高，专恃磨砻雕琢，装头作脚，处处妥当。后人翕然宗之。然如《南浦》之赋‘春水’，《疏影》之赋‘梅影’，逐韵凑成，毫无脉络，而户诵不已，真耳食也。其他宅句安章，偶出风致，乍见可喜，深味索然者，悉从沙汰。笔以行意也，不行须换笔；换笔不行，便须换意。玉田惟换笔不换意。”[③]“玉田，近人所最尊奉。才情诣力，亦不后诸人；终觉积谷作米，把缆放船，无开阔手段；然其清绝处，自不易到。

①《白雨斋词话》，第3页。

②《朱子语类》（第5册），第1860页。

③《宋四家词选目录序论》，《宋四家词选》，第3页。

玉田词，佳者匹敌圣与，往往有似是而非处，不可不知。叔夏所以不及前人处，只在字句上着功夫，不肯换意……近有喜学玉田，亦为修饰字句易，换意难。"[①]因此，周济的结论是："近人颇知北宋之妙，然终不免有姜、张二字，横亘胸中。岂知姜、张在南宋，亦非巨擘乎？论词之人，叔夏晚出，既与碧山同时，又与梦窗别派，是以过尊白石，但主'清空'。后人不能细研词中曲折深浅之故，群聚而和之，并为一谈，亦固其所也。"[②]实际上，这是对张炎也是浙西词派过尊白石、但主"清空"的矫枉过正。"清空"使读者"神观飞越"的艺术效果，与常派追求的低徊要眇"以道贤人君子幽约怨悱不能自言之情"相较，是由外转内，殊途同归。常派与"清空"理论的剥离，无疑是去《词源》化的表现形式之一。

（二）求空求实有无寄托

周济寄托说的理论支撑是求空与有寄托、求实与无寄托，以及非寄托不入、专寄托不出，著名观点如下：

> 初学词求空，空则灵气往来。既成格调、求实，实则精力弥满。初学词求有寄托，有寄托则表里相宣，斐然成章。既成格调，求无寄托，无寄托则指事类情，仁者见仁，知者见知。北宋词，下者在南宋下，以其不能空，且不知寄托也；高者在南宋上，以其能实，且能无寄托也。南宋则下不犯北宋拙率之病，高不到北宋浑涵之诣。[③]

> 夫词非寄托不入，专寄托不出，一物一事，引而伸之，触类多通，驱心若游丝之罥飞英，含毫如郢斤之斫蝇翼，以无厚入有间，既习已，意感偶生，假类毕达，阅载千百，謦咳弗违，斯入矣。赋情独深，逐境必寤，酝酿日久，冥发妄中，虽铺叙平淡，摹缋浅近，而万感横集，五中无主，读其篇者，临渊窥鱼，意为魴鲤，中宵惊电，罔识东西。赤子随母笑啼，乡人缘剧喜怒，抑可谓能出矣。[④]

詹安泰、谢桃坊阐发了这一关涉创作论与鉴赏论的理论问题：

> 抑周氏所谓"无寄托"，非不必寄托也，寄托而出之以浑融，使读者

①《介存斋论词杂著》，第10页。

②同上书，第3—4页。

③同上书，第4—5页。

④《宋四家词选目录序论》，《宋四家词选》，第2页。

> 不能斤斤于迹象以求其真谛，若可见若不可见，若可知若不可知，往复玩索而不容自已也。曰“仁者见仁，知者见知”，则其意有所属可知。曰“求无寄托”则其有意为无寄托，使有寄托者貌若无寄托可知。①
>
> 根据理论的探讨和创作的经验，周济以为作词时，若无寄托便不能入门，若专主寄托则永远停留于初学阶段。因此，他将创作的境界分为三级。初学者对具体事物应注意观察，进行联想，寻求寄寓的内容。在构思时便象游丝缠住落花，在表现时如运斤成风。这可算是初学入门了。经过长期练习之后，作者主观的意感，容易借助于形象自由地达到寄托的目的。这样可算学词入室了。作者对情与境的体验，日积月累，偶然触发，表现得平淡浅近，自然生动，真实情感流露，使读者产生丰富的联想，甚至感到惊异或某些神秘不可理解。这样可算学词达到浑化的高境了。②

综上可知，周济说词方法比张惠言的互体半象，已经渐趋客观科学；不是语语坐实，也不再是对“作者未必无此意，而作者亦未必定有此意”的揣想，而是追求所拟客观物象与主观情感的高度契合，读者千载而下，披文入情，认知或能符合作者初心的感同身受，正如况周颐所说：“词贵有寄托。所贵者流露于不自知，触发于弗克自已。身世之感，通于性灵。即性灵，即寄托，非二物相比附也。”③周济词论与张炎《词源》、浙派理论不同，认为总体而言，唐五代、北宋与南宋相比处于优势。但南宋王沂孙因能逆溯而前，词有北宋素质。也就是在求空与有寄托、求实与无寄托，以及非寄托不入、专寄托不出之间达到了微妙的平衡，可从以下几点分析。

第一，章法痕迹与浑涵气象。南宋词章法始露针缕痕迹，唐五代、北宋词因“酝酿最深”而有“浑涵之诣”“浑厚气象”。章法痕迹即《词源》所谓先命意，再安排开头、结尾，选择适宜韵字，然后作词。过片要承上接下，结句要显其志。周济认为词体章法虽有脉络，但必须泯灭迹象，并由此称赏温庭筠：“皋文曰：‘飞卿之词，深美闳约。’信然。飞卿酝酿最深，故其言不怒不慑，备刚柔之气。针缕之密，南宋人始露痕迹，《花间》极有浑厚气象。如

①詹安泰《论寄托》，《词学季刊》（第3卷第3号），1936年。

②谢桃坊《评常州词派的理论》，《学术月刊》1990年第11期。

③《蕙风词话·广蕙风词话》，第98页。

飞卿则神理超越，不复可以迹象求矣；然细绎之，正字字有脉络。”[①]认为碧山词符合有脉络而无迹可寻的标准。周济评曰：“咏物最争托意，隶事处以意贯串，浑化无迹，碧山胜场也。”刘永济解释其中原因：“沂孙之词长于咏物，后世词家多称其词有君国之忧、兴亡之感。大抵沂孙生当南宋之末，亲睹亡国，不能无感，然终不能固其节操，故有为新朝学正之事。学正虽与行政官不同，其投异族政权之下讨生活，则无不同。盖亦易飘摇于风雨者也。”[②]后句见刘熙载《艺概·词曲概》：“韦端已、冯正中诸家词，留连光景，惆怅自怜，盖亦易飘飏于风雨者。”[③]是说韦庄由唐入后蜀，冯延巳身居要位对南唐颓势不能有所匡救，因而以词释放胸中郁积。冯煦评冯延巳：“危苦烦乱之中，郁不自达者，一于词发之。其忧生念乱，意内而言外，迹之唐、五季之交，韩致尧之于诗，翁之于词，其义一也。”[④]这是强化了前引张惠言“以道贤人君子幽约怨悱不能自言之情，低徊要眇，以喻其致”。

正因为如此，周济认为碧山词提供了不能以迹象相求的学词门径：“皋文不取梦窗，是为碧山门径所限耳。”[⑤]值得注意的是，碧山是北宋求实的“无门径”而非南宋求空的“有门径”：

> 北宋主乐章，故情景但取当前，无穷高极深之趣。南宋则文人弄笔，彼此争名，故变化益多，取材益富。然南宋有门径，有门径，故似深而转浅；北宋无门径，无门径，故似易而实难。[⑥]

在周济看来，南宋碧山门径与姜夔门径有宽狭之异，因后者痕迹刻露，易成亦步亦趋的被模仿法度：“白石以诗法入词，门径浅狭，如孙过庭书，但便后人模仿。”[⑦]这一说法得到晚清以来诸家的应和，况周颐说：“初学作词，最宜读碧山乐府，如书中欧阳信本，准绳规矩极佳。”[⑧]孙过庭书法受窦臮“千纸一类，一字万同”[⑨]之讥，正是可供后人步趋。欧阳信本即欧阳询，张

①《介存斋论词杂著》，第5页。
②《微睇室说词》，第254页。
③《艺概》，第107页。
④冯煦《阳春集序》，《四印斋所刻词》，第331页。
⑤《宋四家词选目录序论》，《宋四家词选》，第3页。
⑥同上书，第4页。
⑦《介存斋论词杂著》，第8—9页。
⑧况周颐《香海棠馆词话》，《况周颐词话五种》（外1种），浙江古籍出版社2014年，第26页。
⑨窦臮撰，窦蒙注《述书赋》，《景印文渊阁四库全书》（第812册），第92页。

怀瓘《书断》谓其“篆体尤精，飞白冠绝，峻于古人，有龙蛇战斗之象，云雾轻笼之势，风旋雷激，操举若神”[1]，虽可学步，但无迹象。王鹏运、刘永济皆持此说：“清末王鹏运论学词当从王沂孙入。盖王词脉络分明，辞情交错而不晦露，色泽浓淡之间，丰润停匀，声律谐婉，初学得之，易于领会也。”[2]

第二，求空求实与有无寄托。所谓求有寄托，是词人先知“如何命意”，并在布局谋篇时进行思考安排，着意突出主旨，构思的优秀篇章“表里相宜，斐然成章”；但文学的极诣是求无寄托，即“满心而发，肆口而成”“触类可为其象，合义可为其征”，就是不求寄托却不期然而有寄托。周济的求空求实与有无寄托，也是以《词源》为潜在的话语对象：肯定“质实”否定“清空”，这是延伸沈义父《乐府指迷》清真、梦窗质实一路，常国武先生以为碧山《花外集》“时时饰以类似梦窗的秾丽辞藻”“咏物之作则近于梦窗”[3]，由此看来，常州词派以周邦彦、辛弃疾、吴文英、王沂孙为宋词四大家，除稼轩为别调外，其余三家源流相同，风格质实，这也是周济认为碧山能成为趋向清真轨范门径的原因。

周济以词作呈现出的“空”“实”形态不同，在南宋词中强分高下，贬抑姜夔、张炎，褒扬王沂孙：“中仙最多故国之感，故着力不多，天分高绝，所谓意能尊体也。中仙最近叔夏一派，然玉田自逊其深远。”[4]“碧山恬退是真，姜、张皆伪。”[5]其实，“意能尊体”，原本就是《词源》以“清空”为桥梁追求“意趣高远”“高出人表”的目标（已见前论）。张炎举例主要有北宋苏轼、南宋姜夔；周邦彦则被列为“惜乎意趣却不高远”（黄升说姜夔“其间高处，有美成所不能及”也是这个意思）。周济的观点在某种意义上，是对《词源》理解不够透彻所至。

周济词选具体评说美成词，无法人为发掘词中所谓义蕴。而是或谓其实写，如《玉楼春》（桃溪不作从容住）：“只赋天台事，态浓意远。”《拜星月慢》（夜色催更）：“全是追思，却纯用实写。但读前阕，几疑是赋也。”或泛谓其有神韵，如《苏幕遮》（燎沉香）：“若有意，若无意，使人神眩。”《满庭芳·夏

---

①张怀瓘《书断》，《泰州文献》（第4辑第1册），凤凰出版社2015年，第28页。

②《微睇室说词》，第259页。

③常国武《碧山、草窗、玉田三家词异同论》，《文学评论》1991年第4期。

④《介存斋论词杂著》，第9页。

⑤《宋四家词选目录序论》，《宋四家词选》，第4页。

日溧水无想山作》:“似褒似贬,神味最远。”《兰陵王·柳》:“以下不辨是情是景,但觉烟霭苍茫。‘望’字‘念’字尤幻。”①稍涉美成事迹,就暴露出此派的考证功力不足。如评《齐天乐》(绿芜凋尽台城路):“此清真荆南作也。胸中犹有块垒,南宋诸公多模仿之。身在荆南,所思在关中,故有渭水长安之句。”又评《解语花·上元》:“此美成在荆南作,当与《齐天乐》同时,到处歌舞太平,京师尤为绝盛。”②今知《齐天乐》是熙宁八年(1075)秋天写于自荆州归钱塘途经金陵时,在青年游学期间③。《解语花》则写于建中靖国元年(1101)前后在睦州(今浙江建德一带)任令尹时④,在中年游宦期间。两词写作时空可谓风马牛不相及。前引詹安泰分比兴寄托为取资闺帏之内、取资自然风景两类,前者举韦端己《菩萨蛮》为例,后者举姜尧章《暗香》《疏影》为证,独少北宋例证,正好说明这一阶段词作比兴寄托的意味不够明显。

周济作为常派中流砥柱,虽然有很高的词学理论成就,但在笺释方面,却始终是存在困扰。陈廷焯已经看到常派缺乏考镜式的参证借鉴,发掘词中寄托看似识见超拔,但也有可能是大言欺世,这是从内部动摇了常派的学问根基:“《词选》云:‘碧山咏物诸篇,并有家国之忧。’自是确论。读碧山词者,不得不兼时势言之,亦是定理。或谓不宜附会穿凿,此特老生常谈,知其一不知其二。古人诗词,有不容穿凿者,有必须考镜者,明眼人自能辨之。否则徒为大言欺人,彼方自谓识超,吾直笑其未解。”⑤

(三)以意逆志疏于参证

前引刘师培指出:“文章得失,后人评论每不及同时人评论之确切。……盖去古愈近,所览之文愈多,其所评论亦当愈可信也。”前引谢章铤批评常州派说词曾论及其忽略宋人记载,认为苏轼《贺新郎》、辛弃疾《祝英台近》“皆有本事,见于宋人之纪载”,“而谓我能以意逆志,是为刺时,是为叹世”。我国古代文学有教化传统,读者知人论世,方能披文入情。换言之,说词的前提是尽可能还原创作时空,晚宋时因时代鼎革,词人生平事迹大多湮没无闻,周济以意逆志虽曰独创新说,然疏于参证带来的问题甚至会

①以上五条见《宋四家词选眉批》,《宋四家词选》,第10、10、8、9、7页。

②以上二条见《宋四家词选眉批》,《宋四家词选》,第8、13页。

③参见《清真集校注》,第70—71页。

④拙文《周邦彦曾居官睦州、并在睦州任上两至越州诗词考证》,《第五届宋代文学国际研讨会论文集》,暨南大学出版社2009年。

⑤《白雨斋词话》,第41页。

对其理论建构造成不利影响。

以周济推举四大家为例，周邦彦、辛弃疾、王沂孙、吴文英虽然定位了在词史上的关键位置及学词者由南而北的回溯路径，但在具体排列中，各家下附诸家过于主观，如以晏殊、欧阳修附周邦彦，以苏轼、姜夔附于辛弃疾，以史达祖、张炎附于王沂孙，以高观国、陈允平附于吴文英，依据极为薄弱；而且后附词人知名度及艺术成就的差别不啻霄壤，录其谱系如下：

> 周邦彦（下附：晏殊、韩镇、欧阳修、晏几道、张先、柳永、秦观、贺铸、韩元吉。）
>
> 辛弃疾（下附：徐昌图、范仲淹、苏轼、晁补之、洪皓、姜夔、陆游、陈亮、赵以夫、陈经国、方岳、蒋捷。）
>
> 王沂孙（下附：林逋、毛滂、潘元质、吕本中、康伯可、范成大、史达祖、张炎、黄公绍、练恕可、唐珏。）
>
> 吴文英（下附：张升、赵令畤、王安国、苏庠、陈克、严仁、高观国、陈允平、周密、王武子、黄孝迈、王梦应、楼采、无名氏。）①

这一谱系的制订，最为明显的是以王沂孙为截点有失严谨。

其一，按生卒年，吴文英远在王沂孙之前，前考梦窗卒于元初，王沂孙卒于大德九年（1306）或稍后；二家顺序应该颠倒；也只有这样，周济“问途碧山，历梦窗、稼轩，以还清真之浑化”才能顺理成章、水到渠成。周济承绪张惠言张炎北游十年说，所以对其词中的家国兴亡之感置若罔闻（前引常国武引周济评王沂孙《齐天乐·蝉》所谓“家国之恨”是有“国”无“家”的偏义复辞，晚宋词人多属此类，但张炎是例外）。宋元之际文人理解张炎《南浦·春水》《解连环·孤雁》的家国之感，因而当时即获“张春水”“张孤雁”的品题，周济词选不仅未予选录，反而评为“如《南浦》之赋‘春水’，《疏影》之赋‘梅影’，逐韵凑成，毫无脉络，而户诵不已，真耳食也”，“玉田词，佳者匹敌圣与，往往有似是而非处，不可不知”。却录入并盛赞王沂孙《南浦》唱和之作：“碧山故国之思甚深，托意高，故能自尊其体。”②

之后，受常派影响的碧山词编年，都会有前后参差的误差。如汪兆镛

①《宋四家词选目录序论》，《宋四家词选》，第1页。

②《宋四家词选眉批》，同上书，第47页。

编年,就是以为其词尚有南渡的创伤烙印,卒于宋亡后不久:

> 窃意如《青房并蒂莲》词:“愁窥汴堤翠柳,曾舞送当时,锦缆龙舟。”《水龙吟·牡丹》云:“怕洛中、春色匆匆,又入杜鹃声里。”是南渡初追忆汴京,宜编次于前。如《眉妩·新月》《高阳台·咏梅》《庆清朝·榴花》,张皋文谓并有君国之忧。及《庆宫春·水仙》云:“国香到此谁怜,烟冷沙昏,顿成愁绝。试招仙魄,怕今夜、瑶簪冰折。”《一萼红·红梅》云:“岁寒事、无人共省,破丹雾、应有鹤归时。”《无闷·雪意》云:“阴积龙荒,寒度雁门,西北高楼独倚。”“待翠管、吹破苍茫,看取玉壶天地。”是怀蒙尘恸而不忘恢复之思,宜编录次之。至《天香·龙涎香》云:“孤峤蟠烟,层涛蜕月。”是崖山之恨。《齐天乐·蝉》云:“甚已绝余音,尚遗枯蜕。”是冬青之悲。《法曲献仙音·聚景亭梅》云:“凄凉,近来离思,应忘却、明月夜深归辇。”“纵有残花,洒征衣、铅泪都满。”是荆驼之感。《绮罗香·红叶》云:”何事西风老色,争妍如许。”“但凄凉、秋苑斜阳,冷枝留醉舞。”是责亡国大夫不知耻辱也。循此微恉,重加排比,较有条理。①

经历南渡,必须年长于周密,但王沂孙《淡黄柳》题序:“甲戌冬,别周公谨丈于孤山中。次冬,公谨游会稽,相会一月。又次冬,公谨自剡还,执手聚别,且复别去。怅然于怀,敬赋此解。”“周公谨丈”云云,是年少于周密的显证。

其二,前考王沂孙至元二十八年(1291)之前,曾于春天出仕元朝庆元路学正。与周密约以深秋归家山,但延滞并未归来。周密《忆旧游·寄王圣与》、王沂孙《声声慢》(啼螿门静)、《扫花游·秋声》皆有反映,王沂孙《齐天乐·四明别友》表明至早在约定时间的次年仲秋时节才回到山阴故乡。对于出仕,王沂孙内心充满悔意。宋初隐士林逋有《自作寿堂,因书一绝,以志之》:“茂陵他日求遗稿,犹喜曾无封禅书。”碧山词中明显借以解嘲。如《声声慢》:“茂陵远,任岁华苒苒,老尽相如。”周密理解碧山心情,其《踏莎行·题中仙词卷》也有“白头吟老茂陵西”之句。(张炎《解连环·拜陈西麓墓》,因陈允平受召北上,也用此典:“纵荷衣未改,病损茂陵,总是离索。”)

---

①汪兆镛《碧山乐府书后》,王沂孙著,詹安泰笺注,蔡起贤整理《花外集笺注》,广东人民出版社1995年,第172页。

碧山《扫花游·秋声》有句曰："迢递归梦阻。正老耳难禁，病怀凄楚。故山院宇。想边鸿孤唳，砌蛩私语。数点相和，更着芭蕉细雨。避无处。这闲愁、夜深尤苦。"取用语典有戎昱"一夜不眠孤客耳，主人门外有芭蕉"诗句，庾信《愁赋》残文："闭户欲驱愁，愁终不肯去。深藏欲避愁，愁已知人处。"而其《水龙吟·落叶》则与张炎《绮罗香·红叶》同慨，但强化了庾信《枯树赋》《哀江南赋》中木叶辞故枝的意象，喻写故土流离的萧瑟苍凉。读者虽然不能厚责王沂孙出仕新朝学官，但知人论世，当然不能完全抹杀碧山出仕对其创作心态产生的重要影响，而一味夸大词中君国之忧、兴亡之感。所以，探求碧山词的所谓义理并非易事，周济词选除上引《南浦·春水》外，对碧山词的眉批仅另有寥寥五条，多为泛论：

> 《花犯·苔梅》：赋物能将人景情思一齐融入，最是碧山长处，由其心细笔灵，取径曲，布势远故也。不减白石风流。①
>
> 《无闷·雪意》：何尝不峭拔，然略粗。此所以为碧山之清刚也。白石好处，无半点粗气矣。②
>
> 《齐天乐·蝉》：（上阕）此身世之感。（下阕）此家国之恨。③
>
> 《扫花游》（小庭荫碧）：伤盛时易去。④
>
> 《扫花游》（卷帘翠湿）：刺朋党日繁。⑤

实际上，碧山词以出仕学官为界，分为前后两期，前期词作与其他遗民词人一样大都表达盛衰今昔的忠爱之情，其特点是缠绵往复，明灭闪烁。胡适所讥"晦涩的灯谜"多指此类词作；后期则因悔恨出仕而多归欤之感，叙事与抒怀相比前期反而明朗，但论者多贯通碧山前后期词风，以前观后，引起不必要的误读。

碧山词多唱和之作，前期词作可以通过交游唱和定位其创作时间及主旨。如据前引夏承焘先生所考，《乐府补题》五咏写于祥兴二年（1279），"隐指去岁六陵被发事"。在5次同调同题但非次韵的集体同题唱和活动中，王沂孙参加了4次。有赋白莲《水龙吟》2首，赋蝉《齐天乐》2首，赋龙涎香《天

①《宋四家词选眉批》，《宋四家词选》，第47页。

②同上。

③同上书，第49—50页。

④同上书，第51页。

⑤同上书，第52页。

香》1首，赋莼《摸鱼儿》1首。如赋龙涎香皆用海底骊龙典：王沂孙有“骊宫夜采铅水”，冯应瑞有“骊宫夜蛰惊起”，周密有“骊宫玉唾谁捣”，与诸家赋白莲《水龙吟》对参，知兼用杨妃海上仙山事典，显然有凭吊厓山战败之意（详下说）。另如周密有《献仙音·吊雪香亭梅》，王沂孙、李彭老有《法曲献仙音·聚景亭梅，次草窗韵》《法曲献仙音·官圃赋梅，继草窗韵》是同调次韵之作（《献仙音》与《法曲献仙音》同调异名）。这是在旧都皇家园林凭吊落梅（官圃是孤山御园，雪香亭在集芳园内，聚景亭在聚景园内[①]。原唱与和作都是在谢太皇太后、全太后、宋恭帝北行入燕后，词人在皇家园林折梅北望，唯能黯然神伤；并把归辇再入旧京定格为御圃花梦的深情顾盼，幻觉中天涯燕地随笛声飘落的梅花也化为缠绕北狩帝后的衣上铅泪。交游唱和词人中周密、李彭老等在宋朝词坛年辈、词名远胜于王沂孙，常州选择王沂孙为四家之一，最为主要的原因，是碧山词旨恍惝迷离的多义指向，适宜常派见仁见智的解说。因此对碧山词的笺说，大多为“六经注我”的阐释，强附的意味仍然非常明显。

不妨以碧山后期词作为例。前考王沂孙应在至元二十八年（1291）之前出仕。出仕期间的不少词作保存下来：

> （当年秋天）《绮罗香·秋思》：“一片秋声，应做两边愁绪。江路远、归雁无凭，写绣笺、倩谁将去。”
>
> （次年初春）《一萼红·初春怀旧》：“又争信、风流一别，念前事、空惹恨沉沉。”《锁窗寒·春寒》：“等归时、为带将归，并带江南恨。”《锁窗寒·春思》：“自别后，多应黛痕不展。……试凭他、流水寄情，溯红不到春更远。”
>
> （暮春）《扫花游·绿阴》：“旧盟误了。又新枝嫩子，总随春老。渐隔相思，极目长亭路杳。”又，“故林晚步。想参差渐满，野塘山路。”又，“短亭暮。谩青青、怎遮春去。”
>
> （初夏）《三姝媚·樱桃》：“荐笋同时，叹故园春事，已无多了。赠满筠笼，偏暗触、天涯怀抱。”

---

①《咸淳临安志》卷十三：“聚景园，在清波门外。孝宗皇帝致养北宫，拓圃西湖之东，又斥浮图之庐九以附益之。亭宇皆孝宗皇帝御扁，尝恭请两宫临幸。光宗皇帝奉三宫，宁宗皇帝奉成肃皇太后，亦皆同幸。岁久芜圮，今老屋仅存者堂曰‘揽远’，亭曰‘花光’。又有亭植红梅，有桥曰柳浪，曰学士，皆粗见大概。”《咸淳临安志》，第162页。

周济《宋四家词选》入选上引《扫花游》前二首(选本无“绿阴”词题):

> 小庭荫碧,遇骤雨疏风,剩红如扫。翠交径小。问攀条弄蕊,有谁重到。谩说青青,比似花时更好。怎知道。□一别汉南,遗恨多少。
>
> 清昼人悄悄。任密护帘寒,暗迷窗晓。旧盟误了。又新枝嫩子,总随春老。渐隔相思,极目长亭路杳。搅怀抱。听蒙茸、数声啼鸟。
>
> 卷帘翠湿,过几阵残寒,几番风雨。问春住否。但匆匆暗里,换将花去。乱碧迷人,总是江南旧树。谩凝伫。念昔日采香,今更何许。
>
> 芳径携酒处。又荫得青青,嫩苔无数。故林晚步。想参差渐满,野塘山路。倦枕闲床,正好微曛院宇。送凄楚。怕凉声、又催秋暮。

周济眉批前首“伤盛时易去”,后首“刺朋党日繁”,然而,至元二十八年离宋亡已经过去十三年。如前首写暮春飞红若扫,枝柯茂盛葱茏,新枝嫩子初结,旧盟从游青子煮酒,但归期路杳。窗外数声鸟啼搅乱客居怀抱。是出仕怀归的词作。后首与前首是组词,抒发的怀抱大致相同,尽管其中可能萦绕对前朝的怀思,但已经不是主要倾向。碧山无宋朝职守,新朝出仕学官也无从“刺朋党日繁”。

其三,碧山咏物介于白石、梦窗之间,特别是前期词作,是有过于梦窗秾辞丽藻之质实,需有训诂式的笺证,第三章《南浦》(柳外碧连天)的分析已经可以看出这一点,不妨再细笺《天香·龙涎香》如下:

> 孤峤蟠烟,层涛蜕月,骊宫夜采铅水。讯远槎风,梦深薇露,化作断魂心字。红瓷候火,还乍识、冰环玉指。一缕萦帘翠影,依稀海天云气。　　几回殢娇半醉。剪春灯、夜寒花碎。更好故溪飞雪,小窗深闭。荀令如今顿老,总忘却、尊前旧风味。谩惜余熏,空篝素被。

龙涎香,传说是海中睡龙所吐。上阕出自取制龙涎香传说。张世杰《游宦纪闻》(卷七):“(龙涎香)出大食国。近海旁常有云气罩山间,知有龙睡其下。……又一说云:白者如百药,煎而腻理,黑者亚之,如五灵脂而光泽。其气近于臊,似浮石而轻,或云异香,或云气腥能发众香气,皆非也。龙涎于香本无损益,但能聚烟耳。和香而用真龙涎,焚之则翠烟浮空,结而不散。坐客可用一剪以分烟缕。所以然者,蜃气楼台之余烈也。”[①]龙涎和

①张世杰《游宦纪闻》,中华书局1981年,第61—62页。

香，翠烟上袅，结而不散。“铅水”谓龙涎结香沉重而色黑。又因海龙枕石而睡合用骊珠典。见《庄子·列御寇》：“河上有家贫恃纬萧而食者，其子没于渊，得千金之珠。其父谓其子曰：‘取石来锻之。夫千金之珠，必在九重之渊，而骊龙颔下，子能得珠者，必遭其睡也。使骊龙而寤，子尚奚微之有哉。’”①龙涎能发众香，制作时用以和香，可以助成散发各类香气。词中有“薇露”，典见张泌《妆楼记·蔷薇水》：“周显德五年，昆明国献蔷薇水十五瓶，云得自西域，以洒衣，衣敝而香不灭。”②《铁围山丛谈》（卷五）：“旧说蔷薇水，乃外国采蔷薇花上露水，殆不然。实用白金为甑，采蔷薇花蒸气成水，则屡采屡蒸，积而为香，此所以不败。但异域蔷薇花气馨烈非常，故大食国蔷薇水虽贮琉璃缶中，蜡密封其外，然香犹透彻，闻数十步，洒着人衣袂，经十数日不歇也。”③有“心字”香，“心字”为香形。杨慎《词品·心字香》：“范石湖《骖鸾录》云：‘番禺人作心字香，用素馨茉莉半开者着净器中，以沉香薄劈，层层相间，密封之，日一易，不待花蔫，花过香成。’所谓心字香者，以香末萦篆成心字也。”④宋朝有心字龙涎香，叶嘉莹先生曾引杨万里《谢胡子远郎中惠蒲大韶墨报以龙涎心字香》“送以龙涎心字香，为君兴云绕明窗”为说。红瓷候火，是以定州红瓷香炉爇香。上结二句即上引《游宦纪闻》所载龙涎香特点，翠烟浮空依稀幻出海市蜃楼之神韵。下阕前五句泛写红袖剪烛场景。宋朝有以龙涎香屑灌制蜡烛，以红罗缠缚，无须剔烛花。叶绍翁《四朝闻见录》（乙集）：“宣、政盛时，宫中以河阳花蜡烛无香为恨，遂用龙涎、沉脑屑灌蜡烛，列两行数百枝，焰明而香滃，钧天之所无也。”⑤杨慎《丹铅总录》（卷七）：“宋代宫烛以龙涎香贯其中，而以红罗缠炷，烧烛则灰飞而香散。”⑥以龙涎和香，还能激发梅花香型的熏香。宋人雅称“返魂梅”，故上阕“断魂”二字入此，意谓龙涎之所以有梅花香型，似为梅花招魂。方回评曾几《返魂梅》曰：“此非梅花也，乃制香者合诸香，令气味如梅花，号之曰‘返魂梅’。”⑦陈敬《陈氏香谱》（卷三）“凝和诸香”条有“韩魏公浓梅香（又

①《庄子》，第335页。

②张泌《妆楼记》，中华书局1985年，第2页。

③《铁围山丛谈》，第97—98页。

④杨慎著，岳淑珍导读《词品》，上海古籍出版社2009年，第56页。

⑤《四朝闻见录》，第48—49页。

⑥杨慎撰，王大亨笺证《〈丹铅总录〉笺证》（上册），浙江古籍出版社2013年，第235页。

⑦《瀛奎律髓》，第486页。

名返魂梅)。”[①]又载:“黄太史跋云:余与洪上座同宿潭之碧湘门外,舟中衡岳花光仲仁寄墨梅二枝,扣船而至,聚观于灯下。余曰:只欠香耳。洪笑发谷董囊,取一炷焚之,如嫩寒清晓行孤山篱落间。怪而问其所得,云:东坡得于韩忠献家,知余有香癖而不相授,岂小鞭其后之意乎?洪驹父集古今香方,自谓无以过此。以其名意未显,易之为‘返魂梅’云。”[②]诗中也有直接以梅香喻龙涎,如杨万里《瓶中梅花长句》:“是时雨后初开前,日光烘花香作烟。政如新火炷博山,蒸出沉水和龙涎。”引词还合用林逋《山园小梅》“疏影横斜水清浅,暗香浮动月黄昏”,以及梅诗句意:“雪后园林才半树,水边篱落已横枝。”其中又用荀彧坐处留香典。《三国志·魏书·荀彧传》:“天子拜太祖(曹操)大将军。进彧为汉侍中,守尚书令。”[③]故简称荀彧为“荀令君”。《太平御览》卷七百三引习凿齿《襄阳记》:“刘和季性爱香炉,上厕置香炉。主簿张坦曰:‘人名公作俗人,真不虚也。’和季曰:‘荀令君至人家,坐处三日香,君何恶我爱好也。’”[④]并以李商隐《酬崔八早梅有赠兼示之作》衔接梅香与荀令:“谢郎衣袖初翻雪,荀令熏炉更换香。”末二句反用周邦彦《花犯·咏梅》:“更可惜,雪中高树,香篝熏素被。”意思是溪畔乍雪,尚无积雪如素被覆盖梅枝,可惜梅花如空篝袅香。

王沂孙此词(包括参加《乐府补题》集体唱和的另外5首词作)基本确定写于宋亡不久元僧发陵时,所以咏物当然不会落于下乘之“方物略”,而是让人联想到名香相关的当朝忠烈之事。周密《癸辛杂识》(续集卷下)“张世杰忠死”条载焚香与厓山海战相关:“张世杰之战海上也,尝与祥兴之主约曰:‘万一事不可为,则老臣必死于战。有沉香一株,重千余两,是时当焚此香为验。或香烟及御舟,可即遣援兵,或不然,宜速为之所,无堕其计中也。’及厓山之败,张俨然立船首,焚香拜天曰:‘臣死罪,无以报国,不能翊运辅主,惟天鉴之!’”[⑤]詹安泰据此认为:“碧山此词或系咏宋亡事。”[⑥]前引张炎称碧山有“白石意度”,指的是用典炼句虽然有梦窗质实,但能立意清

①陈敬《陈氏香谱》,中国书店2014年,第277页。
②《陈氏香谱》,第278—279页。
③《三国志》(第1册),第310页。
④李昉等《太平御览》(第3册),中华书局1960年,第3139页。
⑤《癸辛杂识》,第182页。
⑥《花外集笺注》,第4页。

空如白石高远。常国武先生谓碧山“介乎白石、梦窗之间”[①]，可谓灼见。

常派提升王沂孙的影响，主要表现在具体说词方面。前述碧山咏物无闺房绮思而有忠爱高致，《一萼红·红梅》《疏影·咏梅影》《水龙吟·牡丹》《庆宫春·水仙花》《庆清朝·榴花》等等无不如此，这也是晚宋词转型后遗民咏物词集体呈现的新异风貌，但受常派影响的论者多以碧山为翘楚。如沈祥龙称誉说：“咏物之作，在借物以寓性情。凡身世之感，君国之忧，隐然蕴于其内，斯寄托遥深，非沾沾焉咏一物矣。如王碧山咏新月之《眉妩》，咏梅之《高阳台》，咏榴之《庆清朝》，皆别有所指，故其词郁伊善感。”[②]吴梅又举王沂孙咏蝉《齐天乐》、赋白莲之《水龙吟》，赋绿茵之《琐窗寒》“皆有所托，非泛泛咏物也。”[③]但也有与常派意见相对者。如吴播光说：“范丈白舫与金君桐孙有《三家词》合刻之举，白石、碧山二集已各订校，而玉田词较多数倍，不以梼昧，属与校勘。余按：玉田于祥兴宋亡时，年仅三十有二，以勋臣之裔，不愿仕进，然乔木摧颓、布袍沦落，几无以宁居，故不得已往来南北之途，甚至卖卜于鄞肆，铜盘之泣，桑海之嗟，时寓意于长短句中，低徊不置。读《山中白云》，当悲其志而悯其穷也。周丈止庵称中仙能自尊其体，独不及玉田，岂有爱憎之偏耶？”[④]

综上，周济指明的逆溯路径是“问途碧山，历梦窗、稼轩，以还清真之浑化”，然而“白石意度”是碧山词的核心之一，前文多次论及白石“清空”的意义是开创典雅词体承载家国重大主题的媒介，前引周济的词派谱系中，归姜夔于辛弃疾，完全排除了白石对碧山的影响，不能不说这是宋四家谱系有失参证之处。而所谓“先之以碧山，餍切事物，言近指远，声容调度，一一可循，学者所由成章也”，表明碧山词仍是南宋有寄托之“表里相宜，斐然成章”，因此在与当时词人比较中可以看到，所谓“非寄托不入，专寄托不出”并非碧山“专利”。进而言之，碧山出仕学官之时的词作，表达的是出仕遗民小我的悲情，属于“小众”的生活坎坷；而与前说梦窗词“乱世之文匿而采”相比，却更加凝涩晦昧。作为初学门径，后学者难得其门而入。

晚清词学大家朱祖谋对常派这一谱系的微辞，已见于龙榆生先生转

①常国武《碧山、草窗、玉田三家词异同论》，《文学评论》1991年第4期。

②《论词随笔》，《词话丛编》(第5册)，第4058页。

③《词学通论》，第4页。

④吴播光《山中白云词跋》(手批)，龚翔麟等校刊《山中白云词》(今藏嘉兴图书馆)。

载："（彊村先生）又谓周选四家，碧山器小，殊觉未称，祧苏祖辛，尤为颠倒。其晚年定论如是……其不主故步自封当为人所共见，宜其为广大教主也。"[①]因此，周济虽然推举南宋三家，真正成就的却是吴梦窗一家。饶宗颐《词集考》："自周济标举四家，并谓'梦窗奇思壮采，腾天潜渊，返南宋之清泚，为北宋之秾挚'，于是风气转移，梦窗词与后山诗并为清季所宗，如清初之家白石而户玉田矣。"[②]民国初年，犹有余风："自道光末戈顺卿辈推戴梦窗，周止庵心厌浙派，亦扬梦窗以抑玉田。近代承之，几若梦窗为词家韩、杜。"[③]"近世学梦窗者，几半天下。"[④]这不能不说是词坛扬弃周济四家谱系而对宋朝公论"前有清真，后有梦窗""梦窗深得清真之妙"的香火延续。

陈廷焯试图折衷浙西、常州，说词以雅正为津梁，《续修四库全书〈白雨斋词话〉提要》："清初说词者，尚承明季之风，喜为河汉之言，而无益于词学。嘉道以来，议论始精。廷焯受词学于庄棫，而接迹于常州二张之派也。故其论词，本诸《风》《骚》，正其情性，温厚以为体，沉郁以为用，引以千端，衷诸一是。"[⑤]浙西、常州是清朝有影响的两大词学流派，尽管对张炎褒贬态度迥异，但都以之作为重要的接受对象，而且二派理论起点皆在包括张炎《词源》在内的晚宋词学。本章以张炎词为主要考察对象，以清代词学建构与晚宋词学形成贯通语境。从中可以看到，清朝两大词学流派的贡献功在千秋，但其学问根基一为汉学，一为宋学。浙西词派奉行"正文字、辨音读、释训诂、通传注"的原则，在校勘版本、考证词人生平等方面特别推进了南宋词的整体研究，并取得重大突破，然而在理论创新方面虽然有当朝的阐释视角与立场，但因袭多于创新。

常州词派忽略训诂、考证，凭借敏锐的艺术直觉探求义理，拓新了词学理论的疆域，阐释路径更贴近文学本质，引起"一时作者靡然响风"[⑥]的轰动效应，但从词学实践看，宋四家中王沂孙的词史地位并未因此得到太大提升，"祧苏祖辛"也没有动摇苏轼在词史上的泰山北斗地位。正如前文所指

①龙榆生《张牧石梦边词序》，《龙榆生词学论文集》，第552页。

②饶宗颐《词集考》，中华书局1992年，第226页。

③沈曾植《菌阁琐谈》，《词话丛编》（第4册），第3613页。

④吴梅《乐府指迷笺释序》，《乐府指迷笺释》，第92页。

⑤中国科学院图书馆整理《续修四库全书总目提要稿本》（第13册），齐鲁书社1996年，第668页。

⑥龙榆生《张牧石梦边词序》，《龙榆生词学论文集》，第551页。

出,要从调和汉学与宋学的内在理路入手:不仅借助汉学挖掘思想源头,更要借助宋学构筑思想景观,进一步淡化经学色彩,回归词学理论本身。这应该是研究清代词学理论建构努力的方向。

结 语

杨海明先生指出："张炎是宋末元初这一历史阶段的一位代表词人。他的《山中白云词》和《词源》，是300年来的宋词和宋代词论的一个'结束'，它们反映着这一特殊历史时期的文人心态与词学风尚，具有一定的认识意义、审美品格和理论价值。'解剖'这位词人的作品，对于理解整个宋词的发展乃至发扬祖国的文学遗产，都是有益和需要的。"[①]本书对张炎其人、其词、其词学进行了较为系统的"解剖"。

首先，据其词集与相关史料较为完整地考察了张炎以临安沦亡为起点的生平事迹，他的人生出现了从贵族公子到罪囚后裔的惊人反转。张炎一生曾两次北游大都：初次北游在宋恭帝德祐二年(1276，此年元兵攻入临安)或景炎二年(1277)，因祖父张濡遭磔杀、父亲张枢受株连，祥兴元年(1278)秋天已经南归。再次北游在庚寅即至元二十七年(1290)，辛卯即次年归南。经受家国之难后的人生包括创作可以分为三个阶段。第一期德祐二年(1276)—至元二十六年(1289)，初次北游及南归后往来杭州与浙江以东地区。第二期至元二十七年(1290)—大德三年(1299)，再次北游及南归后往来于杭州与浙江以东地区。第三期大德四年(1300)—至治元年(1321)，往来杭州及苏州为中心的浙西地区，最终归隐杭州。第一期主要是政治逃亡避难，第二期主要在浙东隐居守节避乱，第三期在浙西吴地为南山豹隐以避世，词作思想内容可循此以进。张炎两次北游与三个阶段相互叠合，从时空上切割成不同的"区块"，在入元后的四十多年时间，空间是以杭州为起始点，旁及山阴、四明、台州、衢州、苏州、江阴、吴兴、常州、宜兴、溧阳、金陵等地。在张炎及所交游的遗民群体的唱和语境中可以感受到忠爱思想的共同表达以及相互间的温暖与砥砺，家国忠爱更是张炎终其一生的诉求。

其次，不仅把张炎词学置于两宋词学乃至诗学的背景中，还贯通了宋

①《张炎词研究》，第212页。

朝与清朝词学。前者在较为宏通的学术视域中，总结出《词源》的诗学取向、词学法度、理论创新、美学规范，显示出张炎词学与时代文学思潮的潜流暗通；因为《词源》在晚宋词学中对北宋特别是苏轼词的兼容并蓄，使之在词学批评史上具有总其大成的地位，产生跨越两宋场域的理论共振。《词源》对于宋朝，是传统经典“过去的过去性”[①]历史语境的呈现；对于清朝，又具备了传统经典“过去的现存性”阐释语境，过去性与现存性之间既有相承也有差异，因为不同的立场，虽然同为清代的现存（当代）阐释，但浙西词派与常州词派也有深刻的理论分歧。在两种词学理论中，后者影响力更大。如被誉为具有现代性转型意义的学者王国维虽然对张惠言说词有“固哉，皋文之为词也”之讥，但从根本上说，静安先生赞同周济寄托说，如所言“南唐中主词：‘菡萏香销翠叶残，西风愁起绿波间。’大有众芳芜秽，美人迟暮之感。乃古今独赏其‘细雨梦回鸡塞远，小楼吹彻玉笙寒’，故知解人正不易得”[②]，“‘我瞻四方，蹙蹙靡所骋。’诗人之忧生也。‘昨夜西风凋碧树。独上高楼，望尽天涯路’似之。‘终日驰车走，不见所问津。’诗人之忧世也。‘百草千花寒食路，香车系在谁家树’似之”[③]。可见词学理论现代的建构，还是朝着不利于姜夔、张炎一派的路数发展。

白话文运动的倡导者胡适从文体发展的角度把姜夔、张炎乃至南宋词统统归于“词匠”一派：“姜白石是个音乐家，他要向音律上去做功夫。从此以后，词便转到音律的专门技术上去。史梅溪、吴梦窗、张叔夏都是精于音律的人；他们都走到这条路上去。他们不惜牺牲词的内容，来牵就音律上的和谐。……他们只追求音律上的协婉，不管内容的矛盾！这种人不是词人，不是诗人，只可叫做‘词匠’。这个时代的词，叫做‘词匠’的词。这个时代的词，也有几种特征。第一，是重音律而不重内容。词起于歌，而词不必可歌，正如诗起于乐府，而诗不必都是乐府，又正如戏剧起于歌舞，而戏剧不必都是歌舞。这种单有音律而没有意境与情感的词，全没有文学上的价值。第二，这时代的词侧重‘咏物’，又多用古典。他们没有情感，没有意境，却要作词，所以只好作‘咏物’的词。这种词等于文中的八股，诗中的试

①T.S.艾略特著、卞之琳译《传统与个人才能》，《从唯美主义到意识流》，第181页。

②《汇编汇校汇评人间词话》，第68页。

③同上，第112页。

帖;这是一班词匠的笨把戏,算不得文学。这个时代,张叔夏以南宋功臣之后,身遭亡国之痛,还偶有一两首沉痛的词(如《高阳台》)。但'词匠'的风气已成,音律与古典压死了天才与情感,词的末运已经不可挽救了。"[①]更批评南宋盛行一时的咏物词是"拈题咏物、刻意形容,离开了意境和情感,只是工匠的手艺"[②]。

王国维与胡适的观点,进一步放大了常州词派的理论缺陷,甚至有一笔抹倒文化鼎盛时期优秀文学遗产的嫌疑。本书从全新的视角,在符合体性特征的层面,阐述了张炎的创作与词论在集成创新,与诗合流,引领晚宋"以诗为词"的集体转型方面的重要成就。在更深层次上,张炎及南宋词人是在民族危亡时,求存华夏文明之一脉的故国文献;意在保存中原雅乐,推扬词体回归华夏文化的雅正之途。在整个宋词的发展过程中具有特殊的认识意义、审美品格与理论价值。

①胡适选注,刘石导读《词选》,第6—7页。

②同上,第326页。

附录一　张玉田简谱

张炎，字叔夏，号玉田，又号乐笑翁。南渡功臣循王张俊六世孙，曾祖张镃、祖父张濡、父亲张枢。

宋理宗淳祐八年戊申　　一二四八

［一岁。］

本集《临江仙》词题："甲寅秋寓吴，时余年六十有七。"《四库全书山中白云词提要》："生于淳祐戊申，当宋邦沦覆年已三十有三。"孙按：此以虚岁计于厓山败亡之年，误差一岁，详后谱。

舒岳祥字景薛，称阆风先生三十岁。

净日禅师号东岩二十八岁。《续灯正统》："（东岩净日禅）师生宋嘉定辛巳，终于元至大戊申，将示寂，书偈而逝。就化，齿根不坏，塔于西岩之清风坞，寿八十八，腊七十又一。"

释炳同字野翁二十六岁。《雪窦寺志》："大德壬寅八月十五日，升座励众示别。众请留偈，笑而不答。至夕而逝。越七日，奉全身，葬'寄幻'，世寿八十，僧腊六十八。"

牟巘字献甫，学者称陵阳先生二十二岁。

周密字公谨，号草窗、蘋洲、弁阳老人、四水潜夫十七岁。夏谱。

傅岩起初名良弼，字正之十四岁。萧䡸《傅公墓志铭》："大德六年四月二日卒，寿六十九。"

钱选字舜举，号玉潭、霅川翁十岁。

郑思肖字忆翁，号所南八岁。

戴表元字帅初，号剡源五岁。

袁洪字季源，号竹初四岁。陈著《与袁竹初洪》感谢其在乡里主持公道，阻止小人诬陷陈允平诸贤，其事亦详载于袁桷《延祐四明志》卷五。故知本集《水龙吟》词题中"袁竹初"为袁洪。袁姓为四明望族，袁洪是越国公袁韶孙，袁似道子，袁桷父。玉田与袁洪、袁桷父子皆有交游。

李衎字仲宾，号息斋道人四岁。

邓牧字牧心三岁。

仇远字仁近，自号山村居士二岁。方回《送仇仁近溧阳教序》。

唐珏字玉潜，号菊山二岁。《夏谱》。

戚明瑞字子云，号五云二岁。方回《桐江集·跋戚子云诗》。

白珽字廷玉，号湛渊生。宋濂《元故湛渊先生白公墓铭》、周暕《湛渊静语原序》。又号香岩。龚璛《为白香岩州判赋茅亭》。

宋理宗宝祐元年癸丑　　一二五三

［六岁。］

唐侯举字师善，号月心生。方回《唐师善月心诗集序》。

宋理宗宝祐二年甲寅　　一二五四

［七岁。］

赵孟頫字子昂，号松雪道人生。《元史》本传。

卞南仲字应平，号月溪今年或明年生。仇远《寄南仲》《予久客思归以秋光都似宦情薄山色不如归意浓为韵言志约金溧诸友共赋寄钱唐亲旧》。参见桂栖鹏《张炎交游人物新证》。张如安《笺释小补》引《同治长兴县志》卷二三："卞南仲，字应午，号月溪，能诗词，美丰度。弟应魁，号云溪。兄弟友爱，至老无间。元初南台以茂异荐于朝，授润州判官，有政声，后遂寓居溧阳。"详一三〇五年谱。

宋理宗宝祐四年丙辰　　一二五六

［九岁。］

陆文圭一作陆文奎，字子方，称墙东先生生。《嘉靖江阴县志》(卷十七)。

宋理宗宝祐六年戊午　　一二五八

［十一岁。］

陆垕字仁重，号义斋，又号横舟生。陆文圭《陆庄简公家传(代其子镛作)》。

宋理宗开庆元年己未　　一二五九

［十二岁。］

陈恕可字行之，一字如心，自号宛委居士生。陈旅《陈如心墓志铭》。

宋理宗景定元年庚申　　一二六〇

［十三岁。］

族叔张楧字仲实，号菊存生。王沂《张君仲实行述》牟巘女婿。牟巘《学古斋箴并序》。

袁易字通甫(父),号静春生。黄溍《袁通甫墓志铭》。

宋度宗咸淳二年丙寅　一二六六

[十九岁。]

袁桷字伯长,号清容居士生。《元史》本传、苏天爵《元故翰林侍讲学士知制诰同修国史赠江浙行中书省参知政事袁文清公墓志铭》。

龚璛字子敬生。

宋度宗咸淳五年己巳　一二六九

[二十二岁。]

黄公望字子久,号一峰,又号大痴道人生。

宋度宗咸淳八年壬申　一二七二

[二十五岁。]

居杭州,此时尚是飘阿锡之衣、乘纤离之马的承平故家贵游少年。

遇汪菊坡,十八年后北游再遇菊坡,作《台城路·庚寅秋九月之北,遇汪菊坡,一见若惊,相对如梦,回忆旧游,已十八年矣。因赋此词》。庚寅,至元二十七年(一二九〇)。词作忆及本年西湖游赏:"舞扇招香,歌桡唤玉,犹忆钱塘苏小。"汪菊坡,即汪汉卿,宋代名臣汪纲之孙,汪泳之子。桂栖鹏《张炎交游人物新证》,《文史》2001年第四辑。

宋度宗咸淳十年甲戌　一二七四

[二十七岁。]

在杭州,与赵文升游。作《恋绣衾·代题武桂卿扇》,武桂卿,赵文升歌姬,不久被遣去。又作《甘州·赵文升索赋,散乐妓桂卿》《瑞鹤仙·赵文升席上代去姬写怀》。赵文升,即赵文叔。参一二八四年谱。

宋恭帝德祐元年乙亥　一二七五

[二十八岁。]

元主遣礼部尚书廉希贤、工部侍郎严忠范奉国书来临安说降,途经独松关。《宋史·瀛国公本纪》:"张濡部曲害大元行人严忠范于独松关,执廉希贤至临安,重创,死。"《元史·世祖本纪》、陶宗仪《辍耕录》卷一。

陆行直字辅之,又字季道,号壶天、湖天居士等生。陈去病《〈词旨〉叙》(简称陈叙)考得陆行直第六子为陆子敬:"其生以德祐元年乙亥,则南宋将不国矣。……(辅之)分湖第一世家子也。"处梅应是陆行直晚年别号。详一三一五年谱。陆氏寓所在分湖北面吴郡之来秀里。父陆大猷号性斋。

玉田与大猷、行直父子皆有交游。

宋恭帝德祐二年(此年五月,端宗改景炎元年,元世祖至元十三年)丙子 一二七六

[二十九岁。]

元主因国使被杀,发兵攻破独松关,继而攻陷临安,宋主出降。《元史·廉希贤传》、刘一清《钱塘遗事》(卷八)。

杭州战后成为芜城。仇远《和韵胡希圣湖上》:"清明寒食荒城晚,燕子梨花细雨愁。"

作《高阳台·西湖春感》:"更凄然。万绿西泠,一抹荒烟。"张惠言手批《山中白云词》(简称张氏手批)系于去年:"此词盖斯时作也。时叔夏年二十八。"

宋亡之后,张炎曾北游大都。词学界根据相关词题,产生了张炎北游时间之争。龚翔麟玉玲珑阁本定为庚辰即至元十七年(一二八〇)北游,庚寅即至元二十七年(一二九〇)南归。王昶《书张叔夏年谱后》、张惠言手批《山中白云词》也持十年说。江昱《山中白云词疏证》(简称江昱疏证)、许迈孙《榆园丛刻·山中白云词》、朱孝臧《彊村丛书·山中白云词》、胡适《词选》、吴则虞校辑《山中白云词·玉田年表》、杨海明《张炎词研究·张炎年表》、常国武《碧山、草窗、玉田三家词异同论》、黄畬《山中白云词笺·年谱》、刘荣平《张炎北游时间是一年不是十一年——与谢桃坊先生商榷》、郭锋《从张炎北游论其遗民心态》诸家则主张一年说,即至元二十七年(一二九〇)北游,次年南归。谢桃坊在十年说基础上兼采江昱"辛卯"岁南归的结论而衍为十一年说《张炎词集辨证》。今考玉田一生曾两次北行。

宋端宗景炎二年(元世祖至元十四年)丁丑 一二七七

[三十岁。]

玉田初次北行在"社稷变置,凌烟废堕"大祸之后,即本年或去年"北游燕蓟"。舒岳祥《山中白云词序》(简称舒序)。本集《水龙吟·袁竹初之北,赋此以寄》载录初次北行:"笑我曾游万里。甚匆匆、便成归计。"袁洪明年北上入觐元世祖。详一二七八年谱。

北游大都(北京,元朝因辽之燕京改置)途中,作《解连环·孤雁》,暗寓己之身世与大雁春北秋南同其轨迹。玉田友人王沂孙有两首《绮罗香·红叶》,江昱认为是倡和但不次韵之作,玉田与碧山的交游仅在初

次北行之后客山阴时。山阴泛指南朝绍兴府(以北宋越州府改置,与会稽同城而治),嵊(旧称剡县)、新昌、上虞等皆其属县。

宋端宗景炎三年(此年五月帝昺改元祥兴,元世祖至元十五年)戊寅　一二七八

[三十一岁。]

张雨又名天雨,字伯雨生。

作《探芳信·西湖春感,寄草窗》,别本词题作"次周草窗韵"。词曰:"消魂忍说铜驼事,不是因春瘦。向西园,竹扫颓垣,蔓萝荒甃。"

秋天归杭州。舒序。南归后虽不以杭州为久居之地,但亦屡屡短暂停留。

仲秋,过钱塘西湖庆乐园,赋《高阳台》。题序:"庆乐园即韩平原南园,戊寅岁过之,仅存丹桂百余株,有碑记在荆榛中,故末有亦犹今之视昔之感。复叹葛岭贾相之故庐也。"

又作《庆春宫·金粟洞天》。金粟洞天,在杭州杨和王府。广游贵家园池,寻西湖盛时之梦也。

在杭州。作《祝英台近·重过西湖书所见》:"那知杨柳风流,柳犹如此,更休道、少年张绪。"玉田词中屡用张绪杨柳风流当家典故,从中可见年齿推移。此时虽非少年张绪,然尚在而立盛年。

在四明。袁桷《赠张玉田》及自注述其初次北行秋季南归后屡游四明。

在四明。作《暗香·海滨孤寂,有怀秋江、竹间二友》,别本词题作"海滨孤寂,鱼浪不来,寄李商隐",秋江,即沈钦,字尧道。竹间,一作竹涧,韩铸之号,蕲王韩世忠之孙,居钱塘。李商隐,即李彭老(号篔房),与弟李莱老(号秋崖)隐于吴兴龟溪,称龟溪二隐。

冬,作《水龙吟·袁竹初之北,赋此以寄》。词寄别袁洪冬季北行,袁桷《延祐四明志》表明自己已从大都匆匆归来。

为四明孙虚斋赋四云庵应在此年或明年。孙虚斋,即孙凝,字德夫。四词分别为《江神子·两云之间》《塞翁吟·友云》《祝英台近·耕云》《风入松·岫云》。

十二月,杨琏真伽掘发会稽宋朝帝后陵墓。《元史·释老》:"有嘉木扬喇勒智者,世祖用为江南释教总统。发掘故宋赵氏诸陵之在钱唐、绍兴者及其大臣冢墓,凡一百一所。"夏承焘《周草窗年谱》(简称夏谱):"发陵之年,各书不同。宋遗民录六载张孟兼及罗灵卿作唐珏传,皆云本年

戊寅，续通鉴定为本年十二月，兹从之。”夏氏《乐府补题考》亦定发陵在“至元十五年戊寅”。

杨海明《张炎年表》（简称杨表）：“据夏承焘《乐府补题考》，张炎六世祖循王张俊之墓（在无锡青山）亦当在此后不久盗发（见康熙《常州府志》卷九）。”

元世祖至元十六年（宋帝昺祥兴二年）己卯　　一二七九

［三十二岁。］

春二月初六，宋军厓山海战大败。陆秀夫背末帝赵昺投海身亡，南宋灭亡，元朝统一中国。

秋，与山阴社友共十人赋《水龙吟·白莲》。

陈恕可是《乐府补题》首位编辑者，志在存故国文献。参一二五九年谱及夏承焘《周草窗年谱·〈乐府补题〉考》、王兆鹏《词学史料学》。另，《补辽金元艺文志》：“仇远《乐府补题》一卷。”

在山阴。作《忆旧游·登蓬莱阁》。

至四明，作《解连环·拜陈西麓墓》。

在四明，作《琐窗寒·旅窗孤寂，雨意垂垂，买舟西渡未能也。赋此为钱塘故人韩竹间问》。

又作《水龙吟·留别故友》，别题作“四明留别故人”。词曰：“一番雨过，一番春减，催人渐老。”与此时渐入二毛之年相符。

《壶中天·客中寄友》：“西秦倦旅。是几年不听，西湖风雨。”元世祖至元十六年（宋帝昺祥兴二年）至此年皆在山阴、四明一带，未归杭州，词写于此时段之后数年间。

元世祖至元十九年壬午　　一二八二

［三十五岁。］

杨表：“在杭作《一萼红》，贺周密‘志雅堂’新居。词序云：‘弁阳翁（周密）新居，堂名志雅。’据《周草窗年谱》，周密先依杨和王（沂中）福清宅居住，后此宅于一二八二年被毁，于本年自营新第以居（夏谱则据《剡源文集》卷十《杨氏池堂宴集诗序》），此新居即以‘志雅’名堂。张炎词序标明‘新居’，可证为是贺词无疑。”应误。《一萼红》实写于周密吴兴雪川新堂落成之后。参一二九八年谱。

今年或明年别四明友人归杭。

元世祖至元二十一年甲申　一二八四

[三十七岁。]

早春已在杭州,作《甘州·为小玉梅赋,并柬韩竹间》,告知韩竹间已归杭。

仲春,在杭州,作《甘州·赵文叔与余赋别十载,余方东还,文叔北归,聚首于杭,况味俱寥落,遂述此词。更十年观此曲,又当何如耶》,回忆十年前京城杭州同游:“记当年、紫曲戏分花,帘影最深深。听惺忪语笑,香寻古字,谱掐新声。散尽黄金歌舞,那处着春情。”“指梢头旧恨,豆蔻结愁心。”江昱疏证:“文叔,与前‘文升’当是一人。‘升’、‘叔’亦字相似而讹,且词内皆声伎之感。与桂卿之散,去姬之怀,正同一意。”参一二七四年谱。

晚春在杭州,与韩铸游。作《甘州·赋众芳所在》:“无人识,牡丹开处,重见韩湘。”《庆清朝·韩亦颜归隐两水之滨,殆未逊王右丞茱萸沜。余从之游,盘花旋竹,散怀吟眺,一任所适。太白去后五百年无此乐也》:“风还峭,较迟芳信,恰是春残。”

元世祖至元二十三年丙戌　一二八六

[三十九岁。]

秋,暂归杭州,作《长亭怨·旧居有感》回忆十年前家族籍馆之祸。

又作《桂枝香·送宾月叶公东归》:“赋归何晚,依依径菊,弄香时节。”宾月叶公,即叶东叔,永嘉人。曾任江西教授任士林《宾月堂赋并序》。词写叶宾月从江西东归永嘉,杭州遇友人祖饯送别。刘壎有书札《与永嘉叶教书》,《民国平阳县志》(卷七十九)按曰:“按此叶教乃平阳叶东叔也。”平阳,元属瑞安府,宋时瑞安府郡治在永嘉。

又为罗伯寿题四花,分别是《清平乐·牡丹》《点绛唇·芍药》《卜算子·黄葵(一名侧金盏)》《蝶恋花·山茶》。罗志仁,字伯寿,又字寿可,号壶秋。朱彊村笺曰:“按:赵由礽《保母帖跋》称清江罗伯寿志仁同观。又,大德三年重跋有云:辛卯之秋,余同伯寿过浩然斋弁阳翁,俾赋诗题此卷。知伯寿为江西罗志仁即罗壶秋也。”罗志仁,清江(宋代临江军治所)人,在杭州作《金人捧露盘·丙戌过钱塘》《霓裳中序·四圣观》。玉田、罗志仁于此年、辛卯皆有在杭经历,题四花词应写于二年中的一年。

元世祖至元二十四年丁亥　一二八七

[四十岁。]

暮春，在杭州。作《暗香·送杜景斋归永嘉》："一笑东风又急。黯消凝、恨听啼鴂。""花影闲门掩春蝶。……莫相忘，堤上柳、此时共折。"桂栖鹏《张炎交游人物新证》引方回《送杜景斋归平阳二首》（之一）"丰年犹足乐，何必殢钱塘"为说："方回的《桐江续集》，为其本人亲自编定，集中诗文皆以写作时间先后为序，上述二诗从编排顺序看，乃作于元世祖至元二十四年（1287）。张炎之词与方回之诗同为送杜景斋归故里之作，应写于同时，是张炎此词亦作于至元二十四年，写作地点在杭州。"

初夏，作《台城路·送周方山游吴》："荷阴未暑。快料理归程，再盟鸥鹭。"送周暕游苏州。江昱疏证："周暕，字伯阳，号方山。泰州人。武林社月泉吟社第十九名，自署识字耕夫。"伯阳，为"伯旸"之讹。月泉吟社由吴渭发起。黄灏《月泉吟社序》："浦江吴渭，字清翁，号潜斋。宋时尝为义乌令，元初退食于吴溪。"又，《送诗赏小札序》："月泉社吴清翁盟诗预于丙戌小春望日，以春日田园杂兴为题，至丁亥正月望日收卷，月终结局。收二千七百三十五卷，选中二百八十名。三月三日揭榜。"张伯淳《送周方山序》："其客秀凡数年，来为钱塘客，复许久，今又将去而游吴门。……于其行也，合钱塘交游之能诗者，各赋以赠。"周暕丁亥尚客钱塘，吟社作诗名列前茅，载诗游吴，词应写于今年或稍后。

元世祖至元二十五年戊子　一二八八

[四十一岁。]

冬，在山阴，游剡溪，作《湘月》。题序："余载书往来山阴道中，每以事夺，不能尽兴。戊子冬晚，与徐平野、王中仙曳舟溪上。天空水寒，古意萧飒。中仙有词雅丽，平野作《晋雪图》，亦清逸可观。"

又作《声声慢·西湖》。别本词题作"与王碧山泛舟鉴曲，王蕺隐吹箫，余倚歌而和。天阔秋高，光景奇绝，与姜白石垂虹夜游，同一清致也"。

元世祖至元二十六年己丑　一二八九

[四十二岁。]

以下五首词作皆写在一二七九年至此年之间在山阴时。

作《渡江云·山阴久客，一再逢春，回忆西杭，渺然愁思》，知玉田初次北行南归后有数年在山阴，本年之后，玉田不再有久客山阴的经历。下面数首词作写于此时段。

《甘州·题戚五云云山图》《台城路·杭友抵越，过鉴曲渔舍会饮》《扫花游·赋高疏寮东墅园》《声声慢·为高菊墅赋》《摸鱼子·高爱山隐居》。

因为玉田从此不再有山阴之游，王沂孙与张炎唱和有9首咏物词，皆写于至元十六年至此年之间张炎隐居山阴时：《绮罗香·红叶》（二首）、《南浦·春水》（二首）、《露华·碧桃》（二首）、《一萼红·红梅》（二首，张炎词题作"赋红梅"）、《疏影·咏梅影》（张炎词题作"梅影"）。

元世祖至元二十七年庚寅　　一二九〇

［四十三岁。］

秋，再次北游。

饯席上作《绮罗香·席间代人赋情》："候馆深灯，辽天断羽，近日音书疑绝。""才忘了、还着思量，待去也、怎禁离别。"

与沈尧道、曾子敬自杭起程北上大都缮写金字《藏经》。《元史·世祖本纪》

北行途中作《壶中天·夜渡古黄河，与沈尧道、曾子敬同赋》。江昱疏证："子敬疑即心传。八卷《风入松》别心传作'满头风雪昔同游，同载月明舟'似正指夜渡情事。"

北行途中又作《凄凉犯·北游道中寄怀》。

至大都，作《甘州·题曾心传藏温日观墨蒲萄画卷》，沈钦、刘沆有和词。沈钦《甘州·心传索词屡矣，久以缮写金字之冗，未暇填缀。玉田生乃歌白雪之章，汴沈钦就用其韵》。刘沆《甘州·余客燕山，心传曾君携日观葡萄见示，辄倚玉田〈甘州〉韵，形容墨妙之万一》。

深秋，在大都，遇汪菊坡，作《台城路》。词题有句："庚寅秋九月之北，遇汪菊坡。"又遇吴菊泉，《长亭怨》词题有句："岁庚寅，会吴菊泉于燕蓟。"吴菊泉，同行赴北写金字经者。江昱疏证。

十月，在大都，作《声声慢·都下与沈尧道同赋》："春又小，甚梅花、犹自未逢。"春小，即小春。《满庭芳·小春》写于同时。江昱疏证："此词似以小春喻元朝也。"

冬，在大都，游长春宫，作《忆旧游·大都长春宫，即旧之太极宫也》："看方壶拥翠，太极垂光，积雪初晴。"《辍耕录》卷十："大宗师长春真人，姓丘氏名处机，字通密，号长春子。……甲申三月至燕，八月奉旨居太极宫，丁亥五月特改太极为长春。”

元世祖至元二十八年辛卯　一二九一

［四十四岁。］

仲春，在大都。作《三姝媚·海云寺千叶杏二株，奇丽可观，江南所无。越一日，过傅岩起清晏堂，见古瓶中数枝，云自海云来，名芙蓉杏。因爱玩不去，岩起索赋此曲》。黄畬考傅岩起字梦臣，汾西人，傅杰之子。张如安《山中白云词笺释小补》（简称《笺释小补》）据萧㪺《勤斋集·傅公墓志铭》考定傅岩起（一二三四—一三〇二），初名良弼，字正之，华原人。华原，耀州属县，张炎祖籍秦州成纪，同属陕西路。《傅公墓志铭》：“遇族姻旧故，曲尽礼意。规益朋友，必竭其诚。而复孜孜下问，取人为善，尊敬乡闾耆宿。训导后生，接人雍容笑语，未尝有一毫贵宦气。”

又作《国香·沈梅娇，杭妓也，忽于京都见之。把酒相劳苦，犹能歌周清真〈意难忘〉〈台城路〉二曲，因嘱余记其事。词成，以罗帕书之》。

晚春，在大都。作《庆宫春·都下寒食，游人甚盛，水边花外，多丽环集，各以柳圈祓禊，亦京洛旧事也》。京洛旧事，梁简文帝《三日曲水诗序》：“窃以周城洛邑，自流水以禊除，晋集华林，同文轨而高宴，莫不礼具义举，沓矩重规，昭动神明，雍熙钟石者也。”

寒食后归杭，作《疏影·余于辛卯岁北归，与西湖诸友夜酌，因有感于旧游，寄周草窗》。此行即戴表元《送张叔夏西游序》（简称戴序）所谓“垂及强仕，丧其行资”，“尝以艺北游，不遇失意，亟亟南归，愈不遇，犹家钱塘十年”。虽然仍有浙东、浙西之游，但杭州仍是寓居之所，故屡有返杭之行旅。

在杭州。此年或稍后作《徵招·答仇山村见寄》：“可怜张绪门前柳，相看顿非年少。三径已荒凉，更如今怀抱。”“京洛染缁尘，悠然意，独对南山一笑。只在此山中，甚相逢不早。”此时二人虽非年少，然而皆在盛年，且张炎自京洛（代指大都）南归杭州。

元世祖至元二十九年壬辰　一二九二

［四十五岁。］

在杭州，作《甘州·辛卯岁，沈尧道同余北归，各处杭越。逾岁，尧道来问寂寞，语笑数日，又复别去。赋此曲，并寄赵学舟》，别后又作《忆旧游·新朋故侣，诗酒迟留，吴山苍苍，渺渺兮余怀也。寄沈尧道诸公》。《忆旧游》有句曰："殢人处，是镜曲窥莺，兰皋围泉。"用镜湖宴饮观妓、兰渚流觞事。而"吴山"在杭州，知尧道北归后隐于越地。赵学舟，厉鹗《〈绝妙好词〉笺》："赵与仁，字符父，号学舟。《宋史·宗室世系表》：燕王德昭十世孙，希挺长子。入元为辰州教授。"集中另一首《忆旧游》词题中有"余离群索居，与赵元父一别四载。癸巳春，于古杭见之，形容憔悴，故态顿消"，有"秉烛故人归后，花月锁春深"之句，知赵氏亦不居杭州（详下考），综合观之，处杭者为玉田。

元世祖至元三十年癸巳　　一二九三

［四十六岁。］

在杭州，与赵元父游。作《忆旧游·余离群索居，与赵元父一别四载。癸巳春，于古杭见之，形容憔悴，故态顿消。以余之况味，又有甚于元父者，抑重余之惜，因赋此调，且寄元父，当为余愀然而悲也》，记录此年与赵氏相见，词则写于离别之后。

《思佳客·题周草窗〈武林旧事〉》，作于在杭一、二年间。周密《武林旧事》成于辛卯岁前。夏谱。

秋在四明（鄞州、明郡、奉化、甬东、句章等皆为同地异名），游万竹屿，张如安《笺释小补》。作《月下笛·孤游万竹山中，闲门落叶，愁思黯然，因动黍离之感。时寓甬东积翠山舍》。

作《玉漏迟·登无尽上人山楼》。《奉化县志》（卷十四）："法海禅寺，县东南二十里福泉山。元至元间无尽灯禅师建，名福泉庵。"

元世祖至元三十一年甲午　　一二九四

［四十七岁。］

春，已在四明慈溪县罗江乡，张如安《笺释小补》与罗景良游，作《西子妆慢·甲午春，寓罗江，与罗景良野游江上。绿阴芳草，景况离离，因填此解》。

又，因《西子妆慢》词题中"罗景良"，别本作"陈文卿"，知《风入松·陈文卿酒边偶赋》作于同地同时。

仍在慈溪罗江，作《梅子黄时雨·病后别罗江诸友》："谁引。斜川归兴。便啼鹃纵少，无奈时听。待棹击空明，鱼波千顷。"

元成宗元贞元年乙未　一二九五

[四十八岁。]

在四明奉化,作《台城路·游北山寺》,别本词题作“雪窦寺访同野翁日东岩”。北山寺,即北山讲寺。《光绪奉化县志》(卷十五):“北山讲寺:县西北二里,唐大中二年僧维净建,名正化院。宋治平二年(康干志作元年)改广化院,后改今名。”张如安《笺释小补》考其作年:“当作于净日东岩归隐雪窦之后(一二九五——一二九六),入主天童之前(一三〇〇)。”以玉田在奉化时间考之,应系于此年。

在奉化,作《疏影·题宾月图》。

元成宗元贞二年丙申　一二九六

[四十九岁。]

在四明,作《三姝媚·送舒亦山游越》。

在四明,作《还京乐·送陈行之归吴》。

在四明,作《浪淘沙·题陈汝朝百鹭画卷》。

元成宗大德元年丁酉　一二九七

[五十岁。]

游台州。舒序、《元史·地理五》。

在台州。作《南楼令·寿邵素心席间赋》。

游衢州。作《木兰花慢·为越僧樵隐赋樵山》。

又作《壶中天·养拙园夜饮》。

元成宗大德二年戊戌　一二九八

[五十一岁。]

晚春,自台衢再游四明。作《长亭怨·岁庚寅,会吴菊泉于燕蓟。越八年,再会于甬东。未几别去,将复之北,遂作此曲》。

秋,在四明。与史允叟公升游。作《西河·依绿庄赏荷,分净字韵》。

又作《玲珑四犯·杭友促归,调此寄意》。

在四明,将归杭州。作《声声慢·别四明诸友归杭》。

秋,暂归杭州。作《凄凉犯·过邻家望故园有感》。

在杭州,作《木兰花慢·书邓牧心东游诗后》。邓牧心,钱塘人。其《东游诗卷》不存,然其《雪窦游志》载:“岁癸巳春暮,余游甬东,闻雪窦游胜最诸山,往观焉。”《鉴湖修禊序》:“岁丙申三月三日,陈用宾、刘邦瑞、胡汲古与予举修禊故事，会于镜湖一曲，旧所谓鸿禧观，今易为寺。”明州、会稽应是牧心东游之地，则此词写于本年或稍后。

周密归隐吴兴后，建志雅新堂，玉田作落成志喜词《一萼红·弁阳翁新居，堂名志雅，词名〈蘋洲渔笛谱〉》：“制荷衣。傍山窗卜隐，雅志可闲时。”“分得烟霞数亩，乍扫苔寻径，拨叶通池。”周密旧居吴兴，后寓居杭州，两地居所中皆有志雅堂。其沿革是吴兴旧居原本就有志雅藏书堂周密《齐东野语》（卷十二）、戴表元《杨氏池堂宴集诗序》；后因吴兴“故巢倾覆”而徙杭，杭州居所建有“志雅堂、浩然斋、弁阳山房”周密《弁阳老人自铭》，以志不忘吴兴故地。周密在杭州居所“虽在城市而具山溪之观”戴表元《杨氏池堂宴集诗序》，但此词所述“山窗”“烟霞数亩”显然不在杭州，而是实写杼山（在弁山南面）的风景，因此，不可能是杭州志雅堂，而是周密晚年归隐吴兴杼山后，新居中恢复“志雅堂”旧名的建筑。参一二八二年谱。

元成宗大德三年己亥　　一二九九

［五十二岁。］

自台州返杭，作《春从天上来·己亥春，复回西湖，饮静传董高士楼，作此解以写我忧》：“海上回槎。认旧时鸥鹭，犹恋蒹葭。”静传董高士楼，董嗣杲（字静传）量书楼。《声声慢》词题又言“己亥岁，自台回杭”。

在杭游西湖，作《风入松·春游》：“暖香十里软莺声。小舫绿杨阴。”

又作《烛影摇红·西浙冬春间，游事之盛，惟杭为然。余冉冉老矣，始复归杭。与二三友行歌云舞绣中，亦清时之可乐，以词写之》。

仲春，作《杏花天·赋疏杏》：“深巷明朝休起早。空等卖花人到。”用陆游《临安春雨初霁》诗意。

暮春，在杭州。《忆旧游·过故园有感》：“忘了牡丹名字，和露拨花根。甚杜牧重来，买栽无地，都是消魂。”

初夏，又作《台城路·迁居》：“鬓发萧疏，襟怀淡薄，空赋天涯羁旅。”“锦瑟年华，梦中犹记艳游处。”“屋破容秋，床空对雨，迷却青门瓜圃。初荷未暑。叹极目烟波，又歌南浦。”渐入暮年而迁居于杭城之郊，忆妻妾，忆兄弟，并预知将有远行也。

在杭州。作《烛影摇红·答邵素心》。

居杭数月，复起游兴，作《声声慢·己亥岁，自台回杭。雁旅数月，复起游兴。余冉冉老矣，谁能重写旧游编否》："松陵试招旧隐，怕白鸥、犹识清狂。渐溯远，望并州、却是故乡。"

六月，在杭州遇戴表元，将改游浙西吴地。戴表元为作《送张叔夏西游序》。

冬，已至苏州。作《探春慢·己亥客阖闾，岁晚江空，暖雨夺雪，篝灯顾影，依依可怜。作此曲，寄戚五云》。

元成宗大德四年庚子　　一三〇〇

[五十三岁。]

在苏州。遇邓牧，嘱为词集作序。邓序曰："岁庚子，相遇东吴，示予词若干首，使为序云。"孙按：张炎虽然此年开始结撰词集，但现存词集中有延祐二年(1315)之后的作品，可见结集过程相当漫长。

春，在苏州。与袁易交游，写《木兰花慢·为静春赋》，袁易初见张炎，有《木兰花慢·喜玉田至》，回忆玉田东游踪迹，并表达出对覆巢之下罪囚后裔的命运关切。

秋九月，作《甘州·和袁静春入杭韵》，所和为袁易同调词《八声甘州·仆与汤师言、金桂轩、张叔夏、唐月心诸君为至交，师言以一官在千里之外，仆又驱驰南北。……叔夏于酒边喜歌自制乐府，故末章及之，以资他日一笑云》。

秋，在苏州。为陆行直家姬卿卿作《清平乐》。又为陆行直作《台城路·为湖天赋》《祝英台近·题陆壶天水墨兰石》。

以下数首苏州词也应作于此一二年间。

为陆行直父陆大猷作《壶中天·陆性斋筑葫芦庵，结茅于上，植桃于外，扁曰小蓬壶》。

又有《一枝春·为陆浩斋赋梅南》。龚璛《题陆梅南雪滩图》："岁晚空江一滩雪，伊人何处渺蒹葭。扁舟乘兴不可极，见说南泾梅渐花。"自注："南泾陆鲁望所居。"则梅南也如陆龟蒙(鲁望)居甫里。

《清平乐·兰曰国香，为哲人出，不以色香自炫，乃得天之清者也。楚子不作，兰今安在。得见所南翁枝上数笔，斯可矣。赋此以纪情事云》。《姑苏志》(卷三十一)："郑所南宅在乐桥东条坊巷。"

《一萼红·束季博园池，在平江文庙前》。束季博，名从大。牟巘《题束季博山园二十韵》所题二十景分别为：垂柳、瑞雪、东壑、枇杷坞、西崦、绿绕、第一溪、桃源、小谷帘、南涧、钓台、石桥、山亭、安乐窝、寒湫、云关、薝卜林、梅岩、聚仙、奕仙。

《小重山·赋云屋》:"都缘窗户自玲珑。江枫外,不隔夜深钟。"释善住,字无住,别号云屋。苏州诗僧。曾居吴郡城之报恩寺,往来吴淞江上。

《祝英台近·寄陈直卿》:"几回独立长桥,扁舟欲唤,待招取、白鸥归去。"陈直卿为苏州诗人兼画家。

《意难忘·中吴车氏,号秀卿,乐部中之翘楚者,歌美成曲得其音旨》:"风月吴娃。柳阴中认得,第二香车。"

元成宗大德五年辛丑　一三〇一

[五十四岁。]

在江阴。据邱鸣皋《关于张炎的考索》,玉田游江阴、宜兴是投依族叔张楧。张楧任江阴学正两年,陆文圭《送张菊存序》"居二年,受代去",张炎在江阴与陆垕、陆文圭叔侄、令尹李复初诸人交游,留下近二十首词作,显示了较长的时间跨度。

秋天已在江阴(也称澄江、芙蓉城)。本集《木兰花慢·舟中有怀澄江陆起潜皆山楼昔游》自注:"澄江即江阴。"《摸鱼子·己酉,重登陆起潜皆山楼,正对惠山》自注:"澄江又名芙蓉城。"

又作《风入松》。题曰:"题澄江仙刻海山图。或云'桃源图'。《夷坚志》云:七十二女仙,正合霓裳古曲。仇仁近一诗精妙详尽,余词不能工也。"此图在玉田友人陆文圭处。仇远、陆文圭各有题诗为《海上图澄江仙刻》。

为陆起潜赋皆山楼四景。《甘州》赋"云林远市",《瑶台聚八仙》赋"千岩竞秀",《壶中天》赋"月涌大江",《台城路》赋"遥岑寸碧"。陆起潜为陆文圭之侄陆文圭《丁丑元夕诗》自注。

在江阴。作《摸鱼子·寓澄江。喜魏叔皋至》。朱彊村笺:"按《癸辛杂识》:魏峻,字叔高,号方泉。叔皋、叔高或一人。"孙按:冯沅君《玉田朋辈考》亦持此说。然魏峻卒于淳祐六年(一二四六),见《吴郡志》《癸辛杂识》《藏拙余稿》。玉田生于淳祐八年(一二四八),二人年齿不能相及。"皋"应为"华"字形误。陆文圭有《送魏叔华归杭州得行字二首》《送魏叔华归越》二诗,应是越人魏叔华至江阴,与张、陆皆有交游。

又作《壶中天·送赵寿父归庆元》:"奚囊谢屐。向芙蓉城下,□□游历。”戴表元《送赵生游吴序》:“邑有隽者赵生寿父,美其衣冠,过余门而别曰:‘槱孙生于燕娱,长于艰虞,年几壮而始知学,然而未尝知游之乐也。惟家世父兄尝宦于吴,今将往而涉足焉。惟长者赐之言词以先之。”据玉田此词,知赵寿父游吴时曾游江阴,再归明州。

作《满江红·澄江会复初李尹》:“叹十年不见,我生能几。”应指至元二十七年(一二九〇)北游之行,“十年”举其整数。

在江阴时还作《霜叶飞·悼澄江吴立斋,南塘、不碍云山,皆其亭名》《减字木兰花·寄车秀卿》。

元成宗大德六年壬寅 一三〇二

[五十五岁。]

为陆垕作《清波引·横舟是时以湖湘廉使归》、《壶中天·赋秀野园清晖堂》(别本词题作“为陆义斋赋清晖山堂”)、《南歌子·陆义斋燕喜亭》、《青玉案·闲居》、《台城路·陆义斋寿日,自澄江放舟,清游吴山水间,散怀吟眺,一任所适所之。既倦,乘月夜归。太白去后,五百年无此乐也》邱鸣皋《关于张炎的考索》。燕喜亭、闲居堂、清晖堂、横舟阁皆在陆氏园林中。陆文圭《陆庄简公家传(代其子镛作)》《横舟记》。

元成宗大德七年癸卯 一三〇三

[五十六岁。]

仲春,仍在江阴,为陆文圭作《蝶恋花·陆子方饮客杏花下》。

晚春,作《渔家傲·病中未及过毗陵》二首。有句曰:“自笑扁舟犹未定。清和近。寻诗已约兰陵令。”“颇倦扶筇寻捷径。东墙蔼蔼红香盛。”谓因病未能如约至常州春游。

离江阴后,曾短暂游历湖州霅溪畔的吴兴,途中经无锡,作《风入松·酌惠山泉》。在吴兴作《华胥引·钱舜举幅纸画牡丹梨花。牡丹名洗妆红,为赋一曲,并题二花》。所题为钱选归隐霅地之后画作。集中《南楼令·有怀西湖,且叹客游之漂泊》描写吴兴西塞山桃花坞。

与已经归霅的周密相见,作《祝英台近·与周草窗话旧》。

元成宗大德八年甲辰 一三〇四

[五十七岁。]

早春,已在常州。作《木兰花慢·元夕后,春意盎然,颇动游兴,呈霅川吟社诸公》,又作《壶中天·怀霅友》。

又作《忆旧游·寓毗陵有怀澄江旧友》。

又作《霜叶飞·毗陵客中闻老妓歌》。

毗陵依投对象应是担任常州教授友人白珽。参见戴表元《送白廷玉赴常州教授序》。

已在义兴(宜兴)。重阳,作《瑶台聚八仙·菊日寓义兴,与王觉轩会饮。酒中书送白廷玉》,可以旁证与白珽在常州的交往。王觉轩,王渊(谥襄愍)五世孙,觉轩入元后官至兰溪州判官,当盛年即委政归。郑元祐《王氏彝斋记》。任宜兴山长,隐居不出。倪瓒《题陈惟允画荆溪图》、曹伯启《倚和吉甫提举见赠雨中述怀诗兼寄王觉轩山长》《觉轩二子头角崭然盖乃翁生平积德设施所致因作数语颂之》。

元成宗大德九年乙巳　一三〇五

[五十八岁。]

春天作《摸鱼子·春雪客中寄白香岩、王信父》《木兰花慢·用前韵呈王信父》《水调歌头·寄王信父》,后首写及亲历吴兴白蘋洲。

秋离宜兴,作《数花风·别义兴诸友》:"征衣犹恋去年客。古道依然黄叶。"知在宜兴两见秋色。

中秋,已在溧阳,作《夜飞鹊·大德乙巳中秋,会仇山村于溧阳。酒酣兴逸,各随所赋》。此年春天,仇远接受溧阳教席,有《乙巳岁三月为溧阳校官上府经乌刹桥和陶渊明韵》。

在溧阳,重阳作《新雁过妆楼·乙巳菊日,寓溧阳,闻雁声,因动脊令之感》。

又作《风入松·为山村赋》。题写高彦敬为仇远所画《山村隐居图》。玉田游迹匆匆,与仇远在杭州无晤面之缘,词应写于此年相会时。

在溧阳。与仇远友人卞南仲兄弟游。作《摸鱼子·为卞南仲赋月溪》《南楼令·寿月溪》《壶中天·寿月溪》(宋人有同年写数首寿诗的习惯);《湘月·赋云溪》。参一二五四年谱。

在溧阳。与程公明、姜子野交游。子野,即姜子野。作《石州慢·书所见寄子野、公明》《法曲献仙音·姜子野雪溪图》。又作《声声慢·赋渔隐》。姜氏与仇远交往密切,和答诗近三十首。仇远诗可与玉田词互证姜氏号雪溪渔隐。公明,玉田词集讹为陈姓。桂栖鹏《张炎游人物新证》。姜子野,洮湖人。

元成宗大德十年丙午　一三〇六

［五十九岁。］

游金陵，仇远作《送张叔夏游金陵》送行。

在金陵乌衣园作《扫花游·台城春饮，醉余偶赋，不知词之所以然》。

在金陵。作《风入松·丙午闰元宵》，别本词题作“丙午闰元宵”。袁易有《风入松·和张玉田闰元夕》。

又作《潇潇雨·泛江有怀袁通父、唐月心》《木兰花慢·舟中有怀澄江陆起潜昔游》。

游溧阳期间曾受茅山（句曲山）道士梁中砥邀游，但未能成行。作词《洞仙歌·寄茅峰梁中砥》。梁中砥亦仇远友人，仇远有《寄梁中砥》诗。

《琐窗寒·王碧山又号中仙，越人也。能文工词，琢语峭拔，有白石意度，今绝响矣。余悼之玉笥山，所谓长歌之哀，过于痛哭》，杨海明师《王沂孙生、卒年考》据其《一萼红·丙午春赤城山中题花光卷》，推考王沂孙卒于此年之后。玉田此时段游金陵，短期归杭，再游苏州，应是专程前往山阴凭吊。《洞仙歌·观王碧山花外词集有感》，也在王氏寓地凭吊，应写于同时。

元武宗至大元年戊申　一三〇八

［六十一岁。］

在苏州。作《月下笛·寄仇山村溧阳》。仇远今年尚在溧阳。仇远《予久客思归以秋光都似宦情薄山色不如归意浓为韵言志约金溧诸友共赋寄钱唐亲旧》。

仲春，作《声声慢·中吴感旧》悼念袁易。参见施国祁《张玉田词又说》。《声声慢·重过垂虹》或亦追忆袁易之作。

元武宗至大二年己酉　一三〇九

［六十二岁。］

此前或已暂归杭州。作《满江红·己酉春日》。

秋，再游苏州。作《台城路·抵吴，书寄旧友》。

又作《南乡子·竹居》描写隐居溪畔丛竹住所。

作《长亭怨·别陈行之》：“跨匹马、东瀛烟树。转首十年，旅愁无数。”“归去。问当初鸥鹭。几度西湖霜露。”此距玉田在四明送陈行之归吴已过十年，陈行之应归杭州，陈氏在杭居所有识全轩。陈著《识全轩记》。参一二九六年谱。

《满江红·韫玉传奇，推吴中子弟为第一流》《瑶台聚八仙·杭友寄声，以词答意》《清平乐·过吴见屠存博近诗，有怀其人》三词也写于苏州，姑系于此。

重游江阴，作《摸鱼子·己酉重登陆起潜皆山楼，正对惠山》。

元武宗至大三年庚戌　一三一〇

［六十三岁。］

春在阳羡（宜兴），作《渔歌子》十首。词题："庚戌春，自阳羡牧溪放舟过罨画溪，作《渔歌子》十解，述古调也。"又作《尾犯·山庵有梅古甚，老僧云：此树近百年矣。余盘礴花下，竟日忘归，因有感于孤山，为赋此调》，赋宜兴苔梅。

又作《风入松·与王彦常游会仙亭》。

初秋，仍在宜兴。作《风入松·久别曾心传，近会于竹林清话，欢未足而离歌发，情如之何，因作此解，时至大庚戌七月也》。

元武宗至大四年辛亥　一三一一

［六十四岁。］

别义兴后，应归吴地，在苏州作《阮郎归·有怀北游》回忆再次北游在大都度过寒食节。

元仁宗皇庆元年壬子　一三一二

［六十五岁。］

在苏州，数年未曾归杭，以下词作应作于此三、四年间。《壶中天·客中寄友》："西秦倦旅。是几年不听，西湖风雨。"《南楼令·送杭友》："何日束书归旧隐，只恐怕、种瓜迟。"

作《声声慢·和韩竹间韵，赠歌者关关，在两水居》："茂苑扁舟，底事夜雨江湖。"从初至苏州至此，寓吴已超过十年。

另有苏州词《清平乐·别苗仲通》："如今一笑吴中。眼青犹认衰翁。"苗仲通元初官余姚医学录。杨维祯《苗氏备急活人方序》、桂栖鹏《张炎交游人物新证》。《清平乐·过金桂轩坟园》，金桂轩，苏州人。参一三〇〇年谱。

元仁宗延祐元年甲寅　一三一四

［六十七岁。］

在苏州，作《台城路·饯干寿道应举》。干寿道本年北上应举，次年登科。

在苏州,为陆处梅作墨水仙,赋《临江仙·甲寅秋,寓吴,作墨水仙为处梅吟边清玩。时余年六十有七,看花雾中,不过戏纵笔墨,观者出门一笑可也》。集中另有四首赠处梅的词作应写于此年前后:《南乡子·为处梅作》《清平乐·题处梅家藏所南翁画兰》《如梦令·处梅列芍药于几上酌余,不觉醉酒,陶然有感》。

元仁宗延祐二年乙卯　一三一五

[六十八岁。]

在苏州,作《南楼令·送黄一峰游灵隐》。写客居苏州时送黄公望入杭州道观。

早春,作《南楼令·送韩竹间归杭,并写未归之意》。

晚春,作《摸鱼子·别处梅》:"归时候。花径青红尚有。"

归钱塘,作《木兰花慢·归隐湖山,书寄陆处梅》。

综上,集中共有七首赠陆处梅词,处梅是陆行直晚年别号。

与钱良祐、方子仁、张伯雨等游西湖,赋《台城路·归杭》。钱良祐《词源跋》。

《浪淘沙·作墨水仙寄张伯雨》(二首)作于此年前后。《菩萨蛮·晓行西湖边》也写于归杭之后。

元仁宗延祐四年丁巳　一三一七

[七十岁。]

陆文圭《玉田词源稿序》:"梨园白发,吴宫蛾眉,余情哀思,听者泪落,君亦因是弃家,客游无方,三十年矣。"钱良祐《〈词源〉跋》署为"丁巳正月江村民钱良祐书"。

元英宗至治元年辛酉　一三二一

陆行直《碧梧苍石图》载玉田此年已经谢世。参一三〇〇年谱。

附录二　主要参考书目

(一)张炎词集、词论及研究专著

《张玉田词》,[宋]张炎撰,[明]水竹居本,国家图书馆藏明抄本。

《玉田词》,[宋]张炎撰,[明]石村书屋本,国家图书馆藏明抄本。

《玉田词》,[宋]张炎撰,[明]吴讷辑,百家词本,天津古籍书店,1991年。

《山中白云词》,[宋]张炎撰,[清]龚翔麟等校刻,嘉兴图书馆藏清康熙中玉玲珑阁刻本。

《山中白云词》,[宋]张炎撰,[清]曹炳曾等校刻,清康熙六十一年(1722)城书室刻本。

《山中白云词疏证》,[宋]张炎撰,[清]江昱疏证,国家图书馆藏未刊稿本。

《山中白云词》,[宋]张炎撰,[清]赵昱翻刻,清乾隆元年(1736)宝书堂刻本。

《玉田集》,[宋]张炎撰,[清]汪宪藏,南京图书馆藏清抄本。

《山中白云词》,[宋]张炎撰,[清]许增校刻,清光绪八年(1882)榆园丛刻本。

《山中白云词》,[宋]张炎撰,[清]鲍廷爵校刻,清光绪九年(1883)后知不足斋丛书。

《宋七家词选》,[宋]张炎撰,[清]杜文澜辑校,清光绪十一年(1885)曼陀罗华阁重刊本。

《山中白云词》,[宋]张炎撰,[清]王鹏运校刻,四印斋所刻词,上海古籍出版社,2012年。

《山中白云词》,[宋]张炎撰,朱祖谋校刻,彊村丛书本,上海古籍出版社,1989年。

《山中白云词》,[宋]张炎撰,吴则虞校辑,中华书局,1983年。

《山中白云词》,[宋]张炎撰,葛渭君、王晓红校辑,辽宁教育出版社,2001年。

《词源》,[宋]张炎撰,中华书局据粤雅堂丛书影印,1991年。

《词源斠律》,[宋]张炎撰,郑文焯斠律,国家图书馆藏清光绪间刻本。

《词源疏证》,[宋]张炎撰,蔡桢疏证,中国书店,1985年。

《词源笺释》,[宋]张炎撰,陈能群笺释,国家图书馆藏读者书店1940年刊本。

《词源注》,[宋]张炎撰,夏承焘校注,人民文学出版社,1963年。

《山中白云词校订笺注》,[宋]张炎撰,李周龙校订笺注,台湾师范大学国文研究所,集刊第17号,1973年。

《山中白云词笺》,[宋]张炎撰,黄畬笺,浙江古籍出版社,1994年。

《山中白云词笺证》,[宋]张炎撰,孙虹、谭学纯笺证,中华书局,2019年。

《张炎词及其词学之研究》,黄瑞枝著,台湾宏仁出版社,1986年。

《张炎词研究》,杨海明著,齐鲁书社,1989年。

《词源解笺》,郑孟津、吴平山著,浙江古籍出版社,1990年。

《张炎词学研究》,蒯伯象著,中南大学出版社,2006年。

《中国历代著名文学家评传·张炎》,邱鸣皋著,山东教育出版社,2009年。

(二)经子之属

《列子》,[战国]列御寇撰,[晋]张湛注,中华书局,1985年。

《庄子注疏》,[战国]庄周撰,[晋]郭象注,上海古籍出版社,1989年。

《庄子》,[战国]庄周撰,[清]王先谦集解,方勇导读整理,上海古籍出版社,2009年。

《荀子简释》,[战国]荀子著,梁启雄简释,中华书局,1983年。

《尚书正义》,[汉]孔安国传,[唐]孔颖达疏,中华书局,1980年。

《毛诗正义》,[汉]毛亨传,[汉]郑玄笺,[唐]孔颖达疏,中华书局,1980年。

《周礼注疏》,[汉]郑玄注,[唐]贾公彦疏,中华书局,1980年。

《礼记正义》,[汉]郑玄注,[唐]孔颖达等正义,中华书局,1980年。

《周易正义》,[魏]王弼、[晋]韩康伯注,[唐]孔颖达疏,中华书局1980年。

《周易集解略例》,[魏]王弼著,[唐]邢璹注,中华书局,1991年。

《诗序》,[汉]毛苌传述,[宋]朱熹辨说,中华书局,1985年。

《大戴礼记汇校集注》,[汉]戴德原著,黄怀信等撰,三秦出版社,2005年。

《书断》,[唐]张怀瓘撰,凤凰出版社,2015年。

《述书赋》,[唐]窦臮撰,[唐]窦蒙注,文渊阁四库全书本,台北商务印书馆,1986年。

《云笈七签》,[宋]张君房辑纂,蒋力生等校注,华夏出版社,1996年。

《华光梅谱》,[宋]释华光撰,黄宾虹、邓实编,美术丛书,浙江人民美术出版社,2013年。

《朱子语类》,[宋]黎靖德编,王星贤点校,中华书局,1986年。

《东坡易传》,[宋]苏轼撰,上海古籍出版社,1989年。

《德隅斋画品》,[宋]李廌撰,中华书局,1985年。

《乐书》,[宋]陈旸撰,文渊阁四库全书本,台北商务印书馆,1986年。

《陈氏香谱》,[宋]陈敬撰,中国书店,2014年。

《宣和书谱》,[宋]轶名著,顾逸点校,上海书画出版社,1984年。

《广川画跋》,[宋]董逌撰,中华书局,1985年。

《范村梅谱》,[宋]范成大撰,刘向培整理校点,上海书店出版社,2017年。

《论语集注》,[宋]朱熹集注,齐鲁书社,1992年。

《律吕新书校点》,[宋]蔡元定撰,吕畅校点,中央编译出版社,2017年。

《尔雅翼》,[宋]罗愿撰,石云孙点校,黄山书社,1991年。

《续书谱》,[宋]姜夔著,陈硕评注,浙江人民美术出版社,2012年。

《毛诗讲义》,[宋]林岊撰,文渊阁四库全书本,台北商务印书馆,1986年。

《洞天清录》,[宋]赵希鹄著,尹意点校,浙江人民美术出版社,2016年。

《直斋书录解题》,[宋]陈振孙撰,上海古籍出版社,1987年。

《新笺决科古今源流至论》,[宋]林駉、黄履翁撰,台湾新兴书局,1970年。

《郡斋读书后志》,[宋]赵希弁撰,文渊阁四库全书本,台北商务印书馆,1986年。

《论语纂疏》,[宋]赵顺孙撰,圣风书苑通志堂康熙十六年(1677)刻本。

《易学滥觞》,[元]黄泽撰,中华书局,1985年。

《画鉴》,[元]汤垕著,马采标点注释,邓以蛰校阅,人民美术出版社,1959年。

《丹铅总录笺证》,[明]杨慎撰,王大亨笺证,浙江古籍出版社,2013年。

《清河书画舫》,[明]张丑撰,徐德明校点,上海古籍出版社,2011年。

《珊瑚网》,[明]汪砢玉辑,商务印书馆,1936年。

《周易外传》,[清]王夫之撰,中华书局,1977年。

《绘事备考》,[清]王毓贤撰,文渊阁四库全书本,台湾商务印书馆,1986年。

《诚一堂琴谈》,[清]程允基撰,齐鲁书社,1995年。

《元明事类钞》,[清]姚之骃撰,文渊阁四库全书本,台北商务印书馆,1986年。

《宋元学案》,[清]黄宗羲原著,[清]全祖望补修,陈金生、梁运华点校,中华书局,1986年。

《经义述闻》,[清]王引之撰,钱文忠、虞万里、杨蓉蓉整理,朱维铮审阅,上海书店出版社,2012年。

《十三经注疏》,[清]阮元校刻,中华书局,1980年。

《中国书画全书》,卢辅圣主编,上海书画出版社,1993年。

《中国书画史会要》,朱和平、郭孟良主编,中州古籍出版社,2009年。

(三)史地之属

《史记》,[汉]司马迁撰,[刘宋]裴骃集解,[唐]司马贞索隐,[唐]张守节正义,中华书局,1982年。

《汉书》,[汉]班固撰,[唐]颜师古注,中华书局,1964年。

《后汉书》,[南朝]范晔撰,[唐]李贤等注,中华书局,1965年。

《三国志》,[晋]陈寿撰,[宋]裴松之注,中华书局,1982年。

《晋书》,[唐]房玄龄撰,中华书局,1974年。

《宋书》,[南朝]沈约撰,中华书局,1974年。

《南齐书》,[南朝]萧子显撰,中华书局,1972年。

《梁书》,[唐]姚思廉撰,中华书局,1973年。

《南史》,[唐]李延寿撰,中华书局,1975年。

《隋书》,[唐]魏征、令狐德棻撰,中华书局,1973年。

《玉烛宝典》,[隋]杜台卿撰,中华书局,1985年。

《新唐书》,[宋]欧阳修、宋祁撰,中华书局,1975年。

《宋朝事实类苑》,[宋]江少撰,上海古籍出版社,1981年。

《雍录》,[宋]程大昌撰,黄永年点校,中华书局,2002年。

《资治通鉴》,[宋]司马光编纂,中华书局,1956年。

《宋史》,[元]脱脱等撰,中华书局,1985年。

《宋史纪事本末》，[明]冯琦原编，[明]陈邦瞻纂辑，[明]张溥论正，商务印书馆，1935年。

《元史》，[明]宋濂撰，中华书局，1976年。

《通志》，[宋]郑樵撰，王树民点校，中华书局，1987年。

《续资治通鉴》，[清]毕沅编著，中华书局，1994年。

《宋季三朝政要》，不著撰人，中华书局，1985年。

《三辅黄图校注》，[汉]不著撰人，何清谷校注，三秦出版社，2006年。

《阳羡风土记》，[晋]周处撰，广陵书社，2003年。

《荆楚岁时记》，[南朝]宗懔撰，宋金龙校注，山西人民出版社，1987年。

《太平寰宇记》，[宋]乐史撰，中华书局，2007年。

《益部方物略记》，[宋]宋祁撰，中华书局，1985年。

《吴郡志》，[宋]范成大撰，陆振岳校点，江苏古籍出版社，1986年。

《乾道四明图经》，[宋]张津撰，台湾成文出版社，1983年。

《嘉泰吴兴志》，[宋]谈钥纂修，南林刘氏嘉业堂刊本。

《剡录》，[宋]高似孙撰，[清]徐干校刊，台湾成文出版社，1970年。

《嘉泰会稽志》，[宋]施宿撰，台湾成文出版社，1983年。

《(南宋)会稽二志点校》，[宋]施宿、张淏等撰，李能成点校，安徽文艺出版社，2012年。

《嘉定赤城志》，[宋]陈耆卿纂，中国文史出版社，2008年。

《方舆胜览》，[宋]祝穆撰，[宋]祝洙增订，施和金点校，中华书局，2003年。

《咸淳临安志》，[宋]潜说友纂修，台湾成文出版社，1970年。

《宝庆四明志》，[宋]罗濬等撰，台湾成文出版社，1983年。

《宝庆会稽续志》，[宋]张淏纂，清嘉庆十三年(1808)采鞠轩刻本。

《景定建康志》，[宋]周应合撰，清嘉庆六年(1801)刊本。

《岁时广记》，[宋]陈元靓编，商务印书馆，1939年。

《事林广记》，[宋]陈元靓撰，中华书局，1999年。

《咸淳毗陵志》，[宋]史能之撰，朱玉林、张平生点校，广陵书社，2005年。

《延祐四明志》，[元]袁桷撰，台湾成文出版社，1983年。

《无锡县志》，[元]王仁辅撰，侯鸿鉴编，无锡市图书馆整理，凤凰出版社，2005年。

《洪武无锡县志》,[明]佚名撰,文渊阁四库全书本,台北商务印书馆,1986年。

《西湖游览志》,[明]田汝成撰,浙江人民出版社,1980年。

《三吴水考》,[明]张内蕴、周大韶撰,文渊阁四库全书本,台北商务印书馆,1986年。

《万历常州府志》,[明]刘广生、唐鹤征纂,明万历四十六年(1618)刻本。

《崇祯吴兴备志》,[明]董斯张撰,南林刘氏嘉业堂刊本。

《崇祯江阴县志》,[明]冯士仁修,[明]周高起纂,明崇祯十三年(1640)刻本。

《康熙常州府志》,[清]于琨修,[清]陈玉璂纂,凤凰出版社,2008年。

《浙江通志》,[清]沈翼机等撰,台湾华文书局,1967年。

《雍正宁波府志》,[清]曹秉仁修,[清]万经等纂,清雍正十一年(1733)修,乾隆六年(1741)补刊本。

《乾隆江南通志》,[清]黄之隽编纂,[清]赵弘恩监修,广陵书社,2010年。

《扬州府志》,[清]尹会一、程梦星等纂修,清雍正十一年(1733)刊本。

《水经注释》,[清]赵一清撰,台湾华文书局,1970年。

《雍正陕西通志》,[清]刘於义等修,[清]沈青崖等纂,文渊阁四库全书本,台北商务印书馆,1986年。

《康熙鄞县志》,[清]汪源泽修,[清]闻性道纂,清康熙二十五年(1686)刻本。

《湖州府志节要》,[清]高锡龄撰,台湾成文出版社,1983年。

《嘉庆松江府志》,[清]宋如林修,[清]莫晋纂,上海书店,2010年。

《嘉庆增修宜兴县旧志》,[清]李先荣原本,[清]阮升基增修,[清]宁楷等增纂,江苏古籍出版社,1991年。

《嘉庆宜兴县志》,[清]阮升基增修,[清]宁楷等增纂,清嘉庆二年(1797)刊本。

《嘉庆峡川续志》,[清]王德浩纂,[清]曹宗载编,台湾成文出版社,1983年。

《两浙金石志》,[清]阮元撰,清道光四年(1824)临海洪氏刊本。

《道光江阴县志》,[清]陈延恩修,[清]李兆洛纂,清道光二十年(1840)刊本。

《大清一统志》,[清]穆彰阿、潘锡恩等纂修,上海古籍出版社,2008年。

《同治苏州府志》,[清]谭钧培修,[清]冯桂芬纂,江苏古籍出版社,1991年。

《光绪江阴县志》,[清]卢思诚修,[清]季念诒纂,清光绪四年(1878)刻本。

《奉化县志》,[清]李前泮修,[清]张美翊纂,台湾成文出版社,1975年。

《宋元浙江方志集成》,浙江省地方志编纂委员会编,杭州出版社,2009年。

《潍县志稿》,常之英撰,国家图书馆藏1941年铅印本。

《张镃年谱》,曾维刚撰,人民出版社,2010年。

《中国历史地图集》,谭其骧主编,中国地图出版社,1982年。

《三千五百年历日天象》,张培瑜著,大象出版社,1997年。

《宋代官制辞典》,龚延明著,中华书局,1997年。

(四)诗文集及笺评

《楚辞》,[汉]刘向辑,[汉]王逸注,[宋]洪兴祖补注,孙雪霄校点,上海古籍出版社,2015年。

《楚辞章句》,[汉]王逸撰,黄灵庚点校,上海古籍出版社,2017年。

《曹植集校注》,[魏]曹植著,赵幼文校注,人民文学出版社,1984年。

《陆机集校笺》,[晋]陆机著,杨明校笺,上海古籍出版社,2016年。

《陶靖节诗集》,[晋]陶潜著,[宋]汤汉注,中华书局,1985年。

《文心雕龙》,[南朝]刘勰著,中华书局,1985年。

《诗品集注》,[南朝]钟嵘撰,曹旭集注,上海古籍出版社,1994年。

《文选》,[梁]萧统编,[唐]李善注,中华书局,1977年。

《六臣注文选》,[梁]萧统选编,[唐]李善等注,浙江古籍出版社,1999年。

《李白集校注》,[唐]李白著,瞿蜕园、朱金城校注,上海古籍出版社,1980年。

《李太白集》,[唐]李白著,辽宁教育出版社,1997年。

《文忠集》,[唐]颜真卿撰,中华书局,1985年。

《杜诗详注》,[唐]杜甫著,[清]仇兆鳌注,中华书局,1979年。

《杜少陵集详注》,[唐]杜甫著,[清]仇兆鳌注,文学古籍刊行社,1955年。

《杜诗赵次公先后解辑校》,[唐]杜甫著,[宋]赵次公注,林继中辑校,上海古籍出版社,2012年。

《九家集注杜诗》,[唐]杜甫撰,[宋]郭知达编注,上海古籍出版社,1985年。

《白居易集》,[唐]白居易撰,顾学颉校点,中华书局,1979年。

《白香山诗集》,[唐]白居易著,汪立名编,世界书局,1935年。

《柳宗元集》,[唐]柳宗元著,中华书局,1979年。

《李卫公会昌一品集》,[唐]李德裕撰,中华书局,1985年。

《李义山诗集注》,[唐]李商隐撰,[清]朱鹤龄注,上海古籍出版社,1994年。

《司空表圣诗文集笺校》,[唐]司空图著,祖保泉、陶礼天笺校,安徽大学出版社,2002年。

《六一诗话》,[宋]欧阳修著,黄进德批注,凤凰出版社,2009年。

《张方平集》,[宋]张方平撰,郑涵点校,中州古籍出版社,2000年。

《苏轼诗集》,[宋]苏轼撰,[清]王文诰辑注,孔凡礼点校,中华书局,1982年。

《苏轼文集》,[宋]苏轼撰,孔凡礼点校,中华书局,1986年。

《苏东坡全集》,[宋]苏轼撰,中国书店,1986年。

《姑溪居士全集》,[宋]李之仪撰,中华书局,1985年。

《杨龟山集》,[宋]杨时撰,商务印书馆,1937年。

《乐府诗集》,[宋]郭茂倩编,中华书局,1979年。

《黄庭坚全集》,[宋]黄庭坚著,刘琳等校点,四川大学出版社,2001年。

《山谷诗集注》,[宋]黄庭坚著,[宋]任渊等注,黄宝华点校,上海古籍出版社,2003年。

《淮海集笺注》,[宋]秦观著,徐培均笺注,上海古籍出版社,1994年。

《优古堂诗话》,[宋]吴幵撰,中华书局,1985年。

《诗话总龟》,[宋]阮阅编,周本淳校点,人民文学出版社,1987年。

《珊瑚钩诗话》,[宋]张表臣撰,中华书局,1985年。

《芦川归来集》,[宋]张元干撰,上海古籍出版社,1978年。

《崇正辩·斐然集》,[宋]胡寅撰,容肇祖点校,中华书局,1993年。

《苕溪渔隐丛话》,[宋]胡仔纂集,廖德明校点,人民文学出版社,1962年。

《陆游集》,[宋]陆游撰,中华书局,1976年。

《陆游全集校注》,[宋]陆游著,马亚中校注,浙江教育出版社,2011年。

《杨万里诗文集》,[宋]杨万里著,王琦珍整理,江西人民出版社,2006年。

《朱熹集》,[宋]朱熹撰,郭齐、尹波点校,四川教育出版社,1996年。

《晦庵题跋》,[宋]朱熹撰,中华书局,1985年。

《艇斋诗话》,[宋]曾季狸撰,中华书局,1985年。

《攻媿集》,[宋]楼钥撰,中华书局,1985年。

《南湖集》,[宋]张镃撰,吴晶、周膺点校,当代中国出版社,2014年。

《仕学规范》,[宋]张镃撰,文渊阁四库全书本,台北商务印书馆,1986年。

《白石诗词集》,[宋]姜夔著,夏承焘校辑,人民文学出版社,1959年。

《姜白石词编年笺校》,[宋]姜夔著,夏承焘笺校,上海古籍出版社,1981年。

《怀古录校注》,[宋]陈模撰,郑必俊校注,中华书局,1993年。

《江湖后集》,[宋]陈起编,文渊阁四库全书本,台北商务印书馆,1986年。

《滹南诗话》,[宋]王若虚撰,中华书局,1985年。

《清献集》,[宋]杜范撰,文渊阁四库全书本,台北商务印书馆,1986年。

《江西诗派小序》,[宋]刘克庄撰,中华书局,1985年。

《后村诗话》,[宋]刘克庄撰,王秀梅点校,中华书局,1983年。

《后村题跋》,[宋]刘克庄撰,商务印书馆,1936年。

《诗人玉屑》,[宋]魏庆之编,古典文学出版社,1958年。

《沧浪诗话校释》,[宋]严羽著,郭绍虞校释,人民文学出版社,1961年。

《遗山先生文集》,[金]元好问撰,商务印书馆,1937年。

《本堂集》,[宋]陈著撰,文渊阁四库全书本,台北商务印书馆,1986年。

《四明文献集》,[宋]王应麟著,张骁飞点校,中华书局,2010年。

《诗林广记》,[宋]蔡正孙撰,中华书局,1982年。

《郑思肖集》,[宋]郑思肖著,陈福康校点,上海古籍出版社,1991年。

《方凤集》,[宋]方凤著,方勇辑校,浙江古籍出版社,1993年。

《林景熙集补注》,[宋]林景熙著,[元]章祖程注,陈增杰补注,浙江古籍出版社,2012年。

《伯牙琴》,[宋]邓牧撰,中华书局,1985年。

《晞发集》,[宋]谢翱撰,福安市图书馆校印,1991年。

《瀛奎律髓》,[元]方回选评,李庆甲集评校点,上海古籍出版社,1986年。

《戴表元集》,[元]戴表元著,李军、辛梦霞校点,吉林文史出版社,2008年。

《剡源集》,[元]戴表元著,商务印书馆,1935年。

《瓢泉吟稿》,[元]朱晞颜撰,文渊阁四库全书本,台北商务印书馆,1986年。

《修辞鉴衡》,[元]王构撰,中华书局,1985年。

《清容居士集》,[元]袁桷撰,中华书局,1985年。

《宋濂全集》,[明]宋濂著,浙江古籍出版社,2014年。

《王忠文公集》,[元]王祎撰,中华书局,1985年。

《梧溪集》,[元]王逢撰,中华书局,1985年。

《唐诗品汇》,[明]高棅编选,上海古籍出版社,1988年。

《方孝儒集》,[明]方孝儒著,徐光大点校,浙江古籍出版社,2013年。

《李东阳集》,[明]李东阳撰,周寅宾、钱振民校点,岳麓书社,2008年。

《诗薮》,[明]胡应麟撰,中华书局,1958年。

《袁宏道集笺校》,[明]袁宏道著,钱伯城笺校,上海古籍出版社,2008年。

《唐音癸签》,[明]胡震亨撰,古典文学出版社,1957年。

《王季重十种》,[明]王思任著,任远点校,浙江古籍出版社,2010年。

《四照堂文集》,[明]王猷定撰,清康熙二十三年(1684)刻本。

《陈维崧集》,[清]陈维崧撰,陈振鹏标点,李学颖校补,上海古籍出版社,2010年。

《原诗》,[清]叶燮著,孙之梅、周芳批注,凤凰出版社,2010年。

《曝书亭集》,[清]朱彝尊撰,国学整理社,1937年。

《经义考新校》,[清]朱彝尊撰,林庆彰、蒋秋华等主编,上海古籍出版社,2010年。

《明诗综》,[清]朱彝尊编,上海古籍出版社,1993年。

《宋诗钞》,[清]吴之振等选,[清]管庭芬等补,中华书局,1986年。

《全唐诗》,[清]彭定求等编,中华书局,1979年。

《古文观止》,[清]吴楚材、吴调侯选评,中华书局,2010年。

《杜诗提要》,[清]吴瞻泰撰,陈道贵、谢桂芳校点,黄山书社,2015年。

《诗疑辨证》,[清]黄中松撰,陈丕武、刘海珊点校,广西师范大学出版社,2018年。

《蓑笠轩仅存稿》,[清]楼俨撰,国家图书馆藏清康熙刻本。

《说诗晬语》,[清]沈德潜著,霍松林校注,人民文学出版社,1979年。

《唐宋诗醇》,[清]乾隆御选,冉苒校点,中国三峡出版社,1997年。

《十七史商榷》,[清]王鸣盛撰,商务印书馆1937年。

《春融堂集》,[清]王昶著,陈明洁、朱惠国等点校,上海文化出版社,2013年。

《瓯北诗话》,[清]赵翼撰,霍松林、胡主佑校点,人民文学出版社,1963年。

《全晋文》,[清]严可均辑,王玉、张雁、吴福祥审订,商务印书馆,1999年。

《礼耕堂丛说》,[清]施国祁撰,国家图书馆藏清刻本。

《茗柯文编》,[清]张惠言著,黄立新校点,上海古籍出版社,1984年。

《淮海英灵集》,[清]阮元辑,中华书局,1985年。

《齐物论斋文集》,[清]董士锡撰,清道光二十年(1840)刻本。

《清代毗陵名人小传稿》,[清]张季易撰,台湾新文丰出版社,1981年。

《清诗话》,丁福保辑,上海古籍出版社,1978年。

《中国中古文学史讲义》,刘师培著,江苏文艺出版社,2008年。

《中国文学史》,钱基博撰,曹毓英校订,华中师范大学出版社,2011年。

《寒柳堂集》,陈寅恪著,生活·读书·新知三联书店,2001年。

《中国哲学史》,冯友兰著,华东师范大学出版社,2000年。

《自然室诗稿与诗词杂话》,冯振著,党玉敏、冯采蘋校点,广西师范大学出版社,1985年。

《夏承焘集》,夏承焘撰,浙江古籍出版社、浙江教育出版社,1997年。

《谈艺录》,钱锺书著,中华书局,1984年。

《宋代文学史》,孙望、常国武撰,人民文学出版社,2001年。

《两宋文学史》,程千帆、吴新雷撰,上海古籍出版社,1991年。

《中国文学史》,中国科学院文学研究所中国文学史编写组编,人民文学出版社,1962年。

《中国古代文学史》,郭预衡主编,上海古籍出版社,1998年。

《南宋词史》,陶尔夫、刘敬圻著,北方文艺出版社,2014年。

《美的历程》,李泽厚撰,天津社会科学院出版社,2001年。

《徐无闻论文集》,徐无闻撰,徐立编,文物出版社,2003年。

《全宋诗》,傅璇琮等主编,北京大学出版社,1998年。

《宋代文学通论》,王水照主编,河南大学出版社,1997年。

《全宋文》,曾枣庄、刘琳主编,上海辞书出版社、安徽教育出版社,2006年。

《全元文》,李修生主编,凤凰出版社,2004年。

《清代诗文集汇编》,清代诗文集编纂委员会编,上海古籍出版社,2011年。

《宋诗史》,许总著,重庆出版社,1992年。

《艺术》,[英]克莱夫·贝尔著,周金环、马钟元译,滕守尧校,中国文艺联合出版公司,1984年。

《恶之花》,[法]波德莱尔著,钱春绮译,人民文学出版社,1986年。

《流亡文学》,[丹麦]勃兰兑斯著,张道真译,人民文学出版社,1997年。

《从唯美主义到意识流》,高建平、丁国旗主编,安徽文艺出版社,2014年。

Hölderlin Friedrich.*Hölderlin: his poems*.NewYork:Pantheon Books Inc.1952.

Charlotte Seymour-Smith. *Macmillan Dictionary of Anthropology*. Macmillan Press Ltd.1986.

(五)词籍及考评

《花间集》,[后蜀]赵崇祚集,[明]汤显祖评,刘崇德点校,河北大学出版社,2006年。

《小山词校笺注》,[宋]晏几道撰,李明娜校注,台湾文津出版社,1981年。

《豫章黄先生词》,[宋]黄庭坚著,龙榆生校点,中华书局,1957年。

《东山词》,[宋]贺铸著,钟振振校注,上海古籍出版社,1989年。

《后山居士诗话》,[宋]陈师道撰,中华书局,1985年。

《后山居士文集》,[宋]陈师道撰,上海古籍出版社,1984年。

《片玉集》,[宋]周彦邦撰,[宋]陈元龙集注,福建人民出版社,2008年。

《清真集笺注》,[宋]周邦彦撰,罗忼烈笺注,上海古籍出版社,2008年。

《清真集校注》,[宋]周邦彦撰,孙虹校注,薛瑞生订补,中华书局,2007年。

《乔大壮手批周邦彦片玉集》,[宋]周邦彦撰,[清]乔大壮批,齐鲁书社,1985年。

《李清照集校注》,[宋]李清照撰,王学初校注,人民文学出版社,1979年。

《张孝祥词笺校》,[宋]张孝祥撰,宛敏灏笺校,黄山书社,1993年。

《梅溪词》,[宋]史达祖撰,雷履平、罗焕章校注,上海古籍出版社,1988年。

《梅溪词校注》,[宋]史达祖撰,王步高校注,天津人民出版社,1994年。

《梦窗词》,[宋]吴梦窗撰,[清]朱孝臧校刊,清光绪三十四年(1908)无著庵刻本。

《吴梦窗词笺释》,[宋]吴梦窗撰,杨铁夫笺释,陈邦炎等校点,广东人民出版社,1992年。

《梦窗词汇校笺释集评》,[宋]吴梦窗撰,吴蓓笺释,浙江古籍出版社,2007年。

《梦窗词集校笺》,[宋]吴文英撰,孙虹、谭学纯校笺,中华书局,2014年。

《中兴以来绝妙词选》,[宋]黄升选,四部丛刊初编,上海商务印书馆缩印无锡孙氏小渌天藏明翻宋刊本。

《花庵词选》,[宋]黄升选,中华书局,1958年。

《阳春白雪》,[宋]赵闻礼选编,葛渭君校点,上海古籍出版社,1993年。

《乐府指迷笺释》,[宋]沈义父著,蔡嵩云笺释,人民文学出版社,1963年。

《草窗词校注》,[宋]周密撰,史克振校注,齐鲁书社,1993年。

《绝妙好词》,[宋]周密辑,[清]清绶手批,上海图书馆藏清同治十一年(1872)会稽章氏重刊本(残本)。

《花外集》,[宋]王沂孙撰,吴则虞笺注,上海古籍出版社,1988年。

《花外集笺注》,[宋]王沂孙撰,詹安泰笺注,广东人民出版社,1995年。

《词旨》,[元]陆辅之著,中华书局,1991年。

《天机馀锦》,[明]程敏政编,辽宁教育出版社,2000年。

《词品》,[明]杨慎著,岳淑珍导读,上海古籍出版社,2009年。

《花草粹编》,[明]陈耀文辑,龙建国、杨有山校点,河北大学出版社,2007年。

《镌古香岑批点草堂诗余》,[明]顾从敬等辑,[明]沈际飞等评,天津图书馆藏明末南城翁少麓刻本。

《新刻李于麟先生批评注释草堂诗余隽》,[明]吴从先汇编,[明]袁宏道增订,[明]何伟然参校,明万历间师俭堂萧少衢依京版刻。

《古今词统》,[明]卓人月汇选,[明]徐士俊参评,谷辉之校点,辽宁教育出版社,2000年。

《精选古今诗余醉》,[明]潘游龙辑,陈珽等订,天津图书馆藏乾隆二十七年(1762)胡正言十竹斋刻本。

《宋六十名家词》,[明]毛晋辑,上海古籍出版社,1989年。

《百名家词钞》,[清]聂先、曾王孙编,清康熙绿荫堂刻本。

《倚声初集》,[清]邹祇谟、王士禛选编,清顺治十七年(1660)大冶堂刻本。

《词综》,[清]朱彝尊、汪森辑,民辉校点,岳麓书社,1995年。

《词洁》,[清]先著、程洪辑,刘崇德、徐文武点校,河北大学出版社,2007年。

《词律》,[清]万树辑,中华书局,1957年。

《金粟词话》,[清]彭孙遹著,中华书局,1985年。

《词苑丛谈》,[清]徐釚撰,唐圭璋校注,上海古籍出版社,1981年。

《词学全书》,[清]查继超辑,陈果青等校订,贵州人民出版社,1990年。

《历代诗馀》,[清]沈辰垣等编,上海书店出版社,1985年。

《钦定词谱》,中国书店据清康熙五十四年(1715)内府刻本影印,1983年。

《词林纪事》,[清]张思岩辑,古典文学出版社,1957年。

《明词综》,[清]王昶辑,商务印书馆,1938年。

《白香词谱笺》,[清]舒梦兰辑,[清]谢朝征笺,柳淇校订,中华书局,1981年。

《词选》,[清]张惠言辑,中华书局,1957年。

《词选笺注》,[清]张惠言选编,姜亮夫笺注,上海北新书局,1933年。

《本事词》,[清]叶申芗著,古典文学出版社,1957年。

《宋四家词选》,[清]周济辑,古典文学出版社,1958年。

《介存斋论词杂著》,[清]周济著,顾学颉校点,人民文学出版社,1959年。

《艺概》,[清]刘熙载撰,上海古籍出版社,1978年。

《艺概笺注》,[清]刘熙载著,王气中笺注,贵州人民出版社,1980年。

《赌棋山庄词话校注》,[清]谢章铤撰,刘荣平校注,厦门大学出版社,2013年。

《越缦堂读书记》,[清]李慈铭撰,由云龙辑,虞云国整理,辽宁教育出版社,2001年。

《樊山集》,[清]樊增祥撰,台湾文海出版社,1978年。

《四印斋所刻词》,[清]王鹏运辑,上海古籍出版社,2012年。

《白雨斋词话》，[清]陈廷焯撰，杜维沫校点，人民文学出版社，1959年。

《词则》，[清]陈廷焯编选，上海古籍出版社，1984年。

《大鹤山人词话》，[清]郑文焯著，孙克强、杨传庆辑校，南开大学出版社，2009年。

《宋词三百首笺注》，[清]上彊村民重编，唐圭璋笺注，上海古籍出版社，1979年。

《蕙风词话·广蕙风词话》，[清]况周颐著，孙克强辑，中州古籍出版社，2003年。

《况周颐词话五种》，[清]况周颐著，浙江古籍出版社，2014年。

《唐五代两宋词选释》，俞陛云撰，上海古籍出版社，2011年。

《宋人轶事汇编》，丁传靖辑，中华书局，1981年。

《人间词话译注》，王国维著，施议对译注，上海古籍出版社，2016年。

《汇编汇校汇评人间词话》，王国维著，周锡山编校，万卷出版公司，2009年。

《人间词话》，王国维原著，彭玉平编著，中华书局，2010年。

《词学》，梁启勋著，中国书店，1985年。

《词学通论》，吴梅著，复旦大学出版社，2005年。

《宋词举》，陈匪石编著，钟振振校点，江苏古籍出版社，2002年。

《微睇室说词》，刘永济著，中华书局，2007年。

《唐五代两宋词简析》，刘永济著，上海古籍出版社，1981年。

《词曲史》，王易著，岳麓书社，2011年。

《梦秋词》，汪东著，齐鲁书社，1985年。

《词选》，胡适选注，刘石导读，中华书局，2007年。

《艺蘅馆词选》，梁令娴编，刘逸生校点，广东人民出版社，1981年。

《清名家词》，陈乃乾辑，上海书店出版社，1982年。

《唐宋词人年谱》，夏承焘撰，商务印书馆，2013年。

《论诗词曲杂著》，俞平伯撰，上海古籍出版社，1983年。

《唐宋人选唐宋词》，唐圭璋等校点，上海古籍出版社，2004年。

《唐宋词简释》，唐圭璋选释，上海古籍出版社，1981年。

《词话丛编》，唐圭璋编，中华书局，1986年。

《唐宋词鉴赏辞典》，唐圭璋等编，上海辞书出版社，1988年。

《中国韵文史》,龙沐勋著,商务印书馆,1935年。
《龙榆生词学论文集》,龙榆生著,上海古籍出版社,2009年。
《宋词散论》,詹安泰著,广东人民出版社,1980年。
《詹安泰词学论稿》,汤擎民整理,广东人民出版社,1984年。
《宋词通论》,薛砺若著,上海书店,1985年。
《诗词散论》,缪钺撰,上海古籍出版社,1982年。
《缪钺说词》,缪钺撰,上海古籍出版社,1999年。
《古典文学论丛》,缪钺著,缪元朗编,浙江大学出版社,2009年。
《灵谿词说》,缪钺、叶嘉莹撰,上海古籍出版社,1987年。
《宋词选》,胡云翼选注,上海古籍出版社,1982年。
《词林新话》,吴世昌著,吴令华辑注,施议对校,北京出版社,2000年。
《宋词赏析》,沈祖棻著,上海古籍出版社,1997年。
《诗词例话》,周振甫著,中国青年出版社,1962年。
《词集考》,饶宗颐著,中华书局,1992年。
《周密及其词研究》,金启华、萧鹏著,齐鲁书社,1993年。
《迦陵论词丛稿》,叶嘉莹著,河北教育出版社,1997年。
《唐宋词十七讲》,叶嘉莹著,河北教育出版社,1997年。
《清词丛论》,叶嘉莹著,河北教育出版社,2000年。
《唐宋词通论》,吴熊和著,浙江古籍出版社,1985年。
《十大词人》,吴熊和主编,上海古籍出版社,1989年。
《吴熊和词学论集》,吴熊和撰,杭州大学出版社,1999年。
《唐宋词汇评》,吴熊和主编,浙江教育出版社,2004年。
《宋词》,周笃文著,上海古籍出版社,2011年。
《苏轼研究》,王水照著,河北教育出版社,1999年。
《宋词辨》,谢桃坊著,上海古籍出版社,1999年。
《宋词概论》,谢桃坊著,四川文艺出版社,2016年。
《唐五代北宋词研究》,村上哲见著,杨铁婴译,陕西人民出版社,1987年。
《词话丛编补编》,葛渭君编,中华书局,2013年。
《唐宋词史》,杨海明著,天津古籍出版社,1998年。
《杨海明词学文集》,杨海明著,江苏大学出版社,2010年。
《明刊草堂诗馀二种》,刘崇德、徐文武点校,河北大学出版社,2006年。

《词话史》,朱崇才撰,中华书局,2006年。

《碧山词研究》,王筱芸著,南京出版社,1991年。

《北宋词风嬗变与文学思潮》,孙虹著,上海古籍出版社,2009年。

《两宋词人丛考》,王兆鹏等著,凤凰出版社,2007年。

《南渡词人群体研究》,王兆鹏著,凤凰出版社,2009年。

《明词话全编》,邓子勉编,凤凰出版社,2012年。

(六)笔记小说及杂考

《赵飞燕外传》,[汉]伶玄撰,中华书局,1991年。

《神仙传》,[晋]葛洪撰,胡守为校释,中华书局,2010年。

《幽明录》,[刘宋]刘义庆撰,郑晚晴辑注,文化艺术出版社,1988年。

《世说新语校笺》,[刘宋]刘义庆撰,[萧梁]刘孝标注,徐震堮校笺,中华书局,1984年。

《述异记》,[南朝]任昉撰,中华书局,1991年。

《续齐谐记》,[南朝]吴均撰,中华书局,1985年。

《朝野佥载》,[唐]张鷟撰,袁宪校注,三秦出版社,2004年。

《龙城录》,[唐]柳宗元撰,中华书局,1991年。

《唐国史补》,[唐]李肇撰,古典文学出版社,1957年。

《酉阳杂俎》,[唐]段成式撰,方南生点校,中华书局,1981年。

《明皇杂录》,[唐]郑处诲撰,中华书局,1994年。

《本事诗》,[唐]孟棨撰,古典文学出版社,1957年。

《开元天宝遗事》,[五代]王仁裕撰,中华书局,1985年。

《妆楼记》,[宋]张泌撰,中华书局,1985年。

《春明退朝录》,[宋]宋敏求撰,尚成校点,上海古籍出版社,2012年。

《梦溪笔谈校证》,[宋]沈括著,胡道静校注,古典文学出版社,1957年。

《梦溪补笔谈》,[宋]沈括撰,中华书局,1985年。

《孔氏谈苑》,[宋]孔平仲撰,中华书局,1985年。

《东园丛说》,[宋]李如箎撰,中华书局,1985年。

《靖康缃素杂记》,[宋]黄朝英撰,中华书局,1985年。

《铁围山丛谈》,[宋]蔡絛撰,冯惠民、沈锡麟点校,中华书局,1983年。

《北窗炙輠录》,[宋]施德操撰,王根林校点,上海古籍出版社,2012年。

《侯鲭录》,[宋]赵令畤撰,中华书局,1985年。

《谈薮》,[宋]庞元英撰,中华书局,1991年。

《冷斋夜话》,[宋]惠洪撰,中华书局,1985年。

《避暑录话》,[宋]叶梦得撰,中华书局,1985年。

《却扫编》,[宋]徐度撰,中华书局,1985年。

《石林燕语》,[宋]叶梦得撰,[宋]宇文绍奕考异,侯忠义点校,中华书局,1984年。

《东京梦华录》,[宋]孟元老撰,中华书局,1985年。

《碧鸡漫志校正》,[宋]王灼撰,岳珍校正,巴蜀书社,2000年。

《曲洧旧闻》,[宋]朱弁撰,中华书局,1985年。

《韵语阳秋》,[宋]葛立方撰,中华书局,1985年。

《夷坚志》,[宋]洪迈撰,何卓点校,中华书局,1981年。

《容斋随笔》,[宋]洪迈撰,夏祖尧、周洪武点校,岳麓书社,2006年。

《挥麈录余话》,[宋]王明清撰,商务印书馆,1934年。

《项氏家说》,[宋]项安世撰,中华书局,1985年。

《野客丛书》,[宋]王楙撰,王文锦点校,中华书局,1987年。

《西塘集耆旧续闻》,[宋]陈鹄撰,中华书局,1985年。

《云麓漫钞》,[宋]赵彦卫撰,古典文学出版社,1957年。

《四朝闻见录》,[宋]叶绍翁撰,沈锡麟、冯惠民点校,中华书局,1989年。

《宾退录》,[宋]赵与时著,商务印书馆,1939年。

《贵耳集》,[宋]张端义著,[明]毛晋订,中华书局,1985年。

《藏一话腴》,[宋]陈郁撰,文渊阁四库全书本,台北商务印书馆,1986年。

《鹤林玉露》,[宋]罗大经撰,王瑞来点校,中华书局,1983年。

《臆乘》,[宋]杨伯嵒撰,中华书局,1985年。

《游宦纪闻》,[宋]张世杰撰,中华书局,1981年。

《齐东野语》,[宋]周密撰,中华书局,1983年。

《武林旧事》,[宋]周密辑,浙江人民出版社,1984年。

《浩然斋雅谈》,[宋]周密撰,中华书局,1985年。

《癸辛杂识》,[宋]周密撰,吴企明点校,中华书局,1988年。

《梦粱录》,[宋]吴自牧著,符均、张社国校注,三秦出版社,2004年。

《钱塘遗事》,[元]刘一清著,上海古籍出版社,1985年。

《遂昌山人杂录》,[元]郑元祐著,中华书局,1991年。

《至正直记》,[元]孔齐撰,中华书局,1991年。

《图绘宝鉴》,[元]夏文彦撰,中国书店,1983年。

《南村辍耕录》,[元]陶宗仪著,武克忠、尹贵友校点,齐鲁书社,2007年。

《说郛》,[元]陶宗仪撰,中国书店,1986年。

《震泽长语》,[明]王鏊撰,中华书局,1985年。

《画禅室随笔》,[明]董其昌撰,中国书店,1983年。

《尧山堂外纪》,[明]蒋一葵撰,续修四库全书本,上海古籍出版社,2002年。

《庚子销夏记》,[清]孙承泽撰,白云波、古玉清点校,浙江人民美术出版社,2012年。

《日知录校释》,[清]顾炎武著,张京华校释,岳麓书社,2011年。

《春游纪梦》,张伯驹著,辽宁教育出版社,1998年。

《来燕榭书跋》,黄裳撰,上海古籍出版社,1999年。

(七)类书及小学

《艺文类聚》,[唐]欧阳询撰,汪绍楹校,中华书局,1965年。

《白孔六帖》,[唐]白居易原本,[宋]孔傅续撰,文渊阁四库全书本,台湾商务印书馆,1986年。

《太平御览》,[宋]李昉等编,中华书局,1960年。

《文苑英华》,[宋]李昉等编,中华书局,1966年。

《类说校注》,[宋]曾慥编纂,王汝涛等校注,福建人民出版社,1996年。

《记纂渊海》,[宋]潘自牧编纂,中华书局,1988年。

《古今合璧事类备要》,[宋]谢维新编,文渊阁四库全书本,台湾商务印书馆,1986年。

《古今事文类聚》,[宋]祝穆撰,上海古籍出版社,1992年。

《全芳备祖集》,[宋]陈景沂编辑,[宋]祝穆订正,程杰、王三毛点校,浙江古籍出版社,2014年。

《格致镜原》,[清]陈元龙著,江苏广陵古籍刻印社,1989年。

《古文观止》,[清]吴楚材、吴调侯选评,安平秋点校,中华书局,1987年。

《御定佩文斋咏物诗选》,[清]高舆等辑,上海古籍出版社,1994年。

《通俗编》,[清]翟灏撰,商务印书馆,1958年。

《四库全书总目》,[清]永瑢、纪昀等主编,中华书局,1965年。

《四库未收书目提要》,[清]阮元撰,[清]傅以礼重编,商务印书馆,1955年。

《豫章丛书》,胡思敬辑,南昌古籍书店、杭州古籍书店,1985年。

《诗词曲语辞汇释》,张相著,中华书局,1979年。

《诗词曲语辞例释》,王锳著,中华书局,1986年。

《续修四库全书总目提要稿本》,中国科学院图书馆整理,齐鲁书社,1996年。

《续修四库全书》,续修四库全书编纂委员会编,上海古籍出版社,2002年。

*书目先按内容定位年代,再按注疏者、细类排序。

*“子”部中笔记、志怪、杂琐事等归入“笔记小说”,其余如经书考证、农家、谱录等门类不变。

*“史”部中正史、别史、方志各归其类,分别按年代先后排列,通考排于正史之后。

后　记

我对宋词殿军张炎的研究是在规划项目的指导和经费的支持下进行的。2015年,“张炎词编年笺证”获得教育部人文社会科学研究规划基金项目立项。同年,获得“江南大学重大项目培育课题”,学校给予了充裕的经费。使我在张炎研究过程中,能够多次前往各地访学访书、在各大图书馆查阅资料、参加学术交流等,此项研究也得以循序渐进、不断深入。2018年,“宋词殿军张炎研究”获得国家社会科学基金后期资助项目立项。

本次研究是在对张炎《山中白云词》进行编年笺证的同时,撰写单篇理论、考证论文。也就是《山中白云词笺证》《宋词殿军张炎研究》两本专著及相关论文相互阐发,齐头并进,可以从容地系统考证张炎生平及交游者事迹,思考张炎词学理论、词作风格、词史定位、接受历程等诸多问题。本书对张炎《词源》研究占有很大比重,因为我先后笺证过周邦彦《清真集》、吴文英《梦窗词集》、张炎《山中白云词》,前两种词集是张炎《词源》主要举证对象,而《山中白云词》更是其实践范本:由此看来,笺证是被“倒逼”细读文本的方法;在这个过程中,加深了对《词源》的理解,相关阐释也就具有了独特的视角以及自成一家的言说方式。

课题组成员有谭学纯、尹楚兵、杨晖老师及学生孙龙飞。查对外语资料的学生有孔燕君、刘元璐、李楠。本书出版还获得陶文鹏、俞国林、罗华彤、朱兆虎、田睿诸位先生/女史的帮助。责任编辑张伟老师费心劳神,校对稿多次往还,相析疑义,捃拾匡改,获益匪浅。在此一并致以谢忱。

学术道路没有坦途,爱人赵国强先生一直与我追梦相随。在有限的学术韶光中,能够缀《下里》于《白雪》,亦何其幸哉!

孙虹　2021年1月写于江南大学蠡湖家园